Naoma Clark

Applepie Stories

Naoma Clark

Applepie Stories

Der Zauber des Glücks

PIPER

Mehr über unsere Autoren und Bücher:
www.piper.de

ISBN 978-3-492-50189-7

Covergestaltung: Naoma Clark & Christina Reymann
Illustration: dinasaurus.art
Titelillustration: Titelillustration: Jennifer »Pikkablue« Hertel
Schrift: OFL »Antonio« by Vernon Adams
Printed in Germany

Für meine wundervolle Mum.
Unsere kleine Zauberwelt hat mich hierhergeführt.

Ein Paar Zeilen von Naoma

Hallo GLÜCKSpilz!

Dies ist ein magisches Buch, denn es könnte sich – *ganz plötzlich* – in dein Herz zaubern. Und wie es sich für ein magisches Buch gehört, ist es auf höchst außergewöhnliche Weise entstanden.

Doch beginnen wir am Anfang: Wie die meisten Geschichten entflammte auch diese hier im Herzen eines Kindes, das den Traum besaß, die Welt zu einem besseren Ort zu machen, an dem es mehr Liebe und Wunder gibt, mehr lachende Gesichter, die – wären sie Blumen – einen wunderschönen Garten des Frohsinns ergeben würden, durch den wir dann alle gemeinsam tanzen könnten.

Meine Geschichten sind die Tür zu diesem Garten. Und das Beste ist …, es gibt keinen versteckten Schlüssel dazu … Eigentlich musst du nur dieses Buch aufschlagen.

Wie es sich für alle magischen Dinge gehört, so war dieses Buch nicht immer ein Buch. Denn wie die Raupe zum Schmetterling wird, so wandelten diese Zeilen zunächst in einem ganz anderen Gewand.

Dieses Buch, lieber GLÜCKSpilz, war Teil eines großen Videoprojektes auf YouTube. Es entstand aus einem Wunsch heraus, Danke zu sagen, Danke an all die fabelhaften Leser meines Blogs *GLÜCKSpilz,* auf dem ich als Carrie Bradshaw des GLÜCKS immer noch meinen Zauberstab der guten Laune durch dein Leben schwenke und es mit Feenstaub der Lebensfreude besprenkle.

Über zwei Jahre arbeitete ich daran, knapp 500 Din-A4-Seiten zu schreiben, einzusprechen und diesen Zeilen mit meiner Stimme Leben einzuhauchen. Doch genau wie eine Raupe instinktiv weiß, dass sie nicht immer eine Raupe bleiben wird, so wusste ich, dass sich auch diese Zeilen irgendwann verwandeln würden – verwandeln in Buchseiten, die nicht weniger schillern und nicht weniger farbenfroh sein würden.

Dieses Buch ist einer jener Beweise, die es eben manchmal braucht, um anderen Menschen zu zeigen, dass jede auch noch so verrückte Idee, jeder auch noch so merkwürdiger Gedanke und auch die kleinste sich im Dreck wühlende Raupe Flügel bekommen können.

Und vielleicht ist dieses Buch ja eine Art Zauberstab. Ein Zauberstab, der dein Leben in neue Farben taucht. Denn mein größtes Anliegen mit diesen Zeilen ist es, dich glücklich zu machen.

Und weißt du, warum? Weil es im Leben nichts, nein *GAR NICHTS* Wichtigeres gibt, als dass du dich gut fühlst!

Das ist mein GLÜCKSgeheimnis: *Strebe immer danach, dich BESSER zu fühlen.* Lache, so viel es geht, liebe unbändig, mit offenem Herzen. Immer! Das Leben ist zu kurz, um mit gesenkten Schultern hindurchzuwanken, zu kurz, um weiterhin kleinzuträumen! Denn die ganz großen Träume werden früher oder später haltlos aus dir herausströmen, um ihren Platz in der Welt zu suchen! Denn – wir sind alle Sternenstaub. Bereit, überall auf dieser Welt ein bisschen Wunder zurückzulassen.

Dieses Buch ist also eine Liebeserklärung an deine Lachmuskeln, an dein Herz, das wieder an Wunder glauben darf, und an die Kraft der Fantasie! Es ist eine Ode an das gute Gefühl, das Staunen und die Liebe!

Diese Geschichte ist für die Träumer und die ungestümen Weggefährten des GLÜCKS, die nun endlich wieder auf Reisen gehen können.

Und vielleicht triffst du auf dieser wundersamen Reise jenes Staunen wieder, das du als Kind gehabt hast, und den Glauben, dass doch alles, einfach *ALLES* möglich ist.

Ein Universum voller GLÜCK wartet auf dich, halte die Augen offen: Der nächste Schmetterling, der dir begegnet, wird es dir ins Ohr flüstern.

Deine Naoma

Als ich noch Märchen gelesen habe,
dachte ich solche Dinge könnten niemals passieren,
und hier bin ich nun und lebe mein eigenes.

Lewis Carroll »Alice im Wunderland«

Lolas Story

Glückszauber

Kapitel 1

Manche Momente im Leben sind wie Dominosteine – wenn du nicht aufpasst, schmeißen sie alles um, was jemals Bedeutung für dich gehabt hat.

Und plötzlich stehst du vor dem Nichts: Nichts macht mehr Sinn, nichts macht mehr Spaß, nichts wird jemals wieder so sein, wie es einmal gewesen ist. Es sind jene Augenblicke, bei denen man sich fragt, warum jetzt nicht einfach eine gute Fee ihren Zauberstab schwingen kann, um alles ungeschehen zu machen. Um dich wieder auf einer Wolke des Frohsinns zu betten, die dich bis zu deinem *Dominomoment* noch friedvoll umwölkt hat. Wolke sieben oder wie man dieses Ding noch mal nennt. Doch das Leben schreibt seine eigenen Geschichten. Und ich fiel in ein Drama wie Alice durch ihr Kaninchenloch – direkt ins *Kummerland*!

Ich schluchze melodramatisch auf und reiße ein riesiges rosafarbenes Taschentuch an mich, während der nächste Schluck Chardonnay ein leichtes Prickeln in meiner Kehle zurücklässt.

Ich sitze an der Hauswand des *Little Birds*, meinem kleinen britischen Cottage, welches mir meine Großmutter samt charmantem Café vermacht hat, und obwohl mich von allen Seiten Rosen umarmen, schafft es ihr Duft dieses Mal nicht, mir ein Lächeln ins Gesicht zu zaubern.

Ich muss einer Art modernem Dornröschen ähneln, wie sich meine blonden Strähnen mit den Kletterrosen hinter mir an der Hauswand verweben, die Augenlider schwer, als würde ich, dank der halb leeren Flasche Chardonnay neben mir, gleich in einen hundertjährigen Schlaf fallen.

Gut so. Dann würde ich wenigstens all das vergessen, was sich gerade mal wieder stechend wie ein Dolch in mein armes Herz bohrt. Ein giftiger Zwerg in meinem Kopf gibt sich zudem gerade merklich Mühe, mir den Kopfschmerz des Jahrhunderts zu bescheren, indem er mir gnadenlos sein riesiges *WARUM ICH?* gegen meine Schädeldecke meißelt.

WARUM ICH? Wie oft habe ich diese fürchterlichen Worte in den letzten Monaten gedacht, gestöhnt, geheult?

»GRUFF!«, macht es da plötzlich schroff und geifernd neben meinem Ohr, und ich fahre erschrocken zusammen. In einem Anflug geistiger Umnachtung habe ich kurz vergessen, dass ich heute Nachmittag ja Charles adoptiert habe. Charles, mein neuer bester Freund, der mich nun mit seinem Gesicht unverblümt ansieht und mich dabei stark an ein zerknautschtes Sofakissen erinnert.

»GRUFF!«, wiederholt er hartnäckig.

Auch wenn ich mir fast sicher bin, dass die Übersetzung davon nicht »Liebste Lola, was fehlt dir?«, sondern »Gib mir schleunigst etwas zu essen!« ist, mache ich keine Anstalten, mich aus meiner mitleidserregenden Pose zu schälen.

Charles scheint mir auf seinen kleinen, fetten Beinchen hoffnungsvoll in den Vorgarten des *Little Birds* gefolgt zu sein, rümpft aber nun die Schnauze, als er erkennt, dass ich ihm jetzt kein saftiges Steak servieren werde, und verschwindet nach einiger Anstrengung im Haus. Womöglich, um die Gunst der Stunde auszunutzen, dass mein riesiger Kühlschrank gerade unbewacht ist.

Ich schnäuze mich erneut in mein rosa Taschentuch, als wäre ich dabei, ein Trompetenkonzert in der *Royal Albert Hall* anzustimmen. Ein besorgniserregend lauter Ton schallt in den eigentlich idyllisch wirkenden Abend hinaus, schlängelt sich um jede Blume meines verträumten Gartens und schreckt einige Vögelchen auf, die bis dahin in den zahlreichen Bäumen und Büschen ihre unbekümmerte Melodie zum Besten geben haben.

Gott sei Dank schließt das *Little Birds* am Samstag schon um fünf! Und Gott sei Dank ist es bereits sieben Uhr, was bedeutet, dass mir keine Tee nippenden Omis in rosa Kostümen dabei zusehen können, wie ich soeben mit nicht unbedingt majestätischer Eleganz zwischen den Kletterrosen meiner Hauswand versinke und dabei das Beet voller Vergissmeinnicht unter meinem Hintern platt drücke. Was für eine Ironie. Denn *vergessen* ist alles, was ich gerade möchte.

Ich möchte das Bild zweier nackter Körper vergessen und wie sie sich liebevoll in den Armen halten. Ich möchte vergessen, dass mir das Herz blutet, jedes Mal, wenn sich dieses Szenario wieder einen Platz in meinen Gedanken gesucht hat. Und ich möchte Daniel vergessen, die Liebe meines Lebens, bevor er es für eine gute Idee hielt, mit meiner besten Freundin Rebecca ein leidenschaftliches Techtelmechtel abzuhalten.

Mein *Dominomoment* ist so präsent, dass ich das Gefühl habe, der Dolch in meinem Herzen hat jetzt endgültig ein klaffendes Loch hinterlassen, aus dem jetzt eifrig Blut der Verbitterung sprudelt.

Granny würde sich im Grab umdrehen, würde sie mich so sehen. Wahrscheinlich kracht gleich ein zischender Blitz vom wolkenlosen Himmel und katapultiert mich direkt an ihre Seite, damit sie mir im Paradies erst einmal ordentlich die Leviten lesen kann: *Als ich dir das Little Birds vermacht habe, stand es nicht in meiner Absicht, einen weiblichen Frankenstein zu erschaffen! Schau dich an, Kind, bleich, unterkühlt, ohne Energie!*

Quiiiiietsch. Ich erstarre: Was ist das? Ich kneife meine Augen in der Annahme zusammen, das könne irgendwie meine Sehkraft verbessern. Und tatsächlich! Zwei eng umschlungene Gestalten quetschen sich soeben durch das von einer wilden Rosenhecke eingerahmte Tor zum Gartenweg des *Little Birds.*

Danke, Grandma. Du hast es getan! Statt des Blitzes der Gerechten schickst du mir vollkommen verspätete Gäste, die mich gleich in einer äußerst peinlichen Lage begutachten werden. Toll, ganz toll hast du das eingefädelt! Ich möchte aufstehen, wirklich, aber irgendwie fühlen sich meine Beine wie Wackelpudding an.

Wie weit ist dieses Knäuel an ungebetenem Eindringen in meine Privatsphäre noch entfernt? Hundert, zweihundert Meter? Granny, zum Glück hast du mir ein großes Grundstück vermacht! *Steh auf, Lola, steh auf*, versuche ich mich in Gedanken zu motivieren – wie ein Schlangenbeschwörer, der sich anstelle von Kobras auf betrunkene Mittzwanziger spezialisiert hat. Na, bitte: Ich kann mich zusammennehmen, schiebe meinen zittrigen Körper in die Vertikale, werfe noch mal einen Blick auf die siamesischen Zwillinge in meinem Vorgarten und krache augenblicklich wieder zusammen.

Nein, NEIN!! Das sind keine Gäste! Es ist *schlimmer*! So schlimm, dass ich jetzt am liebsten losheulen und mich herumwälzen möchte wie ein angeschossenes Tier.

Das kann nicht sein. Denn es ist ausgerechnet mein *Dominomoment*, der sich jetzt gleich wiederholen könnte: Daniel und Rebecca bewegen sich langsam, aber zielgerichtet in meine Richtung. Und Rebecca sieht – *wie immer* – einfach perfekt aus. Ja, machen wir uns nichts vor, gegen dieses schlanke, gazellenbeinige Wesen hat sowieso keiner eine Chance, der nicht gerade Toni Garrn oder Kendall Jenner heißt.

In der Tat. Sie ist Model. Wer jetzt an ein herumstaksendes Dummchen denkt, das kaum einen ordentlichen Satz über die Lippen bringt und sich vor lauter Schlankheitswahn vorzugsweise von in Orangensaft eingetunkten Wattebäuschchen ernährt, der täuscht sich gewaltig. *Leider!*

Das Deprimierendste an der ganzen Sache: Rebecca ist auch noch wahnsinnig nett, intelligent, lustig, liebevoll und kreativ. Hätte sie mir nicht meinen heißen Ex-Freund ausgespannt, würde sogar ich auf sie stehen! Becky muss aus einem Werbespot für ein teures Luxus-Modelabel geflohen sein, und dorthin würde ich sie jetzt liebend gern – mit einem saftigen Tritt in ihren Apfelbäckchenhintern – zurückkatapultieren!

Ich meine, seht euch das an: Dieses lange dunkle Haar, das über ihren Rücken wallt, die vollen Lippen, die schwarzen Augen … zwei durchdringende Onyxe … Alles an ihr ist ein Zusammenspiel vollendeter Perfektion. Und dann dieser eindringliche Duft von Chanel N°5, der ihr schon vorauseilt, bevor sie überhaupt einen Raum betritt …

Und da bin ich: klein, blond, zerzaust wie eine Vogelscheuche, mit Alkoholfahne und dem betörenden Geruch nach Mops an mir. Ich würde gern behaupten, dass Chanel einpacken kann bei diesen exotischen Eigendüften, die ich in die abendliche Luft hinaufsteigen lasse. Aber natürlich wäre das gelogen.

Dünn und Doof bleiben gaffend vor mir stehen.

»Oh Gott, Lola, ist alles in Ordnung?«, stößt Becky mit ehrlicher Besorgnis hervor und beugt sich zu mir hinab. Ich fuchtele wild mit meinen Händen umher, als wolle ich eine lästige Fliege verjagen, woraufhin Miss White augenblicklich wieder den schützenden Arm von meinem Ex aufsucht.

»Lola«, setzt nun auch Danny mit seiner charmanten George-Clooney-Stimme an. »Geht es dir gut?«

»Mir geht es prächtig!«, lalle ich mit tölpelhaftem Grinsen auf den Lippen. Die beiden müssen ja nicht wissen, wie es mir in Wahrheit geht. Der *Dominomoment* ist bereits über ein Jahr her. Keiner darf wissen, dass mich die ganze Sache immer noch beschäftigt. *»Superprächtig!«,* betone ich. Oh Gott, was ist denn mit meiner Stimme los? Bilde ich mir das nur ein, oder rede ich gerade in Zeitlupe? *Reiß dich zusammen!* »Mir geht es supidupidupi!«, fiepe ich. Nein! Das kann doch nicht wahr sein! Ich mutiere gerade zu einem betrunkenen Riesen-Chipmunk. Wenn ich jetzt auch noch anfange, »Mir geht's gut, ich habe Rhythmus im Blut … yeah, yeah, singt alle mit, das wird der Hit!« zu grölen, und urplötzlich über meinen englischen Rasen Hip Hop tanze, haben wir ein Problem.

»Lola, sag mal, bist du betrunken?« *Doof* starrt mich ungläubig an. Ich kann seine Verwunderung durchaus nachvollziehen, schließlich ist er das nicht von mir gewohnt. Das ist niemand von mir gewohnt. Nicht einmal ich.

»Können wir irgendetwas für dich tun?«, fällt *Dünn* mit ein.

Ihr könnt weggehen, verdammt noch mal, mich hier einsam zurücklassen und eure perfekten Disney-Gesichter jemand anderem unter die Nase reiben! Das hier ist kein Kinderfilm, vielmehr ein grauenvolles Melodrama.

»Ich bin nicht betrunken!«, pruste ich den beiden mit erhobenem Zeigefinger entgegen – ein verzweifelter Versuch, irgendwie mein Ansehen zu retten. Dass ich dabei ganz offensichtlich lalle, dient nicht unbedingt meiner Mission.

Die verschlungenen Turteltäubchen vor mir wechseln bedeutsame Blicke.

»Bringen wir sie rein«, höre ich Daniel raunen, und ehe ich mich versehe, hat er mich hochgehoben, schiebt die Tür des *Little Birds* auf, trottet ohne Mühe die Treppe zu meiner Wohnung hinauf und legt mich dann Sekunden später auf meiner weißen Couch ab. Ich habe ganz vergessen, wie stark er ist und was für wohlgeformte, muskulöse Arme er hat …

»Ich bringe ihr ein Glas Wasser!«, sagt Becky aus dem Off, denn ich bin viel zu sehr damit beschäftigt, meinen sexy Ex-Freund anzuhimmeln, welcher nun besorgt Kissen um meinen schweißnassen Körper drapiert. Danny setzt sich neben mich und presst seine Finger auf meine Stirn, als wolle er testen, ob ich Fieber habe.

Oh jaaa – Liebesfieber! Mir ist völlig entfallen, was für endlos grüne Augen er doch hat und Lippen, so frisch und lieblich wie saftige Pfirsiche.

»Ich hab Hunger!«, krähe ich. Bei Dannys Anblick ist das nur verständlich.

»Schatz, Lola braucht was zu essen. Bring ihr bitte einen Toast mit!«, ruft mein Ex.

»Natürlich, kommt sofort!«, erwidert Rebecca, immer noch aus dem Off.

Ich strecke meine klebrigen Hände aus und fahre damit begierig über Dannys Oberkörper.

»Du fühlst dich an wie ein Gott!«, hauche ich und bemühe mich, dabei besonders erotisch zu klingen. »Magst du dich ausziehen?«

Ich missachte seinen irritierten Gesichtsausdruck und fange eifrig an, sein babyblaues Hemd aufzuknöpfen.

Doch jetzt huscht etwas über Dannys Gesicht, was mich tatsächlich aus der Ruhe bringt: Mitleid.

»Schon gut, Lola!«, flüstert er liebevoll, als würde er zu einer Dreijährigen mit Windpocken sprechen. »Aber wir lassen das jetzt, in Ordnung?« Er schiebt sanft, aber bestimmt meine lüsternen Finger weg und nimmt dann das Glas Wasser und den Toast von Rebecca entgegen, die soeben zu uns gestoßen ist. »Hier, trink!« Er setzt das Glas an meine Lippen und zwingt mich dazu, das Wasser hinunterzuschlucken. »Toast?«

»Mir ist der Appetit vergangen!«, nuschle ich. »Behalte … deine … Ziege!«

Ich habe den Eindruck, sehr, sehr langsam zu sprechen. Ob Daniel verstanden hat, dass ich von Becky geredet habe und nicht von dem Toast?

Die beiden starren mich an wie ein besorgtes Elternpaar.

»Boaaaah, hab ich was verbrochen, oder was?«, rufe ich aus. Langsam habe ich das Gefühl, dass ich auf dem Polizeirevier bin, erwischt wegen Trunkenheit am Steuer. Ja, am Steuer meines Lebens vielleicht!

»Was habt ihr überhaupt hier zu suchen?«, gluckse ich, gefolgt von einem undamenhaften Rülpser.

Erneut tauschen diese zwei Disney-Figuren vor mir bedeutsame Blicke aus, die ich nicht entziffern kann.

»Der Grund, warum wir hier sind …«, sagt Rebecca langsam. »Weißt du, es gibt Neuigkeiten, und wir wollten sie dir persönlich sagen!«

Aha, Neuigkeiten. Kann es bitte auch ein wenig spezifischer sein?

»Wir sind uns allerdings nicht mehr so sicher, ob das jetzt der richtige Augenblick ist«, fällt Danny mit nervösem Hüsteln ein.

»Mir geht es prächtig, das haben wir doch schon geklärt!«, hickse ich. »Was habt ihr beiden Bonbongesichter mir mitzuteilen?«

Und wieder tauschen Daniel und Rebecca vielsagende Blicke aus. Mir geht das langsam auf den Keks. *Hey, lasst uns alle Blicke austauschen und Lola damit vollkommen ausschließen, was für ein Spaß!*

»Hahahahaha!«, lache ich wie von Sinnen auf – was merkwürdig ist, denn eigentlich ist mir eher zum Heulen zumute … vermutlich ist das eine automatische Abwehrreaktion meines Körpers, der versucht, mich vor noch mehr Blamagen zu bewahren. Ja, stimmt. Hysterisches Lachen ist durchaus eine geeignete Methode dafür.

»Warum lachst du, Lola?«, fragt Becky besorgt und fasst sich irritiert ans Gesicht, als würde sie befürchten, ihr wäre soeben ein Schnurrbart gewachsen.

Ich lege den Kopf schief und lache noch lauter. Ich bin gar nicht mehr aufzuhalten und werfe beide Arme in die Luft.

Jetzt bekommen *Dünn* und *Doof* Muffensausen. Sie sehen mich an, als wäre ich eine Kettensägenmörderin.

»Ach, kommt schon, macht doch nicht so ein großes Geheimnis draus. Sagt schon, warum seid ihr hier?«, gluckse ich, und mein Lachen verstummt mit einem Schlag. Ich ahne schon, dass sie keine guten Nachrichten mitgebracht haben.

»Na gut«, sagt Becky ein wenig zu schnell, sodass ich eigentlich nicht glauben kann, dass ich sie tatsächlich erst dazu überreden musste, die Wahrheit auszuspucken.

Ein breites Grinsen liegt auf ihrem karamellfarbenen Gesicht, und sie streckt mir voller Freude ihre linke Hand entgegen.

»Das ist deine Hand, Rebecca, was will ich mit deiner Hand?«, versuche ich klugzuscheißen, doch *Dünn* zappelt nun so auffällig mit ihren dürren Fingerchen vor meiner Nase herum, dass ich noch mal genauer hinsehe.

Und da ist er: ein riesiger, glitzernder Diamantenklunker, dessen Glanz mir gerade wie ein Laserstrahl ins Gesicht schießt. Mir rutscht das Herz in die Hose. Mir wird schwindelig. Ich fühle mich, als würde ich mich in Luft auflösen, um an meinen Heimatplaneten »Depression I« zurückzukehren.

»Ihr habt euch verlobt?«, ist das Letzte, was ich sagen kann, bevor ich heulend über Rebeccas Ringhand zusammenbreche.

Kapitel 2

Als ich mich wieder beruhigt habe, greife ich nach der Leselampe, die neben dem Sofa auf einem kleinen Beistelltischchen steht, und möchte sie dem frisch verlobten Verräterpärchen augenblicklich über den Schädel ziehen. Nicht unbedingt die professionellste Art, mit so einer Situation umzugehen …

»Haut ab!«, brülle ich also frenetisch und wirble die Lampe wie ein summendes Lichtschwert durch die Luft. »Haut bloß ab! Raus hier! *Sofort!*«

Charles hat sich unterdessen sensationslüstern zu uns gesellt und begutachtet meinen Wutausbruch mit einem Gesicht, als würde er nun erkennen, dass sein kleiner dicker Mopshintern bei einer Geisteskranken gelandet ist.

»Lola, ich …«, setzt meine ehemals beste Freundin beschwichtigend an und versteckt sich hinter Dannys Rücken.

Was für ein Feigling Becky doch ist! Sie soll gefälligst hinter diesem gut aussehenden Muskelpaket hervorkriechen und sich die verdienten Schläge meiner Leselampe abholen!

»Es tut mir wirklich leid, dass es so weit gekommen ist, aber wir sind jetzt immerhin schon ein Jahr zusammen, und wir dachten, du freust dich vielleicht darüber, dass …«

Meine Lampe dient inzwischen als überdimensionales Buschmesser, das ich einsetze, als würde ich einen Urwald durchkämmen. Der Alkohol, der zuvor noch all meine Sinne betäubt hat, scheint von diesem Schock verdrängt worden zu sein.

Oh Gott! Rebecca und Danny sind verlobt! Es wäre eine Lüge zu behaupten, dass ich das nicht habe kommen sehen. Jede verdammte Nacht in meinen Albträumen. Doch nun ist es Wirklichkeit, schrecklich *erniedrigende* Wirklichkeit! Es fühlt sich an, als hätte mein Leben gerade einen neuen, viel schlimmeren *Dominomoment* kreiert, an den ich in Zukunft denken werde, wenn eine Flasche Chardonnay und ich mal wieder zu besten Freunden werden.

Charles fängt aufgeregt an zu bellen, als ich die zwei Gestalten vor mir nur um Zentimeter mit meinem Lampenbuschmesser verfehle. Wenn ich es nicht besser wüsste, würde ich sagen, dass sich der Ausdruck in seinem Gesicht gewandelt hat. Ernsthaftes Interesse hat sich in seine kleinen wässrigen Knopfaugen geschlichen. Vielleicht geht er davon aus, dass er die beiden Gestalten als schmackhaftes Abendessen serviert bekommt, sobald ich sie mit meiner Lampe erlegt habe.

Sein nicht gerade imposanter Mopsschwanz fängt erregt an zu wedeln, der Hund läuft angestachelt auf und ab. Eigentlich zu schade, dass ich *Charles* noch kein *Fass!* beigebracht habe … Ich versuche es trotzdem: »Fass, Charles! *Fass!*«

Zu meinem großen Entzücken bekommen es Becky und Daniel jetzt wirklich mit der Angst zu tun. Sie starren meinen kleinen kläffenden Mops an, als wäre er der weiße Hai höchstpersönlich, der sie mit alarmierender Heckflosse umkreist.

»Lola, bitte beruhige dich!«, ruft Danny.

»Was soll das? Du bist doch verrückt! Pfeif diesen blöden Köter zurück! Wo kommt der eigentlich her?«

Am liebsten würde ich ihnen die Wahrheit ins Gesicht klatschen: dass ich ihn mir heute aus Verzweiflung gekauft habe, weil ich einsam bin, mein Leben verdammt langweilig ist und ich dachte, er könnte mir aus diesem Loch der Trostlosigkeit heraushelfen. Das Tierheim in Deltons Pide, das optisch mindestens genauso trostlos aussieht, wie sich meine Seele gerade anfühlt, hat den sabbernden Kerl nur zu gern in meine Arme übergeben. Und nun schaut es euch an: mein kleines, dickes Möpschen! Mein haariger Kugelfisch auf vier Beinen! Ist es nicht rührend, wie er sein neues Frauchen verteidigt?

»Charles ist der Einzige, der ehrlich zu mir ist!«, jammere ich melodramatisch. Das klingt beeindruckender, als es angesichts unserer kurzen Bekanntschaft ist. »Ihr könntet euch ein Beispiel daran nehmen! An seiner Ehrlichkeit und Treue! Er würde mich *niemals* hintergehen!«

»Aber es ist doch schon so lange her, Lola!«, versucht Becky, auf mich einzureden. »Das haben wir doch alle längst hinter uns gelassen. Weißt du, ich wollte dich auch noch fragen ob, ob … Wirst du meine erste Brautjungfer? Ich würde mich wirklich wahnsinnig freuen!«

Meine Augenbrauen ziehen sich ungläubig zusammen. *Wie bitte? Was?* Hat diese Frau denn gar kein Feingefühl? Brautjungfer? Klar doch! Gern! Wenn Madame Wert darauf legt, dass ihr Kleid mitten in der Hochzeitszeremonie, wenn Danny einfühlsam »Ja, ich will!« haucht, durch meine Flammen der Eifersucht Feuer fängt!

Ich atme dreimal tief ein und aus.

»Rebecca!«, sage ich, lasse mit einiger Selbstbeherrschung die Lampe sinken und starre direkt in ihre Onyx-Augen. »Daniel.« Nun sehe ich Danny an. »Ihr seid zwei riesengroße Kackstiefel! Ich möchte weder etwas von eurer bevorstehenden Hochzeit wissen noch von meiner ehrenvollen Aufgabe als Brautjungfer. Als ich euch damals in flagranti erwischt habe, habt ihr mich unglaublich verletzt. Ich mag vielleicht gesagt haben, dass ich euch verziehen habe und dass ich darüber hinweg bin, aber die Wahrheit ist: Ich habe gelogen! Haltet mich aus eurer perfekten *Twilight*-Hochzeit raus … und überhaupt, haltet euch von meinem Leben fern!« Als ich fertig bin, glitzern Tränen der Wut in meinen Augen.

Rebecca hat ihre Hände vor den Mund geschlagen. »Lola, es tut mir ja so was von leid! Ich wusste nicht, dass du noch so darunter leidest, dass Danny und ich …«

»Du brauchst gar nicht weitersprechen, Becky. Ich habe euch nichts mehr zu sagen! Dort drüben ist die Tür!« Mit zittrigen Fingern zeige ich auf die Treppe, die nach unten führt. »Schönen Abend noch!«, zische ich, während Charles meine Worte mit einem bösartigen »GRRR!« unterstreicht.

Der Hund wird mir immer sympathischer.

Endlich haben Daniel und Rebecca verstanden. Sie richten schuldbewusst ihre Köpfe auf den Boden und eilen aus meinem Sichtfeld, die Treppe zum *Little Birds* hinunter und zur Haustür hinaus. Auf Nimmerwiedersehen!

Kaum sind sie weg, werfe ich Charles einen kurzen Blick zu, von dem ich noch nicht einmal sagen kann, was er widerspiegelt: Erleichterung, Trauer, Wut? Meine Emotionen tanzen gerade Tango in meinem Kopf.

Eigentlich sollte ich mich jetzt besser fühlen, oder? Wo sind der Stein oder vielmehr der Fels, die mir vom Herzen fallen?

Stattdessen krache ich kraftlos auf meinem Sofa zusammen und weine. Ich weine, als wollte ich eine neue Sintflut auf die Menschheit losschicken, und benutze Grannys Patchworkdecke dabei als überdimensionales Taschentuch, da mein rosafarbenes schon gar nicht mehr zu gebrauchen ist.

Die liebevoll zusammengeflickte Decke ist bald von einem unappetitlichen Gemisch aus Wasser und Schleim durchtränkt. Charles setzt sich vor mich und starrt mich durch schwarze Kugelaugen mitleidig an.

»Was ist los?«, schluchze ich.

Charles schleckt sich das Maul. Soso – jetzt wird mir einiges klar! Ich habe Mitleid schon wieder mit Appetit verwechselt. Aber er muss sich jetzt wohl oder übel noch ein wenig gedulden, denn in meinem Zustand setzte ich höchstens die Küche in Brand.

Nach weiteren fünf Minuten, die ich mit Schniefen und Schnäuzen verbringe, stehe ich auf und mache Musik an, die meine Stimmung noch besser zur Geltung bringt. »*Here's a sad love song for you*«, tönt es da auch schon anteilnehmend aus allen Richtungen. Und die Masochistin in mir springt sofort mit Verzweiflung und Selbsthass darauf an: Verdammt noch mal! Mein Leben ist so schrecklich! Ich habe bis jetzt nichts – NICHTS!! – auf die Reihe bekommen! Alles und jeder scheint sich gegen mich verschworen zu haben! Warum? Was mache ich falsch? Es liegt alles an mir! Ich bin nutzlos! Ich bin nicht gut genug für diese

Welt! Und da ist er wieder, mein kleiner, giftiger Zwerg, der nur auf diesen Moment gewartet hat: *WARUM ICH?*

Dann stehe ich im Raum und beginne mich taktgemäß zu den Klängen aus meinen Boxen zu bewegen. Ein unabhängiger Beobachter könnte vermuten, dass ich tanze, doch ich bin realistisch und bezeichne es lieber als »unbeholfene Rhythmusgymnastik«. Ehe ich mich versehe, habe ich Charles auf meinen Armen und schaukle mit ihm durchs Zimmer. Er sabbert mir ordentlich über die Schulter, aber das macht nun auch keinen Unterschied mehr.

»Ach, Charles. Mein lieber, süßer Charles!« Seufzend drücke ich ihn an mich. Wohl etwas zu fest, denn er jault gequält auf. »Entschuldige!«, flüstere ich und schwebe weiter über mein Parkett, wie die Prinzessin jenes Königreiches, das keinen anderen Namen haben kann als *Trauerland*!

Irgendwo da draußen … ich weiß nicht, wo … Aber irgendwo da draußen muss es doch … muss es doch mein Puzzlestück geben … den Topf zu meinem Deckel, auch wenn ich mir davor an so einigen Herdplatten die Hände verbrannt habe. Es muss ihn geben … meinen, nennen wir das Kind beim Namen, *Traumprinz*! Man muss eben viele Frösche küssen bevor … bevor … Ich fange an, zu der Musik zu singen, als wäre ich plötzlich in ein Highschool Musical katapultiert worden, während Tränen, so groß wie Kidneybohnen, meine Wangen hinabrinnen. Und Charles macht mit, indem er wie ein Werwolf heult. In enger Umarmung tanzen wir von einer Seite des Raumes zur nächsten.

Ich starre in die glasigen Augen meines kleinen Charles und überlege, ob ich ihm nicht probehalber einen Kuss auf die feuchte Schnauze geben soll? Vielleicht verwandelt er sich wider Erwarten in ein gut aussehendes männliches Unterwäschemodel. Ich verwerfe diesen Gedanken jedoch augenblicklich, als mein kleiner Racker aufgrunzt und dabei ein gehöriger Teil seiner Spucke in meinen Haaren landet.

Okay. Tiefpunkt.

Jetzt sollte eigentlich der Part mit den Tonnen von Eiscreme drankommen. Begleitet von zahlreichen schnulzigen Hollywood-

Liebesfilmen, die meine Erwartungen an die wahre Liebe nochmals verkomplizieren und es jedem männlichen Individuum da draußen praktisch unmöglich machen, an mich heranzukommen. Ein ewiger Teufelskreis!

Ich schalte hastig meine Stereoanlage aus und eile mit Charles hinab in die Küche. Wenn schon leiden, dann richtig! Es ist Zeit für ein paar extra deftige Kalorien.

Als ich durch die knarzende Tür schlüpfe, schmeichelt ein Gemisch aus Zimtwaffeln, Pfefferminzblättern, Kokos und Erdbeerkuchen meine Geruchsnerven. Es ist merkwürdig, aber immer, wenn ich Grandmas Küche betrete, ist es, als würde sie jeden Augenblick mit einem »Überraschung! Ich bin doch nicht tot! Ich habe euch alle ordentlich auf den Arm genommen!« hinter dem nächsten Mehlsack hervorspringen und ihr freundliches, rundes Gesicht in belustigte Falten legen.

»Na, Lola? Erzähl! Was gibt es Neues in deinem Leben?«

»Ach das Übliche, Granny. Ich bin eine absolute Null auf dem Tiefpunkt ihrer Existenz!«

»Nicht doch, Spätzchen!«, würde sie vermutlich sagen und meine Depression mit einer heißen Schokolade bereinigen. »Trauere nicht! Die Trauer drückt nur deine Flügel platt, mit denen du schon längst zur Lösung hättest fliegen können!«

Ein wehmütiges Lächeln huscht über meine Lippen. So hätte es wirklich ablaufen können. Tatsächlich tut es das aber schon lange nicht mehr. Seit zwei Jahren, um genau zu sein. Meine geliebte Granny wurde in einen tragischen Autounfall verwickelt und konnte fortan nie mehr das *Little Birds* mit ihrer fröhlichen Aura zu dem machen, was es eigentlich ist: ein nostalgischer Wohlfühlort, an dem selbst Jane Austen Dauergast gewesen wäre – und an dem es überdies die besten Kuchen der Welt gibt. Den Kuchen gibt es natürlich immer noch. Aber Granny fehlt, vielleicht nicht allen Gästen, aber *mir*.

Ich halte kurz auf dem schwarz-weiß gekachelten Küchenboden inne. An keinem Ort der Welt fühle ich mich Grannys Seele näher als hier. Die riesige Küche des *Little Birds* steckt voller

Details. Getrocknete Rosen und Weihnachtslebkuchen, die von der Decke hängen, die eigenhändig von ihr gestrichenen blauen Theken und Wandschränke und natürlich ihr ganzer Stolz: ein riesiger, antiker Backofen in der Farbe Rußschwarz.

Nicht nur heute tut es weh, hier zu sein. Aber es gibt auch Tage, an denen es einfach unendlich schön ist draufloszubacken, meine Gäste zu bedienen und dabei zu fühlen, wie Grannys Geist begeistert zusieht und mir ein lobendes »Das machst du sehr gut, Spätzchen!« ins Ohr flüstert.

Ich seufze sehnsuchtsvoll auf und starre zu Charles hinunter. »Wir stopfen uns jetzt mit ungesundem Kram voll! Wie wäre es mit Eis?«, frage ich meinen Hund, der daraufhin hoffnungsvoll zu Hecheln anfängt.

Voller Vorfreude reiße ich meinen riesigen Gefrierschrank auf und stelle deprimiert fest, dass ich keine Eiscreme zu Hause habe. Einkaufen fahren? Völlig unmöglich! Denn ich wohne in kompletter Einöde. Ein Gang zum Supermarkt ist gleichbedeutend mit einer Neun-Meilen-Fahrt, und so betrunken, wie ich bin, werde ich mich nicht hinters Steuer setzen.

Ich sehe auf Charles hinab, der erwartungsvoll mit seinem Schwanz hin- und herwackelt.

»Keine Eiscreme!«, sage ich verstimmt. »Tut mir leid, mein Kleiner!«

Mein Mops winselt betreten. *Können wir dann irgendetwas anderes essen*, scheinen seine süßen Knopfaugen zu sagen.

»Natürlich!«, erwidere ich entschlossen. »Schließlich gibt es in dieser Küche noch genug andere Kalorienbomben!«

Ich lasse meinen Blick unruhig durch den Raum schweifen. Kann ja wohl nicht sein, dass ich in der Küche eines renommierten Cafés nichts zu essen finde! Bald haben sich meine Augen an Grandmas riesiges altes Kochbuch geheftet, das sie vor sehr langer Zeit handschriftlich verfasst hat.

Ja, warum eigentlich nicht? Das ist jetzt zwar nicht die schnellste Alternative, aber Backen wird mich zumindest auf andere Gedanken bringen!

»Charles«, sage ich in heroischem Ton. »Nach was ist dir?«

Mein Hund klafft munter. *Ganz egal, Fressi-Fressi, ich will nur Fressi-Fressi,* übersetze ich in Gedanken.

»Na, da sollten wir in Grannys altem Kochbuch doch fündig werden!«

Ich schnappe mir den Wälzer, der mindestens eine Tonne wiegen muss, und lege ihn auf meiner hölzernen Kochinsel ab. Ich hatte ihn seit gefühlt zehn Jahren nicht mehr in der Hand, weil ich all unsere Standartrezepte im Kopf habe. Doch heute ist mir ausnahmsweise mal nach etwas Neuem.

»Auf gut Glück, Charles?«, frage ich und sehe ihn dabei mit einem Augenzwinkern an.

»Wuff, wuff!«, entgegnet der Mops freudig, während ihm erneut Speichel der Begeisterung aus dem Maul tropft.

»Also gut!« Ich schließe die Augen und lege meine Hand auf Grandmas Kochbuch. »Granny, was wird uns wieder auf die Beine bringen?« Als ich wahllos eine Seite aufschlage, meine Augen öffne und auf das Rezept vor mir starre, ist mir, als schwirre mir gelber Glitzerstaub entgegen. »Wow, das ist ja direkt *magisch*!«, sage ich erstaunt und streiche mit meinem Finger über die schon etwas zerschlissenen Buchseiten aus altem Pergament, um etwas von dem Glitzerstaub aufzusammeln, doch da ist nichts mehr. »Also, was haben wir denn da? *Fairy Cupcakes*, hmm … klingt interessant!«

»Wuff, wuff!«, jault Charles aufgeregt, sein Schwanz wedelt nun derart schnell hin und her, dass das Tier fast umfällt.

»Liebe Lola«, lese ich, und halte sofort inne. Liebe Lola? Moment mal, steht da tatsächlich *Liebe Lola*. Mein Name? Was hat denn bitte *mein Name* in diesem Kochbuch zu suchen?

Okay … jetzt, wo ich drüber nachdenke, ist das so merkwürdig eigentlich nicht, wahrscheinlich hat Granny irgendwann mal eine Widmung für mich versteckt. Schließlich war ihr von Anfang an klar, dass sie mir das *Little Birds* nach ihrem Tod vermachen würde.

»Liebe Lola«, lese ich noch einmal, begleitet von einer Gänsehaut, die mir jetzt den Rücken hinunterkriecht, weil es mir so vorkommt, als würde Granny direkt vom Himmel hinabsprechen.

In diesem Moment rutscht die Seite heraus, die ich mit etwas zittrigen Fingern an mich nehme.

Liebe Lola!

Mein süßes Spätzchen, wenn du das liest, werde ich höchstwahrscheinlich nicht mehr bei dir sein. Ich habe diese Botschaft so gut versteckt, da stößt du in hundert Jahren wahrscheinlich nicht drauf. Aber du weißt ja, dass ich schon immer übergroßes Vertrauen in das Schicksal gesetzt habe und somit auch darauf, dass dich diese Zeilen genau dann finden werden, wenn du sie am dringendsten brauchst. Und das muss zweifelsohne dann sein, wenn ich nicht mehr da bin. Denn sonst hätte ich dir ja persönlich mit Rat und Tat zur Seite stehen können. Ich weiß, dass ich dir eine nicht gerade kleine Aufgabe zurückgelassen habe. Und doch bist du die Einzige, der ich mein geliebtes Little Birds anvertrauen konnte. Das Leben ist aber doch recht langweilig in dieser vollkommenen englischen Einöde namens Harping Charms, nicht wahr? Es gibt aufregendere Orte auf diesem Planeten! Glaub mir, ich weiß, wovon ich rede! Du willst dem Ganzen hier wahrscheinlich so schnell wie möglich ein Ende setzen, oder?

Ach, mein kleiner Spatz, ich habe gewusst, dass dieser Tag kommen würde! In dem Wissen, dass du es irgendwann brauchen würdest, habe ich dir ein ganz besonderes Rezept zurückgelassen: Es sind meine streng geheimen Fairy Cupcakes! Ich selbst habe sehr viel Spaß mit ihnen gehabt. Du warst noch sehr jung, vielleicht zehn Jahre alt. Aber kannst du dich noch an jenen Tag erinnern, als ich plötzlich mit einem brandneuen Ferrari durch die Gegend gebraust bin? Jetzt weißt du, wie ich mir das ermöglicht habe. Deine Eltern brauchst du diesbezüglich allerdings gar nicht erst zu fragen, denn George und Meredith werden keine Erinnerung daran haben. Die Magie der Fairy Cupcakes ist recht komplex, und in den meisten Fällen sorgt sie dafür, dass sich keine Erwachsenen mehr an solche magischen Dinge erinnern können. Außer diejenigen natürlich, die den Wunsch geäußert haben! Klar gibt es immer wieder Abweichungen, und du kannst dir sicher sein, dass niemand die Magie dieser kleinen Gebäckstücke jemals in Gänze verstehen wird. Aber ich habe damals meine süßen Fairy Cupcakes gegessen und mir etwas gewünscht, was dann in Erfüllung ging. Es funktioniert immer, zweifellos! Und das Konzept ist denkbar einfach: ein Wunsch, ein Cupcake! Et voilà! Aber, Vorsicht, meine Hübsche, denn …

Nein! Warum hört der Text plötzlich auf? Die Seite ist abgerissen! Nervös drehe ich den Zettel um und sehe, dass sich dort alle Zutaten für Grandmas angeblich *magisches* Rezept befinden. *Aber, Vorsicht, meine Hübsche, denn …* Das klingt in jedem Fall wichtig und irgendwie *unheilvoll*. Ein bisschen so, als würde mich der zweite Teil des Pergamentes darüber aufklären, dass ich innerhalb von vierundzwanzig Stunden nach dem Verzehr in einen katastrophal endenden Zombie-Streifen verwickelt werden würde. Dagegen spricht eigentlich nur die Tatsache, dass Granny erst Jahre später bei einem tragischen Autounfall ums Leben kam. Aber vielleicht war das ja … *Karma?*

Ach, ist doch wahrscheinlich sowieso nur Spaß, denn so etwas wie magische *Fairy Cupcakes* gibt es schließlich nicht! Granny zielt mit ihren Zeilen sicherlich nur auf so einen »Wünsch dir was vom Universum«-Kram ab! Bei Parkplätzen klappt das ja durchaus – warum also nicht auch bei einem brandneuen Ferrari in der Farbe Signalrot?

Fiebrig fange ich an, mir die Zutatenliste durchzulesen, und kann nicht verhindern, dass mir seit etwa einer Minute ein mulmiges Gefühl im Magen sitzt. Ich stelle mit akademischer Präzision fest, dass neben Zucker, Mehl und sonstigen Backzutaten kein Feenstaub in das Rezept integriert wurde. Auch keine sündhaft teuren Halluzinogene, die man nur auf dem Schwarzmarkt erstehen kann. Also was soll das, Granny? Du willst dich wohl über mich lustig machen?

Ich sehe zu Charles hinab, der ebenso erwartungsvoll zurücksieht. »Wagen wir es?«, murmele ich.

Mein Mops bellt zustimmend.

»Also schön!«, rufe ich daraufhin in heroischem Tonfall und hebe das Rezept wie einen schillernden Pokal in die Luft. »Fairy Cupcakes!«, sage ich dann feierlich, als würde eine Person mit diesem Namen direkt vor mir stehen. »Ich hoffe, ihr schmeckt wenigstens gut!« Ich senke meinen Arm wieder, während Charles begeistert um meine Beine hüpft und immer wieder ein »Wuff!« der Zustimmung zum Besten gibt. Konzentriert beginne ich, alle Zutaten zusammenzusuchen. Und ehrlich gesagt bin ich zu berauscht vor Euphorie darüber, einen kalorienhaltigen Lichtblick gefunden zu haben, um zu erahnen, dass ich damit in die sonderbarste Geschichte meines Lebens hineinstolpere.

Kapitel 3

So muss das Paradies duften! Kurz bevor meine Küchenuhr Alarm schlägt, halte ich bereits verzückt meine Nase in die Luft und ziehe das himmlische Odeur ein, das dort wohlriechende Pirouetten zieht. Wäre mein Leben ein Looney-Tunes-Cartoon, würde mein Körper nun die Treppe hinab zu meinem Backofen schweben, ohne den Boden zu berühren. Ich habe ja schon einige Köstlichkeiten aus dem Backofen gezogen, aber der Duft der Fairy Cupcakes übertrifft alles! Völlig hingerissen von diesem Gotteshauch tänzle ich meiner Küche entgegen, während mir Charles dicht auf den Versen bleibt. Merkwürdigerweise fällt es meiner geschulten Nase schwer, dieses überirdische Duftkonzert zu entziffern. Als würde ich die schönste Melodie auf Erden vernehmen, ohne sagen zu können, welche Instrumente darin verwickelt sind. Duftet es nach Vanille, Zimt? Ja, ein wenig! Aber ganz sicher nach … *Schicksal!*

Als ich die Ofentür öffne, landet mein Kopf in einer Dampfwolke Backglück, und ich kann gar nicht anders, als für ein paar Sekunden in ihr zu verharren. Charles hopst an meine Seite, und gemeinsam starren wir wie in Trance auf die dampfenden Leckereien vor uns. Könnten wir mit den Augen essen, hätte sich das köstliche Gebäck schon längst in Luft aufgelöst.

»Also schön!«, murmele ich schließlich, schnappe mir meine Topflappen und stelle das Backblech auf meiner Arbeitsplatte ab.

Erneut verfalle ich in meine Anstarrpose – wie eine frisch gebackene Mutter, die ehrfurchtsvoll ihr Neugeborenes betrachtet.

Da habe ich mich mal wieder selbst übertroffen, oder besser gesagt: Granny, *du* hast dich übertroffen!

Mir läuft das Wasser im Mund zusammen. Auch Charles scheint mehr als nur begeistert zu sein, so aufgeregt, wie er nun um meine Beine scharwenzelt und immer wieder fröhliche Luftsprünge macht. Ich seufze auf. Es gibt doch kein Problem, das nicht mit einer deftigen Portion Kalorien gelöst werden kann!

Ich strecke meine Hand nach einem der *Fairy Cupcakes* aus, halte dann jedoch abrupt inne.

Alles der Reihe nach. Die Cupcakes sollten sowieso noch ein bisschen abkühlen, wenn ich es nicht darauf anlege, mir die Zunge zu verbrennen. Ich könnte die Wartezeit dazu nutzen, um mich ein wenig frisch zu machen. Schließlich könnte der Verzehr der *Fairy Cupcakes* der Anfang eines neuen Lebensabschnittes sein, und dem möchte ich ungern ungewaschen entgegentreten.

Ich werde ein richtiges Ritual abhalten! Sobald ich mich herausgeputzt habe, werde ich in die Natur gehen und durch wilde englische Landschaft streifen, wie die tapfere Protagonistin eines britischen Abenteuerromans. Und wenn ich dann an meinem Lieblingsplatz, der *Golden Cliff*, stehe und der Wind mein blondes Haar in alle Himmelsrichtungen tanzen lässt, mein neuer bester Freund Charles zu meinen Füßen ein aufgeregtes Jaulkonzert veranstaltet und die letzten Sonnenstrahlen des Tages leicht und golden auf meiner Haut schimmern, dann werde ich einen *Fairy Cupcake* emporheben, stolz wie Rafiki den kleinen Simba bei *Der König der Löwen,* und meinen innigsten Wunsch dem offenen Meer entgegenflöten. Und Charles, der soll natürlich auch einen *Fairy Cupcake* bekommen. Schließlich werden wir ab heute alles zusammen durchstehen.

»Kommst du?«, frage ich meinen Hund, der mir eifrig hinterherrennt.

Ich eile die Treppe zu meiner kleinen Wohnung hinauf und stolpere voller Vorfreude ins Bad.

Irgendwie habe ich das euphorische Gefühl, dass dieser Samstagabend nur noch besser werden kann. Vergessen ist die Verlobung, vergessen ist die ausgelassene Heulerei in meinem Wohnzimmer.

Ich knipse das Licht an und reagiere verhältnismäßig gelassen, als ich das Monster in meinem Badezimmerspiegel erblicke. Meine Augen sind gerötet und mein Make-up komplett verschmiert. Zu Halloween wäre die Kostümierung prima durchgegangen. Ich sehe aus wie eine verrückte Zombiebraut.

Es wird höchste Zeit etwas dagegen zu unternehmen!

Ich reiße mir alle Klamotten vom Leib, drücke auf den Knopf, der mein kleines Badezimmer-Radio dazu veranlasst, heitere Songs auszuspucken, und hüpfe unter die Dusche. Kaum läuft das angenehm warme Wasser über meine Schultern, bringt mein Gehirn Tausende wundervolle Wünsche zutage, die ich beim Verzehr der *Fairy Cupcakes* äußern könnte. Wie war das doch gleich? Hat Granny nicht irgendwas von *ein Wunsch, ein Cupcake* geschrieben?

Na schön. Ich habe vier Cupcakes ... Einen für mich, einen für Charles, die restlichen werde ich im Kühlschrank aufbewahren. Man weiß ja nie, wann man mal wieder eine extra Portion Magie gebrauchen kann! Ich kichere leise auf. Extra Portion Magie. Jetzt drehe ich völlig durch. Ich zwinkere Charles zu, der mich interessiert dabei beobachtet, wie ich tänzerisch hin und her trippele und *I feel good* von James Brown singe. »I feel good, düdüdüdüdüm. I knew that I would ... Düdüdüdüdüdüm!«

Charles bellt und wirft der geschlossenen Tür einen flehentlichen Blick zu.

»Tut mir leid, Charles, da musst du jetzt durch!«, rufe ich und seife mich mit meinem Rosenduschgel ein, während weitere *I-feel-Goods* aus meiner Kehle dröhnen.

Alles muss perfekt sein! Ich will, dass das hier funktioniert. Ich will, dass ich von einem euphorischen Glanz umhüllt werde, der jeden Betrachter umhaut, in Staunen versetzt. Rebecca White wird heute Nacht noch ordentlich Konkurrenz bekommen!

Durch eine dichte Dampfwolke steige ich nach etwa fünfzehn Minuten aus der Dusche und wickle mir ein dickes Frotteetuch um. Von meinem Chardonnay spüre ich nichts mehr. Ist auch besser so, schließlich habe ich mich nun für einen ganz besonderen Wunsch entschieden, und wenn ich den äußere, möchte ich nüchtern sein. Heute ist der Tag, an dem ich ausnahmsweise genau das bekomme, was ich möchte! Es ist so weit, langsam muss ich mir eingestehen, dass ich angefangen habe, Grandmas Worten tatsächlich Glauben zu schenken, zumindest ein bisschen.

Summend baue ich mich vor meinem Spiegel auf, posiere ein bisschen herum, indem ich meine Lippen zu einem Kussmund verforme, und putze mir dann rasch die Zähne.

Nachdem ich mich in schwarze Spitzenunterwäsche geworfen und meine blonden Haare geföhnt habe, denke ich, dass ein bisschen Make-up auch nicht schlecht wäre – aber nicht zu viel. Ich sollte natürlich wirken, frisch und lieblich, nicht zugekleistert.

»Hallooohoo, hübsche Frau!« Ich nicke anerkennend meinem Spiegelbild zu. Meine vollen blonden Haare fallen in leicht gewellten Strähnen über meine Schulter und auf meinen Wangen sitzt ein Hauch von Pfirsichrot, das sich perfekt mit der Farbe meines Lippenstiftes ergänzt. Jetzt würde ich selbst neben Becky nicht mehr wie eine Kakerlake aussehen, denn man könnte mich glatt mit der Hollywood-Schönheit Amanda Seyfried verwechseln.

Charles' Augen stehen auch schon vor Bewunderung raus. Na ja, machen wir uns nichts vor, das ist genetisch bedingt.

»Auf zum Styling, Mopsi!«, zwitschere ich und schwebe aus dem Badezimmer in meinen begehbaren Kleiderschrank. Er ist ganz in Weiß gehalten, mit einem roten langen Teppich in der Mitte, der an einem hohen Spiegel endet, sodass ich wie die Laufstegqueen höchstpersönlich in meinen neuen Outfits posieren kann. Ich reiße sämtliche Schubladen und Schranktüren auf und schmeiße eine engere Wahl an Kleidungsstücken auf mein kleines französisches Kanapee, das neben dem Spiegel steht.

Ein blaues Punktekleid? Zu altbacken! Aber wie wäre es mit diesem hinreißenden orangen Modell hier? Es muss auf jeden Fall ein Kleid sein!

»Charles?«, ich sehe ihn fragend an. »Was hältst du davon? Ist das nicht bezaubernd?«

Keine Reaktion. Damit sagt er mir wohl, dass ich so zu Halloween eine großartige Figur als Kürbis machen würde – aber *nicht heute Abend*.

»Also schön – dann – ähm, wie steht mir *das* hier?« Ich halte mir ein maigrünes Kleid vor die Brust und hinterfrage es nicht einmal, dass ich mich mit meinem *Charles* unterhalte, als wäre er der Stardesigner schlechthin.

Wieder keine Reaktion.

»Zu grün, wie?« Ich seufze auf. »Okay, Charles, *das* wird dich aber umhauen!«

Ich ziehe ein edles weißes Kleid mit tiefem Ausschnitt hervor.

Seltsamerweise heult mein Mops sofort herzzerreißend auf. Also entweder macht ihm dieses Spiel langsam keinen Spaß mehr, oder es ist tatsächlich so, dass er einen überaus guten Geschmack hat.

Ich entscheide mich für die letzte Variante. »Du liebst es?«, rufe ich entzückt und füge etwas unsicher hinzu. »Bin ich nicht *overdressed*?« Ich streife mir das Kleid rasch über und werfe daraufhin einen kritischen Blick in den Spiegel.

Charles heult wieder auf. Wenn das so weitergeht, steht wahrscheinlich gleich die Polizei wegen Lärmbelästigung vor der Tür. Also beeile ich mich, seinen animalischen Gesang als *»Nein, es ist perfekt*!« zu deuten und sage in heroischem Tonfall: »Okay, dann lass uns nach unseren *Fairy Cupcakes* sehen, mein Kleiner!«

»Wuff!« Jetzt ist es ein eindeutiger Laut der Begeisterung und Zustimmung.

Unten angekommen nehme ich zwei der gebackenen Naschereien von der Küchentheke an mich, schnappe mir meine Handtasche, werfe Schlüssel, Geldbeutel, Telefon und Deo hinein und bin dann Sekunden später in meinem Garten. Mit einem letzten »Danke, Granny!« in Richtung Himmel verabschiede ich mich vom *Little Birds* und schreite durch mein Gartentor auf die verlassene Straße von Harping Charms hinaus.

Harping Charms ist der klitzekleine Vorort des neun Meilen entfernten, überschaubaren Städtchens Deltons Pide in Südengland. Die Winzigkeit beider Orte ist dafür verantwortlich, dass man mitunter große Mühe hat, sie auf einer Landkarte ausfindig zu machen. Geschätzte Einwohnerzahl von Harping Charms? Fünfzig! Ich weiß, ziemlich trostlos, wenn man bedenkt, dass ich hier praktisch aufgewachsen bin, so oft, wie ich meiner liebsten Großmama im *Little Birds* unter die Arme gegriffen habe.

Ich ließ fast keine Sekunde aus, Zeit mit meiner Großmutter in ihrem charmanten Café zu verbringen. Uns hat einfach schon immer etwas ganz Besonderes verbunden. Nicht selten zum Leidwesen meiner Eltern, die mich bis zum heutigen Tag oft in ihrem Haus am Meer in Brighton vermissen, wo ich sie immer seltener besuche, da mich das *Little Birds* auf Trab hält. Mum und Dad verstehen das, aber wie alle Eltern wünschen sie sich natürlich, dass ihre einzige Tochter nicht nur zu Weihnachten vorbeischneit. Auch wenn sie natürlich mächtig stolz auf mich sind, weil ich mit meinen zarten fünfundzwanzig Jahren bereits ein eigenes Café leite und das trotz abgeschiedener Lage auch noch überaus erfolgreich.

Unser *Little Birds* ist für seine köstlichen Kuchen schon fast weltberühmt. Dafür rennen uns Menschen aus der ganzen Welt die Tür ein. Nicht umsonst wird das schnuckelige Café von einigen Insidern auch *Lucky Birds* genannt, denn es gab seit seiner Eröffnung kaum einen Tag, an dem es nicht von hungrigen Gästen überquoll.

Es kommt vor, dass ich Gäste aus London bediene, die extra einen Abstecher ins hinterste Pfefferland machen, um sich das berühmt-berüchtigte *Little Birds* einmal anzusehen. Ich habe mich sogar schon mit New Yorkern und einigen Texanern unterhalten – und natürlich mit jeder Menge Asiaten. Manchmal halten sogar ganze Reisebusse vor unserer Tür, und ich muss zusehen, dass ich zusammen mit meiner einzigen Aushilfe und Freundin Melissa die Horden von Nostalgieanhängern zufriedenstelle. Ich kann ihnen ihren Besuch schlecht verübeln, denn unser kleines

Cottage ist wirklich ganz entzückend! Gerade jetzt im Sommer, wenn man im Rosengarten unter strahlend blauem Himmel eine gepflegte Tasse Earl Grey Tea zu sich nehmen kann. Dazu federleichte Klaviermusik, die aus unserem weißen Flügel tanzt, an dem sich unsere Gäste nach Belieben austoben dürfen.

Ich will gerade voller Tatendrang loslaufen, als mich ein seltsames Gefühl innehalten lässt. Ich stehe da wie eine Katze im Angriffsmodus, während sich all ihre Sinne geschärft haben. Auf der gegenüberliegenden Seite liegt das pompöse und ein wenig einschüchternde Anwesen von Betty McDouble, unserem ultimativen Dauergast. Sie ist die Einzige, die mich täglich auf die Palme bringt. Betty gehört zu den Menschen, denen man definitiv nicht gern über den Weg läuft, weil sie einen mit ihren gewaltigen Klatsch-und-Tratsch-Krakenarmen für mindestens zwei Stunden in Gewahrsam nimmt. Ich bücke mich instinktiv und schleiche krumm wie der Glöckner von Notre Dame die Straße hinauf.

Obwohl es bereits nach neun Uhr abends ist, könnte Betty nämlich sensationslüstern mit ihrem Fernglas aus dem Fenster spähen – neben dem Tratschen ihre Lieblingsbeschäftigung. Andere Menschen spielen Golf, gehen joggen oder belegen einen Kochkurs – Betty observiert mit fast schon akribischer Präzision die Nachbarschaft!

Ich husche die Straße hinauf, während mir Charles auf seinen kleinen, dicklichen Mopsbeinchen folgt und dabei immer wieder Grunzgeräusche von sich gibt, als hätte er noch nie etwas von Kondition gehört. Nach einigen Minuten erreiche ich jenen kleinen Pfad, der direkt in die wilde, englische Hügellandschaften führt. Erneut zweifle ich an meiner Garderobe: Ich werde mich gleich mit einem weißen Abendkleid durch dreckige Erde wühlen. Bravo, Lola. Aber gut, das ist eben Teil meines Rituals.

Nach weiteren zehn Minuten Marsch durch kniehohe Gräser und Blumen bereue ich allerdings zutiefst, dass ich unbedingt meine schwarzen Lack-High-Heels anziehen musste.

Ich werfe einen sehnsuchtsvollen Blick zum Himmel, der in malerisches Abendrot getunkt ist. Es ist dämmrig, und die Sommersonne wird in der nächsten halben Stunde ganz verschwunden sein, auch wenn sie sich jetzt noch in Form von goldenen Streifen am Himmel abzeichnet.

Mein Herzschlag beschleunigt sich, weil ich in wenigen Minuten in völliger Dunkelheit irgendwo im Nirgendwo stehen werde. Also mache ich das einzig Vernünftige: Ich ziehe meine Schuhe aus und lege einen Zahn zu.

Der Mops grunzt auf und richtet seinen Blick gierig auf die Cupcakes in meiner Hand. Er möchte offensichtlich nur noch einen abendlichen Snack zu sich nehmen, ganz egal, ob dieser mit magischen Wundern einhergeht oder nicht.

»Wir sind ja gleich da!«, erwidere ich und stolpere weiter über strohiges Gras, in der Ferne schon das tosende Meer im Blick. Ich sehe noch einmal zum Himmel empor – wahrscheinlich wird er in einigen Minuten dunkelblau sein, mit Tausenden von glitzernden Sternen bespickt. Trotzdem ist es zu meinem Glück immer noch so hell, dass ich mein Handy nicht als Taschenlampe benutzen muss. Alles ist friedlich, einige Grillen zirpen, Vögel singen selbst um diese Uhrzeit noch ihr Lied, der Wind umschmeichelt mein Gesicht, wirbelt meine Haare hoch, es ist immer noch angenehm mild, und das Einzige, was stört, sind die kratzenden Grashalme unter mir.

Ich kann die Golden Cliff schon sehen, die würdevoll über dem tosenden Meer thront. Hier muss Keira Knightley in Joe Wrights *Stolz und Vorurteil* diese unglaublich herzerweichende Szene gedreht haben, in der sie mit flatterndem Nostalgiekleid an der Klippe steht und das Ganze von dramatischer Filmmusik untermalt wird. Die Golden Cliff ist der perfekte Ort, um Magisches zu tun, selbst wenn meine Aufgabe nur darin bestehen wird, in einen saftigen Cupcake zu beißen. Aber wer weiß, vielleicht ist das die Magie des 21. Jahrhunderts, Zauberstäbe sind doch so was von *oldschool*!

Charles scheint instinktiv zu wissen, dass die Golden Cliff unser Bestimmungsort ist, denn er rennt plötzlich wie von Sinnen auf den Abgrund zu.

»Warte!«, rufe ich und folge meinem Hund mit vor Anstrengung heruntergeklappter Kinnlade.

»Wuff!«, bellt dieser aufgeregt einigen Möwen hinterher, die sich an uns vorbei dem tanzenden Meer entgegenschwingen.

Ich geselle mich atemlos zu *Charles*, überblicke das beeindruckende Panorama und bekomme eine wohlige Gänsehaut. *Dieser Ort ist perfekt*! Das Meer rauscht zustimmend, und Charles hat nur noch Interesse an dem überirdisch leckeren Duft, der zwischen meinen Fingern hindurchquillt.

Mein Herz hat unterdessen angefangen, noch schneller zu schlagen, als ich das Gebäck mit einem »Hier, Mops!« unter seine Nase halte.

»Ein Wunsch, ein Cupcake!«

»Wuff!«, entgegnet Charles ungeduldig, was wohl so viel heißt, wie: *Jetzt gib schon her!* Er reißt mir die Kostbarkeit aus den Händen und verschlingt sie lustvoll.

Ich atme einige Male tief ein und wieder aus, als würde ich mich darauf vorbereiten, unter Wasser zu tauchen.

»Also schön!«, murmele ich. »Granny – du lachst dich wahrscheinlich gerade kaputt auf deiner Achttausend-Pfund-Couch im Himmel! Ich hoffe das Popcorn schmeckt wenigstens!« Ich seufze. »Also schön, ich wünsche mir …« *Oh Gott, ich tue es wirklich, jetzt, gleich, sofort!* »Ich wünsche mir, meinen …«

Klar, ich möchte es sagen! Doch irgendwie sind die Worte in meiner Kehle stecken geblieben. Ich weiß nicht, ob vor Nervosität oder Trauer darüber, dass ich wirklich so weit gesunken bin zu denken, ein Cupcake könnte mein Leben für immer und ewig verändern! Aber ganz ehrlich? Was habe ich zu verlieren? Dann ist das Ganze eben einfach nur Humbug. Wenigstens bin ich von meinem Sofa weggekommen und tanze keinen traurigen Walzer mehr mit einem sabbernden Mops auf dem Arm. Jetzt könnte man sich natürlich fragen, was peinlicher ist: der Mopstanz oder barfuß in einem wehenden Abendkleid an einer Klippe zu stehen, um sich unter dem hereinbrechenden Nachthimmel von einem Cupcake den persönlichen Herzenswunsch erfüllen zu lassen?

Ich hole erneut Luft, spüre, wie mir eine einzelne Träne die Wange hinabkriecht und wie diese vom salzigen Abendwind verwischt wird. Jetzt oder nie. Meine Lippen öffnen sich bebend, als ich dahinhauche: »Ich wünsche mir meinen ganz persönlichen Traumprinzen!«

Ich versenke meine Zähne in dem duftenden Cupcake und habe ihn innerhalb weniger Minuten gierig vertilgt. Meine Geschmacksnerven geraten in extatische Verzückung, und ich kann mir ein anerkennendes »Mhhhhhhhm, ist das köstlich!« nicht verkneifen.

Als ich fertig bin, mache ich einen kleinen Schritt nach hinten.

Fühle ich mich irgendwie anders? Komisch? Merkwürdig? Ich sehe Charles an, der zufrieden rülpst.

»Hat es geschmeckt?«, frage ich, und mein Hund leckt sich zur Antwort das sabbernde Maul.

Nichts ist passiert. Wundert mich das? Aber vielleicht ... vielleicht setzt die Wirkung erst nach einiger Zeit ein, wer weiß!

Ich verschränke unbeeindruckt die Arme vor der Brust und beginne zu warten, wobei ich griesgrämig die im Wind zitternden Grashalme zu meinen Füßen betrachte, gewillt, sie wütend platt zu treten, wenn jetzt nicht gleich mein Wunsch in Erfüllung geht.

Nach fünf weiteren Minuten, in denen rein gar nichts geschehen ist, möchte ich Charles auf den Arm nehmen und knuddeln, damit ich meine Niederlage besser verkraften kann.

»Charles?«, schluchze ich also und will ihn dramatisch an meine Brust reißen. »Charles?!«

Er ist verschwunden! Moment! Wie geht denn das? Er saß doch eben noch neben mir!

»Charles?«, brülle ich außer mir, weil ich natürlich nur davon ausgehen kann, dass er soeben von meiner geliebten Golden Cliff gestürzt ist. Ich renne zum äußersten Rand der Klippe und werfe einen prüfenden Blick nach unten. Gurgelnde Meereswellen platschen dort gegen den rauen Fels. Es ist unmöglich, etwas zu erkennen, zumal sich der Himmel über mir immer dunkler färbt.

»Charles?«, wimmere ich, dann vernehme ich ein merkwürdiges Geräusch hinter mir. Es ist ein tiefes, kehliges Schnauben, und sofort kriecht eine Gänsehaut über meine Arme, weil ich keine Ahnung habe, wie ich es einordnen soll. Wenn ich es nicht besser wüsste, würde ich sagen, es klingt nach einem … aber nein. Völlig unmöglich! Mit leicht zittrigen Knien drehe ich mich langsam um.

Mir bleibt die Spucke im Hals kleben, und ich frage mich unverzüglich, ob ich doch noch betrunken bin. Denn vor mir steht – nein, das ist nicht real, das *kann* nicht real sein – ein majestätischer weißer Hengst mit wallender, im Wind fliegender Mähne. Seine Nüstern blähen sich stolz auf, als er mit eleganten Schritten in meine Richtung kommt.

»Charles?«, krächze ich, als hätte ich mir gestern auf einem Heavy-Metall-Konzert die Stimme aus dem Leib gekreischt. Das wunderschöne weiße Pferd vor mir schnaubt leise und knabbert liebevoll am Saum meines Kleides. »Charles?«, schreie ich nun los, weil ich begreife, dass dieses Pferd wirklich *er* ist, und werfe mich um seinen Hals. »Ach, du meine Güte! Warum hast du dir denn bitte gewünscht, ein Hengst zu sein? Und, warum hast du überhaupt verstanden, was ich zu dir gesagt habe?«

Das Pferd vor mir wiehert zur Antwort und hebt seinen voluminösen Kopf gen Himmel, als würde es seine hübsche Mähne noch besser zur Geltung bringen wollen. Aha, ein eingebildeter Hengst ist mein Charles also geworden. Ich starre ihn fassungslos an, mein Herz klopft so laut und schnell, dass ich es in meinen Gedanken hören kann, während ich wie Rumpelstilzchen auf der Stelle hüpfe und völlig aufgelöst »Ich fass es nicht, ich fass es nicht!« kreische.

Oh. Mein. Gott. Ich bin hin und weg! Es hat wirklich funktioniert! Und das bedeutet, dass … dass … mein Wunsch auch in Erfüllung geht! Und tatsächlich … Als ich meine Augen angestrengt zusammenkneife und in die Richtung blicke, aus der ich gekommen bin … ist da … *Ist da jemand?!*

Eine Silhouette erscheint in der Ferne und fuchtelt mit den Armen hin und her.

»Hallo?«, ruft eine männliche Stimme. »Können Sie mir vielleicht weiterhelfen? Ich habe mich verfahren und brauche dringend Hilfe!«

Und als diese unglaublich anziehende Stimme in Form eines durchtrainierten Körpers Gestalt annimmt, bin ich hin und weg. Ich höre Engelchen himmlische Hymnen anstimmen und glorreiche Fanfaren über mich hinwegtrompeten. Dieser Gott von einem Kerl scheint in Zeitlupe zu gehen, sodass ich jedes auch noch so unbedeutendes Detail erkennen kann: Seine blauen Augen, die braunen kurzen Haare, die charmanten vollen Lippen, die aalglatte und vermutlich babyweiche Haut ohne jede störende Pore. Kurz: Dieser Mensch sieht aus wie gephotoshopt, als er in seinem Smoking lächelnd vor mir stehen bleibt und mich mit seinem saphirfarbenen Blick durchdringt.

Es grenzt an ein Wunder, dass meine Augen noch keinen Orgasmus bekommen haben.

»Hallo, schöne Frau, mein Name ist Jack«, sagt Mr. Supermodel-Traumprinz mit seiner Gänsehaut verursachenden Stimme. »Ich möchte Sie wirklich nicht von Ihrem Reitausflug abhalten – übrigens ein sehr hübsches Pferd, das Sie da haben!« Er wirft Charles einen anerkennenden Blick zu, bevor er wieder mich ansieht »Könnten Sie mir bitte weiterhelfen?«

Kapitel 4

Nach gefühlten zwei Stunden bringe ich endlich ein Wort heraus und höre auf, meinen Traumprinzen wie auf Drogen anzugrinsen. Allerdings wirkt der junge Mann, der sich als Jack vorgestellt hat, immer noch freundlich und erweckt keinesfalls den Anschein, als würde er mich für komplett durchgeknallt halten.

Sehr gut, Lola, er sieht in dir keine Geisteskranke, die sich gleich liebestrunken mit ihm die Golden Cliff hinabstürzen wird, um selbst im Tod auf ewig mit ihm vereint zu sein.

»Ähm«, sage ich mit konzentriert fester Stimme. »Wobei kann ich Ihnen denn behilflich sein?« Innerlich feiere ich mich wie eine Königin, weil ich in seiner Gegenwart einen grammatikalisch einwandfreien Satz zustande gebracht habe.

»Ich habe in einer halben Stunde einen wirklich wichtigen Auftritt bei einem Freund, der ein neues Restaurant in Deltons Pide eröffnet hat!«

Er kratzt sich am Kopf. Wow, selbst das sieht hinreißend aus. Was für ein Mann!

»Und das Problem dabei ist … Mein Navi hat den Geist aufgegebenen, mein Handyakku ist leer, und ich habe mich komplett verfahren! Ist mir noch nie passiert, so was!« Er schüttelt seinen wunderschönen Kopf und schenkt mir ein Lächeln, das eine wohlige Gänsehaut über sämtliche Regionen meines Körpers kriechen lässt.

Ich muss lachen. »Und da stiefeln Sie einfach so drauflos, in die Weite der britischen Wildnis, und hoffen, dass Sie eine Person finden, die Ihnen weiterhelfen kann, anstatt jemanden in Harping

Charms zu fragen, wie?« Noch ein Satz, ich habe noch einen Satz herausbekommen!

Jack sieht jetzt mehr als verlegen drein. »Jaa«, sagt er gedehnt. »Ich weiß auch nicht, irgendwie kam es so über mich. Ich habe das Gefühl, dass ich heute nicht ganz ich selbst bin! Kennen Sie das?«

Er dringt mit seinen Saphiraugen in meine ein, und ich muss mich räuspern, weil mir plötzlich klar wird, dass all das hier meine Schuld ist.

Natürlich würde jeder vernünftig denkende Mensch in einer solchen Situation niemals anfangen, durch englische Hügellandschaften zu klettern.

Grannys Fairy Cupcakes haben ihn zu mir geführt.

»Heute muss mein Glückstag sein«, meint Jack. »Denn wie Sie sehen: Ich habe wider Erwarten eine reizende Person ausfindig machen können.«

Nein, heute ist *mein* Glücktag! Ich kann mich gerade noch davor zurückhalten, es herauszubrüllen und damit meine aalglatte Maskerade der Ruhe fallen zu lassen.

»Aber erlauben Sie mir die Frage«, fährt Jack mit seiner betörenden Stimme fort. »Ist es heute üblich, dass man so herausgeputzt reiten geht?«

Ich werde rot. Er wird mich für verrückt halten. Wie komisch muss es sein, ein blondes Mädchen in einem weißen Marylin-Monroe-Kleid, barfuß, mit Lack-High-Heels in der Hand, neben einem Märchenschimmel an einer Klippe mitten in Südengland aufzufinden?

»Charles und ich haben lediglich einen Spaziergang gemacht!« Ich sehe meinen neuen weißen Hengst an, der zustimmend wiehert und wieder am Saum meines Kleides knabbert. »Lass das, Charles!«, ermahne ich ihn und befreie mich von seinen gierigen Zähnen. »Du hattest doch gerade erst was zu essen.«

»Ein Spaziergang also«, stellt mein Gegenüber lächelnd fest. »Dann sind Sie aber noch verabredet, oder? Wie gesagt, es liegt mir wirklich fern, Sie in irgendeiner Form zu stören. Wenn Sie mir eben sagen könnten, wie ich am geschicktesten nach Deltons

Pide komme, wäre das fantastisch. Sie wären meine Lebensretterin! François wird ausflippen, wenn ich nicht rechtzeitig da bin, es ist ein großer Tag für ihn – oder eher eine ganz besondere Nacht!«

Das ist es in der Tat, denke ich und stammele: »Ich bin nicht verabredet … ich, ähm … laufe immer so rum.«

»Na, dann würde es mich nicht wundern, wenn sie öfter von seltsamen Typen wie mir angesprochen werden.«

Haha. Schön wär's … »Sie sind nicht seltsam … Wie war Ihr Name doch gleich?« Ich frage das nicht, weil ich tatsächlich vergessen habe, wie er heißt, sondern damit es nicht ganz so offensichtlich ist, dass ich gerade angefangen habe, mich Hals über Kopf in diesen Adonis zu verknallen.

»Jack«, antwortet er mit ruhiger Stimme und unterstreicht seinen Namen mit einem Lächeln, das meine Beine langsam, aber sicher schmelzen lässt wie Eiscreme in der Sonne. »Und mit wem habe ich die Ehre?«

»Lola«, erwidere ich und bediene mich eines gekonnten Augenaufschlags. »Also, Jack, ich kann Ihnen gern in der Deltons-Pride-Sache weiterhelfen.«

»Das ist toll, Sie sind meine persönliche Glücksfee!« Sein Lächeln ist nun so offen und einladend, dass ich ihm am liebsten in die Arme fallen würde.

»Also, worauf warten wir? Gehen wir zu meinem Haus. Da habe ich eine Straßenkarte, die ich Ihnen gern mitgeben kann.« Ich nicke in die Richtung, aus der er gekommen ist, und ziehe hastig meine Schuhe an, weil meine Figur mit hohen Absätzen besser zur Geltung kommt. Dass ich daraufhin undamenhaft etwa zwei Zentimeter in der Erde versinke, versuche ich mit einem nervösen Lächeln zu überspielen.

»Fantastisch!« Jack strahlt mich an. »Ich kann Ihnen gar nicht genug danken.«

Oh, mir fiele da schon eine Möglichkeit ein, wie er sich revanchieren könnte, denke ich. Ich gebe Charles zu verstehen, dass er uns folgen soll.

Auf dem Rückweg zu meinem Haus fällt mir auf, dass mich Jack immer wieder von der Seite ansieht, was mein Herz zu einem wilden Galopp anheizt.

»Ist alles in Ordnung?«, frage ich etwas verunsichert.

»Ja, alles bestens!«, erwidert Jack geschmeidig. »Ich habe mich nur gerade gefragt, wie jemand so schön sein kann. Ich hoffe, ich bin nicht zu aufdringlich, wenn ich Ihnen sage, dass Sie umwerfend aussehen.« Dann fällt Jacks Blick auf meine mörderischen Absätze. »Sieht gefährlich aus«, meint er. »Wie können Sie mit so etwas reiten?«

»Gar nicht!«, entgegne ich und vermeide es, ihn dabei anzusehen. »Wie gesagt – Charles und ich haben lediglich einen Spaziergang gemacht. Sehen Sie – er trägt noch nicht mal einen Sattel, wie soll ich ihn da geritten haben?«

»Auch für einen Spaziergang sehen Ihre High Heels ungemütlich aus – kann ich Ihnen vielleicht helfen?«

»Helfen?«, hauche ich. »Wollen Sie etwa Schuhe tauschen? Ich glaube nicht, dass sie in Größe 37 passen.«

Er lacht nur, und es klingt, als würden die Engelchen in meinem Kopf kontinuierlich *Halleluja* singen.

»Wenn ich Ihnen jetzt zu nahe trete, beschweren Sie sich bitte, aber ...« Ehe ich mich versehe, hat er mit seinen muskulösen Armen unter mich gegriffen und mich an seine Brust gehoben.

»Ach, du meine Güte!«, krächze ich, meine Stimme ist ganz dünn. Am liebsten würde ich ihm erklären, dass ich ihn gern noch näher bei mir hätte. Aber es wäre wohl unhöflich, ihn zu bitten, seinen Oberkörper freizumachen.

»Ist das okay?« Falten der Sorge bilden sich auf seiner Stirn. »Ich kann Sie auch wieder absetzen, wenn Sie das wollen.«

»Nein!«, rufe ich viel zu schnell. »Das ist perfekt! Das ist ausgezeichnet!« Als ich meinen Kopf in seine Richtung wende, wird mir schwindlig von der liebevollen Eindringlichkeit seines Blickes.

»Sie sind der Boss, Lola!«, sagt Jack lächelnd und stiefelt unbeschwert weiter. Der Typ trägt mich, als wäre ich eine Feder! Er fängt nicht mal an zu schwitzen oder unregelmäßig zu atmen.

»Sind Sie real?«, rutscht es mir da auch schon heraus.

Jack lacht erneut sein unglaublich sexy Lachen. »Ich hoffe doch mal!« Er schüttelt den Kopf. »Was sollte ich denn sonst sein? Eine Märchenfigur?«

Na, der hat leicht reden.

»Erscheint Ihnen das nicht merkwürdig? Ich gehe nichts ahnend mit meinem Mops – ähm, Pferd – spazieren, und plötzlich tauchen Sie auf, Jack«, entgegne ich lächelnd.

»Das haben Leute so an sich, die Hilfe von anderen benötigen. Sie suchen andere Menschen auf, in der Hoffnung, sie könnten ihnen weiterhelfen!« Er drückt mich fester an sich, sodass ich jeden seiner Muskeln spüren kann. »Mops? Haben Sie denn auch einen Hund?«

»Ja … nein … er … er ist gestorben«, stammle ich.

»Das tut mir leid! Und als Ersatz haben Sie sich ein weißes Pferd gekauft?«, schlussfolgert Jack.

»Sozusagen.«

»Gibt es denn auch einen passenden Prinzen zu Ihrem edlen Ross?«, hakt Jack neugierig nach.

Allmählich bekomme ich Panik, dass er meinen raschen Herzschlag durch seinen Smoking hindurch spüren kann. »Nein, den brauche ich noch«, quieke ich atemlos.

»Nun gut, wenn das so ist … halten Sie mich für sehr dreist, wenn ich Sie jetzt frage, ob Sie mich begleiten wollen? Als Straßenkarte in Fleisch und Blut sozusagen, Sie wissen doch sicherlich, wie man von hier aus am schnellsten nach Deltons Pide kommt, oder?«

Ich bemühe mich darum, nicht zu schnell zu antworten: »Ich wäre einverstanden, wenn Sie mir einen Drink ausgeben würden. Davor muss ich aber Charles nach Hause bringen. Ich glaube, meine Nachbarn wären nicht unbedingt dankbar, wenn er ihnen den mühsam angelegten englischen Rasen kahl frisst!«

Mein ehemaliger Mops wiehert entrüstet. Es würde mich nicht wundern, wenn er selbst als Pferd noch Würstchen und Steaks bevorzugen würde.

»Sie sind natürlich nicht nur eine Straßenkarte für mich.« Zum ersten Mal verdüstert sich Jacks Gesicht ein wenig. »Entschuldigung, ich glaube einfach, ich mag Sie wirklich gern, und es wäre mir eine Ehre, wenn Sie mich zu meinem Gig begleiten könnten.«

Hat er gerade versucht, sich für etwas zu rechtfertigen, was er gar nicht verbrochen hat? Das machen nur Männer, die nervös sind. Kann es also sein, dass er ähnlich fühlt? Dass er genauso aufgeregt ist wie ich, dass seine Knie weich werden, wenn er mir in die Augen sieht, dass sein Herz vor Sehnsucht aufstöhnt, wenn sich unsere Körper aneinanderschmiegen?

»Schon gut, Jack, ich mag Sie auch, und ich komme mit zu Ihrem Gig, als Begleitung und nicht als Straßenkarte, wenn das die Worte sind, die Sie suchen.«

»Tut mir leid, ich bin heute Abend irgendwie durch den Wind.« Sein hübsches Gesicht hat sich sorgenvoll verzogen. »Ich hoffe, das verschreckt Sie nicht.«

»Ganz und gar nicht«, erwidere ich lächelnd. »Ein großer Pluspunkt ist, dass Sie mich gerade im wahrsten Sinne des Wortes auf Händen tragen. Haben Sie in allen Bereichen des Lebens so eine vortreffliche Ausdauer?«

Wir müssen beide lachen, und ich bin erleichtert, dass er meine letzte Aussage nicht allzu ernst nimmt, die schneller aus mir herausgeschossen kam, als ich darüber nachdenken konnte.

Kurz darauf erreichen wir endlich Harping Charms, und Jack deutet auf einen schwarzen Mercedes Cabrio, der am Straßenrand geparkt ist.

»Schicker Wagen!«, sage ich und bin fast schon enttäuscht, als mich Jack vorsichtig auf dem Asphalt absetzt. Von mir aus hätte es den ganzen Abend mit diesem Trageservice weitergehen können.

»Unsere Spritztour kann losgehen, wenn Sie Ihren hübschen Märchengaul versorgt haben.« Er streicht Charles über die wallende Mähne, der sie daraufhin leicht angeberisch schüttelt.

Wahrscheinlich wartet er immer noch darauf, dass irgendjemand hingebungsvoll zu applaudieren anfängt.

»Wo wohnen Sie?«

»Gleich um die Ecke«, erwidere ich mit einem schiefen Lächeln. »Allerdings ist in Harping Charms alles gleich um die Ecke.«

»Klingt praktisch«, meint Jack und lässt seinen Blick durch unsere beschauliche Ortschaft schweifen.

»Manchmal praktisch, manchmal deprimierend. Ich muss dringend mal wieder in die Hauptstadt! Da war ich schon ewig nicht mehr.«

»London?«

»Ich glaube, England hat nur eine Hauptstadt.« Ich zwinkere ihm zu. »Aber ja, ein bisschen Shopping, Massagen, Pediküre, Maniküre – das volle Programm eben. Aber das sind wohl alles Dinge, mit denen ein Mann nicht so viel anfangen kann.«

»Da ist was dran.« Wir sehen uns kurz an, und in Jacks Blick flackert etwas auf, das ich nicht deuten kann. Im selben Moment spüre ich, wie seine Hand die meine streift, als wir gemeinsam die verlassene Straße hinauflaufen. Der Himmel ist inzwischen komplett dunkel, die Vögel sind verstummt, und mein Magen fühlt sich an, als wollten sich darin Tausende von Schmetterlingen die Freiheit erkämpfen.

»Ich mag diese Gegend. Ist schön ruhig und friedlich.« Jack sieht mich aufmerksam an. »Wohnen Sie schon lange hier?«

»Praktisch mein ganzes Leben. Jedenfalls fühlt es sich so an. Bevor ich das Cottage meiner Grandma geerbt habe, bin ich sehr oft bei ihr zu Besuch gewesen. Da vorn ist mein Haus.«

Als wir das *Little Birds* erreicht haben, dirigiere ich Charles energisch durch das Gartentürchen und strahle Jack auffordernd an. »Wollen wir?«, summe ich vergnügt.

»Haben Sie alles? Müssen Sie nicht noch was mitnehmen?«

»Bin ich nicht ordnungsgemäß gekleidet für das Restaurant Ihres Freundes?« Ich zupfe mir fragend mein Kleid zurecht.

»Selbst wenn Sie in einen Kartoffelsack gehüllt wären, wären Sie genauso hinreißend wie jetzt.« Jack scheint das Buch »So haben Sie immer die richtigen Worte parat« auswendig gelernt zu haben.

»Gut, dann habe ich alles dabei, was ich brauche.« Ich tauche bestimmt in seine Saphiraugen ein, und sofort haben wir wieder einen jener Momente, in denen ich mich frage, was Jacks Blick zu bedeuten hat.

Schließlich können wir uns beide zusammenreißen und laufen etwas verlegen zu seinem Wagen zurück, während wir uns immer wieder verstohlene Blicke zuwerfen.

Als wir seinen Mercedes erreicht haben, lege ich neckisch den Kopf schief und frage: »Können wir uns duzen? Dann muss ich jetzt nicht zu einem Fremden ins Auto steigen. Du weißt ja, was Mütter ihren Kindern so beibringen.«

»Niemals mit fremden Menschen mitgehen.«

»Genau.«

Er nimmt neben mir Platz und steckt den Schlüssel ins Zündschloss. »Danke«, sagt er, als der Motor seines Cabrio aufgurrt. »Danke, dass du mitkommst!«

»Gern geschehen«, erwidere ich und grinse breiter als die Grinsekatze aus *Alice im Wunderland.*

Dann setzt sich sein Wagen in Bewegung, und ich lotse ihn die Straße hinauf.

»Da vorn links. Und dann erst mal immer gerade aus.«

»So einfach?«

Ich nicke nur. »Was ist das eigentlich für ein Gig, den du da hast?«

»Wie gesagt, ein Freund von mir, François, eröffnet ein kleines französisches Lokal in Deltons Pide, und ich habe ihm versprochen, dass wir zur Einweihungsparty für ihn spielen werden.«

»Wer ist *wir*?«

»Meine Band und ich.«

»Und was ist dein Part dabei?«

»Ich singe. Das ist schon seit meiner Kindheit meine größte Leidenschaft.«

»Du singst?«, hauche ich. »Das ist, wow … toll!«

»Danke! Hast du denn auch etwas, was dein Herz bewegt?«

»Ich wollte immer Musicaldarstellerin werden.«

»Echt? Dann singst du ja auch! Was hat dich davon abgebracht, diesen Traum zu verfolgen?«

»Ich habe das Café meiner Grandma geerbt.«

»Das hübsche Cottage, das ich vorhin erspäht habe?«

»Genau. Und es ist nicht schlimm, dass es deshalb mit der großen Bühne nicht geklappt hat. Immerhin singe ich leidenschaftlich gern unter der Dusche.«

Jack lacht. »Gesunde Einstellung.«

»Da vorn musst du rechts abbiegen«, sage ich.

Er macht eine Kurve und sieht mich von der Seite an. »Wenn es mit der großen Bühne nicht geklappt hat, was hält dich davon ab, es mal auf der kleinen zu versuchen?«

Ein wohliges Kribbeln überzieht meine Haut.

»Ich bin mir sicher, die Leute werden dich lieben«, haucht er.

Kapitel 5

Ich bin mir sicher, die Leute werden dich lieben? Moment mal, das hört sich an, als würde Jack planen, mich auf die Bühne zu schicken. Mit einem nervösen Räuspern schiele ich ihn von der Seite her an.

»Was willst du damit sagen, Jack?«, quake ich mit der Stimme eines heißeren Frosches. »Du hast doch nicht etwa vor, mich gleich singen zu lassen?«

Mein Traumprinz schmunzelt nur. »Sind wir eigentlich bald da?«, versucht er geschickt, das Thema zu wechseln.

»Jeden Moment«, entgegne ich. »Ich muss also nicht singen?«

Jack lacht ausgelassen los. »Niemand wird dich zwingen, irgendetwas zu tun, aber … ich würde mich freuen, wenn du mir bei *Love isn't a fairytale* zur Seite stehst. Den Song habe ich selbst geschrieben. Es ist ein Duett, das wesentlich besser klingt, wenn ich es mit einer Frau singe. Sonst muss mein Kumpel George einspringen, und ich sage dir, er würde mich dafür hassen! Deshalb brauche ich dich, Lola. Noten und Text habe ich natürlich dabei.«

»Du hast mich doch noch nicht mal singen hören. Woher willst du wissen, dass ich dich, deine Band und deinen Freund François nicht bis auf die Knochen blamiere?«, meine ich. Es ist ein verzweifelter Versuch, ihn von seiner Idee abzubringen.

»*Du* hast mich auch noch nicht singen hören.« Er zwinkert mir zu. »Im Fall der Fälle blamieren wir uns eben gemeinsam. Also, bist du dabei?«

»Ich weiß nicht«, antworte ich, mein Herz pumpt ordentlich

in meinem Brustkorb, und meine Fingerspitzen kribbeln vor Aufregung.

Als wäre es nicht schon genug, dass ich mit meinem absoluten Traumtypen unterwegs bin, eröffnet sich mir jetzt auch noch die Möglichkeit, auf der Bühne meine Gesangskünste zum Besten zu geben, die mehr als eingerostet sind. Und das *I feel good* unter der Dusche von vorhin zählt ja wohl nicht.

»Darf ich mir das noch mal durch den Kopf gehen lassen?«, frage ich also mit wackeliger Stimme.

»Klar, Lola. Du darfst alles!« Er schenkt mir ein sonniges Lächeln. Noch eines von dieser Sorte, und ich sage zu allem bereitwillig Ja.

Als wir Deltons Pide endlich erreicht haben, brauchen wir noch etwas Zeit, François' Restaurant, das *Petit Coeur*, ausfindig zu machen.

»Warum spielt ihr eigentlich erst so spät?«, frage ich Jack unterdessen, während unsere Blicke von einem Haus zum nächsten wandern.

»Die Einweihungsparty ist schon seit acht Uhr im Gange. Allerdings konnte ich nicht früher, weil ich noch meinen Großvater besucht habe. Aber François hat noch drei weitere Bands engagiert, und wir sind als Letzte dran.«

»Ach so. Wie heißt denn die Straße, die wir suchen? Und die Hausnummer?«

»Primrose Boulevard 7«, entgegnet Jack. »Ah, da vorn, siehst du?«

Er pfeift gut gelaunt, als er seinen schicken Wagen am Straßenrand abstellt, an meine Seite springt, mir die Tür aufhält und dann auf ein entzückendes weißes Gebäude zusteuert, das von Efeu überwuchert ist.

»Schön, dass du dabei bist!« Er zwinkert mir zu. »Diese Nacht hat wirklich etwas Magisches an sich.«

Da muss ich ihm nun völlig recht geben.

Als wir den Raum betreten, dessen Decke von robusten Holzbalken gehalten wird, begegnen uns gefühlte hundert Augenpaare, und ich höre eine frohlockende Stimme »Jaques!« rufen.

»Isch dachte, du kommst niemals 'ier 'er«, sagt ein dicklicher Franzose, der mit breitem Grinsen vor uns stehen bleibt und tadelnd auf die Schulter seines Freundes schlägt. Dann fällt sein Blick auf mich, und er scheint Jack vollkommen vergessen zu haben. Er zieht mich an sich und drückt mir erst einmal einige Küsschen auf meine vor Aufregung glühenden Wangen. »Oh, oui, oui, isch verstehe! Wer eine derart 'übsche Madmoiselle mitbringt, darf so spät kommen, wie er möschte.«

»Hallo, François!« Jack grinst breit und klopft ihm auf den Rücken. »Toller Laden!« Er lässt seinen Blick anerkennend durch das *Petit Coeur* schweifen – über die munteren Gäste an den Tischen mit rot-weiß karierten Tischdecken hinweg zur edlen Theke aus dunklem Holz bis hin zu den drei herumwuselnden Gestalten auf einem kleinen, bühnenartigen Podest. »Ich hab mich verfahren. Lola hier war meine Rettung«, meint Jack. »Wir fangen gleich an zu spielen. Vielleicht kannst du dich darum kümmern, dass sie einen guten Sitzplatz bekommt und etwas zu trinken. Geht natürlich alles auf mich.«

Der Franzose erhebt vorwurfsvoll seinen Zeigefinger. »Ah, no, no, no!«, sagt er bestimmt. »Isch lasse dir nicht auch noch die Freude, eine derart bezaubernde Person einzuladen. Das mache isch schon selbst. Madame, folgen Sie mir bitte!«

»Ich überlasse dich François.« Jack nimmt meine Hand und drückt sie sachte, sodass ein regelrechter Schauer des Glücks durch meinen Körper fährt. »Ich muss zu meinen Bandkollegen. Bis später!« Sein Lächeln ist offen und aufrichtig, als er sich zwischen den Stühlen und Tischen einen Weg zur Bühne bahnt und mit erleichterten Schulter- und Rückenklopfern von seinen Freunden empfangen wird.

»Lola war das, nischt wahr?« François packt mich mit seinen Wurstfingern und zieht mich energisch mit sich. »Sie bekommen einen Platz in der ersten Reihe. Isch hoffe, Ihnen gefällt mein kleines *Petit Coeur.*«

»Es ist wunderschön«, entgegne ich aufrichtig, worauf der Franzose selbstzufrieden seinen Schnurrbart zwirbelt.

»Hm«, macht er dabei. »Es bedeutet mir viel, das aus dem Mund einer schönen Mademoiselle zu 'ören.«

François sieht tatsächlich aus wie das Vorzeigemodell eines Franzosen. Ich frage mich, ob er sich zu seiner Restauranteröffnung extra so angezogen hat, denn er trägt eine dunkle Baskenmütze, ein marineblaues Oberteil mit weißen Querstreifen und ein rotes Halstuch. Alles, was noch fehlt, um seine französische Erscheinung zu vervollkommnen, ist ein Dutzend backfrischer Baguettes, die er unter dem Arm durch die Gegend trägt.

François bleibt an einem Platz direkt vor der Bühne stehen, auf der Jack gerade damit beschäftigt ist, das Mikrofon auf eine für ihn passende Höhe einzustellen. Als sich unsere Blicke treffen, wenden wir uns beide nervös ab.

»Erste Reihe. Perfekte Sischt auf Ihren gut aussehenden Freund!« François zwinkert mir zu. »Darf isch Ihnen etwas zu trinken bringen, Mademoiselle?«

»Ein Glas Wasser, bitte.«

»Wasser? Sie müssen nun wirklich nicht so bescheiden sein, Lola. Alles, was Sie bestellen, geht aufs 'aus!«

Ich hätte ihm ja gern von meinen heutigen Alkoholeskapaden berichtet, belasse es dann aber doch bei einem Lächeln und den Worten: »Wasser ist perfekt, danke!«

»Wie Sie wünschen.« François verbeugt sich und verschwindet dann pfeifend hinter der Theke.

Ich lege meine Handtasche auf den Tisch und sehe zu Jacks Band hinauf, von der ich nicht einmal weiß, wie sie heißt. Und ich habe so was von keine Ahnung, was mich gleich erwarten wird.

Vielleicht werden Jack und seine Bandkollegen jeden Moment mit dem lautesten Deathcore über mich hinwegdonnern und ich werde es mehr als bereuen, dass mich François in die erste Reihe gesetzt hat.

»Ihr Wasser, Lola.« Der Franzose händigt mir mit einem breiten Grinsen mein Getränk aus. Danach zündet er die Kerze vor mir an und meint mit einem Zwinkern: »Für le Romantisme. Jack wird uns gleich alle verzaubern.«

Gleich? Ich bin es schon längst!

Ehe ich etwas erwidern kann, steht er wieder hinter der Theke.

Ich nehme einen Schluck von meinem Wasser und merke, wie mein Herz mal wieder Purzelbäume schlägt. Ich kann immer noch nicht fassen, was sich innerhalb der letzten Stunde alles abgespielt hat, und frage mich, ob ich nicht vor lauter Trunkenheit von meiner geliebten Golden Cliff gestürzt und im Paradies aufgewacht bin. Das hier, das alles, es ist einfach viel zu schön, um wahr zu sein!

Ich zwicke mich in den Unterarm, als gerade niemand zusieht, um zu testen, ob ich aus diesem wunderschönen Traum aufwache, aus diesem Glücksdelirium, das nicht unbedingt in das Leben von Lola Applepie passt. Doch nichts geschieht. Ich sehe immer noch Jack, der in seiner ganzen Montur an Unwiderstehlichkeit über die Bühne huscht und dabei sämtlichen Kabelsalat in Ordnung bringt. Ich kann nicht anders, als ihn anzusehen, jede seiner Bewegungen zu bewundern und mir dabei zu denken, dass ich, wenn das hier tatsächlich alles echt ist, der glücklichste Mensch auf Erden bin. Die Schmetterlinge in meinem Magen sowie das unglaublich angenehme Kribbeln, das sich schon seit einigen Minuten über meine gesamte Haut zieht, bestätigen mir das.

Das Mikrofon quietscht. »1, 2, 3, Test!«, ruft Jack, dann bleibt sein Blick kurz an mir kleben, und ein liebliches Lächeln umspielt seinen Mund.

Er dreht sich zu seiner Band um und nickt ihr zu. »Einen wunderschönen guten Abend, meine Damen und Herren, liebe Gäste!«, sagt er ins Mikrofon. »Danke, dass ihr so lange auf uns gewartet habt. Wir versprechen, dass es sich gelohnt hat, denn wir von *The Lucky Ones* heizen euch gleich richtig ein!«

Er lacht das Lachen, das mir schon so vertraut ist und immer wieder wohlige Schauer des Glücks über meinen Körper rieseln lässt. *The Lucky Ones* – der Name ist ja wohl Programm für diese Nacht!

»Der erste Song ist einer ganz besonderen Person gewidmet, ohne die ich es heute wohl nicht mehr bis zum *Petit Coeur* geschafft hätte: Ihr Name ist Lola. Komm schon, Lola, steh auf, zeig dich!«

Ich erhebe mich mit zittrigen Beinen, und die Gäste von François' neuem Restaurant klatschen. Ich winke etwas unsicher in die Menge und bin mehr als erleichtert, als ich mit tomatenrotem Gesicht wieder auf meinen Stuhl zurücksinken darf.

»Lola«, jetzt tauchen Jacks blaue Augen in die meinen ein, und meine Brust verkrampft sich aufgeregt. »Danke noch mal! Ich habe erst neulich einen Song geschrieben, und ich hätte nie gedacht, dass ich so schnell eine Person finden würde, der er gerechtermaßen gewidmet wird.« Er richtet seinen Blick wieder dem Publikum zu. »*Lucky One*, ein Song, der hier heute sein Debüt feiert. Ich wünsche euch allen viel Spaß dabei!«

Er setzt sich hinter das E-Piano, das ganz am Rand der Bühne steht, nur einen knappen Meter von meinem Tisch entfernt und dann … erklingt die Melodie eines Liedes, so wundervoll, dass mir Tränen in die Augen steigen.

Das Publikum ist verstummt, alle horchen andächtig Jacks Lied, das er gerade mir gewidmet hat. Ich bin vollkommen überwältigt, mein Mund ist ganz trocken, mein Herz hüpft vor Verzückung gegen den Stoff meines Kleides. Eine Gänsehaut hat sich auf meinen Armen ausgebreitet. Ich habe das Gefühl, dass mich Jack mit jedem seiner Worte streichelt, dass er meine Seele liebkost, wie sie noch nie zuvor von einem Mann liebkost worden ist. Wie kann dieser Moment nur so perfekt sein? Ich muss ziemlich dämlich aussehen, wie ich da vollkommen sprachlos an Jacks Lippen hänge und meine Kinnlade dabei nicht zum ersten Mal an diesem Abend verdächtig weit in Richtung Tisch fällt.

Als er fertig ist, läuft er zwischen der applaudierenden Menge umher, gibt einigen Gästen ein kumpelhaftes High Five und macht auch an meinem Tisch halt, um mir mit einem schnellen, aber dafür umso intensiveren Blick zuzunicken – und im Vorbeigehen wie durch Zufall meinen Arm zu streifen.

Dann ist er auch schon wieder auf der Bühne, um den nächsten Song anzustimmen … Doch ich höre nichts mehr von dem, was er singt, denn in meinem Kopf hallen immer noch die Worte und die Melodie von *Lucky One* nach. Ich muss mir meine Augenwinkel abtupfen, weil in ihnen immer noch Tränen glitzern. Jack soll mich nicht für ein hyperemotionales Sensibelchen halten!

Ich blicke auf den Tisch hinunter und stelle fest, dass dort plötzlich ein zerknitterter Zettel liegt.

Hat den Jack vorhin hier hingelegt? Vor lauter Träumen habe ich gar nichts mitbekommen.

Mit zittrigen Fingern entfalte ich das Papier. *Ich erwarte dich auf der Bühne – das Beste kommt zum Schluss*, steht dort in krakeliger Handschrift geschrieben.

Ich sehe zu ihm hoch. Genau in diesem Moment erwidert Jack meinen Blick, was meinen Kopf sofort zu einem mechanischen Nicken verführt.

Oh Gott. Ich habe genickt! Ich, Lola Applepie, werde tatsächlich singen! Mein Herz klopft nun so schnell, als würde ich gerade einen Marathon laufen. Das wird ja was werden – worauf habe ich mich da nur eingelassen?!

Jack belohnt meine Zustimmung mit dem schönsten Lächeln, das bis dahin über seine Lippen gekommen ist, und irgendwie beruhigt mich das. Mich beruhigt die Tatsache, dass ich da oben nicht ganz allein sein werde, dass er an meiner Seite stehen wird, dass da seine Arme, seine Hände sind, dass da einfach *er* ist, der mich dank seiner unbeschwerten Aura mit einem schützenden Film aus Mut überzieht. Ich schaffe das, ich werde es einfach durchziehen, nicht nachdenken, einfach machen. Ich habe die Magie auf meiner Seite – heute kann eigentlich gar nichts schiefgehen … oder?

Die Zeit vergeht wie im Flug – ich kann es gar nicht glauben, als mich mein Traumprinz zu sich auf die Bühne winkt und ich mit hämmerndem Puls auf ihn zuwanke.

»Lola!«, haucht er und strahlt mir entgegen. »Liebe Leute, das ist wirklich eine wahnsinnig besondere Nacht! Meine persönliche Glücksfee wird jetzt nämlich auch noch mit mir singen.« Er drückt mir Notenblätter in die Hand, während das Publikum verrücktspielt, als wäre gerade Madonna höchstpersönlich auf die Bühne stolziert.

Meine Beine fühlen sich an, als könnten sie jeden Moment unter mir nachgeben. Doch Jacks Arm, den er nun um meine Hüfte geschlungen hat, gibt mir Halt.

Ich überfliege nervös den Text und die Noten in meinen zittrigen Händen.

»Du fängst an!«, flüstert mir Jack ins Ohr – eine Information, die ich nicht gerade begrüße …

Aber was soll's – jetzt bin ich hier, und ich werde es durchziehen! Komm schon, Lola, Zähne zusammenbeißen!

»Bist du bereit?«

Ich ziehe es vor, mit einem »Besser wäre es!« zu antworten, und er lacht darauf nur melodisch auf.

»Lola, wie ich bereits sagte: Ich weiß, du wirst großartig sein – das wird … magisch! Ach, was sage ich.« Er streckt seine Hand nach meiner Wange aus und streicht sachte darüber. »Es ist magisch.«

Wenn der wüsste …

Sein Blick durchdringt mich und erfüllt mein Inneres mit so viel Wärme, dass ich für einen Moment sogar meinen Mantel der Furcht ablegen kann und selbstbewusst über die neugierigen Köpfe der Zuschauer vor uns blicke.

»Okay«, wispere ich. »Alles wird gut. Wir werden das jetzt rocken.«

»Aber so was von!«, entgegnet Jack. »Ladys und Gentlemen, ich bitte um einen tosenden Applaus für Lola im Duett mit mir und den Song *Love isn't a fairytale*!«

Das Publikum applaudiert großzügig. Und dann geht es los, und ich kann nichts anderes tun, als mich den Tönen der Musik hinzugeben.

Mein erster Ton ist etwas schief, mein Mund ist viel zu ausgetrocknet, um etwas Vorzeigbares zu fabrizieren, doch jeder weitere wird immer voller und schöner, bis ich irgendwann selbstbewusst zu Jack hinübersehe, in seine Saphiraugen tauche und mich in den Melodien des Liedes verliere, loslasse und ganz in meinem Element bin.

Jack schenkt mir einen bewundernden Blick, während er selbst seine vorher schon zur Schau gestellte Boyband-Stimme durch den Raum hallen lässt. Schlagartig habe ich einen ordentlichen Kloß im Hals, doch ich schlucke die Nervosität herunter und singe aus voller Brust weiter.

Als die Musik verstummt ist, streckt Jack seinen Arm nach mir aus und zieht mich direkt vor seine Brust und dann – dann ist da plötzlich dieser besondere Moment zwischen uns. Ein Moment, in dem die Zeit stehen zu bleiben scheint, in dem seine Augen liebevoll über mein Gesicht fahren, und ich weiß, dass das jetzt nur eines bedeuten kann.

Nebensächlich ist der Applaus des Publikums, das noch begeisterter aufgrölt, als es begreift, was da gerade zwischen uns passiert. Seine Lippen liegen so plötzlich auf meinen, dass ich das Gefühl habe, ich würde mich gerade unter ihm in Feenstaub auflösen. Seine kräftigen Hände halten meinen Kopf, bestimmt und verlangend. Die Welt um mich herum löst sich auf, die Engelchen in meinem Kopf singen wieder ihr penetrantes *Halleluja*, und in diesem Moment bin ich der glücklichste Mensch, den die Welt je gesehen hat.

Ja – ich, Lola Applepie, habe gerade das Glück in seiner reinsten und unberührtesten Form gekostet, und ich wünschte dieser Augenblick würde nie, wirklich niemals ein Ende finden.

Kapitel 6

Es ist wie in einem Traum. Nein, es ist besser, denn es ist die Realität. Eine Realität, in der Jack seine bewundernden Blicke nicht von mir nehmen kann, in der er meine Hand hält, als wäre es das Selbstverständlichste der Welt, in der er mich nach Hause fährt und mich beim Weg zur Eingangstür des *Little Birds* sachte an sich presst. Mein Herz jubiliert bei jeder seiner Berührungen und hüpft, als könne es vor lauter Aufregung jeden Moment meinen Brustkorb durchdringen.

Der Kuss, dieses magische Erlebnis auf der Bühne, brennt immer noch auf meinen Lippen, die sich danach sehnen, erneut Jacks wohlgeformten Mund zu spüren, weich und warm und köstlicher als jede reife Erdbeere. Ich würde ja gern etwas sagen, aber jedes Mal, wenn mich sein glühender Blick streift, ist es, als würden sich meine Mundhöhlen in die Sahara verwandeln. Meine Zunge wird schwer und fühlt sich an wie Sandpapier, während mein Herz unablässig flattert. Jedes Wort aus meinem Mund würde also eher wie das klägliche Krächzen eines sterbenden Frosches klingen – oder wie das Quieken einer aufgeregten Fünfjährigen auf dem Weg nach Disneyland. Deshalb belasse ich es dabei, Jack von der Seite verstohlene Blicke zuzuwerfen.

Ich fühle mich unbedeutend neben dieser geballten Flut an Männlichkeit, die da so unbeschwert, elegant und selbstsicher den Weg zu meiner Eingangstür hinaufläuft, den Arm immer noch beharrlich um meine Hüfte geschlungen, als würde dort ein Schild mit der Aufschrift *Wenn du mich hier berührst, kann ich dir nicht mehr lange widerstehen* kleben. Oh, Jack weiß genau, was er machen muss, damit ihm auch noch der letzte Quadratmillimeter meines bebenden Körpers verfällt. Ich schmiege meinen Kopf an seine Schulter, als wir vor der Eingangstür des Cafés stehen bleiben. Es ist ein Akt der Verlegenheit meinerseits, weil ich einfach sprachlos bin, sobald seine unglaublich blauen Augen in die meinen dringen.

»Da wären wir«, verkündet Jack den absoluten Klischeesatz und fährt einmal kurz mit seinen Fingern durch meine Haare. Er wickelt eine Strähne auf und versucht unterdessen, meinen Blick zu erfassen, der sich, zugegebenermaßen, nicht gerade leicht einfangen lässt.

Soll ich jetzt fragen, ob er noch einen Kaffee haben möchte? Ich habe meine Lippen nervös aufeinandergepresst, als befürchtete ich, dass jedes Wort in einer einzigen Katastrophe enden würde. Ich könnte ihm beispielsweise viel zu laut, schnell und inbrünstig erklären, dass ich gerade so was von heiß auf ihn bin und ihm hier und jetzt am liebsten all seine Klamotten vom Leib reißen würde.

Und da – er fängt mich mit seinen Augen, wie ein Cowboy einen wilden Mustang mit dem Lasso. Kaum, dass sich unsere Blicke begegnen, huscht ein hinreißendes Lächeln über sein Gesicht. Dieses Lächeln ist süßer als Schokolade an einem verregneten Nachmittag, wärmer als jeder Tee im Schneesturm und einladender als jedes sensationsheischende Rabattschild an einer Londoner Edelboutique.

»Dieser Abend war …«, setzt Jack an.

»Der Wahnsinn«, hauche ich. Okay, Lola, ganz ruhig atmen. *Atme*! Ich erwidere seinen flammenden Blick mit einem nervösen Lächeln.

Mein Gegenüber nickt. »Lola, *du* warst der Hammer – wirklich, das sage ich nicht nur so. Danke, danke, danke … einfach für *alles*!«

Sein Gesicht nähert sich meinem, und mein steppendes Herz vollführt einen Salto.

»Lola, ich …«, wispert er, nur Zentimeter von meinen Lippen entfernt.

Will dich, vervollständige ich seinen Satz flehentlich in Gedanken.

»Hatte wirklich schon lange nicht mehr so viel Spaß wie heute Abend.«

Ich bekomme gerade mal ein klägliches »Hmmmm …« zustande, was mir wirklich leidtut, denn ich hätte ihm lieber gesagt, dass ich ähnlich fühle und dass ich mehr als nur froh bin, dass wir uns heute kennengelernt haben.

»Und ich möchte mich irgendwie dafür revanchieren.«

Gott sei Dank ist meine Kehle für ein »Dann nimm mich – *jetzt!*« viel zu ausgedorrt. Stattdessen schmachte ich ein »Wie?« in seine Richtung und klimpere dämlich mit meinen getuschten Wimpern.

»Ich weiß nicht …«, entgegnet Jack mit einer Stimme, die selbst einem vertrockneten Blumenstrauß wieder Leben einhauchen könnte.

Nervös trete ich von einem Bein aufs andere. »Hast du – hast du vielleicht Hunger? Ich bin ein ziemlicher genialer Koch, wie ich mir von meinen Freunden habe sagen lassen.«

»Gibt es eigentlich etwas, was du nicht kannst?«, seufze ich, begleitet von einem kindischen Glucksen, und habe das Gefühl, wie ein betrunkener Teenager zu klingen.

Er erwidert nichts, sondern lehnt nur seinen Kopf zurück, um mich besser mustern zu können. »Also, hast du keinen Hunger?«, fragt er, und seine Stirn zieht sich in fast schon unsichere Falten. »Soll ich gehen?«, flüstert er nach gefühlten zehn Minuten, weil er wohl davon ausgeht, dass er keine Antwort mehr erhalten wird.

»Nein!«, rufe ich. Okay – das war zu impulsiv. Herrgott, warum kann ich mich in Jacks Anwesenheit nicht wie ein normaler Mensch benehmen? Ich räuspere mich ausgiebig. »Ähm, nein«, versuche ich es in etwas angemessenerer Lautstärke. »Es sei dir gestattet, etwas Essbares für mich zuzubereiten.« *Downtown Abbey* lässt grüßen. Jetzt fehlt nur noch, dass ich ehrfurchtsvoll knickse. »Schließlich haben wir noch nichts gegessen!«, ergänze ich hastig, stecke nervös den Schlüssel ins Schloss und kreische auf, als sich plötzlich ein stinkendes Pferdemaul zwischen mich und die Tür schiebt.

Ach ja, da war ja was.

Jacks blaue Augen lassen einen auch wirklich alles um einen herum vergessen.

Meine Begleitung muss lachen. »Ah, dein Hengst «, bemerkt er das Offensichtliche, während ich Charles entrüstet anstarre, der nun mit gemächlichem Popowackeln die Tür vor mir aufgeschoben hat und ins Haus stakst, als wäre es das Selbstverständlichste der Welt.

»Charles!«, rufe ich ihm mahnend hinterher. »Was wird das? Du hast nichts im Haus verloren!«

Charles' Kopf wendet sich mir zu, und er starrt mich durch seine großen Kugelaugen unschuldig an. Ich möchte zu ihm, um ihn an seiner wallenden Märchenmähne in den Garten zurückzuzerren, doch Jack hält mich plötzlich am Arm fest.

»Lass ihn doch«, meint er mit einem breiten Grinsen. »Wenn du willst, kann ich ihm gleich einen schmackhaften Frühlingssalat zubereiten. Wahrscheinlich sucht er nur nach etwas Essbarem.«

Zugegeben, das ist jetzt schon ziemlich süß. Ich weise Jack nicht darauf hin, dass Charles wohl eher auf der Suche nach einem saftigen Steak ist, weil seine Mopsgene gerade die Oberhand gewinnen.

»Wirklich, ich kümmere mich schon um dein Pferd. Ich will, dass du dich entspannst, und anschließend empfange ich dich in der Küche mit einem köstlichen Mitternachtssnack. Worauf hast du Lust?«

»Auf dich.« Moment mal … Habe ich das gerade gesagt oder gedacht?

»Entschuldigung?«, meint Jack, und in seinen Augen blitzt etwas auf, das ich nicht deuten kann.

»Ich, ähm, Frühlingssalat klingt doch schon mal gut. Vielleicht machst du noch Spaghetti dazu, darauf habe ich eigentlich immer Appetit. Spaghetti Bolognese.«

»Ah, wollen wir also einen auf *Susi und Strolch* machen?« Er lacht sein Tausend-Watt-Lachen, und ich antworte mit einem schelmischen Augenzwinkern.

»Klar, ich würde sagen, du begibst dich gleich mal in die Küche, Strolch. Ich mache mich derweil ein wenig frisch.« Ich deute auf die Tür, durch die es in Grannys magisches Reich geht. »Ich hoffe, du findest dich zurecht. Du darfst alles benutzen, was du findest.«

Er beugt sich vor, gibt mir einen kurzen Kuss auf die Wange, welche vor Verlangen aufflammt, und meint sanft: »Um eine Sache würde ich dich aber bitten.«

Ich erwidere nichts, starre ihn einfach nur an, und dieses Mal denke ich mir das überschwängliche »Alles was du willst!« lediglich.

Jack fummelt an seinem linken Arm herum, und erst jetzt fällt mir das kleine lederne Etui auf, das über seiner Schulter baumelt. Nach einigen flinken Fingergriffen hat er eine schöne Kamera in der Hand und hält ihre Linse direkt vor mein Gesicht.

»Würdest du mir einmal dein schönstes Lächeln zeigen?«, fragt er, fast ein bisschen verlegen.

Ich tue ihm natürlich den Gefallen.

Nach einem leisen Klick der antiken *Canon*, räumt er die Kamera beiseite und erklärt mir dabei: »Weißt du, das ist so eine Angewohnheit von mir. Diese Kamera hat mir mein Grandpa Alfie vermacht. *A-Shot* nennt er sie immer ganz liebevoll. Er hat mir gesagt, dass ich damit besondere Momente einfangen soll. Momente, von denen ich mir wünsche, sie wären für die Ewigkeit gemacht.«

Noch bevor ich etwas erwidern kann, ist er mit einem mahnenden Fingerzeig in Richtung Charles in die Küche verschwunden, und ich stehe reglos da und lasse mir seine Worte wie ein köstliches Brausebonbon auf der Zunge zergehen.

Für die Ewigkeit, hallt es mir immer wieder durch den Kopf, sodass ich zuerst nicht mitbekomme, dass mein Pferd am Saum meines Kleides knabbert. »Benimm dich!«, flüstere ich gebieterisch. »Bitte, Charles, du weißt, was mir dieser Abend bedeutet.«

Er wiehert leise, fast entrüstet.

»Es war keine besonders edle Aktion, als du gerade einfach so ins Haus gestürmt bist.«

Er neigt seinen Kopf zur Seite, als wolle er auf sein Körbchen unter der Treppe zeigen.

»Da passt du jetzt nicht mehr rein.« Ich schüttle energisch den Kopf. »Siehst du, es hat auch Nachteile, ein weißer Märchengaul zu sein. Von mir aus kannst du hier bleiben, aber verhalte dich ruhig.«

Als ich in meinem Bad angekommen bin und einen Blick in den Spiegel werfe, stelle ich zu meiner großen Erleichterung fest, dass ich gar nicht so verschwitzt und nervös aussehe, wie ich mich fühle.

Ich greife mit zittrigen Fingern zu meinem Schminktäschchen und hole meine Puderdose hervor. In dieser Sekunde gibt es nur noch einen Gedanken, der vehement gegen meine Schädeldecke pulsiert und alles andere zu etwas Nichtigem, etwas Nebensächlichem werden lässt: Wird es in dieser magischen Nacht noch zu mehr als leidenschaftlichen Küssen zwischen mir und Jack kommen? Mein Herz summt auf bei der bloßen Vorstellung, wie er mich mit seinem muskulösen Körper gegen den Türrahmen meines Schlafzimmers drängt, während sein heißer Atem meine Brüste streift.

Eigentlich habe ich gar keinen Hunger. Wie auch, wenn mein Bauch voll von Schmetterlingen ist und dem alles verzehrenden Verlangen, mich auf Jack zu stürzen? Ich betupfe meine unruhigen Lippen mit Lipgloss und sinke mit einem schwermütigen Seufzer auf meine Klobrille.

Ich will Jack. Ich will ihn. Ja, kein Zweifel … Doch erst vor einigen Tagen habe ich einen Artikel im Klatschblatt *Glossy Gossy* gelesen, der davor warnte, bereits beim ersten Date mit dem Angebeteten in die Kiste zu springen.

Sehr verehrte Damen, stellen Sie sich vor, Sie wären eine Pralinenschachtel, und Ihr Angebeteter dürfte voller Vorfreude eine Köstlichkeit nach der anderen vernaschen. Nur so bleiben

Sie interessant. Ihm wird schon der Magen knurren, wenn Sie ihm nur ein geziemtes Küsschen zur Begrüßung auf die Wange drücken.

Es wäre allerdings ganz und gar falsch, dürfte der Mann Ihrer Wahl gleich die ganze Schachtel aufreißen und alle Pralinen auf einmal in sich hineinstopfen. Denn eines wollen Sie sicher nicht: dass er satt ist, dass er Sie satthat, weil Sie Ihren Reiz verloren haben.

Diese schlauen Worte stammten natürlich aus der Feder eines Mannes, der auch noch einen Doktortitel besitzt – deshalb muss an seinen Erkenntnissen etwas dran sein. Interessant ist, dass er uns Frauen zur Erläuterung seines Standpunkts mit Süßspeisen gleichsetzt. Obwohl ihm den Schokoladenvergleich wohl niemand übel nehmen wird.

Dr. Bananes Rat, um ihm auch mal den Namen von etwas Essbarem zu geben, ist in meiner momentanen Situation jedenfalls nicht wirklich förderlich, da ich, gelinde gesagt, ziemlich heiß auf Sex bin. Ich lehne frustriert meinen glühenden Kopf an die Wand und atme ein paarmal tief ein und aus.

In diesem Moment klopft es an der Tür, und ich fahre derart erschrocken zusammen, dass ich vom Klo auf den Boden purzle. Lieber Gott, danke, dass eine Wand zwischen mir und meinem Traummann liegt!

»Lola? Bist du da drin?«, ruft Jack, und seine tiefe Stimme klingt erotischer denn je.

»Ja«, keuche ich atemlos und rapple mich vom Boden auf.

»Okay, ich habe nämlich gerade alle Zutaten zusammengesucht und wollte dich fragen, wie groß dein Hunger ist.«

Meine Brust hebt und senkt sich nun so schnell, dass ich mich am Waschbeckenrand festklammern muss, um nicht umzufallen.

»Susi? Hier spricht dein besorgter Strolch. Ist alles in Ordnung da drin?«

»Ja!«, stöhne ich auf und beginne erneut mit meinen Atemübungen, um mich wieder einzukriegen. Dummerweise klappt das nicht so richtig …

»Kann ich reinkommen?« Er klopft erneut.

Ich bringe es nicht fertig, schnell genug zu antworten. Mein »Mir geht's gut!« wird vom Knarren der Badezimmertür begleitet – und herein tritt, umgeben von einer Woge Sexappeal, der gute Jack.

Verdammt! Wenn er meine Pralinen nicht verschlingen möchte, muss ich sie ihm mit aller Gewalt in den Rachen schieben. Augenblicklich fließt Schweiß aus jeder erdenklichen Pore meines bebenden Körpers.

Sein Blick taucht in meine Augen, und im Bruchteil einer Sekunde hat er verstanden, was los ist. Seine Lippen ziert plötzlich ein Lächeln, das meine Beine erzittern lässt.

Er macht einen Schritt nach vorn, streckt seine Arme aus und zieht mich dann direkt vor seine Brust. Mir ist, als könnte ich jeden einzelnen Muskel seines Körpers spüren. Er fühlt sich stählern an, und doch ist die Berührung seiner Finger auf meiner flammenden Haut zart, fast vorsichtig. Er streicht eine Haarsträhne hinter mein Ohr und hält mich dabei mit seinem Blick fest.

»Lola«, haucht er.

Ich bin zu keiner Erwiderung imstande. In Rekordgeschwindigkeit reiße ich die Verpackung von meiner imaginären Pralinenschachtel.

»Möchtest du nun etwas ess …«

Weiter kommt er nicht, denn ich begrabe seine Lippen unter meinen. Ich presse mich an ihn, spüre, wie mich seine starken Hände an seine Brust heben, klammere meine Beine um ihn und fühle dabei, wie er zärtlich in meine Lippe beißt, mit seiner Zunge darüberfährt und an meinem Ohrläppchen knabbert.

Meine Haare an Armen und Beinen stellen sich vor Erregung auf. Seine Hände vergraben sich in meiner blonden Mähne. Bald hat er mich aus dem Bad getragen und drückt mich an die Wand im Korridor. Ich spüre, wie seine Finger den Reißverschluss meines Kleides suchen und mühelos öffnen. Innerhalb von Sekunden stehe ich nur noch in Spitzenunterwäsche vor ihm und schicke meine Finger unter seinem Jackett auf Erkundungstour. Mit einem leisen Plump landet es auf meinem Holzboden, der bei jeder unserer Bewegungen knarzt. Ich knöpfe sein Hemd auf, während sein rascher Atem an meinem Hals hinabwandert. Ein wohliges Kribbeln fährt durch meinen gesamten Oberkörper.

»Du bist wunderschön«, wispert er mir zu und streift vorsichtig mit seinen Fingerkuppen über meinen Spitzen-BH. Dann hebt er mich noch einmal hoch und trägt mich durch den Korridor in mein Schlafzimmer, wo er mich behutsam aufs Bett legt. Seine blauen Augen blitzen auf, als er sich wie ein hungriges Raubtier über mich beugt und mich gegen das Laken presst. Er streift sich hastig sein Hemd ab, während ich seinen Ledergürtel öffne. Die Schnalle klimpert, er zieht die Hose runter und legt sich über mich, mit nacktem Oberkörper und schlichten und absolut überflüssigen Boxershorts. Es fühlt sich so unwahrscheinlich schön an, seinen heißen Körper auf meinem zu spüren. Zu fühlen, wie seine Finger fordernd und doch bedacht auf meiner nackten Haut auf- und abgleiten. Zu fühlen, dass er mich genauso will wie ich ihn. Zu fühlen, wie seine Lippen sanft meinen Bauchnabel liebkosen, vorsichtig über die prallen Hügel unter meinem BH fahren. Er sieht mich fragend an, und ich nicke nur, bevor wir uns auch dieses lästigen Kleidungsstücks entledigen.

Und der Rest … ist legendär.

Es ist der beste Sex, den ich je hatte. Und die mit Abstand beste Nacht. Wir lachen, lieben uns, kuscheln, lieben uns, reden, lieben uns … und irgendwann schlafen wir ein, zwei friedlich aneinandergepresste Körper. Ein Knäuel Glückseligkeit. Es ist, seien wir ehrlich, fast zu schön, um wahr zu sein … aber wie sagte einst ein weiser Mensch: *Vergangenheit ist Geschichte, Zukunft ist Geheimnis, aber jeder Augenblick ist ein Geschenk.*

Kapitel 7

Man sollte meinen, nach einer derart überwältigend schönen Nacht folgt ein mindestens ebenso überwältigend schöner Morgen. Frühstück am Bett, ein frisch gepflückter Strauß Wiesenblumen und Debussys *Clair de Lune*, dessen zarte Klänge aus meinem antiken Plattenspieler in der Ecke tönen.

Ich blinzle lächelnd. Gleisendes Sonnenlicht fällt ins Zimmer und küsst sanft meine Augenlider. Mein Kopf ist in meinen weichen Daunen vergraben. Ich bin mir nicht sicher, ob Jack noch neben mir liegt. Um den Zauber des Moments nicht zu zerstören, horche ich in die Stille hinein und nehme augenblicklich, als hätte er nur darauf gewartet, es zum Besten zu geben, ein unverkennbares Schnarchen wahr. Ich muss zugeben – dafür, dass Jack heißer ist als ein brennender Ryan Gosling, kommt dieses Gegrunze sehr überraschend.

Er schläft noch. Schade. Ich dachte, mein Liebster presst frischen Orangensaft in der Küche. Das wäre mir eindeutig lieber als die ambitionierte Holzfäller-Darbietung in meinem Schlafzimmer.

Jack schmatzt ohrenbetäubend, und allmählich mache ich mir ernsthafte Sorgen um die Romantik.

»Jack«, setze ich süßlich an. »Alles in Or…«

Weiter komme ich nicht, denn als ich mich zögernd umdrehe, schleckt mir eine kühle, feuchte Zunge übers Gesicht. Mein Schrei des Entsetzens wird nur durch meinen Schock zurückgehalten, denn vor mir geifert Charles meine gesamte Bettwäsche voll – und zwar nicht Traumpferd-Charles, sondern ganz eindeutig Fetter-Kleiner-Mops-Charles.

Mein Herz schlägt panisch gegen den Seidenstoff meines Nachthemds.

»Da stimmt etwas nicht!«, keuche ich, während Charles weiterhin auf mein irritiertes Gesicht sabbert.

Mein Mops ist jetzt doch eigentlich kein Mops mehr, sondern ein prächtiger Schimmel mit wallender Mähne, die jedem Barbiepferd Konkurrenz gemacht hätte.

Aber wenn ich so drüber nachdenke …

Verdammt! In dem Moment, als Charles sich in einen Hengst verwandelt hat … da hätte der »Da stimmt was nicht!«-Ausruf besser gepasst! Denn, wenn ich ehrlich bin, ist ja jetzt alles normal. Eben so, wie es vorher war. Aber das bedeutet dann ja, dass ich das Ganze nur geträumt …

Da erscheint ohne Vorwarnung eine schwarze Gestalt vor meinem Schlafzimmerfenster.

»Lola!«, kreischt die dunkle Silhouette, als säßen wir an Bord der Titanic, die gerade ungebremst auf einen Eisberg zusteuert. »Lola? Bist du da drin? Lola, sag doch was!«

Man erwartet Blumen und Frühstück am Bett und bekommt einen Kamikaze-Mörder aus dem eigenen Bekanntenkreis. Na toll! Es scheint, als hätte ich mein altes Leben zurück – Umtausch ausgeschlossen.

»Gott sei Dank, ich dachte schon, dir wäre was passiert! Lass mich rein, du faule Nudel!«

So ein Satz kann eigentlich nur von einer Person kommen.

»Melissa?«, krächze ich und stelle fest, dass meine Stimme am frühen Morgen wie die einer alten Frau klingt. Plötzlich habe ich eine ganz neue Theorie, und erneut schwappt Panik in mir hoch: Charles hat sich zwar wieder in einen Mops verwandelt, ich mich dafür jedoch in eine Hundertjährige. Ich taste nervös mein Gesicht ab und werfe einen prüfenden Blick auf meine Hände – Gott sei Dank, nichts scheint sich verändert zu haben. Wenigstens ein Lichtblick an diesem Morgen.

»Wer denn sonst? Das *Birds* öffnet demnächst, und du hast noch nicht einmal angefangen, die Sonntagskuchen zu backen.

Ich dachte schon, dich hätte einer abgeknallt oder so. Ich hab ja keine Ahnung, mit welchen Dealern du nachts so rumhängst.«

Melissas schlechten Humor mal beiseitegenommen: Oh verdammt, ich muss heute arbeiten. Das hatte ich vor lauter Liebestaumel ganz vergessen. Hastig werfe ich meine Bettdecke zur Seite und wanke zum Fenster, um meine Freundin hereinzulassen, die sich tapfer an meinen Kletterpflanzen festhält.

Als sie flink wie ein Wiesel durch das geöffnete Fenster steigt und mich von Nahem betrachten kann, fällt ihre Kinnlade ungläubig nach unten. »Alter Falter – schaust du scheiße aus!«

Ich missachte ihre impertinente Bemerkung, torkle lustlos zum Bett zurück und lasse mich mit einem gequälten Seufzen neben Charles nieder, der sich winselnd unter meiner Bettdecke versteckt.

»Danke. Ich freu mich auch, dich zu sehen, Melissa«, entgegne ich leicht pikiert.

Zum Glück kenne ich meine Missy schon seit einigen Jahren und weiß, dass man sie niemals allzu ernst nehmen sollte. Sie gehört übrigens zu den Menschen, die auf überaus ungewöhnliche Art und Weise in mein Leben getreten sind. Wir sind uns damals beim Einkaufen in Deltons Pide zum ersten Mal über den Weg gelaufen – und haben uns um die letzte Eistüte *Ben & Jerry's* gestritten. Wer hätte gedacht, dass *Chocolate Caramel Cookie Dough* zusammenschweißt? Denn nach einigen sinnlosen Diskussionen, wer die Eistüte jetzt als Erstes in der Hand gehalten hat, haben wir einen gemeinsamen Feind gefunden: Harold, den Ladenbesitzer. Eine Frechheit, dass er so wenig auf Vorrat besorgt hatte! Der Abend endete damit, dass wir uns das Eis auf einer Parkbank geteilt haben und uns dabei immer wieder versicherten, dass wir noch nie in unserem Leben etwas Unterhaltsameres erlebt hätten als jenen Kampf um die Eisschachtel. Seitdem sind wir treue Verbündete und haben uns nie mehr wegen irgendetwas in die Haare bekommen. Melissa ist mit ihren zarten zwanzig Jahren wie die kleine Schwester, die ich nie hatte. Und ich weiß, dass sie es wegen ihrer forschen und direkten Art oft nicht leicht in ihrem Leben gehabt hat. Zudem hat sie fünf wirklich nervtötende

Geschwister, gegen die sie sich immer durchsetzen musste. Zu mir jedoch sieht sie auf und würde wahrscheinlich alles dafür tun, um meine Zuneigung nicht zu verlieren.

»Jetzt mal ernsthaft, Lola. Entweder du hattest heute Nacht wilden SM-Sex wie in *Shades of Grey*, oder du hast dir gestern ordentlich einen hinter die Binde gegossen.«

Melissa redet schneller als das Eichhörnchen aus *Ab durch die Ecke*, nachdem es Kaffee getrunken hat. Zum Glück bin ich das gewohnt.

»Oh mein Gott, da ist eine überdimensionale Ratte in deinem Bett!«, kreischt Missy unvermittelt.

Bevor sich Melissa auf den armen Charles stürzen kann, der sich immer noch winselnd unter meiner Decke versteckt, richte ich meinen Oberkörper auf und starre in ihre dunkelbraune Knopfaugen. Sie ist hübsch, durchaus, wenn sie nur nicht so ein loses Mundwerk hätte … Das Einzige, was an ihr noch missverstanden werden könnte, ist die Tatsache, dass sie sich anzieht wie der Tod höchstpersönlich – ohne die ausladende Sense, versteht sich. Damit meine ich, dass sie immer in Schwarz herumläuft. Doch wer glaubt, Melissa würde nachts um einen blubbernden Hexenkessel tanzen und nebenbei kleine Katzen verspeisen, irrt. Sie ist überzeugte Vegetarierin, hört weder Deathcore noch Heavy Metal, sondern – wer hätte es gedacht: *Justin Bieber* und die *Jonas Brothers*. Bis auf ihre vorlaute Klappe ist also nichts Furchteinflößendes an ihr zu entdecken.

»Lola!«, stößt Melissa mit einem langen Seufzer der Erkenntnis hervor, als sich unsere Augenpaare begegnen. »Jetzt weiß ich, was los ist. Du hast Drogen genommen. Hey, warum hast du nicht angerufen? Ich wollte schon länger mal wieder einen durchziehen.«

Ich hebe meine Hand, um sie zum Schweigen zu bringen. »Beruhige dich erst mal, Missy«, brumme ich leicht genervt. »Also erstens: Die Ratte in meinem Bett ist mein Hund Charles. Zweitens habe ich weder Drogen genommen noch SM-Sex gehabt.«

Melissa macht nun ein Gesicht, als erachte sie beides als überaus bedauernswert.

Ich unterdrücke ein »Es kann ja nicht jeder so ein aufregendes Leben haben wie du«, und fahre fort: »Und drittens: Ich glaube, ich werde verrückt.«

»Okaaay. Bevor ich näher auf deinen letzten Satz eingehe – was ist mit Alkohol? Hat Madame letzte Nacht einen über den Durst getrunken? Ich schnuppere eine leichte Chardonnay-Fahne.«

Das hätte sie nicht sagen dürfen. Das trifft einen wunden Punkt. Stimmt nicht. Mehr als einen.

»Kein Kommentar«, heule ich da auch schon auf und schmeiße mich wieder neben Charles in die Daunen. »Mein Leben ist so furchtbar!«, schluchze ich in mein übergroßes Taschentuch. Und da ist er wieder. Mein bescheuerter Zwergenfreund: *WARUM ICH?!*

»Also schön, du hast dich gestern betrunken. Warum? Du bist doch sonst nicht so ein Schluckspecht«, sagt Missy mit ruhiger Psychiaterstimme.

»Melissa, ganz ehrlich, kannst du dir das nicht denken? Ich hasse mein Leben: Es ist trostlos, vollkommen einseitig und mit jedem Schritt, den ich tue, kommt mir der Gedanke an Daniel und Rebe …«

»Ahhh!«, unterbricht mich Missy unwirsch. »Nein! Sag den Namen nicht, sonst kommt es und tötet uns beide. Ich hab dir schon mal gesagt, dieses Biest ist wie Voldemort!«

Ich seufze. »Also schön: Mit jedem Schritt, den ich tue, kommt mir der Gedanke an meinen Ex und Du-weißt-schon-wen.«

»Dieses Kapitel hatten wir schon. Der Grund, warum du gerade so drauf bist, muss doch ein anderer sein.« Sie streicht liebevoll über mein Haar. Gott sei Dank sind wir nun vom Ich-bin-dein-Psychiater-Teil zum Ich-bin-deine-Mutter-Teil übergegangen. »Du-weißt-schon-wer und Danny sind bereits seit über einem Jahr ein Paar, und jetzt werden die beiden auch noch heiraten. Es ist echt mal Zeit, dass du damit abschließt, Lola.«

»Du weißt es?«, brülle ich voller Entsetzen auf. Okay … mittlerweile sind wir wohl beim Ich-bin-eine-schlechte-Freundin-Teil angelangt. Meine Augen haben sich zu zwei giftigen Schlitzen verengt und feuern kleine Pfeile der Missgunst in Missys Richtung.

Auch wenn die natürlich gar nichts dafür kann, dass mein Leben ein Scherbenhaufen ist.

»Klar – und ehrlich gesagt dachte ich, du wüsstest auch Bescheid.«

»Ich weiß Bescheid. *Dünn* und *Doof* haben gestern beschlossen, mir die Nachricht persönlich zu überbringen.«

»Wie bitte?«, fragt Missy entrüstet. »Was für unsensible Kakerlaken das doch sind! Hoffentlich geht Du-weißt-schon-wers Kleid bei der Zeremonie in Flammen auf, und daraus wird ein YouTube-Video mit mindestens einer Million Klicks.«

Tatsächlich muss ich grinsen. »Klingt, als hättest du schon einen Plan.«

Melissa lächelt, geht jedoch nicht näher auf meine Worte ein. »Ach, Mäuschen.« Auch wenn Melissa viel jünger ist als ich, hat sie es sich zur Angewohnheit gemacht, mich so zu nennen. »Ich kann wirklich verstehen, dass du nach so einer Aktion ein bisschen zu weit ins Glas geschaut hast.«

Ja, klar. Ich könnte ihr gestehen, dass ich schon vor Rebeccas und Daniels Überraschungsbesuch stockbesoffen war. Ach was, unwichtige Details! Es ist auch so schon dramatisch genug.

»Komm, wir machen dich jetzt hübsch und backen dann Kuchen. Schließlich ist heute Sonntag. Ganz Harping Charms wird anwesend sein. Inklusive unserem Doppel-Whopper Mrs. McDouble. Ich wäre immer noch dafür, dass wir der alten Schnepfe irgendwann mal Heuschreckenbeinchen in ihre geliebte Kokostorte mischen.«

»Melissa!«, heule ich erneut auf. Schließlich ist es gestern Abend nicht bei dem Chardonnay geblieben. »Es gibt noch etwas, was ich dir sagen muss.«

»Es bahnt sich ein Fall von Akne-X in deinem Gesicht an? Warum das Drama, Lola, alles ist gut – wozu gibt es Make-up?«

»Ich hatte Sex«, brumme ich. Eigentlich so leise, dass ich mich selbst kaum verstehe. Doch jene drei magischen Buchstaben wären wahrscheinlich selbst dann zu Missy durchgedrungen, hätte neben uns ein Presslufthammer Löcher in den Fußboden gegraben.

»Oh.« Melissas Augen werden groß. Ich habe sofort ihre ungeteilte Aufmerksamkeit, und sie scheint zu überlegen, ob sie mich dazu beglückwünschen soll. »Und das sagst du mir jetzt erst?«, murmelt sie schließlich mit sichtlicher Enttäuschung in der Stimme. »War es denn *so* schlecht?«

»Nein!« Meine Stimme ist plötzlich ganz hoch und schrill. »Ganz im Gegenteil, aber ...« *Herrgott, wie soll man das jetzt alles am besten zusammenfassen?* »Also, wenn ich ehrlich bin ...«, setze ich an, »bin ich mir nicht ganz sicher, ob ich das nicht alles doch nur geträumt habe. Denn um die Wahrheit zu sagen ...« Und dann platzt plötzlich alles aus mir heraus. Jedes Detail von Grandmas Rezept bis hin zu dem grandiosen Finale in meinem Bett.

»Ich tippe auf LSD«, sagt Melissa, nachdem ich fertig erzählt habe. »Gefolgt von einem schweren Sturz und einer Gehirnerschütterung.«

»Bitte, Missy, bleib ernst! Das ist die Wahrheit ..., glaube ich.« Frustriert greife ich in meine Haare. »Ich weiß es selbst nicht mehr. Es hat sich alles so real angefühlt, und es war so wunderwunderschön, aber als ich aufgewacht bin, war er nicht mehr da, und Charles war wieder ein Hund, und ich weiß selbst, wie absolut bescheuert das alles klingt.« Ich vergrabe das Gesicht in meinen Händen.

»Okaaay. Wenn das wahr ist, müsstest du ja noch zwei von diesen Fairy Cupcakes in deinem Kühlschrank haben, oder nicht?«

»Stimmt!«, rufe ich aus. Die hatte ich ja ganz vergessen. Ich packe Melissa bei der Hand und ziehe sie aus meinem Schlafzimmer und auf den Korridor hinaus. »Da liegt mein Kleid, mein weißes Kleid!«, kreische ich halb hysterisch, als ich nur in Unterwäsche gekleidet den Flur entlangeile. Charles ist uns gefolgt und senkt seine sabbernde Schnauze auf das erste Beweisstück meiner mentalen Gesundheit. Ich bin zu aufgewühlt, um sein unsittliches Benehmen mit einem herrischen »Aus!« zu unterbinden, und sage stattdessen: »Jack hat es mir an genau dieser Stelle ausgezogen.«

Aber das sagt noch gar nichts aus. Denn vielleicht habe ich ja einen Hang zur Schizophrenie und mich letzte Nacht selbst mit lustvollem Stöhnen gegen die Wand meines Flurs geworfen, in der Annahme, ich hätte einen heißen Typen über mir, der in Wahrheit gar nicht existiert …

»Okay, dein Kleid. Aber wo ist dann dein Traumprinz hin? Und ich kann nicht glauben, dass ich das frage, aber wie erklärst du dir bitte, dass Charles wieder … ähm … ein Hund ist?«

»Warte ab!«, antwortete ich schneidend. Es gefällt mir nicht, dass sie meine Glaubwürdigkeit infrage stellt. Obwohl ich es ihr nicht verübeln kann. Die letzte Nacht war viel zu schön, um wahr zu sein, viel zu verrückt, um nicht meiner Fantasie entsprungen zu sein …

»Also wenn wir jetzt mit dem Weihnachtsmann, dem Osterhasen und der Zahnfee in deiner Küche Kaffee trinken, glaube ich dir vielleicht«, meint Melissa und lacht, während ich sie immer noch mit mir ziehe.

Ich taumle meine Treppe hinab und sehe aus dem Augenwinkel, wie es sich Charles mit meinem Kleid in seinem Körbchen unter der Treppe gemütlich macht, als hätte er einen saftigen Knochen erbeutet. Dann ziehe ich Missy entschlossen in Grannys kleinen Kochpalast.

»Keine Weihnachtsmänner, Osterhasen oder Zahnfeen. Ich habe von magischen Cupcakes gesprochen. «

»Ehrlich, Lola, denkst du ernsthaft, das hört sich glaubwürdiger an?« Meine Freundin grinst neckisch von einem Ohr zum anderen.

Ich zucke nur mit den Schultern und reiße erwartungsvoll meinen Kühlschrank auf.

»Ja!«, entfährt es augenblicklich meiner Kehle.

»Autsch, mein Trommelfell!«, quiekt Missy.

»Die Fairy Cupcakes sind noch da!«, rufe ich aufgeregt,

»Prima, jetzt weißt du, dass du nicht geträumt hast. Vielleicht halluziniert, aber … Was ist denn da drin?« Sie schnappt sich einen Cupcake und schnuppert daran. »Oh, duften die himmlisch! Gar nicht nach Gras.«

»Wie oft noch, Missy, ich habe keine Drogen genommen!«

Sie riecht erneut an dem Cupcake und starrt sehnsüchtig aus dem Fenster. Nur widerwillig und mit einem leisen Seufzer gibt sie mir das kostbare Gebäck zurück. Sie schüttelt sich aus ihrer Trance.

»Dann ist Jack eben ein Arschloch, das wie fast alle Männer auf diesem Planeten panische Bindungsängste hat. Er ist nach dem Sex einfach abgehauen.« Sie legt tröstend eine Hand auf meine Schulter. »Mach dir nichts draus. Es lag bestimmt nicht an dir.«

»Du – du verstehst das nicht, Missy«, stammle ich. »Ich – ich glaube nicht, dass es daran liegt, dass Jack tatsächlich kein ernsthaftes Interesse …«

»Liebes, wenn ich dich hier unterbrechen dürfte. Sagt dir der Satz ›Er steht einfach nicht auf dich‹ etwas? Wenn nicht, sollten wir ihn uns dringend zu Gemüte führen, damit du endlich deine rosarote Brille ablegen kannst.«

»Lass mich ausreden!«, entgegne ich bestimmt. »Weißt du, Melissa, es gibt einen oder mehrere Haken bei diesen Fairy Cupcakes. Granny wollte mich davor warnen, nur dummerweise ist ihr Brief an genau dieser Stelle, an der sie mir darüber berichten wollte, abgetrennt worden.«

»Du hast diese Dinger in dich reingefressen, obwohl du von Anfang an wusstest, dass es einen *Haken* gibt?« Melissa schüttelt ungläubig den Kopf. »Komm schon, Lola, so blöd bist du doch nicht.«

»Zugegebenermaßen hielt ich das Ganze für einen schlechten Scherz«, entgegne ich trocken. »Und es ist ja nicht so, dass jetzt jemand gestorben ist.«

»Nein, es ist schlimmer. Die Liebe deines Lebens ist auf und davon, und du wirst sie nie wiedersehen.«

Bei Melissas Worten schnürt sich meine Brust zu. »Denkst du wirklich?« Ich fühle mich plötzlich ganz klein und hilflos.

Melissas Blick ist jetzt wieder fürsorglich. »Na ja, es sei denn, du isst jetzt noch mal einen dieser leckeren Gaumenschmeichler und wünschst dir erneut deinen Traumprinzen her.«

Oh. Natürlich. Die Frau ist brilliant. »Denkst du, ich sollte …?«, frage ich unsicher.

»Klar.« Sie nickt übereifrig. »Und bevor er sich wieder einfach so in Luft auflöst, tauscht ihr bitte Nummern aus.« Sie zwinkert. »Und dass ich den anderen Cupcake kriege, ist ja wohl klar. Schließlich brauche auch ich einen Beweis, dass diese Dinger funktionieren.«

»Was willst du damit?« Meine Augenbrauen ziehen sich argwöhnisch zusammen.

Missy ist zwar nicht der Typ, der Babykatzen im Mondschein vertilgt, aber … trotzdem hat sie es faustdick hinter den Ohren.

»Mich in einen weißen Hengst verwandeln, was denn sonst!« Sie lacht ausgelassen.

»Versuch nicht abzulenken. *Was* wünscht du dir?« Meine Stimme ist eindringlich, viel ernster, als ich es erwartet hätte.

»Och.« Melissa lächelt geheimnisvoll. »Das lass mal schön meine Sorge sein. Ich gehöre schließlich nicht zu den Menschen, die gern spoilern.«

Ich möchte wiedersprechen, doch sie schneidet mir das Wort ab: »Lola, wir sollten anfangen zu backen. Schließlich lassen die ersten Gäste nicht mehr lange auf sich warten, und wir sind ohnehin schon spät dran. Auf, auf! Ein neuer Tag, ein neues magisches Abenteuer!«

»Danke für die Info, Hermine«, entgegne ich trocken.

»Nichts zu danken, Ron. Wir sollten uns ranhalten, bevor Voldemort wieder hier auftaucht.«

»Ach Quatsch. Nach meiner gestrigen Vorstellung haben Rebe …«

»Die, dessen Namen nicht genannt werden darf«, unterbricht mich Missy gebieterisch.

»Hast ja recht, ab ans Werk!«

Ich wische mir die letzten Lachtränen ab, und wir fangen an, all die Zutaten für unsere legendären Sonntagskuchen zusammenzusuchen. Denn je schneller wir das erledigt haben, desto schneller kann mir der nächste Fairy Cupcake meinen Jack zurückbringen.

Kapitel 8

Melissa ist und bleibt der Engel, der sich nun um die ersten Gäste kümmert, nachdem wir wie die Weltmeister gerührt und gebacken haben: Shortbreads, Kirschkuchen, Bananenkuchen, Kokostorte, Muffins, Zitronen- und Marmorkuchen warten jetzt nur noch darauf, von einer hungrigen Meute Café Besucher verschlungen zu werden.

Dank Missys Hilfe kann ich jetzt ganz entspannt in meinem Badezimmer – neuerdings Dreh und Angelpunkt bahnbrechender Lebensumstellungen – stehen und mein Gesicht updaten.

Der erste Blick in meinen Spiegel hat mich an eine Moorleiche erinnert! Fahl wie ein Gespenst – mit Augenringen bis zu den Kniekehlen und leicht aufgedunsener Haut. Das perfekte Katergesicht eben. Kein Wunder, dass Jack das Weite gesucht hat.

Ich zupfe meine weiße Bluse und meine Jeans zurecht, fahre mir ein letztes Mal durch meine blonden Haare und greife dann nach dem duftenden Fairy Cupcake auf meiner Handtuchablage. Erstaunlich, dass er immer noch so intensiv riecht … nach Zimt und Bourbon-Vanille … und etwas, was ich nicht ganz zu fassen kriege. Magie vermutlich.

Als ich das köstliche Gebäck an mich nehme, fällt mir auf, dass meine Hände zittern. Ich bin ein echter Waschlappen! Aber wer kann es mir schon verübeln?

Es besteht immer noch die Chance, dass ich mir den gestrigen Abend nur eingebildet habe. Oder Jack ist freiwillig abgehauen. Keine der Möglichkeiten zaubert ein unbekümmertes Lächeln auf meine Lippen. Wobei letztere bedeuten würde, dass ich in der gestrigen Nacht nach allen Regeln der Kunst verarscht worden bin. Nicht, dass ich darin nicht schon Erfahrung gesammelt hätte. Mir wurden bereits einige Männer mit solch unschönen Fluchttendenzen vor die Füße geschwemmt. Danny war selbstverständlich die Krönung.

Aber all das mal beiseitegenommen – es gibt da diese eine Frage, die immer wieder gegen meine Schädeldecke hämmert und vor deren Antwort ich mich am meisten fürchte: Ist Jack nur ein durch Magie erschaffenes Wesen? Ich meine – gibt es ihn im realen Leben überhaupt?

Eine merkwürdig beklemmende Gänsehaut überzieht meinen gesamten Oberkörper. Ich stelle mir vor, wie sich Jack im Schlaf einfach in glitzernden Feenstaub aufgelöst hat und durch das gekippte Fenster zu den Sternen der Nacht hinaufgetanzt ist. Ganz ehrlich? Könnte ich behaupten, mit einem Vampir oder Werwolf geschlafen zu haben, fände ich das allemal besser. Schließlich sind diese aus Fleisch und Blut. *Darf ich vorstellen: mein imaginärer Freund aus Feenstaub. Schüttelt ihm schnell die Hand, bevor er sich wieder in eine Wolke Staubpartikel auflöst,* klingt nicht unbedingt nach Traumprinzgarantie, obwohl mich das natürlich sofort zum Gesprächsthema Nummer eins in unserem beschaulichen Harping Charms aufsteigen lassen würde.

Unsicher starre ich den Fairy Cupcake in meiner Hand an. »Du kleines, dummes Gebäck!«, brummle ich vor mich hin. »Wenn mir Jack nicht so wichtig wäre, würde ich komplett die Finger von dir lassen.«

Da ich keine Zeit habe, zur Golden Cliff zu gehen, halte ich nur kurz inne, bevor ich den leckeren Cupcake in mich hineinstopfe und ein weiteres Mal »Ich wünsche mir meinen ganz persönlichen Traumprinzen« hervorpresse.

Nach getaner Arbeit stürme ich aus dem Badezimmer und ins *Little Birds* hinunter, um nach Jack Ausschau zu halten. Auf der Treppe versteifen sich jedoch meine Gliedmaßen, da sich gerade Mrs. McDouble durch die Eingangstür quetscht und mich ihre kleinen, wässrigen Schweinsäuglein sofort ins Visier nehmen.

Wenn ihr Gesicht auf einer Briefmarke wäre, würde die Post ganz schnell pleite gehen. Falls das also die Antwort auf meinen Wunsch ist, dann ist da gerade gehörig was schiefgelaufen.

Die Alte trägt ein gelb-schwarz gestreiftes Kostüm, in dem sie wie eine überdimensionale Hummel aussieht. Um ihren Hals, der aus mindestens fünf Schichten Fett besteht, hängen schwere Goldketten, und an ihren Ohren, die jedoch halb von einem gelben Sommerhut verdeckt werden, klimpern eiergroße Kristalle. Sie trägt eine Handtasche mit Leopardenmuster, und irgendwo zwischen ihren fleischigen Beinchen lugt der Kopf eines hässlichen Chihuahuas hervor, der, soweit ich weiß, den Namen Barbra trägt. Barbra Streisand – damit wäre außerdem geklärt, was für einen Musikgeschmack meine verhasste Kundin hat.

Charles kriecht aus seinem Körbchen unter der Treppe, läuft neugierig auf den hageren Speziesgenossen zu und beschnüffelt ihn mit großem Interesse. Ich bete inständig, dass das nicht der Beginn einer großen Hundeliebe ist, sonst muss ich mich noch mit Betty McDouble zum Gassigehen verabreden.

»Lolaaaa!«, grüßt sie mich mit einer Stimme, die einem Grunzen gleichkommt. »Mädchen, ich hoffe mein Stammplatz ist noch nicht vergeben.«

»Hallo, Mrs. McDouble«, erwidere ich bemüht freundlich. »Es ist schon einiges los heute. Ich kann also nichts versprechen.«

Die Frau zieht eine ihrer kaum noch vorhandenen Augenbrauen nach oben. »Warum warst du dann oben in deiner Wohnung, wenn hier unten angeblich der Bär steppt?«

»Ich … musste auf die Toilette«, entgegne ich hastig und versuche, mich an ihrem Feinkostgewölbe vorbeizuquetschen. Vergeblich.

»So, so, wir sind uns also zu fein, die Kundentoiletten im Erdgeschoss zu benutzen?«

Ich übergehe ihren Kommentar mit einem übermotivierten Lächeln. »Wenn Sie mich nun bitte entschuldigen würden. Ich habe Kundschaft.«

Endlich schaffe ich es an ihr vorbei, stolpere in den kleinen

Gästesaal und – *Wumm!* – stoße mit einem großen muskulösen Gast zusammen.

»Oh, nein! Entschuldigung!«, japse ich außer Atem und reibe meine Nase, die den Großteil des Stoßes einstecken musste und, wenn ich Pech habe, gerade auf ihre doppelte Größe anschwillt.

Das Opfer meines stürmischen Gemüts dreht sich langsam zu mir um und fängt mich mit haselnussbraunen Augen ein. »Nein, ich muss mich entschuldigen«, erwidert der Mann, und mir steht kurzweilig der Mund offen, weil ich niemals eine derart erotische Stimme erwartet hätte. »Patrick Prince, mein Name. Guten Tag.« Er reicht mir seine kräftige Hand, und ich bin wie hypnotisiert, als sich unsere Finger berühren.

Prince, hat er soeben *Prince* gesagt? Wie in »Traumprinz«? Aber wo ist Jack? Kann es sein, dass mir der Fairy Cupcake, allen guten Hoffnungen zum Trotz, einen neuen Traumprinzen vor die Füße geschwemmt hat? Och nö! Wo zum Teufel ist Jack? Ich will keinen zweiten, sondern nur meinen ersten Traumprinzen zurück. Oder können die sich verwandeln?

»Und mit wem habe ich die Ehre?«

»Ich – ähm, was?« Ich fahre zusammen und starre mein Gegenüber verwirrt an, weil ich nicht mitbekommen habe, was es mich gefragt hat.

»Mich würde interessieren, wie Sie heißen«, wiederholt Patrick lächelnd.

»Oh ja, ähm klar, Lola Applepie.«

»Applepie, ja? Sie sind ja wie geschaffen für diesen Laden. Darf ich Sie auf ein Stück Apfelkuchen einladen?«

Haha. Da hat wohl jemand vergessen, sein Clownkostüm von der Reinigung abzuholen. Nicht dass ich diesen Spruch noch nie gehört hätte, aber gerade möchte ich einfach nur zu Jack und mich nicht von diesem fremden Kerl anbaggern lassen. Da fehlt einfach gerade das gewisse Etwas – die Golden Cliff zum Beispiel, ein wiehernder Hengst und das Rauschen des Meeres im Hintergrund, ein rot schimmernder Abendhimmel über unseren Köpfen.

»Oh … ich … ähm … arbeite hier. Mir gehört der Laden sozusagen. Ich glaube also, das … ähm … geht nicht.«

»Hallo, ihr zwei!«

Ich bekomme fast einen Herzinfarkt, als Melissas hohe Stimme direkt neben mir erklingt. Sie steht da, mit eifrig geröteten Wangen und zwei Tabletts voller Tee und Kaffee.

»Ihr seid befreundet? Alte Schulfreunde? Ihr seht aus, als würdet ihr euch schon ewig kennen«, zwitschert meine Freundin fleißig weiter.

»Nein, wir haben uns eben erst kennengelernt«, entgegne ich steif. Ich bin mir sicher, dass Missy genau gesehen hat, wie wir vor wenigen Minuten ineinandergerannt sind.

»Ach was, hätte ich ja nie gedacht. Ihr seht aus wie die Protagonisten eines Filmplakats.« Mit Beifall heischendem Grinsen sieht sie von mir zu Patrick.

»Ich wollte Lola gerade auf ein Stück Apfelkuchen einladen«, verteidigt er sich mit einem charmanten Hundertpfundlächeln.

Er hält sich wohl für gewitzt. Aber irgendwie funktioniert das. Er ist eigentlich ganz süß. Auch wenn ich wirklich enttäuscht bin. Ich vermisse Jack. Ich vermisse seine blauen Augen, seine sanften Hände, seine brennenden, leidenschaftlichen Küsse … Und dieser Patrick? Soll der etwa die Alternative sein? Haut mich nicht gerade um … Ich bringe ein Lächeln zustande, das wohl nicht gerade Melissas Vorstellungen von einem gelungenen Flirtgesicht entspricht.

»*Was?*«, frage ich genervt, als sie mich zur Seite zieht und anklagend mustert.

»Da fragst du noch? Du wirst gerade von Mr. Universe höchstpersönlich angequatscht und hältst deine Flirtantennen immer noch auf Sparflamme?«

»Ich muss arbeiten«, verteidige ich mich.

»Was du musst, ist Jack finden … oder vergessen, je nachdem. Hast du deinen Cupcake denn schon gegessen?«

»Ja, vorhin«, sage ich und sehe mich hoffnungsvoll in unserer Teestube um. Vielleicht taucht Jack hier doch noch irgendwo auf.

Vielleicht versteckt er sich hinter den geblümten Vorhängen, oder er tritt jeden Moment durch diese Tür. »Aber er ist nicht hier«, muss ich mir schließlich eingestehen.

»Na, dann wird dieses Prachtexemplar dort wohl dein neuer Traumprinz sein. Also … was stehst du dann noch so blöd hier rum? Reicht dir dieses eine männliche Schnittchen denn nicht?« Melissa hebt die Augenbrauen und prustet los.

»Ich will keinen neuen, ich hoffe, dass Jack wieder auftaucht.«

»Ach, hör doch auf! Wer will schon Jack, wenn er diesen Mann hier haben kann! Komm schon, wenn das kein Wink des Schicksals oder des magischen Feenstaubs ist. Du hast dir einen Prinzen gewünscht, da ist er.«

Ich verdrehe die Augen und komme ins Grübeln. »Vielleicht hast du recht. Aber ich muss trotzdem arbeiten.«

»Nichts da, ich habe dir gerade Urlaub erteilt. Jetzt setz dich schon mit ihm hin und schaufel den Apfelkuchen in dich hinein, den er dir schon die ganze Zeit andrehen möchte. Da ist doch nichts verloren.«

»Denkst du wirklich, ich sollte?«

Sie schüttelt energisch den Kopf. »Nein, ich denke, du musst!«, ruft sie so laut, dass einige Gäste abrupt zu essen aufhören und neugierig zu uns hinüberspähen. Inklusive Mrs. McDouble, die sich gerade mit sichtlicher Mühe um die gut besuchten Tische des *Little Birds* schlängelt und zu ihrem – Gott sei Dank – noch freien Stammplatz schreitet.

Gott, wie mich diese Frau aufregt. Hat sie kein Zuhause? Ich atme tief ein. »Sehe ich gut aus?«, frage ich leise und fahre mir unsicher über mein blondes Haar.

»Mäuschen, du bist wie immer unwiderstehlich! Jetzt geh schon! Dein McDreamy wartet auf dich.«

Ich sehe zu ihm hinüber, der mir neckisch zuwinkt und setze mich schon ein wenig motivierter in Bewegung. »Also gut.«

Melissa grinst. »Auf einen Tag, der noch unvergesslicher wird als der mit Auf-und-davon-Jack«, flötet sie. »Und vergiss die Handynummer diesmal nicht!«

Ich erwidere nichts. Versuche nur, die Gedanken an Jack auszublenden, als ich mit flatterndem Herzen auf Patrick zugehe, der mich mit einem unverminderten Lächeln empfängt.

»Hast du es dir doch anders überlegt, Lola? Ich hoffe, das Du ist in Ordnung?«

»Klar. Meine Freundin meinte, sie wird ein paar Minuten ohne mich auskommen.«

»Wow, das ist sehr nett von ihr.«

Ich nicke und mustere ihn möglichst unauffällig. Er wirkt freundlich. Irgendwie. Zwar nicht so aufregend wie Jack. Aber doch sympathisch.

Patrick nimmt meine Hand und führt mich an einen Tisch nahe unserem Wintergarten, an einen Platz, der zu meinem Missfallen genau dem von Betty McDouble gegenüberliegt.

Ich versuche, ihre Anwesenheit auszublenden, und setze mich mit einem nervösen Räuspern vor Patrick.

Er sieht gut aus. Keine Frage. Er sieht verdammt gut aus, mit seinen etwas gewellten Haaren, den braunen Augen und dem ebenmäßigen Gesicht, das mich unbeschwert betrachtet.

»Und, Miss Applepie? Darf es nun ein Apfelkuchen sein?«, fragt Patrick und lacht leise auf.

Ja, ich glaube, ich könnte mich in dieses Lachen verlieben. Auch wenn es nicht das von Jack ist. Vielleicht war der doch zu perfekt, um wahr zu sein.

»Ich mag gar keinen Apfelkuchen. Um genau zu sein, hasse ich Apfelkuchen«, erwidere ich freundlich und bemühe mich, ein kleines Lächeln über meine Lippen tanzen zu lassen.

»Oh.« Patricks Mund klappt mit gespieltem Entsetzen auf. »Wie schockierend!«

»Du bist nicht der Erste, der so reagiert. Aber bei einem Earl Grey und selbst gemachten Shortbreads wäre ich auf jeden Fall dabei.«

»Was auch immer dich glücklich macht, Lola.« Er taucht derart intensiv in meine Augen ein, dass meine Haut zu kribbeln beginnt. Mein Puls steigt an, meine Hände werden klebrig, meine Kehle trocknet aus … Noch etwas, das meine magischen Männer neben dem galaktisch guten Aussehen gemeinsam haben. Herrgott. Ich muss Jack aus dem Kopf bekommen und glücklich sein, dass es die Fairy Cupcakes noch einmal gut mit mir gemeint haben.

Da ist er nun. Patrick Prince. Mein vom Schicksal zugeteilter Traumprinz Nummer zwei. Es gibt keine Garantie dafür, dass er echt ist, dafür, dass er mir nicht auch noch das Herz brechen wird, und trotzdem bin ich mit jeder verstreichenden Sekunde gewillter, es einfach geschehen zu lassen. Loszulassen. Jack zu vergessen, um den Augenblick mit diesem Prince völlig und ganz genießen zu können. Vielleicht geht dieses magische Spiel so, und nur der richtige bleibt …

Ich weiche Patricks Blick aus und treffe den von Mrs. McDouble, die mit ersichtlichem Interesse zu uns hinüberstarrt, eine dampfende Tasse Kakao zwischen den fetten Wurstfingern und einem Oberlippenbart aus Milchschaum. Für eine Klatschtante wie sie ist das hier bestimmt großes Kino.

Dann wollen wir ihr doch mal eine gute Vorstellung bieten!

Kapitel 9

Ich lehne mich derart lasziv über den Tisch, als würden meine Brüste dadurch auf das Doppelte anschwellen. Keine Ahnung, warum ich mir plötzlich so viel Mühe gebe – schließlich ist Patrick mein zweiter Traumprinz, zweite Wahl quasi. Und trotzdem, er muss mich gut finden, egal, was ich tue. Ich hätte also auch in der Nase popeln können – völlig unerheblich. Hier ist Magie im Spiel. Und die hat aus meinem übergewichtigen Mops bereits einen stattlichen Hengst gemacht. Wenn der Typ vor mir also gerade keine rosarote Brille trägt, dann weiß ich auch nicht. Ich fische mir eine leicht widerspenstige Strähne aus meinem blonden Haar und wickele sie langsam um meinen rechten Zeigefinger.

Patrick erwidert diese Geste mit einem breiten Grinsen. Ich rechne es ihm hoch an, dass er es schafft, mir dabei immer noch fest in die Augen zu sehen, obwohl ich ihm meinen Vorbau derart offensichtlich entgegenstrecke, als hätte ich dort einen Klecks Sahne zum Ablecken untergebracht.

»Also …« Patrick räuspert sich. »Wollen wir dann ein paar Shortbreads bestellen?«

»Klar!«, hauche ich nur und habe das beunruhigende Gefühl, mich gerade ziemlich zum Affen zu machen. Schließlich sitze ich immer noch da, als würde ich für einen Pin-up-Kalender posieren. Warum bin ich nur so nervös und versuche krampfhaft, mich attraktiv zu machen? Ist ja nicht so, dass mein letztes Date Jahre her wäre und ich vergessen hätte, wie man sich auf einem solchen benimmt. Ich komme nicht umhin, wieder an Jack zu denken, und meine ohnehin schon feuchten Hände werden noch klebriger.

Unruhig fahre ich zusammen und bemühe mich, meinen Körper wieder in eine weniger aufreizende Pose zu bringen.

Dabei fange ich Mrs. McDoubles Blick ein, welcher immer noch gedankenverloren in unsere Richtung weist. Vielleicht erinnert sie sich gerade an längst vergangene Tage, als ihre Hauptbeschäftigung noch nicht darin bestand, in Harping Charms den neuesten Klatsch zu verbreiten. Auch wenn ich es mir nur schwer vorstellen kann, so hat es bestimmt mal eine Zeit gegeben, in der sie so manchem Mann den Kopf verdreht hat.

Igitt! Kopfkino!

Übelkeit steigt in meiner Brust auf, als hätte ich vorhin statt des Fairy Cupcakes wieder eine großzügige Falsche Chardonnay in mich hineingeschüttet.

»Patrick!«, stoße ich unvermittelt, aber mit unverkennbarem Nachdruck in der Stimme hervor. »Hättest du was dagegen, wenn wir auf die Shortbreads verzichten und rausgehen? Die Luft ist so stickig hier drin!«

Er zieht überrascht seine Augenbrauen zusammen. »Wie du möchtest, Lola!«, erwidert er und sieht kurz hinter sich, als würde er bereits ahnen, dass der wahre Grund für meine Bitte ein anderer sein muss. »Alles okay?«

Ich zucke mit den Schultern. »Ja, alles super!«, erwidere ich mit wenig Überzeugung in der Stimme.

Er legt fragend den Kopf schief.

Ich bemühe mich um etwas mehr Glaubwürdigkeit. »Ich kann in meinem eigenen Café kein Gast sein, ich denke ständig ans Arbeiten!«

»Also gut, dann lass uns ein wenig spazieren gehen.« Er grinst aufmunternd.

Ich schenke ihm ein dankbares Lächeln und stehe so schnell auf, dass ich mit der Kniescheibe gegen das Tischbein stoße und gerade noch ein schmerzverzerrtes »Autsch!« unterdrücken kann. Stattdessen ziehe ich ein Gesicht, als hätte ich in eine Zitrone gebissen. McDouble schüttelt verächtlich den Kopf, und ich bin froh, dass sie mein Malheur unkommentiert lässt. Auch wenn sie es sich sicherlich nur schwer verkneifen kann, das gesamte Café mit einem lautstarken »Was für ein Tollpatsch, diese Miss Applepie!« zu behelligen.

»Lola«, sagt Patrick besorgt. »Hast du dir wehgetan?«

»Neeeeeein!«, presse ich zwischen meinen Lippen hervor und versuche, den Schmerz zu ignorieren, der jetzt durch mein gesamtes rechtes Bein zieht und mich ziemlich unelegant das Weite suchen lässt.

Mit unbeholfenen Schritten schlängle ich mich um die vielen kleinen Tische, wohl darauf bedacht, dass ich nicht noch einen von ihnen in einen erdbebengleichen Zustand versetze. Gemeinsam treten wir schließlich unter den strahlend blauen Himmel von Harping Charms, und die kleinen Rosenbüsche in meinem Vorgarten lassen den süßen Duft des Sommers um unsere Köpfe tanzen.

Ich bleibe stehen, atme tief ein und seufze leicht melancholisch.

»Lola?« Patrick klingt sichtlich besorgt. »Sicher, dass alles in Ordnung ist?«

Als er das sagt, spüre ich, wie sich plötzlich ein dicker Kloß in meinem Hals breitmacht. Nein, nicht wegen meiner Kniescheibe. Die hat sich inzwischen wieder einigermaßen beruhigt. Auch nicht wegen der blöden McDouble. Vielleicht habe ich mir vorhin eingeredet, dass sie allein der Grund für mein Unwohlsein war. Doch jetzt, wo ich nicht mehr in ihrem Sichtfeld bin, verspüre ich nicht einmal einen Hauch von Erleichterung. Ganz im Gegenteil, meine Brust hat sich zusammengeschnürt, als hätte man mich in ein unsichtbares Korsett gesteckt. Und dieses Korsett trägt einen Namen: *Jack!* Anscheinend ist es doch nicht so einfach, ihn aus meinem Kopf zu bekommen. Verdammt. Warum kann ich die Zeit mit Patrick jetzt nicht einfach genießen?

»Lola?« Ich spüre Patricks Hand, die sich ohne Vorwarnung auf meine Schulter gelegt hat.

Am liebsten würde ich ein dramatisches »Ich kann das nicht!« schluchzen und sie abschütteln, doch ich bin wie erstarrt und offensichtlich zu nichts anderem mehr fähig, als den Sauerstoff um mich herum ziemlich lautstark in meine Lungen zu saugen.

»Lola?«, sagt er noch einmal. »Hey, was ist denn?«

Jetzt sollte ich langsam einmal antworten. Sonst wird es komisch. Na gut. Machen wir uns nichts vor. Das ist es schon. Mittlerweile atme ich so laut und gezielt, als würde ich einen Schwangerschaftskurs besuchen.

Ich werfe ihm einen kurzen, müden Blick zu und verziehe meinen Mund zu einem gequälten Lächeln. »Sorry!«, murmle ich dabei. »Es liegt nicht an dir!«

Oh mein Gott. Mehr Klischee geht nicht. Beschämt wende ich meinen Blick dem Boden zu und bemerke dabei, dass wir nicht mehr allein sind. Charles hockt vor mir. Ich habe gar nicht mitbekommen, dass er uns beim Verlassen des *Little Birds* gefolgt ist. Er sieht mich durch seine treuherzigen, wässrigen Mopsaugen an und scheint meine Gedanken zu lesen. Ich weiß nicht, warum, aber etwas in seinem Blick verschafft mir sofort ein Gefühl der Erleichterung.

»Wuff!«, macht Charles mitfühlend.

»Wo kommt der Hund plötzlich her?« Patrick sieht sich verwirrt um, als wäre Charles eine Geistererscheinung.

»Alles gut«, sage ich. »Das ist meiner.«

Ich beuge mich nach unten und kraule die Fettröllchen hinter Charles Ohren. Hmmm, das ist fast entspannender, als Luftpolsterfolie platzen zu lassen.

Der Mops grunzt genüsslich auf. Ich hätte am liebsten »Ja, wo ist denn mein süßer kleiner Pupsi?! Mein kleiner Schnuckiputz?!« geflötet, unterlasse dies jedoch angesichts von Patricks Anwesenheit und sage stattdessen: »Wir sollten gehen.«

Patrick sieht mich zu Recht etwas verwirrt an. »Ähm – sprichst du mit mir oder mit deinem Hund?«

»Mit euch beiden!«, seufze ich. »Ich muss den Kopf frei kriegen!« *Frei von Jack.*

»Klar! Ich folge dir, wo auch immer es dich gerade hinzieht!«, entgegnet Patrick und schenkt mir eines seiner schönsten Lächeln, sodass ich mich automatisch noch ein klein wenig besser fühle.

»Kennst du die Golden Cliff?«, frage ich nach einigen Sekunden des Schweigens.

»Ich bin nicht von hier«, antwortet er. »Aber das klingt schon mal spannend. Überrasch mich doch einfach!«

Also gehen wir los, und ich habe keine Ahnung, was ich eigentlich tue oder warum ich jetzt ausgerechnet an jenen Ort möchte, an dem es gestern zu der magischen Begegnung kam, die ich gerade zu vergessen versuche. Vielleicht hofft mein Unterbewusstsein, dort Jack anzutreffen, der lediglich einen Reitausflug mit Traumpferd-Charles gemacht und über die frische Meeresluft völlig vergessen hat, zum *Little Birds* zurückzukehren.

Nach nur wenigen Schritten Seite an Seite, spüre ich, wie Patrick seinen Arm um meine Schulter legt und mich kurz an sich drückt. »Lola, wenn du jemand zum Reden brauchst, ich bin für dich da. Ich spüre doch, dass irgendetwas nicht stimmt.«

Er sagt es dicht an meinem Ohr, und ich bekomme mal wieder … eine Gänsehaut.

»Es ist kompliziert!«, quieke ich unbeholfen.

»Kompliziert kann ich gut!«, entgegnet Patrick mit einem verstohlenen Lächeln. »Erzähl mal!«

»Ähm. Ein guter Freund ist heute Nacht ganz unverhofft verstorben.«

Klar. Was Besseres konnte mir nicht einfallen! Selten dämlich, Lola! Was wird das denn jetzt bitte? Habe ich noch alle Tassen im Schrank? Doch die Worte sind natürlich mal wieder schneller gewesen als mein Verstand, und ehe ich mich versehe, bin ich schon mittendrin und darf die ganze Sache ausbaden.

»Oh, das tut mir wirklich leid«, sagt Patrick mitleidig und drückt mich noch ein bisschen fester an sich. »Standet ihr euch sehr nah?«

So nah, dass ich noch jetzt ganz genau weiß, wie seine Haut gerochen hat und wie sich seine Haare zwischen meinen Händen angefühlt haben, als wir uns leidenschaftlich in meinem Bett geliebt haben.

»Könnte man so sagen«, entgegne ich mit kontrolliert ruhigem Unterton und bemühe mich, nicht in Patricks Richtung zu sehen.

»Und wie war sein Name?«

»Jack «, presse ich dramatisch zwischen meinen bebenden Lippen hervor. Das wird ja immer besser, jetzt kennt Traummann Nummer zwei auch noch den Namen von Traumann Nummer eins. Andererseits ist das vielleicht einfach meine Art von Verlustbewältigung. Auf gewisse Weise scheint Jack ja gestorben zu sein. Zumindest muss ich die Idee von ihm wohl begraben.

»Er muss dir viel bedeutet haben«, stellt Patrick fest.

»Ja, das hat er.« Meine Stimme ist belegt. Ich muss schlucken. »Er war einfach großartig, in allem. Liebevoll, zärtlich, lustig, wahnsinnig gut im Bett …« Ich halte abrupt inne. War ja klar. Wenn sich bei meinem Geplansche im Lügenmeer *einmal* die Wahrheit einschleicht, schlage ich sofort über die Stränge. Charles jault entrüstet auf. Ja, da bin ich voll ins Fettnäpfchen getreten. Danke, Hund. Das habe ich selbst kapiert. Kannst du jetzt nicht einfach weiter Grasbüschel bepinkeln und uns in Ruhe lassen? »Ähm, ich hoffe, du hast das gerade überhört«, stottere ich unbeholfen, um das Schlimmste zu verhindern.

Doch Patrick schmunzelt nur. »Schon gut, Lola, sprich dich aus. Wenn es hilft, dir alles von der Seele zu reden.«

Wow. Das ist ja ein verständnisvolles Exemplar von einem Mann. Andere hätten schon längst das Weite gesucht. Offenbar scheint er nicht nur kompliziert zu können, sondern auch durchgeknallt. Wie gut für mich.

Ich schenke ihm einen dankbaren Blick. »Das ist sehr nett von dir, Patrick, aber ich denke, ich möchte jetzt eigentlich nicht mehr über Jack reden. Schließlich macht ihn das auch nicht lebendiger.« *Leider.*

Patrick lächelt mitfühlend. »Natürlich. Kein Problem!«

Für eine Weile schweigen wir, laufen eng aneinandergepresst durch wilde englische Natur, und ich spüre, wie Prince mir immer wieder verstohlene Blicke von der Seite zuwirft, während ich mir innerlich Vorwürfe mache Jack angesprochen zu haben.

»Lola«, sagt Patrick nach einer Weile des Schweigens, begleitet von einem lang gezogenen Seufzer.

Ich zucke zusammen. »Ähm, ja?«

»Wenn ich das einfach mal so sagen darf – aber ich finde dich wirklich toll. Ich weiß nicht, aber du hast irgendetwas an dir … etwas Magisches.«

Ich räuspere mich nervös. »Ist das so?«, frage ich dümmlich und erlaube mir, sein Kompliment mit einem freundlichen Lächeln zu honorieren.

»Oh ja, schon ab dem Moment, als wir uns das erste Mal in die Augen gesehen haben, wurde mir klar, dass du nicht wie alle anderen bist, Lola.«

Stimmt. Ich bin nicht wie alle anderen. Ich bin verrückt. Aber das wird er noch früh genug herausfinden, deshalb sage ich mit einem kleinen Zwinkern: »Aber du kennst mich doch kaum.«

Patrick zuckt die Achseln. »Manchmal spürt man eben, dass man mit einem Menschen auf eine ganz besondere Art und Weise verbunden ist.«

Ich bin immer noch überrumpelt und weiß nicht, was ich darauf antworten soll. So abstrus diese Situation auch ist, sollte ich gerade vermutlich Luftsprünge machen. Schließlich sind das durchaus Dinge, die man gern von einem heißen Objekt wie Patrick hören möchte. Na ja, bleiben wir auf dem Boden: Es spricht wohl die Cupcake-Magie aus ihm, mit einer Botschaft, die nicht eindeutiger sein könnte. Trotzdem kann ich den Gedanken an Jack nicht abschütteln. Ich horche in mich, suche nach dem Flügelschlag eines Schmetterlings in meiner Magengrube, doch da ist keiner. Jack ist alles, was ich im Moment will.

Warum lassen sich meine Gefühle nicht einfach auf- und zudrehen wie ein Wasserhahn?

Jack ist nicht da, und daran haben auch die Fairy Cupcakes nichts ändern können. Habe ich es selbst nicht schon einmal gesagt: *Vergangenheit ist Geschichte, Zukunft ist Geheimnis, aber jeder Augenblick ist ein Geschenk.*

Daran sollte ich festhalten, den Augenblick genießen, und dieser ist … Ich halte kurz inne und bemerke das sich wiegende Gras zu unseren Füßen, das leichte Säuseln des Sommerwindes, die Sonnenstrahlen, die meine Nasenspitze kitzeln, Patrick Prince neben mir – ein unglaublich charmanter, gut aussehender Kerl mit dem Potenzial zum *Sexiest Man Alive* –, und ich stelle fest: Eigentlich ist dieser Moment makellos. Er ist schön, atemberaubend schön, und bietet keinen Platz für Traurigkeit oder Gedanken an jemand, den ich vielleicht nie mehr wiedersehen werde. Ich muss schlucken. Die letzte Erkenntnis hat wehgetan. Aber es ist die Wahrheit.

Also reiß dich zusammen, ermahne ich mich lautlos.

Ich bleibe stehen und sehe Patrick eindringlich an. »Weißt du was, Patrick«, beginne ich mit etwas stockender, aber entschlossener Stimme. »Du hast recht. Irgendwie ist unsere Begegnung etwas Besonderes.«

Ich sehe, wie ein hoffnungsvoller Schimmer in seine Augen tritt, und halte kurz den Atem an, weil ich mir nicht sicher bin, ob ich weiterreden soll.

Die Luft um uns scheint plötzlich wie elektrisiert zu sein, und ich spüre Charles Blicke, der sich ins Gras gelegt hat, um die Gunst der Stunde zu nutzen und ein wenig durchzuschnaufen.

»Ähm, also«, stottere ich. »Was ich damit sagen will, ist …«

Patricks Blick verrät, dass er reden zunehmend für überflüssig hält und mich nun lieber küssen würde.

Wenn er mich weiterhin so ansieht, könnte sein Plan sogar aufgehen eine Runde Speichelhockey mit mir zu spielen – doch ich bin mir noch nicht ganz sicher, ob ich das möchte?

Herrgott, Lola, hör auf zu denken, beschwöre ich mich innerlich. »Aber …«, kämpfe ich noch dagegen an.

Patrick kommt verdächtig näher. Und der Himmel über uns … ist so perfekt blau, als hätte sich der Regisseur meines Lebens besonders Mühe gemacht, mir das Gefühl zu geben, in einen Disney-Film gestolpert zu sein. Und da … sind auch schon die ersten Vögel, die mit einem auffordernden Zwitschern über uns hinwegflattern. Okay. Irgendwie ist das ja tatsächlich ganz schön. Solange sie sich jetzt nicht auf meinem Kopf niederlassen und ein Liebeslied anstimmen, weil sie mich mit Schneewittchen verwechseln.

Meine Knie werden weich. Für ein paar Sekunden versinke ich in Patricks großen Augen, die den Blick einfach nicht mehr von mir nehmen möchten. Das macht mich so verlegen, dass ich mir ein Loch im Boden wünsche, in dem ich ganz unauffällig versinken kann.

Charles grunzt irgendwo. Wahrscheinlich ist er ungeduldig, und seine lasziven Grunztöne heißen so was wie: »Jetzt mach schon, du Angsthase! Küss ihn!«

»Ja?«, haucht Patrick, der die Bewegung meiner Lippen leider bemerkt hat. Mittlerweile ist er wohl etwas verunsichert, da mein Blick immer noch hartnäckig zwischen seinen Augen und allem anderen in der Umgebung hin und her huscht, als würde er einer unsichtbaren Hummel folgen.

Ich schüttle wortlos den Kopf, und ein verlegenes Lächeln ziert meine Lippen.

Ich bin mir nicht sicher, ob ich ihn jetzt zerstört habe. Den Moment, von dem ich denke, dass es der Augenblick gewesen sein muss, indem mich Patrick leidenschaftlich gern geküsst hätte. Verdammt. Vielleicht ist ein Traummann einfach schon genug gewesen, und ich sollte mich so schnell wie möglich von Patrick verabschieden.

»Patrick«, setze ich an. Und als wüsste er, dass ich mich vom Acker machen möchte, drückt er mir ganz unvermittelt seinen Zeigefinger auf die Lippen.

»Schscht!«, macht er behutsam, und ohne einen weiteren Kommentar von mir abzuwarten, hat er mich in eine innige Umarmung geschlossen. Ja. Er umarmt mich einfach nur, und ich spüre, dass es wahnsinnig durchtrainierte und starke Arme sind, die sich gerade um meinen bebenden Oberkörper klammern. »Du machst wohl gerade eine schwierige Zeit durch«, flüstert er mitfühlend. »Ich bin für dich da!«

Ich versuche, die Welle der Verzweiflung noch aufzuhalten. Wirklich. Doch vergeblich! Mit einem Mal bricht alles über meinem Kopf zusammen, wie eine Sintflut schlechter Erinnerungen. Mein überschwänglicher Alkoholkonsum, Beckys und Daniels Verlobung, der Verlust von Jack. Es kommt mir vor, als würde ich für jeden dieser Gedanken eine saftige und sehr schmerzhafte Backpfeife bekommen.

Und ohne, dass ich mir helfen kann, rollen mir auch schon ein paar Tränen die Wange hinunter. Ich heule wie ein Schlosshund, und Charles stimmt mit ein.

Na toll. Jetzt kann es eigentlich nur noch besser werden.

Kapitel 10

Dass es sich bei Patrick um ein sehr verständnisvolles Exemplar von einem Mann handelt, habe ich bereits feststellen dürfen. Dass er allerdings *so* verständnisvoll ist, versetzt mich dann doch in Erstaunen. Nun ja – bis mir wieder einfällt, dass wahrscheinlich die Fairy Cupcakes daran schuld sind. Zum Glück habe ich mich nach etwa fünf Minuten in seinen starken Armen wieder gefangen, und er reicht mir ein gepunktetes Taschentuch, in das ich mich hingebungsvoll schnäuze.

»Das ist normal«, pflichtet mir Patrick bei. »Es ist hart, wenn man jemand verliert, der einem sehr wichtig war.«

Klar, er denkt immer noch, es ginge nur um Jack, den Freund, der gut im Bett gewesen ist. Und in gewisser Weise hat er ja recht. Nur dass das eben nicht die ganze Wahrheit ist und es ja wohl nicht angehen kann, dass ich meine kostbare Zeit mit Traummann Nummer zwei dahingehend missbrauche, dass ich dramatisch in sein gepunktetes Taschentuch rotze.

Mit einem Mal fasse ich einen Entschluss. »Patrick«, sage ich und wische mir die Tränen aus den Augenwinkeln. Sein Lächeln ist unvermindert. Er sieht mich an wie ein treudoofer Hund. Jetzt legt er sogar den Kopf schief.

»Warte.« Er nimmt mir das Taschentuch ab, um einmal über meine linke Wange zu wischen. »Da hatte sich noch was verirrt!« Er zwinkert belustigt, doch ich laufe nur dunkelrot an.

»Was ich sagen wollte, ist«, wage ich einen Neuanfang, »ich will wirklich alles richtig machen, deshalb muss ich ehrlich zu dir sein.« Ich hole tief Luft, was dafür spricht, dass mir die nächsten

Worte einiges an Mühe kosten. »Das mit Jack stimmt nicht ganz. Eigentlich glaube ich, dass er einfach nur ein ziemlich mieser Kerl ist, der mich hat sitzen lassen. Der einfach abgehauen ist. Bitte frag mich jetzt nicht, warum ich gesagt habe, er sei gestorben. Ehrlich gesagt mache ich gerade eine ziemlich schwierige Zeit durch. Die letzten vierundzwanzig Stunden waren … Oh Mann, ich habe das Gefühl, es ist mehr passiert als in so manch einem ganzen Leben. Und das Letzte, was ich jetzt gebrauchen kann, ist …«, ich lege eine bedeutungsschwangere Pause ein und sehe Patrick traurig an, »… noch ein Mann, der mir das Herz bricht.«

Als Antwort erhalte ich ein verständnisvolles Nicken – was mich überrascht. Ich hätte vielmehr ein empörtes Augenrollen erwartet oder ein melancholisches Seufzen oder sonst irgendetwas. Das wäre aber nur von einem nicht magischen Wesen gekommen.

Ganz der Traumprinz sagt Patrick jedoch leise: »Ich weiß schon!«

Aha. Er weiß schon? Kann er jetzt auch noch hellsehen?

»Wir Männer können manchmal ziemliche Idioten sein. Meine beste Freundin liegt mir ständig damit in den Ohren, dass sie immer an die Falschen gerät. Vielleicht hilft dir das ja – zu wissen, dass es nicht nur *dir* so geht.«

Nein. Kein bisschen. Das macht mich nur noch aggressiver. Ich bin merklich ernüchtert und antworte nicht.

Patrick scheint meinen Unmut zu spüren, denn er legt mir aufmunternd seine rechte Hand auf die Schulter. »Aber, Lola«, säuselt er. »Ich denke, du bist einfach noch nicht an einen Mann geraten, der das Herz wirklich am rechten Fleck trägt. Ich weiß, du kennst mich noch nicht, aber gib mir wenigstens die Chance, dir zu beweisen, dass es auch andere Männer gibt.«

Leicht verunsichert sehe ich zu ihm hinauf und lasse mich von seinen haselnussbraunen Augen hypnotisieren.

»Okay!«, wispere ich wie in Trance und nicke dazu mechanisch.

Oha. Das war einfach. Zu meinem eigenen Erstaunen bekomme ich sogar ein aufrichtiges Lächeln zustande. Und zu meinem noch größeren Erstaunen fühle ich mich plötzlich, als hätte ich einen gewaltigen Ballast abgeworfen. Wow, ich muss jetzt mindestens hundert Kilo Sorgen leichter sein, einfach dadurch, dass ich ehrlich zu Patrick gewesen bin und ihm mein Herz ausgeschüttet habe. Vielleicht sollte ich diese Art von Ehrlichkeit öfter an den Tag legen, wenn es mich dann jedes Mal aufs Neue so unbeschwert und glücklich macht!

Es mag vielleicht nicht immer klug sein, sein Herz auf der Zunge zu tragen, aber es ist alle Mal besser, als irgendwelche abstrusen Lügen vorzuschieben, nur um Mitleid zu ernten oder negativen Reaktionen zu entgehen. Kurzer Hand und regelrecht euphorisch fasse ich noch einen Entschluss. »Patrick«, sage ich. »Erzähl mir von dir.«

Mit einem Mal strahle ich über das ganze Gesicht. Nicht weil ich mich darum bemühe, sondern weil ich endlich wirklich und wahrhaftig Interesse daran habe, ihn kennenzulernen.

»Oh!«, entgegnet Patrick gedehnt. »Wo soll ich anfangen?«

»Der Anfang ist zu empfehlen.«

»Am Anfang war das Wort …«

»Himmel, nicht so weit zurück!«, sage ich grinsend. »Vielleicht willst du mir mal verraten, was dich nach Harping Charms verschlagen hat.«

»Du«, erwidert Patrick keck.

»Ja, sicher, als ob du geahnt hättest, dass wir uns hier begegnen.«

»Selbstverständlich!«, sagt Patrick mit gespieltem Ernst. »Und ich muss ehrlich sagen, dass ich mir ein Kompliment dafür aussprechen muss, mit welcher Präzision ich unseren Zusammenstoß arrangiert habe. Der hat einen Oskar verdient.«

»Ja, stimmt, der war filmreif.«

Ich bin dankbar über die ausgelassene Stimmung. Wahrheit wirkt wirklich Wunder. Selbst Charles scheint jetzt in Tiefenentspannung aufzugehen, denn wir vernehmen unvermittelt ein geräuschvolles Schnarchen neben uns. Wir sehen zu dem kleinen beigefarbenen Knäuel hinunter, das zwischen dem maigrünen Gras wie ein dicker, atmender Fleischklops wirkt.

»Wir könnten uns zu ihm legen!«, schlägt Patrick vor.

Er wartet noch nicht einmal eine Antwort ab, sondern schmeißt sich ohne Umschweife ins Gras, das zu unseren Füßen leise im Wind wispert. Er klopft neben sich.

»Komm her, ich beiße nicht!«

»Da bin ich mir nicht so sicher«, sage ich, spüre aber, dass sich schon wieder ein neckisches Lächeln in mein Gesicht geschlichen hat. Ich seufze und lasse mich etwas umständlich neben ihm ins Gras sinken. Der Himmel über unseren Köpfen hat mittlerweile einige weiße Wolkenkleckse dazubekommen, die nun friedlich über uns hinwegziehen.

Während ich versuche, all den luftigen Schäfchen über uns meine Aufmerksamkeit zu schenken, spüre ich, wie Patricks Blicke auf mir brennen. Er mustert mein Gesicht. Fährt jede Linie meines Seitenprofils ab. Ich spüre es so deutlich, als würde er nicht nur seine Augen, sondern seine Hände dazu benutzen.

Mein Hals ist ganz trocken, und ich muss schlucken. Da fühle ich auch schon, wie Patricks Hand die meine sucht und sich unsere Fingerspitzen vorsichtig berühren.

Eine Gänsehaut krabbelt meinen Nacken hinauf und elektrisiert mich bis in die Haarspitzen. Ohne dass ich irgendetwas dagegen tun kann, habe ich das Gefühl, dass sich der Takt meines Herzens auch schon selbstständig gemacht hat und mir energisch gegen meine Bluse hämmert. Nervös beiße ich mir auf meine Unterlippe und versuche, Patricks Blick zu entkommen. Doch keine Chance.

Zum allerersten Mal sehe ich ihn an. Richtig an. Ich bemerke jedes kleine Detail in seinem Gesicht. Der leichte Saum seines dunklen Dreitagebarts, die dezenten Sommersprossen auf seiner Nase, eine winzige Pockennarbe auf seiner linken Wange, die vollen, geschwungenen Wimpern, seine unendlich braunen Augen – und wie ihm die leicht gelockten Haare sachte in die Stirn fallen.

Sein Gesicht kommt jetzt immer näher, so nah, dass sich schließlich fast unsere Nasenspitzen berühren. Wir liegen einfach nur da, während der Sommerwind säuselnd über uns hinwegstreift. Unsere Herzen schlagen in ähnlich schnellem Tempo, begleitet von einer Gänsehaut, die sich mittlerweile über meinen gesamten Körper zu ziehen scheint.

»Lola«, haucht er regelrecht filmreif, und ich warte nur noch darauf, dass irgendwo ein Cello eine herzzerreißende Melodie zu fiedeln beginnt.

Mindestens genauso dramatisch hauche ich ein »Patrick?« zurück, und ehe ich mich versehe, steuert er auch schon auf meine Lippen zu, als ginge von dort eine unwiderstehliche Anziehungskraft aus. Alles geschieht in Zeitlupe, und es macht sich eine unruhige Ungeduld breit, sodass ich am liebsten gerufen hätte: *Wenn du mich küssen willst, tu es doch einfach!*

Sein Blick jagt mir gerade tausend Volt durch den Körper, und mein Bauch fühlt sich ganz schummrig an, aber auf eine gute Art und Weise – denn da sind sie nun wieder: die *Schmetterlinge*!

Endlich werde ich von meiner Anspannung erlöst, denn sein Mund berührt meinen. Zärtlich gleiten seine Lippen über ihn hinweg. Dann spüre ich seine Hände, die mein Gesicht umfangen. Dieser Moment könnte nicht schöner sein bis – *Wumm!*

Es donnert über uns, als habe es Zeus höchstpersönlich satt, sich noch länger dieses kitschige Szenario ansehen zu müssen.

»Ahhhh!«, kreische ich auf, als ich die ersten Regentropfen spüre, die kräftig auf mich hinabtröpfeln, um mich wütend zurechtzuweisen, dass es sich gar nicht schickt, innerhalb von vierundzwanzig Stunden zwei unterschiedliche Männer zu küssen. »Wo kommt denn der Regen auf einmal her?«

Patrick lacht auf. »Aus den Wolken?«

Ach echt, Sherlock? Diese Bemerkung war so geistreich wie ein Sandkasten in der Sahara. »Ja, aber … warum?«, rufe ich ungläubig und starre nach oben.

»Wir sind in England!«, bemüht sich Patrick um eine weitere Erklärung.

»Jap!«, erwidere ich gespielt trostlos. »Das ist ein englischer Sommer, wie er im Bilderbuch steht!«

Wir sehen uns an und müssen breit grinsen, auch wenn wir

mit dem ganzen Wasser im Gesicht eher aussehen, als wären wir gerade in bitterliche Tränen ausgebrochen.

Charles ist schlagartig erwacht. Sein Grunzen ist in ein tadelndes Jaulen übergegangen, er springt durchs Gras und schüttelt sich, als hätte er noch niemals Regen auf seinem Fell gespürt.

Auch Patrick und ich richten uns auf und lachen uns an, weil wir wie zwei begossene Pudel aussehen. Der weinende Himmel lässt unsere Haare in dunklen Strähnen an unsere Stirn klatschen, und ich beobachte Prince, der immer noch über das ganze Gesicht strahlt. Der Regen fließt über seine Stirn, die Nase entlang und über seine Lippen. Und ehe ich mich versehe, hat er auch schon einen Schritt auf mich zugemacht und küsst mich noch einmal.

»Sollen wir gehen?«, haucht Patrick schließlich.

Sein Mund hat sich von meinen Lippen gelöst. Er lässt mich atemlos und vor Erregung bebend vor sich stehen. Ich bringe nichts heraus, kann nur nicken und möchte ihm am liebsten sofort und auf der Stelle wieder in die Arme fallen.

»Na dann komm!«, sagt Patrick mit seinem unglaublich hinreißenden Lächeln und zieht mich auf seinen Rücken, sodass er mich bald Huckepack durch den strömenden Regen trägt, während uns Charles mit angestrengtem Grunzen folgt.

Etwas atemlos setzt mich Traummann Nummer zwei vor dem *Little Birds* ab. Ich springe von seinem Rücken und lächle ihn beschwingt an.

»Danke!«, stoße ich hervor, und er vollführt einen hoheitsvollen Knicks.

»Von Herzen gern«, erwidert er, »für ein derart entzückendes Wesen wie dich!«

Hach! Mein Leben könnte ewig so weitergehen!

Mein Lächeln schwillt zu einem Grinsen an. »Möchtest du noch mit reinkommen? Ich habe haufenweise Handtücher und etwas Warmes zu trinken! Heiße Schokolade, Tee … was auch immer dein Herz begehrt!«

Charles jault derart impulsiv, als hätte ich *ihm* dieses Angebot gemacht. Kleine Raupe Nimmersatt!

Ich bin überrascht, als Patrick bestimmt den Kopf schüttelt. »Danke, Lola – ich werde jetzt nach Hause fahren. Meine Schwester kommt zu Besuch, und ich sollte langsam mal aufräumen und ein paar Kleinigkeiten vorbereiten.«

»Okaaay.« Ich kann meine Enttäuschung nicht verbergen.

Patrick lacht. »Hey, ich verspreche dir, wir sehen uns morgen Früh wieder. Ich werde zum Frühstück ins *Little Birds* kommen – ganz sicher!« Er beugt sich vor und gibt mir einen Kuss auf die Stirn. »Also dann.« Er scheint es plötzlich ziemlich eilig zu haben. »Ich hoffe du wirst da sein, Kleines!« Und damit dreht er sich auf den Fußsohlen um und entschwindet leichtfüßig meinem Blickfeld.

Wie paralysiert stehe ich da, während der Regen unaufhörlich meine Kopfhaut massiert. Patrick ist doch jetzt nicht wirklich *gegangen*?

Ich stolpere ins *Little Birds* und schlurfe gedankenverloren die Treppe zu meiner Wohnung hinauf, während mir Charles kläffend hinterherläuft, weil er sich womöglich wundert, dass ich nicht in die Küche gegangen bin, um ihm die angepriesene heiße Schokolade zu servieren.

Die Männerwelt soll einer verstehen. Da lässt er mich eiskalt im Regen stehen und läuft davon. Ich hoffe, das Treffen mit seiner Schwester war keine Ausrede, um mich loszuwerden. Aber nein, das kann nicht sein. Schließlich ist er doch mein Traumprinz … oder?

Ich laufe meinen Gang entlang, geradewegs auf mein Schlafzimmer zu, um mich auf mein Bett zu schmeißen und mir weiterhin unnötige Gedanken darüber zu machen, warum sich Patrick so verhalten hat. Als ich lustlos die Tür aufstoße, entfährt ein schriller Schrei meiner Kehle.

Puddingdampfer McDouble steht mitten im Raum und blickt mich durch ihre wässrigen Schweinchenaugen an.

Kapitel 11

»Was machen Sie hier?«, japse ich – ein klägliches Aufheulen wie das eines verletzten Hundes, der jeden Moment seinen Schwanz einzieht und ängstlich davonstolpert. Mehr bekomme ich nicht zustande. Meine Beine fühlen sich an, als könnten sie jeden Augenblick unter mir zusammenkrachen. Ich weiß nicht, warum das so ist, warum sich meine Gedärme quälend zusammenziehen, sobald meine blauen Augen in die weit geöffneten schwarzen Pupillen von Mrs. McDoubles tauchen.

Betty steht einfach nur mit diesem Blick vor mir, der mir eine unangenehme Gänsehaut nach der anderen den Rücken hinunterjagt, als würde sie mir soeben die Seele aus dem Leib saugen. Und auch wenn es keine äußerlichen Merkmale dafür gibt, fühlt es sich an, als würde Betty eine Voodoo-Puppe mit meinem Namen zwischen ihren fleischigen Wurstfingern zerquetschen. Ich halte den Atem an und versuche, die mich durchdringende Nervosität abzuschütteln. Seit ich heute Nachmittag ihre ungenierten Blicke auf mir gespürt habe, während ich mich darauf konzentrierte, Traummann Nummer zwei eine ehrliche Chance einzuräumen, habe ich stärker als jemals zuvor das Bedürfnis, ihr aus dem Weg zu gehen. Nicht dass es davor wesentlich anders gewesen wäre – aber nun überkommt mich umso dringlicher das Bedürfnis, ihre Gegenwart zu meiden. Denn ich habe es nicht darauf abgesehen, zum Gesprächsthema Nummer eins in Harping Charms aufzusteigen.

»Was ich hier mache?«, blafft Betty, und ihre viel zu roten Lippen verziehen sich dabei zu einem maliziösen Grinsen.

Ich nicke und versuche trotz ängstlichem Herzklopfen, einigermaßen autoritär auszusehen. Schließlich ist das *mein* Schlafzimmer. »Was machen Sie hier?«, wiederhole ich wütend.

In diesem Moment kriecht Barbra unter meinem Bett hervor, einen Seidenslip zwischen ihren spitzen Zähnchen. Der kleine Teppichporsche spuckt die Unterwäsche aus, als würde es sich dabei um ein Stück Gammelfleisch handeln, und funkelt mich dann ebenso böse an wie seine Herrin. Es ist der Slip, den mir Jack gestern Abend von meinem bebenden Körper gestreift hat. An ihm klebt der Geruch meiner Leidenschaft, meines Glücks – das Odeur einer Erinnerung, die jetzt nur noch schmerzt.

»Nun, Mädchen«, erwidert McDouble, »ich habe dich gesucht. Was sonst? Deine inkompetente Aushilfe Melissa ist nicht dazu fähig, jedem Gast ihre ungeteilte Aufmerksamkeit zukommen zu lassen. Ich fühle mich mehr als vernachlässigt! Als Stammgast des *Little Birds* sollte man schon ein bisschen mehr erwarten können!«

Ich blinzle irritiert. »Das gibt Ihnen noch lange nicht das Recht, meine Privaträume aufzusuchen.«

Die alte Schreckschraube zuckt gleichgültig mit ihren massigen Schultern. »Ich bin überaus enttäuscht, Lola. Das *Little Birds* verkommt! Deine Granny, Gott hab sie selig, würde nicht einmal mehr auf die Idee kommen, es *Lucky Birds* zu nennen, denn das Glück, die Freude, der gute Service haben seine Türen schon längst verlassen.«

Bettys Worte sitzen wie die Faust auf dem Auge und tun genauso sehr weh. Meine Lippen beben. Ich möchte etwas sagen, etwas, das mindestens genauso verletzend ist wie das, was sie mir soeben an den Kopf geworfen hat. Doch mir fällt nichts ein. Vielleicht auch besser so. Denn ich glaube, es wäre keine gute Idee, das sprichwörtliche Fass zum Überlaufen zu bringen. Besonders seit sie diesen gruseligen Zombie-Blick drauf hat, den sie jetzt sehr engagiert zum Besten gibt.

Ich zucke zusammen, als neben mir plötzlich ein Knurren ertönt. Doch es ist nur Charles, der mir zur Hilfe geeilt ist.

»Ich verbiete es Ihnen, noch einmal ohne Erlaubnis in meine Wohnung einzudringen«, sage ich mit fester Stimme.

Charles' bedrohliches Grollen gibt mir Halt. Auch wenn ich in den vergangenen Stunden einige Fehler begangen haben mag – Charles aus dem Tierheim in Deltons Pide zu holen, war keiner davon.

»Wuff!«, bellt er wie ein ausgewachsener Pitbull, und ich mache mich größer und stemme selbstbewusst meine Finger in die Hüften.

»Egal, wie enttäuscht Sie vom Service des *Little Birds* auch sein mögen. Wenn es Ihnen hier nicht gefällt, dann«, ich schnappe nach Luft, um mich für die nächsten Worte zu wappnen, »dann bleiben Sie zu Hause! Auf Sie und Ihre Lästerzunge können hier ohnehin alle verzichten!« Ups, da habe ich wohl wieder schneller geredet als gedacht.

Doch Bettys Gesicht zeigt keine Regung. Ihre Augen sind hart wie Stahl. »Du machst einen großen Fehler, Lola«, sagt sie mit einer bedrohlichen Ruhe in der Stimme.

Ich schlucke den Kloß herunter, der mir plötzlich in der Kehle sitzt. Ein Frösteln läuft mir über die Arme.

»Wenn du versuchst, mich zu reizen, wenn du versuchst, mich hier rauszuekeln – wirst du das bald bitter bereuen«, fährt McDouble in frostigem Ton fort.

Was dreht McDouble seit heute Morgen eigentlich so am Rad? Ob sie wohl etwas von meiner magischen Entdeckung mitbekommen hat?

»Betty.« Jetzt ist meine Stimme wieder ein einziges klägliches Krächzen. »Ich … ich möchte Sie nicht rausekeln! Sie sind nach wie vor meine beste Kundin!« Mich jetzt einen Arschkriecher zu nennen, wäre gelinde gesagt – untertrieben!

»Dann beweise, dass dies nicht nur leere Worte sind, sondern gib mir auch das Gefühl! Gib mir das Gefühl, dass ich dir wichtig bin!«

Ich komme mir unvermittelt wie ein armer Ehemann vor, der seine krankhaft eifersüchtige Frau besänftigen muss. Unsere Augen duellieren sich im *Welcher-Blick-kann-besser-töten*-Spiel. Meine Beine wackeln wieder. Charles knurrt ununterbrochen.

Dann fasse ich einen Entschluss – der Klügere gibt eben doch nach. Ich seufze und sage versöhnlich: »Wenn Sie wollen, dann schreibe ich Ihnen meine private Handynummer auf. Sie können jederzeit anrufen, wenn Sie noch mehr zu beanstanden ha–« Abrupt halte ich inne.

Nein. Nein! Das gibt's nicht! Die Telefonnummer, ich habe Patricks verdammte Telefonnummer vergessen … Das ist eine Katastrophe! Im Bruchteil einer Sekunde vergesse ich, dass Mrs. McDouble in meinem Schlafzimmer steht und ihr Hund meine teure Seidenunterwäsche auseinandernimmt.

Wie im Wahn drehe ich auf den Fußsohlen um und sprinte in den Flur hinaus, die Treppe hinunter und in den Vorgarten. Direkt in den strömenden Regen. Ich stolpere auf die Straße. Der Himmel ist durch das tobende Unwetter so dunkel, dass es ebenso gut Nacht hätte sein können. Doch ich habe keine Angst. Mir ist es egal, wie bedrohliche Blitze über meinem Kopf am Himmel entlang vorbeizucken, ich renne wie von Sinnen einfach nur die Straße hinauf, in der Hoffnung, Patricks Wagen irgendwo zu sehen, auch wenn ich natürlich keine Ahnung habe, wie dieser aussehen könnte. Doch kein Auto lässt seine Lichter durch das Dämmerlicht schweifen.

»*Patrick*!«, brülle ich in den Regen, in der unvernünftigen Annahme, es könnte mich jemand hören. »Patrick!«

Dann stolpere ich, schlage hart auf dem steinernen Asphalt auf und bin zu schwach, um mich wieder aufzurappeln. Ich hab's vermasselt. Komplett vermasselt. Tränen der Wut steigen in meine Augen. Allerdings … von dort, wo Patrick jetzt wahrscheinlich ist, hätte ihn wahrscheinlich nicht einmal eine schlichte Telefonnummer zurückbringen können. Schließlich muss das das Feenreich oder etwas Ähnliches sein, oder?

Warum also das alles? Warum kann ich nicht einsehen, dass es das Klügste, das Einfachste wäre, die Finger von magischen Männern zu lassen? Nein – am besten von *allen* Männern auf diesem Planeten! Und dann, dann sollte ich mich auf eine Zukunft konzentrieren, in der ich mir ganz einfach selbst *genüge*.

Bei diesem Gedanken fange ich so heftig zu weinen an, dass ich noch weniger gewillt bin aufzustehen und meinen schlaffen Körper aus der eisigen Pfütze unter mir zu ziehen. Ob ich überfahren werde oder in dieser Sekunde an einer schlimmen Lungenentzündung erkranke, ist mir vollkommen egal.

Die letzten Tage – das war alles zu viel für mich. Je verbissener ich meinem Glück hinterherjage, desto weiter scheint es sich von mir zu entfernen.

Es ist vorbei. Keine Männer mehr. Ich muss erst einmal mit mir selbst zurechtkommen. Mit dem, was vor einem Jahr alles ins Wanken brachte. Daniels Betrug. Der Mann, den ich, ohne mit der Wimper zu zucken, geheiratet hätte. Und da rollt er wieder über mich, mein persönlicher *Dominomoment.*

Ich schluchze auf und frage mich gleichzeitig, ob er jemals gehen wird. Dieser übermäßige, mich von innen auffressende Schmerz.

Ich denke an meine Eltern und daran, dass ich mich jetzt liebend gern zu ihnen gebeamt hätte. Klar, damit gewinne ich bestimmt den Preis für die schlechteste Tochter des Jahres. Immer nur dann ankriechen, wenn es gerade brenzlig wird. Wenn ich nicht zu erschöpft gewesen wäre, hätte ich jetzt tatsächlich mein Handy gezückt und sie angerufen. Ich hätte sie gefragt, ob ich sofort zu ihnen kommen könne, und sie hätten mit Sicherheit freudig »Ja!« gerufen. Voller Mitgefühl und Dankbarkeit, dass sie mich nun endlich weiter verwöhnen können, so, wie sie es all die Jahre getan haben.

Sie haben mich, als ihr einziges Kind, fast mit ihrer Liebe erdrückt, was wahrscheinlich auch der Grund war, warum ich mich damals immer mehr zu Granny hingezogen gefühlt habe. Sie war diejenige, die das Gespür für Abenteuer und Unternehmergeist in mir geweckt und mir gezeigt hat, dass ich auch sehr gut auf mich selbst aufpassen kann.

Seit Grannys Tod ist nichts mehr so, wie es vorher war.

Nichts mehr.

Ich habe mich immer mehr hinter den Mauern des *Little Birds* zurückgezogen – vielleicht sogar in der Hoffnung, ich könnte mich so noch intensiver an die Erinnerung meiner geliebten Großmutter klammern. Weil ich sie einfach noch nicht gehen lassen möchte.

Vielleicht habe ich mich getäuscht, was meinen *Dominomoment* angeht. Vielleicht ist es doch der Zeitpunkt gewesen, als ich erfahren habe, dass meine Granny in einen schicksalsvollen Autounfall verwickelt worden ist.

Es gibt nur einen Menschen, dem ich mich hier anvertrauen kann. Es ist eine gute Freundin der Familie, die kurz vor Grannys Tod in unser aller Leben schwebte wie eine gute Fee.

Beatrice. Meine wunderbare Beatrice, die mich irgendwie, ohne es zu erahnen, von ihrer Art her an Granny erinnert, sodass sie sich sofort in mein Herz gezaubert hat, ohne auch nur einmal einen Zauberstab zücken zu müssen.

Mein Körper bebt vor Kälte. Ich beiße mir fröstelnd auf meine Lippen und versuche, die Gedanken an meine Eltern, Granny und Beatrice wegzudrücken, um mich endlich aus dieser prekären Lage zu befreien.

Doch dann, ganz plötzlich, fühle ich, wie sich eine große, warme Hand auf meinen Körper legt, und für einige Sekunden denke ich, ich bin gestorben und im Himmel wieder aufgewacht.

»Jack?«, hauche ich schwächlich.

Eine Männerstimme antwortet: »Shhhh! Ganz ruhig, Lola!« Ich werde hochgehoben, spüre, wie mich mein Retter an seine starke Brust presst und mit raschen Schritten zum *Little Birds* zurückträgt.

Kapitel 12

Die Umgebung um mich herum verwischt zu einem einzigen Sammelsurium aus nassen Regentropfen, ihrer sanften Melodie, dem leisen Geräusch von Jacks Atem an meinem Ohr und den merkwürdigen Platschlauten von Gummisohlen auf feuchtem Grund. Über uns ist immer noch der Donner, doch sein fürchterliches Grollen murmelt nur noch über mich hinweg. Ich atme den Geruch von Jacks betörendem Parfum ein. Herb und doch irgendwie süß. *Überirdisch!* Mein Herz klopft in rasantem Rhythmus.

Dann ist da der Geruch von Kaffee und Kuchen, die Kälte von draußen verschwindet, keine Regentropfen mehr, die auf mich hinabtrommeln. Alles um mich herum nehme ich nur durch einen dicken, dunstigen Schleier aus allerlei Schemen und Farben wahr. Aber das ist mir egal. Ich vertraue meinem Retter, er wird sich um mich kümmern.

»Was suchst du hier?«, brüllt eine Stimme aus dem Off. »Oh mein Gott! Was hast du mit ihr gemacht, du Trottel?«

Ich glaube, das ist Melissa. Aber warum ist sie denn nur so aufgebracht? Warum macht sie Jack so blöd an?

»Ich habe sie draußen gefunden. Sie ist komplett unterkühlt!«

Ich meine wahrzunehmen, wie sich meine beste Freundin über mich beugt, dann ihre für mich brennend heiße Hand auf meine Stirn legt. »Was machst du nur, Lola?«, fragt sie vorwurfsvoll. »Sollen wir einen Krankenwagen rufen?«, wendet sie sich wieder an meinen Retter.

»Nein, lass mal. Ich kümmere mich um sie.«

»Das kannst du vergessen, du Schwein! Käme dir gerade recht, dass du meine arme Lola aus ihren nassen Klamotten schälst! Der Quickie für zwischendurch, oder was?«

»Halt die Klappe, Missy!«, entgegnet der Mann schroff. Diesen Ton habe ich noch nie bei ihm gehört – andererseits, so lange kennen wir uns ja noch nicht. Es gibt bestimmt viele Seiten, die ich noch nicht an ihm entdeckt habe. »Werd endlich erwachsen!«

»Was tust du überhaupt hier?«, knurrt meine Freundin daraufhin – sie benimmt sich wie ein Wachhund, der auf einen besonders kostbaren Schatz aufpasst. »Ist es dir zu langweilig geworden? Ödet dich dein perfektes Leben an?«

»Ehrlich gesagt bin ich hier, um mit Lola zu sprechen. Ich glaube, ich habe etwas gutzumachen.«

»Und das fällt dir jetzt ein, du Mistkerl?« Melissa schnappt aufgebracht nach Luft. »Das soll wohl ein Scherz sein. Dein Mitgefühl kommt ziemlich spät, findest du nicht? Wahrscheinlich kommst du dir ganz schön toll vor, jetzt, wo du Lola aus dem Regen gerettet hast! Aber ich muss dich enttäuschen. Wir Frauen stehen nicht mehr auf Superhelden! Von mir aus kannst du dich an deinem doofen Cape aufhängen, Mister Möchtegern-Kent!«

Was ist nur los mit Melissa? »Lass ihn«, flüstere ich. »Hör auf.«

»Lola, oh Gott, hast du was gesagt? Hat sie was gesagt? Sie hat was gesagt, oder? Oh Gott, oh Gott! Sieh nur, was aus ihr geworden ist!«

»Ja, aber ich habe es nicht verstanden«, erwidert Jack schroff. »Melissa, geh wieder an die Arbeit. Ich bringe Lola nach oben.«

»Das könnte dir wohl so passen!«, faucht Missy verärgert.

»Ich meine es ernst. Ich kümmere mich um sie. Das *Little Birds* ist vollkommen überfüllt – wer soll für all die Gäste sorgen? Du kommst doch ohnehin kaum hinterher.«

Eine kurze Stille tritt ein. In dieser Stille denke ich plötzlich an Mrs. McDouble und daran, dass sie meinte, der Service des *Little Birds* ließe wirklich zu wünschen übrig. Auch wenn ich zu schwach bin, um etwas zu sagen, bete ich innerlich, dass Melissa nachgibt und sich weiterhin um unsere Gäste kümmert.

»Also schön. Aber wehe, ich muss mir später von Lola erzählen lassen, du hättest ihr was angetan! Dann mach ich dich fertig – ich schwör's dir!«, sagt Missy schließlich, bevor der Redeschwall sämtlicher Gäste ihre wütende Stimme übertönt und die Tür ins Schloss fällt.

»Jack?«, winsle ich unterdessen.

Er hält mich immer noch ganz fest. »Alles wird gut. Gleich bist du in deinem Bett.«

Oh nein! Was ist, wenn Betty und ihre hässliche Barbra noch damit beschäftigt sind, mein Schlafzimmer zu inspizieren?

Ich ächze auf, und der Mann an meiner Seite setzt sich in Bewegung. Vorsichtig trägt er mich meine Treppe hinauf. Irgendwo höre ich Charles, der uns mit besorgtem Winseln entgegenrennt. Dann vernehme ich das Knarzen meiner Schlafzimmertür und spüre, wie ich vorsichtig auf mein Bett gelegt werde.

Betty scheint zu meiner großen Erleichterung nicht mehr hier zu sein, sonst hätte sie mit Sicherheit schon einen gehässigen Kommentar abgelassen.

»So«, sagt mein Retter behutsam, als rede er zu einem kleinen Kind. »Wir müssen dich jetzt erst mal umziehen.«

Ich nicke widerstandslos. Mein Kopf fühlt sich schwer an. Wenn ich meine Augen öffne, nehme ich meine Umgebung immer noch als sich stets verwischende Kleckse wahr.

Jack beugt sich über mich, das spüre ich an der Wärme seines Atems, der mir nun über den Hals streicht. Langsam knöpft er meine Bluse auf. Ich bin viel zu schwach, um Gefallen daran zu finden.

»Hände weg!«, keift eine Stimme an der Tür. Jemand kommt mit großen Schritten auf mich zu und stößt Jack zur Seite. »Ich konnte den Gedanken nicht ertragen, dass du hier oben mit ihr allein bist und sie bis auf die Knochen ausziehst, du perverses Schwein!«

»Melissa – ich bin kein Sexualstraftäter, sondern ihr …«

»Ein Verräter – ich bin mal so frei und lege dir die Worte in den Mund, auf die du mit deinem Kanisterschädel ohnehin nicht gekommen wärst«, krakeelt Missy gebieterisch. »Ich habe fünf

Minuten, danach muss ich wieder runter. Und du – du gehst in dieser Zeit vor die Tür und wartest da!«

Jack verlässt kommentarlos den Raum. Jedenfalls denke ich das, denn nach einigen Sekunden Schweigen höre ich, wie meine Schlafzimmertür ins Schloss fällt. Nun ist es Melissa, die mich vorsichtig aus meinen pitschnassen Klamotten pellt und mir dabei immer wieder besorgt über meinen kühlen Kopf fährt.

»Ach, Süße, was machst du nur für dumme Sachen. Ich hab mich zu Tode erschreckt, als ich dich fast leblos in den Armen dieses Steckdosenbefruchters gesehen habe!«

»Hör auf«, flüstere ich. »Hör auf, ihn so zu nennen.«

Doch Missy scheint mich nicht zu verstehen, und ich habe keine Kraft, meine Worte zu wiederholen. »Du wachst erst wieder auf, wenn du kerngesund bist – okay?« Eine Träne tropft auf meine Wange. »Du musst mir versprechen, dass du so was nie, *nie* mehr wieder machst, Lola. Ich hab dich lieb, hörst du?«

Melissa rubbelt mich vorsichtig mit einem Handtuch trocken. Dann zieht sie mir meinen flauschigen Jogginganzug über und schiebt mich mit ebenso viel Bedacht unter meine warme Daunendecke.

»Missy«, murmele ich, während mein Kopf in meinen weichen Kissen versinkt. »Ich denke, ich liebe Jack, ich liebe ihn wirklich.«

Ihre Lippen berühren meine Wange. »Schlaf jetzt«, flüstert sie.

Dann ist Jack wieder da. Und dieses Mal bleibt er bei mir. Selbst wenn ich jetzt in einen hundertjährigen Schlaf falle. Er lässt mich nicht mehr allein. Ganz bestimmt. Er ist mein Schicksal. Das weiß ich so sicher, wie ich meinen eigenen Namen kenne. Schon halb weggetreten nehme ich wahr, wie er mir über die Wange streicht.

»Ich liebe dich«, sind meine letzten Worte, bevor ich auch schon in einen traumlosen Schlaf sinke.

Als ich aufwache, brummt mein Schädel, als hätte ich weitere hundert Flaschen Chardonnay in mich geschüttet. Außerdem habe ich das Gefühl, dass ich eine Erkältung bekomme. Ich blinzle und werde erst einmal von einer großen, klebrigen Hundezunge abgeschleckt.

»Guten Morgen, Kleines!«, sagt eine Männerstimme neben mir, und plötzlich erinnere ich mich daran, dass Jack bei mir ist, und mein Herz macht einen freudigen Sprung. Doch mein Lächeln friert augenblicklich ein.

»Daniel!«, stoße ich mit einer Begeisterung hervor, als hätte mir mein Doktor soeben eine lebensbedrohliche Krankheit diagnostiziert.

Mein Ex-Freund nickt mit fast reumütigem Blick. »Hi«, sagt er und räuspert sich verlegen. »Hast du – hast du gut geschlafen?«

Ich gehe nicht darauf ein, richte mich entrüstet in meinem Bett auf und schenke ihm einen Blick, mit dem ich normalerweise noch nicht einmal meinen Todesfeind bedacht hätte. »Was hast du mit Jack gemacht?«

»Jack? Wer soll das sein?«, entgegnet Danny verblüfft.

»Ich rede von dem Mann, der mich hierhergebracht hat, der mich aus dem Regen gerettet hat«, knurre ich angriffslustig und betone *gerettet* derart überdeutlich, als wäre Danny schwerhörig.

»Lola«, entgegnet Daniel in einem Ton, als würde er sich darauf vorbereiten, mir eine schlechte Nachricht zu überbringen. »Das war ich.«

»Du?«, stoße ich voller Verachtung und Ungläubigkeit hervor. »Warum? Was machst du hier? Ich dachte, ich hätte mich gestern klar ausgedrückt.«

»Lola, ich habe dich zufällig da draußen gefunden, du warst am Ende und hättest dir den Tod geholt. Ich bin hier, weil ich mit dir reden möchte«, sagt er und versucht, seine Hand auf meinen Arm zu legen, doch ich stoße sie weg.

»Was willst du noch mit mir reden?«, schreie ich ihn an. »Es ist alles gesagt! Du wirst Becky heiraten, und ihr werdet ein Leben haben wie aus einem kitschigen Liebesfilm. Bravo! Toll gemacht! Aber lasst mich da raus, hast du kapiert? Lasst mich da raus.«

In Daniels Augen tritt nun ein verletzter Ausdruck.

»Ich fühle mich schuldig«, sagt er mit gebrochener Stimme.

»Und da denkst du, du kommst mal eben vorbei, um dein Gewissen zu bereinigen, bevor du Rebecca dein inniges ›Ja ich will‹ entgegenhauchst?« Ich lache auf – dabei finde ich überhaupt nichts witzig. »Ganz großes Kino, Daniel!«

»Nein – ich komme, weil ich dich sehen wollte. Weil ich mit dir sprechen muss. Lola, ich will einfach, dass du weißt, dass ich – dass *wir* – nie vorhatten, dich zu verletzen. Du bist in den letzten Monaten so souverän mit unserer Beziehung umgegangen. Weder Rebecca noch ich haben auch nur im Ansatz geahnt, wie sehr du noch unter unserer Verbindung leidest.«

Eine endlose Leere breitet sich nun in meiner Magengrube aus. Ich sehe ohne äußerlich erkennbare Rührung in die Augen jenes Mannes, dem ich über vier Jahre hinweg gesagt habe, dass ich ihn liebe. Doch mein Herz steht in Flammen.

»Ich bin nicht hier, um dich darum zu bitten, dass du doch noch Beckys Brautjungfer wirst, auch nicht darum, dass du auf jeden Fall zur Hochzeit kommst – ich möchte einfach nur, dass du weißt, dass es mir leidtut. Wirklich. Es tut mir von Herzen leid! Ich wünschte, du könntest begreifen, dass ich die Zeit mit dir sehr genossen habe und dass ich dich sehr, sehr geliebt habe.«

»Nur erscheint alles, was du gesagt und getan hast, wie eine Lüge. Immerhin hast du mich nach Strich und Faden betrogen«, entgegne ich steif.

Er nickt traurig. »Ich weiß – *trotzdem*, du solltest wissen: Ein Teil von mir wird dich immer lieben.«

Was ist denn das jetzt für eine Aussage? Bevor ich in Tränen ausbrechen kann, schlucke ich meine brodelnde Wut hinunter.

»Bitte geh jetzt«, sage ich, meine Kehle ist wie ausgetrocknet.

Danny respektiert meinen Wunsch. Ohne ein weiteres Wort verlässt er mein Schlafzimmer.

Ich bin mehr als dankbar, als im nächsten Moment Melissa an mein Bett stürzt und mir in die Arme fällt.

»Lola!«, ruft sie überglücklich, als hätten wir uns seit Ewigkeiten nicht mehr gesehen. »Entschuldige, ich war unten und habe die Küche in Ordnung gebracht. Dieser Typ ist gerade durch die Tür! Ganz ehrlich – Dannys Geburt war doch ein Beitrag zur Umweltverschmutzung – so sieht's aus!«

Ich nicke nur. Mein Ex ist so ungefähr das letzte Thema, über das ich jetzt sprechen möchte. »Wie lange habe ich geschlafen?«, erkundige ich mich mit einem herzhaften Gähnen.

»Lang genug«, entgegnet Melissa. »Das *Birds* hat jedenfalls schon zu. Wie geht es dir?«

»Mir ging's schon mal besser.« Ich bringe ein klägliches Lächeln zustande. »Ich glaube, ich bekomme eine Erkältung. Kannst du heute Nacht hierbleiben, Missy?«

»Natürlich.« Meine Freundin grinst breit. Sie gibt mir einen kurzen Kuss auf die Stirn, und ich bin unendlich dankbar für ihre Gegenwart. »Solange du mich nicht mit deiner Schnoddersäuche ansteckst!«

»Ich gebe mein Bestes«, flüstere ich, während sie sich neben mich ins Bett kuschelt. und ich anfange ihr von meiner jüngsten Niederlage – Patricks fehlender Telefonnummer – zu erzählen.

Kapitel 13

Ich wache mit einem schmerzenden Hals und tropfender Nase auf, weshalb Melissa diejenige ist, die bereits um sieben Uhr den Backofen in Grannys Küche anschmeißt, während ich noch ein paar Stunden länger vor mich hinschlummere und nur ab und an einer Tasse Tee nippe.

Gegen zehn steht Missy dann plötzlich in meinem Schlafzimmer, die Backen ganz gerötet und mit zahlreichen Mehlflecken auf ihrem schwarzen Kleid. »Lola, du musst sofort runterkommen und dir ansehen, wer soeben das *Little Birds* betreten hat«, keucht sie. Und mit einem peinlich berührten Blick auf meinen Winnie-Puuh-Pyjama. »Und das Ding würde ich lieber verstecken – wärst du in diesem Ding zur Welt gekommen, hätte man den Storch erschossen!«

Auch wenn ich etwas überrascht über ihre plötzliche Aufregung bin, gehorche ich, ziehe mir einen Morgenrock an und wanke dann hinter ihr die Treppe hinab. Mit zerzausten Haaren, brummendem Schädel und triefender Nase trete ich schließlich in die Teestube des *Little Birds*, in der Erwartung, dass dort mindestens die Queen höchstpersönlich sitzen muss, denn warum sonst hätte mich Melissa in meinem Zustand aus dem Schlafzimmer vertreiben sollen?

Augenblicklich stockt mir der Atem bei dem surrealen Anblick, der sich soeben vor meinen Augen breitmacht. Ich zwicke mich instinktiv in den Unterarm. Das kann nur ein Traum sein!

Es ist Prince!

Kein anderer als Patrick sitzt an dem kleinen Tisch am Fenster.

Ich muss mir wohl eingestehen, dass ich es nicht mit einer Fata Morgana zu tun habe.

Da sitzt tatsächlich ein echter Mensch aus Fleisch und Blut und nicht aus … Feenstaub. Ich sehe zu meinem Traummann Nummer zwei hinüber. Er ist wirklich, wie versprochen, zu mir zurückgekehrt. Aber wie – *wie* kann das sein? Ich meine – Jack ist ja auch nicht zu mir zurückgekehrt … So sehr ich mich in diesem Moment auch anstrenge, eine geistreiche Antwort auf dieses Mysterium zu finden, mein Gehirn kommt in dieser Sekunde auf keinen grünen Zweig. Deshalb bemühe ich mich lieber darum, Patrick zu begrüßen, anstatt ihn weiterhin nur anzustarren, als wäre er ein Gespenst.

»Patrick«, bringe ich völlig perplex hervor. Meine Stimme klingt fremd, so als wäre ich lediglich die Puppe eines Bauchredners.

»Das bin ich«, entgegnet er und grinst. »Freust du dich nicht, mich zu sehen?« Er fährt sich durch seine kurzen, leicht gewellten Haare, und es sieht aus wie eine einstudierte Pose, die man genau *so* für ein begehrtes Modemagazin ablichten könnte.

»Doch, doch!«, krächze ich.

»Ist alles in Ordnung?« Patrick erhebt sich und läuft mit großen Schritten besorgt auf mich zu. »Du klingst, als würdest du eine Erkältung bekommen.«

Als er vor mir stehen bleibt, spüre ich die unglaubliche Anziehungskraft, die von seinem muskulösen Körper ausgeht. Ein Kribbeln fährt durch meinen Magen, als ich in seine großen braunen Augen starre und er eine seiner sanften Hände ausstreckt, um meine Wange zu berühren.

»Du glühst«, stellt Patrick erschrocken fest. »Jemand, dessen Stirn die Temperatur eines Buschfeuers aufweist, sollte aber nicht hier unten herumstreunen.«

»Sondern?«, quetsche ich dümmlich zwischen meinen nervösen Lippen hervor.

»Lola, ich bringe dich jetzt nach oben«, meint Patrick in einem derart entschiedenen Ton, als wäre er der Oberarzt einer renommierten Promiklinik. »In deinem Zustand machst du hier unten keinen Finger krumm. Du brauchst Bettruhe!«

Ehe ich protestieren kann, hat er mich hochgehoben, presst mich wie ein kleines, unartiges Kind an seine Brust und verschwindet dann mit mir im Flur, während Charles aufgeregt um unsere Füße hüpft, weil er wohl denkt, sein geliebtes Frauchen würde gerade entführt werden.

Aufgeregt kläfft er meinen wunderschönen, starken Traummann an, doch dieser lässt sich nicht von meinem fetten Hund beirren.

»Oh Mann, wenn uns der Regen gestern nicht überrascht hätte!« Patrick schüttelt den Kopf, als gäbe er sich die Schuld für meinen jetzigen Zustand.

»Nein«, sage ich hastig. »Alles gut, wirklich!«

Ich frage mich kurz, ob ich ihm beichten soll, was passiert ist, nachdem er im Regen verschwunden war, entschließe mich dann jedoch dagegen und lächle ihn selig an, als er mich unter meine Bettdecke steckt und sich neben meinen erhitzten Körper kuschelt. Seine Anwesenheit ist die beste Medizin, die man sich vorstellen kann. Allein das Gefühl seines warmen Atems auf meiner Haut haucht mir neues Leben, neue Energie ein – sodass ich mich nur schwer davon abhalten kann, mich ihm im Liebestaumel hinzugeben.

»Entschuldige bitte, dass ich gestern so schnell abgehauen bin«, flüstert Patrick in mein Ohr und streicht mir liebevoll über meine blonden Haare.

Er drückt mich fester an sich, und mir wird schwindelig von dem unglaublich sanften Klang seiner Stimme. Ich kann von Glück reden, dass ich bereits in meinem Bett liege, sonst wäre ich mit Sicherheit liebestrunken hin und her geschwankt wie eine alkoholisierte Marionette.

»Aber jetzt bin ich hier, und ich schwöre dir, dass ich heute nicht mehr von deiner Seite weichen werde.«

Ich blicke ihn gerührt an. Wenn ich jemals Frust empfunden haben sollte, dass er mich einfach wegen seiner Schwester versetzt hat, so hat sich dieser nun vollkommen in Luft aufgelöst. »Musst du denn eigentlich gar nicht arbeiten?«, frage ich nach einigen Sekunden des Schweigens.

»Ich habe mir freigenommen«, antwortet Patrick mit einem Grinsen.

»Aha«, entgegne ich, während mir auffällt, dass ich erstaunlich wenig weiß über einen Menschen, mit dem ich bereits heftige Regenküsse ausgetauscht habe. »Was arbeitest du denn, wenn du nicht gerade bei mir bist?«

Er lacht leise in sich hinein. »Ich habe mein Jurastudium letztes Jahr an der Harvard University in den USA abgeschlossen und arbeite jetzt in einer Kanzlei in London.«

»Wie kommt es dann, dass es dich gestern nach Harping Charms verschlagen hat?«, entgegne ich erstaunt.

»Das hast du mich schon mal gefragt.«

»Ich weiß.«

»Ich bleibe bei meiner Antwort – ich kam wegen dir.« Er streckt mir neckisch seine Zunge entgegen, und meine Mundwinkel gehen in ein beschwingtes Lächeln auf.

»Okay, und jetzt ernsthaft bitte«, sage ich nach ein paar Sekunden Stille.

Nun zögert Patrick einige Sekunden, bevor er antwortet: »Ich weiß nicht. Mich hat es einfach aufs Land getrieben. Dein *Little Birds* ist in London nicht unbekannt. Und es hat sich gelohnt herzukommen. Ich hatte das ganz besondere Privileg, von dem besten Apfelkuchen zu kosten, den ich jemals zwischen meinen Lippen hatte, Miss Applepie!«

Ich verstehe das Wortspiel und bin fast kurzatmig vor Glück, als sich Patrick zu meiner Wange beugt und sie mit einem Dutzend zärtlicher Küsse benetzt, als wäre er sich sicher, das könne meinen Heilungsprozess beschleunigen.

Mein Kopf lehnt an seiner Schulter, und ich fühle mich so geborgen und wohl, als würde ich mit jedem Kuss, den Patrick auf meinen heißen Wangen hinterlässt, vom Nektar des Frohsinns trinken. Er zerzaust mir meine Haare, lacht mit mir, hält mich in seinen Armen und scheint sein Versprechen, mir nicht von der Seite zu weichen, einhalten zu wollen. Nur ein paarmal erhebt er sich, um, wie er sagt, nach unten zu gehen und zu überprüfen, ob Melissa eventuell mit ihrer Arbeit überfordert ist.

Irgendwann schlafe ich ein, mein Körper ist fest an den von Patrick geschmiegt, und als ich aufwache, ist er immer noch neben mir – hält eine Zeitung in seinen Händen und gönnt sich nebenher ein Stück Käsekuchen.

»Hunger, Kleines?«, fragt er und schiebt mir, ohne eine Antwort abzuwarten, eine Kuchengabel in den Mund. Es schmeckt köstlich.

»Hmmm!« Ich strahle übers ganze Gesicht. Ich fühle mich irgendwie schwerelos, beflügelt – kann mein Glück nicht fassen, dass Patrick entgegen aller Erwartungen tatsächlich zu mir zurückgekehrt ist.

Wie ist das möglich? Was hat er an sich, was Jack nicht hatte? Warum konnte *er* zu mir zurückkehren, während Jack sich immer noch ziemlich erfolgreich in jener Absenz übt, die mich fast um den Verstand bringt?

Als sein Name erneut durch mein Gehirn rattert, zieht sich meine Brust unwohl zusammen, und ich verdränge Traummann Nummer eins, so schnell es geht, aus meinen Gedanken – mehr oder minder erfolgreich.

Patrick gibt sich sichtlich Mühe, mir einen schönen Tag zu bereiten und mich gesund zu pflegen. Mal bringt er mir Bronchialtee ans Bett, dann füttert er mich wieder mit heißer Schokolade und Kuchen. Er hat immer noch sein unbeschwertes Lächeln auf den Lippen, als würde es ihm überhaupt nichts ausmachen, seinen freien Tag mit einer bakterienspuckenden Liebeskranken einzutauschen. Ich bin dankbar für seine Gegenwart, für die lieben Worte, die er mir schenkt, für das Gefühl, das er mir gibt. Ein Gefühl, das ich schon lange nicht mehr so aufrichtig empfunden habe. Es ist die Gewissheit, dass ich angekommen bin, dass ich mich zurückfallen lassen kann in dem Wissen, dass Patrick hinter mir steht, um mich aufzufangen. Denn wenn er *heute* zurückgekommen ist, dann wird er auch in den nächsten Tagen nicht plötzlich vom Erdboden verschluckt werden – so denke ich mir das zumindest.

Und vielleicht, ja ganz vielleicht, hat er das Potenzial dazu, zu etwas ganz Großem in meinem Leben zu werden. Größer als jeder Zauber, der ihn erst zu mir brachte. Vielleicht ist Patrick nicht nur meine zweite Chance, sondern auch der Vorbote einer Zukunft, die nicht mehr von Wolken der Trostlosigkeit verhangen ist. Das ist die Magie, auf die es ankommt – eine Magie, die selbst nach dem Freudentaumel eines wunderschönen Traumes noch in der Realität weiterwirkt, ihr Licht in jede auch noch so dunkle Ecke unserer Gemüter fluten lässt.

Ich berühre seinen Unterarm.

Er schielt mich belustigt an, sein hübscher Mund ist zu einem Grinsen verzogen. »Ich bin noch hier«, sagt er beschwichtigend. »Schlaf weiter. Du musst dich erholen.«

»Mir geht es schon viel besser«, sage ich wahrheitsgemäß und richte meinen Oberkörper im Bett auf.

Patrick legt seine Zeitung zur Seite und röntgt mich mit seinem prüfenden Doktor-Blick. »Nichts da, du machst heute keinen Finger mehr krumm! Los, leg dich wieder hin!« Er hebt meine Bettdecke an und möchte mich wieder hinunterschieben, doch ich lache nur auf und gebiete ihm Einhalt, indem ich seine Hände in die meinen nehme und sie langsam an meine Wangen führe.

»Siehst du«, seufze ich daraufhin. »Ich glühe überhaupt nicht mehr – und wenn, dann hat das andere Gründe.« Meine Wimpern klimpern bedeutungsvoll.

Patrick ist nicht überzeugt. »Mag sein«, sagt er langsam. »Trotzdem – ich kann nicht zulassen, dass du jetzt aufstehst, dein Körper braucht Ruhe.«

Ich nicke und bemühe mich darum, besonders einsichtig auszusehen. »Keine Sorge!«, entgegne ich souverän. »Ich möchte nur eben auf die Toilette. Oder wartet dort irgendein lebensgefährliches Ungeheuer, vor dem ich mich in Acht nehmen muss?« Ich lache ausgelassen, da in Patricks Blick immer noch etwas liegt, als hätte er mich am liebsten mit Handschellen an mein Bett gefesselt, damit ich mich auch ja nicht vom Fleck bewege.

»Ich begleite dich«, erwidert Patrick sonderbar ernst.

Ich winke rasch ab. »Nein danke«, sage ich bestimmt. »Die Betätigung meiner Klospülung schaffe ich gerade noch selbst.«

Er nickt nur widerwillig. »Okay, danach kommst du aber sofort wieder zu mir!«

»Jaa!«, erwidere ich gedehnt und schlüpfe dann eilig aus dem Zimmer, weil meine Blase kurz vor dem Platzen ist und es mehr als unschön wäre, wenn das vor den Augen meines Traummannes geschähe.

Als ich im Bad fertig bin und auf den Flur zurücktrete, kann ich Patricks Warnungen zum Trotz nicht dem Bedürfnis wiederstehen, nach Melissa zu sehen. Schließlich ist das nun schon der zweite Tag, an dem sie völlig auf sich allein gestellt ist, und ich möchte ihr doch wenigstens für ihr unerschütterliches Engagement danken.

Summend schlendere ich also ins Untergeschoss, wo mir Charles schwanzwedelnd entgegenspringt. Lange Speichelfetzten tropfen auf den Boden, und ich beuge mich zu ihm hinunter, um ihm liebevoll über den Kopf zu streichen.

»Na, du Sabbermonster?«

Dann betrete ich Grannys Kochstube – doch das Herz rutscht mir augenblicklich in die Hose, als ich ein mir bereits sehr vertrautes Bild wahrnehme. Ein Bild, das mir inzwischen so sehr im Nacken sitzt, dass ich es nicht mehr als einen banalen Zufall abtun kann. Nicht *mehr*, denn langsam wird es auffällig, mehr als *auffällig*.

Mrs. McDouble fährt sichtlich überrascht herum und funkelt mich durch ihre hässlichen Schweinchenaugen an.

»Was haben Sie in meiner Küche verloren?« Ich stemme beide Hände in die Hüften. »Was. Haben. Sie. In. Meiner. Küche. Verloren???«, wiederhole ich mit bedrohlichem Grollen in der Stimme und so überdeutlich, als wäre McDouble eine labile 90-Jährige.

Erst nach einigem Zögern erwidert Betty: »Ich wollte nachsehen, ob noch etwas von eurer köstlichen Kirschtarte übrig ist. Melissa kommt ja kaum mit den Bestellungen hinterher.« Sie lächelt unsicher, während Barbra aufgeregt um ihre Füße tänzelt und Charles dazukommt, der sabbernd ihr winziges Hinterteil beschnüffelt.

Meine Augenbrauen zucken kritisch. Das ist eine derart offensichtliche Lüge. Kirschtarte? Alle wissen, dass sie Kokostorte liebt!

McDouble ist aus anderen Gründen hier unten und durchwühlt meine Küchenschränke. Ihr gestriger Ausflug in mein Schlafzimmer hat ebenso wenig dem Zufall entsprochen wie ihr jetziger Aufenthalt in meiner Küche.

Betty sucht etwas. Und es gibt nur *eines,* was mehr wert ist, als alles, was ich jemals besessen habe: das Rezept der *Fairy Cupcakes.* Zumindest das, was noch von ihm übrig ist. Doch woher soll Betty von dem Rezept wissen? Hat sie mich am Samstagabend beobachtet, oder hat gar Grandma ihr Wissen mit der Nachbarin geteilt? Nein, das konnte nicht sein … Und trotzdem: Fakt ist, erst seit die Fairy Cupcakes in meinem Leben aufgetaucht sind, benimmt sich Betty so überaus verdächtig.

Mir wird schlecht bei dem Gedanken, was jenes Rezept in den Händen dieser Kratzbürste alles anrichten könnte. *Harping Charms* würde sich binnen weniger Stunden in einen Ort des Schreckens verwandeln!

»Verschwinden Sie aus meiner Küche!«, herrsche ich sie an. »Nur dem Personal ist es gestattet, hier ein- und auszugehen.«

Ich werde so tun, als wüsste ich nichts von ihrem heimlichen Vorhaben, jene magische Rezeptur zu stehlen. Ja, vielleicht liege ich auch falsch. Aber wenn ich ihre merkwürdigen Blicke und ihr gestriges Herumschnüffeln in meinem Schlafzimmer zusammenzähle, gehe ich davon aus, dass sie etwas Fürchterliches ausheckt.

Dann schlägt die Erkenntnis ein wie ein Blitz. Mit einem Mal glaube ich fest zu wissen, wo das fehlende Stück Pergament des Rezeptes zu finden sein muss.

McDouble hat es – alles, was ihr fehlt, ist der erste Teil jener magischen Rezeptur, die ich am Samstagabend zum ersten Mal in meinen Fingern gehalten habe. Doch wenn sie dachte, mein Bedürfnis danach, den zweiten Teil zu kennen, wäre kleiner als ihr eigenes, nach dem ersten zu greifen, hat sie sich gewaltig geirrt. Ich werde mir das fehlende Pergament von ihr zurückholen. Ich werde es auf jene heimliche und niederträchtige Art und Weise zurückholen, auf die auch Betty immer wieder in die unterschiedlichsten Winkel meines Hauses vordringt, die sie überhaupt nichts angehen.

Was McDouble kann, kann *ich* schon lange. Jetzt brauche ich nur noch einen Plan. Einen guten Plan, der mich Grannys ganzem Mysterium um die geheimnisumwitterten Fairy Cupcakes näherbringt. Es wird Zeit, meine Komplizin zu konsultieren.

Kapitel 14

McDouble zieht an Barbras Leine, die immer noch eine Visite von Charles über sich ergehen lassen muss.

»Komm, Püppi! Wir gehen wieder an unseren Tisch.« Sie wirft mir einen süffisanten Blick zu und dackelt dann mit ihrem dicken Walrosshintern in die Teestube zurück.

Irgendwie hat Madame erstaunliche Ähnlichkeit mit der Nilpferddame Gloria aus dem Film *Madagaskar*.

Erst als Betty außer Sichtweise ist, wird mir bewusst, wie mein Herz vor Erregung pocht und wie meine Fingerspitzen kribbeln, bei dem Gedanken, dass ich kurz davor sein könnte, den zweiten Teil *des Fairy-Cupcake-Rezeptes in meinen Händen zu halten.*

*Auch wenn das vielleicht bedeutet, dass ich bald zum ersten Mal in meinem Leben in ein Haus einbrechen muss. Und vielleicht – ja vielleicht – sollte ich mir Sorgen machen, dass ich schon fast so etwas wie Freude darüber empfinde, etwas zu tun, was ganz offensichtlich illegal ist. Aber – und das muss nun wirklich hervorgehoben werden: I*ch hole mir *schließlich* nur etwas zurück, was ohnehin rechtmäßig mir gehört. Oder?

Die Wahrheit ist, hätte ich Jack niemals kennengelernt, so wäre mein Bedürfnis danach, in Bettys Haus einzubrechen, nicht einmal halb so groß. Ich suche nach Antworten – nach Antworten, die mir in erster Linie erklären sollen warum er, Jack, nicht wiedergekommen ist. Patrick konnte doch auch zu mir zurückkehren – warum dann nicht Jack? Und wer sonst könnte eine Antwort darauf kennen, als der fehlende Rezeptteil der Fairy Cupcakes? Immerhin wurde er mit einem *Aber, Vorsicht, meine*

Hübsche, denn … eingeleitet! Was also, wenn mir Granny mitteilen wollte, dass man, wenn man einen Wunsch zweimal äußert, nie mehr etwas von seinem ersten zu Gesicht bekommt?

Ich schlucke, um meine trockene Kehle zu befeuchten. Daran möchte ich gar nicht denken.

Oder, und das macht mir eigentlich noch mehr Angst, ich habe mich in Jack getäuscht, und er ist einfach nur ein Frauen aufreißendes Arschloch, das sich ganz bewusst aus dem Staub gemacht hat.

Aber so ist das nun mal mit der Liebe. Du hast nie eine Garantie dafür, ob dich der Mensch deines Verlangens jemals durch dieselben Augen sehen wird wie du ihn. Du kannst nie mit Sicherheit sagen, dass die Worte, mit denen er deine Seele küsst, wahr sind, weil du dich immer in dem eingeschränkten Territorium deiner individuellen Sichtweise befinden wirst. Es gibt keine Droge, die dich Gedanken lesen lässt. Und deshalb stehst du immer wieder vor dieser einen, nicht ganz unwichtigen Entscheidung: Liebe ich, oder lasse ich es bleiben? Gebe ich mich hin, mit Herz und Seele, oder verzichte ich auf dieses allumfassende Glücksgefühl, nur damit es nicht gegen das der Trauer ausgetauscht werden kann? Ist es jedes Mal aufs Neue *falsch* zu lieben? Ist es immer vernünftiger, einen kühlen Kopf zu bewahren? Oder sollten wir dankbar sein für jedes Kribbeln, jedes Lächeln, das verträumt unsere Lippen ziert – auch wenn wir dabei nur für uns sind in unserer kleinen rosa Welt, die oft zerbrechlicher scheint als jede Porzellanvase?

Ich seufze. Auf meiner Reise zum Glück muss ich also erst mal an Betty McDouble vorbei. Ich muss mit ganzem Herzen daran glauben, dass das Schicksal auf meiner Seite ist – dass ich das fehlende Pergament in ihrem Haus finde und dass das der Beweis dafür ist, dass ich meiner Intuition vertrauen kann.

Ich schiebe auch den letzten Rest Zweifel zur Seite, strecke meinen Kopf durch die Tür zur Teestube des *Little Birds* und scanne den Raum nach Melissa ab.

Ich entdecke sie in einer Ecke unseres Wintergartens. Sie hat ein Tablett in den Händen, das schwer beladen ist. Unsere

Blicke kreuzen sich, und ein ausgelassenes Lächeln ist sofort auf ihren Lippen zu lesen, als ich in ihre Richtung winke und sie sich daraufhin gekonnt um die umliegenden, wie immer vollgestopften Tische windet wie ein Schlangenmensch.

»Lola!«, sagt sie grinsend, als sie vor mir steht. »Wie geht es unserem kleinen Bazillenzombie?«

Ich rolle mit den Augen. »Besser!«, ich räuspere mich. »Aber sag mal, kann ich dich kurz sprechen?« Verschwörerisch werfe ich einen Blick auf McDoubles Stammplatz und stelle erleichtert fest, dass diese in ein Modemagazin vertieft ist.

Ein Modemagazin, aha, na hoffentlich nimmt sie sich endlich mal ein Beispiel und findet heraus, wie man in Klamotten nicht aussieht wie ein Untier, dass zu viel Fast Food in sich hineingestopft hat.

Mit einem konspirativen Blick schließe ich die Tür zur Teestube hinter uns.

»Melissa«, sage ich dabei. »Wir müssen bei McDouble einbrechen.« Meine beste Freundin sieht mich an, als hätte ich ihr soeben gebeichtet, dass ich sie heute Nacht mit einem Hackbeil ermorden werde. »Ich weiß, das kommt vielleicht etwas überraschend, aber …« Noch ehe ich weiterreden kann, hat Melissa ihre Arme vor der Brust verschränkt.

»Ohne mich, Lola!«, sagt sie mit entschiedener Stimme. »Ganz ehrlich, deine Rüsselpest ist dir wohl zu Kopf gestiegen! Ich bin auch so schon nicht gern in ihrer Nähe. Warum, um Himmels willen, willst du bei der alten Schreckschraube einsteigen?«

»Wenn du mich ausreden lassen würdest, wüsstest du es bereits!«, zische ich. Melissa verdreht nur ihre Augen. »Missy, du erinnerst dich doch daran, dass ich dir erzählt habe, dass ein Teil fehlt.«

»Ein Teil von deinem Gehirn?«, unterbricht mich Melissa trocken.

Ich ziehe genervt meine Stirn in Falten. »Komm schon, Missy, du glaubst doch nicht ernsthaft, dass ich aus Spaß an der Freude in Bettys Haus einbrechen möchte! Ich rede natürlich von dem zweiten Rezeptteil der Fairy Cupcakes. Ich habe Gründe anzunehmen, dass McDouble ihn besitzt. Leider ist sie auch auf meinen ersten scharf. Aber den bekommt sie nicht! Sie wird ihn niemals finden!«

Ich halte inne. Der erste Teil des Rezeptes. Verdammt. Klar findet McDouble den nicht. Auch ich habe ganz vergessen, wo ich ihn hingeräumt habe! Okay, jetzt krieg bloß keine Panik, Lola! Ich habe ihn wahrscheinlich in Grannys Kochbuch zurückgelegt. Auch wenn ich mich gerade nicht mehr daran erinnern kann.

»Hast du Beweise? Hast du Beweise dafür, dass McDouble tatsächlich dieses verschollene Pergament besitzt? Woher sollte sie das denn haben? Und … warum?«

»Was für eine doofe Frage!«, entgegne ich, während mein Herz nervös gegen meinen Brustkorb schnellt. Wo habe ich den ersten Teil nur verscharrt? »Von Granny natürlich. Sie hat ihn ihr gestohlen!«

»Warum hat sie dann nicht gleich das gesamte Rezept mitgenommen?«

Ich zucke mit den Schultern. »Ich weiß nicht, vielleicht wurde sie überrascht und hatte keine Zeit mehr, alles mitzunehmen? Außerdem könnte sie bei ihrer Flucht irgendwo hängen geblieben sein und hat somit nur den unteren Teil des Rezeptes abgekriegt? Wer weiß, vielleicht ist sie ja schuld daran, dass das Rezept in zwei Hälften geteilt wurde?«

Missy schüttelt nur den Kopf. »Weißt du, wie absurd das klingt?«

Ich laufe rot an. »Mag sein, aber ich muss dem Ganzen auf die Schliche kommen. Ich muss es tun. Wegen *Jack*.«

Melissas Blick wird nun wieder sanfter. »Du möchtest also wirklich Traummann Nummer eins hinterherjagen, obwohl Traummann Nummer zwei kein Problem damit hatte, zu dir zurückzukehren?«

»Du verstehst das nicht, Missy!«, rufe ich. »Jack und ich hatten diese eine ganz besondere Verbundenheit.«

»Ich weiß nicht, ob ich dazu bereit bin, für diese *ganz besondere*

Verbundenheit in den Knast zu wandern. McDouble verklagt uns doch sofort, wenn sie uns erwischt!«

»Sie«, ich stocke. »Sie wird uns nicht erwischen.«

Melissa sieht nicht überzeugt aus. »Ach ja?«

»Wir machen es morgen Abend. Betty ist ab acht Uhr in *Deltons Pide* beim Yoga.«

»Das soll wohl ein schlechter Scherz sein«, antwortet Melissa. »Jemand wie McDouble sieht doch noch nicht mal ihre Zehen, wenn sie nackt auf ihrer Waage steht! Wie soll sie da Yoga machen können?«

»Missy, bitte vertrau mir einfach, ja?« Ich wimmere verzweifelt auf. »Bitte, mir bedeutet das doch so viel!« Ich lege meinen Kopf schief wie ein Hundewelpe.

»Hmmm … dabei habe ich am Dienstag auch noch meinen freien Tag! Oh Gott, jetzt sieh mich nicht so an!«, grummelt Missy – ein gutes Zeichen, dass ich sie langsam aber sicher so weit habe.

»Bitte, Melissa!«, säusle ich und lege dabei all meine Überzeugungskraft in meine Stimme.

»Also schön – ich bin für dich da und stehe dir bei!«, ruft meine Freundin aus. »Aber dann bist du mir verdammt noch mal was schuldig, mindestens zehn Packungen *Chocolate Caramel Cookie Dough* – und wenn wir in den Knast wandern, möchte ich mit dir in eine Zelle. Ich flipp aus, wenn ich mir zwölf Quadratmeter mit einer tätowierten Powerlesbe teilen muss.«

Ein breites Grinsen umspielt meine Lippen. »Du bist die Beste!«, rufe ich glücklich.

»Ich weiß.« Sie zieht eine gequälte Grimasse. »Dann geh ich mal wieder arbeiten. Und du solltest wieder ins Bett. Dein Gesicht ist immer noch ein wenig blass.«

Ich nicke. »Gleich. Ich muss dich nur noch etwas fragen.«

»Noch etwas?« Missy verdreht freudlos die Augen. »Ich dachte das wären genug Gefallen für die nächsten … *hundert Jahre*?«

»Ich möchte nur – ich möchte nur wissen, ob du weißt, wo der erste Teil meines Rezeptes ist? Ich habe vergessen, wo ich ihn hingetan habe.«

Missy schüttelt den Kopf. »Sorry, da kann ich dir nicht weiterhelfen.« Sie wirft mir zum Abschied eine Kusshand zu.

Das Nächste, was ich tue, als Missy außer Sichtweite ist, ist zu Grannys überdimensionalem Kochbuch zu stolpern, während Charles aufgeregt um meine Beine tanzt. Er denkt wahrscheinlich, ich möchte wieder *Fairy Cupcakes* backen. Nervös schlage ich das riesige Buch auf, blättere durch seine unzähligen Seiten. Wiederhole das ganze Prozedere vier-, fünfmal und muss dann mit einem unangenehmen Stechen in der Magengrube feststellen, dass das Rezept nicht da ist.

Kapitel 15

Ich zähle eins und eins zusammen und spüre, wie mir das Blut in den Ohren rauscht, als ich Grannys Kochbuch zur Seite lege und drauf und dran bin, in die Teestube des *Little Birds* zu stürmen, um mir Betty McDouble vorzuknöpfen. Ich werde sie mit einem Arm hochziehen, ihren fülligen Körper gegen die Wand pressen und mit zusammengekniffenen Zähnen ein bissiges »Wo ist es?« knurren. »Was?«, wird Betty unschuldig erwidern, die hässlichen grauen Augen werden dabei nervös aus ihren faltigen Höhlen treten. Und ich werde »Sie wissen genau, was ich meine!« erwidern, wie in einem schlechten Krimi. »Nein, Nein, lassen Sie mich in Ruhe!«, höre ich McDoubles Wimmern jetzt schon in meinen Ohren, doch ich werde erbarmungslos sein.

Als meine vor Wut zittrigen Hände bereits auf die Tür des Servierzimmers schlagen wie Fausthiebe auf einen Boxsack, halte ich abrupt inne.

Denk nach, Lola, denk nach. Nur weil der erste Teil des Fairy-Cupcake-Rezeptes nicht in Grannys Kochbuch ist, wie erwartet, heißt das noch lange nicht, dass McDouble ihn mitgenommen hat. Ich sollte noch mal in Ruhe nachdenken. Schließlich sitze ich im Moment am längeren Hebel. McDouble ahnt nicht, dass ich ihre Machenschaften durchschaut habe. Dass ich genau weiß, was sie vorhat.

Mit einem Mal bin ich mir sogar ziemlich sicher, dass Betty nicht fündig geworden ist. Schließlich wirkte sie vorhin nicht so, als würde sie rasch etwas vor mir verstecken wollen, sondern eher so, als wäre sie immer noch verzweifelt auf der Suche. Wo auch immer dieser erste Teil nun also sein mag, ich habe es wohl meiner eigenen Schusseligkeit zu verdanken, dass er nicht zu finden ist. Teil zwei ist jetzt wichtiger. Teil eins habe ich ja bereits einmal gebacken, vielleicht fällt mir das Rezept notfalls wieder ein.

Ich ziehe einen weißen Block und einen Bleistift aus einer Schublade hervor. In meiner Magengrube steppen Ameisen hin und her. Es ist ein bisschen wie in einem James-Bond-Film. Nur dass ich mir nicht ganz darüber im Klaren bin, ob ich nun Held oder Bösewicht bin. Immerhin hecke ich gerade einen diabolischen Meisterplan aus.

Unsicher zeichne ich einen groben Grundriss von McDoubles Haus. Ich bin schon öfter dort gewesen und habe private Kuchenbestellungen bei ihr vorbeigebracht. Ich weiß, dass es drei verschiedene Möglichkeiten gibt, von außen in ihr Haus einzudringen: einmal der Haupteingang, dann die Terrassentür und die Tür zum Keller.

Umständlich zeichne ich jene Einstiegsmöglichkeiten auf meinem Plan ein und lege dann skeptisch den Kopf schief, wie ein Architekt, der sich nicht sicher ist, ob die Ausführung seiner Bauskizze zum Einsturz verflucht ist.

»Lola!«

Wie auf Knopfdruck lasse ich den Block in einer Schublade neben mir verschwinden und starre dann mit einem unsicheren Lächeln in die Richtung der Person, die soeben die Küche betreten hat: Patrick.

»Wo bleibst du denn? Ich habe angefangen, mir Sorgen zu machen!«

»Entschuldige, ich ähm – ich musste einfach nach Melissa sehen.«

Patrick bleibt vor mir stehen und röntgt mich mit seinen braunen Augen ungläubig. »Was ist los, Lola? Ich finde, du verhältst dich irgendwie merkwürdig.«

Das merkt der Kerl erst … jetzt?

»Also, ich … ähm … zugegebenermaßen, bin ich mächtig im Stress.« Ich senke den Kopf, damit er nicht sieht, wie mir die Röte ins Gesicht schießt. »Weißt du, die Bilanzen des *Little Birds* waren letzten Monat nicht so prickelnd und …«

»Lola, das *Little Birds* gehört zu den beliebtesten Cafés in ganz Großbritannien.« Patrick streckt seine Hand aus und hebt mein Kinn liebevoll an. »Du kannst mir die Wahrheit sagen«, meint er daraufhin und durchdringt mich mit seinen Haselnussaugen.

Ich kapituliere. »Also schön«, seufze ich. Ein Teil der Wahrheit kann ja nicht schaden. »Ich habe ein wenig Stress mit einer meiner Stammkundinnen.«

Jetzt nimmt mich Patrick in den Arm und streicht mir sanft über meinen Rücken. »Aber das ist doch noch lange kein Grund, so am Rad zu drehen. Komm, wir gehen wieder nach oben ins Bett. In zwei Stunden ist hier ohnehin Feierabend.«

»Patrick, so einfach ist das nicht«, sage ich matt. »Die Meinung dieser Kundin ist mir sehr wichtig. Sie hat großen Einfluss in Harping Charms. Wenn Sie behauptet, dass das *Little Birds* nichts mehr taugt, werden es alle Bewohner glauben.«

Jetzt küsst mich Patrick auf die Stirn. »Das wird sich schon irgendwie lösen«, erwidert er mit einem unbeschwerten Lächeln.

Hier löst sich gar nichts, denke ich verbittert, denn leider Gottes ist alles nicht so leicht, wie es vielleicht aussieht. Ich zucke ungläubig mit den Schultern. »Na ja, da bin ich mir ehrlich gesagt nicht so sicher – nicht bei Betty McDouble!« Seine Stirn zieht sich in fragende Falten. »Sie könnte mich fertigmachen, wenn sie wollte. Verstehst du?«

Patricks Stirn ist immer noch runzelig wie vertrocknetes Fallobst.

»Ach, Lola«, seufzt er zärtlich. »Ich verstehe ja, dass du aufgewühlt bist, aber es sollte jetzt einfach oberste Priorität sein, dass du wieder gesund wirst. Du musst wieder hoch und ein bisschen schlafen. Morgen ist auch noch ein Tag.«

»Ich kann nicht hoch! Es ist zu viel los. Melissa bekommt das allein nicht auf die Reihe.«

Mein Gegenüber schüttelt nur den Kopf. »Ich springe für dich ein. Im Gegenzug versprichst du mir aber, dass du dich jetzt noch mal hinlegst, ja?«

Meine Proteste grinst er einfach weg und schiebt mich mit wilder Entschlossenheit in den Flur.

Kaum dass ich in meinem Schlafzimmer bin, kommt mir ein Gedanke: Gut, *sehr gut*! Eigentlich könnte es gar nicht besser laufen. Mit klopfendem Herzen klappe ich meinen Laptop auf.

Charles hüpft neben mir aufs Bett, und ein unbehagliches Gefühl breitet sich in meinem Bauch aus – als könnte mein Hund jeden Moment nach unten rennen und Betty erzählen, was ich gerade treibe. Ich drehe mich von Charles' kleinen Knopfaugen weg und haue dann erregt »Schloss knacken« in meine Tasten. Ein Mafioso würde sicherlich geschickter vorgehen, aber ich genieße eben nicht den Luxus, mich mal eben von der Mafia ausbilden zu lassen.

Also muss Wikipedia herhalten.

Dort stoße ich zu meiner großen Überraschung tatsächlich auf einen vielversprechenden Artikel über »*Lockpicking*«. Ich stelle fest, dass diese Technik alles andere als einfach ist. Frustriert höre ich nach der Hälfte der Erklärungen auf zu lesen. Das bringt mich nicht weiter.

Also schön. Melissa und ich gehen da morgen Abend hin und hoffen einfach darauf, dass ein Ersatzschlüssel unter einem Blumentopf oder der Fußmatte zu finden ist. Jawohl! Denn über Nacht werde ich jetzt wohl doch nicht zu einer Profikriminellen. Jeder fängt mal klein an. Ich strecke meinen Arm zu Charles hinüber und streichele sein kurzes Fell.

»Mein kleiner Pupskopf«, flüstere ich dabei sanft. »Du bist bestimmt auch scharf drauf zu wissen, warum du jetzt kein Traumhengst mehr sein kannst, oder?« Charles grunzt zustimmend. »Keine Sorge, wir sind kurz davor, es herauszufinden!«

Kapitel 16

Ein Hauch von Schicksal liegt in der Luft.

Es ist Dienstagabend. Mit dröhnendem Herzen schleiche ich durch meine Eingangstür in den Vorgarten und bleibe erst einmal wie angewurzelt unter dem immer noch babyblauen Himmel stehen. Mist. Warum haben wir Sommer? Ich würde mich weniger auffällig fühlen, würde am Himmel bereits ein dunkler Teppich glimmender Sterne auf mich herniederblicken. Und warum habe ich meinen Körper in eng anliegende schwarze Klamotten gequetscht? Auffälliger hätte ich mich echt nicht kleiden können!

Meine Beine kribbeln, ich möchte weiterlaufen, hinüber zu Betty, wo ich mich in genau zehn Minuten mit Melissa treffen werde. Ich lege meine rechte Hand auf mein rasendes Herz, in der Annahme, das könnte es ein wenig beruhigen. *Fehlanzeige.* Mein Blut braust durch meine Ohren wie die Niagarafälle. Mein Blick zuckt nervös von einer Seite meines Gartens zur anderen, als würde ich erwarten, dass McDouble irgendwelche Spione auf mich angesetzt hat, die jeden Augenblick mit erhobenen Maschinengewehren auf mich stürzen.

Ich fiepe erschrocken auf, als ich Charles höre, der hinter der zugefallenen Eingangstür des *Little Birds* leise zu winseln angefangen hat. Der dumme Hund soll jetzt bloß sein Maul halten, sonst wird noch jemand auf mich aufmerksam.

Ich bin mit meinen Nerven am Ende. Seien wir mal ehrlich: in den letzten Tagen ein regelrechter Dauerzustand. Vielleicht wäre die beste Lösung gewesen, nicht bei McDouble einzubrechen, sondern einen Psychiater aufzusuchen.

Patrick, warum kannst du mir nicht einfach genug sein? Warum kann ich mich nicht einfach in *dich* verlieben? Ebenso bedingungslos und leidenschaftlich wie in Jack?

Der gestrige Abend mit Patrick war schön. *Punkt.* Aber leider auch nicht mehr und nicht weniger als das. Er hätte *atemberaubend* sein müssen!

Ich begreife, dass es jetzt kein Zurück mehr gibt. Am Ende wird Melissa allein hinter Gittern wandern, nur weil ich zu feige war, ihr Gesellschaft zu leisten. Also rapple ich mich lustlos auf und stehe dann wieder aufrecht in meinem Vorgarten. Meine engen schwarzen Catwoman-Hosen zwicken ein bisschen am Allerwertesten, aber da muss ich jetzt durch und erst einmal möglichst unbemerkt auf die andere Straßenseite zu Bettys Haus gelangen.

Als ich loslaufe, fällt mir auf, wie laut meine Schuhe klappern. Warum musste ich auch unbedingt High Heels anziehen? Ach ja! Weil ich gerade Catwoman spiele, ich vergaß! *Miao!* Also echt, was habe ich mir dabei nur gedacht! Meine Schuhe sind so was von unbequem – und so eng, wie meine Hose sitzt, werde ich mit Sicherheit auch keine karateähnlichen Bewegungen ausführen können, falls uns jemand angreifen sollte. Okay – *falsch.* Könnte ich schon, nur die Hose würde dann reißen.

Ich bleibe kurz hinter meinem Gartentor stehen und spähe nach draußen.

Harping Charms enttäuscht mich nicht. Es ist niemand unterwegs. Ich sage nur: fünfzig Einwohner, da ist die Wahrscheinlichkeit nicht gerade klein, dass genau diese fünfzig Einwohner um acht Uhr abends Besseres zu tun haben, als ihre Autos zu waschen oder spazieren zu gehen.

Ich halte die Luft an, als könnte mir das dabei helfen, unentdeckt zu bleiben, und renne auf die Straße hinaus.

In weniger als zehn Sekunden stehe ich vor McDoubles imposantem Eingangstor.

Betty ist schon immer eine protzige Frau gewesen. Verschnörkelte dunkle Eisenstangen trennen mich noch von dem adretten englischen Garten und der Auffahrt, die dahinter zu finden sind. Ich ziehe zwei Lederhandschuhe aus meinen Hosentaschen und stülpe mir dieselben rasch über, bevor ich die Klinke vor mir berühre. Ha! Sehr professionell!

Betty sperrt ihr Tor nie ab, und zu meinem Glück hat sie auch an diesem Abend keine Ausnahme gemacht.

Die Tür schwingt leise ächzend auf, ich schlüpfe auf McDoubles Grundstück, und schließe sie schnell wieder hinter mir. Betty besitzt ein typisch englisches Haus aus roten Ziegeln, auf das ich nun mit klopfendem Herzen zulaufe. Acht Uhr vor ihrer Eingangstür, das habe ich mit Missy gestern Abend noch ausgemacht. Jetzt ist es kurz nach acht, gut möglich, dass sie schon auf mich wartet.

Doch als ich die hübsche Tür aus dunklem Mahagoniholz erreiche, muss ich mit einem kurzen Stich der Enttäuschung feststellen, dass sich Melissa entgegen ihrer Gewohnheiten verspätet. Also krieche ich hinter einen der Büsche und warte im Schutz der grünen im Wind säuselnden Blätter darauf, dass meine Freundin zu mir stößt.

In McDoubles Haus brennt kein Licht. Ein gutes Anzeichen dafür, dass sie auch heute ihre Yogastunde wahrnimmt. Ich spähe auf meine Armbanduhr. Schon zehn nach acht. Wenn Missy in zehn Minuten nicht da ist, rufe ich sie an. Ich kauere auf lauwarmer Erde, blicke zum Himmel hinauf, wo immer noch kein einziger Stern zu sehen ist.

Nach weiteren zehn Minuten, ohne dass Melissa aufgetaucht ist, werde ich langsam nervös. Richtig nervös. Warum ist sie noch nicht da? Zwar hatte Missy heute ihren freien Tag, weshalb wir uns noch nicht unter die Augen gekommen sind, aber dass sie vergessen hat, dass wir uns verabredet haben, ist vollkommen unmöglich bei einer derart wichtigen Angelegenheit. Vielleicht ist ihr etwas zugestoßen? Ich beiße mir unruhig auf meine Unterlippe und zücke schon einmal mein Handy, das in meiner hinteren rechten Hosentasche steckt. Sie hätte mir wenigstens eine WhatsApp-Nachricht schreiben können, um mir mitzuteilen, dass sie sich verspätet. Genervt starre ich zwischen den Zweigen des Busches vor mir zum Tor hinunter. Nichts. *Gar nichts.* Wenn Melissa *jetzt* nicht da ist, kann ich lange warten.

Wütend entsichere ich mein Mobiltelefon und haue ihre Nummer auf meinen Touchscreen. Gerade als ich mein iPhone gegen meine Ohrmuschel pressen möchte, damit das Freizeichen mein Trommelfell zum Vibrieren bringt, halte ich abrupt inne.

Ein Geräusch! Ein leises Knarzen! Das Tor! Jemand hat das Tor geöffnet! Mein Herz vollführt einen Sprung, ich lege rasch auf und möchte schon erleichtert in die Höhe springen, als mich eine leise innere Stimme davon abhält. Moment mal, das ist nicht Melissa! Eine aufrechte Silhouette schiebt sich durch die Eingangstür. Mein Blut rauscht den Ohren. Ich presse mir beide Hände auf den Mund, damit der überraschte Aufschrei nicht herauskommen kann, der nun ziemlich penetrant gegen meine Lippen klopft, als ich erkenne, wer da gerade in meine Richtung läuft.

Es ist nicht Betty, auch keiner unserer Nachbarn. Nein, es ist jemand, den ich hier nie und nimmer erwartet hätte.

Was macht Patrick Prince vor Betty McDoubles Haustür?

Kapitel 17

Für einen kurzen Moment überlege ich, ob ich nicht einfach aus meinem Versteck hervorspringen sollte, um mich Patrick zu offenbaren. Ich könnte mich elegant aus Bettys Busch schälen, während meine zu einem Lächeln verzogenen Lippen ein freudiges *Du auch hier?* trällern. Doch eine innere Stimme sagt mir, dass das ein fataler Fehler wäre. Also bleibe ich sitzen.

Oh bitte, bitte lieber Gott, lass Patrick bloß nicht merken, dass er nicht allein ist!

Mein gut aussehender Freund klopft nun ungeduldig mit seinen geballten Fäusten gegen McDoubles Eingangstür. Hoffentlich bleibt es dabei, und er erhebt dieselben nicht noch gegen mich!

»Hiieeks!« Bei diesem Gedanken quieke ich unkontrolliert auf wie ein Schwein, das weiß, dass es bald zur Schlachtbank geführt wird.

Patrick zuckt überrascht zusammen und sieht sich nervös um. »Was es hier für komische Vögel gibt«, murmelt er daraufhin, während ich mir meine rechte Hand derart fest auf meinen Mund presse, als hinge mein Leben davon ab.

»Betty!«, ruft Patrick, als die Tür nach wie vor verschlossen bleibt. Er tritt einen Schritt zurück, die Augen auf ein Fenster im ersten Stock geheftet. Er klopft noch mal und brummt dabei etwas, das wie »Wenn man *ein Mal* ein wichtiges Anliegen hat« klingt. »Betty, bist du da?«, schreit er dann wieder lauter.

Die angebrüllte Haustür schweigt ihn weiterhin unschuldig an, und Patrick scheint davon nicht gerade erfreut zu sein. Ungeduldig beißt er sich auf seine volle Unterlippe, die Augen immer noch nach oben gerichtet.

»Na gut, dann eben nicht!«, sagt er zerknirscht und fischt sein Handy aus der Tasche. Ich höre, wie er eine Nummer wählt, dann hat er sich schon schwungvoll auf dem Absatz umgedreht und eilt von Bettys Grundstück, als wäre der Teufel hinter ihm her.

Mein Herz rast vor Anspannung. Ich sitze da in meinem unbequemen Blätterversteck und kann mir nicht erklären, warum Patrick Prince zu Betty McDouble wollte.

Die grausamsten Befürchtungen keimen in mir auf: Ist Betty Patricks Geliebte? Hat er eine merkwürdige Vorliebe für korpulente Damen, die mindestens doppelt so alt sind wie er selbst?

Ich meine, nicht dass mich das irgendwie stören dürfte, immerhin habe ich mein Herz an Jack verloren. Aber wenn ich mir vorstelle, wie sich *mein* Patrick mit lüsternem Gesichtsausdruck auf Bettys massigen Körper stürzt, krampft sich mein Magen schon etwas unwohl zusammen.

Aber warum hätte er sich dann überhaupt die Mühe gemacht, etwas mit *mir* anzufangen? Patricks Erscheinen vor Bettys Haus muss andere Gründe haben. Ich werde ihn morgen darauf ansprechen. Natürlich muss ich mir noch eine gute Taktik überlegen, mit welchen Worten ich das *genau* tun werde. Schließlich darf nicht herauskommen, dass ich zu diesem Zeitpunkt selbst in Bettys Büschen herumgekrochen bin. Aber alles zu seiner Zeit. In diesem Moment sollte mein Groll nicht unbedingt gegen Patrick, sondern gegen jene untreue Tomate gehen, die mich heute Abend zweifelsohne *versetzt* hat!

Also zücke ich erneut mein Telefon und wähle Melissas Nummer.

»Lola, Schatz! Was kann ich für dich tun?«, zwitschert mir Missy nach dem vierten Klingeln ins Ohr.

Das kann ja wohl nicht ihr Ernst sein.

»Sag mal, solltest du gerade nicht *wo anders* sein?«, knurre ich.

»Sollte ich?«, entgegnet Missy, und ich bin erstaunt, wie gut Madame schauspielern kann. »Heute ist, wie jeden Dienstag, mein freier Tag. Ich bin zu Hause und ziehe mir eine Folge *How I met your mother* inklusive einer Packung *Ben & Jerry's Ice Cream* rein. Gott, wie ich das Zeug liebe! Magst du vorbeikommen? Ich hab sogar noch eine ganze *Chocolate Caramel Cookie Dough*-Packung hier. Unsere Lieblingssorte!«

Ich wiederstehe dem Drang, meiner Freundin zu erklären, dass ich ihr das Eis gerade lieber ins Gesicht gedonnert hätte, als es selbst zu essen. Allein dafür würde ich jetzt nur zu gern in mein Auto steigen und zu ihrer Wohnung fahren. Mit ihren zarten zwanzig lebt Melissa schon allein, da sie es bei ihren Eltern und den fünf Geschwistern nicht mehr ausgehalten hat. Das heißt, niemand kann mich davon abhalten ihr ein *Chocolate Caramel Cookie Dough*-Facelifting zu verpassen.

»Melissa, das kann doch nicht dein Ernst sein!«, keife ich giftig durch die Telefonleitung.

»Seit wann ist es ein Verbrechen, sich ein Kilo Eis vor der Glotze reinzuziehen?«, kontert Missy leicht angekratzt. »Keine Ahnung, was dein Problem ist, Lola, aber kannst du bitte aufhören, wie eine wütende Mutter zu klingen?«

»Ha!«, johle ich angriffslustig auf. »Dass ich nicht lache! Dann hör du doch bitte auf, wichtige Verabredungen zu vergessen, ja?«

Missy verschluckt sich vernehmlich an ihrer blöden Eiscreme. »Heute ist doch mein freier Tag, oder etwa nicht?«

»Natürlich ist heute dein freier Tag!«, entgegne ich mit wütender Stimme. »Aber wir waren vor einer halben Stunde verabredet. Ich kann einfach nicht fassen, dass du vergessen hast, dass wir heute Abend bei McDouble einsteigen wollten!«

Stille am anderen Ende der Leitung.

»Hallo?«, blöke ich missmutig. Diese dumme Kuh hat doch echt Nerven.

»Ja, ja«, krächzt Missy. »Ich bin da!«

»Hast du was dazu zu sagen?«, maule ich. Mir scheint es offensichtlich wichtiger zu sein, meiner miesen Laune freien Lauf zu lassen, als nicht entdeckt zu werden. Denn bei dieser Lautstärke bin ich mit Sicherheit bald nicht mehr die Einzige auf Bettys Grundstück. Wer weiß, vielleicht kommt ja mein Verräter-Lover zurück.

»Was zum Donner wollten wir denn bitte bei der alten Gruseltante?«, erwidert Melissa sichtlich beleidigt.

»Hallo? Geht's noch? Wurde dein Gehirn über Nacht von Außerirdischen entführt und mit erheblichem Gedächtnisschwund wieder eingesetzt?« Langsam werde ich stinksauer. Für wie blöd hält sie mich eigentlich? »Wir wollten bei Betty einbrechen, weil sie höchstwahrscheinlich im Besitz der zweiten Hälfte des *Fairy-Cupcake*-Rezeptes ist.«

Jetzt weiß es ganz *Harping Charms*. Meine Stimme ist so laut, als würde ich durch ein Megafon sprechen.

Wieder Schweigen am anderen Ende der Leitung.

»Hallo?«, schreie ich erneut. »Melissa, verdammt, hast du jetzt aufgelegt, od–«

»Ich bin da!«, fällt mir meine Freundin forsch ins Wort. Und dann folgt ein lautes »Hihihi!«.

Ich finde natürlich überhaupt nichts lustig und denke bloß, dass Missy in der Zeit des Schweigens irgendwelche Drogen eingeworfen haben muss. Bis zum jetzigen Zeitpunkt habe ich nie gemerkt, wie unglaublich nervtötend Melissas Lache sein kann.

»Hihihihihi!«

»Herrgott!«, dröhne ich in mein iPhone. »Hör auf damit, Missy! Was ist denn jetzt verdammt noch mal so lustig?«

Meine Freundin hat sich angesichts meiner weltuntergangsschwangeren Stimme schnell wieder gefasst. »Pass auf, Lola, es tut mir echt leid! Nur, die Wahrheit ist, ich bin gestern Mittag nach Hause gefahren. Ich konnte nicht mehr. Brauchte mal eine Auszeit.«

Oh je, ich glaube in Melissas Gehirn ist tatsächlich eine Leitung durchgebrannt.

»Du hast gesagt, dass du mir beistehst, dass du für mich da sein wirst!«, zische ich angriffslustig in mein Telefon.

»Lola, bitte!«, versucht mich Verräter-Melissa zu beschwichtigen. »Das. War. Nicht. Ich!«, meint sie überdeutlich, als würde sie mit einer Begriffsstutzigen kommunizieren.

»Wie, das warst nicht du?« Ich lache trocken auf, es klingt furchtbar unnatürlich. »Hast du eine Zwillingsschwester, von der du mir bis jetzt noch nichts erzählt hast? Ich bitte dich, Melissa! Auf den Arm nehmen kann ich mich selbst!«

»Und das sagt die, deren Mops sich am Samstagabend angeblich in einen weißen Hengst verwandelt hat«, kontert Missy, doch ihre Stimme klingt jetzt schuldbewusster.

»Das ist etwas komplett anderes!«, entgegne ich mit harschem Unterton. »Warum gibst du nicht einfach zu, dass du mich heute im Stich gelassen hast? Dann bin ich die nächsten vierundzwanzig Stunden sauer auf dich, und danach vergessen wir die ganze Sache.« Mein Gott, wie mich dieses Gespräch ermüdet.

»Ach, Mäuschen, ich hab dich nicht im Stich gelassen – jedenfalls nicht so, wie du das jetzt denkst«, sagt Melissa leise und mit schuldbewusstem Unterton. »Es ist so, wie ich es bereits gesagt habe: Ich bin gestern Mittag nach Hause. Ich war seitdem nicht mehr im *Little Birds*.«

»Und wer ist dann bitte an deiner Stelle geblieben? Sie sah genauso aus wie du und hat geredet wie du?«

Kurzes Schweigen. Dann: »Lola, *du* bist diejenige mit den magischen *Fairy Cupcakes!* Warum fällt es dir so schwer zu glauben, dass ein Melissa-Double im *Little Birds* arbeiten kann, wenn du dir auf diese Art und Weise sogar wildfremde *Männer* in dein Leben kommen lässt?«

»Was meinst du damit?«

»Na, ich war neugierig und wollte endlich mal meinen *Fairy Cupcake* zum Einsatz bringen. Du erinnerst dich? Du hast vier davon gebacken und mir einen davon überlassen. Ich wollte sehen, ob die Teile wirklich funktionieren. Also hab ich ihn gegessen und mir gewünscht, dass mein Verschwinden nicht auffällt. Woher hätte ich denn wissen sollen, dass diese blöden Teigwaren einen Klon von mir selbst erschaffen? Da war ich doch schon längst über alle Berge!«

»Oh!«, stoße ich hervor. Das erklärt natürlich einiges. »Du hättest mir aber doch Bescheid geben können.«

»Nein, Lola, du hast geschlafen, als ich gegangen bin. Außerdem war Patrick gerade bei dir. Wer weiß, was ihr in deinem Schlafzimmer getrieben habt. Ich wollte dich weder wecken noch unverhofft Zeugin davon werden, wie ihr es euch gegenseitig besorgt!«

Peinlich berührtes Schweigen.

»Tut mir leid!«, brumme ich nach einer Weile, und ich meine es wirklich so. Warum bin ich gerade nur so ausgeflippt? Das war echt nicht fair. Melissa hat überhaupt nichts falsch gemacht.

»Mir auch«, antwortet Missy. »Wo bist du jetzt? Soll ich vorbeikommen?«

»Ich bin vor McDoubles Haus«, entgegne ich trostlos. »Und nein, es reicht mir für heute.«

»Und du bist dir wirklich sicher, dass sie den zweiten Rezeptteil besitzt?«

»So ziemlich, ja!«, erwidere ich. »Da fällt mir gerade ein – du warst ja heute offensichtlich nicht anwesend, dann wirst du dich wohl gar nicht an meine Frage erinnern können, ob du vielleicht meinen ersten Rezeptteil irgendwo gesehen hast? Er ist irgendwie verschwunden. Ich habe total vergessen, wo ich ihn hingelegt habe.«

Melissa scheint kurz zu überlegen. »Sorry Süße, ich hab echt keinen Plan. Der taucht aber bestimmt wieder auf. Wozu brauchst du denn den zweiten Rezeptteil?«

»Na, wegen Jack! Ich muss herausfinden, warum er einfach verschwunden ist. Patrick ist auch toll, aber ich fühle einfach nicht dasselbe für ihn.«

»Du hast echt viel zu hohe Ansprüche, Lola!«, meint Melissa. »Jede andere Frau auf diesem Planeten würde dieser Augenpraline die Füße küssen. Er ist doch echt ein feiner Kerl!«

»Ehrlich gesagt bin ich mir da nicht mehr so sicher«, schluchze ich melodramatisch auf.

»Wieso, was ist passiert?«, entgegnet Missy alarmiert.

Ich räuspere mich. »Als ich bei Betty auf dich gewartet habe, ist er plötzlich aufgetaucht und hat an McDoubles Haustür gehämmert.«

»*Wirklich*?«, sagt Missy überrascht. »Und was hat er zu seiner Entschuldigung gesagt?«

»Nichts. Er hat mich nicht gesehen, weil ich mich in einem Busch versteckt habe.«

»Aber es ist doch kein Verbrechen, an McDoubles Haustür zu klopfen, oder? Bei ihr *einzubrechen* schon eher. Sei froh, dass es nicht so weit gekommen ist. Nicht mal für den heißesten Mann der Welt solltest du riskieren, eine Anzeige wegen Hausfriedensbruch an der Backe zu haben!«

»Was soll ich denn deiner Meinung nach sonst machen?«, jammere ich auf und fühle mich dabei furchtbar machtlos. »Ich muss Jack wiedersehen! Ich muss aus seinem Mund hören, warum er einfach verschwunden ist! Warum er – *warum er mich nicht haben will*!« Ich muss schlucken, um die Tränen zurückzuhalten, die sich jetzt wieder einmal ihren Weg nach draußen bahnen möchten.

»Alles halb so wild, Mäuschen!« Missy macht eine dramatische Pause, bevor sie aufruft: »Ja, natürlich! Ich bin ein Genie! Du musst einfach an den Ort zurückkehren, an dem du Jack das letzte Mal gesehen hast.«

»Das *Little Birds*?«, ächze ich wehleidig auf.

»Nein, du Dumpfbacke! Das *Petit Coeur* natürlich! Vielleicht weiß dieser Franzose, wo sich Jack aufhält. Du meintest doch, dass Jack erzählt hat, sie wären alte Freunde?«

Oh ja. Natürlich. Dass wir darauf noch nicht früher gekommen sind! Ein schwacher Hoffnungsschimmer flammt in mir auf. »Melissa!«, rufe ich. »Du hast recht! Ich werde gleich nach *Deltons Pide* fahren!«

Meine Lebenskräfte sind wie wachgerüttelt. Adrenalin wird durch meine Adern gepumpt, und ich fühle mich plötzlich ganz beschwingt.

Mit einem aufgeregten »Danke!« springe ich aus McDoubles kratzigem Busch und renne ihre Auffahrt hinunter. »Danke, Melissa! Das ist meine Chance!« Atemlos lege ich auf und renne auf mein Auto zu.

Kapitel 18

Mein Auto, Wanda, steht klein und baumgrün da, so, wie ich es vor einigen Tagen auf seinem Parkplatz zurückgelassen habe. Wanda ist ein schnuckliger, alter britischer Mini und hat mich noch nie im Stich gelassen.

Ja, mir ist bewusst, dass ich von meinem Auto rede, als wäre es ein in die Jahre gekommenes Haustier, dessen grüne Blechhaube ich nun gleich mit sanften Bewegungen kraulen werde. Zu einem anderen Zeitpunkt hätte ich das vielleicht sogar in Erwägung gezogen. Aber nicht heute, da ich die Türen meines antiken Mini-Babys aufreiße, ohne daran zu denken, dass eine solch rohe Gewalt meine kleine Wanda mir nichts, dir nichts in den Autohimmel befördern könnte.

Mein Blut rauscht mir in den Ohren, ich will einfach nur noch nach Deltons Pide und die ganze Sache zu Ende bringen. Ich muss François so lange löchern, bis er mir Jacks Adresse gegeben hat.

Wenn ich heute Abend versage, dann … dann … Nein, Lola! Nicht daran denken! Es bringt nichts, den Teufel jetzt an die Wand zu malen. Ich beiße mir auf meine bebende Unterlippe und ramme meinen Autoschlüssel ins Zündschloss. Wanda krächzt schwächlich auf, als der Motor angeht, dann setzt sich meine Blechdame gemächlich in Gang, als würde sie sich gerade ein bahnbrechendes Rennen mit einer Schildkröte liefern. Zum ersten Mal in meinem Leben hasse ich meine Wanda.

Verdammt, ich muss aussehen wie eine Wahnsinnige mit meinen schweißverklebten Haaren, dem durchdringenden Blick und den regelmäßigen Kampfansagen gegen mein Auto, das ziemlich unbeeindruckt bleibt. Und mit einem Mal wäre es nicht unbedingt ratsam, wenn ich Jack heute noch gegenübertrete. In diesem Zustand erinnert er sich gewiss nicht an mich. Ich muss furchtbar aussehen!

Ich werfe einen kurzen Blick in meinen Rückspiegel und stelle mit Grauen fest, dass sich meine Vermutungen bewahrheiten. Zwei vor Frust rot angelaufene Augen sehen mir entgegen, in einem Gesicht, das die Farbe überreifer Tomaten trägt. Meine Haare stehen derart wüst ab, als hätte ich in eine Steckdose gegriffen. Und die Tatsache, dass ich immer noch gänzlich in Schwarz gekleidet bin wie die Anhängerin einer okkulten Sekte, macht das Ganze auch nicht gerade besser.

In meinem jetzigen Zustand werde ich Jack kaum noch in die Arme fallen können und lustvoll aufstöhnen, begleitet von den Worten: *Oh, Liebster, ich wusste immer, ich würde dich finden!*

Tri, tra, tralala war mal. Gerade möchte ich Jack einfach nur zerfleischen. Ihn, der meine Gedanken regiert, der mich lähmt, der mich abhängig macht. Eine Droge. Jack ist eine böse Droge, die schon nach einem Mal kosten süchtig gemacht hat. Wenn ich etwas brauche, dann ist das eine Entzugsklinik, kein François, der mir erneute Hiobsbotschaften übermittelt!

Egal, der Zug ist zu stark. Ich kann nicht anders. Ich muss ihn aufsuchen!

Ich kreische fast auf, als sich endlich das Willkommensschild von *Deltons Pide* vor meine Augen schiebt.

Mein Herz tanzt Tango, ich atme nur noch oberflächlich. Verdammt, bin ich vielleicht nervös! Womöglich sollte ich wegen meinen ständigen Emotionsattacken tatsächlich mal einen Arzt aufsuchen. Egal! Jetzt ist das *völlig* egal! Ich brauche einen Parkplatz! Atemlos komme ich zwischen zwei dunklen BMWs zum Stehen und haste dann auf die andere Straßenseite, dem *Petit Coeur* entgegen.

Es sieht noch genauso aus wie am Samstag. Klein, weiß und schnuckelig, von grünen Efeuranken bedeckt. Sehr gut. Wenigstens das *Petit Coeur* ist real!

Ich finde, das erhöht meine Chancen deutlich, dass auch Jack kein Hirngespinst ist.

»François!«, rufe ich und stolpere erhobenen Hauptes in das Restaurant hinein.

Das Licht ist gedimmt, nur vereinzelte Gäste dinieren an den hübschen Holztischchen und richten leicht irritiert ihre Blicke in meine Richtung.

»Mon Dieu!« Der Franzose stürmt aus der Küche und sieht mich verängstigt an. »Mon Dieu!«, wiederholt er mit vor Schreck geweiteten Augen. »Sie werden uns doch bitte nischt ausrauben wollen, Madame?«

Erst da fällt mir wieder ein, wie unsagbar bescheuert ich gerade aussehen muss: schwarze eng anliegende Klamotten, Haare, die wirr von meinem Kopf abstehen, und Augen, deren Lider wahrscheinlich alle drei Sekunden nervös zucken.

Ich ringe mir ein gewinnendes Lächeln ab. »Nein, nein!«

»Was ist dann?«, fragt François misstrauisch. »Sie sehen ja ganz verzweifelt aus, brauchen Sie ein Glas Wasser, Cherie?« Er mustert mich eingehend. »Oder wollen Sie gleisch bei uns zu Abend essen? Wir 'aben sischerlisch noch einen Platz für Sie frei.«

»Erinnern Sie sich nicht an mich?«, stöhne ich, ohne auf seine Frage einzugehen.

»Pardon, Madame?«, meint François und zwirbelt seinen schwarzen Schnauzbart. Sogar heute trägt er dieses blau-weiß gestreifte Hemd und das rote Halstuch. Nur die Baskenmütze fehlt. Ein Franzose, wie er leibt und lebt.

»Erinnern. Sie. Sich. An. Mich?«, sage ich so deutlich und laut, als würde ich mich mit einem Schwerhörigen unterhalten.

François kneift seine kleinen, dunklen Augen zusammen, als könne ihm das dabei helfen, sein Erinnerungsvermögen aufzubessern.

»Mais no«, sagt er dann ein bisschen ängstlich.

Eigentlich habe ich erwartet, dass mich seine Worte hart treffen werden. Tatsächlich lassen sie mich kalt. Nur weil sich François nicht an mich erinnern kann, ist noch längst nichts verloren. Jedenfalls hoffe ich das.

»Sicher?«, hake ich noch einmal nach.

»Eine derart bezaubernde Madame wie Sie würde isch doch nischt vergessen!«, insistiert der Franzose mit einem charmanten Lächeln. »Warum sind Sie 'ier?«

»Ich brauche Informationen«, erwidere ich leise. Erst nach kurzer Überlegung fällt mir auf, dass dieser Satz – in dieser Lautstärke und in diesem Aufzug – leicht an eine Szene aus einem Ganovenfilm erinnern könnte.

»Informationen?«, wiederholt François sichtlich verwirrt. »Alors, was wollen Sie wissen?«

»Ich war am Samstagabend hier zu Ihrer Eröffnung – mit einem Freund von Ihnen.« Ich hole noch einmal tief Luft, als würde ich mich darauf vorbereiten, in eiskaltes Wasser zu tauchen. »Jack!«

»Jaques?« François lächelt, doch es ist kein Schimmer des Wissens in seinen Augen zu erkennen. »Jaques, wer – davon kenne ich viele!«

»Jack von den *The Lucky Ones*!«, entgegne ich, nun schon mit einem etwas verzweifelten Unterton.

Jetzt nickt François und grinst breit. »Oui! Les garçons aus London. Isch finde, die sind eine ausgezeichnete Band! Platz drei der derzeitigen UK-Charts mit ihrem Hit *Love isn't a fairytale.*«

Love isn't a fairytale? Oh Gott, das ist unser Lied! Oder zumindest das Lied, von dem ich *geträumt* habe, ich hätte es mit Jack zusammen gesungen. Und – Platz drei der UK-Charts? Möchte mich François etwa auf den Arm nehmen? Habe ich tatsächlich einen Prominenten gedatet? Jack ist ein *Superstar?!* Lebe ich in *Harping Charms* wirklich derart hinterm Mond, dass ich das so gar nicht geschnallt habe? Nach Luft ringend beiße ich mir auf meine Unterlippe.

»*Cherie*, Sie werden ja ganz blass um die Nase! Ist alles in Ordnung?«

»*The Lucky Ones* haben am Samstag nicht zu Ihrer Eröffnung gespielt?«, würge ich hervor, während ich mich mit meinem Oberkörper auf einem der Tische abstütze.

»Doch, 'aben sie – vielleicht war Jaques auch in Begleitung

von seiner Schwester oder einer anderen 'übschen Madame, das ist er ja meistens, aber *Sie* waren es nischt!«, murmelt François. »Pardon!

Jetzt hat sich seine Miene schlagartig verdunkelt. »Oui! Jetzt wird mir einiges klar! Sagen Sie, Mademoiselle, Sie sind doch nischt etwa eine verrückte Stalkerin von Jaques?«

Hektisch schüttle ich den Kopf. »Nein, nein, nein!«, versichere ich – doch meine rasche Antwort schürt das Misstrauen in François Augen nur.

»'ören Sie – falls Sie dachten, Sie könnten über misch an Jaques 'erankommen, 'aben Sie sisch gewaltisch geirrt!« François' zuvor freundliche Miene hat er nun gänzlich unter einer Maske aus Abneigung begraben. »Solsche Frauen – Fangirls – wie Sie sind mir schon oft unter die Nase gekommen!«

»Nein!«, ich schnappe nach Luft. »Sie verstehen mich völlig falsch! Ich bin kein Fan! Bis gerade eben wusste ich noch nicht einmal, dass Jack berühmt ist!«

»Wollen Sie misch auf den Arm nehmen? Wie kann man nischt wissen, dass *The Lucky Ones* die vielversprechendste Newcomerband des Jahres ist? 'alb England sprischt über sie!«

»Ich wohne in Harping Charms«, sage ich zu meiner Verteidigung aufgebracht. »Wir haben fünfzig Einwohner. Was glauben sie, worüber sich diese den lieben langen Tag unterhalten? Gartenpflege, Putztipps, Nudelrezepte. Aber ganz sicher nicht über die aktuellen Charts aus London.«

François schüttelt ungläubig den Kopf. »Wie dem auch sei, isch kann Ihnen nischt 'elfen!«

»Verstehe!«, erwidere ich tonlos.

Meine Stimme zittert. Ich fühle mich ganz klein und bedeutungslos. Nein, ich möchte das alles nicht glauben.

Das Spiel ist vorbei. Ich weiß, was ich wissen muss, um mir einzugestehen, dass Jack absolut nicht in meiner Liga spielt. Auch wenn es auf irgendeine merkwürdige Art und Weise wirklich guttut zu wissen, dass er existiert, dass es ihn gibt, dass er *nicht* aus Feenstaub ist, dass er wirklich da war und mich berührt, geküsst, mich geliebt hat, wie ich noch nie von einem Mann geliebt worden bin. Wenn auch nur aus einer Laune der Magie heraus.

Aber es wäre dumm, jetzt noch weiterzukämpfen. Ich müsste erst einmal an einer Schar kreischender Groupies und muskelbepackter Bodyguards vorbei, um überhaupt nur eine Chance darauf zu haben, mit ihm zu sprechen. Dann stünde ich vor ihm, überströmt von blauen Flecken und Schweiß, der mir aus jeder Pore quillt. In seinen Augen würde ich erkennen, dass er nicht weiß, wer ich bin, da solche One-Night-Stands ein fester Bestandteil jedes gelungenen Konzerts sind und man bei so vielen unterschiedlichen Damen natürlich schon mal durcheinanderkommen kann. Dann müsste ich anfangen, mich zu erklären und klänge dabei wie eine Geisteskranke. Magische Cupcakes. *Als ob.*

Hat es François vorhin nicht auch schon angedeutet – Jack ist meist in Begleitung einer hübschen Dame. Das schreit nach Aufreißer. Das schreit nach *In jeder Stadt eine andere*. Ich bin nur eine Nummer, eine von vielen, nichts von Bedeutung, nichts, was wirklich wichtig war ... oder jemals sein wird!

So schmerzhaft es auch ist, mir das einzugestehen: Jack liebt mich nicht. Er denkt nicht einmal an mich. Für ihn ist es, als hätte ich niemals seinen Weg gekreuzt. Aber *Patrick* ist zu mir zurückgekommen... für *ihn* scheine ich wirklich etwas Besonderes zu sein.

»Madame?«, säuselt François nun schon etwas versöhnlicher neben meinem Ohr. »Wollen Sie etwas trinken? Sie sehen aus, als 'ätten Sie es bitter nötig.«

Wie betäubt gleite ich auf einen der Stühle und krächze wehmütig: »Eine Flasche Chardonnay, bitte!«

»Kommt sofort!«, erwidert der Franzose und verschwindet leichten Schrittes in der Küche.

Ich habe plötzlich das Gefühl, dass jemand alle Lichter in meinem bis dahin schwer umnebelten Gehirn angeknipst hat. Was mache ich hier eigentlich? Ich bin einem Traum hinterhergejagt, den es nicht gibt. Ich fühle, wie mir Tränen in die Augen steigen. Ja, es ist aus, es ist wirklich *aus*. Ich werde nicht mehr nach ihm suchen, ich werde mich nicht mehr bemühen. Das Schicksal hat entschieden. Es soll nicht sein.

Wie in Trance nehme ich wahr, dass François zurückkommt und eine Flasche Wein und ein Glas neben mich stellt. Ich missachte das Glas und kralle mir die Flasche. Ich weiß ja, wie das geht. Ich habe Übung.

Ich setze die schwere Flasche an meine Lippen und trinke mit ordentlichem Zug, spüre, wie die kühle Flüssigkeit in meiner Kehle brennt, den Schmerz betäubt. Au revoir, Jack, denke ich dabei. In diesem Moment schließe ich endgültig mit ihm ab.

Und dann – dann geschehen zwei Dinge gleichzeitig. Die Tür des *Petit Coeur* fliegt auf, und zwei Personen betreten den Raum. Im selben Moment verschlucke ich mich so heftig an dem Chardonnay, dass ich prustend aufspringe und direkt in den Armen der neuen Gäste lande.

»Entschuldigung!«, keuche ich. Langsam wende ich meine Augen den beiden Gesichtern zu, die mich nun entgeistert anstarren, und bekomme dann fast selbst einen Herzinfarkt: Es sind Patrick Prince und Betty McDouble. Na toll, der Abend kann jetzt kaum noch besser werden.

Kapitel 19

Patricks Kinnlade ist derart weit aufgerissen, als wüsste er nicht, was er sagen soll. Wer kann es ihm auch verübeln? Schließlich ist er hier mit meiner Erzfeindin aufgetaucht. So was kann man nicht in einem Satz erklären, da bedarf es schon einer dramatischen Heldenrede, um mich wieder friedlich zu stimmen.

Betty McDouble, gehüllt in einen himmelblauen Trainingsanzug, in dem sie stark an einen übergewichtigen Delfin erinnert, mustert mich missmutig. Ihre geweiteten Pupillen sind so voller Abscheu, als wüsste sie Bescheid, als hätte man ihr erzählt, dass ich versucht habe, in ihr Haus einzubrechen. Klein Barbra Streisand zu ihren Füßen knurrt mich angriffslustig an. Hastig wende ich meinen Blick von Betty und ihrem Hund ab und konzentriere mich wieder auf Patrick.

»Du Verräter!«, sage ich den in diesem Moment einzig logischen Satz und torkle zurück, als hätte Patrick eine ansteckende Krankheit.

Patricks Stirn hat sich in besorgte Falten gelegt. Seine Lippen vibrieren, als wollte er sich erklären, doch er findet wohl nicht die Worte, die mich beschwichtigen könnten. Und er hat recht, denn er müsste sich schon als Clark Kent höchstpersönlich outen, damit ich auch nur im Ansatz davon überzeugt werden könnte, dass in seiner Seele noch ein Funken Wohlwollen steckt.

»Du und McDouble!«, schreie ich derweil in schneidendem Tonfall. Es wundert mich, dass sich bei dieser Lautstärke nicht schon längst sämtliche Gläser meiner gellenden Stimme gebeugt haben und – KLIRR – einfach zersprungen sind, so, wie es mein Herz gerade getan hat.

In François' kleinem *Petit Coeur* ist es mittlerweile mucksmäuschenstill geworden. Alle starren sie mit gierenden Blicken auf die absurde Szene, die sich gerade vor ihren Augen abspielt.

Sollen sie gaffen. Mir ist egal, was die Leute von mir denken.

»Ich bin so enttäuscht von dir!«, heule ich, so laut, dass es auch der letzte Gast in der hintersten Tischreihe gehört haben muss. Ich komme mir vor wie in einem schlechten Hollywoodfilm, in dem ich einen Klischee-Satz nach dem anderen hinausschleudere. »Ich dachte, dass zwischen uns wäre was Besonderes. Und dann, dann …«, ich schluchze bühnengerecht auf, »betrügst du mich mit Betty!« Patricks Augenbrauen zucken ungläubig, während ich mich zitternd an einem Stuhl festhalte. Ich schnappe nach Luft. »Es ist aus, hörst du? Es ist aus zwischen uns!«

Patricks Gesicht ist jetzt so rot, als wäre es kurz davor zu platzen. Dabei hat er so viele Sorgenfalten im Gesicht, als würde er zu einer zehnjährigen Apfelsine mutieren.

Mein Herz rast. Vor Ungläubigkeit und Erregung, über den Satz, der da gerade regelrecht schwerelos über meine Lippen geglitten kam.

Ich habe es gesagt – ich habe mit Patrick Schluss gemacht, ohne seine Erklärung abzuwarten. Und was noch viel peinlicher ist: ohne zu wissen, ob wir überhaupt zusammen waren.

Da sieht man mal, was Herzschmerz und Alkohol aus einem Menschen machen können! Meine Hand schnellt zu meinem Mund. Patricks Augen sind nun zu zwei wütenden braunen Schlitzen verengt.

»Lola, was ist los mit dir?«, knurrt er ungehalten. »Was ist dein Problem?«

Doch ich antworte nicht, stehe einfach nur da und starre ihn an, während mir Tränen aus meinen blauen Augen strömen.

Es gibt Momente im Leben, da möchte man nichts erklären müssen. Man möchte, dass einem der Partner seine Wünsche, seine tiefsten Ängste und Sehnsüchte von den Augen abliest.

Erst nach einer halben Ewigkeit kann ich mich zusammenreißen. »Ich weiß es nicht!«, flüstere ich wahrheitsgemäß. Und dann bin ich weg.

Ich stürme an den gaffenden Gästen vorbei, aus dem *Petit Coeur* hinaus, lasse Mrs. McDouble und Patrick sowie eine nicht bezahlte Chardonnay-Rechnung hinter mir. Superschurkenalltag. Morgen ist dann der Buckingham Palace dran.

Und – natürlich – fängt es in dem Moment zu regnen an. Dicke, schwere Tropfen, die mir jeden Schritt auf meinen High Heels erschweren, da sie den Asphalt so rutschig machen. Der Regen drängt durch meine Kleidung bis auf meine bebende Haut. Ich sagte es doch bereits: Ich bin in einem unglaublich schlechten Liebesfilm gefangen, vor dem ich jetzt verzweifelt wegrennen muss.

Ein Liebesfilm, der keine Klischees auslässt. Obwohl – nein. Kein Liebesfilm, keine Klischees! Denn sonst, und das passt nun wirklich nicht zu mir, müsste es doch noch ein Happy End geben. Und in diesem Moment habe ich keine Idee, kein Gefühl dafür, wie dieses aussehen könnte. Wie das alles hier, das alles, was mich zu Boden zieht und meine Seele so unendlich schwer und traurig werden lässt, sich noch irgendwie zum Guten wenden könnte.

Donner kracht über mir, während ich, mein Auto ignorierend, hinter das *Petit Coeur* renne. Ich folge einem kleinen Pfad, der – *selbstverständlich* – in einen Wald führt. Atemlos stürme ich unter das schützende Blätterdach der Bäume, stolpere über das weiche Moos und fühle mich dabei so elend wie schon lange nicht mehr. Moment, das stimmt nicht. Angebrachter wäre, zu sagen: wie schon *so oft* in den letzten Tagen.

Ich habe mich zum Affen gemacht. Vor François, seinen Gästen und – und das ist wohl das Tragischste – vor McDouble und Patrick Prince. Wobei Erstere sich wahrscheinlich freuen wird, dass sie neuen Klatsch hat, den sie nun professionell unter den Einwohnern von *Harping Charms* verteilen kann: *Schon gehört? Madame Applepie denkt tatsächlich, ich hätte eine Affäre mit Patrick Prince! Schon früher ist mir aufgefallen, dass sie unter schwerwiegenden Wahrnehmungsstörungen leidet.*

Ein paarmal falle ich auf meine zittrigen Knie, atme den Geruch des nassen Waldes ein, höre, wie er sein monotones Lied flüstert und der Regen unermüdlich auf die knarzenden Bäume hinunterprasselt.

»Lola!«

Es ist nur eine ferne Stimme. Ich bleibe nicht stehen, versuche, sie zu ignorieren. Auch wenn ich mich mit meinen hohen Schuhen nur umständlich vorwärtsbewegen kann.

»Lola! Bleib stehen!«

Ich renne weiter. Doch dann stolpere ich über eine aus dem Boden ragende Wurzel und kann mich nicht schnell genug wieder aufrappeln, bevor sich die Gestalt mit den dunklen braunen Augen besorgt über mich beugt.

Ich weiche Patricks Blick aus, als er mich wieder auf die Beine zieht, fixiere den nassen, langsam schlammig werdenden Boden unter uns.

»Jetzt hör mir mal gut zu«, flüstert Patrick eindringlich. Es klingt, als müsse er sich wirklich bemühen, um mich nicht anzuschreien.

Ich möchte mich von Patrick lösen, doch er hat mich mit festem Griff an meinen Handgelenken gepackt und zwingt mich dazu, ihn anzusehen.

»Deine Anschuldigungen sind wirklich absurd!«

»Das entscheide ich«, murmle ich schwächlich.

»Wirklich, Lola, ich habe echt das Gefühl, du möchtest leiden, du *möchtest*, dass man dir wehtut.«

»Lass. Mich. Los!«, gebe ich trotzig zurück.

»Nein! Du hast mit mir Schluss gemacht, und das kann und werde ich nicht einfach so stehen lassen.«

»Das war *meine* Entscheidung.«

»Und es war eine falsche Entscheidung. Wenn du an einer Klippe stehst und felsenfest davon überzeugt bist, es wäre das Richtige, hinunterzuspringen, wirst du wohl auch nicht von mir verlangen können, dass ich es völlig unversucht lasse, dich umzustimmen.«

»Das ist ein scheußlicher Vergleich!«

»In beiden Fällen zerstörst du etwas unendlich Wertvolles.« Er streicht mir sanft über meine klatschnasse Wange.

»Sag mir, was das mit McDouble soll!«, schnaufe ich missmutig und schiebe seine Hand energisch weg, die daraufhin wieder meine fröstelnden Handgelenke umgreift. »Wieso triffst du dich mit ihr? Was führst du im Schilde?« Für einen kurzen Augenblick sieht Patrick so aus, als wüsste er nicht, was er darauf sagen soll – was einen neuerlichen Argwohn in mir gedeihen lässt. »Sag mir bitte, was das mit McDouble soll!«, wiederhole ich bissig, doch Patrick bleibt immer noch stumm. Er sieht mich einfach nur an, mit seinen großen haselnussbraunen Augen, unendlich traurig in seinem makellosen Gesicht. Warum antwortet er nicht? »Wovor hast du Angst?«, flüstere ich. »Warum kannst du es mir nicht einfach erklären?«

»Weil«, Patrick stockt, »ich einfach nicht weiß, wie …« Er hält erneut inne, und meine Brust zieht sich immer mehr zusammen.

»Lass mich los!«, befehle ich in kaltem Tonfall, bevor ich einen Schritt von ihm zurücktrete und ihn dann voller Abscheu betrachte.

»Patrick«, wispere ich daraufhin, doch der Regen verschluckt meine Worte fast. »Ich dachte wirklich, du wärst mein … *Traummann.*« Nummer zwei, muss ich im Stillen hinzufügen … oder vielleicht doch *drei*, wenn man meinen Verräter-Ex-Danny dazunimmt.

Läuft bei mir.

Patrick schüttelt nur traurig den Kopf. »Nein, Lola. Ich bin nur ein Mensch mit Fehlern – wie jeder andere auch.«

Was sagt er denn da? Das passt doch alles nicht. Oder können selbst Fairy Cupcakes Fehler machen? Er sollte doch mein Traummann sein. Es sollte alles perfekt sein. Aber vielleicht lässt der Zauber allmählich nach. Vielleicht lasse *ich* nach. Vielleicht ist das alles meine Schuld. Vielleicht bin tatsächlich *ich* diejenige, die alles kaputt macht.

»Fehler?«, stoße ich hervor. »Was meinst du damit? Welche Fehler?«

Er antwortet nicht. Schon wieder. Ich bin verwirrt. Hat er nun wirklich eine Affäre mit Betty? Warum kann er denn verdammt noch mal keine Stellung zu dieser Aussage nehmen?

»Ich denke nicht, dass dir das gefallen wird«, sagt er langsam.

»Hast du etwas mit Betty angefangen?«

Patrick verzieht seinen Mund zu einem unlustigen Strich. »Ich bitte dich, Lola, das ist wirklich absurd!«

»Was dann? Was ist es, das du mir verheimlichst?«

Patrick schnappt nach Luft. »McDouble ist meine Tante, Lola. Ich bin mit ihr verwandt. Und ich habe versucht, es geheim zu halten, weil ich mitbekommen habe, wie sehr du sie verabscheust. Ich dachte, dann würdest du auch von *mir* schlecht denken. Und der Grund, warum ich mich heute Abend mit ihr treffen wollte, bist allein du. Du hast mir doch erzählt, dass du Angst hast, sie würde deinen Ruf zerstören. Also wollte ich versuchen, die Wogen zwischen euch zu glätten. Auch Betty war nicht gerade erfreut darüber, als sie mitbekommen hat, dass ich mich mit dir treffe. Ich dachte, ich könnte uns alle zusammenführen.«

Ach, du heiliger Bimbam! Die *Fairy Cupcakes* hatten aber wirklich eine außergewöhnliche Geschmacksverirrung! Mein Traummann ist mit Sicherheit keiner, der mit Betty McDouble blutsverwandt ist!

»Betty ist deine … *Tante*?«, würge ich hervor, mein Entsetzten kann ich kaum verbergen. Es grenzt an ein Wunder, dass mein Abendessen nicht mit hochgekommen ist.

Patrick nickt nur. »Bitte, Lola, sei mir nicht böse. Verurteile mich nicht. Ich möchte nicht, dass das, was wir haben, jetzt einfach zu Ende ist.« Seine Hände streichen mir durch mein durchnässtes Haar. »Bitte«, wiederholt er leise. »Ich meine es ernst, ich … will nicht ohne dich sein.«

Langsam beugt er sich zu mir vor, und ich bin zu sprachlos, als dass ich mich noch irgendwie wehren könnte, lasse zu, dass er seine Lippen auf meine presst und mich küsst. Sanft, zart – als hätte er Angst, nur ein bisschen mehr Druck würde mich zu Tausenden Partikeln Feenstaub zerbersten lassen.

Nach einer Weile lässt die Anspannung in mir nach, und ich schmiege mich an ihn, schlinge meine Arme um seinen Oberkörper und erwidere seinen Kuss. Und auch, wenn es da noch Fragen gibt, die unaufhaltsam durch meinen Kopf schwirren, reicht es mir für den Moment.

»Komm«, wispert Patrick, als sich seine Lippen von den meinen gelöst haben. »Ich bringe dich nach Hause.«

»Moment. Eine Frage hätte ich noch«, sage ich.

Er nickt zustimmend. »Alles, was du möchtest.«

»Wenn Betty deine Tante ist, warum sind wir uns dann vorher nie in *Harping Charms* begegnet?«

Er seufzt leise. »Vielleicht sind wir das sogar, aber nicht bewusst«, überlegt er. »Wegen meines Studiums war ich über sieben Jahre lang im Ausland und bin bis jetzt noch nicht sehr oft in *Harping Charms* gewesen. Betty hat mich nach meinem Jurastudium meist in London besucht, und im *Little Birds* war ich zugegebenermaßen noch nie, bevor wir uns dort begegnet sind.«

Ich nicke langsam. »Klingt plausibel.«

Er grinst. »Sehr schön! Kann ich dich jetzt endlich heimbringen?«

»Schon in Ordnung«, erwidere ich leise. »Ich bin mit dem Auto da. Geh zu Betty zurück, bevor wir sie noch mehr verärgern.«

Patrick lächelt und küsst mich auf meine Stirn, von der der Regen immer noch fleißig abperlt. »Wie du meinst«, entgegnet er leise. Er durchdringt mich mit seinem sanften Blick, hält mich damit fest. Ein merkwürdiges, warmes Kribbeln fährt durch meinen Bauch.

»Ich möchte, dass du meine feste Freundin bist!«, sagt er dann mit leiser Stimme. »Meine Verwandten werde ich leider nicht für dich ändern können, aber ich verspreche dir, ich werde alles in meiner Macht Stehende tun, damit *du* glücklich bist!«

Meine Mundhöhlen sind wie ausgetrocknet.

»Lola Applepie«, fährt Patrick fort, »ich möchte, dass du weißt«, eine kurze Pause folgt, in der er seine Stirn an meine presst, »dass ich mich in dich verliebt habe. Also bitte, bitte lass uns von vorn anfangen!«

»Okay«, flüstere ich, ohne groß darüber nachzudenken, dass diese Worte aus dem Mund eines Mannes kommen, den ich erst seit Sonntag kenne. Aber vielleicht wundere ich mich nicht, da ich das selbst nur zu gut verstehen kann – Liebe auf den ersten Blick, meine ich. Dieses Gefühl ist mir durchaus bekannt.

Und jetzt, wo ich Jack, den Superstar, an den ich ohnehin niemals rankommen werde, abgehakt habe, ist es ein Leichtes, 100 Prozent Ja zu Patrick zu sagen. Mit dem glücklich zu werden, was ich habe. Denn Bodyguards und Hunderte Groupies sind mir nun wirklich zu anstrengend. Wahrscheinlich war ich ja sowieso nur eine Frau von vielen.

Selbst Melissa hat es schon so oft gesagt: Ich bin doch verrückt, wenn ich Prince nicht wertschätze, wenn ich ihm nicht die Chance gebe, ebenso leidenschaftlich in mein Herz vorzudringen, wie es Jack getan hat.

Ja, dass Jack angeblich Superstar ist, hat alles in mir verändert – zum Vorteil für Patrick, denn ich bin zu ausgelaugt, zu lustlos, um jetzt noch weiterzukämpfen nach der Gefühlsachterbahn der letzten Tage. Am Ende bin ich dann nämlich genau das, was François schon die ganze Zeit erahnt hat: Eine verrückte Stalkerin, ein Fangirl und keine der beiden Rollen werde ich auf der Bühne meines Lebens spielen.

Patrick beugt sich vor und gibt mir noch einen Kuss. »Jetzt lass uns gehen, bevor wir noch von einem wilden Tier angefallen werden.«

»Ein wildes Tier?«, erwidere ich schelmisch. »Du bist das einzige wilde Tier, das mich hier anfallen könnte. Ich lasse es gern drauf ankommen!«

Ein freches Lächeln ziert seine Lippen.

Dann nimmt er liebevoll meine Hand, und gemeinsam laufen wir nach Deltons Pide zurück.

Und ich dachte wirklich, das sollte das Ende meiner Geschichte sein. Ein Happy End, wie es im Bilderbuch steht.

Dann nimmt er liebevoll meine Hand, und gemeinsam laufen wir nach Deltons Pide zurück.

Aber das, meine Lieben, das hätte nicht in das Leben von Lola Applepie gepasst.

Und so sollte ich, zwei Wochen nachdem ich mit meiner rosaroten Brille auf einer makellosen Blumenwiese herumgehüpft war, doch noch feststellen, dass ich in jener Nacht, in der mir der Regen meine schwarze Diebesgarderobe bis auf die Knochen durchweicht hat, tatsächlich dümmer gewesen bin, als es mir gutgetan hat.

Ich hätte es wissen müssen, bereits in jener unheilvollen Nacht, von der ich dachte, sie wäre mein Happy End. Oder zumindest erahnen. Und ihr, ihr hättet mich warnen können, die Beweise waren *eindeutig*. Denn wenn ich jetzt rückblickend auf all diese Dinge sehe, die mir damals passiert sind, so wird mir bewusst, dass ich die Indizien direkt vor meinen Augen liegen hatte. Dass kaum ein Puzzlestück fehlte, um zu kapieren, was ich jetzt weiß.

Schon zwei Wochen später fiel der Vorhang. Und alles fing mit der Einladung zu einer Hochzeit an.

Kapitel 20

Es war ein ganz normaler Morgen. Mildes Sonnenlicht flutete durch die Fenster meines Schlafzimmers und kitzelte meine Nasenspitze. Ich hörte, wie die Vögel unbeschwert an meinen Kletterrosen turnten, und vernahm das seichte Atmen von Patrick neben mir, dessen makelloses Gesicht das Erste war, was ich an jenem Tag erblickte. Er lag ganz friedlich neben mir, seine Augen waren geschlossen, und so konnte ich für einige unendlich sanfte Minuten einfach nur daliegen und ihn betrachten, jede Linie seines Gesichtes nachfahren und nicht zum ersten Mal in meinem Leben feststellen, dass der Kerl einfach unwiderstehlich war. Gott, wäre es peinlich gewesen, hätte Patrick unvermittelt die Augen aufgeschlagen und in mein lüsternes Gesicht geblickt. Sofort wendete ich meinen Blick von ihm ab. Es durfte nicht zu offensichtlich sein, wie sehr ich ihn inzwischen verehrte. Er wusste genau, was er mit Frauen anstellen musste, wenn er wollte, und es reichte ja wohl, wenn er das verräterisch schnelle Trommeln meines Herzens spürte, jedes Mal, wenn er seine Lippen auf meine glühende Haut setzte.

Jetzt schielte ich doch wieder zu Patricks Silhouette hinüber, den Blick auf seine langen, geschwungenen Wimpern gerichtet. Oh, es war eine echte Herausforderung, mich nicht gleich mit lustvollem Stöhnen auf ihn zu stürzen.

Seine Haare waren von der Nacht vollkommen zerzaust. Genau das liebte ich – so, wie er dalag, zerknautscht und zerknittert in diesem Augenblick. Patrick Prince war perfekt. Ein sanftes Lächeln zierte meinen Mund. Ich dachte an Frühstück im Bett:

Orangensaft, Himbeertörtchen und frisch aufgebrühter Kaffee – und als Nachspeise den besten Sex des Jahrhunderts!

Ich beugte mich nach vorn und presste meine Lippen auf Patricks Wange, der darauf verschlafen grunzte und blinzelte.

»Lola«, nuschelte er und drückte mir ebenfalls einen Kuss auf meine vor Freude geröteten Wangen.

»Guten Morgen!«, wisperte ich verliebt.

»Morgen!«, sagte Patrick und drehte sich dann von mir weg, wohl als Zeichen dafür, dass er kein Interesse daran hatte, jetzt schon aufzustehen.

Ich nahm es gelassen. Schließlich sah er aus wie ein schlafender Engel, den man unter keinen Umständen verärgern wollte. Er war so friedlich – so friedlich, wie es auch dieser Tag zu sein schien. Ich meine … Sonnenschein, Vogelgezwitscher und ein schlummernder Traumprinz neben mir! Mehr Bilderbuch geht ja wohl nicht! Doch glaubt mir: Hätte ich gewusst, was mich innerhalb der nächsten zehn Minuten erwarten sollte, hätte ich mein Bett nie verlassen.

»Dann hol ich uns mal was zu essen«, trällerte ich mit fast schon übertriebenem Enthusiasmus. Ich wusste, woher das kam: von den Schmetterlingen in meinem Bauch, die dort Pirouetten zogen.

Zwei Wochen mit Patrick, in denen überhaupt nichts Fürchterliches mehr passiert war, in denen alles gestimmt hatte, in denen wir uns gegenseitig mehr als glücklich gemacht hatten. Nur in meinen Träumen hatte ich noch Besuch bekommen, Besuch von einem Mann, dessen Name wohl nie mehr ausgesprochen werden sollte. Er schlich sich an mich heran, fast jede Nacht war er der Romeo, der unaufhörlich Steine gegen mein Balkonfenster der Erinnerung schleuderte, damit ich herauskam und mich jedes Mal aufs Neue in seine tiefblauen Augen verliebte. Manchmal sang er für mich, manchmal saßen wir aber auch einfach nur da und sahen uns an, während wir von den Augen des jeweils anderen ablesen konnten, wie traurig wir darüber waren, dass es nicht zwischen uns geklappt hat, dass es unmöglich für uns gewesen ist, unseren Weg auch in der realen Welt zueinander zu finden. Rockstar und Cafébesitzerin – die moderne Version von Prinz und Aschenputtel, nur das ich mir jetzt absolut sicher war, dass keine gute Fee der Welt mir noch einmal gewogen sein würde, um hier jetzt irgendwie noch ein Happy End zu zaubern.

Und jedes Mal war ich mit einem Gefühl unter meiner Brust aufgewacht, als hätte mir jemand gesagt, mein bester Freund wäre gestorben. Wäre Patrick nicht dagewesen, so wäre ich wohl nie über dieses schreckliche Gefühl hinweggekommen und hätte es in ein positiveres umwandeln können: die Zuversicht, dass selbst eine Lola Applepie das Glück verdient hat. Das echte Glück, das Glück, das dir das Leben zu bieten hat, und nicht das, das nach einer Mischung aus Vanille und Zimt schmeckte. Die Fairy Cupcakes hatten eine wesentliche Rolle bei der Organisation gewisser Begegnungen gespielt, aber ich benötigte ihre Dienste nicht mehr. Das war auch der Grund dafür, warum ich seit der Aussprache mit Prince aufgehört hatte, nach den Rezeptteilen zu suchen. Ja, beide waren nach wie vor verschollen. Und ich war mir ziemlich sicher, dass selbst Betty kein Glück gehabt hatte, denn sie ließ immer noch keine Gelegenheit aus, im Little Birds herumzuschnüffeln, und behauptete dann immer, sie hätte nur ihren Perlenohrring gesucht oder Barbra Streisand hätte ihren Plastikhundeknochen verloren.

Mir war es mittlerweile ziemlich egal, was Betty ausheckte, solange sie mir nicht Patrick wegnehmen wollte. McDouble war nicht unbedingt freundlicher geworden, seitdem sie wusste, dass Patrick und ich ein Paar waren. Aber wie viele giftige Blicke sie auch immer auf mich abfeuern mochte, ich blieb beharrlich an Patricks Seite. Ich war überzeugt, dass er das Beste war, was mir in den letzten Wochen hätte passieren können.

Ich beugte mich über seine Schulter und knabberte vorsichtig an seinem Ohr. »Auf was hast du denn Appetit?«, säuselte ich anzüglich. Was ich als Antwort hören wollte, lag klar auf der Hand: Zungenküsse, sanfte Berührungen und sein heißes, schwitzendes Sixpack über mir.

»Bring mir doch bitte Kaffee, irgendein Kuchenstück und meine Erdbeermilch. Danke!«, grunzte er in sein Kissen.

Okay, also kein leidenschaftlicher Guten-Morgen-Sex, wie es aussah. Bedauerlich, außerordentlich bedauerlich.

Patrick wirkte recht unbeteiligt an diesem Tag, irgendwie so, als wäre er mit seinen Gedanken ganz woanders.

Ich musste mich sehr zusammennehmen, nicht aufzuspringen und mit einem *Aye, aye Sir!* zu salutieren. »Okay, mein Schatz!«, flötete ich stattdessen und drückte Patrick Hunderte kleiner Küsschen auf den Nacken – ein leider kläglicher Versuch, ihn von seiner bescheuerten Erdbeermilch doch noch auf erotischere Gedanken zu bringen. »Ach, kann ich nicht einfach hierbleiben und wir vernaschen uns gegenseitig?«, fragte ich lachend.

»Ich hätte jetzt lieber meine Erdbeermilch«, lautete Patricks feinfühlige Antwort.

Ich ließ unvermittelt von ihm ab. »Was ist los, Grumpy Cat?«

»Nichts«, brummte er und drückte sich sein Kissen auf den Kopf, als könnte er es nicht ertragen, mich in seiner Nähe zu haben.

»Ja, das sehe ich«, entgegnete ich trocken. »Ach, komm schon, ich kenne dich!«

Jetzt richteten sich Patricks Augen wieder ungläubig auf mich.

»Klar!«, erwiderte er düster. »Lola, es ist nichts. Meine Tante stresst nur ein bisschen rum.«

Tante. Ich wollte diesen Begriff aus Patricks Mund einfach nicht mit McDouble in Verbindung bringen. Aber leugnen half nichts. »Was möchte Betty denn?«, fragte ich und merkte, dass meine Stimme automatisch eine ganze Spur kühler klang. Hinfort waren jegliche Gedanken an prickelnde Küsse und aufreizende Berührungen.

»Unwichtig!«, sagte Patrick schroff. »Bitte hol doch einfach das Frühstück ans Bett, okay? Ich möchte keinen großen Hehl drum machen, nur weil Betty wieder meint, sie müsste sich in meine Angelegenheiten einmischen.« Er richtete sich auf und gab mir einen innigen Kuss. »Ich liebe dich, Lola!« Es klang mehr nach einer Ausrede als nach einem romantischen Gefühlsausbruch. Trotzdem stimmten mich Patricks drei magischen Worte wieder friedlich.

»Bis gleich!«, rief ich ihm zu, als ich in den Flur hinauseilte. Charles wartete am Treppenabsatz und wedelte fröhlich mit seinem kleinen Mopsschwänzchen. Ich beugte mich zu ihm hinunter und tätschelte sein rundes Gesicht.

»Na, kleiner Pupskopf?«, sagte ich, während mir seine Hundezunge einmal übers Gesicht leckte, woraufhin ich, nicht unbedingt entzückt über diese morgendliche Hundedusche, in mein Gästeklo stürmte, um mir Charles klebrigen Speichel abzuwaschen. »Danke«, prustete ich meinem Hund zu, der immer noch hartnäckig um meine Füße kreiste, als wollte er seinen feuchten Liebesbeweis wiederholen. »Aber ich denke, du solltest ein bisschen in den Garten gehen. Dort kannst du dich austoben. Komm!«

Ich öffnete die Eingangstür des *Little Birds* und trat mit Charles hinaus unter den babyblauen Himmel. Es war ein wirklich außergewöhnlich schöner Tag. Jedenfalls sollte er das noch für die nächsten sechzig Sekunden sein. Danach – ich erwähnte es schon – würden die *Warner Brothers* eine jener merkwürdigen Regenwolken vorbeischicken, die über einer einzigen Person kreisen konnten.

Mein Mops sprang ausgelassen durch das Gras und ich war überrascht, wie schnell er mit seinen Minibeinchen rennen konnte. Es sah ziemlich lustig aus, wie er da über meinen englischen Rasen hopste und sich immer wieder umdrehte, als erwartete er, dass ich mich jeden Moment zu ihm auf den Boden geselle und wir in gemeinschaftlicher Arbeit ein exorbitantes Loch in meine Blumenbeete graben würden.

»Ich bin leider kein Hund, Charles!«, lachte ich und schlurfte gemächlich zu meinem Briefkasten. »Ich werde keine Knochen mit dir vergraben.«

Obwohl … Wenn es Betty McDoubles Knochen wären, würde ich mir die Sache noch einmal durch den Kopf gehen lassen.

Charles ließ nicht locker. Er winselte und jaulte, als wollte er mir befehlen, mich sofort mit ihm zu beschäftigen.

»Ist ja gut!«, sagte ich glucksend. »Du hast Hunger, nicht wahr? Ich sehe gleich mal nach, was ich noch alles im Kühlschrank habe. Da lässt sich gewiss die ein oder andere Leberwurst für dich auftreiben.«

Charles jaulte zustimmend auf. In meinen Ohren klang es wie: *Noch lieber hätte ich jedoch einen Fairy Cupcake!*

»Ich bitte dich. Möchtest du deine Leberwurst wirklich gegen getrocknetes Gras eintauschen? Deine Zeiten als Hengst waren vorbei, bevor sie überhaupt angefangen haben!«

Charles galoppierte nun so ungestüm an mir vorbei, als würde er mal wieder versuchen, seine nicht vorhandene Mähne im Wind wehen zu lassen. »Was soll's!«, kicherte ich. »Irgendwann werde ich mich schon damit abfinden, dass ich ein Pferd besitze, das in den Körper eines Mopses hineingeboren worden ist.«

Ich nahm meine Post aus dem Briefkasten und blätterte sie gedankenverloren durch. Fast ausschließlich Rechnungen, bis auf … Mit klopfendem Herzen zog ich einen cremefarbenen Umschlag aus robustem Papier zwischen all den anderen Briefen hervor und öffnete ihn hastig. Ein Liebesbrief? Ein geheimer Verehrer? Diese Gedanken waren sicherlich nicht ganz abwegig, so filigran, wie mein Name auf den Rücken des Umschlages geschrieben worden war. Und ich werde nicht leugnen, dass ich für einige schwache Sekunden sogar annahm, Jack hätte sich auf wundersame Weise doch noch zurückgemeldet. Doch so etwas passiert, wenn überhaupt, in einem Märchenbuch – und dazu fehlte mir die gute Fee.

Nein, wie ich vorhin schon angemerkt habe, sollte sich mein Leben nun eher zu einem schlechten Cartoon wandeln – *Tom und Jerry* womöglich. Ich war natürlich Tom. Und Jerry hatte mir eine Bombe ans Bein gebunden, die gleich hochgehen würde.

Liebe Freunde und Verwandte,
wer sagt, dass man Stein nicht brechen kann? Daniel Stone brach nicht nur, er zerfloss unter den Händen seiner über alles geliebten Rebecca White. Die beiden sind nun schon seit

über einem Jahr das absolute Traumpaar und werden sich am 16. Juni 2018 in der beschaulichen Landvilla Victoria Blue das Jawort geben. In idyllischer Atmosphäre der traumhaft schönen Grafschaft Surrey soll das strahlende Glück der beiden gefeiert werden! Livemusik und ein stattliches Buffet versüßen euch diesen unvergesslichen Abend. Beginn ist 15 Uhr vor der Victoria Blue. Braut und Bräutigam können es kaum noch abwarten, euch dort zu empfangen.

Mir wurde speiübel. Diese Hochzeitseinladung klang nicht nur, als hätte sie irgendein fanatischer Schriftsteller geschrieben, der beim Verfassen schwülstiger Liebesromane besser aufgehoben wäre, sondern bedeutete gleichzeitig meinen emotionalen Zusammenbruch.

Ratsch … da purzelten meine Dominosteine wieder. Alle auf einmal. Dabei hatte ich sie in den letzten zwei Wochen doch alle wieder so tapfer und liebevoll in Reih und Glied gestellt.

Mein Magen verkrampfte sich, während ich einfach nur dastand und mich nicht mehr vom Fleck rühren konnte. Ich fühlte mich, als hätte man mir einen spitzen Dolch direkt durch mein Herz gestochen. Natürlich, es war viele Monate her, dass ich Danny und Rebecca in flagranti erwischt hatte. Und doch. Es tat weh, so unendlich weh, das jetzt zu lesen.

Rebecca hatte mir meine erste große Liebe genommen. Ich hatte ihn über vier Jahre lang geliebt und vielleicht auch noch darüber hinaus. Das ist der Fluch der ersten großen Liebe, die mich nun genau hierhergebracht hatte – an den klaffenden Abgrund meiner Emotionen.

Mir wurde schwindelig. Die Einladung zitterte in meinen schweißigen Händen. Eine einzelne Träne tropfte auf das Papier und verwischte die blaue Tinte.

Warum jetzt schon? Sie hatten sich doch gerade erst verlobt! Es kam mir vor, als hätten sie es besonders eilig, mein Herz bis auf den letzten Blutstropfen auszuquetschen, damit ich zu einem völlig emotionslosen Zombie mutierte.

Meine Knie krachten unter mir zusammen. Dann fiel ich ins Gras hinab zu Charles, der besorgt um mich hüpfte und bellte. Er verstand nicht, dass Worte manchmal mehr wehtun können als jeder Schlag ins Gesicht. Hätte ich die Wahl gehabt, hätte ich mir jetzt lieber von Muhammad Ali in den Bauch boxen lassen, als diese unglaubliche Demütigung durchstehen zu müssen.

Wieso besaßen diese zwei Dumpfbacken überhaupt die Frechheit, mich zu ihrer Hochzeit einzuladen?

16. Juni 2018. Das fühlte sich nicht an wie ein Tag, an dem das strahlende Glück von Braut und Bräutigam gefeiert werden sollte, sondern eher wie der Termin zu einer Beerdigung. Und wer würde begraben werden? Selbstverständlich ich und all meine Gefühle.

Ich schluchzte dramatisch auf.

Und das Schlimmste? Dieser Termin war bereits in einer Woche!

Warum verschickten Danny und Becky ihre Einladungen so kurzfristig? Als wäre es ihnen nicht genug, mich nur zu demütigen. In einer solch kurzen Zeit war es praktisch unmöglich, ein hinreißendes Kleid zu finden, das Daniel vor dem Traualtar derart offensichtlich ablenkte, dass er das Ja, so sehr er sich auch bemühte, einfach nicht herausbekommen würde.

»Nein!«, wimmerte ich. »Nein!« Etwas anderes konnte ich dazu gar nicht mehr sagen. Der Tag hatte so schön begonnen, und jetzt kreisten Gewitterwolken über meinem Gemüt, obwohl am echten Himmel nicht einmal eine Schäfchenwolke vorbeisegelte.

»Lola!«, hörte ich plötzlich Patrick hinter mir.

Ich wandte meinen Kopf zur Tür und sah ihn, wie er, nur in Boxershorts gekleidet, über den Rasen rannte, zerzaust und mit Dreitagebart. Ich war nie dankbarer gewesen, ihn zu sehen.

»Wo bleibt denn das Frühstück?«

Hatte er das gerade tatsächlich gefragt? Doch als er mich erreichte, schlug sein Ton sofort um.

»Oh Gott! Was ist denn los mit dir?«, fragte er bestürzt.

Ich rührte mich nicht, nur mein Gesicht wandte sich wieder dem mittlerweile fast aufgeweichten Papier zwischen meinen bebenden Fingern zu. Patrick stürzte zu mir hinab und nahm mich in die Arme, ich heulte wie ein Schlosshund. »Schsch! Ist ja gut!«, wisperte er in mein Ohr.

»Die ganze Welt hasst mich!«, wimmerte ich unterdessen.

Mein giftiger Zwerg hämmerte mittlerweile wieder ziemlich penetrant meine zwei Lieblingsworte gegen meine Schädeldecke: *WARUM ICH?*

»Nein, Lola!«, widersprach mir mein Freund bestimmt. »Wie kannst du nur so etwas Schreckliches behaupten? Das ist nicht wahr. Das ist so was von nicht wahr, Liebes!«

»Warum war dann *das hier* in meinem Briefkasten?«

»Hast du einen Drohbrief erhalten?«, fragte Patrick entsetzt.

»Viel schlimmer! Eine Einladung zur Hochzeit meines Ex-Freundes.«

Dann betrat eine weitere Person das Schlachtfeld meiner düsteren Emotionen.

»Wooow, was ist denn hier los?« Das Gartentürchen zum *Little Birds* schwang auf, und Melissa stand vor uns. Gern hätte ich gesagt, sie wäre die gute Fee, auf die ich nur gewartet habe. Allerdings war sie wie immer ganz in Schwarz gekleidet und weckte damit weniger märchenhafte Assoziationen in mir.

Etwas irritiert starrte sie auf die leicht merkwürdige Szene vor sich: Ich, im Glücksbärchi-Nachthemd in Patricks Armen, der ja selbst nur leicht bekleidet war, auf dem Boden meines Gartens, während Charles aufgeregt um unsere Beine kreiste, als könnten wir uns jeden Moment in überdimensionale Leckerli verwandeln.

»Melissa, was machst du denn schon so früh hier?«, schluchzte ich.

»Ich dachte, ich helfe dir ein bisschen. Was ist denn passiert?«

»Sie haben mir eine Einladung geschickt!«, schrie ich außer mir.

»Einladung? Wer hat dir …?«

»Na, wer wohl?«, unterbrach ich sie giftig.

»Oh, verstehe, wenn du so reagierst, können es nur Voldemort und ihr treuer Ergebener sein. Wozu haben sie dich eingeladen?«

»Ich hoffe, das ist jetzt ein Scherz, Melissa!«, heulte ich auf. »Sie werden mich wohl kaum darum gebeten haben, mit ihnen ein Wellnesswochenende in London zu verbringen!«

»Moment mal. Sie haben dich zu ihrer Hochzeit eingeladen? Jetzt erst? Ich habe meinen Brief schon seit ein paar Monaten. Die Feier ist doch schon in einer Woche!«, entgegnete Missy überrascht, kniete sich zu mir hinab und tätschelte mitfühlend meine Schulter. »Wahrscheinlich hat die, deren Namen ich nicht aussprechen möchte, noch mit sich gehadert, ob es wirklich angebracht ist, dir eine Einladung zu schicken.« Missy schüttelte verständnislos den Kopf. »Ganz ehrlich, diese Einladung war sogar für mich furchtbar. Ich wäre fast auf der dicken Schmalzspur ausgerutscht, die die Worte hinterlassen haben. Der Verfasser und Walt Disney sollten sich mal auf einen Kaffee treffen.«

Melissa schaffte es nicht, mich aufzumuntern, ich heulte nur noch lauter.

»Wann ist die Hochzeit?«, fragte Patrick vorsichtig.

Missy antwortete für mich: »Samstag in einer Woche!«

»Am 16. Juni?«, entgegnete Patrick überrascht. »Was für ein Zufall! Lola, ich habe die perfekte Lösung für dich! Mein alter Schulfreund Thommy hat mir vor ein paar Tagen geschrieben und mich spontan auf seine Hochzeit eingeladen – die an genau dem gleichen Tag stattfinden wird. Möchtest du mich begleiten?«

»Fantastisch!«, jauchzte Melissa, die wohl neuerdings als meine Synchronsprecherin fungierte.

Fantastisch war so ungefähr das Letzte, was ich in diesem Moment sagen wollte.

»Lola, das ist die ideale Möglichkeit, dich abzulenken und … abzusagen.«

»Klar!«, knurrte ich. »Wenn ich mich von der Hochzeit meines Ex-Freundes ablenken möchte, tanze ich einfach auf einer fremden! Mir wäre ein Karibikurlaub lieber, als einem anderen Ja-ich-will-Gesülze zuhören zu müssen!«

»Ach, komm schon! Patricks Vorschlag ist immer noch besser, als zu Hause in deinem Bett zu versauern und dich bei einer überdimensionalen Schachtel *Ben & Jerry's* zu fragen, warum nicht *du* neben Danny vor dem Traualtar stehst. Nichts für ungut, Patrick!« Sie warf ihm einen entschuldigenden Blick zu. »Und du möchtest doch wohl nicht, dass Patrick sich ein anderes Date suchen muss.«

Mein Freund nickte zustimmend und gab mir einen Kuss auf die Stirn. Dann fing er mich mit seinem Blick ein. »Also, was sagst du? Du und ich auf Thommys Hochzeit? Wer weiß, vielleicht fängst du ja sogar den Brautstrauß.«

Ich? Den Brautstrauß fangen? Ich muss sagen, dieser Gedanke gefiel mir.

»Okay, okay!«, gab ich mich geschlagen. »Ich komme mit dir, Patrick. Was ist mit dir, Melissa? Möchtest du uns nicht auch begleiten? Dann können wir in aller Ausführlichkeit darüber ablästern, wie bescheuert und überaus überflüssig Hochzeiten sind.«

Meine beste Freundin schüttelte gewitzt den Kopf. »Tut mir leid, Schätzchen«, sagte sie gedehnt. »Aber ich habe an diesem Tag etwas sehr Wichtiges zu erledigen.« Sie zwinkerte mir zu, und ich fragte nicht weiter nach.

Also schön, dachte ich mir. Wenigstens war ich am 16. Juni versorgt. Andernfalls wäre ich vielleicht mit einer Flasche Chardonnay an der Golden Cliff gelandet – nicht, um mir etwas zu wünschen, sondern um herunterzuspringen.

Kapitel 21

Der 16. Juni fing so beschissen an, wie er enden sollte. Patrick war zu spät, und ich passte einfach nicht in das Kleid, das ich mir gekauft hatte. Ich stand vor meinem Spiegel und ärgerte mich unglaublich, dass ich niemanden hier hatte, der mir meinen klemmenden Reißverschluss in Ordnung bringen konnte. Natürlich, ich konnte runter ins *Little Birds* schlurfen, mich vor all unseren Gästen entblößen und der Aushilfe Serena erklären, dass ich sie ganz dringend oben in meinem Badezimmer benötigte. Das hätte ich sogar getan, wenn ich besagte Dame etwas besser gekannt hätte. Tatsächlich aber wusste ich so viel über sie wie über die Paarungsmethoden einer Fruchtfliege. Melissa hatte Serena gestern in das *Little Birds* geschleppt und mir erklärt, dass sie doch die Samstagsschicht übernehmen könnte, bevor unser liebes *Lucky Birds* ganz geschlossen bliebe. Dem konnte ich natürlich nichts entgegensetzen. Zu unserer Abmachung gehörte allerdings nicht, dass sie sich um meine Hochzeitsgarderobe kümmerte.

Also betrachtete ich mich weiterhin frustriert im Spiegel. Meine Haare waren frisch gewaschen, und ich hatte über Nacht Lockenwickler getragen, sodass sie nun in sanften Wellen über meine Schultern flogen. Das dunkelgrüne Kleid, das ich mir gestern in Deltons Pide gekauft hatte, wäre einer Oscar-Verleihung würdig gewesen. Keine Keira Knightley, keine Angelina Jolie und auch keine Cameron Diaz hätte diesen heißen Fummel verschmäht. Der tiefgrüne Stoff floss spielerisch um meinen Körper, er fühlte sich ganz leicht und angenehm an. Wenn ich nun endlich den

Reißverschluss zubekommen würde, stünde meinem Fashion-Glück nichts mehr im Wege.

Ich stöhnte, während ich über den Boden stolperte und verzweifelt nach meinem Handy suchte, um Patrick anzurufen. Die Hochzeit sollte um drei Uhr nachmittags beginnen, und es war bereits Viertel nach zwei. Pünktlichkeit war noch nie Patricks Stärke gewesen.

Ich entdeckte mein iPhone unter einem Stapel durchwühlter Unterwäsche, als unvermittelt die Tür aufflog und Patrick hereinstürmte.

»Es tut mir so leid! Ich stand im Stau!« Er eilte in seinem weißen Smoking auf mich zu, in dem er – was sonst – einfach hinreißend aussah, und gab mir einen kurzen Kuss auf den Mund.

»Und ich stecke in diesem verdammten Kleid fest!«, grunzte ich.

»Was?« Patrick runzelte ungläubig die Stirn. »Aber gestern hat es doch noch gepasst.« Jetzt scannte er mich, als würde er nach Indizien dafür suchen, dass ich über Nacht zu einer zweiten Betty McDouble mutiert war.

»Versuch bitte nicht, mich aufzuheitern. Es klappt nicht!« Seine irritierten Blicke waren mehr als unpassend. Er sollte dastehen und voller Begeisterung »Du siehst umwerfend aus, egal, ob du in das Kleid passt oder nicht! Du wirst immer meine kleine Prinzessin sein!« in die Welt hinausbrüllen. Aber so was checken Männer nicht. Die taktvollste Antwort, die man von jenen Feingefühllegasthenikern erwarten konnte, war: »Ach, vergiss doch das doofe Kleid. Ich sehe dich ohnehin lieber nackt.«

»Der Reißverschluss klemmt«, brummte ich genervt.

»Das haben wir gleich.« Er trat hinter mich, und ich spürte seine warmen Hände, die sich vorsichtig auf meinen nackten Rücken legten und den Stoff zurechtzupften. »Voilà!« Patrick trat grinsend zurück. »Ich hab dich gerettet. Und gut, dass ich es getan habe. Du siehst wunderschön aus!« Jetzt zog er mich an sich und küsste mich, wie es nur ein Patrick Prince tun konnte. Sanft liebkosten seine Lippen die meinen, und als er von mir abließ, sagte er mit zärtlicher Bewunderung: »Lola, weißt du eigentlich, dass ich dich ewig ansehen und küssen könnte?«

»Aber«, entgegnete ich mit einem schelmischen Grinsen, während mir Verlegenheitsröte ins Gesicht stieg, »wir müssen zur Hochzeit deines alten Schulfreundes, schon vergessen? Wenn wir zu spät kommen, platzen wir ihm und seiner Zukünftigen noch ins Ja-Wort hinein.«

»Für einen Kuss mit dir würde ich die beiden sogar in ihrer Hochzeitsnacht stören.«

Ich lachte und zog Patrick auf den Flur hinaus. Unten schnappte ich mir Charles, dem ich ein festives Samttuch um den dicken Hals gebunden hatte, und folgte Patrick zu seinem Auto.

Es war ein wunderschöner, warmer Sommertag. Die Sonne stand hoch am Himmel, es waren kaum Wolken in Sicht, die das makellose Blau störten. Die Vögel zwitscherten, und es roch nach Sommerblumen. Ja, dieser Tag war schon fast verdächtig schön. Doch wenn etwas so schön ist, dann ist es auch unendlich leicht, es kaputt zu machen.

Hinter den geöffneten Fenstern von Patricks dunkelblauem BMW wartete bereits die nächste böse Überraschung auf mich.

»Hallo, Lola«, empfing mich McDouble mit einem künstlichen Lächeln. Sie hatte ihren wuchtigen Körper in ein feuerrotes Kleid gequetscht und ähnelte somit einer überdimensionalen Erdbeere, die einen winzigen Chihuahua auf dem Schoß hielt. Und ich war der grüne Erdbeerstängel.

»Betty«, sagte ich steif. »Ich wusste gar nicht, dass du *auch* auf Thommys Hochzeit eingeladen bist.« Es war ungewohnt, McDouble zu duzen. Allerdings hatte Patrick darauf bestanden – auch wenn es dadurch nicht unbedingt familiärer zwischen uns wurde. Ganz im Gegenteil: Die Stimmung schien zu gefrieren, sobald wir uns in derselben Umgebung aufhielten.

»Und mich überrascht, dass du mitgehst«, entgegnete Betty, das falsche Lächeln wollte dabei nicht von ihren dick mit Lippenstift beschmierten Lippen weichen.

McDoubles Worte wunderten mich. Warum hielt sie es für so abwegig, dass ich Patrick zur Seite stand?

»Patrick wollte *mich* unbedingt dabeihaben«, entgegnete ich und bemühte mich, das Lächeln auf meinen Lippen noch einen Tick breiter zu gestalten.

»Du kannst ihm anscheinend *gar nichts* abschlagen«, meinte Betty spitz. »Nun gut, steigt endlich ein. Wir sind ohnehin schon zu spät.« Sie schenkte mir einen Blick, der klarmachte, dass sie allein mich für dieses Zeitdilemma zur Verantwortung zog.

Ich kletterte mit Charles auf die Rückbank, und Patrick startete kurz darauf den Motor.

»Angeschnallt, Ladys?« Seine Fröhlichkeit war so angebracht wie die Worte eines Betrunkenen, der auf einer Beerdigung »Ah, ah, ah, ah, staying alive, staying alive!« trällerte.

Es war ungewöhnlich viel los auf Englands Straßen. In Harping Charms und Umgebung konnte man sich sonst dreißig Minuten auf die Straße legen, ohne dass man von einem Auto überfahren wurde. Heute brauchten wir ewig, bis wir das Anwesen, auf dem die Hochzeit stattfand, erreichten.

Es war wunderschön. Hollywood hätte sich nach diesem Drehort die Finger geleckt. Bereits beim Durchqueren des imposanten Tores aus verschnörkeltem Gusseisen konnte ich mich nicht zurückhalten, die beiden Turteltäubchen zu beneiden, die sich heute in dieser traumhaften Kulisse gegenseitig ewige Treue schwören würden. Angesichts der weitläufigen Rasenflächen, der gestutzten Büsche und zahlreichen Rosenbeete musste ihr Geldbeutel ganz schön dick sein – oder zumindest der ihrer Eltern und Großeltern.

Wir fuhren eine endlos lang erscheinende Allee entlang, die von wundervollen Eichen geziert war, und erreichten ein Schlösschen, zu dem selbst Queen Elisabeth nicht Nein gesagt hätte: Erbaut aus klassisch hellem Stein mit gotischen Fenstern, Türmchen und Verzierungen.

Auf einer weitreichenden Rasenfläche prunkte ein riesiges weißes Festzelt. Es wirkte wie das Dach eines exorbitanten Himmelbettes, dessen seidige Vorhänge majestätisch im Wind wehten. Drum herum erstreckte sich ein wunderschöner Garten: Hortensien, Rosen und andere Blumen, die auf den guten Geschmack der Hausherren schließen ließen, umrahmten perfekt gestutzte Rasenflächen. Zwischendurch wiegte die ein oder andere Eiche ihr grünes Haupt im Sommerwind.

Patrick parkte seinen Wagen und half mir und McDouble auszusteigen.

»Da haben sie sich aber was geleistet«, grunzte McDouble und sah sich argwöhnisch um, als erwartete sie, diese perfekte Kulisse könne jeden Augenblick von herumspringenden Nudisten aus dem Gleichgewicht gebracht werden. »Eine verdammte Freilufthochzeit!« Es wirkte nicht so, als hätte sie besonders große Lust auf die Veranstaltung, und ich hätte sie liebend gern gefragt, warum sie uns nicht den Gefallen getan hatte und einfach zu Hause geblieben war. Denn nur ein Tag ohne die Alte kam einem siebentägigen Wellnessurlaub gleich.

Wenn ich mich recht entsann, wollte auch Rebecca schon immer eine Freilufthochzeit haben. Womöglich war sie nur einige Villen entfernt und schmachtete Daniel an, in eifriger Vorfreude, bald Mrs. Stone zu heißen.

Gott, war ich froh, dass ich hier war. Weit weg von Danny und enttäuschten Gefühlen, die nie mehr in Ordnung gebracht werden konnten.

Patrick legte einen Arm um meine Hüfte, während wir uns langsam dem Festzelt näherten und Charles aufgeregt seinen Kopf in alle Richtungen wankte, als könnte er sich nicht entscheiden, welchen Gerüchen er als Erstes nachgehen sollte.

Dort angekommen durften wir feststellen, dass die Zeremonie bereits begonnen hatte. Das Brautpaar hatte dem Publikum den Rücken zugekehrt, während der Pfarrer seine Standardsätze herunterleierte.

Thommys Glückliche trug ein wahrhaft märchenhaftes Kleid. Natürlich ganz in Weiß, mit ellenlanger Schleppe und romantischer Spitze, die ihren gesamten Rücken küsste.

Auch dieses Kleid war wie für Rebecca gemacht.

Ich verdrängte den Gedanken und bewunderte die aufwendige Blumendekoration an den Stühlen, von denen natürlich keiner mehr frei war. Also begleiteten wir die Zeremonie im Stehen.

Wenn ich irgendwann mal heiraten sollte, konnte ich mir keinen perfekteren Ort dafür vorstellen! Ich musste Thommy später unbedingt fragen, wie viel der ganze Spaß gekostet hatte. Nicht dass ich vorhatte, bald zu heiraten, aber man wusste ja nie … Schließlich hatte Patrick bereits angedeutet, dass ich den Brautstrauß fangen könnte.

»Lola«, wisperte Besagter neben mir.

Ich schielte ihn von der Seite her an und lächelte selig.

»Ja?«, hauchte ich. »Danke, dass du mich mitgenommen hast. Es ist wunderschön hier!«

Patrick lächelte, doch es erreichte seine Augen nicht. »Lola«, wiederholte er, während sich sein Arm kaum merklich nach oben richtete und nach vorn zeigte, wo eine in ein schwarzes Kleid gehüllte Gestalt den schönsten Moment des Paares filmte. »Ist das nicht Melissa?«

Mir gefror das Blut in den Adern. Das war unmöglich. Melissa hatte abgelehnt, uns zu begleiten.

»Bestimmt nicht.« Ich fühlte mich plötzlich sehr unwohl. Auch wenn ich die Gestalt hauptsächlich von hinten sah, erinnerten mich ihre Bewegungen wirklich sehr an die meiner besten Freundin. »Melissa ist, *wenn* überhaupt, auf der Hochzeit meines Ex-Freundes, und der heißt nicht Thommy. Er heißt Daniel, Daniel Stone.«

Ich warf McDouble einen kurzen Blick zu und sah, dass ein maliziöses Lächeln ihre Lippen kräuselte.

»Stone? Dein Ex heißt Stone mit Nachnamen?«, stieß Patrick heißer hervor. Er brauchte gar nicht mehr weiterreden, denn in diesem Moment wandte die vermeintliche Melissa kurz ihren Kopf, und unsere Blicken trafen sich.

Es war *tatsächlich* Missy, die nicht weniger überrascht schien, mich hier zu sehen. Ihre Augen wurden so groß wie Unterteller.

Mein Herz blieb stehen, meine Handflächen waren plötzlich ganz schweißig. Verdammt, das konnte doch alles nicht wahr sein!

»Du willst mir doch nicht ernsthaft erzählen, dass du nicht wusstest, dass wir zu Daniel Stones Hochzeit fahren?«, fragte Betty mit maliziösem Lächeln.

»Doch«, krächzte ich nach Atem ringend, dann wandte ich meinen Blick wieder Patrick zu. »Du hast es gewusst! Du hast mich reingelegt!«

»Lola, bitte beruhige dich! Ich dachte nicht, dass mein Thommy und dein Daniel … Du musst doch gewusst haben, dass Daniel mit erstem Namen eigentlich Thomas heißt! Für mich war er immer nur Thommy, schließlich kennen wir uns aus der Mittelschule. Soweit ich weiß, hat er erst während seiner Studienzeit angefangen, sich mit Daniel anreden zu lassen.«

Nein, das habe ich nicht gewusst. Ich kenne Daniel erst seit vier Jahren, und damals war er schon in seinem letzten Semester. Das heißt, er hat sich mir mit Daniel und nicht mit Thomas vorgestellt.

Außerdem hatte ich in den vergangenen Jahren besseres zu tun, als seinen Personalausweis zu studieren. Ich habe ihn als Daniel kennengelernt, und ein zweiter Name hätte mich damals auch nicht wirklich irritiert.

»Ja, aber wenn ihr so gut befreundet seid – warum haben wir uns in den letzten vier Jahren nie getroffen, warum hat Daniel nie von dir erzählt?«

»Ach, Lola«, Patrick verdrehte ungeduldig die Augen, »also erst mal – Daniel und ich sind jetzt keine Freunde, die sich alle zehn Minuten Emoticons über WhatsApp schicken. Eher alte Bekannte. Wir kennen uns noch von der Schule, klar, wir haben danach ein bisschen Kontakt gehalten, uns immer gut verstanden. Dass er mich auf seine Hochzeit eingeladen hat, hat mich selbst etwas überrascht. Aber wenn du dich umsiehst, wird dir auffallen, dass wir hier nicht unbedingt in familiärem Kreise feiern. Habe ich dir außerdem nicht bereits erzählt, dass ich die letzten Jahre im Ausland studiert habe? Ich war ganze sieben Jahre in den Staaten, deshalb bin ich doch vorher auch noch nie im *Little Birds* gewesen. Und vielleicht hat mich Daniel sogar mal erwähnt, aber ich bin dir einfach nicht im Kopf hängen geblieben?«

Ich starrte ihn ungläubig an. Okay. Er hatte recht. Das könnte sein. Namen sind noch nie meine Stärke gewesen.

»Schsch!« Einige Gäste drehten sich mit wütend zusammengekniffenen Augen zu uns um.

»Aber Betty, Betty hat es gewusst! Sie kennt ihn doch!«, rief ich unbeirrt.

McDouble kicherte böse. »Natürlich habe ich gewusst, zu wessen Hochzeit wir fahren. Was meinst du, warum ich so überrascht war, dass du mitkommst? In flagranti erwischt … Ich kenne die ganze Geschichte.«

»Ich muss hier weg!«, stöhnte ich. Das Brautpaar hatte sich nun einander zugewandt und fing an, sich gegenseitig das Ehegelübde zu geben, während der Pfarrer den Text vorsagte: »In guten und in schlechten Zeiten …«

Heute war eine *verdammt schlechte Zeit.*

»Patrick, bring mich hier weg!«, wimmerte ich. Doch mein Freund missachtete meine Bitte.

»Du solltest mit der Vergangenheit abschließen«, brummte er. »Es ist lang genug her! Jetzt bist du hier, also mach das Beste draus!«

Das Beste? Dann hätte ich mich mit einem ohrenbetäubenden Kampfgeschrei auf Rebecca stürzen und ihr vor allen Anwesenden die Augen auskratzen müssen.

Wollte Patrick mich eigentlich auf den Arm nehmen? Eine derart kühle Antwort hätte ich niemals von ihm erwartet! Aber gut. Wie er wollte. Dann riss ich mich jetzt eben irgendwie zusammen und schaute einfach nur zu. Schaute zu, wie Daniel Stone Rebecca White den Schleier vom Gesicht zog mit den Worten: »Ich möchte meiner Zukünftigen in die Augen sehen, bevor ich ihr das Ja-Wort gebe.« Dabei fühlte ich mich so elend, als hätte ich die ganze Nacht mit einer Magenverstimmung gekämpft. Doch kaum hatte Danny Rebeccas Gesicht gelüftet, ging ein Aufschrei des Entsetzens durch die Hochzeitsgemeinschaft.

Da ich mich zu weit hinten befand, konnte ich zunächst nicht erkennen, was passiert war. Alles, was ich sah, war Missy, die ihre Kamera nun betont konzentriert auf die Verliebten richtete. Sie wirkte derart entflammt und motiviert, als wäre sie eine Sensationsreporterin auf dem roten Teppich der Oscar-Verleihung.

»Was ist los?«, keuchte Rebecca, und als sie sich dem Publikum gänzlich zuwandte, konnte auch ich es sehen: Ihr sonst so wunderschönes Gesicht war vollkommen entstellt, denn die Größe ihrer Nase hatte sich verdreifacht.

Ich musste nicht zweimal überlegen, um es zu wissen: Hier war Magie im Spiel – und die roch verdächtig nach Zimt und Vanille.

Kapitel 22

Zum ersten Mal seit wirklich langer, langer Zeit hatte ich Mitleid mit Rebecca. Wo sonst immer tiefe Abneigung unter meiner Brust gewütet hatte, war nun nichts mehr als tiefes Mitgefühl geblieben. Sie wurde komplett bloßgestellt, während Melissa das kuriose Nasen-Highlight mit einem triumphierenden Grinsen auf ihrer Kamera festhielt. Ich fing Missys schadenfrohen Blick auf und konnte nicht anders, als ungläubig den Kopf zu schütteln. Die Hochzeitsgesellschaft schwieg verblüfft, nur vereinzeltes entsetztes Raunen und das ein oder andere bösartige Kichern schlichen sich durch die Reihen.

Mein Magen krampfte sich zusammen. Mit jedem Muskel meines Körpers wusste ich, dass es falsch war. Dass sich niemand über Rebeccas Aussehen lustig machen durfte. Nicht heute. Dieser Gedanke überraschte mich selbst am meisten.

Hätte mich jemand vor einigen Stunden gefragt, wie ich auf ein solches Szenario reagieren würde, so hätte ich erklärt, dass ich überaus gut gelaunt durch die Reihen der Hochzeitsgäste steppen und *Ceeeelebration, yeah, come on!* singen würde.

Becky war vollkommen aufgelöst. Sie tastete ihr Gesicht ab, und ihre Augen weiteten sich vor Entsetzen. Ich konnte sehen, dass sie kurz davor war wegzurennen. Doch Daniel, der im ersten Moment sicher überrascht gewesen war, sich aber schnell wieder gefangen hatte, hielt sie fest, bevor sie sich von ihm lösen konnte.

»Schatz«, sagte er deutlich hörbar, »wo willst du hin?«

Rebecca schnappte nach Luft, doch sie schien außerstande zu antworten. Stattdessen schluchzte sie auf.

Daniel nahm liebevoll ihr Gesicht in die Hände. »Rebecca, du bist perfekt, so, wie du bist«, meinte er. »Ich liebe dich, Rebecca White, und ich möchte, dass du meine Frau wirst, egal, ob dir gerade ein Mörderpickel auf der Nase wächst oder grüne Windpocken auf deinen Wangen sprießen.« Er strich ihr zärtlich über das Gesicht. »Rebecca, ich möchte dich! Ich möchte dir jetzt vor allen Leuten mein Ja-Wort geben, und nicht einmal der größte eiternde Furunkel dieser Welt könnte mich davon abhalten!«

Wow. Ich hielt die Luft an, weil ich meinen Ohren nicht traute. Ich hatte noch nie etwas derart Romantisches gehört! Erst recht hatte ich nicht für möglich gehalten, dass eine Liebeserklärung, in der die Worte »eiternder Furunkel«, »Windpocken« und »Mörderpickel« vorkamen, romantisch sein könnte.

Ausnahme bestätigte wohl die Regel – *immer.*

Daniel musste Rebecca *wirklich* lieben. Sie war nicht nur das hübsche Mädchen für ihn, sie war nicht nur ein Ausrutscher mir gegenüber, sie war ganz offensichtlich sein Ein und Alles.

Für einen kurzen Augenblick schmerzte diese Erkenntnis, die Trauer flammte ganz unvermittelt und lodernd auf, durchbohrte mein Herz, verstopfte all meine Arterien mit temporärem Eifersuchtsgift, um dann endlich und ganz allmählich zu verdampfen.

Es war, als würden sich meine Dominosteine in diesem Moment bildlich in meinem Kopf und wie in Zeitlupe wieder aufrichten. Einer nach dem anderen. Jeder von ihnen mit der Aufgabe ausgestattet, eines der vielen Löcher in meinem Herzen zu stopfen.

Dieser Moment erlöste mich. Ich verstand es jetzt besser. Ich verstand, dass ich mich die ganze Zeit vor der Wahrheit verschlossen hatte. Und diese Wahrheit war, dass Danny Rebecca liebte, wie er mich nie geliebt hatte. *Ich* war nicht seine erste große Liebe gewesen. Sein Herz schlug, vielleicht schon viel länger, als ich es mir eingestehen wollte, für Becky.

Da waren schon immer diese Blicke gewesen, diese leichten Andeutungen, die ich verdrängt hatte, weil es in meiner Blase namens *Heile Welt* so gemütlich gewesen war. Jetzt, ganz plötzlich, wurde mir so viel klar, als hätte man mir endlich die Brille der Erkenntnis aufgesetzt. Jetzt musste ich mir endlich eingestehen, dass ich meine große Liebe nicht erst heute an Rebecca verloren hatte – oder als Danny mich für sie verlassen hatte –, sondern schon viel, viel früher. Vor etwa vier Jahren nämlich, als ich die beiden das erste Mal einander vorgestellt hatte.

Ich biss auf meine Unterlippe, um das Schluchzen zu unterdrücken, das jetzt aus meiner Kehle hüpfen wollte. Ausnahmsweise nicht mehr aus Trauer und Schmerz, sondern vor Erleichterung, in der vielleicht noch ein klein wenig Melancholie mitschwang.

Lola. Dachte ich stolz bei mir selbst. *Ich glaube, du bist gerade ein Stück weit erwachsener geworden.*

»Wir machen wie geplant weiter!«, rief Daniel der aufgeregten Hochzeitsgesellschaft entgegen. Er zog seine Angebetete zum Pfarrer zurück. »Ich hoffe, ihr hört das jetzt auch alle.« Daniel machte eine kleine Kunstpause, in der auch der letzte Zuschauer verstummte. Dann sagte er: »Ja, ich will!«

Selbst von meinem Platz aus sah ich, wie eine Freudenträne über Beckys gerötete Wange floss, und musste zu Boden blicken, um nicht selbst loszuheulen.

Ich freute mich für die beiden. Ich freute mich wirklich, und das aufrichtige Glück, dass ich empfand war auch gleichzeitig mein Freispruch, mein Freispruch von zu vielen negativen Gefühlen, die ich schon viel zu lange mit mir herumgeschleppt hatte.

»Rebecca White, wollen auch Sie den hier anwesenden Daniel Stone zu Ihrem rechtmäßig angetrauten Ehemann nehmen, ihn lieben und ehren, in guten und in schlechten Zeiten, bis dass der Tod euch scheidet?«, lallte der Pfarrer herunter – er hielt jetzt etwas Abstand, als befürchtete er, Beckys Nase könnte ihn jeden Moment anspringen.

»Ja, ich will!«, seufzte Rebecca, und Danny kam dem »Sie dürfen die Braut jetzt küssen!« zuvor und drückte seiner Mrs. Stone einen innigen Kuss auf die Lippen. Die Gäste applaudierten wild, als wären sie auf dem Konzert ihrer Lieblingsband.

In all dem Aufruhr ließ ich mir von McDouble ein Taschentuch reichen, die das ganze Geschehen mehr als interessiert beobachtet hatte.

»Besser als Kino«, sagte sie zufrieden und kraulte dabei den Kopf von Barbra, die sie auf dem Arm trug. »Wo gibt's jetzt was zu trinken?«

»Patrick«, sagte ich und sah ihn an. »Kannst du bitte kurz auf Charles aufpassen? Ich muss dringend mit Missy reden.«

Er erwiderte meine Bitte mit einem kurzen Nicken, und ich bahnte mir meinen Weg durch die johlende Menge nach vorn. Ich fand Melissa, die die frisch gebackenen Eheleute Stone filmte, packte sie am Arm und zog sie weg, bevor mich Rebecca und Daniel ansprechen konnten.

Ich konnte jetzt nicht mit den beiden reden – und zwar nicht, weil es mir das Herz gebrochen hätte, sondern weil es gerade wichtigere Dinge zu bereden gab. Und zwar mit Melissa.

»Du bist hier!« sagte Missy überrascht, grinste dabei jedoch wie ein Honigkuchenpferd. »War das nicht eine Wahnsinnsshow?«

»Ehrlich gesagt finde ich, dass sie sich die Specialeffects hätten sparen können!«, antwortete ich düster.

»Was machst du hier, Mäuschen?«, fragte Melissa und strich mit der Hand über den Stoff meines Kleides. »Wow, wolltest du zu einer Preis-Verleihung? Du siehst bombastisch aus!«

»Thommy ist Daniel«, sagte ich nur und verschränkte die Arme vor der Brust.

Als Missy verstand, verdüsterte sich ihre Miene schlagartig. »Du bist mit Patrick hier?«

Ich nickte stumm.

Melissas Gesicht wurde plötzlich sehr ernst und irgendwie blutleer. »Lola, ich muss dir was sagen.« Sie zögerte kurz, ehe sie fortfuhr: »Ich glaube, du kannst Patrick nicht trauen!«

»Ich glaube, die Person, der ich gerade am wenigsten trauen kann, bist *du*!«, entgegnete ich spitz.

Melissa hielt die Luft an. »Was meinst du damit?«, fragte sie leise.

»Du weißt genau, was ich meine!« Ich sah zu Rebecca und ihrem voluminösen Riechorgan hinüber.

»Das habe ich doch alles nur für *dich* getan!«, verteidigte sich Missy. »Ich habe alles festgehalten und wollte dir den Film heute Abend vorspielen.«

»So, du gibst es also zu!«, bemerkte ich schroff. »Du gibst zu, dass du Becky diese Visage verpasst hast?«

»Ja«, sagte Missy, und als sie meinen Blick sah, fügte sie hastig hinzu: »Aber das war doch alles nur ein Racheakt, den ich in deinem Namen durchgeführt habe!«

»Hör dir mal selbst zu!«, grollte ich wütend. »Du widerst mich an, Melissa! In meinem Namen, ja? Dann hast du wohl auch in meinem Namen das *Fairy-Cupcake*-Rezept geklaut?« Melissa war einen Moment lang sprachlos. »Ich kann eins und eins zusammenzählen«, fuhr ich sie an.

Sie räusperte sich, mit einem Mal schuldbewusst. »Lola, es tut mir leid, okay? Ich wollte es dir zurückgeben. Und ich habe es auch nur getan, weil ich wusste, dass du es mir nicht freiwillig überlassen würdest.«

»Wenn du schon ahnst, dass ich nicht von deinem Plan begeistert sein würde, wieso ziehst du ihn dann trotzdem durch?« Ich konnte mich einfach nicht beruhigen. »Ich habe nach meinem Rezeptteil gesucht, und ich habe dir davon erzählt – und anstatt mir die Wahrheit zu sagen, lügst du mich einfach an! Du lügst mich an und denkst dabei auch noch, es wäre vollkommen in Ordnung, weil es einem Racheakt dient, *um den ich dich nie gebeten habe*!«

»Ich weiß, dass du jetzt richtig sauer auf mich bist«, sagte Melissa kleinlaut. »Aber da gibt es etwas, was du unbedingt wissen solltest. Ich …«

»Melissa, ich will gar nichts mehr von dir wissen! Ich weiß nicht mal, ob ich dir noch trauen kann. Ich meine, dachtest du wirklich …«

»Ich bin bei McDouble eingebrochen.«

Das ließ mich einen Moment verstummen. »Wie bitte?«, brachte ich schließlich hervor.

»Flipp jetzt nicht aus, ja? Schließlich hast *du* mich erst darauf gebracht«, verteidigte sich Missy und senkte die Stimme. »Lola, hör mir jetzt einfach nur zu, okay? Es war gestern Abend. Ich wollte dir eine Freude machen, erst das Hochzeitsvideo und dann die Antwort, nach der du so lange gesucht hast.«

»Und?«, knurrte ich schroff. »Bist du fündig geworden?«

Melissa nickte. »Oh ja. Ich habe mehr herausgefunden, als du glaubst.«

»Willst du mir erzählen, dass du seit gestern beide Rezeptteile der *Fairy Cupcakes* besitzt?« Ich verschränkte meine Arme vor der Brust und spürte gleichzeitig, wie sich mein Puls unvermittelt beschleunigte.

»Das tue ich! Obwohl ich sagen muss, dass ich den ersten Teil schon wesentlich länger hatte – eigentlich seit dem Tag, an dem dir aufgefallen ist, dass er fehlt. Ich musste ein bisschen damit üben, du verstehst. Und ich konnte dir nicht die Wahrheit sagen, weil ich dich überraschen wollte. Ab dem Moment, in dem ich begriffen hatte, dass die *Fairy Cupcakes* wirklich funktionieren, habe ich mir fest vorgenommen, Beckys Hochzeit zu vermasseln.« Missy holte zwei raschelnde Pergamente hervor. »Hier! Ich brauche sie nicht mehr, und sie gehören ohnehin rechtmäßig dir.«

»McDouble hatte ihn wirklich?« Perplex nahm ich die Pergamente entgegen und betrachtete sie, als hielte ich einen lang verschollenen Schatz zwischen den Fingern. »Sie hatte den zweiten Rezeptteil!« Meine Augen mussten inzwischen so groß wie Unterteller sein.

Meine Intuition hat mich also nicht im Stich gelassen.

»Hör zu, Lola, ich kann dir jetzt alles erklären. Ich habe mir beide Teile gründlich durchgelesen und ich habe eine Antwort auf jede einzelne Frage, die du dir gestellt hast. Aber es werden einige Sachen dabei sein, die du nicht hören möchtest.«

»Sprich weiter!«, quetschte ich zwischen meinen bebenden Lippen hervor, während ich die Fairy-Cupcake-Rezeptteile nervös zusammenrollte.

»Als Erstes solltest du wissen, dass Jack nicht zu dir zurückkehren wird.«

Ich starrte sie unverblümt an, während sie mir diese Worte ins Gesicht schleuderte. »Woher willst du das wissen?«

»Du hättest es selbst schon wissen können. Auf dem ersten Rezeptteil erzählt dir deine Großmutter bereits, dass sich die von einem Wunsch beeinflussten Personen, vorausgesetzt, sie sind keine Kinder mehr, nicht an das Geschehene erinnern können. Im zweiten Teil des Rezeptes steht außerdem, dass die Magie eines Wunsches nur sechs bis achtundvierzig Stunden anhält. Ist dieser Zeitraum verflogen, so löst sich nicht nur die Magie auf! Nein! Das Vergessen all derer setzt ein, die aktiv in einen Wunsch verwickelt worden sind. Sprich: Die letzten sechs bis achtundvierzig Stunden sind für diese Menschen wie ausradiert! Zumindest, was den Wunsch angeht. Die einzigen Ausnahmen sind hier, wie gesagt, Kinder und die Menschen, welche den Wunsch getätigt haben. Bei deinem Jack setzte das Vergessen wohl recht schnell ein.«

»Du lügst!«, keuchte ich. »Ich meine, dann hätte ich ja auch vergessen müssen, dass sich Charles in einen Hengst verwandelt hat – schließlich war das *sein* Wunsch!«

»Na ja, Charles ist ja auch ein Tier. Wahrscheinlich wirkt die Magie der Fairy Cupcakes hier noch mal anders. Deine Großmutter schreibt ja außerdem, dass niemand die Magie der Fairy Cupcakes jemals gänzlich verstehen wird«, mutmaßt Melissa. »Aber was rede ich da! Du kannst das jetzt alles selbst noch mal nachlesen!« Sie zeigt auf die beiden zusammengerollten Rezeptteile in meinen bebenden Händen.

Ich sehe nicht überzeugt aus.

Melissa seufzt gedehnt. »Kannst du dich denn noch daran erinnern, dass mal ein magischer Klon von mir im *Little Birds* gearbeitet hat? Wir zwei hatten sogar ein ziemlich langes Gespräch darüber, als du vor McDoubles Tür gestanden bist und vergeblich auf mich gewartet hast.«

»Ein magischer Klon?« Ich schnappte ungläubig nach Luft. Ich konnte mich nur an ein Telefonat erinnern, in dem ich Melissa gefragt hatte, ob sie wisse, wo Teil eins des Rezeptes sei. Damals hatte sie mich dreist angelogen. Denn *sie* hatte es entwendet. Sie ganz allein.

»Jap. Den habe ich mit dem ersten Cupcake, den du mir überlassen hast, erschaffen. Ich muss zugeben, das klingt total verrückt. Aber glaub mir, die Wahrheit zu kennen, ist besser. Du solltest wissen, dass Jack für immer verschollen bleiben wird, auch wenn er unter normalen Umständen gewiss zu dir zurückgekehrt wäre. Wer weiß, was passiert ist. Vielleicht ist er echt aufgewacht und hat sich erst mal zu Tode erschrocken, weil er keine Ahnung hatte, wo er gelandet ist, und dann hat er sich klammheimlich auf und davon gemacht. Und du – völlig verkatert – hast davon natürlich nichts mitbekommen.«

Ich wusste nicht genau, was ich darauf sagen sollte. Ich konnte mir nicht helfen. Ich war wahnsinnig wütend auf Missy. Vor allem darüber, dass sie mich so dreist angelogen hatte. Dass sie mich ohne ein Wort bestohlen hatte. Und da waren noch gefühlt tausend andere Fragen, die plötzlich anfingen, gegen meine Schädeldecke zu hämmern. Denn alles, was mir Missy gerade erzählte, machte im Hinblick auf Traumprinz Nummer zwei, Patrick, überhaupt keinen Sinn. Wahrscheinlich log sie mich schon wieder an.

»Ich erkenne dich nicht wieder«, sagte ich schließlich. »Ich hatte mit dem Kapitel *Fairy Cupcakes und Jack* abgeschlossen, und jetzt kommst du und wärmst den Braten wieder auf. Warum machst du so was?«

»Ich bin noch nicht fertig!«, erwiderte Melissa gebieterisch.

»Was kommt jetzt noch?«, rief ich genervt auf.

»Etwas, was möglicherweise deine Sicht auf gewisse Dinge schlagartig ändern könnte«, antwortete mein Gegenüber und sah sich unruhig um, als befürchtete sie, jemand könnte uns belauschen. »Lola, ich weiß nicht, warum Patrick in dein Leben gekommen ist. Den *Fairy Cupcakes* hast du es jedenfalls nicht zu verdanken, ganz sicher nicht.«

»Bitte, was?« Meine Kehle fühlte sich plötzlich ganz ausgetrocknet an, wahrscheinlich ahnte ich schon, dass sich jetzt gleich meine tausend neuen Fragen bezüglich Prince beantworten müssten.

»Es steht alles im zweiten Rezeptteil«, beharrte Missy.

»Was steht dort?«, keifte ich ungehalten. Die Dokumente zitterten wie Espenlaub in meiner Hand.

»Dort steht, dass du dir keinen Wunsch zweimal wünschen kannst. Es ist *unmöglich*! Die *Fairy Cupcakes* reagieren gar nicht darauf! Wer auch immer Patrick also ist – und was auch immer er bezweckt – dein Traummann ist er ganz sicher nicht.« Melissa beendete ihren Satz mit einem schuldbewussten Achselzucken. »Wenn ich du wäre, würde ich Patrick zur Rede stellen. Vielleicht haben wir Glück und der *Zufall* wollte, dass er in dein Leben getreten ist. Ansonsten ahne ich Schlimmes!«

Ich starrte Melissa mit offenem Mund an. »Nein, Melissa, du irrst dich! Er liebt mich. Er würde niemals hinter meinem Rücken irgendwelche bösen Pläne schmieden. Er ist nicht so wie du! Er würde sich nie eine Kamera kaufen und damit festhalten, wie meine ehemals beste Freundin vor versammelter Mannschaft bloßgestellt wird.«

»Das war gemein, okay«, sagte Melissa mit trockener Stimme und schlug ihre Augen zu Boden, in denen plötzlich Tränen glitzerten. »Aber du vergisst, dass ich dir nur helfen wollte.«

»Du hilfst nicht, indem du Gerüchte streust und damit Unruhe stiftest«, grollte ich. »Ganz im Gegenteil! Das macht alles kaputt, hörst du? Es läuft gerade unglaublich gut mit Patrick, und du willst mir das kaputt machen und hast nicht mal den Mut, es zuzugeben.«

»Ich wollte dich nur warnen, bevor du dein Herz an jemand verlierst, der es nicht einmal ansatzweise verdient hat.«

»Geh weg, Melissa!«, keuchte ich bösartig. »Du hast schon genug angerichtet!«

In Missys Blick lag etwas, das mich wie ein spitzer Giftpfeil ins Herz traf und dort ein Loch der Verzweiflung bohrte.

»Du machst einen großen Fehler, Lola!«, meinte sie nach einer kurzen Pause. Dann drehte sie sich um und verschwand ohne ein weiteres Wort in Richtung Parkplatz.

Kapitel 23

Einige Sekunden lang stand ich einfach nur da und war mir nicht sicher, ob mir das beklemmende Gefühl unter meiner Brust sagen wollte, dass ich Melissa hinterherrennen sollte. Dazu in der Lage gewesen wäre ich aber ohnehin nicht. Völlig angewurzelt schaute ich zu, wie sie in ihrem schwarzen Kleid immer kleiner wurde. Meine Lippen zuckten, als wollten sie etwas sagen, mein Herz klopfte wild, als würde es den Takt angeben zu den Worten, die jetzt nicht unausgesprochen bleiben durften.

Ein einfaches »Warte, Melissa!« wäre ein guter Anfang gewesen, doch mein Mund klebte zusammen, als hätte sich dort ein fieses Teufelchen mit Sekundenkleber zu schaffen gemacht. Und dann war es zu spät. Ich sah, wie Missy in einem der Autos auf dem Parkplatz verschwand und keine Minute später mit grölendem Auspuff davonbrauste.

Ich fühlte mich elend, denn ich hatte das Gefühl, dass mit dem Quietschen der Autoreifen auch eine Freundin gegangen war, eine Freundin, die nicht zuletzt viel für mich riskiert hatte, die sich ganz allein für mich in die Schlacht gestürzt und am Ende nichts als Wut geerntet hatte. Doch so ritterlich Melissas Taten auch gewesen sein mögen, zu welchem Preis hatte sie sich ohne mein Wissen in dieses fragwürdige Abenteuer gestürzt? Waren es all die Lügen und Geheimnisse tatsächlich wert gewesen? War es wirklich angebracht gewesen, Becky den schönsten Tag ihres Lebens zu zerstören? Melissa hatte mir meinen Teil des Fairy-Cupcake-Rezeptes gestohlen, und sie war allein bei McDouble eingebrochen, um sich auch noch den zweiten unter den Nagel zu reißen.

Vielleicht behauptete Missy, sie hätte es getan, um mein gebrochenes Herz zu rächen, aber wenn dem tatsächlich so war, warum fühlte es sich dann so an, als wäre es ihr Ziel gewesen, sich selbst etwas zu beweisen? Um im Anschluss all die Anerkennung zu ernten, die sie in ihrem Elternhaus und zwischen fünf Geschwistern nie bekommen hatte? Doch ich konnte das, was sie getan hatte, nicht gutheißen, vor allem nicht, dass sie damals am Telefon so dreist gelogen hatte. Hätte sie mich einfach von Anfang an in ihren Plan eingeweiht … alles wäre anders gekommen.

Mit verbittert zusammengekniffenen Augenbrauen blickte ich auf die zwei Hälften des Fairy-Cupcake-Rezeptes hinab. Ich wünschte, ich hätte das Rezept nie entdeckt. Ich wünschte, ich wäre Jack nie begegnet und ich wünschte, Patrick wäre zu einem ganz anderen Zeitpunkt in mein Leben getreten. Zu einem Zeitpunkt, der ihn weniger verdächtig machte, einem Zeitpunkt, der weniger infrage stellte, der mich weniger zweifeln ließ, damit ich mir jetzt leichten Herzens sagen konnte, dass das, was Melissa mir erzählt hatte, mich nicht zu beunruhigen brauchte.

Doch mein Herz klopfte in unruhigem Rhythmus und schmerzte vor Angst bei dem Gedanken, dass ich vielleicht kurz davor war, nicht nur meine beste Freundin, sondern auch noch Patrick Prince zu verlieren. Das durfte nicht passieren. Nicht heute, nicht hier inmitten all der gut gekleideten Hochzeitsgästen, die mit Champagner auf das Wohl zweier Menschen anstießen, die sich wirklich zu lieben schienen.

Ich meine, darum geht es doch. Deshalb sind wir hier auf diesem Planeten, der so viel Gutes für uns bereithalten kann, wenn wir es nur zulassen. Wir sind auf der Suche nach einer Liebe, die genau das garantiert, was wir hier heute alle bewundern durften: unwiderrufliche Zuneigung – Liebe, die nicht fragt, Liebe, die nicht urteilt, Liebe, die einfach *ist*.

Missy hatte viel zu viel riskiert für etwas, das es nicht einmal im Ansatz wert gewesen war. Becky mit hässlicher Kartoffelnase – na und? Laut Rezept war es ohnehin nur eine Frage der Zeit, bis jeder der hier anwesenden Hochzeitsgäste dieses kleine Schönheitsdebakel vergessen hatte, inklusive mir selbst, und Becky würde in spätestens zwei Tagen wieder ihre grazile Modelnase zurückhaben. Klar würden all die heute entstandenen Hochzeitsfotos womöglich noch Jahre Fragen in ihrem und Daniels hübschen Köpfen aufsteigen lassen … Schließlich wird Becky dort überall mit entstellter Nase zu sehen sein. Aber was soll's?

Was hatte sich Melissa nur bei dieser ganzen Show gedacht?! Ich seufzte gequält, denn insgeheim befürchtete ich sogar, dass ich eine Kostprobe der wahren Melissa bekommen hatte. Dieser Gedanke hinterließ einen äußert bitteren Nachgeschmack.

Ich atmete tief ein und aus, um wieder einigermaßen zur Ruhe zu kommen. Doch es half nichts. Die unterschiedlichsten Gedanken und Emotionen tobten durch meinen Körper, brachten meine Beine und Hände zum Zittern. Dabei knallte die Sonne vom Himmel, trieb mir, als Kirsche der Ohnmachtstorte sozusagen, noch eklige Schweißperlen auf die Stirn.

Und dann das mit Patrick Prince. Prince, *Prince*, PRINCE! Mein Patrick! Endlich lief es richtig gut zwischen uns, es gab weder Gedanken noch Fragen noch Gefühle, die irgendwie zwischen uns standen, und Melissa kam daher, als Misstrauensgärtnerin vom Dienst, und musste wieder Argwohn zwischen uns sähen. Eine Pflanze, die nun erstaunlich schnell in meiner Seele Wurzeln fasste, sich reckte und streckte, als hätte sie den perfekten Boden gefunden.

»Er hat dich schon einmal angelogen«, trällerte ein äußert vergnügter bösartiger Zwerg hinter meiner Schädeldecke. Und es stimmte, egal, wie ich es drehte oder wendete: Patrick *hatte* mich schon einmal angelogen. Aber – und das ließ die Blätter meines Misstrauensbaumes schon wieder etwas welken –, er hatte mir auch versprochen, dass er alles Erdenkliche tun würde, damit ich glücklich bin. Und er hatte die drei magischen Worte gesagt: Ich liebe dich.

Bedeutete das denn gar nichts? Konnten mich Missys Worte wirklich so sehr aus der Bahn werfen, dass ich kurz davor war, dieses Kartenschloss unserer Beziehung umzupusten?

Ich musste zu Patrick. Sofort. Ich wollte, dass er mich in die Arme nahm und mir sagte, dass das alles nicht stimmte. Dass Melissa gelogen hatte und das einzige Geheimnis, das jemals zwischen uns existiert hatte, jenes war, dass McDouble mit ihm verwandt ist.

Ich wühlte mich zwischen den zahlreichen Gästen hindurch, die sich nun mit hungrigen Gesichtern um das köstliche Buffet scharten und sich abwechselnd Schokopudding und Torte in ihre lachenden Münder stopften. Mein Kopf schnellte von einer Kuchengabel zur nächsten. Patrick schien nicht hier zu sein.

»Patrick!«, rief ich aufgewühlt, ich war kurz davor, loszuheulen wie ein Schlosshund. Und das durfte unter keinen Umständen passieren, weil sonst alle denken würden, ich wäre noch nicht über Daniel hinweg. In diesem Moment gab es nichts, das mehr nach Holzweg schrie. Becky und Danny hatten meinen Segen. Sie verdienten sich, weil sie einander liebten, wie ich es selbst gern zwischen mir und Patrick gesehen hätte.

»Patrick!«, krakeelte ich erneut, mein Kopf war immer noch damit beschäftigt, von einer Seite zur nächsten zu springen. Das gab es doch nicht! Wo steckte er? Er konnte sich doch unmöglich in Luft aufgelöst haben? Oder doch? War es nun so weit? Hatte nun auch *er* vergessen? Genauso wie Jack … aber nein, das mit Patrick war etwas anderes.

Ich sah Charles, der sich von einigen Magermodels in pinken Barbiekleidchen mit Würstchen verhätscheln ließ. Der kleine, dicke Racker grunzte vergnügt, als ich mich ihm näherte. Na, wenigstens war mein Mops gut versorgt.

»Entschuldigt, habt ihr vielleicht Patrick Prince gesehen?«, fragte ich die kichernden Damen, die meinen Hund mit ihren dürren Ärmchen herumreichten und dabei »Ist er nicht putzig?« kreischten, als wäre er ein flauschiges Babyeinhorn.

Die drei Möchtegernmodels hielten abrupt inne und bedachten mich mit einem Blick, der unmissverständlich klarmachte, dass ich störte. Selbst Charles glotze ziemlich vorwurfsvoll in meine Richtung.

»Er müsste in Begleitung einer etwas dickeren Dame in einem roten Kleid sein«, schob ich also energisch hinterher.

»Ich glaube, sie meint diese wandelnde Erdbeere und den sexy Typen!«, überlegte nun ein weiteres Model, deren Lippen einem aufgeblasenen Schlauchboot ähnelten.

Ich zwang mich zu einem Lächeln und vermied es anzumerken, dass mir McDoubles Ähnlichkeit mit dieser Frucht auch schon aufgefallen war. »Genau, die meine ich.«

»Die sind zum Haus gelaufen. Und die Erdbeere schien ganz schön ungehalten. Schlechte Laune hoch zehn – ich glaube, sie wollte die Hochzeit sogar verlassen«, quatschte Madame Schlauchboot munter weiter und stopfte Charles nebenher eine Portion Speck zwischen die Zähne.

»Danke!« Ich nickte ihnen zu, drehte mich dann hastig auf meinen Absätzen um und überließ Charles seinem Mastschicksal.

Meine Hände packten den grünen Saum meines Kleides, und ich rannte dem ehrwürdigen Anwesen namens *Victoria Blue* mit wehenden Haaren entgegen. In diesem Moment war ich mir sicher, dass mich jeder Beobachter in Zeitlupe diesem ehrfurchtsvollen Schlösschen entgegensprinten sah. Denn so fühlte es sich für mich an: Irgendwie schicksalsschwanger, etwas lag in der Luft, und es schnürte mir die Kehle zu, verführte mein Herz zu einem recht unrhythmischen Gepolter und hinterließ ein Stechen in meiner Magengrube, als hätte man tausend Dolche in ihm versenkt.

Ein Teil von mir hoffte noch. Ein Teil von mir wollte glauben, dass ich auf dem Weg zu einem *Happy End* war. Und der andere – der krümmte sich in mir, stöhnte vor Angst.

Majestätisch ragte die schöne *Victoria Blue* gegen den einstimmig blauen Himmel. Je näher ich kam, umso sicherer war ich mir, dass ich Bettys schneidende Stimme hören konnte, die nicht gerade freundlich auf Patrick einredete.

»Du beendest das jetzt sofort!«, keifte sie. Ich wurde augenblicklich langsamer, als ich ihren schroffen Singsang vernahm. »Es ist schon lange vorbei! Außerdem habe ich keine Lust mehr zu bleiben. Diese ganze Hochzeit ist eine einzige Farce! Früher oder später geht auch *diese* Verbindung zu Bruch. So läuft es immer. Es gibt keine Happy Ends auf dieser Welt, Patty, merk dir das!«

»Du kannst dir gern ein Taxi nehmen, Betty!«, entgegnete Patrick mit leicht belegter Stimme. »Ich kann dich ja verstehen, aber ich habe Thommy seit etlichen Jahren nicht gesehen und werde auf jeden Fall noch etwas bleiben!«

»Wie du meinst!«, grunzte Betty und zückte merklich enttäuscht ihr Handy. »Dann gehe ich eben alleine.« Sie sagte *allein* derart dramatisch, als hätte man sie dazu verdonnert sich in die stille Ecke zu setzen.

Nachdem sie ihr Taxi geordert hatte, räusperte sich Patrick verlegen.

»Und wegen der anderen Sache – bist du sicher? Ich kann dir auch noch etwas Zeit verschaffen!«

Ich hörte, wie mir das Blut in den Ohren rauschte. Wovon sprachen sie nur? Jetzt erkannte ich das feuerrote Glühen von McDoubles Kleid. Die Alte stand auf den Treppen der *Victoria Blue* und tippte Patrick wütend mit ihren Wurstfingerchen gegen die Brust.

McDouble stöhnte entnervt auf, irgendetwas schien sie ziemlich mitzunehmen. »Besser nicht!«, gellte sie außer sich und fuchtelte mit ihren kurzen Ärmchen in der Luft herum, als wollte sie eine Fliege verjagen. »Es ist wie die Suche nach der Nadel im Heuhaufen! Man sollte aufhören, wenn es am schönsten ist. Oder die ganze Sache zumindest pausieren. Diese ganze Hochzeit hat alte Wunden bei mir aufgerissen … weißt du, Patty … Am Ende verliebst *du* dich sogar wirklich noch in …«

»Wen? In *mich*?« Meine Stimme hörte sich fremd an. Mit zitternden Beinen stand ich vor Patrick und Betty und wünschte, das Gefühl in meiner Brust, das Gefühl, das mir sagte, dass es in ihrem Gespräch um mich gegangen war, würde verschwinden.

»Patrick, was ist hier los?«, würgte ich hervor, meine Finger waren schweißig, die Rezeptteile der Fairy Cupcakes zitterten zwischen meinen Händen, und ich hoffte, dass Betty nicht auf die Idee kam, einen näheren Blick darauf zu werfen.

McDouble reckte snobistisch ihre Nase gen Himmel, fing an, Barbra Streisands Kopf zu kraulen, die womöglich gerade in ihren Armen zerquetscht wurde, und sagte dann betont lässig: »Sag es ihr, Patrick.« Bettys Augen waren schmal und sprühten vor Boshaftigkeit, ihr starrer Blick glitt direkt durch mich hindurch und versetzte meinem Bauch ein flaues Gefühl.

Nicht einschüchtern lassen, Lola, versuchte ich, mir energisch einzureden. Reiß dich zusammen, halt den Kopf hoch und lass die fette Erdbeere bloß nicht merken, was du bei dir trägst.

»Warum bestimmst du, was Patrick zu tun oder zu lassen hat?«, keuchte ich und sah ungläubig zwischen den beiden hin und her.

»Ganz einfach, Lola«, grunzte McDouble schadenfroh. »Das hier ist *mein* Spiel, also beende ich es auch.« Ein maliziöses Grinsen breitete sich auf ihren Lippen aus. »Deine Anwesenheit geht mir auf die Nerven. Immer diese Dramen! Das erträgt mein altes Herz nicht mehr.« Jetzt wendete sie sich mit energisch zusammengekniffenen Augen an Patrick. »Tu es, Patty – mach, dass *sie dich hasst*!«

Ich konnte das alles nicht glauben, meine Kinnlade hing mir fast bis zum Bauchnabel. »Ihr habt *doch* eine Affäre?«, platzte es entrüstet aus mir heraus, und ich stemmte beide Arme gegen die Hüften, sodass die Rezeptteile noch mehr zerknitterten. Doch Betty schien zum Glück keinerlei Notiz von meinen magischen Begleitern zu nehmen.

Sie und Patrick fielen in belustigtes Gelächter, es klang wie das zweier Superschurken. »Hast du das gehört, Patty?«, schrie Betty außer sich vor Erheiterung und klopfte Patrick mit ihren fleischigen Wurstfingern auf den Rücken. »Sie denkt doch immer noch, dass da was zwischen uns läuft!« Dann wendete sie sich mir zu: »Gott, Lola! Dir ist doch bewusst, dass das Inzest wäre, oder?« Ihr Grinsen wurde noch breiter. Sie sah aus wie ein fetter roter Hai, der nur darauf wartete zuzuschnappen.

Instinktiv wich ich einen Meter zurück.

Ich hatte das Gefühl, dass mein Herz zu bluten angefangen hatte. Ich spürte, dass gerade etwas ins Rollen kam, eine Lawine der Wahrheit, die ich nicht aufhalten konnte, egal, wie sehr ich mich auch dagegen auflehnte. Sie würde mich mit voller Wucht erwischen, mir den Atem rauben, und womöglich würde es Tage dauern, bis ich wieder klarsehen konnte.

»Patrick«, wisperte ich und sah flehend zu ihm hinauf, in dessen Gesicht nun ein Ausdruck lag, den ich noch nie bei ihm gesehen hatte: Dort, wo mich seine sanften Haselnussaugen immer liebkost hatten, stachen nun zwei schwarze Pupillen lieblos auf mich ein.

»Lola.« Als er meinen Namen in den Mund nahm, wusste ich, dass seine nächsten Worte nicht *Ich liebe dich*! sein würden. »Es ist wohl der Zeitpunkt gekommen, an dem du die volle Wahrheit erfahren solltest.«

Mein Magen krampfte sich zusammen. Die Richtung, in die das Gespräch gerade ging, gefiel mir ganz und gar nicht. Ich wollte »Nein!« schreien, und zwar so laut und deutlich, dass auch die ganze Hochzeitsgesellschaft mitbekam, dass gerade einem unschuldigen Mädchen das Herz gebrochen wurde.

»Die Wahrheit?«, presste ich bemüht standhaft hervor. »Ich dachte, die Wahrheit wäre, dass Betty deine Tante ist. Ich dachte, sonst stünde nichts zwischen uns. Ich dachte, dass du mich *liebst*!« Jetzt konnte ich es nicht mehr verhindern, dass mir ein Bach von Tränen die Wangen hinablief.

McDouble kicherte gut gelaunt. »Oh, Lola, so naiv! Patty, ich hab dir doch von Anfang an gesagt, dass es ein Leichtes sein wird. Miss Applepie ist dir komplett verfallen! Mein kleiner Patty ist einfach viel zu – Wie soll ich das jetzt am besten ausdrücken, ohne dass Madame wieder an Inzest denkt? – *charmant*. Ich habe ihn eben gut erzogen.«

Ich verstand gar nichts mehr. »Erzogen? Was meint sie damit?«

Patrick verdrehte nur die Augen. »Eigentlich ist es nicht wichtig für das, was wir dir zu sagen haben, aber wenn du nun schon fragst: Betty hat sich zusammen mit ihrem damaligen Mann, Donald, seit meiner Jungend um mich gekümmert. Meine Eltern starben bei einem Autounfall, als ich sechzehn war und, na ja, sie war die Einzige aus unserer Familie, die sich bereit erklärt hat, mich aufzunehmen. Als ich für mein Jurastudium in die USA gegangen bin, ist Betty nach *Harping Charms* gezogen. Seitdem haben wir uns leider nur noch selten gesehen. Aber vor einiger Zeit hat mich meine liebe Betty angerufen und mich um einen Gefallen gebeten, den ich ihr unmöglich abschlagen konnte.«

Ich musste mich bemühen, die folgenden Worte auszuformulieren: »Was für ein Gefallen war das?«

Jetzt beugte sich McDouble mit einem düsteren Kichern nach vorn und neigte ihren Kopf zur Seite. Ihr dick mit Make-up beschmiertes Gesicht sah aus wie das einer hässlichen Bulldogge. »Denk mal scharf nach!«, surrte sie wie ein giftiges Insekt kurz vor dem Angriff. »Was ist in den letzten Wochen denn Außergewöhnliches passiert?«

Ich musste nicht lange nachdenken, um die Antwort zu kennen, doch war ich mir nicht sicher, ob ich sie tatsächlich aussprechen sollte.

»Stell dich nicht blöd, Lola!«, schnarrte McDouble derweil, während ihre Fettringe unter ihrem Kinn erregt vibrierten. »Die Fairy Cupcakes – klingelingeling! Na, wenn dir da mal kein Licht aufgeht!«

Ich schluckte, wusste nicht, ob ich etwas dazu sagen sollte, und entschied mich vorerst dagegen.

»Da war diese eine ganz besondere Nacht. Ja, Miss Applepie, du weißt genau, von welcher die Rede ist! Ein Samstag, glaube ich. Es war schrecklich schwül draußen, ich war gerade dabei, nach dem Rechten zu sehen, und da sah ich dich durch mein Fernglas die Straße hinaufeilen«, gurrte McDouble zuckersüß, als erzählte sie ein Kindermärchen.

Mir lief es eiskalt den Rücken hinunter.

»Du hast mich gesehen?« Ich senkte meinen Blick zum Boden und versuchte, mich an jenen katastrophalen Abend zu erinnern, an dem meine Geschichte ihren Anfang genommen hatte, an dem mein Herz zersprungen war, an dem ich mich fast mit Becky und Danny geprügelt hatte, gelallt, geheult, ein magisches Rezept gefunden und es ausprobiert hatte und dann Jack begegnet war, der Liebe meines Lebens. Was genau hatte die Alte gesehen, und inwiefern spielte das eine Rolle?

»Und ob ich dich gesehen habe, Schätzchen! Ich habe genau beobachten können, wie du zusammen mit deinem hässlichen Hund aus dem ach so tollen *Little Birds* deiner Grandma gestolpert bist, in der Hand zwei duftende Fairy Cupcakes, deren magisches Odeur so intensiv war, dass es mich selbst hinter meiner Gartenhecke in der Nase kitzelte!« Sie hielt kurz inne, ließ sich Zeit und verdreifachte damit meine innere Anspannung. »Und als du dann wieder zurückkamst und in Begleitung eines weißen Hengstes und eines Mannes warst, der sogar meinem Patty in nichts nachstand, da waren alle Zweifel aus dem Weg geräumt, und ich wusste es sicher: Deine verdammte Großmutter hat das Rezept nicht, wie ich dachte, mit in ihr Grab genommen.«

Ich starrte McDouble mit offenem Mund an, konnte nicht glauben, was sie mir da erzählte.

»Och, jetzt schau doch nicht so entsetzt, kleine Lola!«, quakte McDouble schroff. »Siehst du, selbst deine liebe Großmama hat dich belogen! Weißt du, es war nicht immer so zwischen uns, nicht immer so kühl. Man könnte unser Verhältnis wie das von dir und Melissa beschreiben!« Ihre Schweinchenaugen durchbohrten mich regelrecht. »Ja, Lola, wir waren beste Freundinnen. Bis zu dem Tag, an dem wir uns für immer zerstritten haben. Wie du und Melissa.« Sie lächelte schadenfroh. »Patty und ich haben gesehen, wie ihr euch in die Haare bekommen habt und wie sie vorhin in ihren Wagen gestiegen ist.«

Granny und McDouble waren einmal beste Freundinnen? Warum hatte sie mir nie davon erzählt? Und was hatte die beiden dazu bewogen, sich bis auf die Knochen zu hassen? Denn ich hatte nie etwas anderes zwischen den beiden gewittert als tiefe Abneigung.

Ich konnte einfach nicht glauben, dass mein gesamtes Lebensbild innerhalb weniger Minuten zerstört werden sollte. Doch Betty machte erbarmungslos weiter.

»Nun, wenn man so möchte, haben uns die *Fairy Cupcakes* auseinandergetrieben. Denn wenn die Dinger neben Wünsche zu erfüllen eines können, dann ist es, Freundschaften zu zerstören!«

Ich schluckte. Mein Gesicht war mittlerweile heiß von den Tränen.

»Natürlich, es hing noch ein bisschen mehr dran, ein Mann, um genau zu sein – oder gleich zwei – aber *das* ist eine andere Geschichte. Ich weiß Bescheid, Lola. Ich kenne die Wirkung der *Fairy Cupcakes* und was du mit ihnen erreichen könntest. Es war schon ein schöner Zufall, dass deine Großmutter und ich nach all den Jahren im selben Dorf gelandet sind. Das hat alles nur noch schlimmer gemacht. Angefangen mit diesem tragischen Streit, bei dem ich eine Hälfte des Rezeptes an mich gerissen habe, ohne dass sie davon Wind bekommen hat. Erst zu Hause wurde mir klar, dass ich die eher unbrauchbare Hälfte erwischt hatte. Und seitdem habe ich eigentlich nie aufgehört, nach dem ersten Teil zu suchen – was denkst du denn, warum ich trotz der Unstimmigkeiten zu eurem Stammgast geworden bin? Ich suchte verbissen danach – bis zu dem Tag, an dem sie gestorben ist. Das war, zugegeben, auch für mich, ein Schock. Dann bist du eingezogen, und meine Suche wurde dadurch noch mal erschwert. Also habe ich aufgegeben, dachte, es hat doch sowieso keinen Sinn mehr. Bis zu diesem schicksalhaften Abend, an dem ich die *Fairy Cupcakes* gerochen und gewusst habe, was zu tun war.« McDouble hielt inne und strich ihrem Patty liebevoll übers Haar. »Na, Lola, kannst du dir vorstellen, wie es weitergeht?«

Ich schüttelte verbittert den Kopf – das entsprach der Wahrheit, denn ich hatte tatsächlich keine Ahnung, was jetzt noch auf mich warten sollte. Ich fühlte mich ohnmächtig, konnte mich nicht einfach abwenden, um weiterem Schmerz zu entgehen, ließ ihn auf mich hinabstechen wie Tausende Pfeilspitzen. Und diese Pfeilspitzen waren mit Gift getränkt, lähmten mich langsam, aber sicher.

»Nun, Lola, ich wusste ganz genau, dass du deinen hübschen Freund nie mehr wiedersehen würdest. Das sind die Regeln der *Fairy Cupcakes*. Spätestens nach achtundvierzig Stunden, hätte er dich für immer vergessen. Zu meinem großen Vorteil sah ich ihn Sonntag früh auf die Straße huschen und mit seinem Cabrio davonbrausen. Nun, ich zählte eins und eins zusammen! Wer auch immer er war, er hatte vergessen, was zwischen euch vorgefallen war, dieser Mann würde nicht mehr zurückkommen. Das musste ich zu meinem Vorteil nutzen. Freie Fahrt für meinen wunderbaren Neffen! Denn ein gebrochenes Herz ist leichte Beute. Nicht wahr, Patrick?« Sie blickte ihn auffordernd an.

Der Angesprochene räusperte sich und stieg einige Treppen hinab, bis er direkt vor mir stand. Sein Gesicht wirkte verhärtet. Nicht einmal ein Funken Bedauern spiegelte sich in ihm wieder.

Melissa hatte also nicht gelogen. Denn das Patrick Prince in mein Leben kam hatte nichts, *rein gar nichts*, mit den Fairy Cupcakes zu tun.

»Betty hat mich angerufen. Noch am selben Abend, als sie dich mit den Fairy Cupcakes gesehen hat«, fing er erbarmungslos an, seine Stimme klang fast gelangweilt. »Sie sagte, dass sie meine Hilfe bräuchte. Ich musste dich ablenken, dich verführen, sodass sie ungehindert mit ihrer erneuten Suche nach dem ersten Rezeptteil beginnen konnte. Es war alles eine große Inszenierung, ein *Spiel.* Und du warst so dumm und hast mitgemacht. Als ich dir sagte, ich müsste zu meiner Schwester – die natürlich gar nicht existiert –, bin ich zum Beispiel zu meiner Tante gegangen. Und auch an diesem unglücklichen Abend, an dem du uns beiden eine Szene im *Petit Coeur* gemacht hast, wollte ich Betty warnen. Du hattest mir erzählt, dass du Stress mit deiner Stammkundin hättest. Ich habe sofort gespürt, dass du etwas witterst, dass du uns oder vielmehr ihr auf die Schliche gekommen bist! Und, na ja, jetzt ist Betty an dem Punkt, an dem sie keine Lust mehr hat – sie hat eingesehen, dass es erst mal vorbei ist. Und ich hoffe, dass du genauso vernünftig bist und kein großes Drama daraus machst!«

Kein großes Drama? Ich hatte das Bedürfnis, die beiden Gestalten vor mir zu erwürgen und in meinem Garten zu vergraben.

»Ach, Patty. Ich habe nicht verloren oder aufgegeben. Im Grunde habe ich das, was ich wollte«, flötete Betty überschwänglich. »Ein gebrochenes Herz! Nichts täte Lolas Großmutter mehr weh, als sie jetzt so zu sehen. Wenn schon sie selbst nie erfahren hat, wie es ist, wenn einem das Wichtigste genommen wird, dann wenigstens ihre Enkelin.«

»Was würdest du denn bitte mit dem Rezept anstellen, wenn du es besitzen würdest?«, presste ich zwischen meinen zitternden Lippen hervor. Die Blätter in meinen Händen raschelten geräuschvoll. Es wunderte mich, dass McDouble sie noch nicht bemerkt hatte. Doch sie schien blind vor Wut, schöpfte keinen Verdacht, blieb nicht einmal für längere Zeit mit ihren hässlichen Augen an den beiden Pergamenten kleben.

»Ich würde mich an all den Menschen rächen, die es jemals gewagt haben, mir wehzutun.«

Ich zog meine Augenbrauen nach oben. »Aha«, erwiderte ich in eisernem Tonfall. »Dann hör mir jetzt gut zu!« Ich machte eine dramatische Kunstpause, bevor ich weiterredete: »Was auch immer dein perfider Plan sein mag – das Rezept ist weg. *Für immer.* Genauso sicher, wie Granny in *Deltons Pide* begraben liegt.«

»Was möchtest du damit sagen?« Bettys Gesicht verdüsterte sich. Mit einem Mal wirkte sie gar nicht mehr so überlegen.

Ich schob Patrick beiseite und stellte mich direkt vor sie. »Du denkst vielleicht, dass du Spielchen gespielt hast, ohne dass ich etwas davon mitbekommen habe, aber du irrst dich! Nenn es Intuition in Kombination mit deinem höchst merkwürdigen Verhalten, aber ich wusste, dass du den zweiten Teil des *Fairy-Cupcake*-Rezeptes besitzt.« Erneut schwieg ich, um dabei zuzusehen, wie sich wütende rote Flecken auf McDoubles hässlicher Visage bildeten. »Und im Gegensatz zu dir war ich mit meiner Mission erfolgreich. Melissa ist gestern Abend bei dir eingebrochen und hat dir den zweiten Teil des Rezeptes entwendet. Wir haben vorhin beide Teile verbrannt. Keine Lügen mehr, keine Phantome und Fantasiegeister. Wir wollen das Leben, das *echte* Leben, und das wartet nun mal nicht auf uns, wenn wir unser Glück von magischem Gebäck abhängig machen. Ihr zwei, du und dein *Patty*, ihr habt euch wirklich verdient! Ihr seid beide unglaublich verbittert, und ich habe Mitleid mit euch, dass ihr einfach nicht erkennen könnt oder wollt, dass das Leben auch ohne Intrigen, Hass, Eifersucht und Verrat Wunder für uns parat hält. Ich mache euch keine Szene. Es ist mir egal. Mein Herz hat sich geschlossen. Ich komme damit klar. Nur ihr solltet mal überlegen, ob es das alles auch wirklich *wert* war!«

Wie, um meine Worte zu unterstreichen, klingelte in dieser Sekunde McDoubles Handy. Es war wohl der Taxifahrer, der darauf wartete, sie einzusammeln, um sie zurück in ihr trostloses Hexenhaus in Harping Charms zu bringen, wo sie von mir aus in ihren Kesseln aus Niedertracht für den Rest ihres Lebens rühren konnte!

Ich drehte mich auf dem Absatz um und rannte von dem größten Fehler weg, den ich jemals begangen hatte: anzunehmen, ein Mann könne das Loch in meiner Brust schließen. Denn wer nach Glück sucht, kann es nicht in *Fairy Cupcakes* finden. Nicht in *Fairy Cupcakes* und auch nicht in Männern. Wir finden es nur in uns selbst.

Kapitel 24

Willkommen im Jetzt. Ich sitze im Rosenpavillon etwas abseits der Hochzeitsgesellschaft und fühle mich wie ein Fisch, der am Strand liegt und nach Wasser lechzt, wohlwissend, dass er nie mehr, in keiner Minute seines einsamen Lebens, spüren wird, wie sich jene kühle Feuchtigkeit sanft um seine silbrigen Schuppen windet und ihm das Gefühl gibt, lebendig zu sein. Denn hier auf diesen nasskalten Körnern klebrigen Sandes wird er sterben und kann nichts dagegen tun. Es ist nur eine Frage der Zeit. Das Atmen wird schon schwerer.

Ich zittere am ganzen Körper, während ich mich weiter im Schatten des Pavillons verkrieche und vor meinem inneren Auge jene Indizien vorbeiziehen sehe, die diesen Albtraum schon viel früher hätten beenden können. Denn ein Teil von mir hat es immer gewusst. Mir war vollkommen klar, dass Patrick nicht der Richtige für mich sein kann. Ich habe mir nur etwas vorgemacht – so, wie ich mir als Kind immer eingeredet habe, dass ich Brokkoli liebe, damit mich meine Mutter nicht mehr länger mit diesem tadelnden Blick betrachtet.

Hier höre ich das Gelächter und Getratsche der Hochzeitsgäste nur noch wie ein fernes Echo.

Obwohl sich meine Brust vor Schmerz verzieht, empfinde ich doch auch Erleichterung. Es ist besser, von Patrick getrennt zu sein und die Wahrheit zu kennen, als weiterhin in einer Blase aus Lügen dahinzutreiben. Vielleicht kann ich jetzt sogar endlich wieder die Lola sein, die ich einmal gewesen bin. Die Lola, die glücklich sein konnte, ohne dass Danny dafür sorgen oder Jack mich mit seinen blauen Saphiraugen verführen musste.

Sie war nicht perfekt, hatte gute und schlechte Tage, und doch besaß sie etwas, das ihr niemand nehmen konnte: die Hoffnung, dass eines Tages alles gut werden würde. In diesem Moment scheint von jener Hoffnung allerdings nur wenig übrig geblieben zu sein. Ich muss mich erst mit dem Gedanken anfreunden, dass ich nicht nur Prince und Jack, sondern auch meine beste Freundin Melissa, so scheint es, für immer verloren habe.

Wir haben uns noch nie zuvor ernsthaft gestritten. Eigentlich nicht mehr, seit dem Tag, an dem wir uns um jene Packung *Chocolate Caramel Cookie Dough* in Deltons Pide zankten. Der Tag, an dem wir in unserer beider Leben getreten sind.

Und das Schlimmste dabei ist eigentlich, dass ich erst jetzt begreife, dass ich wahrscheinlich überreagiert habe. Klar, Melissa hat mich belogen, und das kann ich bis jetzt nicht wirklich gutheißen, aber Missy wollte mich nur beschützen, sie war auf meiner Seite, und ich konnte das nicht sehen, weil ich meine Seifenblase aus Lügen nicht verlassen wollte. Nun ist sie zerplatzt, diese Blase, und zurückbleibt dieses elende, kleine Etwas namens Lola Applepie, das sich, den Duft betörender Rosen in der Nase, die Augen aus dem Kopf weint.

Hier wären wir also wieder, am Anfang meiner Geschichte, am Anfang der Geschichte, die ein besseres Ende verdient hätte. Ich bin allein und verletzt – nur dieses Mal nicht am Rande des Little Birds, sondern am Rande der Villa *Victoria Blue.*

Victoria Blue. Hey! Das könnte doch eigentlich mein *Stichwort* sein! Ich habe gerade mehr als nur Lust, auch wieder einen auf *blau* zu machen. Ich könnte zum Buffet torkeln und so viel Champagner in mich hineingießen, bis mir schlecht wird. Und dann würde ich an diesen sonderbar tröstlichen Ort der Einsamkeit zurückkehren und mich zwischen den Rosen des Pavillons vergraben, so wie ich das auch schon an der Hauswand des *Little Birds* getan habe. Und auch heute wäre ich das Dornröschen, das bereit ist, endlich seinen hundertjährigen Schlaf anzutreten.

Ein schwerfälliges Seufzen entweicht meinen bebenden Lippen, als ich aus dem Schutz der Rosenblätter trete. Ich spüre, wie der Sommerwind durch meine Haare fährt, er trägt den Geruch von gebratenen Würstchen mit sich. Charles hat sicherlich großen Spaß mit seinem neuen Barbie-Harem. Ich sollte zu ihm gehen und prüfen, dass er nicht übermütig wird, sonst darf ich später einen Rollmops mit nach Hause nehmen.

Ich stöhne gequält auf. Als ich heute Morgen aus dem Haus bin, dachte ich nicht, dass dieser Tag einfach alles verändern würde. Es fühlt sich so an, als würde mein Leben gerade einen halsbrecherischen Purzelbaum nach dem anderen schlagen.

Die beiden Rezeptteile der Fairy Cupcakes rascheln in meinen Händen. Ich blicke auf sie hernieder und muss mit einem unbehaglichen Ziehen unter der Brust an Granny denken. Das verletzt mich eigentlich am meisten. Früher konnte ich meine Gedanken zu Granny schweifen lassen und habe ein lachendes Gesicht gesehen, das mir gut zuredet oder mir einen Erdbeermuffin unter die Nase hält und sagt: »Den musst du unbedingt probieren!« Jetzt wird diese Erinnerung von Argwohn überlagert und der einen großen Tatsache, die ich einfach nicht verstehen kann: Sie und McDouble sind einmal beste Freundinnen gewesen. Dieser Gedanke fühlt sich mehr als nur merkwürdig an. Ich sehe die beiden vor meinem inneren Auge: beim Kaffeeklatsch, im Park, beim Shoppen. All diese Bilder fühlen sich unglaublich falsch an.

Warum hat Granny mir nie etwas davon erzählt? Hat sie mir nicht vertraut? Hat sie befürchtet, ich würde sie verurteilen? McDouble und Granny … Keine Chance, da klinkt sich meine Vorstellung aus. Doch wie lange das Ganze auch gegangen sein mag, ein Erlebnis hat das alles für immer kaputt gemacht. Jetzt bleibt nur noch zu hoffen, dass es zwischen mir und Melissa nie so weit kommen wird. Dass das heute nicht unsere letzte Begegnung war. Dass wir weiterhin zusammensitzen, lachen und plaudern werden. Auch wenn ich gewiss noch ein paar Tage brauchen werde, bis ich ihr gänzlich verziehen habe.

Ich blicke auf das zauberhafte Rezept zwischen meinen Händen.

McDouble denkt jetzt, die magischen Dokumente seien zerstört. Vielleicht bringt mir das endlich Frieden, vielleicht habe ich jetzt das Glück, Betty nie wieder im *Little Birds* bedienen zu müssen. Ich hoffe wirklich, dass sich meine Notlüge gelohnt hat, dass sie der Freispruch war für mich und meine Nerven.

Ich falte die Zettel zusammen und stopfe sie in meinen Ausschnitt. Hier sollten sie erst einmal sicher sein. McDouble wird mit Sicherheit nicht zum Busengrapscher. Sie ist die Letzte, die etwas an meinen Brüsten zu suchen hat. Und Patrick … der kommt direkt vor ihr.

Erneut stöhne ich auf. Ich sollte Charles suchen, und danach hau ich hier ab, am besten möglichst unauffällig und ohne, dass jemand bemerkt, dass ich überhaupt hier gewesen bin. Ja, genau. Das klingt doch nach einem guten Plan!

Gerade, als ich mich zum Gehen wenden möchte, höre ich eine vertraute Stimme hinter mir.

»Du bist gekommen«, sagt diese mit unverkennbarer Überraschung in der Stimme, und mein Herz zieht sich dabei augenblicklich schmerzhaft zusammen.

Nein, gar nicht gut. Vollkommen unpassender Moment! Ich möchte nach Hause. *Jetzt*! Aber plötzlich steht die Person vor mir, mit der ein kurzes, abgehacktes Gespräch jetzt und unter diesen Umständen völlig unmöglich ist.

»Ja«, stoße ich matt hervor. »Bin ich.«

Rebecca sieht mich mit ihren Onyx-Augen liebevoll an. Selbst mit der riesigen Knollennase hat ihr Gesicht noch etwas unglaublich Elfenhaftes. Eine Frau wie Rebecca White – Pardon, Rebecca *Stone* – kann man eben durch nichts entstellen. Sie steht vor mir in ihrem bezaubernden Hochzeitskleid, auf das selbst Herzogin Meghan eifersüchtig gewesen wäre, und röntgt mich mit einem derart intensiven Blick, dass meine Fingerspitzen anfangen zu kribbeln.

»Lola, was ist denn los?«, fragt sie erschrocken, als sie mein tränenverschmiertes Gesicht sieht, dann fällt sie mir ohne Vorwarnung in die Arme. »Lola, es tut mir so unendlich leid!«, schluchzt sie dabei. »Ich wusste nicht, wie sehr es dich verletzt! Ach, hätte ich dir diese Einladung bloß nicht noch geschickt, dann hättest du das alles hier gar nicht ertragen müssen!« Becky drückt mich so fest an sich, dass ich kaum noch Luft bekomme. »Aber ich konnte nicht anders, Lola!«, winselt sie an meinem Ohr. »Du warst meine beste Freundin, und ich wollte nie akzeptieren, dass ich dich komplett aus meinem Leben streichen muss. Alles nur, weil mein Herz seinen Weg gegangen ist!«

Unbeholfen tätschle ich ihren Rücken. »Rebecca, beruhige dich«, flüstere ich hilflos, doch Becky lässt immer noch nicht von mir ab, klammert sich an mich, als schwebe sie vor einem klaffenden Abgrund.

»So sehr ich Daniel auch liebe, ich bin nie darüber hinweggekommen, dass unsere Liebe einen so hohen Preis hatte ... den unserer Freundschaft.« Jetzt lösen sich ihre schlanken Arme von mir, und sie sieht mich vollkommen aufgelöst an. »Bitte verzeih mir! Ich hätte dir das alles niemals antun dürfen.«

Ich senke den Blick. Plötzlich ist die Antwort ganz einfach.

»Ihr habt meinen Segen«, entgegne ich leise. »Und das sage ich nicht einfach nur, damit du aufhörst, dir dein teures Braut-Make-up zu ruinieren. Ihr beide seid füreinander bestimmt, und wenn ich ganz ehrlich bin, hat uns die letzten Monate nicht mein gebrochenes Herz im Weg gestanden, sondern mein verletztes Ego.«

Becky sieht mich verwirrt an. »Du meinst also, es ist *okay*?«, hakt sie unsicher nach. »Aber warum siehst du dann so furchtbar mitgenommen aus?« Sie streicht mir sanft über meine wirre Haarpracht.

»Weil ich erkannt habe, dass wir unser Glück nicht an andere Menschen hängen sollten. Sie haben die schlechte Angewohnheit, uns zu enttäuschen.«

»Lola, was ist passiert?«, fragt Becky mit ehrlichem Interesse.

Wie von selbst stolpern die Worte aus meinem Mund und erzählen meiner ehemals besten Freundin meine Geschichte – natürlich ohne die magischen Details.

»Ich weiß nicht, wie es weitergehen wird«, ende ich, »aber ich bin mir sicher, dass sich etwas ändern muss. Ich kann nicht mein ganzes Leben lang in *Harping Charms* versauern. Die Welt wartet auf mich, Becky, ich weiß es! Sie hat immer gewartet, ich hatte nur keine Zeit für sie. Aber das wird sich jetzt ändern!«

Rebecca nickt verständnisvoll. »Egal, was ist«, meint sie aufrichtig, »ich bin für dich da. Ich habe dich schon einmal verloren, und ich werde nicht zulassen, dass das noch einmal passiert.« Erneut schließt sie mich in ihre Arme, und zum ersten Mal, seitdem ich vor McDouble und Patrick davongerannt bin, fühle ich mich wirklich besser.

»Ich hab dich lieb, Kleines«, wispert Rebecca.

»Ich hab dich auch lieb, Rebecca«, erwidere ich und vergrabe meinen Kopf in ihrem weißen Schleier.

Und so stehen wir da, Rebecca und ich am Fuße dieser herzzerreißend schönen Kulisse der *Victoria Blue*. Und alles ist, als hätte es den unschönen Vorfall von vor über einem Jahr niemals gegeben. Als wäre mein Herz in dem Moment, als mich Becky gegen ihr eigenes gedrückt hat, wieder ein Stück weit zusammenwachsen.

»Du hast mir gefehlt«, gebe ich zu, und Becky gluckst in meinen Armen mit Freudentränen in den Augen.

»Du mir auch«, antwortet sie aufrichtig.

Ich genieße es einfach nur, von ihr umarmt zu werden. Der erste Lichtblick an diesem fürchterlichen Tag. Das erste Grün, das aus einem Meer voller Aschefetzen hervorblitzt, das ich hinter mir zurückgelassen habe. Das erste Grün, das zu einer Blume werden könnte, wenn wir unsere zweite Chance als Freundinnen aus ganzem Herzen annehmen.

»Möchtest du mit hoch kommen?«, fragt Becky schließlich und nickt in Richtung Festzelt.

Ich schenke ihr ein aufrichtiges Lächeln und sehe dann gedankenverloren zum Himmel empor. »Ach Becky!«, seufze ich. »In den letzten Wochen ist so viel passiert – eigentlich ist mir so gar nicht zum Feiern zumute! Wenn ich ganz ehrlich bin, würde ich jetzt am liebsten nach Hause fahren.«

»Das kann ich verstehen!«, entgegnet Rebecca sanft. »Wir können das gemeinsame Feiern auch nachholen! Mach es so, wie es dir am besten passt! Du kannst natürlich auch nur deine Tränen trocknen lassen und dann zum Festzelt kommen. Später gibt es sogar noch Live-Musik!«

Ich ziehe eine wehleidige Grimasse. »Das könnte Stunden dauern. So, wie ich aussehe, passe ich höchstens auf eine Halloween Party!«

»Ach Quatsch – du siehst toll aus!«

»Komm schon, Becky, hör auf! Du bist hier die Einzige, die toll aussieht!«

»Mach keine schlechten Witze, Lola! Ich habe den Alien in meinem Gesicht gesehen. Ich kann mir wirklich nicht vorstellen, wie das passieren konnte. Am besten, ich gehe morgen zum Arzt.«

Ich grinse mysteriös. »Ein Arzt wird nicht nötig sein. Spätestens in zwei Tagen ist das doofe Ding wieder weg, du wirst sehen. Und dann wirst du dein überdimensionales Riechorgan auch vergessen haben«

»Woher willst du das denn wissen?«, fragt Becky überrascht.

»Ich weiß es eben«, entgegne ich geheimnisvoll und zwinkere meiner Freundin zu. »Jetzt geh wieder zu deinen Gästen, ja?«

Sie nickt und drückt mir einen kurzen Kuss auf die Wange. »Da gibt es noch eine Sache, Lola«, sagt sie daraufhin vorsichtig.

»Du kannst mir alles anvertrauen«, erwidere ich und lächle sie auffordernd an.

»Danny und ich bekommen ein Baby«, schießt es da auch schon aus ihr heraus. »Niemand weiß davon, nicht einmal Daniel. Ich wollte mit der Nachricht bis heute Abend warten.«

»Becky, wow!«, stammle ich und bin fast überrascht, dass ich mich tatsächlich für die beiden freue. »Das ist … fantastisch!«

Becky fällt mir ein letztes Mal in die Arme. »Wirklich, du freust dich?«, fragt sie dabei etwas unsicher.

»Rebecca, das ist eine wundervolle Nachricht!«, versichere ich ihr. »Ich habe dir bereits gesagt, dass du und Danny meinen Segen habt, und daran wird auch ein Baby nichts ändern.«

Ich sehe dabei zu, wie sie mit wehendem Brautkleid zurück

zum Festzelt tänzelt. Dann bin ich wieder allein, stehe da und betrachte nachdenklich die wilde englische Landschaft, die sich hinter *Victoria Blues* Grundstück erstreckt.

Der Himmel ist immer noch zartblau, ohne eine einzige Wolke.

Alles ist genau so, wie Becky sich das gewünscht hat, oder besser: wie sie es verdient hat.

Vögel zwitschern, der Duft von Blumen vermischt sich mit dem des riesigen Hochzeitsbuffets, eine Band spielt, entlockt ihren Gitarren, einem Klavier und Schlagzeugen Melodien, die ohne Weiteres in einen kitschigen Film gepasst hätten. Alle haben gute Laune, tanzen, lachen, klimpern mit Sektgläsern.

Alle außer meiner Wenigkeit.

Ich lasse meine Haare vom Sommerwind zerzausen und warte darauf, dass das dumpfe Gefühl in meiner Brust verschwindet. Ich möchte zu Rebecca, ich möchte mit ihr und ihren Barbie-Freundinnen feiern – wenn ich mich beruhigt habe, wenn ich erkannt habe, dass mein Leben nicht hoffnungslos ist, dass selbst für *mich* ein Licht in der Dunkelheit schwebt und ich nur wenige Schritte in die richtige Richtung machen muss, um es zu sehen.

Ich wische meine Tränen von den glühenden Wangen. Es muss sich etwas ändern. Ich weiß noch nicht genau, was, aber ich habe das Gefühl, dass ich es bald herausfinden werde. Es ist nur noch eine Frage der Zeit und des Nachdenkens.

Ein melancholisches Lächeln liegt mir auf den Lippen. Weil ich fühle, dass sich meine Geschichte dem Ende zuneigt. Diese Geschichte endet, und es wird ein neues Buch aufgeschlagen. Ein Buch, in dem es eine glückliche Lola Applepie gibt, die allen Umständen trotzt, tapfer den Kopf über Wasser hält – denn das bin ich, das ist die *wahre* Lola, auch wenn ihr wenig von ihr kennengelernt habt.

»Granny«, flüstere ich dem wolkenlosen Himmel zu und ziehe die Rezeptteile aus meinem BH, »ich weiß, du wolltest mir nur helfen. Aber sieh mal was diese Pergamente selbst aus dir und Betty gemacht haben.« Ich falte die beiden Papiere auseinander und halte sie gegen das Sonnenlicht, als würde ich sie meiner

Großmutter ein letztes Mal zeigen. »Ich weiß nicht, woher dieses Rezept kommt und wie du, oder wer sonst daran beteiligt war, so etwas heraufbeschwören konnten. Und es ist bestimmt unbezahlbar. Aber weißt du was, Granny? Freundschaft ist das auch, und du hättest niemals diesen unendlich hohen Preis zahlen sollen. Diese Cupcakes bringen mehr Unglück als Glück. Deshalb hoffe ich, du verstehst, dass ich die beiden Rezeptteile über die Golden Cliff werfen werde, sobald ich dazu Zeit finde!«

Die Blätter in meinen Händen zittern. Für einen kurzen Moment muss ich innehalten und die Augen zusammenkneifen, weil ich meine, etwas entdeckt zu haben. Es ist ein Monogramm! Dort, am unteren Rand des zweiten Teils, der für so lange Zeit verschollen gewesen ist! Ein großes A, auf dessen Balken ein kleines B sitzt. Ob das die Initialen von Granny und jener Person sind, die dafür mitverantwortlich ist, dass dieses magische Rezept überhaupt existiert? Plötzlich schlägt mein Herz ganz schnell. Applepie und B. Ob damit wohl Betty gemeint ist?

»Es tut mir leid«, wispere ich aufrichtig. »Ich hoffe, der oder die geheimnisvolle B kann es mir verzeihen. Aber ich muss es tun, Granny! Ich muss das Rezept zerstören. Und da du nicht mehr hier bist, um mich aufzuhalten …« Ich senke den Kopf, weil mir schon wieder Tränen in den Augen brennen. »Ich vermisse dich!«, gestehe ich daraufhin mit kläglicher Stimme. »Und irgendwie hatte ich das Gefühl, dass du durch die *Fairy Cupcakes* wieder lebendig geworden bist, dass du hier warst und jeden meiner Schritte verfolgt hast, dass du gesehen hast, was ich gesehen habe, dass du gefühlt hast, was ich gefühlt habe!«

Es kommt mir so vor, als würden Grannys Hände über meinen Kopf streichen, während ihre sanften Lippen versöhnlich *»Es ist okay*!« flüstern.

Ich hebe meinen Kopf, bereit für einen Neuanfang. Und gerade als ich beschlossen habe, dass es das Beste ist, die Vergangenheit ruhen zu lassen, im Jetzt zu leben und mit einem positiven Gefühl an die Zukunft zu denken, ist da plötzlich eine Melodie, die vom Festzelt zu mir getragen wird. Es ist eine Melodie, die meinen

Puls augenblicklich in die Höhe treibt, eine Melodie, die mich nur noch in unregelmäßigen Abständen atmen lässt und dafür sorgt, dass mir fast der Boden unter den Füßen weggezogen wird. Es ist *meine* Melodie. *Mein* Lied.

Es ist *Lucky One* von den *The Lucky Ones*. Sie sind hier? Jack ist hier? Becky und Danny haben sie für ihre Hochzeit engagiert? Kann das denn sein?

Mit wehendem Kleid schnelle ich herum und renne mit trommelndem Herzen meinem Glück entgegen, wohlwissend: Das könnte der Anfang einer neuen Geschichte sein.

Jacks Story

Schicksalszauber

Mein lieber Junge,
mit großem Bedauern muss ich dir mitteilen, dass ich das Gefühl habe, dass meine Geschichte zu Ende geht.
Du weißt, ich habe mein Leben immer als einen kunterbunten Abenteuerroman angesehen, dessen letzte Kapitel ich nun langsam ansetze. Tinte und Pergament liegen schon bereit, ich muss nur noch meine ledrigen Finger danach ausstrecken und anfangen zu schreiben. Mein alter Körper fühlt sich träge an, ich bin eine lahme Schildkröte, die tapfer in ihrem Panzer dahinkriecht. Aber mein Geist, mein Lieber … in diesen letzten Augenblicken meines Daseins hat er sich in eine Schar summender Bienen verwandelt, die jetzt ungeduldig zu jenen kostbaren Rosen meiner Vergangenheit ausschwärmen!
Denn ihren Duft muss ich noch einmal in mich aufgesogen haben, noch einmal möchte ich jene Geister der Erinnerung mit neuem Leben füllen und mich dann gebührend von ihnen verabschieden, bevor endgültig der Vorhang fällt.
Du fragst dich jetzt vielleicht, warum ich so dramatisch daherrede. Nun, ich möchte dich darin bestärken, deinem alten Grandpa einen letzten Gefallen zu tun, der ihm sehr am Herzen liegt. Und bekanntermaßen funktioniert das besser, wenn man zunächst einmal heroische Reden schwingt. Ich habe lange genug gelebt, um in dieser Angelegenheit Bescheid zu wissen.
Bitte nimm nicht an, ich würde wirres Zeug reden! Ja, es mag sein, dass ich dies schon das ein oder andere Mal getan habe – doch in diesem Fall ist es mir sehr ernst. Der Grund meines Briefes und die damit einhergehende Bitte sind eigentlich simpel und doch so komplex. Obwohl es nur ein einziges Worte braucht, um das Schimmern der Erkenntnis in deine hübschen blauen Augen zu schicken: Liebe!
Gott bewahre, deine Großmutter dreht sich gerade mit Sicherheit im Grab herum, weil sie ahnt, dass sie sich nicht angesprochen fühlen darf.

Ich bin mir nicht einmal sicher, ob du mich verstehen kannst. Natürlich hätte ich mich in dieser Angelegenheit auch an deine kleine Schwester Emma wenden können – doch es erschien mir unpassend. Wahrscheinlich weißt du auch, warum. Emma – dieses Bündel an Emotionen, das jede Woche glaubt, unsterblich in jemand anderen verliebt zu sein … Mein liebster Enkel, eine solche Seele versteht noch weniger, wovon die Rede ist, als eine, die – du weißt es ja selbst – nie geliebt hat.

Vielleicht wünsche ich mir gerade deswegen, dass du dich auf die Spuren meines Herzens begibst. Weil ich möchte, dass du verstehst, dass es nicht falsch ist zu lieben, dass es sogar nichts Schöneres, nichts Befreienderes, nichts Mächtigeres gibt, als das Gefühl der vollkommenen Hingabe.

Ihr Name ist Mathilda! Präge dir diesen Namen ein, als wäre er dein eigener – denn du musst diese Frau finden, hörst du? Mich verbindet viel mehr mit diesem zarten Wesen als nur eine große Liebesgeschichte, die – wie wohl die meisten großen Liebesgeschichten – irgendwann aus den falschen Gründen scheiterte.

Um genau zu sein, gibt es da ein Geheimnis. Moment – das ist nicht ganz richtig, denn in Wahrheit gibt es mehr als eins. So kommt es, dass meine liebe Mathilda nicht ganz unschuldig an deinem derzeitigen Erfolg ist – aber das möchte ich hier nicht weiter ausbauen, denn wer weiß schon, wer diesen Brief in die Finger bekommen könnte!

Mein lieber Junge – du musst nicht alle Einzelheiten kennen, um zu wissen, dass ich auf deine Hilfe angewiesen bin! Nur du kannst diese Reise für mich antreten. Wie du ja selbst weißt, bringen mich meine alten Knochen in diesen Tagen nicht mehr weit. Finde Mathilda, und arrangiere ein Gespräch unter vier Augen – ich möchte, dass ihr Lächeln das Letzte ist, was ich sehe, bevor ich aus dieser Welt trete!

Ja, ja, ist ja gut … da kommt wieder der schwülstige Schriftsteller in mir durch.

Aber das wirst du mir doch bitte verzeihen, oder, Jack?

In Liebe, dein Grandpa Alfie

Kapitel 1

Das Merkwürdigste an der ganzen Sache ist, dass ich nie ein Mensch war, der an das Glück geglaubt hat. Doch ohne Glück wäre ich jetzt mit Sicherheit nicht hier. Hier, an einem Ort, bei dem ich mir anfangs zu 99,9 Prozent sicher war, dass ich ihn niemals finden würde.

Grandpa Alfie hätte es mit seiner krächzenden, etwas wahnwitzigen Stimme, mit der er immer ein wenig wie ein verrückter Professor klingt, wohl *Schicksal* genannt – aber ich bin kein dramatisierender Schriftsteller. Nur jemand, der einem sterbenden Mann einen letzten Wunsch erfüllen möchte.

Glück, Schicksal … Vielleicht sollte ich diese beiden Worte doch in mein tägliches Vokabular mit aufnehmen – denn das Sonderbarste kommt erst noch: Ich habe das Gefühl, schon einmal hier gewesen zu sein. Nun ist ein Déjà-vu an sich schon etwas höhst Eigenartiges, nur in meinem Fall macht es einfach keinen Sinn, denn ich weiß, dass ich noch nie hier gewesen bin, auch wenn mir mein Körper vormachen will, dass ich mich irre. Vielleicht ist das der Grund, warum ich bereits seit zehn Minuten wie ein Statue in meinem Auto verharre und mich nicht traue auszusteigen, aus Angst vor dem, was als Nächstes passieren könnte.

Denn ein Tag, an dem ich, Jack Blueberry, anfange, an das Glück zu glauben und zudem noch ein Déjà-vu nach dem anderen durchlebe, muss Geschichte schreiben.

Ich habe nur Bedenken, was für eine es sein wird. Ein Thriller, ein Drama oder doch … eine Liebesgeschichte? Ich glaube, dass zumindest Letzteres sehr in Grandpa Alfies Sinn herumgeistert, der wohl alles dafür geben würde, um mir das kleine Einmaleins der wahren Liebe beizubringen. Nicht umsonst bin ich es, der jetzt an diesem schicksalsschwangeren Ort in seinem Auto sitzt, um den sanften Spuren von Alfies Herzen zu folgen, die er im Sand seines langen, glücklichen Lebens hinterlassen hat.

Ich lehne mich in meinem Sitz zurück und schließe für einige Sekunden die Augen.

»Du benimmst dich total lächerlich«, sage ich dabei mahnend zu mir selbst. Zwischen meinen Fingern fühle ich das raue Pergament, das mir mein Grandpa mit einem hoffnungsvollen Schimmer in den Augen in die Hand gedrückt hat. Mit nachtblauer Tinte steht dort geschrieben:

Little Birds
24 Ellington Road
Harping Charms

Es war nicht einfach gewesen, hierherzufinden, und doch habe ich es geschafft. Und das alles, um jetzt wie gelähmt in meinem Wagen sitzen zu bleiben und darüber nachzudenken, warum es mir, verdammt noch mal, so schwerfällt auszusteigen. Es ist ja nicht so, dass dort draußen eine gefräßige Zombiemeute auf mich wartet, oder?

Ich öffne meine Augen wieder und beobachte, wie sich eine sehr dicke Frau über die Straße wälzt. Vielleicht sollte ich das mit der Zombiemeute doch nicht ganz aus meiner Fantasie streichen.

Die Gestalt schleift einen winzigen Hund hinter sich her und wirkt ein wenig trübselig, als sie schließlich vor dem von Pflanzen umrankten Gartentor stehen bleibt, von dem ich denke, dass es der Eingang zu diesem *Little Birds* sein könnte. Sie tritt nicht ein, lugt nur sehnsuchtsvoll zwischen den gusseisernen Stäben hindurch und möchte sich dann wieder abwenden.

Kurzerhand fälle ich eine Entscheidung, kurble mein Fenster hinunter und strecke meinen Kopf hinaus.

»Entschuldigung, Ma'am!«, rufe ich der ausladenden Frau zu,

die sich daraufhin mit zusammengezogenen Augenbrauen zu mir umdreht und mich missbilligend mustert, als wäre der Ausdruck *Ma'am* eine folgenschwere Beleidigung.

»Kennen wir uns?« Drei Schritte mit ihren kurzen, fleischigen Beinchen, und sie bleibt bedrohlich neben meinem Wagen stehen. Die dicke Dame ist in ein graues Kostüm gehüllt und ähnelt damit sehr einem wandelnden Nilpferd. Ihr Gesicht ist mit einigen schichten Make-up vollgespachtelt, und ihre Lippen sind zu einem merkwürdig hinterlistigen Lächeln verzogen. »Kennen wir uns?«, wiederholt sie mit drohendem Unheil in der Stimme. Ich sehe schon, das hier ist weder ein Thriller noch ein Drama oder eine Liebesgeschichte: Es ist der Anfang eines Horrorfilms – und die massige Gestalt vor mir besetzt mit hundertprozentiger Sicherheit die Hauptrolle.

Ein flaues Gefühl breitet sich in meiner Magengrube aus. Ob mich die Fremde wohl erkannt hat? Dabei habe ich das Elixier heute früh gar nicht getrunken. Obwohl ich es gewohnheitsmäßig eigentlich jeden Tag zu mir nehme, habe ich mich heute, bei dieser wichtigen Mission, ganz bewusst dagegen entschieden. Tausende Menschen da draußen werden sich an diesem Tag also nicht einmal an meinen Namen erinnern, keiner weiß mehr, dass ich eigentlich ein begnadeter Superstar bin.

»Nein …«, sage ich also bestimmt, denn ich habe jetzt keine Lust auf eine Autogrammstunde. »Ich denke nicht, dass wir uns kennen!«

Die Frau wirkt nicht überzeugt. Sie kneift angestrengt ihre Lider zusammen, als könne sie dadurch mehr Klarheit gewinnen – und es scheint tatsächlich zu funktionieren.

»Doch«, krächzt sie schließlich mit Nachdruck. »Ich bin mir sicher, dass ich Sie schon einmal hier gesehen habe.«

Das kleine Wörtchen *hier* veranlasst mein Herz dazu herumzustolpern. Mir wird klar, dass mich diese Frau nicht aus dem Fernsehen oder Radio und damit von meiner Band *The Lucky Ones* zu kennen glaubt. Sie denkt, sie wäre mir schon einmal in diesem winzigen Vorort namens Harping Charms begegnet. Aber das ist völlig unmöglich, weil ich nämlich noch nie hier gewesen bin.

Jedenfalls denke ich das, auch wenn mir mein Gehirn immer noch etwas anderes einzureden versucht.

»Nein!«, beharre ich, langsam wird mir das Ganze hier wirklich zu bunt. Ich würde am liebsten meine Handbremse lösen und wieder in Richtung London davonbrausen. »Wir kennen uns nicht – ich wollte Sie lediglich etwas fragen.«

»Etwas fragen?« Die Dame vor meinem Autofenster zieht überrascht ihre Augenbrauen nach oben, als hätte sie bereits seit Jahren keine Frage mehr beantwortet. »Dann nur zu!« Ihr dick mit Lippenstift bepinselter Mund verzieht sich wieder zu diesem unangenehm angriffslustigen Grinsen.

Meine Kehle zieht sich zusammen, meine Mundhöhlen sind plötzlich ganz ausgetrocknet.

»Das da vorn – ist das das *Little Birds*?«, stottere ich schließlich und klinge dabei wie ein aufgeregter Schüler, der ein Referat halten muss.

Das Gesicht der Frau verdüstert sich. »Warum wollen Sie das wissen?«, blökt sie, nimmt ihren winzigen Hund wie eine Waffe vor sich auf den Arm und funkelt mich durch ihre wässrigen Schweinchensaugen böse an.

Das zierliche Hündchen bellt sofort los, als hätten sich die negativen Schwingungen seines Frauchens augenblicklich auf sein Gemüt übertragen. Andererseits könnte es aber natürlich auch sein, dass der arme Hund kaum noch Luft bekommt, da die Dame gerade ziemlich forsch zupackt.

»Ich … ähm, suche jemand!«, erkläre ich und weiche etwas von den kleinen, spitzen Piranha-Zähnen des Schoßhündchens zurück.

»So, so!«, entgegnet die Frau klanglos. *»Wen?«*

Oh Mann, diese Person ist aber ganz schön neugierig.

»Die Besitzerin des *Little Birds*! Ist sie gerade da?«, frage ich und zwinge mich dazu, mein gewinnbringendstes Lächeln aufzusetzen – das, mit dem ich Zahnpasta verkaufen könnte.

Die Dame schweigt für einige Sekunden, doch es kommt mir wie Stunden vor, als sie trotzig erwidert: »Das kann ich Ihnen nicht sagen, Freundchen – die Sache ist nämlich die: Ich habe so etwas wie Hausverbot im ach so tollen *Lucky Little Birds*. Ein Skandal, nicht?! Ich war der beste Gast, bis ich mich mit der Person zerstritten habe, die Sie jetzt so gern aufsuchen möchten! Ich denke, das Beste wäre, wenn Sie selbst hineingehen und sich umsehen! Und wenn sie Mitleid haben, bringen Sie mir danach ein Stück Kokostorte vorbei, ja? Ich wohne gleich gegenüber, McDouble mein Name. Einen guten Tag!« Damit dreht sie sich auf dem Absatz um und stürmt die Straße hinauf, als hätte ich sie an ein fürchterliches Trauma erinnert, vor dem sie jetzt in letzter Sekunde fliehen muss, bevor es sie gänzlich einholt.

Ich sitze da und seufze.

Schade, jetzt komme ich doch nicht drum herum, mein Auto zu verlassen. Tief in mir drin habe ich nämlich gehofft, dass diese merkwürdige McDouble mir vielleicht sagen würde, dass die Besitzerin des *Little Birds*, diese Mathilda Applepie, nicht da ist – dann hätte ich sofort umdrehen können, um meinem armen Grandpa Alfie die schlechte Nachricht zu überbringen.

Aber so muss ich mich doch aus dem Schutz meines Autos wagen und mich den merkwürdigen Gefühlen unter meiner Brust stellen, die jetzt immer heftiger aufflammen.

Was ist nur los mit mir?

Vorsichtig setzte ich also einen Fuß auf den Asphalt hinter meinen Autotüren und sehe mich dann mit klopfendem Herzen auf der Straße um.

Harping Charms ist wirklich nicht groß. Tatsächlich ist es so beschaulich, dass ich mich in diesem Moment frage, warum es überhaupt einen eigenen Ortsnamen bekommen hat. Es gibt wenige, dafür aber sehr anmutige Häuser, die sich pittoresk aneinanderreihen wie die Modelle einer kitschigen Urlaubskarte. Darüber prunkt ein makellos blauer Himmel, an dem nur vereinzelte Pufferwolken vorbeisegeln, wie Schäfchen, die von ihrer Herde abgekommen sind.

Ich ziehe die frische Sommerluft ein und denke, dass es doch fast schade ist, dass ich noch nie hier gewesen bin. Bis zum heutigen Tag habe ich stets das bunte, urbane Leben Londons vorgezogen. Aber hier … Hier kann man, wie es scheint, wirklich zur Ruhe kommen, den Lärm der Großstadt vergessen, sich ganz dem Säuseln des Windes, dem Trällern der Vögel, dem Rascheln des sattgrünen Grases hingeben.

Ich verpasse mir einen letzten Ruck, gleite aus meinem Wagen und laufe dann mit pochendem Herzen auf das verschlungene Tor des *Little Birds* zu, hinter dem ich einen hübschen Garten wahrnehme und ein verträumtes Cottage, das aussieht, als hätte man es aus einem Jane-Austen-Roman entwendet: helles Mauerwerk, umschlungen von eifrigem Kletterefeu, Rosenranken und ein struppiges Reetdach, auf dem sich einige Vögel balgen. Ich habe wohl noch nie in meinem Leben ein entzückenderes Haus gesehen … außer vielleicht auf der Kinoleinwand in irgendeinem schnulzigen Blockbuster.

Ein Schild mit der Aufschrift *Little Birds* verrät, dass ich richtig bin – ich habe also keine Ausrede mehr, sofort umzudrehen und nach London zurückzufahren, um mich in der Sicherheit meiner Wohnung anderen Dingen zu widmen als diesem beklemmenden Gefühl, das mir einreden möchte, dass ich nicht zum ersten Mal vor dieser Tür stehe.

Ich atme gezielt ein und wieder aus, als würde ich mich darauf vorbereiten, in eiskaltes Wasser zu springen. Dann setze ich zögernd eine Hand auf die Klinke des Gartentores.

Ein leises, metallisches Seufzen erklingt, als dieses aufschwingt und ich schlüpfe zögernd hindurch.

Der Duft von Rosen und anderen Blumen ist hier noch intensiver, er benebelt meine Sinne, und ich bin mir fast sicher, noch nie etwas derart Überwältigendes gerochen zu haben. Dann ist da plötzlich eine Melodie in meinem Kopf. Hartnäckig wiederholt sie sich immer und immer wieder, als wäre es ihre Bestimmung, jetzt und in diesem Augenblick an die Oberfläche zu dringen. Ich verstehe nicht, warum mir unvermittelt mein Song *Lucky One* auf den Lippen liegt, aber ich summe ihn, als ich die Auffahrt hinaufspaziere und mich dabei von den fabelhaften Gerüchen und Geräuschen dieses verwunschenen Gartens umtanzen lasse.

»Lucky One« wahrscheinlich ist es gerade dieser Song, weil ich heute wirklich ein Glückspilz bin. Ich hätte nie gedacht, den Wunsch meines Großvaters so schnell erfüllen zu können.

Ich habe seine Idee, hierherzukommen, für wahnwitzig gehalten. Zwar habe ich genickt – und das mit einem freundlichen Lächeln auf den Lippen –, und doch hat mein Verstand nicht glauben wollen, dass es derart einfach sein würde zu finden, wonach sein Herz so dringlich verlangt. Wenn doch alles im Leben so simpel wäre.

Nun bin ich also hier: An dem Ort zu dem Grandpa Alfie liebend gern selbst gereist wäre, wenn seine alten Knochen es zugelassen hätten. Einige Vögel ziehen über meinem Kopf hinweg, alles an diesem Garten wirkt wie aus einer anderen Welt, einer Welt, von der ich mir seltsam sicher bin, dass ich sie in meinen Träumen schon oft betreten habe. Das ist die einzige Erklärung, die mir einfällt, um meine sich ständig erneuernden Déjà-vus zu akzeptieren.

Rosenhecken, Kletterefeu, Vergissmeinnicht und andere Blumen, die ihre kleinen Köpfe wie zur Begrüßung in meine Richtung strecken, als ich mit langsamen Schritten auf die weiß gestrichene, hölzerne Eingangstür zulaufe.

Gelächter und munteres Geplapper dringt von innen zu mir hinaus. Auf der rechten Seite des Hauses sehe ich den Ansatz eines hübschen Wintergartens, hinter dessen Scheiben einige vergnügte Gäste dampfende Tassen Kaffee und Kuchengabeln in den Händen halten. Selbst mir läuft das Wasser im Mund zusammen, als ein Schwall köstlicher Gerüche aus einem geöffneten Fenster zu mir hinüberweht.

Warum sagt mir mein Herz, dass ich schon einmal hier gewesen bin? Angst umfängt mich, denn obwohl ich mich hier wohlfühle, obwohl ich hier ewig stehen könnte, ist da ein merkwürdiges melancholisches Ziehen, das mir sagt, dass ich hier etwas sehr, sehr Kostbares verloren haben muss. … einen Schatz … vollkommen und unbezahlbar.

»Zeit, ihn wiederzufinden!«, murmele ich gedankenverloren,

schlage meine Augen auf und möchte gerade durch die Eingangstür treten, als mir eine junge Frau entgegenkommt.

Für einige Sekunden bleibt mir die Luft weg. Es gibt zwei Gründe, die dafür verantwortlich sind. Erster Grund: Sie ist wunderschön, ich bin mir sicher, dass ich nicht der erste Mann bin, dem bei ihrem Anblick die Spucke im Rachen stecken bleibt. Sie ist groß, mit tiefen nachtschwarzen Augen und langen, leicht gewellten Haaren, die ihr über die Schultern fallen. Zweiter Grund: Wo wir schon mal bei Déjà-vus sind – zum ersten Mal heute bin ich mir zu hundert Prozent sicher, dass ich diese Frau schon einmal gesehen habe – dass ich sie kenne, mehr noch, dass ich vor nicht allzu langer Zeit für sie gesungen habe, genauer gesagt auf ihrer Hochzeit: die Stones, Daniel und Rebecca.

»Hi!«, sagt sie und schenkt mir ein ausgelassenes, offenes Lächeln. »Kann ich Ihnen vielleicht weiterhelfen – ich habe Sie durch das Fenster gesehen und dachte, ich begrüße Sie einfach persönlich!«

Ihr Grinsen ist wunderbar, und ich erwidere es ebenso strahlend, suche in ihrem Gesicht nach einem Anzeichen dafür, dass sie mich ebenfalls erkannt hat.

»Mrs. Stone!«, sage ich und reiche ihr die Hand. »Schön, Sie wiederzusehen!«

Ihre Augenbrauen weiten sich überrascht. »Sie kennen mich?«, fragt sie neugierig und nimmt meine Hand freundlich entgegen, um diese zu schütteln.

Ich bin nicht enttäuscht, dass sie offenkundig keine Ahnung davon hat, wer da vor ihr steht. Schließlich ist dieser Umstand ganz und gar meine Schuld. Ich habe es mir selbst zuzuschreiben, dass sich kein Funken des Widererkennens in ihren Onyxaugen widerspiegelt. Wenn ich das Elixier nicht trinke, vergisst man mich wieder als Jack, den neuen Stern am britischen Musikhimmel, und nichts garantiert dafür, dass man mich aufgeregt auf der Straße mit einem »Oh mein Gott, bist du nicht Jack von den *The Lucky Ones*?!« anspricht. Oder in den meisten Fällen eher ankreischt. Bleiben wir bei der Realität.

»Ja!«, erwidere ich also höflich. »Ich habe vor zwei Wochen auf Ihrer Hochzeit gesungen! Mein Name ist Jack – Jack Blueberry.«

Mrs. Stones Gesicht nimmt nun einen leicht verwirrten Ausdruck ein.

»Oh ja – die Hochzeit!«, gluckst sie gedankenverloren. »Wissen Sie – ich habe manchmal das Gefühl, dass ich mich nur an sehr wenige Dinge erinnern kann, die an diesem Tag passiert sind. Meine Erinnerung daran ist lückenhaft! Als wäre ich furchtbar betrunken gewesen! Außerdem muss mich an diesem Tag ein schlimmes Insekt gebissen haben – auf allen Hochzeitsfotos ist meine Nase dreimal so groß!« Sie blickt auf ihren rechten Ringfinger hinab und grinst dann breit. »Na ja – wichtig ist doch zu wissen, dass ich jetzt verheiratet bin und das auch noch mit dem wundervollsten Mann, den diese Welt je gesehen hat.« Ihr Kopf glüht rot auf, als ihr klar wird, was sie da gerade einem wildfremden Menschen erzählte. »Entschuldigen Sie, Mr. Blueberry – sie müssen wissen, ich bin einfach schrecklich verliebt in meinen Daniel. Er ist meine große Liebe!«

Ich nicke, als wüsste ich, wovon sie spricht, wobei sich mein Herz ein wenig zusammenkrampft, weil ich in Wahrheit keinen blassen Schimmer habe, was ihre Worte wirklich bedeuten – was sie für mich bedeuten würden, würde ich sie jemals über meine Lippen bringen.

Das ist übrigens auch einer der Gründe, warum ich von Anfang an der Auffassung war, Grandpa Alfie hätte sich den falschen für seinen Auftrag ausgesucht. Ich soll seine große Liebe finden. *Ich*, jemand der nie geliebt hat. Bei näherer Überlegung ist das doch geradezu absurd!

Jungchen, du blockierst dein Potenzial, wenn du denkst, du könntest etwas nicht, höre ich meinen Grandpa wie auf Knopfduck durch meinen Kopf geistern.

»Wollen Sie reinkommen und einen Kaffee trinken?«, fragt Mrs. Stone nun.

»Ähm …«, setzte ich leicht nervös an. »Eigentlich bin ich nicht hier, um …«

»Ach papperlapapp – kommen Sie schon, der geht aufs Haus!« Die Frau packt mich bestimmt am Arm, zieht mich ins Innere des *Little Birds* und dann durch die Tür einer duftenden, hübsch eingerichteten Küche, von deren Decke unter anderem Kräuter, Gewürze und Trockenblumen hängen. »Machen Sie es sich bequem!«, befiehlt mir Mrs. Stone in sanftem Tonfall und zeigt auf einen hölzernen Barhocker. »Sie sind heute mein Ehrengast.«

Ich lächle sie dankbar an und sehe zu, wie sie zu einer silbrigen Kaffeemaschine hinüberschwebt, während ihre dunklen Haare um ihren Kopf tanzen, als führten sie ein widerspenstiges Eigenleben.

»Es ist wirklich hübsch hier!«, sage ich und wandere andächtig über den schwarz-weiß gekachelten Boden der Küche. Dass ich schon wieder das Gefühl habe, nicht zum ersten Mal hier zu sein, behalte ich natürlich für mich. »Gehört Ihnen der Laden hier?«, ist meine nächste Frage an die dunkelhaarige Frau – auch wenn ich mir ziemlich sicher bin, dass Alfie niemals eine Affäre mit jemandem gehabt hatte, der seine Enkelin hätte sein können. Zumal die Person vor mir ja auch nicht Mathilda heißt.

Mrs. Stone bedient nun munter summend einige Knöpfe an der Kaffeemaschine.

»Nein!«, antwortet sie währenddessen. »Mein Mann und ich passen auf das schöne *Little Birds* auf, solange die eigentliche Besitzerin auf Reisen ist.«

»Oh«, brumme ich und bleibe bei meinem andächtigen Rundgang durch die Küche kurz stehen, da ich an einem in Gold eingerahmten Bild verharre. Das Motiv ist eine ältere Dame mit schneeweißen wirren Haaren, die in wilder englischer Landschaft steht und mit einem breiten Grinsen in die Kamera winkt. Ob das Grandpas große Liebe ist? »Das ist aber schade!«, murmle ich gedankenverloren.

»Was ist schade?«, entgegnet Mrs. Stone verwirrt.

»Dass die Besitzerin des *Little Birds* nicht da ist!«, antworte ich immer noch abwesend und fahre mit meinen Augen jede Linie des faltigen Gesichts vor mir nach, ein Gesicht, das selbst im hohen

Alter noch aussieht wie das eines Engels. »Ich muss nämlich gestehen, dass ich nicht hier bin, um Kuchen zu essen!«

Mrs. Stone reicht mir meinen Kaffee. »Das weiß ich doch!«, haucht sie zart und schmunzelt geheimnisvoll. »Warum sind Sie hier Mr. Blueberry?«, fragt sie daraufhin neugierig.

»Ich bin auf der Suche nach jemandem!«, erwidere ich, ohne meinen Blick von dem Bild an der Wand wegzunehmen. Dann huschen meine Augen einige Zentimeter nach rechts und bleiben an einem weiteren Porträt hängen. Dieses Mal ist es nicht die alte Dame, die mir dort unbeschwert entgegenlächelt. Nein. Ganz anders: Es ist die schönste Frau, die ich jemals in meinem Leben gesehen habe.

Und mit einem Mal löst sich die Welt um mich auf, die Kaffeetasse entgleitet meinen plötzlich so kraftlos erscheinenden Händen und zerschellt mit einem lauten Klirren auf dem Steinboden. Ich rühre mich nicht, sondern stehe einfach nur da, den Mund leicht geöffnet, und starre in die blauen Augen der jungen Frau, die mich gerade auf diese eindringliche und gleichzeitig furchtbar vertraute Art und Weise ansieht, sodass ich für einige Sekunden denke, jetzt gleich den Verstand zu verlieren. Mein Herz pocht mir bis zum Hals, es schreit so laut gegen meinen Brustkorb, dass ich mir fast sicher bin, dass es selbst Mrs. Stone hören muss. Die weicht erschrocken zurück, als die brühheiße braune Flüssigkeit des Kaffees in alle Richtungen spritzt.

Ich verliere mich zwischen den Sekunden des Lebens, in denen nur ich und diese schöne Unbekannte und gleichzeitig verstörend Vertraute existieren und in denen ich durch ihre blonden Haare fahre, die nach Vanille und Zimt duften und nach Rosenblüten und nach allen anderen Köstlichkeiten, die sie aus der Küche des *Little Birds* mit zu mir getragen hat. Ich schließe die Augen und verliere mich in einem Strudel aus Sehnsucht und zärtlicher Begierde.

Ein Knoten hat sich unter meiner Brust gebildet. Er zieht sich immer weiter zusammen, und mit jedem Herzschlag mehr, wird mir klar: Es gibt nun nicht nur die Besitzerin des *Little Birds,* die ich für Grandpa Alfie ausfindig machen muss, sondern auch dieses rätselhafte blonde Mädchen, deren Anblick mich so sehr aufwühlte, als wäre sie in einem anderen Leben tatsächlich meine Geliebte gewesen. Als hätte ich jene Worte, von denen ich glaube, sie noch nie gebraucht zu haben, jeden Tag in ihre hübschen Ohrmuscheln geflüstert, während sie sich warm und voller Zuneigung an mich schmiegte.

»Ich liebe dich!« Ich murmle es nur, fahre erschrocken zusammen von der fremden Klangfarbe dieser Wörter und der Tatsache, dass ich sie gerade zu einem stummen, leblosen Bild gesagt habe. Ich habe keine Erklärung dafür, ich weiß nicht, warum diese drei Wörter rückhaltlos aus mir herausgeflossen sind, als würden sie schlicht dem Sprudel des Schicksals folgen, der mich in diesem Moment ergriffen hat. Mit unerklärlicher Sicherheit weiß ich plötzlich: *Sie* ist das Kostbare, was ich hier verloren habe. Der Schatz aus meinen Träumen. Und ich muss ihn wiederfinden.

Gerade möchte ich mich nach ihrem Namen erkundigen, als die Küchentür auffliegt und eine weitere Person den Raum betritt.

»Hallo, Jack!«, sagt diese, und beim Klang der Stimme wäre mir, hätte ich denn noch eine weitere in den Händen gehalten, mit Sicherheit auch noch eine zweite Kaffeetasse vor Schreck zu Bruch gegangen. »Ich wusste, dieser Tag würde kommen.«

Kapitel 2

Etwa eine Woche zuvor

Seit einiger Zeit ist das Gefühl, wenn ich neben einer nackten Frau aufwache, mit einem einzigen Wort zu umschreiben: Panik.

Mein Herz rauscht dröhnend und polternd gegen meine Brust. Da ist eine Angst, ganz tief in mir drin. Eine Angst, die mich erst lähmt und dann jeden Muskel in meinem Körper mobilisieren möchte, während ich einfach nur daliege und zur Decke hinaufstarre, als würde sich dort oben bald wie durch Zauberhand ein Spalt auftun, aus dem ein wunderschöner Engel schwebt, um mich zu retten.

Der Tag, an dem ich neben einer Frau aufwache und nicht diesen Knoten unter meiner Brust spüre, der mich hochschnellen lassen möchte und meine Beine zum Verschwinden anhält … diesen Tag, wird es wahrscheinlich niemals geben!

Ich kann mir vorstellen, dass manch ein Geschlechtsgenosse gleich denkt und voller Verständnis sagt: *Hör mal, Bro, geht mir auch so! Schnell, rein in die Hosen und dann irgendwie rauschleichen … ganz egal, ob die Socken unterm Bett vergammeln. Rette dich, Mann!*

Es ist komplizierter.

Auch wenn mir womöglich jeder Psychiater mit einem unbeirrten Gesichtsausdruck »Sie sind beziehungsunfähig!« attestiert hätte – das Problem ist so außergewöhnlich, dass ich mich damit auf keine Therapeutencouch der Welt legen könnte, ohne sofort ins Irrenhaus eingewiesen zu werden. Das Einzige, was eine Frau tun könnte, nachdem sie neben mir die Augen aufgeschlagen hat, ist ein Griff zum Wecker, der Nachttischlampe oder irgendeinem anderen harten Gegenstand, um mir diesen mit einem Aufschrei des Entsetzens über den Kopf zu ziehen. Nicht etwa, weil ich hässlich wie die Nacht bin.

Der Grund, warum mir nach jedem One-Night-Stand am nächsten Morgen sofort Schweißperlen auf die Stirn treten, ist ein völlig anderer: Ich habe Angst, dass man mich am Morgen danach der sexuellen Belästigung … oder schlimmer noch … Vergewaltigung bezichtigt! Und den Grund dafür kann niemand verstehen. Außer vielleicht jemand, der Unmögliches für möglich hält, an Wunder glaubt und einen leichten Hang zum Wahnsinn hat. Und bis jetzt kenne ich nur einen einzigen Menschen, auf den diese Beschreibung zutrifft. Grandpa Alfie.

Meine Bettgeschichten sind ein Spiel mit dem Feuer. Und dieses Feuer sind reihenweiße nackte, wunderbar duftende Frauenkörper, die sich lustvoll stöhnend an mich pressen – doch es ist immer nur eine Nacht. Mehr möchte mein Herz nicht zulassen. Eine Nacht, in der sich die Welt um uns auflöst und wir zu diesem Bündel an schwitzender Glückseligkeit verschmelzen.

Klingt verwirrend, oder? Denn freilich haben sich die Damen aus vollkommen freien Stücken an meinen Hals geworfen. Blöd nur, wenn sie aufwachen und sich nicht daran erinnern können, wer der schnarchende Typ neben ihnen ist. Und das liegt nicht daran, dass ich sie zuvor mit K.o.-Tropfen gefügig gemacht habe. Denn wie ich schon sagte: Es ist kompliziert.

Ich muss etwas ausholen.

Es war der 23. Juni 2018, und ich konnte unmöglich weiterschlafen. Ich musste möglichst unbemerkt aufstehen und mir das Elixier einflößen. Zu meinem Glück war die gestrige Nacht ein Heimspiel gewesen, das war noch nie vorgekommen, und das musste ich jetzt zu meinem Vorteil nutzen. Denn das hieß …, ich hatte es nicht weit! Als Erstes schlug ich also meine Augen auf und lugte verstohlen zu der schlafenden Schönheit hinüber, die neben mir im Bett lag und ihren zierlichen Kopf an meine

Schulter gebettet hatte. Sie hatte langes, wirres dunkles Haar, das sich schimmernd über meinem weißen Bettbezug kringelte. Ich lag neben ihr, schwer und bewegungslos wie ein Zinnsoldat und überlegte, wie es wohl gelingen konnte, meinen Körper aus dieser unschönen Situation herauszuziehen. Niemand konnte sagen, was passieren würde, wenn Susan, denn so hieß das Mädchen, wenn ich mich recht entsann, ihre Lider aufschlug und verschlafen in meine Richtung blickte. Mein Herz schlug mir bis zum Hals, da mir klar war, dass das durchaus jede Sekunde geschehen konnte, deshalb durfte ich keinen Augenblick länger zögern und musste zusehen, dass ich davonkam, solange es mir noch irgendwie möglich war, ohne ein blaues Auge zu kassieren.

Es versetzte mir einen kurzen Stich in die Brust, als ich sie für einen kurzen Augenblick betrachtete. Es tat mir in der Seele weh, dass ich ihr das Herz brechen würde, dass ich ihr das Herz brechen musste. Denn von dem unbändigen Verlangen, das gestern Abend noch durch jede Faser meines Körpers pulsiert war und mir eingeredet hatte, ich müsste Susan ganz für mich haben, jeden Zentimeter von ihr berühren, sie zum Brennen bringen, war nichts übrig. Susan war wie der Phönix aus der Asche, der an diesem Morgen lernen musste wiederaufzustehen.

Ich verharrte nicht lange so – das konnte ich mir gar nicht leisten, denn die Zeiger einer unsichtbaren Uhr drehten sich unbarmherzig im Kreis. Niemand konnte sagen, was geschehen würde, wenn Susan plötzlich ihre hübschen Augen aufschlug. Ich musste für alles gewappnet sein – und das konnte ich nur mit dem Elixier. Trank ich es nicht, hätte sie alles vergessen, was am Vorabend passiert war, mich selbst als gefeierter Leadsänger von *The Lucky Ones* eingeschlossen.

Ich fing an, mich vorsichtig auf meinem knarzenden Fußboden fortzubewegen, und zuckte jedes Mal zusammen, wenn dieser ächzend aufstöhnte. Doch mein One-Night-Stand rührte sich nicht. Zum Glück! Ich schlich mit merkwürdigen Bewegungen in den Flur hinaus und stolperte anschließend die Treppe hinab, deren Stufen in kläglicher Disharmonie quietschten.

Unten angekommen wäre ich fast über einige Umzugskartons gefallen, die dort reihenweise herumstanden. Es war noch nicht lange her, dass ich mir dieses kleine, gemütliche Haus in Notting Hill gekauft hatte, durch dessen großzügige Fenster nun sanftes Morgenlicht hineinflutete.

Es war kalt, und meine Zehen fröstelten, als ich, nun schon etwas schneller, mit wenigen Schritten durch die Tür zur Küche sprang und erst vor dem großen silbernen Kühlschrank stehen blieb.

»Guten Morgen!«, seufzte ich erleichtert, als ich einen Blick ins Innere warf und mir eine der unzähligen winzigen Fläschchen schnappte, die dort in Reih und Glied aufgereiht waren. Prüfend warf ich einen Blick auf die darin schwimmende blutrote Flüssigkeit und musste mit einem belustigten Grinsen feststellen, dass man mich für einen Vampir halten könnte, wenn man die wahren Hintergründe zu diesem für mich unentbehrlichen Trunk nicht kannte.

»Meine tägliche Ration Menschenblut!«, sagte ich amüsiert zu mir selbst, bevor ich den kühlen Saft meine Kehle hinabschüttete. Das Getränk erfrischte mich sofort, auch wenn das gewohnte Kribbeln in meine Fingerspitzen fuhr und meine Zehen für ein paar Sekunden taub wurden.

Es wirkte. Endlich. Und Susan würde mich als den Promi erkennen, mit dem sie ins Bett gestiegen war. Keine Gedächtnislücken für die Gute!

Bitter und würzig hallte der Geschmack auf meiner Zunge nach, und ich leckte mir die Lippen, um auch die Reste des roten Gebräus in mich aufzusaugen. Dann stand ich für einige Augenblicke reglos da und lehnte mich gegen die kalte weiße Marmorplatte meiner Küchenzeile. Es roch nach frisch gestrichener Farbe, und der raue Holzboden kratzte unter meinen immer noch kribbelnden Füßen.

Ich fühlte mich sehr wohl in meinem neuen Domizil – auch wenn noch einiges an Arbeit auf mich wartete. Keine drei Wochen war es her, dass ich das hübsche blau-weiß gestrichene Stadthaus gekauft hatte und es jetzt ganz offiziell mein erstes Eigenheim nennen durfte.

Es roch nach Sommer, und die ersten Sonnenstrahlen tanzten auf den groben Kieselsteinen, die sich durch sattgrünes Gras hindurch zu meiner altehrwürdigen blauen Eingangstür schlängelten. Das war einer der Momente, in denen ich mir wünschte, meine Augen könnten die Wirklichkeit, die Schönheit zwischen den Sekunden, mit einem einzigen Lidaufschlag abfotografieren, auf das sie sich für immer in meine Seele einbrannten und dort ewig weiterlebten.

Ich besaß eine alte Analogkamera, die mir Alfie einschließlich Schwarz-Weiß-Film geschenkt hatte und die ich nur in ganz besonderen Momenten hervorkramte, in Augenblicken, von denen ich mir wünschte, sie würden für die Ewigkeit währen. Dies war, seltsamerweise, so ein Moment. Vielleicht lag es daran, dass ein unendlich klügerer, weiserer Teil in mir bereits wusste, dass der 23. Juni 2018 ein entscheidender Wendepunkt in meinem Leben werden sollte. Dass dieser Tag alles veränderte. Dass danach nichts so bleiben würde, wie es war.

Also stürmte ich zu meiner weißen Rokokokommode, die als eine der wenigen Möbelstücke bereits in meinem Flur aufgebaut worden war, riss die oberste Schublade auf, nahm meine alte Canon an mich und setzte mich dann keine Minute später an den Rand meines Fensterbrettes zurück, den Duft von Sommerblumen in der Nase.

Ich seufzte zufrieden und sah, wie Miss Giggels über den Zaun des Vorgartens hüpfte und ihre struppigen fuchsfarbenen Beinchen in Richtung Haustür bugsierte. Sie sah aus wie ein wandelndes haariges Sofakissen und richtete ihre großen gelben Katzenaugen neugierig auf das Objektiv in meinen Händen. *Klick!* Ich drückte auf den Auslöser meiner Kamera. Nur noch neun Bilder, und der Film war voll.

Seltsamerweise wusste ich gar nicht mehr, wann ich das letzte Bild gemacht hatte und welche Motive die zehn bereits verschossenen Bilder zeigten. Nur noch neun Mal dieses melodische Klicken, und ich konnte den Film zum Entwickeln geben, um mich daran zu erinnern, welche magischen Dinge ich bereits eingefangen hatte und welche besonderen Momente Grandpa Alfie noch *vor mir* verewigt hatte.

Miss Giggles maunzte ausgelassen zur Begrüßung und hüpfte mit einem einzigen leichtfüßigen Sprung vor mir aufs Fensterbrett.

»Guten Morgen, kleine Schmusebacke!«, begrüßte ich meine vierbeinige Gefährtin, die sich eifrig schnurrend an meinen Oberkörper schmiegte. Ich hätte es gern als Zeichen ihrer abgöttischen Liebe gedeutet, wusste aber, dass es wahrscheinlicher war, dass sie etwas zu fressen haben wollte. Also drehte ich mich vom Fenster weg, um mich wieder meinem Kühlschrank zu widmen und herauszufinden, ob sich hinter seinen silbernen Türen noch das ein oder andere Hühnchen befand, das ich für meine kleine Prinzessin aufwärmen konnte. Doch ich schaffte nicht einmal zwei Schritte in seine Richtung, da ich von einer leicht bekleideten Gestalt aufgehalten wurde, die sich mit einem überschwänglichen »Guten Morgen, Liebster!« an meinen Hals schmiss, sodass ich für einige Sekunden panisch nach Luft ringen musste und mich meinem Schicksal hingab, das aus Tausenden festen, feuchten Küssen auf meinem entsetzten Gesicht bestand.

»Was ist los?«, krähte Susan bestürzt und funkelte mich wütend an, als ihr klar wurde, dass ich ihre nassen Liebesbeteuerungen offenkundig nicht erwidern würde.

»Nichts!«, log ich und kam mir schäbig dabei vor, dass ich mich langsam aus ihrer Umarmung schälte. Doch Susan ließ nicht locker. In einem weiteren Liebesangriff legte sie beide Arme fest um meine Schultern und sah mich durch ihre grauen Augen treudoof an, wie ein Hund, der darauf wartete, dass ihm jemand ein Stöckchen zuwirft oder ein Leckerli gibt.

Leider konnte ich weder mit dem einen noch mit dem anderen dienen. Ich kam mir vor wie in einem Gefängnis aus warmer Frauenhaut und verlangenden Brüsten, die sich in ihrem schwarzen Spitzen-BH fordernd gegen meinen Oberkörper rieben. Susan verzog ihre vollen Lippen zu so etwas wie einem Kussmund. Sie dachte bestimmt, dass sie das besonders attraktiv erscheinen ließ, denn sie zog wütend ihre Stirn in Falten, als ich immer noch bewegungslos dastand, als hätte ich Angst, dass mich nach nur einer einzigen Regung ein tonnenschwerer Laster überfahren würde.

Offensichtlich sah Susan meine Abneigung nicht als Hindernis an, ihre Umarmung noch fester zu spannen und ihre Lippen nach einem kurzen, verliebten Seufzen gegen meine zu pressen. In diesem Moment bereute ich es, dass ich dieses Mädchen nach dem Auftritt mit zu mir nach Hause genommen hatte.

Es wäre so leicht gewesen, ihren wallenden dunklen Haaren und den tiefen, unergründlich grauen Augen zu widerstehen. Doch ich tat es nicht, und nun hatte ich den Salat: Madame hielt sich jetzt offenbar für meine neue feste Freundin.

Dumm nur, dass ich alles andere als bereit war, mit irgendwem eine Beziehung einzugehen, die nicht rein sexueller Natur war.

Ich bin Jack Blueberry. Jeder, der mich kennt, weiß, dass mich der Begriff Liebe in keinster Weise tangiert.

Liebe ist wie ein Fremdwort, von dem ich noch nie Gebrauch gemacht hatte, weil mir noch keine Frau unter die Augen gekommen war, die mir hatte erklären können, was genau diese sonderbaren fünf Buchstaben wirklich bedeuten.

Und eines war klar: Auch Susan – so angestrengt sie nun an meinem Ohrläppchen knabberte und meinen Hals mit der Nässe ihrer Zunge benetzte – sprach nicht die Sprache, die Licht in das Dunkel dieses Mysteriums gebracht hätte.

Ich war mir nicht einmal sicher, ob es überhaupt einen Menschen da draußen gab, der diese beherrschte und der genug Geduld aufbrachte, um mir diese Schritt für Schritt beizubringen. Denn ja, auch wenn ich es vielleicht in diesem Moment selbst nicht begriff oder begreifen wollte, geschweige denn fühlte – tief in mir drin, hinter der dicken, undurchdringlich erscheinenden Schutzmembran meiner Seele sehnte ich mich danach aufzuwachen. Ich wollte wachgeküsst werden – wie Dornröschen oder Schneewittchen aus ihrem traumlosen Schlaf. Doch welche Prinzessin rettete schon einen Prinzen?

»Oh Jack!«, stöhnte Susan in meinen Armen. Sie ließ ihre klebrigen Finger über meinen bewegungslosen Oberkörper wandern. Warum konnte sie nicht langsam mal einsehen, dass sie im Begriff war, sich an einer leblosen Schaufensterpuppe zu vergehen? Ich würde keinen ihrer Küsse erwidern, selbst wenn sie mich anflehte.

Gestern Nacht, vollgepumpt mit den Endorphinen eines erfolgreichen Konzerts – das war etwas vollkommen *anderes* gewesen. Da hatte es mir keine Schwierigkeiten bereitet, Susan mit ausgelassener Bettakrobatik zu beeindrucken und sie mit meinen brennenden Küssen fast um den Verstand zu bringen.

Doch die Begierde in mir und das Verlangen nach der Frau, die noch vor wenigen Stunden in meinen Armen geschlummert hatte, war mit dem ersten Sonnenstrahl gestorben.

Tatsächlich spürte ich gerade weniger Susans Hände, die gierig über meine stählerne Brust, hinunter zu meinen Boxershorts glitten, sondern vielmehr die ungeduldigen Berührungen, die sich weiter unten zutrugen – an meinen Waden.

Miss Giggles streifte dort unablässig umher und gab immer wieder aufgeregte Maunzer von sich, die jedoch von Susans hektischen Seufzern erstickt wurden. Die beiden Damen kamen schon fast in ein regelrechtes Stöhnduell – wobei Miss Giggles Laute allerdings immer mehr in ein wütendes Fauchen hinüberglitten. Ich konnte es meiner kleinen Katzendame nicht verübeln – schließlich bestand auch mein dringlichster Wunsch gerade darin, Susan ein für allemal loszuwerden.

»Jack?!«, brüllte unvermittelt eine weitere Stimme – sie war weiblich und schneidender als die Klinge eines Rasiermessers.

Ich fuhr erschrocken zusammen, fühlte, wie sich Susan unvermittelt von mir löste, und starrte dann fassungslose auf die bebende Person im Türrahmen meiner Küche. Mit flammend roten Haaren stand sie da. Sie waren wirr und sprangen wüst von ihrem Kopf ab, als hätten sich kleine Kätzchen voller Hingabe darin ausgetobt. Hätte sie noch Pfeil und Bogen bei sich getragen, hätte ich sie glatt für die wahr gewordene Merida aus selbigem

Film gehalten. Ihre grünen Augen waren zu zwei giftigen Schlitzen verengt, bevor sie, begleitet von einem donnernden Schlachtruf, zum Angriff auf mich und die halb nackte Frau in meinen Armen ansetzte.

»Du … du … dumme Kuh!«, heulte die Rothaarige theatralisch und packte Susan unsanft an ihrem Spitzen-BH, um sie von mir wegzuzerren. »Wirst du wohl deine schmutzigen Finger von meinem Freund lassen?«

Jetzt artete das Ganze vollkommen aus: Die beiden Frauen griffen sich kreischend an den Haaren, und ich flüchtete atemlos in eine Ecke, Miss Giggles auf dem Arm, die sich mit entspanntem Schnurren an mich presste, als Susan gerade an einem Büschel ihrer schwarzen Mähne gezogen wurde.

Natürlich – ich hätte dazwischengehen sollen. Doch was konnte ich schon großartig tun? Die Rothaarige schien die Situation sehr gut im Griff zu haben – sie war eindeutig im Vorteil.

Keine Minute später waren beide Frauen aus der Küche gekrochen, und ich hörte, wie die Rothaarige Susan entgegendonnerte: »Pack deine sieben Sachen und hau ab, hörst du! Und wehe, du lässt dich hier noch einmal blicken!«

Dann wurde es für einige Momente still, man hörte nur das eilige Gepolter auf meiner Treppe und das herzzerreißende Geheule der armen Susan, die nach einiger Zeit vollkommen angezogen ihren Kopf zur Küchentür hineinsteckte. Ihr Gesicht war tomatenrot, und ihre Augen schienen vor lauter Tränenwasser geschwollen zu sein. Dann plärrte sie mir ein schrilles *»Arschloch!«* entgegen – etwas, was ich nicht zum ersten Mal hörte.

Ich nickte ihr traurig zu. Irgendwie tat es mir ja doch leid, sie so nach Hause schicken zu müssen. »Mach's gut, Susan!«, erwiderte ich mit bedeckter Stimme, Miss Giggles immer noch wie zum Schutz vor mir auf dem Arm. Doch dann schlugen bereits erneut die Klauen der Rothaarigen zu, die Susan bestimmt an ihrem teuren Gucci-Mäntelchen packten und mit aller Kraft zur Tür schleiften. Keine Sekunde später stand die rote Kriegerin vor mir in der Küche und kam mit wenigen Schritten auf mich zugeflogen, um dann mit einem ausgelassenen Kichern in meinen Armen zu landen.

»Hey!«, sagte sie.

»Hey!«, erwiderte ich und passte dabei auf, dass Miss Giggles noch am Leben blieb, denn die Frau hatte einen sehr festen Griff, als sie mich in die Arme nahm.

»Du könntest mir schon mal danken, Bruderherz!«, zwitscherte sie und ließ von mir ab, sodass Miss Giggles erleichtert nach Luft schnappen konnte und mit zwei Sprüngen in den Vorgarten flüchtete. »Immerhin habe ich dir gerade deinen Hintern gerettet, nicht zum ersten Mal, muss ich sagen – und ich denke, das weißt du auch!« Emma lächelte ihr Tausendpfundlächeln und musterte mich dann von oben bis unten. »Aber echt mal – kannst du nicht damit aufhören, unschuldigen Mädchen das Herz aus dem Leib zu reißen? Ich weiß, du bist Superstar und so – trotzdem finde ich, dass du ruhig mal anfangen könntest, erwachsen zu werden und dich zu verlieben ... nicht nur diese bedeutungslosen Bettgeschichten, du verstehst?« Jetzt bekamen ihre grünen Augen jenen verträumten, fast magischen Glanz, den ich schon so oft an ihr bewundern konnte. Aber Emma war eben Emma, und Jack war Jack. Unser Verständnis von Liebe trennten Welten.

Natürlich. Ich hatte oft davon geträumt, dem allem näher zu sein – doch es war, wie gesagt, ein Traum – etwas, was nicht in meine Wirklichkeit passte. Frauen faszinierten mich. In allen Formen, Farben und Größen. Ich mochte das Gefühl ihrer weichen, warmen Körper. Ich mochte das Geräusch ihrer hellen, sanften Stimmen und den Blick aus ihren eindringlichen, tiefschwarzen Pupillen – und wie diese die Farbe ihrer Iris verschluckten, wenn sie mich ansahen.

Liebe war ein Luxusgut – etwas, was ich mir noch nicht leisten konnte, etwas, was ich noch nicht gefunden hatte. Ich wusste noch nicht einmal, ob ich es jemals an mich heranlassen konnte. Dafür brachte ich einfach nicht die optimalen Ausgangsbedingungen mit. Meine leiblichen Eltern, so wusste ich, hatten mich viel zu früh, in einer Zeit, in der ich das Wort Liebe noch nicht einmal buchstabieren konnte, einfach sitzen lassen und zur Adoption freigegeben. Wie hätte ich also jemals auch nur das Gefühl von Vertrauen aufbringen sollen. Den Glauben daran, dass jemand bereit sein konnte, mich auf ewig und bedingungslos zu lieben.

Ich war meinen leiblichen Eltern nie begegnet und mit zehn Jahren von der Familie Blueberry adoptiert worden. Zu uns gehörte auch meine kleine Schwester Emma, die mir mit ihrer strahlend roten Mähne, der blassen Haut und den grünen Augen zumindest äußerlich nicht unähnlicher hätte sein können. Und trotzdem war sie meine tiefste Verbündete und die, deren Wohl mir am meisten am Herzen lag.

Zu tragisch also, dass sie gewisse Geheimnisse, gewisse Tatsachen und somit die wichtigsten Details in meinem Leben nicht kannte, dass sie das seltsame rote Gebräu, das Elixier, das ich nun schon seit geraumer Zeit fast jeden Morgen in mich hineinkippte, für einen seltsamen Vitamintrunk hielt. Jedenfalls hatte ich schon mehrmals versucht, es so zu verkaufen, auch wenn ich mir nicht sicher bin, ob sie mir meine Maskerade abgenommen hat.

»Erde an Jack! Erde an Jack!«, rief Emma und tippte mich ungeduldig mit ihrem Zeigefinger an. »Was träumst du denn schon wieder vor dich hin?«

Ich zuckte zusammen. »Ich … ähm. Nichts, Emma. Alles gut!«

Sie zog skeptisch ihre Augenbrauen nach oben und zuckte mit den Schultern. »Wie du meinst!«, entgegnete sie, dann hielt sie mir einige weiße Umschläge vor die Nase. »Hier, ich war so frei und habe deinen Briefkasten geleert, als ich hier angekommen bin – du denkst ja selbst nie daran, nicht wahr? Es sind hauptsächlich Rechnungen. Aber Grandpa Alfie hat auch geschrieben!«

Als ich seinen Namen hörte, pochte mein Herz sofort einige Schläge schneller. *»Alfie?«,* fragte ich sichtlich nervös und hoffte, dass Emma die Aufregung in meiner Stimme nicht hören konnte. »Wirklich?«

Sie nickte und reichte mir einen elfenbeinfarbenen Umschlag, den ich sogleich an mich nahm und hoffte, Emma würde das leichte Zittern meiner Finger nicht wahrnehmen.

»Ich habe mich auch schon gewundert. Wieso schreibt dir Grandpa Briefe? Er wohnt doch selbst in London und hat ein funktionierendes Telefon, oder?«

»Du kennst ihn doch!«, entgegnete ich und riss den Brief voller Ungeduld auf. »Der alte Schriftsteller ist ein hoffnungsloser Nostalgiker! Womöglich hat er diesen Brief sogar mit Federkiel und Tinte verfasst!«

Automatisch drehte ich mich von meiner Schwester weg, als ich anfing, die ersten Zeilen zu lesen.

Mein lieber Junge!

Das stand dort tatsächlich in so schwungvoller Schrift auf dem rauen Papier geschrieben, als wäre es Post aus der Vergangenheit – von einem alten König, der seinem Zögling etwas mitzuteilen gedachte.

Unruhig laß ich weiter – wenn Grandpa Alfie anfing, mir Briefe zu schreiben, dann heckte er etwas aus. Und so genial seine Einfälle auch immer waren, sie zogen immer eine gehörige Portion Turbulenzen mit sich. Und so wusste ich schon nach dem ersten Satz, dass mein Leben nie mehr dasselbe sein sollte.

Mit großem Bedauern muss ich dir mitteilen, dass ich das Gefühl habe, dass meine Geschichte zu Ende geht…

Meine Kehle fühlte sich mit einem Mal ganz ausgedorrt an. Je mehr ich las, umso schummriger wurde mir, und ein unwohles Gefühl breitete sich in meiner Magengrube aus.

»Alles in Ordnung?«, fragte Emma wissbegierig, die den Wechsel meiner Gesichtsfarbe nicht übersehen hatte.

Ich nickte nur flüchtig und las weiter. Mir gefiel nicht, was darin stand. Es machte mir Angst. Und das nicht zuletzt, weil Alfie das Gefühl hatte, nicht mehr lange zu leben. Mein Großvater war neben Emma der wichtigste Mensch in meinem Leben. Er war für mich tatsächlich mehr Mutter und Vater gewesen, als es meine Adoptiveltern je hatten sein können.

Und jetzt schrieb er mir diesen Brief, der mir nicht nur zeigte, dass er selbst in der Liebe einiges verkehrt gemacht hatte, sondern auch, dass er erkannt hatte, dass ich nicht fähig war zu lieben oder zumindest noch nicht wusste, wie. Diese Erkenntnis beschämte mich. Ich hasste es, den Spiegel vorgehalten zu bekommen, selbst wenn es zu meinem Besten war.

Ich konnte nicht mehr hierbleiben, ich musste in mein Auto springen und ihn besuchen, ihn zur Rede stellen, warum, um Himmels willen, er mir so etwas Furchtbares schreiben musste.

Ich machte mir Sorgen, große Sorgen. Ich wollte weder ihn verlieren noch den Glauben daran, dass er meine Großmutter aufrichtig geliebt hatte. Doch dieser Brief hatte beide Dinge ins Wanken gebracht. Ich konnte mir nicht mehr sicher sein. Und dann diese merkwürdige Anspielung auf unser Geheimnis – das, was wir bis in alle Ewigkeit für uns behalten mussten. Und diese seltsame Unbekannte, seine unsterblich Geliebte – sie musste etwas damit zu tun haben. Vielleicht wusste sie sogar, warum ich jeden Morgen das Elixier zu mir nehmen musste und was passieren würde, wenn ich es nicht tat.

»Emma!«, stieß ich schroffer als gewollt hervor. »Ich muss zu Grandpa, *sofort*!«

»Okay«, antwortete meine Schwester gedehnt. »Wie du meinst – ich komme mit!« Sie grinste ausgelassen, und die Sommersprossen auf ihrer blassen Haut tanzten über ihre Wangen.

Doch ich schüttelte energisch den Kopf. »Nein, Emma – das geht nicht! Ich muss allein zu ihm!« Sie wollte protestieren, doch ich legte ihr flehend eine Hand auf die Schulter. »Bitte!«, flüsterte ich eindringlich. »Du kannst gern hier warten, solange du keinen Unfug anstellst und deine Finger bei dir behältst.« Ich konnte es nicht verhindern, dass ein besorgter Blick zu meinem Kühlschrank glitt und damit zu dem Elixier, das hinter seinen Türen wartete. Ich räusperte mich nervös. »Ich lade dich später zum Essen bei unserem Lieblingsitaliener ein, okay?«

»Aber was ist denn los?«, maulte sie und schüttelte nur verwirrt den Kopf. Diesen ernsten Ton kannte sie nicht an mir. »Du sagst mir doch sonst auch alles!«

Ich lächelte traurig.

»Das nicht«, entgegnete ich leise, und mein Herz zog sich schmerzvoll zusammen bei dem Gedanken, dass es nur eine Sache in meinem Leben gab, die ich niemals mit ihr teilen würde: mein Geheimnis, das gleichzeitig auch ein Fluch zu sein schien.

Kapitel 3

Ich sprang in mein Auto und raste durch den Londoner Morgenverkehr, soweit das irgendwie möglich war. Schweißperlen so groß wie Kidneybohnen glänzten auf meinem Gesicht und rannen in Scharen meine vor Sorge in Falten gelegte Stirn hinab, sickerten mir unaufhaltsam durch den Kragen meines akkurat gebügelten weißen Hemdes und sammelten sich irgendwo in der Mitte meines Rückens, wo sich bereits ein tellergroßer Schweißfleck gegen den weichen Stoff drücken musste.

Unter anderen Umständen hätte mich das gestört. Doch heute war es mir ziemlich egal, wie viele unschöne Wasseransammlungen meine Klamotten durchtränkten. Mein Herz pochte mir bis zum Hals. Zum einen, weil ich etwas Angst hatte, die Polizei könnte mich jeden Moment mit mahnendem Fingerzeig aus dem Verkehr ziehen, da ich die Geschwindigkeitsbegrenzung ganz eindeutig missachtete, und zum anderen, weil ich mich vor dem Inhalt der Worte in Grandpa Alfies Brief fürchtete.

So sehr ich meinen Grandpa liebte – manchmal hasste ich ihn für seine Art, Dinge zu sagen oder zu umschreiben. Man konnte sich nie sicher sein, wie viel er davon wirklich meinte und wie viel seiner schriftstellerischen Fantasie und seinen so oft genutzten und innig geliebten Hyperbeln entsprang!

Unser Großpapa war schon immer ein eifriger Dramatiker gewesen, der seine Geschichten gern etwas ausschmückte. Aber warum sollte er sich die Mühe machen, mir einen Brief zu schreiben? Schließlich hätte er auch einfach anrufen können – oder noch besser: bis zum nächsten Familienbrunch warten, an dem wir uns ohnehin wiedersehen würden.

Es war allein seine Schuld, dass ich meine Schwester trotzig und mit verheultem Gesicht zurückgelassen hatte, nachdem wir noch einmal gefühlt eine halbe Ewigkeit damit zugebracht hatten herumzudiskutieren. Sie hatte nicht einsehen wollen, dass ich da jetzt allein durchmusste, dass ich sie nicht mitnehmen konnte – dass es selbst zwischen uns Dinge gab, die unausgesprochen bleiben mussten.

Die Gründe dafür waren einfach – doch für Emma unverständlich. Ich wollte sie in diese ganze Sache nicht mit reinziehen. Mein Leben war kompliziert genug. Wenn Emma nur wüsste, was ich wusste – es hätte mit Sicherheit keine guten Konsequenzen gehabt. Vor allem, weil meine liebe Schwester ein zartbesaitetes Wesen war, das seine Emotionen noch nie im Griff hatte.

Mein Geheimnis in ihren Händen hätte mehr Chaos als Ordnung angerichtet, ganz bestimmt. Emma – ja, Emma war wie ein Blatt im Wind, das jeden Moment vom Baum fallen konnte – und dieser Baum war ich. Wie töricht wäre es, wenn ich selbst zur Gartenschere greifen würde, um das Blatt erbarmungslos abzusäbeln? Und diese Gartenschere wäre in diesem Moment nichts anderes gewesen als die Wahrheit.

Mit rasendem Puls kam ich schließlich vor Grandpa Alfies Haus in Kensington zum Stehen. Ich stolperte aus meinem Wagen und jagte zur Eingangstür hinüber.

Alfie öffnete. Er war in einen karierten Morgenrock gehüllt und hatte wie immer diesen schelmischen, aber durchaus sympathischen Gesichtsausdruck aufgelegt.

»Grandpa!«, rief ich aufgeregt und fiel ihm in die Arme, als hätte ich ihn Jahre nicht gesehen.

Der alte Mann röchelte unter meiner Umarmung, und ich ließ ihn sofort los. Grandpa Alfie hatte gerötete Backen und musterte mich belustigt. Auch an diesem schicksalhaften Tag sah er aus wie der lebendig gewordener Albert Einstein.

Mein Großvater war etwa einen Kopf kleiner als ich. Er hatte widerspenstige, abstehende schneeweiße Haare, die störrisch um seinen Kopf tanzten, als hätte er an einer elektrischen Apparatur herumgewerkelt und dabei einen heftigen Stromschlag abbekommen. Sein Gesicht war rund und freundlich, und unter seiner leicht geschwollenen Knollennase verdeckte ein buschiger grau-weißer Schnurrbart seine dünnen Lippen, die stets zu einem kecken Grinsen verzogen waren, als brütete er schon wieder irgendetwas aus.

Und ich konnte es nicht verhindern, dass mir Tränen in meine Augen traten, weil mich die Worte in seinem Brief und die Gedanken, die damit einhergingen, fast um den Verstand brachten.

Der Alte stand da und grinste nur ausladend. »Du hast ihn gelesen!«, bemerkte er mit seiner rauen Stimme sanft.

Ich nickte nur stumm und Grandpa Alfie ging einen Schritt zur Seite, sodass ich eintreten konnte.

Sein Stadthaus war alt und hatte für mich, seit dem Moment, da ich das erste Mal über die knarzende Schwelle getreten war, etwas Verzaubertes an sich gehabt. Ich wusste nicht, ob es an den glänzenden Mahagoniböden lag, die leise vor sich hinmurmelten, wenn man über sie hinwegschritt. Vielleicht kam es aber auch daher, dass in jedem der Gästezimmer ein ausladender dunkler Schrank stand, bei dem ich als Kind immer gedacht hatte, dahinter würde gewiss eine magische Welt auf mich warten. So etwas wie Narnia oder die Winkelgasse aus Harry Potter.

Diese Träume, diese Empfindungen eines kleinen Jungen, der noch Augen und Ohren hatte für die Magie des Lebens, sie schlummerten immer noch in mir – *irgendwo*.

Heute erfüllte es mich nicht mit Euphorie, die Schwelle zu Grandpas kleinem Palast aus Geschichten und Erinnerungen zu betreten, in dem golden gerahmte Bilder an den Wänden schimmerten und ein antikes Möbelstück das andere in den Schatten stellte.

Alfie tapste in seinen schaffellgefütterten Pantoffeln den Flur entlang. »Willst du Kaffee?«, fragte er und gluckste dabei ganz ausgelassen, bevor er die Tür zur Küche aufstieß und mir der Duft von gebratenen Eiern und Speck entgegenkam.

Ich antwortete nicht.

»Bist ja sehr gesprächig heute!«, stellte Grandpa kopfschüttelnd fest, doch sein Grinsen wollte nicht von seinen Lippen weichen. »Hoffe, du hast nichts dagegen, wenn ich mal eben zu Ende frühstücke, ja?«

Ich zuckte gleichgültig mit den Schultern. »Nein, nur zu!«, entgegnete ich leise und setzte mich ihm gegenüber an den kreisrunden Küchentisch. Ich musste mir auf meine Lippen beißen, um nicht wütend loszubrüllen, denn in mir tobten so viele ungezügelte Gefühle, die ich kaum im Zaum halten konnte.

Wir saßen uns gegenüber, und keiner sagte etwas. Das war untypisch für Grandpa und mich – denn normalerweise konnten wir uns vor lauter Ideen und Geschichten kaum zurückhalten und waren stets in ein fröhliches Gespräch vertieft.

»Na, spuck schon aus!«, murmelte Grandpa Alfie schließlich ungeduldig, während er ein Stück Speck in sich hineinschlang und mich dabei prüfend in Augenschein nahm. »Du sitzt da, als würde dir 'ne Schar Ameisen in den Hintern krabbeln – also schieß los, Junge.«

Meine Lippen bebten.

»Alfie ...«, fing ich also an, doch ich fand, dass meine Stimme nicht wie meine eigene klang. Irgendwie viel höher, viel schriller als sonst und durchzogen von etwas, was sehr selten aus meinem Mund kam: Angst.

»Das ist mein Name!«, schmatzte der Alte und bot mir eine Gabel Rührei an, die ich jedoch dankend ablehnte, indem ich mein Gesicht zu einer furchtbar gequälten Grimasse verzog.

»Alfie ...«, stotterte ich also noch mal. »Warum? Warum hast du mir diesen Brief geschrieben, was bedeutet das alles?« Jetzt sprudelte es viel zu schnell aus mir heraus, doch das war mir egal. Ich sprang vom Tisch auf und lief in der Küche auf und ab wie ein aufgescheuchter Tiger in seinem Käfig. »Ich habe mich so erschrocken! Mit Emma bin ich im Streit auseinandergegangen! Und das alles nur wegen dieses dummen Briefes!«

»Dumm?«, hauchte er schließlich zwischen einer Gabel Eiern und gebratenem Speck hervor. »Du bezeichnest es als dumm, wenn dir dein alter Grandpa seine wahren Gefühle offenbart?« Jetzt schluckte er. »So, so Jack. Das ist wirklich höchst interessant!«

Ich hätte ihn am liebsten geohrfeigt, dafür, dass er so ruhig blieb und sein Frühstück in aller Seelenruhe genoss, als hätte er niemals angedeutet, dass er bald sterben würde – als wären die Worte in seinem Brief Banalitäten, mit denen ich gefälligst zu rechnen hatte.

Doch er lag falsch – denn Grandpa Alfies Brief hatte mich vollkommen überrumpelt, er war über mich hinweggefegt wie ein Orkan und hatte nichts als Verwüstung in meiner Seele hinterlassen!

»Ich kann verstehen«, krächzte der weißhaarige Mann schließlich und spülte sich den Mund mit Wasser, »dass dich die ein oder anderen Worte in meinem, wie sagtest du, dummen Brief etwas verwirrt haben mögen. Aber, Jack, hab ein bisschen mehr Vertrauen in deinen alten Grandpa. Du wirst alles zur rechten Zeit verstehen!«

»Ich will es aber *jetzt* verstehen!«, brüllte ich außer mir vor Wut. »Verdammt noch mal, Alfie! Weißt du, wie ich gerade durch den Verkehr gerast bin, nur um dich zu sehen, um mir von dir sagen zu lassen, dass das ein übler Scherz war? Dass du nichts davon wirklich gemeint hast? Dass du nicht sterben wirst, dass Großmutter die einzige Frau war, die du je geliebt hast, und dass diese Fremde, von der du da sprichst, unser Geheimnis nicht kennt?«

»Wie kommst du darauf, Mathilda könnte unser Geheimnis kennen?« Grandpa zog überrascht die Augenbrauen nach oben.

»Was wolltest du denn damit sagen, als du meintest, sie wäre nicht ganz unschuldig an meinem derzeitigen Erfolg?«, keifte ich und verschränkte beide Arme vor der Brust. »Verkauf mich nicht für blöd, Grandpa!«

Alfie lachte leise und melodisch. »Oh, Jack! Mein lieber, lieber Junge – niemals! Ich wollte damit eigentlich nur sagen …«, und nun wurde seine Stimme plötzlich sehr deutlich und sehr ernst, »Mathilda kennt das Geheimnis nicht, sie *ist* das Geheimnis!«

Mir blieb die Luft im Rachen stecken. Das war mal wieder typisch Grandpa: Ein Satz, wie man ihn in einem Roman von Sir Arthur Conan Doyle gefunden hätte – nur dass ich nicht Sherlock war und damit wieder nur Bahnhof verstand.

»Was …«, setzte ich also giftig an, doch Grandpa gab mir nur einen abmahnenden Fingerzeig, betupfte seine Lippen mit einer Serviette und stand dann langsam auf. Mit wenigen Schritten war er mit seinen kurzen Beinen zu mir gelangt und klopfte mir anerkennend auf die Schulter. »Lass uns auf die Terrasse gehen!«, sagte er. »Ich denke, es wird Zeit, dass ich dir etwas aus meiner Vergangenheit erzähle!«

Keine fünf Minuten später saßen wir also draußen an der frischen Luft, und Alfie stopfte sich seine Pfeife, sodass er kurz darauf hinter einer würzigen Wolke Tabakrauch verschwand.

Wir starrten beide zum Sommerhimmel hinauf, den weißen vorbeiziehenden Wolken hinterher, die sich dort oben zu den merkwürdigsten Mustern und Figuren auftürmten. Als ich noch jünger gewesen war, war das eine unserer Lieblingsbeschäftigungen gewesen. Grandpa, Emma und ich waren dann auf den Treppen vor Alfies Terrasse gesessen, in seinem kleinen Garten hinter dem verwunschenen alten Stadthaus in Kensington, und hatten Schlösser und Burgen, Prinzessinnen und Ritter, die dort oben um die Freiheit ihres Wolkenreiches kämpften, beobachtet. Wie sehr ich mir wünschte, ich könnte die Zeit zurückdrehen und wieder genau dort sein: zu dieser Zeit, an diesem Ort und ohne diese brennenden Fragen, die sich wie Pfeilspitzen gegen meine Schädeldecke bohrten.

»Liebe!«, säuselte Grandpa Alfie schließlich in die warme Morgenluft hinaus. »Es gibt, Jack, tatsächlich nichts Schöneres auf dieser Welt! Und – mein Junge – ich habe Mathilda geliebt wie keine vor und wie keine nach ihr! Tatsächlich, möchte ich sagen, dass ich sie immer noch liebe!«

Na toll. Was für ein Start. Jetzt war ich noch verwirrter. Mir krampfte sich der Magen zusammen bei dem Gedanken an Grandma, die vor etwa zwei Jahren gestorben war und offensichtlich in einer Ehe gelebt hatte, die aus einer einzigen, großen Lüge bestanden hatte.

»Grandpa!«, sagte ich verwirrt. »Ich verstehe nicht, wie du mir so etwas sagen kannst, wie du mir so etwas erzählen kannst? Was ist mit Grandma Lily?«

»Warum ich dir so etwas erzähle, Jack?« Er lachte in seinen wabernden Pfeifenrauch hinein. »Weil es wahr ist!«

Ich schluckte. »Sind also auch die anderen Dinge wahr, die du in diesen Brief geschrieben hast? Hast du wirklich das Gefühl, dass du nicht mehr lange leben wirst?«

Darauf antwortete Alfie nicht. Erst nach einer Weile und nachdem er besonders tief an seiner Pfeife gezogen hatte, entgegnete er: »Ich bin hier, um mit dir über *sie* zu sprechen – nicht über mich!« Sein Ton war so bestimmt, dass ich mir sicher war, dass es überhaupt nicht helfen würde, wenn ich es mir in den Kopf setzte, ihm zu widersprechen.

»Na gut!« sagte ich also, trotziger, als ich es beabsichtigt hatte. »Dann erzähl mir von ihr! Erzähl mir von deiner großen Liebe!« Ich sagte *große Liebe*, als handelte es sich dabei um eine furchtbare Krankheit – doch der alte Mann überhing meine Schroffheit mit einem sanften Lächeln. Etwas, was Grandpa Alfie sehr oft tat.

»Jack!«, hauchte er, den Blick verträumt zum Himmel gerichtet, als würde Mathilda dort vorbeisegeln. »Sie war einfach wunderbar. Ein Engel von einem Menschen und dabei intelligent und gewitzt, immer mit diesem Feuer in ihren wunderbaren blauen Augen! Sie steckte voller Lebensfreude, war meine Muse! Ich konnte schon einen tausendseitigen Roman verfassen, wenn sie nur ganz flüchtig ihre Lippen auf meine Wange gleiten ließ – weißt du, so war das mit ihr! Immer! Jeder Atemzug aus ihrem entzückenden Mund – ein neues Wort in meinen Romanen! Sie beflügelte mich in vielerlei Hinsicht!«

Ich versuchte, eine verständnisvolle Miene aufzusetzen.

»Wir kannten uns schon eine Ewigkeit. Vielleicht waren wir acht Jahre alt, als wir das erste Mal aufeinandertrafen. Und man kann sagen: Es war wohl Liebe auf den ersten Blick!«

»Aha!«, grunzte ich unbeeindruckt. Ich hielt Alfies Ansprache für Gefühlsduselei. Er sollte endlich auf den Punkt kommen.

»Und eines Tages ... stießen wir auf das Wunder, Jack!«

Jetzt schlug mein Herz doch etwas schneller. Ich ahnte, was er mit *Wunder* meinte.

»Das Rezept?«, krächzte ich. »Du redest von den Fairy Cupcakes, oder?«

Er nickte nur flüchtig. »Wir entwickelten das Rezept dieser wundersamen Zaubergebäcke in gemeinschaftlicher Arbeit – dir wird sicherlich das Monogramm am unteren Rand des Rezeptes aufgefallen sein, oder, mein Junge?«

»Du meinst die Buchstaben A und B?«, fragte ich wissbegierig.

»Natürlich – das große A, auf dessen Balken ein B sitzt!«, er lächelte verträumt. »Applepie und Blueberry – ja, meine Mathilda ist schon immer die gewesen, die mich mit ihrer zauberhaften Art vollkommen umnebelte, mich trunken machte vor Glück! Wie passend also, dass mein B auf ihrem A sitzt wie ein liebeskranker Vogel auf einem Ast.« Jetzt verdüsterte sich sein Blick ein wenig. »Aber wie ich dir auch schon in meinem Brief geschrieben habe: Die meisten großen Liebesgeschichten haben die Angewohnheit, irgendwann aus den falschen Gründen zu enden!«

»Und ich muss sagen, dieser Satz hat mich überrascht: Du bist doch sonst nicht so pessimistisch, Grandpa!«

»Ach, Jack – wenn du nur wüsstest!« Grandpa seufzte traurig.

»Was war es denn nun, was hat euch auseinandergebracht?«

Er schwieg für einige Sekunden, doch mir kam es unerträglich lang vor, bevor er endlich sagte: »Eine andere Frau!«

Ich schluckte. Das hätte ich nicht erwartet. Vor allem nicht nach all dem, was er mir von Mathilda erzählt hatte. Doch dann kam mir ein Gedanke.

»Lily?«, raunte ich und schämte mich im Nachhinein schon fast für die Hoffnung in meiner Stimme.

»Nein!«, antwortete Alfie kühl. »Nicht deine Großmutter. Es war eine Furie von Frau! Doch das habe ich nicht von Anfang an erkannt, musst du wissen! Und ich war jung und dumm damals – unendlich dumm!«

»Willst du damit sagen, dass du Mathilda betrogen hast?«, flüsterte ich, und meine Kehle fühlte sich dabei ganz ausgetrocknet an.

»Es war nur eine Nacht und der größte Fehler, den ich bis jetzt in meinem Leben begangen habe!« Alfie senkte sowohl seine Stimme als auch den Kopf. »Obwohl mir Mathilda verzieh, dass ich sie mit ihrer besten Freundin hintergangen hatte, sollte von da an nichts mehr sein, wie es war!«

Ich erschrak, als ich bemerkte, dass meinem alten Grandpa eine Träne über die ledrige Wange rollte.

»Mathildas Freundin war ab diesem Zeitpunkt, ab dem Moment, in dem ich ihr sagte, dass ich nicht ohne meine geliebte Tilda leben konnte, rasend vor Eifersucht. Und das Unheil nahm seinen Lauf: Diese falsche Schlange deckte nicht nur unser Geheimnis rund um die Fairy Cupcakes auf und drohte, damit an die Öffentlichkeit zu gehen, wenn wir uns nicht trennten. Nein! Sie spielte uns immer wieder gegeneinander aus, sodass bald keiner mehr von uns wusste, was Wirklichkeit war und was diese Hexe von Frau eingefädelt hatte! Und als dann der Unfall passierte, war alles zu Ende!«

»Was meinst du?«, hakte ich leise nach, doch auf Grandpa Alfies Gesicht glitzerten nun so viele Tränen, dass ich mich nicht traute, ein weiteres Mal nachzuhaken, als er meine Frage mit einem bestimmten Kopfschütteln überging.

»Danach trennten sich, scheinbar auf ewig, unsere Wege. Doch ich konnte sie nicht vergessen. Nie wirst du einen Menschen vergessen, Jack, der so nahe an deiner Seele gewesen ist. Auch wenn ich einige Jahre danach deine Großmutter kennenlernte und sie die einzige Frau war, die das Loch unter meiner Brust einigermaßen zusammenflicken konnte – es verging kein Tag, an dem ich nicht sehnsüchtig an meine liebe Tilda zurückdachte. Einmal,

Jack, nur ein einziges Mal, habe ich noch mit ihr gesprochen. Es ist gar nicht so lange her. Vielleicht knappe zwei Jahre, kurz nach Lilys Tod. Ich hatte ihre Nummer aus einem Telefonbuch und rief ohne Umschweife an, auch wenn ich dachte, dass mir mein Herz jeden Moment vor Nervosität zerspringen würde. Schließlich war es etliche Jahre her, dass ich Mathildas Stimme das letzte Mal gehört hatte. Ich fragte mich danach, warum ich solche Angst gehabt hatte, mit ihr zu reden, denn es war ein ganz wunderbares Gespräch, und wir verabredeten uns für den nächsten Tag, um in London essen zu gehen und über alte Zeiten zu sprechen.« Grandpa Alfie stockte. »Doch dieses Treffen fand nie statt – denn sie versetzte mich!«, er blickte traurig zu mir hinüber, kleine Kringel krochen aus seiner Pfeife und zogen zum Himmel empor. »Ich konnte es ihr nicht verübeln, schließlich hatte ich ihr unendliche Schmerzen bereitet – und auch, wenn ich versuchte, sie danach anzurufen, ich erreichte sie nicht mehr. Es war, als wäre das ihre Art, sich an mir zu rächen. Und so gab ich mich, ich alter Narr, meinem Schicksal hin.« Er wischte sich seine Tränen aus den Augenwinkeln. »Das Schlimmste an der ganzen Sache ist eigentlich, dass es ganz allein meine Schuld ist. Hätte ich damals nicht so töricht gehandelt, hätte ich meinen männlichen Trieben nur widerstanden – dann hätte ich meine Tilda nie verloren. Zumindest nicht auf diese unsinnige, trostlose Weise, die mich bis heute nicht loslässt. Ich bin ein alter Mann, Jack. Wer weiß schon, wie viel Zeit mir noch bleibt! Jedenfalls möchte ich den Rest dieser kostbaren Stunden an ihrer Seite sein. Ich möchte wiedergutmachen, was ich kaputt gemacht habe. Ich möchte eine neue Liebe schaffen, ich möchte wieder erfüllt werden von diesem Gefühl, von diesem Glück, das ich auch damals gespürt habe.«

Ich nickte und setzte eine möglichst verständnisvolle Miene auf. »Und du möchtest jetzt, dass ich dir bei deiner Suche helfe!«, sagte ich. Es war eine Feststellung, keine Frage.

»Ja, Jack!«, entgegnete Alfie müde. »Bitte – ich kann mich an niemand sonst wenden!«

»Aber wieso …« Ich traute mich kaum, diese Worte über meine

Lippen zu bringen. »Wieso benutzt du nicht die Fairy Cupcakes? Es wäre doch so einfach«

Seine Augen weiteten sich entsetzt. »Nein! Ich könnte Tilda nie durch einen Zauber dazu zwingen, zu mir zurückzukehren! Das Rezept war eines der Gründe, warum wir auseinandergegangen sind, warum wir uns nie wieder zu Gesicht bekommen haben!« Er schnaubte abfällig.

»Aber das Elixier...«, begann ich vorsichtig. »Du hast es doch selbst ins Leben gerufen. Wenn du es jeden Tag zu dir nimmst, dann gelten die Regeln der Fairy Cupcakes nicht mehr. Dann kannst du ihre Magie, so oft und so lange du es möchtest, reaktivieren«

Alfie unterbrach mich wütend. »Hör mal, Jack – es geht mir darum, dass es mit der Hilfe der Fairy Cupcakes nicht *echt* wäre, verstehst du? Ist es denn zu viel verlangt, dass ich möchte, dass sie mich aus freien Stücken liebt? Bei dir und deiner Karriere ist das doch etwas vollkommen anderes! Du und deine Band – ihr hattet schon immer das Talent. Die Cupcakes haben deinen und damit auch den Ruhm der *The Lucky Ones* auf das nächste Level gehoben. Und das Elixier sorgt dafür, dass euch niemand als die Superstars vergisst, die ihr jetzt seid! Dass die Magie des Wunsches reaktiviert wird, weiter Bestand hat und nicht wie üblich nach spätestens zwei Tagen verflogen ist! Ich habe dieses rote Zeug einzig und allein für den Erhalt deines Wunsches entwickelt, damit ihr jeden Tag aufs Neue eben nicht mehr nur die zweitklassige Band von nebenan seid, sondern gefeierte Rockstars. Damit *du* glücklich sein kannst, damit du das Leben lebst, für das du sonst sehr hart hättest schuften müssen! Aber benutze die Cupcakes nie, hörst du, nie, wenn es um Herzensangelegenheiten geht!« Er erhob sich aufgebracht von seinem Stuhl, lief über die knarzenden Holzdielen der Terrasse und kam erst unten im Gras seines Gartens wieder zum Stehen.

»Hilfst du mir nun, oder nicht?«, rief er aufgebracht in meine Richtung.

Ich lief ihm hinterher und legte ihm dann besänftigend eine Hand auf seine bebenden Schultern. »Bedeutet es dir wirklich so viel?«, fragte ich, auch wenn ich das Gefühl hatte, dass diese Frage vollkommen überflüssig war.

»Viel?«, fragte Alfie mit zittriger Stimme. »Es bedeutet mir *alles*! Und du musst es tun, hörst du? Nur du. Du wirst verstehen, Jack, was Liebe bedeutet, und du wirst sie finden, für dich … in deinem Herzen!« Er beugte sich nach vorn und fiel mir in die Arme. »Bitte!«

»Meinst du wirklich, dass ich der Richtige dafür bin?«, fragte ich unsicher.

»Ach, Jungchen!«, flüsterte Grandpa Alfie dicht an meinem Ohr. »Ich verstehe zwar nicht immer, was die Leute mir sagen, aber ich verstehe *immer*, was mein Herz mir sagt!«

Ich seufzte gequält und nickte dann mit einem aufbauenden Lächeln. »Ich kann dir doch sowieso nichts abschlagen!«, meinte ich dabei und tätschelte unbeholfen seinen Rücken. »Aber wo soll ich denn bitte anfangen, nach dieser Mathilda zu suchen – sie könnte überall auf dem Planeten sein!«

Grandpa Alfie löste sich aus der Umarmung, den Tränen war ein fröhlicher Ausdruck gewichen, der seine Lippen zu einem aufrichtigen Grinsen verführte. »Ich habe bereits ein wenig recherchiert!«, antwortete er mir, alle Verzweiflung war schlagartig verschwunden. Seine schwarzen Pupillen glänzten voller Tatendrang. »Ein alter Freund erzählte mir von einem abgelegenen Cottage in Südengland mit dem Namen *Little Birds*. Dort soll eine Frau arbeiten, auf deren Beschreibung meine liebe Tilda sehr gut passt! Ich werde dir die Adresse gleich aufschreiben!« Und damit eilte er ins Haus zurück, und ich folgte ihm mit großen Schritten.

»Little Birds, 24 Ellington Road, Harping Charms!«, flötete Alfie melodisch, nachdem er die Adresse auf ein altes Pergament gekritzelt hatte, fast so, als wäre diese ein auswendig gelerntes Gedicht.

»Ich werde das kommende Wochenende hinfahren!«, unterrichtete ich ihn und nahm ihm das Papier mit einem Lächeln ab. »Ich hoffe, das passt in deinen zeitlichen Rahmen, Grandpa?«

»Natürlich!«, entgegnete er. »Hauptsache, du suchst. Such nach der Liebe, Jack!«

Ich seufzte etwas schwermütig. »Alfie, du weißt aber schon, dass ich dir nicht versprechen kann, dass ich Erfolg haben werde!«

In Alfies Augen blitzte etwas auf, was ich nicht deuten konnte. »Erwarte immer ein Wunder, Junge«, raunte er geheimnisvoll und schob mich mit einem verschmitzten Augenzwinkern aus der Tür.

Gedankenverloren kam ich in Notting Hill an. Mein Herz war ganz schwer, wenn ich daran dachte, dass Emma immer noch sauer im Inneren meines Hauses auf mich warten könnte. Ich hasste es, sie unglücklich zu sehen.

»Emma?«, rief ich vorsichtig, als ich durch meine Haustür trat und mich an den zahlreichen Umzugskartons im Flur vorbeischlängelte. »Emma?«

Keine Antwort. Ein mulmiges Gefühl breitete sich unter meiner Brust aus. War sie gegangen?

»Emma?«, rief ich also nun schon zum dritten Mal. Ich bahnte mir meinen Weg zur Küche vor – denn dort hatte ich meine Schwester zurückgelassen.

Doch als ich einen Fuß durch die Tür setzte, blieb mir fast das Herz stehen. Denn dort unten, auf dem kühlen, rauen Holzboden meines Hauses, lag meine kleine Emma. Sie war vollkommen bewegungslos, und ihre Haut war noch blasser als sonst, sodass ihre normalerweise so fröhlichen Sommersprossen von der Fahlheit ihres Teints verdrängt wurden. Doch das war nicht das Schlimmste. Denn wirklich schlimm war – und das war der Moment, in dem ich mit einem schrillen und vierten »Emma!« auf sie stürzte –, dass sie in einem Meer aus funkelnden kleinen Fläschchen lag, die Lippen dabei rot wie Blut, das Kinn verschmiert und klebrig.

Wahrscheinlich hatte sie meinen ängstlichen Blick in Richtung Kühlschrank, kurz bevor ich zu Alfie gefahren war, bemerkt und hatte wütend und trotzig beschlossen, sich selbst oder mir etwas zu beweisen – als Zeichen sozusagen, dass es ihr egal war, wie viele Lügen ich ihr auftischte, und dass sie die Wahrheit schon selbst herausfinden würde.

Emma hatte mehr als die Hälfte meines magischen Elixiers erbarmungslos in ihren dünnen, nun so zerbrechlich und leblos wirkenden Körper hineingeschüttet.

Kapitel 4

Mir wurde kurz schwarz vor Augen. Dann war mir heiß und kalt zugleich, während mein Herz lärmend gegen meine Brust donnerte. Meine Hände klatschten in regelmäßigen Abständen auf Emmas bleiche Wangen, während ich immer und immer wieder ihren Namen brüllte. Doch ihre Augenlider blieben geschlossen – es war, als wäre sie in einen tiefen, gefährlichen Schlaf gefallen, aus dem sie kein Mensch mehr retten konnte. Ein rothaariges Dornröschen, schön, jung und unschuldig in meinen bebenden Armen.

Mit zittrigen Fingern griff ich nach meinem Handy. »Komm schon, Alfie, nimm ab!«, fauchte ich und verfluchte im selben Moment die Tatsache, dass ich nicht einfach einen Krankenwagen rufen konnte. Ein magisches Elixier, das dafür sorgte, dass die Magie von ebenso zauberhaften Cupcakes nicht erlosch – das war nichts für ein ordinäres Krankenhaus. Was hätte ich dafür gegeben, lediglich in einem Buch von Joanne K. Rowling gefangen zu sein? Dann hätte ich ganz einfach die Seiten umschlagen können und zu Kapiteln vordringen, die weniger dramatisch waren, denn das, was ich in dieser Sekunde durchleben musste, war schlichtweg die Hölle.

Ich schluckte, um meine Mundhöhlen zu befeuchten, als Alfies Anrufbeantworter ansprang.

Verärgert legte ich auf und versuchte es noch einmal. Alfie musste zu Hause sein! Mein Besuch lag keine 30 Minuten zurück.

»Tut!« Das Freizeichen brachte mich fast um den Verstand. Wann hatte Alfie endlich die Hallen seines Hauses in Kensington durchquert? Wann griffen seine ledrigen Hände endlich nach dem

Hörer? *»Verehrter Anrufer …* « Ich stöhnte gequält auf, als mir zum wiederholten Male die süffisante Ansage von Alfies Anrufbeantworter entgegentönte.

»Hallo, wer ist da?«

»Oh Gott!«, kreischte ich mit einer Mischung aus Panik und Erleichterung, als ich die Stimme meines Großvaters vernahm, der ein bisschen verschlafen klang, als hätte er sich soeben von einem Nickerchen erhoben.

»Nein, hier ist nicht Gott – hier spricht Alfie Blueberry –, mit wem habe ich die Ehre?«, erwiderte Grandpa trocken, der eine derart aufbrausende Stimme meinerseits wohl nicht gewohnt war und mich deshalb nicht sofort zu erkennen schien.

»Grandpa – hier ist Jack!«, rief ich nervös und mit so viel Nachdruck, dass ich mich fragte, ob Alfies Trommelfell wohl kurz vor dem Platzen war.

Es herrschte kurz Stille am anderen Ende der Leitung, als hätte Alfie vergessen, dass er einen Enkel hatte, der diesen Namen trug. Doch schließlich erwiderte er: »Jack! Mein Junge! Ist alles in Ordnung? Du klingst – leicht aufgebracht!«

»Aufgebracht?«, sagte ich erregt. »Das ist wohl untertrieben, Alfie! Wir haben ein gewaltiges Problem!«

»Haben wir das?«, seufzte Alfie langsam. »Und dabei hatten wir doch einen so unterhaltsamen Vormittag!«

Ich hörte fast so etwas wie ein Lächeln in seiner Stimme, und so platze es schneidender wie die Klinge eines Rasiermessers aus mir heraus: »Es geht um Emma, Alfie – sie ist ohnmächtig!«

»Hmm!«, grummelte Grandpa. »Das ist tatsächlich ein Grund zur Beunruhigung! Was ist passiert? Und warum rufst du mich an und bist nicht schon längst auf dem Weg ins Krankenhaus?«

Ich holte tief Luft. »Wenn du mir sagen kannst, wie ich den Ärzten dort die Tatsache erklären soll, dass meine Schwester eine Überdosis unseres magischen Elixiers geschluckt hat!« Ich hielt kurz inne und schnappte dann derart panisch nach Luft, als stünde ich kurz vor dem Ersticken.

Wieder wurde es kurz still am anderen Ende der Leitung. Dann brach er in schallendes Gelächter aus. »Das gestaltet sich in der Tat als etwas schwierig, mein Junge!«, prustete Alfie.

»Was soll das?«, brüllte ich aufgebracht. »Emma stirbt!« Tränen schossen mir in die Augen. »Warum werde ich das Gefühl nicht los, dass dir das ... dass dir das *egal* ist?«

Alfie lachte immer noch ungeniert. »Ich finde ...«, gluckste er wie blöd, »den Gedanken einfach unglaublich komisch, mir die Gesichter der ganzen Weißkittel vorzustellen und wie sie dreinblicken, wenn das Wort Fairy Cupcakes in den Raum geworfen wird! Ha! Wahrscheinlich winkt dir gleich ein Überweisungsschein zum Psychiater!«

»Hör auf!«, jaulte ich außer mir vor Wut. »Das ist nicht lustig! Mir ist bewusst, dass ich nicht einfach in ein Krankenhaus spazieren kann – du bist der Einzige, der weiß, was in meinem Elixier drin ist, schließlich stellst du dieses ja her! Also bitte sag mir: Was soll ich tun?«

»Also ... erst mal«, entgegnete Alfie sanft, »wischt du dir bitte deine Tränen aus dem Gesicht!«

Ich war überrascht, schließlich konnte er durch das Telefon ja kaum die zahlreichen Tropfen sehen, die nun meine Wangen feucht und klebrig machten.

»Als Nächstes bringst du Emma in dein Bett und lässt sie dort weiterschlafen!«

»Schlafen?«, schrie ich aufgewühlt – mir schien, als würde Alfie den Ernst der Situation nicht erkennen. »Grandpa, Emma ist ohnmächtig – was, wenn sie nie wieder aufwacht?«

»Jack«, sagte Alfie gedehnt. »Deine Schwester ist nicht ohnmächtig. Deine Schwester schläft – ich schätze, das ist der Baldrian. Das Elixier enthält ausschließlich pflanzliche Bestandteile, und von diesen ist keine tödlich, halluzinogen oder sonst irgendwie bedrohlich. Aber bei einer Überdosis kann es durchaus vorkommen, dass der Betroffene das dringende Bedürfnis verspürt, ein ausgiebiges Nickerchen zu halten. Also reiß dich zusammen, trag Emma in dein Schlafzimmer, und höre auf, dich als Opfer des Schicksals zu bemitleiden!«

»Emma schläft bloß?«, fragte ich und beugte mich zu ihr hinab, fasste ihr an die kühle Stirn und lauschte mit pochendem Herzen ihren ruhigen Atemzügen. Es tat so unglaublich weh, sie so zu sehen. Sie hätte tot sein können, so bewegungslos, wie sie nun in meinen Armen lag.

»Selbstverständlich!«, versicherte mir Alfie. »Bitte vergiss nicht, Jack – Emma ist nicht nur deine Schwester, sondern auch meine Enkelin! Ich würde niemals wollen, dass ihr etwas Schlimmes zustößt, ich würde niemals hinnehmen, dass sie einfach so – stirbt.«

»So wie du?« Ich konnte es nicht zurückhalten.

»Ich will auch nicht, dass *mir* etwas Schlimmes zustößt«, erwiderte Alfie teilnahmslos.

»Das habe ich nicht gemeint, Grandpa!«, antwortete ich überflüssigerweise. »Auch wenn du vorhin nicht weiter darauf eingegangen bist – ich muss wissen, ob es wahr ist! Hat dein Arzt etwas gefunden? Bist du krank?«

Grandpa Alfie räusperte sich traurig. »Du tust es deswegen, nicht wahr?«

»Was?«, fragte ich verwirrt. »Was tue ich?«

»Du begibst dich auf diese meine Herzensreise, weil du annimmst, es sei der letzte Wunsch eines sterbenden Mannes. Nun, ich denke, dies ist der richtige Gedanke, wenn er dich denn dazu bewegt, meinem Wunsch Folge zu leisten! Auch wenn du am Ende vielleicht verstehen wirst, dass es manchmal größere Ziele gibt, dass manchmal etwas Großes hinter allem steht. Also ja – ich ergebe mich, ich werde sterben! Doch das ist kein Geheimnis, es ist so wahr wie die Tatsache, dass auch du, dass auch Emma, dass wir alle irgendwann sterben müssen.«

Ich blinzelte irritiert, da ich mir nicht sicher war, was er mir nun damit sagen wollte. War er nun krank, oder suchte er nur eine Ausrede, um den wahren Grund seiner Bitte an mich zu verschleiern?

»Bitte, Grandpa – ich mache mir doch nur Sorgen um dich!«, sagte ich schließlich und konnte die bestürzten Falten in seinem Gesicht vor meinem inneren Auge sehen, als er antwortete.

»Jack, ich habe in meinem Leben so viele Fehler gemacht,

meine Bitte an dich, Mathilda aufzusuchen, ist der erste Schritt, wenigsten einige davon wiedergutzumachen! Ich bin alt, und ich fühle, dass mir die Zeit zwischen den Fingern hindurchrieselt wie feiner Sand an einem Tag am Meer. Aber du, Jack, du hast noch alle Zeit der Welt, du hast Zeit genug, um die Wunder dieses Universums noch zu entdecken, und ich glaube, so wie es für mich ein Schritt zu Wiedergutmachung ist, so wird es für dich ein Schritt in die richtige Richtung sein!«

Ich wusste erst nicht, was ich darauf erwidern sollte. Dann brachte ich fast lautlos hervor: »Hast du das aufgeschrieben?«

»Warum?«, erwiderte Alfie überrascht.

»Weil das wunderbar in einen deiner schmuddeligen Abendteuerromane passen würde!«

Jetzt lachte er melodisch. »Ich habe aufgehört, Abendteuerromane zu schreiben, meine Zeit sollte ich dazu nutzen, mein Leben zu einem solchen werden zu lassen! Und mit den Fairy Cupcakes, dem Elixier und dir an meiner Seite … nun, ich denke, ich bin auf dem richtigen Weg!«

Alfie macht eine kurze Kunstpause. »Sag mir, Junge, warum, denkst du, habe ich dir meine Canon vermacht? Damit du all die besonderen Augenblicke in deinem Leben festhalten kannst! Momente festgehalten auf Fotopapier – das macht sie unzerstörbar! Nicht einmal die Fairy Cupcakes können dort hineinpfuschen. Bilder sind wertvolle Schätze, die uns in besonderen Augenblicken an Dinge erinnern können, die wir bereits vergessen zu haben glaubten! Woher, denkst du, kommt wohl der Spruch, dass Bilder mehr verraten als tausend Worte?« Seiner Stimme nach zu urteilen, musste nun ein verträumtes Lächeln auf Alfies Lippen sitzen. »Und Bilder verraten uns nicht nur ihre Geheimnisse, sie lassen uns auch entdecken, erinnern und natürlich träumen!«

Ich nickte.

»Ich weiß, Grandpa, ich weiß!«, sagte ich geflissentlich. »Und ich gebe mir wirklich alle Mühe, jeden Augenblick einzufangen, an den ich mich später erinnern möchte!« Dann schwiegen wir für einige Minuten, jeder in seine eigenen Gedanken vertieft, bis ich schließlich mit einer großen Bitte zurückkam, von der ich nicht wusste, ob sie von Alfie gebilligt werden würde. »Ich muss Emma über unser Geheimnis aufklären!«, flüsterte ich schließlich. Da mein Großvater zunächst nicht antwortete, fuhr ich nervös fort. »Dieser Vorfall, das, was ihr passiert ist – das ist alles meine Schuld. Emma fühlt sich ausgeschlossen. Wir sagen uns normalerweise alles. Nur mein größtes Geheimnis, das kennt sie nicht! Bitte lass mich sie einweihen!«

»Ist dir bewusst, was das bedeutet?«, krächzte Alfie müde. »Ein flatterhaftes, emotionsgeladenes Wesen wie deine Schwester? Bald wird ihr der Gedanke – die Idee von den Fairy Cupcakes – nicht mehr genügen. Sie wird selbst einen oder mehrere haben wollen! Und dann noch das Elixier … nein, nein! Dieser Gedanke gefällt mir überhaupt nicht!«

»Alfie – ich vertraue ihr!«, sagte ich standhaft und sah auf meine schlafende Schwester hinab, die immer noch bewegungslos in meinen Armen lag. »Sie ist alt genug, um zu wissen, was recht ist und was nicht! Und wenn sie einen Cupcake haben möchte – soll sie ihn bekommen! Warum sollte *ich* etwas dürfen und sie nicht? Zumal die Magie doch sowieso wieder verfliegt und jede aktiv in den Wunsch involvierte Person nach spätestens achtundvierzig Stunden alles vergessen hat! Und was das Elixier betrifft. Da bräuchte sie sowieso ihr eigenes. Eines, das nur auf ihren Wunsch angepasst ist. Ich glaube nicht, dass Emma sich dieses ohne deine Hilfe brauen könnte, Grandpa!«

»Nein, Jack! Kein Cupcake für Emma! Und erst recht kein Elixier!«, grummelte Alfie in den Hörer hinein. »Du kannst ihr gern die Wahrheit sagen – aber nur, wenn du dir sicher bist, dass sie meine Entscheidung akzeptiert!«

»Aber …«, setzte ich an, doch Alfie unterbrach mich forsch.

»Ich bleibe dabei – außerdem muss ich jetzt weiter meinen sonntäglichen Pflichten nachgehen. Lass es mich wissen, sobald du dem *Little Birds* einen Besuch abgestattet hast!« Damit legte er auf und gab mir ein unmissverständliches Zeichen, dass er keine Widerrede duldete.

Kapitel 5

»Keine Sorge, Emma – auch wenn es Alfie nicht gefällt, ich lasse dich nicht weiter im Dunkeln!«, murmelte ich an meine Schwester gewandt, ich gab ihr einen kurzen Kuss auf die Stirn, hob sie an meine Brust und trug sie dann in mein Schlafzimmer hinauf.

Emma war der zerbrechliche Schmetterling, der allen Gefahren trotzend durch das Leben tanzte, selbst bei Regen flog, auch wenn das den empfindlichen Zauberstaub an ihren Flügeln wegwusch und es sein konnte, dass sie niemals mehr fliegen würde. Nun lag es an mir zu entscheiden, ob ich sie in das größte meiner Geheimnisse einweihen wollte – das einzige, das noch zwischen uns stand – oder nicht.

»Emmi!«, flüsterte ich dabei und strich ihre roten Locken aus dem blassen Gesicht. »Du wirst mein Geheimnis kennen, ich verspreche es – bitte habe keine Angst mehr, bitte denke nicht, dass ich dich aus meinem Leben ausschließen möchte. Du bist einer der wichtigsten Menschen auf diesem Planeten für mich!«

Sie antworte nicht, lag nur reglos da, und ein nervöses Ziehen unter meiner Brust kam nicht umhin, mich darauf aufmerksam zu machen, dass Alfie vielleicht nicht die Wahrheit gesagt haben könnte. Und dann, als ich es am wenigsten erwartete und zum gefühlten Hundertsten Mal jene beschwichtigenden Worte in ihr Ohr hauchte, bewegte sich ganz leicht ihr Mund.

»Jack!«, seufzte sie, und ich war so überrascht über den Klang ihrer Stimme, dass ich zusammenzuckte und mich mit aufgerissenen Augen über ihr Gesicht beugte, um mich selbst davon zu überzeugen, dass ich nicht nur geträumt hatte.

Emma blinzelte mich an, auf ihren Lippen lag so etwas wie ein Lächeln.

»Emmi! Oh mein Gott, du kommst wieder zu dir! Ich muss dir unbedingt etwas beichten!«, keuchte ich, doch sie legte nur einen Zeigefinger auf ihren Mund – als Zeichen dafür, dass ich still sein sollte. Ich gehorchte natürlich sofort und lächelte sie stattdessen nur leicht melancholisch an. Ich war unendlich froh, dass meine Schwester in die Realität zurückgefunden hatte, auch wenn mir bewusst war, dass nach diesem Tag wahrscheinlich nichts mehr so zwischen uns sein würde, wie es einmal gewesen war. Denn meine Schwester würde nun endlich erfahren, dass ich mithilfe eines Betruges zum Rockstar aufgestiegen war. Ihr Held, ihr großer Bruder und bester Freund – degradiert zum elenden Heuchler. Denn die Wahrheit, die bis jetzt noch hinter meinen Lippen schlummerte, war so problematisch, weil sie von jedem vernünftig denkenden Menschen für eine Lüge gehalten werden musste.

Vor einem knappen halben Jahr war mein Großvater mit einem unglaublichen Angebot zu mir gekommen. Angeblich sollte mir ein einfacher Cupcake meinen Lebenstraum erfüllen.

Natürlich hielt ich die Sache zunächst für totalen Humbug, doch Alfie überging meinen Argwohn mit einem »Hör endlich auf kleinzudenken, wenn du etwas Großes werden willst!« und hielt mir den Fairy Cupcake derart bestimmt vor die Lippen, dass ich gar nicht anders konnte, als hineinzubeißen. Dabei wünschte ich mir, mit meiner Band *The Lucky Ones* zum begnadeten Superstar aufzusteigen.

Wir hatten schon so lange unser Glück versucht und waren mehr als einmal daran gescheitert, die Welt mit unserer Musik zu bewegen. Auch wenn das alles war, was wir wollten: Menschen zu Tränen rühren, sie mit unseren Texten und Melodien aufrütteln und zum Nachdenken anregen. Alfie wollte nachhelfen und mir mit den Fairy Cupcakes einen Schubs in die richtige Richtung verpassen, von dem auch meine Bandkollegen profitieren sollten. Natürlich musste das alles streng geheim bleiben. Die Existenz der Fairy Cupcakes war nur für ausgewählte Ohren bestimmt, das hatte mir Alfie von Anfang an gepredigt. Ein Cupcake, ein Wunsch – es sollte ganz einfach sein, und das wäre es sicher auch, wenn da nicht diese nicht ganz unproblematischen Nebenwirkungen der magischen Zauberkuchen wären.

Die Magie der Fairy Cupcakes hält nur zwischen sechs und achtundvierzig Stunden an. Danach ist der Zauber verflogen, als wäre er nie da gewesen. Und damit haben auch alle Personen, die in einen Wunsch aktiv mit einbezogen wurden, die Geschehnisse vergessen und weisen erhebliche Gedächtnislücken auf. Bis auf ein paar wenige Ausnahmen: Kinder, Tiere und der Wünschende selbst.

»Am Ende könnte es sein, dass du der Einzige in deinem Umfeld bist, der weiß, dass er ein gefeierter Star ist«, hatte mich mein Großvater mit verschwörerischer Miene unterrichtet. »Aber ich habe ein Gegenmittel entwickelt. Etwas, was den unschönen Gesetzlichkeiten der Fairy Cupcakes entgegenwirkt!«

Und mit diesen Worten hatte er mir das erste Fläschchen jener magischen Elixiere, die Emma zum Verhängnis geworden waren, in die Hand gedrückt. »Dieses von mir allein für dich entwickelte Elixier reaktiviert die Magie deines Wunsches! Darüber hinaus können sich auch alle aktiv in einen Wunsch involvierten Personen wieder erinnern.« Er machte eine bedeutungsvolle Pause, um seinen Worten mehr Nachdruck zu verleihen. »Du musst das Elixier nicht jeden Tag nehmen – nur wenn du auf Nummer sicher gehen möchtest. Aber falls du mal keine Lust auf Groupies hast, nimm es nicht. Es spielt keine Rolle, wie viel Zeit zwischen der Einnahme verstreicht. Das Elixier reaktiviert die Magie deines Wunsches – immer! Ich habe seine Zutaten speziell auf deinen Wunsch angepasst, du musst dir also keine Sorgen machen, dass du auch die Magie irgendwelcher anderen Wünsche erneuerst!«

Mein Band mit den Fairy Cupcakes war gleichzeitig Fluch und Segen. Auf der einen Seite war ich mit ihrer Hilfe zu sehr viel Ruhm und Ansehen gekommen – auf der anderen war ich an das magische Elixier gebunden. Denn wenn ich das Elixier nicht nahm, konnte es sein, dass alle Menschen um mich herum vergaßen, dass ich seit einigen Monaten zu einem der erfolgreichsten Rockstars in ganz Großbritannien aufgestiegen war.

Falls ich nun ein hübsches Mädchen nach einem meiner Konzerte mit nach Hause nahm und mit ihr die Nacht verbrachte, so stieg sie in ihrer Wahrnehmung mit dem begnadeten Leadsänger von *The Lucky Ones* ins Bett. Wenn ich das Elixier am nächsten Morgen also nicht schnell genug einnahm, konnte es durchaus vorkommen, dass sie glaubte, neben einem völlig Fremden wach geworden zu sein. Es hing alles davon ab, wie sensibel sie auf die Magie der Fairy Cupcakes reagierte.

»Ich muss dir auch etwas beichten, Jack …«, hüstelte Emma leise und holte mich damit aus meinen Gedanken zurück.

Ich hielt die Luft an und traute mich nicht, mit einem neugierigen *Was?* ihre Antwort zu beschleunigen, lauschte nur angespannt in die Stille hinein, bis sie schließlich wisperte: »Ich bin verliebt, Jack, furchtbar verliebt!«

Ich zog die Augenbrauen nach oben, während sich meine Brust zusammenzog und ich mir Mühe geben musste, nicht traurig den Kopf zu schütteln. Meine Schwester erwachte aus dem Elixier-Koma, und alles, woran sie denken konnte, war nicht etwa unsere Diskussion vor meinem Aufbruch zu Alfie, sondern … die Liebe! Typisch! Es war keinen Monat her, seit sie mir das letzte Mal dasselbe gesagt hatte, und es war in einer einzigen Katastrophe geendet. Denn so sehr es Emma auch verdient hatte – meine Schwester hatte einfach kein Glück bei den Männern. Zumindest bis jetzt. Ich beschloss, nicht gleich den Teufel an die Wand zu malen, und rang mir ein Lächeln ab, das, so gut es ging, auch meine Augen erreichte.

»Und wie heißt der Glückliche?«, fragte ich, doch dann fiel mir ein, dass diese Frage vollkommen überflüssig war – denn Emma würde mir den Namen ihres Auserwählten doch nicht verraten. Sie hatte nämlich diese merkwürdige Angewohnheit zu glauben, dass es Glück brachte, den Namen eines neuen Liebhabers, so lange es nur ging, für sich zu behalten – bis es ernst wurde und sie ihren neuen Schwarm ganz offiziell ihr Eigen nennen konnte.

Ich wollte ihr schon oft aufzeigen, wie gut diese Taktik bis jetzt funktioniert hatte, hielt mich aber immer im letzten Moment davon ab, weil ich ihr diese kindliche Vorstellung, dieses Hoffen und Träumen unter keinen Umständen nehmen wollte. Tatsächlich war es noch nie so weit gekommen, dass ich irgendeinen Namen jemals unter anderen Umständen als denen der Tränen und Wut zu Ohren bekommen hatte.

»Und dieses Mal, Jack – ist es *anders*!«, fuhr meine Schwester leise fort, da sie hinter meinem Lächeln wohl doch jenen Hauch des Zweifelns entdeckt hatte. Sie hustete etwas schwächlich. »Wirklich, Jack – es ist anders dieses Mal! Ganz bestimmt!«

Ich legte ihr eine Hand auf die Stirn, entschlossen, nicht darauf einzugehen. »Hast du heute schon etwas gegessen?«, fragte ich sie, woraufhin Emma den Kopf schüttelte.

»Dann pass auf, Kleines: Ich mache dir einen Vorschlag!«, meinte ich mit einem aufmunternden Lächeln.

Sie sah mich mit ihren großen grünen Augen erwartungsvoll an. »Ja?«

»Ich werde jetzt erst einmal etwas Essbares organisieren, in Ordnung? Und dann werde auch ich dir mein größtes Geheimnis anvertrauen!« Ich grinste und wuschelte ihr liebevoll durch die Haare. »Also, was sagst du, Emmi?«

Meine Schwester nickte und streckte mir einen nach oben gereckten Daumen entgegen. »Super!«, meinte sie mit einem müden Lächeln.

Ich küsste sie auf die Stirn und verließ mein Schlafzimmer.

Um von Fans unerkannt zu bleiben, hatte ich mir eine Baseballkappe tief ins Gesicht gezogen, bevor ich mein Haus verließ und anfing, an den Häusern der Nachbarschaft vorbeizuschlendern.

Zu meiner Schande muss ich gestehen, dass ich diesen kurzen Abstand zu Emma nicht nur wegen unserer grummelnden Mägen gesucht hatte. Ich wollte noch einmal gedanklich in mich gehen und mir genau zurechtlegen, wie ich ihr beibringen sollte, dass ihr Bruder einzig und allein aufgrund von magischen Cupcakes berühmt geworden war. Wahrscheinlich würde sie mir ohnehin nicht glauben. Dann dachte ich an das, was sie gesagt hatte – daran, dass sie wieder verliebt war.

Jeder normale Mensch hätte sich über eine solche Nachricht freuen müssen. Doch in mir fühlte ich nur ein wehleidiges Ziehen, weil ich das Gefühl hatte, dass sich meine Schwester nur wieder in die Arme irgendeines Idioten schmiss. Ich wollte sie vor jeglichem Schmerz bewahren, sie vor der Wahrheit beschützen, die meist hinter jedem ihrer neuen Lover stand. Und die Wahrheit war, dass meine Schwester unglaublich hübsch war und in Reihen von Männern das Bedürfnis weckte, sie ins Bett zu bekommen.

Auch wenn es diese Seite an mir gab, die bei Emmas emotionalen Ausbrüchen nur verständnislos und traurig zugleich den Kopf schütteln konnte, gab es auch jene in mir, die sie für ihr offenes Herz beneideten. Denn Emma konnte etwas, was ich nie gelernt hatte: leidenschaftlich und vorbehaltlos lieben. Sie ließ sich einfach fallen, öffnete ihre Arme, ihr Herz, ihre Seele, und es war ihr egal, im schlimmsten Fall auf spitzem Stein aufgespießt zu werden.

Gedankenverloren ging ich die Straße hinauf. Es war ein wirklich schöner Sommertag, auch wenn die heutigen Ereignisse einige Gewitterwolken über mein Gemüt geschoben hatten. Ich hatte Angst davor, dass Emma und ich im Streit auseinandergehen würden – dass das Geheimnis der Fairy Cupcakes keine Nähe, sondern Entfernung schaffte. Vor allem dann, wenn ich ihr erklärte, dass es keine Chance gab, dass sie sich selbst einen von ihnen genehmigte.

Apropos essen … ich hatte gesagt, dass ich etwas zu essen besorgen würde – stattdessen kam es mir vor, als würde ich jetzt vor der Wahrheit und den Dingen, die gesagt und getan werden mussten, davonrennen. Und ja – es bereitete mir Angst, große Angst, allerdings gab es jetzt kein Zurück mehr. Ich hatte einen Stein ins Rollen gebracht, der im schlimmsten Fall zu einer Lawine mutieren würde, die alles Gute unter sich begrub.

Ich sah mich um und entdeckte ein einladend wirkendes Geschäft auf der gegenüberliegenden Straßenseite. Es war in einem alten viktorianischen Stadthaus untergebracht, und auf die Entfernung konnte ich gerade so ein *Butter Bee's Cupcakes* auf der gelb gestrichenen Fassade entziffern. Cupcakes? Ich schmunzelte, vielleicht war das die einzig richtige Art und Weise, an mein unglaubliches Geheimnis heranzugehen?

Ein Geruchskonzert aus Zimt, Quark, Schokolade, Vanille und Hunderten anderer leckerer Zutaten schlug mir entgegen. Ich war ganz verzaubert von den blauen Wänden und den gleichfarbigen filigranen Tischchen, Bildern und frischen Vergissmeinnicht, die hier überall herumstanden. Dieses *Butter Bee's Cupcakes* schien nicht nur ein Cupcake-Geschäft zu sein, sondern zur selben Zeit auch noch ein bezauberndes Café, das in seinem tauben-, meeres-, veilchen-, himmel- und saphirblauen Gewand charmanter nicht hätte sein können.

»Kann ich Ihnen behilflich sein?«, trällerte eine freundliche Stimme, und hinter der Theke tauchte der runde Kopf einer hübschen, jedoch in die Jahre gekommenen Frau auf. Sie hatte Pausbäckchen, blonde Haare mit grauen Strähnen, die sie zu einem lockeren Dutt nach oben gebunden hatte, und rote Lippen, die sie nun zu einem aufrichtigen Grinsen verzog – außerdem trug sie ein weißes Kleid, über dem eine blau-weiß karierte Schürze lag. Alles in allem passte sie perfekt in ihren duftenden, wunderbar märchenhaften Laden. Auch auf meinen Lippen lag ein höfliches Lächeln, das noch breiter wurde, als mir etwas Erstaunliches bewusst wurde: Ich kannte diese Frau!

»Sind Sie nicht …«, gluckste die Dame in Blau ausgelassen, und der Schimmer der Erkenntnis saß nun auch in ihren freundlichen meerblauen Augen.

Ich nickte. »Ja …, ich wohne jetzt in Ihrem Haus!«

»Genau!«, rief sie und klatschte ausgelassen in die Hände. »Wie schön, Sie zu sehen!«

Ich wusste nicht, warum, aber irgendwie gab mir diese Frau ein unglaublich gutes und unbeschwertes Gefühl.

»Mister Raspberry – richtig?«, fragte sie fröhlich und legte ihren Kopf schief.

Ich lachte. »Nicht ganz. Blueberry!«, entgegnete ich. »Und Sie sind …?«

»Miss Bottom!« Sie verbeugte sich leicht, als wären wir in einem historischen Roman, und unterstrich damit immer mehr den Eindruck, sie wäre nicht ganz von dieser Welt, sondern irgendwie von einem anderen Planeten oder zumindest aus den Seiten eines Märchenbuches. »Ich freue mich wirklich sehr, dass Sie Ihren Weg zu mir gefunden haben!«, sagte Miss Bottom aufrichtig, und ich konnte nicht anders, als ebenso ehrlich zu nicken und zu erwidern, dass ich in diesem Moment tatsächlich auch über alle Maßen glücklich war, diese Perle von Laden mitten in Notting Hill entdeckt zu haben. »Wie gefällt Ihnen Ihr neues Zuhause?«

»Es ist fantastisch, ich liebe es!«, sagte ich aufrichtig. »Ich kann gar nicht verstehen, dass Sie es verkauft haben!«

»Nun, jetzt wohne ich direkt über meinem kleinen *Butter Bee's*!«, antwortete Miss Bottom.

»Das hat auch etwas für sich!«

Und so standen wir bestimmt eine halbe Stunde zusammen und unterhielten uns ausgelassen, sodass ich fast mein Versprechen vergaß, meiner Schwester etwas zu essen zu besorgen.

Fast hektisch wählte ich dann das Angebot des Tages: zwei Vanillecreme-Cupcakes und zwei Mascarpone-Himbeer-Cupcakes zum halben Preis.

»Hier!«, sagte Miss Bottom und reichte mir neben der himmelblauen Schachtel mit den süßen Naschereien auch noch ihre Visitenkarte. »Rufen Sie mich an, wenn Sie irgendetwas brauchen oder Fragen zu Ihrem neuen Heim haben!«

Sie lächelte breit, und erneut durchflutete mich diese Wärme, als hätte ein wirklich guter Geist gerade eine sehr gute Tat vollbracht. Ich nickte eifrig und versicherte ihr, dass ich bestimmt nicht zum letzten Mal bei ihr eingekauft hatte, und als ich aus ihrem entzückenden Laden stolperte, hatte ich das seltsame Gefühl, dass diese pausbackige, freundliche Miss Bottom eines Tages eine entscheidende Rolle in meinem Leben spielen könnte.

Kapitel 6

Wieder im Heute

»Hallo, Jack … Jack … Jack … *Jack*!«

Mein Name hallt wie ein fernes Echo in meinem Kopf nach.

»Sie ist noch nicht zurück!«, höre ich Mrs. Stone sagen, doch ihre Stimme klingt stumpf und unendlich weit weg.

»Das ist nicht schlimm!«, erwidert die Stimme. »Ich habe jemand viel Besseren gefunden! Woher wusste ich bloß, dass das früher oder später geschehen würde?«

Ich höre, wie die Person triumphierend auflacht. Es gäbe doch eigentlich keinen besseren Augenblick, um sich umzudrehen, wenn man weiß, dass man von einem freundlichen Gesicht empfangen wird. Also nehme ich all meinen Mut zusammen und folge dem Ziehen unter meiner Brust, dem Gefühl, das mir nicht zum ersten Mal sagt: Vielleicht hat Grandpa doch recht, vielleicht gibt es das Schicksal wirklich, und vielleicht bist du gerade kurz davor, das zu finden, was du hier, an diesem verwunschenen Ort, verloren zu haben glaubst.

Also tue ich es einfach: Ich drehe mich um und richte meinen Blick auf die junge Frau, die soeben die Küche betreten hat und beim Anblick meines Gesichtes noch breiter grinst, um mir dann jauchzend in die Arme zu fallen.

»Ich glaub es nicht, du bist es wirklich!«, gluckst sie dabei ausgelassen und drückt mich derart überschwänglich an sich, sodass ich kaum noch Luft bekomme.

»Ihr kennt euch?«, fragt Mrs. Stone verwirrt und zieht ihre hübsche Stirn in Falten.

»Selbstverständlich!«, strahlt das Mädchen, lässt von mir ab und sieht mich dann mit ihren großen dunklen Augen glücklich an. »Auch wenn ich mir ziemlich sicher bin, dass sich Jacky Boy hier nicht mehr an *mich* erinnert!«

Sie hat dunkle lange Haare und trägt ein schwarzes Kleid, das ihr bis kurz über die Knie reicht. Ich kann nicht sagen, wie sie heißt, aber ein Gefühl in mir verrät mir, dass ich sie tatsächlich kenne oder ihr zumindest nicht zum ersten Mal in meinem Leben über den Weg laufe.

»Ach so!«, nickt Mrs. Stone, als wäre ihr plötzlich ein Licht aufgegangen. »Ihr habt euch auf meiner Hochzeit kennengelernt! Natürlich!«

Die junge Frau übergeht ihre Aussage mit einem süffisanten Augenaufschlag. »Nicht direkt!«, meint sie und richtet ihre dunklen Kulleraugen wieder auf mich. »Melissa!«, strahlt die junge Frau und sieht dabei aus, als hätte sie im Lotto gewonnen. »Ich bin Melissa, Jacky Boy! Na – klingelt jetzt was in deinem Oberstübchen?«

Melissa, Melissa … Ich versuche angestrengt, ihren Namen mit mehr als nur diesen überwältigenden Gefühlen unter meiner Brust in Verbindung zu bringen und vielleicht sogar durch ihren Namen auf den des Mädchens zu stoßen, das mich in meiner Erinnerung immer noch mit diesen unendlich großen blauen Augen anstarrt.

Mein Mund steht leicht offen, ich bringe kein einziges Wort heraus – versuche verzweifelt, die Puzzlestücke in meinem Kopf zusammenzufügen, doch da ist wieder nur dieser Blitz, das gleisende, grelle Licht und die weite See in Form von zwei schimmernden blauen Augen.

»Tut mir leid wegen der Kaffeetasse!«, würge ich schließlich hervor – das ist alles, was ich zusammenbringe.

»Stehst wohl etwas neben dir, was?«, lacht das Mädchen mit dem Namen Melissa, während Mrs. Stone ein verworrenes »Kein Problem, Mr. Blueberry!« murmelt. »Das kann doch jedem mal passieren!«

»Deinem Blick nach zu urteilen, bist du gerade auf Planeten *Ich hab keinen Plan* gefangen. Aber keine Sorge, ich kann's dir nicht verübeln, wäre wohl genauso drauf an deiner Stelle!«, meint Melissa und wirft ihren Kopf in den Nacken. Ein lautes, putenhaftes Lachen erklingt. Das Gegacker möchte gar nicht mehr aufhören, und ich spüre, wie mir eine unangenehme Röte ins Gesicht steigt.

»Missy …«, raunt Mrs. Stone unterdessen leicht mürrisch und trägt die Scherben auf ihrer Kehrschaufel zu einem Mülleimer hinüber, um sie dort ordnungsgemäß zu beseitigen. »Lass doch den armen Mr. Blueberry in Ruhe – okay? Ich weiß schon, warum du hier bist, aber sie ist nicht zurück, alles, was es gibt, ist …«

»Ja, was gibt es Rebecca?«, erwidert Melissa ungeduldig. Es ist kaum zu übersehen, dass sie wohl auf einer wichtigen Mission zu sein scheint, die nicht warten kann, die hier und jetzt und in dieser Sekunde durchgeführt werden sollte.

»Ein neuer Brief ist angekommen – aus Paris!«

»Paris!«, die junge Frau in Schwarz nickt gedankenverloren. »So – nun hat sich Madame also unter dem Eiffelturm verkrümelt, ist ja wirklich sehr interessant!« Sie fängt meinen Blick ein und hält diesen fest, sodass mir eine Gänsehaut über den Rücken läuft. »Aber sag mir, Becky – denkst du nicht auch, dass es Schicksal ist, dass ich den Mann ihrer Träume treffe, während sie sich in der Stadt der Liebe aufhält? Das schreit doch geradezu nach einem Plan – findest du nicht auch? Zeig mir den Brief!«

Jetzt bin ich wirklich verwirrt. Melissa hat etwas davon gesagt, dass ich der *Mann ihrer Träume* sei – der Träume von … Mathilda Applepie? Denn die war ja nach Angaben von Mrs. Stone, oder Rebecca, wie Missy sie nannte, auf Reisen. Der Mann aus Mathildas Träumen jedoch – das müsste eigentlich Grandpa sein, oder nicht?

»Warum sollte ich?«, fragt Rebecca unwirsch. »Diese Briefe sind nur für mich und Beatrice bestimmt – das weißt du doch! Sie wollte später vielleicht noch vorbeikommen!«

»Ach, komm schon!«, quengelt Melissa mit der Stimme einer Achtjährigen, die ihre Lieblingssendung nicht ansehen darf.

»Wenn du nur wüsstest, was ich weiß … du würdest gewiss nicht so reden! Außerdem: Es ist ja wohl nicht meine Schuld, dass sie vergessen hat, dass wir uns eigentlich wieder vertragen haben! Wer hätte denn ahnen können, dass sie keine vierundzwanzig Stunden später abhaut und ich keine Chance mehr dazu habe, sie daran zu erinnern! Glaub mir Becky: Sie will, dass ich diese Briefe auch lese, sie weiß es nur noch nicht!«

Mrs. Stone runzelt ihre Stirn. »Du redest wirres Zeug, Missy!«, meint sie kopfschüttelnd. »Du glaubst doch nicht wirklich, dass ich dir diesen Quatsch abkaufe? Das kann ja echt jeder behaupten! Sie ist gerade nicht gut auf dich zu sprechen – also wirst du die Letzte sein, die ihre Briefe zu Gesicht bekommt.«

Melissa knirscht wütend mit den Zähnen. »Ich sagte ja bereits: Wenn du nur wüsstest, was ich weiß! Dann wäre das alles gar kein Problem!«

»Alles klar, Sherlock!«, antwortet Rebecca trocken. »Ich weiß genug! Zum Beispiel, dass Mr. Blueberry nicht grundlos hier ist! Deshalb solltest du ihn nicht weiter belästigen! Er ist auf der Suche nach jemandem!«

Nun nehme ich all meinen Mut zusammen, missachte das flatternde Herz unter meiner Brust und sage dann mit krächzender Stimme: »Ja – ich suche die Besitzerin des *Little Birds*!«

Melissa macht große Augen. »Wahnsinn!«, ruft sie jubelnd. »Er sucht sie, verdammt das kann doch wirklich kein Zufall sein! Gib mir sofort den Brief! Wir müssen herausfinden, wo genau sie sich aufhält! Oh mein Gott, ist das alles aufregend! Ich fass es nicht! Ich bin hin und weg!«

»Ach bitte – nein!«, wehre ich dankend ab und kratze dabei verlegen an meinem Dreitagebart. »Das ist nun wirklich zu viel des Aufwands, ich kann auch einfach meine Nummer dalassen, und Sie rufen mich an, sobald Mathilda Applepie wieder da ist – okay?«

Nun ist es Melissa, die mehr als verwirrt ihren Mund aufklappt und für einige Sekunden ins Leere starrt, als müsse sie das, was ich soeben gesagt hatte, zunächst zu einem sinnvollen Gedankenkonstrukt zusammenbauen.

»Moment mal«, grunzt sie schließlich langsam. »Hast du gerade *Mathilda* Applepie gesagt?«, fragt sie derart verwundert, als hätte ich danach verlangt, einer historischen Person wie Marie Antoinette die Hand zu schütteln. »Warum denn, um Gottes willen, ausgerechnet *Mathilda* Applepie?« Jetzt verschränkt sie beide Arme vor der Brust und mustert mich argwöhnisch. »Du bist also nicht wegen ihr gekommen, wäre ja auch zu schön gewesen, wenn du dich tatsächlich erinnern könntest ... Hmmm, na ja, achtundvierzig Stunden sind ja auch schon lange rum«, murmelt sie daraufhin leise und offenkundig nur zu sich selbst.

»Ich bin im Auftrag von jemandem hier!«, erwidere ich freundlich und denke dabei an meinen lieben Grandpa Alfie, dessen Herz, da bin ich mir sicher, gerade Purzelbäume schlagen muss. Als ich ihn heute Morgen anrief, um ihn wissen zu lassen, dass ich auf dem Weg zum *Little Birds* bin, war er richtig aufgeregt und trällerte gefühlte hundert Mal ein fröhliches *»Such nach der Liebe, Jack!«* in meine Ohrmuschel.

»Oh!«, macht Melissa und wirft Rebecca einen verschwörerischen Blick zu. »Ich sehe schon – wir müssen reden! Ich hoffe, du hast Zeit mitgebracht, *Jacky Boy – viel* Zeit!« Die Frau in dem schwarzen Kleid reibt sich ihre Hände, als wäre sie gerade dabei, einen genialen Plan auszuhecken. »Rebecca, ich hoffe, es findet sich noch ein lauschiges Plätzchen für uns?«

»Melissa«, setzt Mrs. Stone an. »Du willst doch jetzt nicht ernsthaft«, sie stockt. »... was hast du mit dem armen Mr. Blueberry vor?«

»Ich bitte dich!«, brummt das Mädchen aufgebracht. »Es ist ja nicht so, als wäre ich eine gefährliche Geisteskranke, in deren Hände man niemand zurücklassen kann!« Sie schüttelt energisch den Kopf. »Keine Sorge, *Jacky Boy*, folge mir einfach!« Damit packt sie mich am Ärmel und zieht mich mit sich, hinein ins Café.

Melissa schleppt mich an einen Platz direkt am Fenster in einem begrünten Wintergarten, dessen erlesene Blumenauswahl sich süßlich mit dem Duft der zahlreichen Köstlichkeiten vermischt. Beim Anblick des weißen Flügels würde ich gern eine

Melodie anstimmen. Ja, allein durch meine Anwesenheit an diesem Ort kommen mir sofort hunderte Kompositionen und Texte in den Sinn – wenn mir nicht durchaus bewusst wäre, dass diese Mission des Herzens, auf die mich Großvater geschickt hat, gerade wichtiger ist – eine Mission, die ganz plötzlich auch *mein* Herz berührt hat.

Bei diesem Gedanken sehe ich wieder das Bild der blonden Frau vor mir, und eine merkwürdige Gänsehaut überzieht meine Arme, als mir einfällt, dass ich diesem scheinbar unbekannten Wesen meine Liebe gestanden habe. *Ich liebe dich* zu einem leblosen und doch herzzerreißend schönen Foto! Irgendwie habe ich mir den Moment, in dem ich diese drei Worte zum ersten Mal sage, anders vorgestellt.

»Wir sind wohl etwas nervös heute, was *Jacky Boy*?«, meint Melissa und zwinkert mir über den Tisch zu. »Warum hast du dich vorhin eigentlich so erschreckt?«, quakt sie dann und durchbohrt mich neugierig mit ihrem Blick.

Ich bin mir nicht sicher, ob ich ihr die Wahrheit sagen möchte – schließlich kennen wir uns nicht. Jedenfalls nicht hier in dieser Welt, in meinen Gedanken oder Träumen mag sie schon einmal meinen Weg gekreuzt haben.

»Hast du es vergessen?«, fragt Melissa enttäuscht nach, als ich nicht sofort etwas erwidere.

»Nein!«, sage ich schließlich und fixiere einen Efeu, der ganz in der Nähe auf einer steinernen Meerjungfrau steht, um damit dem stechenden Ausdruck aus ihren gierigen Pupillen zu entgehen. Es ist mir unangenehm, darüber zu reden, über das zu sprechen, was ganz offensichtlich in nur wenigen Sekunden meine Sicht auf das Leben und die Liebe dramatisch geändert hat. Nach einem kurzen Seufzen reiße ich mich allerdings zusammen, weil ich denke, dass ich eigentlich nichts zu verlieren habe. Ganz im Gegenteil: Vielleicht, ja ganz vielleicht, bin ich gerade im Begriff, eine Truhe zu öffnen, deren Schätze unbezahlbar sind. »Deine Stimme …«, murmle ich also zaghaft. »Deine Stimme hat etwas in mir ausgelöst …«

Melissas Augen sind nun so groß wie Unterteller. »Ohhh!«, sagt sie gebannt. »Erzähl weiter!«

»Ich weiß nicht, ob es nur ein Gefühl war oder doch eine Erinnerung, die plötzlich an mir vorbeizog wie eine Wolke voller Geschichten, die ich gern eingefangen hätte ...«

»Oh ... ein kleiner Poet ... ›eine Wolke voller Geschichten‹! Und das war nicht zufälligerweise eine *Liebesgeschichte*, oder?«

»Da warst du ... aber auch sie ... dieses Mädchen, das ich in einem Bild in der Küche entdeckt habe ... Und dann war da dieses gleißende Licht ... ein Blitz ... und all diese Gefühle unter meiner Brust ... als wäre sie ...«, weiter komme ich nicht. Hastig muss ich mir mit meinem Ärmel über das Gesicht wischen, denn in meinen Augen glänzen Tränen. »Es kommt mir vor, als hätte ich sie gehen lassen, als wäre sie der Schatz, den ich hier zurückließ ... ohne überhaupt zu wissen, dass dies der größte Fehler war, den ich jemals begannen hatte ... zu vergessen, *zu vergessen*, dass es sie gibt.«

»Hui, Jacky Boy!«, ruft Melissa überrascht. »Sag mal, du wirst doch nicht – du wirst doch nicht in Tränen ausbrechen?« Sie tätschelt nervös meine zittrigen Finger, die auf dem Tisch liegen, und winkt dann energisch Mrs. Stone zu uns. »Bring uns mal bitte schnell zwei dicke Schokotortenstücke und zwei Café au Lait!«

Rebecca nickt nur verwirrt, als sie meine geröteten Augen wahrnimmt, und eilt dann gehorsam in die Küche.

Ehe ich mich versehe, hat sich Melissa meine Hände gepackt und starrt mich aufgeregt an. »Oh mein Gott!«, seufzt sie. »Jack, du weißt gar nicht, wie aufregend das gerade alles für mich ist!«

Ich möchte mich ihrer Berührung entziehen, doch sie hält mich hartnäckig fest. »Ich habe dir etwas zu sagen, Jack – und du wirst mit ziemlicher Sicherheit nicht mehr derselbe danach sein. Es ist ebenso unfassbar, wie es magisch ist – aber vor allem ... ist es ein *Wunder*!«

Ich nicke langsam. »Das muss es sein!«, flüstere ich und ringe nach Luft. Meine Stimme ist zittrig. Wirklich, ich bin nicht der Typ zum Weinen, erst recht nicht in der Öffentlichkeit, aber das alles hier überwältigt mich gerade dermaßen, dass ich mich nur mit Schwierigkeiten zusammenreißen kann und mit bangem Herzen auf Erlösung hoffe, auf Antworten, die mich vielleicht sogar der schönen Unbekannten näherbringen können.

»Ah!« Melissa klatscht begeistert in die Hände, als Mrs. Stone unvermittelt neben uns steht und uns zwei Stück Torte und Kaffee serviert.

Besorgt mustert mich Rebecca Stone von der Seite und wirft dann meinem Gegenüber einen misstrauischen Blick zu.

»Was machst du mit ihm, Missy? Hast du es ihm etwa schon gesagt? Hast du ihm gesagt, dass Mathilda … dass sie bereits seit zwei Jahren …« Doch weiter kommt sie nicht, denn Melissa hat gebieterisch ihre Hand erhoben und schreitet mit einem energischen Kopfschütteln ein. »Wirst du wohl still sein, Rebecca? Du wirst es nicht glauben, aber hier geht es gerade um so viel mehr als nur um Lolas Großmutter!«

Ein Pfeil durchsticht mich, als ich ihren Namen vernehme … Er bohrt sich tief in mein Herz. »Lola, ihr Name ist Lola!«, wispere ich, mehr zu mir selbst und fühle, wie sich noch mehr Tränen in meinen Augenwinkeln sammeln.

»Was geschieht hier?«, keucht Mrs. Stone, die es verständlicherweise für unbegreiflich hält, dass ich gerade immer mehr den Eindruck mache, als könnte ich jeden Moment mit Heulkrämpfen vom Stuhl fallen.

Das Absurdeste ist eigentlich, dass ich gar nicht sagen kann, ob ich nun traurig bin … oder vielleicht doch *glücklich*? Überwältigt davon, dass ich jetzt endlich ihren Namen kenne … dass das Gesicht, ihre blauen Augen, dass all das endlich einen Namen bekommen hat. *»Lola!«*

Meine Gedanken und Gefühle schlagen Purzelbäume … Alles, was ich mit Sicherheit weiß, ist, dass ich mich mit aller Kraft an jene Gedankenfetzen hänge, die wie Glühwürmchen in meinem Kopf aufglimmen und mir eine Geschichte zuflüstern, von der ich denke, dass ich sie einmal erlebt haben muss. Ich klammere mich an Lolas Blick, an das wunderbare Gefühl ihrer Anwesenheit und den goldenen Schimmer, der sie dort oben in meinen Gedanken einhüllt, als wäre sie eine Göttin, in deren Licht ich mich einmal baden durfte.

»Ach, Rebecca, wie wäre es, wenn du wieder arbeiten gehen würdest? Ich könnte dir jetzt erklären, was hier gerade geschieht, aber auf die Schnelle – nein – das könntest du doch nicht verstehen!«, seufzt Melissa mit leicht genervter Miene. »Und das meine ich überhaupt nicht böse, Becky. Selbst ich bin drauf und dran, an meinem Verstand zu zweifeln. Ich meine, allein die Tatsache, dass ich in dieser Sekunde Jack Blueberry gegenübersitze … ja, das hätte ich nie zu träumen gewagt!«

Mrs. Stone rümpft nur etwas verärgert ihre Nase, nickt dann aber und dreht sich auf dem Absatz um, sodass Melissa und ich keine Sekunde später wieder allein sind.

»Ich habe natürlich gelogen!«, sagt sie schließlich. »Ich habe immer gewusst, dass wir eines Tages hier sitzen würden! Ich war mir hundertprozentig sicher! Dass es allerdings so bald sein würde – nun, das hat mich durchaus überrascht!« Sie wirft einen auffordernden Blick auf meinen Kuchen. »Jetzt iss schon, du wirst etwas Nervennahrung brauchen für das, was ich dir zu erzählen habe!«

Ich gehorche stumm und beginne damit, mir ein Stück Torte nach dem anderen in den Mund zu schieben, in der Hoffnung, das würde Melissa dazu bewegen, endlich zu erzählen.

Mein Herz klopft mir bis zum Hals, ich fühle mich seltsam beschwingt und zur selben Zeit etwas traurig. Ich bin mir nicht sicher, ob ich das hören will, was nun zweifelsohne gleich über Melissas Lippen fließen wird, aber was ich weiß, ist, dass ich es hören *muss.* Daran führt kein Weg vorbei, denn ja: In diesem Augenblick ist es mir klarer, als jemals zuvor: Grandpas Liebesgeschichte ist zu einem großen Teil auch meine Liebesgeschichte.

»Die Hochzeit!«, platzt es endlich aus Melissa heraus. »Ja, ich denke, es ist vernünftig, wenn wir dort beginnen: Rebeccas Hochzeit!«

»Mrs. Stones Hochzeit?«, erwidere ich überrascht und erinnere mich an diesen Tag als einen makellos blauen Nachmittag mit viel

Sonnenschein und einer pompösen Hochzeitsfeier zu Füßen der ehrwürdigen Villa *Victoria Blue* in Surrey. Wenn ich nun genauer darüber nachdenke, wird mir klar: Nur Gedankenfetzen sind zurückgeblieben. Zum Beispiel, dass mich Emma auf meinen Gig begleitet hat und dass unsere Songs wie immer gut ankamen und sogar die ein oder andere Dame in der ersten Reihe vor lauter Kreischen ohnmächtig geworden ist.

»Genau!«, antwortet Missy. »Weißt du, die Sache ist die – ich könnte auch schon früher beginnen, weil dieser Tag nicht der erste Tag war, an dem ihr euch begegnet seid. Darauf komme ich aber später noch mal zurück. Da es mein Wunsch war, dass ihr euch dort als Traumpaar begegnet, werde ich jetzt einfach mit der Hochzeit starten!«

»Als Traumpaar?«, murmle ich überrascht. »Willst du damit etwa sagen, Lola und ich – wir kennen uns?«

»Kennen wäre wohl leicht untertrieben!«, flötet Melissa. »Ihr seid füreinander bestimmt, das ist doch klar wie Kloßbrühe!« Mit verträumtem Glanz in den Augen fährt sie fort: »Aber glaub mir, es wird noch richtig verrückt!«

»Ich höre zu!«, entgegne ich rasch.

»Also, wo war ich stehen geblieben?«, fährt Melissa lächelnd fort. »Ach ja: Es war mein Wunsch, dass ihr euch am Abend der Hochzeit begegnet! Vielleicht denkst du jetzt: Schön, dann hat sie eben beide Daumen gedrückt und ein Stoßgebet zum Himmel geschickt und darauf gehofft, dass das Universum dementsprechend reagieren würde – aber das ist alles doch etwas komplizierter! Obwohl – komplizierter vielleicht nicht, schließlich habe ich lediglich in ein Gebäck gebissen, aber verrückter, ja, verrückter ist es in jedem Fall! Und mir ist durchaus bewusst, wie merkwürdig das alles klingen mag, schließlich erinnerst du dich ja an nichts!«

Ich horche auf – das klingt verdächtig nach den Fairy Cupcakes. Und wenn ich recht darüber nachdenke, würde in diesem Fall tatsächlich alles einen Sinn ergeben. Die Tatsache, dass mir alles so bekannt vorkommt und doch nicht … Sollte Melissa tatsächlich Zugang zu dem magischen Rezept haben?

»Ein modernes Märchen!«, murmelt sie und lacht nervös auf. »Blöd nur, dass ich zu einem gewissen Teil die Rolle des Bösewichtes eingenommen habe! Es ist wirklich alles so unglaublich tragisch!«, seufzt sie dramatisch. »Ich habe es nur gut gemeint, wirklich nur gut gemeint! Und trotzdem hatten wir diesen furchtbaren Streit!«

Ich verstehe natürlich nur Bahnhof, lege den Kopf schief und blinzle verwirrt. »Melissa, könntest du bitte ein bisschen mehr ins Detail gehen – schließlich höre ich das heute zum ersten Mal!«

Mein Gegenüber schiebt sich schnell eine Gabel Kuchen in den Mund und erwidert dann halb kauend: »Okay, *Jacky Boy* – aber ich warne dich: Wenn du wirklich alles verstehen willst, muss ich dich in ein Geheimnis einweihen, in ein magisches Geheimnis!«

Ich halte die Luft an, weil ich mir sehr gut denken kann, was jetzt kommt.

»Lola hat von ihrer Großmutter ein Rezept vererbt bekommen – es handelt sich um magische Cupcakes, Fairy Cupcakes, die dir nach Verzehr jeden Wunsch erfüllen. Leider mit unliebsamen Nebenwirkungen – und diese sind auch der Grund dafür, warum wir uns heute gegenübersitzen und nur *ich* diejenige bin, die die ganze Geschichte kennt!«

Sie hält inne und mustert mich aufmerksam, wahrscheinlich sucht sie nach einem Anzeichen von Entsetzen oder wenigsten Verwunderung oder Unverständnis in meinen Augen – was sie natürlich nicht findet, egal, wie sehr sie sich anstrengt.

»Nanu!«, gluckst sie schließlich. »Du siehst gar nicht aus, als würdest du in Erwägung ziehen, mich in die Klapse einzuweisen!«

Ich überlege kurz, ob ich ihr meinen Teil der Geschichte erzählen sollte, davon, dass der Fluch der Fairy Cupcakes auch ein ständiger Begleiter in *meinem* Leben ist. »Hör zu, Melissa!«, sage ich verschwörerisch und beuge mich über den Tisch zu ihr hinüber, damit die kommenden Worte nicht jeder im Little Birds hören kann. »Ob du es glaubst oder nicht, ich weiß über die Magie der Fairy Cupcakes Bescheid! Mein Großvater hat das Rezept sogar mitentwickelt!«

Melissa pfeift anerkennend. »Nicht wahr!«, ruft sie. »Was für ein Zufall!«

Ich nicke. »Ich kann mich außerdem gut daran erinnern, dass mich Mrs. Stone für ihre Hochzeit engagiert hat. Dass ich auf ihrer Hochzeit gesungen habe, hatte also nichts mit deinem Wunsch zu tun. Du hast es gut gemeint – aber eventuell wären Lola und ich uns ohnehin noch an diesem Abend begegnet. Nur dass wir jetzt keine unschönen Gedächtnislücken hätten.« Es schwingt etwas mehr Vorwurf in meinen Worten mit, als ich das geplant habe.

Missy läuft fuchsiarot an – offenbar etwas peinlich berührt. »Echt jetzt?«, raunt sie ungläubig. »Da wäre ich mir aber nicht so sicher, Lola verriet mir an diesem Abend noch, dass sie drauf und dran war, sich ein Taxi zu rufen und die Hochzeit zu verlassen. Denn Madam Applepie war an diesem Tag alles andere als in Partylaune. Aber das konnte sie natürlich nicht durchziehen – weil ich mir gewünscht habe, dass ihr euch dort …«

»Als Traumpaar begegnet!«, ergänze ich ihren Satz.

»Glaub mir, ihr hättet euch verpasst!«, meint sie mit einem Augenrollen. »Jetzt lass mich aber mal weitererzählen!«

Ich nicke ihr zustimmend zu und nehme einen Schluck von meinem Kaffee.

»Also: Wo war ich?« Melissa schiebt sich eine schwarze Strähne hinters Ohr. »Lola und ich haben uns fürchterlich in die Haare gekriegt! Der Grund dafür war, dass ich Becky mithilfe der magischen Cupcakes ein überdimensionales Riechorgan verpasst habe. Ich wollte ihr die Hochzeit versauen, weil sie schließlich diejenige war, die Lola ihren Ex-Freund ausgespannt hatte. Ich dachte, ich würde Lola damit einen Gefallen tun, aber die ganze Aktion ging total nach hinten los. Okay – ich gebe zu, ich habe das Fairy-Cupcakes-Rezept gestohlen und es geheim gehalten. Aber ich wollte Lola eben überraschen, und dann wäre da noch die Tatsache, dass ich bei ihrer Nachbarin eingebrochen bin, um mir den zweiten Teil des Rezeptes unter den Nagel zu reißen! Letzteres war übrigens allein deine Schuld, aber dazu später. Also gingen wir im Streit auseinander – Lola und ich. Ich verließ die Hochzeit, sprang in meinen Wagen und fuhr los. Nach etwa einer Stunde Fahrt musste ich jedoch anhalten, weil ich so heftig weinte, wie noch nie zuvor in meinem Leben. So schlimm hatten wir uns noch nie gestritten! Es war einfach nur entsetzlich! Dann erinnerte ich mich daran, dass ich ja noch einen einzigen Fairy Cupcake im Kofferraum übrig hatte. Diesen hatte ich mir nämlich zur Sicherheit auf die Seite gelegt, falls mit dem ersten irgendetwas schiefgehen sollte. Jetzt schmiedete ich einen neuen Plan, einen Versöhnungsplan: Ich würde mir wünschen, dass ihr euch auf Beckys Hochzeit als Traumpaar trefft!« Sie macht eine kurze Kunstpause und fährt dann lächelnd fort.

»Einige Wochen zuvor, Jack, hattest du ihr nämlich, ohne es zu wissen, das Herz gebrochen! Sie hat selbst einen magischen Cupcake gegessen und sich ihren Traumprinzen gewünscht. Ihr hattet eine legendäre Nacht. Einziges Problem: Am nächsten Tag warst du unauffindbar. Einfach weg, wie vom Erdboden verschluckt. Alle Versuche, dich wiederzufinden, sind kläglich gescheitert. Und hier wären wir wieder bei meinem Einbruch, den ich vorher erwähnt habe. Das Rezept von Lola ist nämlich in zwei Hälften geteilt, und auf der zweiten erfuhren wir nun endlich, dass du sie höchstwahrscheinlich nicht einfach sitzen gelassen hast, sondern dass dein plötzliches Verschwinden auf die Nebenwirkungen der Fairy Cupcakes zurückzuführen ist. Und als ich in meinem Wagen, irgendwo im Nirgendwo, Rotz und Wasser heulte und dachte, dass ich meine beste Freundin wohl für immer verloren hatte, kam mir eine glorreiche Idee: Meine einzige Chance, mich wieder mit ihr zu versöhnen, würde darin bestehen, dass ich euch zueinanderbrachte, dass ich den letzten Cupcake, der in meinem Kofferraum auf mich wartete, für eure Liebe opferte. Also tat ich es. Ich aß den Cupcake und wünschte mir, dass ihr euch auf Rebeccas Hochzeit begegnen würdet. Mir war natürlich durchaus bewusst, dass ich am nächsten Tag womöglich die Einzige sein würde, die sich an euer Zusammentreffen erinnerte, spätestens nach zwei Tagen hättet ihr beide auf jeden Fall alles vergessen. Aber ich hatte einen genialen Plan geschmiedet – der mit Sicherheit aufgegangen wäre, hätte Lola am nächsten Tag nicht fluchtartig das Land verlassen.« Melissa seufzt schwermütig. »Aber ich sagte ja schon: Es ist alles furchtbar unglücklich verlaufen!«

Ich sehe sie durch meine geröteten Augen traurig an. »Wie ist es weitergegangen?«, frage ich leise, während mir aufgeht, dass mein plötzliches Verschwinden an beiden Tagen, an denen ich Lola begegnet bin, auf der einen Seite gewiss daran lag, dass ich mich an nichts mehr erinnern konnte. Auf der anderen Seite, und dafür schäme ich mich jetzt abgrundtief, bin ich höchstwahrscheinlich davon ausgegangen, dass das schlafende Mädchen neben mir nur eine meiner zahlreichen Bettgeschichten war. Also bin ich verschwunden, so, wie ich es immer getan hatte. Ohne Lola noch mal eines Blickes zu würdigen, habe ich mich schnell und heimlich aus dem Staub gemacht.

Epic Fail, Jack.

»Kann ich dir gern erzählen. Aber bist du überhaupt noch hier?«, grunzt Melissa, weil sie meinen abwesenden Blick bemerkt hat.

Ich zucke kurz zusammen, fahre mir nervös durchs Haar und hoffe inständig, dass man meinen Augen nicht entnehmen kann, was für ein elendiger Mistkerl ich eigentlich bin. Ich bin der Letzte, der eine Frau wie Lola verdient hat. Nicht nach dem, was ich ihr angetan habe. »Ähm, klar, sorry!«, sage ich mit möglichst fester Stimme.

Melissa nickt zufrieden. »Sehr schön – also: Nachdem ich den Fairy Cupcake gegessen hatte, fuhr ich zum *Little Birds* und wartete dort auf euch. Ich war mir hundertprozentig sicher, dass ihr hierherkommen würdet, und ich sollte recht behalten: Nachdem ich einige Stunden gewartet hatte, knarrte endlich das Gartentor, und da wart ihr und saht so glücklich aus, dass ich nicht anders konnte, als loszuheulen und euch beiden in die Arme zu fallen, als wäret ihr von den Toten auferstanden! ›Lola‹, sagte ich, ›ich weiß, dass du dich bald nicht mehr daran erinnern wirst, aber es tut mir alles unendlich leid, alles, was ich getan habe. Mein Verhalten war unverantwortlich! Bitte verzeih mir, Mäuschen, ja? Tust du das?‹ Ich erklärte ihr, was ich getan hatte, dass es kein Zufall war, dass sie nun mit dir hier eingetroffen war. Ich bat sie darum, nicht sauer zu sein, dass ich eurem Glück auf die Sprünge geholfen hatte und dass ihr euch im schlimmsten Fall danach wieder aus den Augen verlieren könntet. Aber ich hatte einen Plan. Einen *wasserdichten* Plan! Und dann stellte ich euch nebeneinander … und …« Hier hört Melissa auf zu erzählen.

Ich bin dermaßen angespannt, dass es mich fast zerreißt, als sie nicht weiterredet.

»Bitte«, sage ich eindringlich. »Bitte, hör nicht auf! Bitte sag mir, wie es weiterging!«

Sie lächelt besänftigend. »Keine Sorge – ich habe etwas viel Besseres! Ich zeige es dir einfach!« Sie holt ein quadratisches Polaroidfoto hervor und schiebt es mit einem melancholischen Ausdruck in den Augen über den Tisch. »Hast du vorhin nicht etwas von einem gellenden Licht erzählt, an das du dich erinnerst? Ich vermute mal, das war der Blitz meiner Polaroidkamera!«

Mir bleibt fast das Herz stehen, denn das Motiv zeigt niemand Geringeren als mich selbst und Lola. Ihre blauen Augen leuchten, während ich sie mit einem nicht minder glücklichen Gesichtsausdruck in den Armen halte. Eine seltsame Gänsehaut kriecht mir über den Rücken, und dann kann ich sie nicht mehr zurückhalten: Eine einzelne Träne läuft über meine Wange, weil es unglaublich wehtut zu wissen, dass ich sie einmal in den Armen hielt und es vergessen habe. Denn solche Momente sind für die Ewigkeit, sie sollten nie vergessen werden, wir sollten sie einfangen und dann für immer in unseren Herzen, in unseren Gedanken, in unserer Seele aufbewahren, um sie zu einem späteren Zeitpunkt wieder hervorzukramen, dann, wenn vielleicht sogar mal wieder eine Gewitterwolke über unserer Existenz kreisen sollte.

Melissa nimmt mitfühlend meine Hand. »Es tut mir unendlich leid, dass es so gelaufen ist, wie es niemals hätte kommen dürfen!«, wispert sie und dreht das Foto um. »Das war der Plan!«, sagt sie und zeigt auf die Zahlen und Buchstaben, die ganz eindeutig von mir dort hinten verewigt wurden. »Deine Telefonnummer! Ich hatte Lola schon zu einem früheren Zeitpunkt dazu angehalten, dass diese das Wichtigste war – dass sie sie immer notieren sollte! Aber unsere Lola kann manchmal ein ganz schönes Schusselchen sein. Deshalb habe ich das vorsorglich erledigt. Ich hatte vor, am nächsten Tag zurückzukommen und ihr das Foto mitsamt deiner Telefonnummer zu überreichen. Zum einen hoffte ich, dass es dadurch ein Leichtes sein würde, uns noch einmal zu versöhnen, und zum anderen wollte ich ihr damit natürlich zeigen, wie wichtig mir ihr Herz ist und die Gefühle, die sie für dich hat! Aber als ich hier am nächsten Tag ankam, traf ich nichts weiter an als Rebecca, die mir verriet, dass Lola auf unbestimmte Zeit verreist war, um sich, ich zitiere, ›Wieder selbst finden zu können‹.« Melissa schüttelt traurig den Kopf. »Seitdem bin ich fast jeden Tag hier, um zu sehen, ob sie wieder zurück ist, das Bild stets an meiner Seite, damit ich es ihr sofort überreichen kann!«

»Wir müssen sie finden!«, sprudelt es aus mir heraus, ohne dass ich es zurückhalten kann.

Melissas Augen leuchten. »Ja!«, seufzt sie. »Das müssen wir! Ich werde gleich mit Rebecca sprechen und ihr die Umstände erklären – vielleicht kommen wir so endlich an Lolas Briefe und können mit ihrer Hilfe herausfinden, wo genau in Paris sie sich im Moment aufhält. Da wäre aber noch eine Sache, die ich dir sagen möchte: Bestimmt wunderst du dich, dass ich dich nicht schon längst selbst angerufen habe. Denn das hätte ich natürlich tun können, ich hätte dich kontaktieren können und dir all das erzählen, was ich gerade, scheinbar durch einen Zufall begünstigt, getan habe. Aber ich habe mich ehrlich gesagt nicht getraut – ich dachte, dass es mehr kaputt machen als helfen würde, wenn urplötzlich ein wildfremdes Mädchens bei dir anruft und dir diese seltsame Geschichte auftischt! Vielleicht hättest du sogar noch deine Telefonnummer geändert oder so etwas! Als Star hast du mit liebeskranken Stalkerinnen wahrscheinlich ständig zu tun! Ich musste es auf jeden Fall vermeiden, für verrückt erklärt zu werden! Dadurch hätte ich viel zu früh deine Aufmerksamkeit verloren.«

»Es ist alles okay!«, erwidere ich mit einem aufrichtigen Lächeln.

»Ich halte dich nicht für verrückt – ganz im Gegenteil: Ich danke dir, dass du das für Lola und mich getan hast! Aber hilfst du mir, sie zu finden? Denn jetzt, wo ich den Ursprung dieser Gefühle unter meiner Brust kenne ...« Ich halte kurz inne, um nachzudenken. »... Ich kann kaum noch still sitzen, wirklich. Ich *muss* sie finden! *Sofort!*«

»Und das werden wir auch, Jack!«, entgegnet Melissa zuversichtlich. »Ich knöpfe mir Rebecca vor und überzeuge sie davon, dass wir die Einzigen sind, die Lolas Briefe gerade benötigen!« Sie fährt sich durch ihre schwarzen Haare. »Aber da wäre doch noch etwas«, murmelt sie daraufhin, und plötzlich ist ihr Gesicht nicht mehr so fröhlich, sondern bekommt einen ernsten, ja fast bekümmerten Ausdruck. »Du bist eigentlich wegen Mathilda da, nicht wahr?«

Ich nicke eifrig. »Genau – denn wie es der Zufall so will, ist Mathilda die große Liebe meines Großvaters Alfie!«, erwidere ich.

Melissa nickt langsam. »Du kommst leider zwei Jahre zu spät. Mathilda ist bei einem schlimmen Autounfall ums Leben gekommen!«

Es trifft mich tiefer und schmerzhafter, als ich es erwartet hätte. *»Nicht dein Ernst!«,* flüstere ich kraftlos. »Das ist ja ... furchtbar!« Ich senke den Blick und denke an Alfie und die Tatsache, dass ich ihm genau diese Botschaft überbringen muss, und allein bei diesem Gedanken schnürt sich mir meine Kehle zu.

Das ist doch nicht gerecht. Ich bin dabei, die Liebe meines Lebens zu finden ... und er ... er hat sie für immer verloren.

»Aber vielleicht – vielleicht kann ich dir ja damit weiterhelfen: Bei unserer Aussprache nach der Hochzeit zusammen mit dir vor dem Little Birds hat mir Lola noch etwas anderes anvertraut. Sie erzählte mir, dass ihre Nachbarin, Betty McDouble ..., das diese einmal ein sehr enges Verhältnis zu Mathilda hatte. Sie waren beste Freundinnen! Manchmal hilft es Menschen ja, Abschied zu nehmen, wenn sie sich mit anderen unterhalten können, die diesen auch einmal sehr nahestanden!«

»McDouble?«, frage ich matt.

»Kennst du sie etwa?«, erwidert Melissa überrascht.

»Sie ist mir vorhin auf der Straße begegnet!«, murmle ich. Auch wenn mir die Begegnung mit ihr nicht gerade positiv im Gedächtnis geblieben ist – sie erschien mir als eine durchweg unangenehme Person –, kommt mir etwas in den Sinn.

»Es ist vielleicht gar keine so schlechte Idee, wenn ich ihr einen Besuch abstatte! Vielleicht ist sie sogar bereit, sich mit meinem Großvater zu treffen, es könnte ihm durchaus dabei helfen, leichter Abschied zu nehmen! Und ich liebe meinen Grandpa so sehr, dass ich nichts unversucht lassen werde, um ihm diese tragische Nachricht auf die sanfteste Art und Weise beizubringen! Ich sollte auf jeden Fall einen Joker im Ärmel haben.«

»Sehr schön!« Melissa springt auf. »Dann bequatsche ich jetzt Rebecca wegen der Briefe, und du stattest Betty McDouble einen Besuch ab, okay? Danach können wir uns wieder vor dem *Little Birds* treffen und alles Weitere besprechen! Ja?« Sie nimmt das Foto vom Tisch und reicht es mir. »Und das – das gehört jetzt natürlich dir!« Sie grinst von einem Ohr zum anderen, als sie das Glitzern in meinen Augen wahrnimmt, als meine Fingerspitzen die glatte Oberfläche des Fotos berühren. »Du kannst es behalten! Ich habe deine Nummer ohnehin bereits in meinem Handy abgespeichert!«

Ich nehme es dankend entgegen und verstaue es sorgfältig in meinem Geldbeutel. Keine zehn Pferde können mich dazu bewegen, es dort je wieder zu entfernen. Es bleibt im Schutz des nussbraunen Leders, an einem Ort, den ich immer bei mir trage, damit ich es an verregneten Tagen hervorziehen kann und sofort ein sanftes Lächeln auf meinen Lippen liegt.

»Meinst du, ich könnte ein Stück Kokostorte mit hinübernehmen?«, frage ich dabei geistesabwesend, denn ich denke an die Worte, die McDouble in meine Richtung geschnattert hat, bevor sie mit ihrer Hündin davonstöckelte. Und für einen kurzen Moment denke ich sogar, dass McDouble bereits damit rechnet, dass ich zu ihr komme, von ihr angezogen werde wie ein Insekt vom Licht.

»Zu McDouble?«, gluckst Melissa erstaunt und zieht ihre Augenbrauen nach oben.

Ich nicke zustimmend. »Genau!«

»Natürlich! Ich frage jetzt aber lieber nicht, woher du weißt, dass sie total auf Kokos steht!«

Ich grinse. »Sie hat es mir vorhin selbst gesagt!«

»Na gut!« Melissa zuckt mit den Schultern. »Becky wird es dir sicherlich bereitwillig überlassen!«

Und damit sind wir auf dem Weg zur Küche, wo wir Rebecca begegnen, die gerade einige duftende Schokomuffins aus dem Backofen holt. Ich organisiere mir das Stück Kokostorte für Betty McDouble und lasse die beiden Damen dann in dem guten Glauben zurück, dass Melissa Erfolg haben wird und Rebecca Stone von unserem zugegeben verrückten Vorhaben überzeugen kann.

Ich trete ins Freie und möchte gerade das *Little Birds* hinter mir lassen, als mir eine bekannte Person entgegenkommt, die plötzlich und mindestens genauso überraschend vor mir auftaucht wie die gute Fee in manchen Märchen.

»Nanu!«, sage ich lächelnd und bleibe überrascht stehen.

»Mr. Blueberry!« Miss Bottom nickt mir freundlich zu. »Hat es Sie auch aufs Land verschlagen?«

Ich nicke nur. »Sind Sie heute gar nicht im *Butter Bee's*?«

»Man sollte es kaum glauben, aber selbst ich habe mal frei!« Sie lacht ausgelassen. »Meine Vertretung kümmert sich derzeit um alles. Das *Little Birds* ist ein wundersamer Ort der Entspannung, nicht wahr?«

»Bei dem guten Kuchen«, entgegne ich, »kann ich Ihnen nur zustimmen!«

Miss Bottom lächelt und holt dann tief Luft, als wollte sie etwas weiter ausholen, entscheidet sich dann jedoch dagegen und blickt stattdessen interessiert auf das große Stück Torte in meiner Hand. »Oh – wie ich sehe, sind Sie auf einer Mission?«

Ich lache auf. »So könnte man sagen, ja!«

»Dann will ich sie mal nicht weiter aufhalten, Mr. Blueberry! Betty McDouble wartet nicht gern!«

»Moment mal …«, sage ich. »Woher wissen Sie denn, dass ich …«

Sie unterbricht mich, in dem sie besänftigend eine Hand in die Luft wirft. »Wäre das Stück Kuchen für Sie selbst, hätten Sie es entweder im *Little Birds* verzehrt, oder es wäre anständig eingepackt. Ich bin zwar nicht Sherlock Holmes, aber so viel verstehe auch ich: Sie bringen dieses saftige Stück Torte jemandem! Und keiner liebt Kokostorte so sehr wie Betty, das weiß hier jeder.«

»Gut kombiniert!«

Ich pfeife anerkennend, und Miss Bottom nickt mir freundlich zu, bevor sie lächelnd in Richtung *Little Birds* weiterläuft und mir ein letztes »Viel Glück, das könnten Sie bei Mrs. McDouble wirklich brauchen, Mr. Blueberry!« zuruft. Für einige Sekunden bleibe ich noch stehen und frage mich nervös, ob in ihrer Stimme tatsächlich ein Hauch von Unheil mitschwang.

Kapitel 7

Es ist ein merkwürdiges Gefühl zu wissen, dass man im Begriff ist, eine Person um einen großen Gefallen zu bitten, für die man eigentlich keinerlei Sympathien hegt. Jeder Schritt in ihre Richtung entfernt mich von der Person, die ich einmal gewesen bin, das spüre ich tief in meinem Inneren, wo bereits ein klagender Chor an Alarmglocken in schriller Kakofonie vereint ist.

Aber hier geht es schließlich nicht um mich, hier stehe nicht *ich* im Mittelpunkt, hier geht es um einen viel wichtigeren Menschen. Grandpa Alfie, mein Held, mein Ritter in goldener Rüstung, seit ich ein kleiner Junge war. Der Mann, der mich lehrte zu träumen, der Mann, der immer nur das Beste für mich wollte und mich in allen essenziellen Fragen des Lebens stets unterstützte. Was wäre ich nur für ein Mensch, wenn ich es unversucht lassen würde, McDouble um Hilfe zu bitten? Denn die Nachricht von Mathildas Tod traf selbst mich wie ein giftiger Pfeil.

Und wenn sich mein Herz bei dieser traurigen Offenbarung schon in sich zusammenzieht, was wird dann erst mit Grandpa passieren? Ist es nicht von aller größter Wichtigkeit, ein Wundermittel parat zu haben, wie ein Ass im Ärmel, das man mit einem triumphierenden Lächeln hervorziehen kann? Etwas, was dem alten Mann Hoffnung gibt, ihn nicht verzweifeln lässt?

Ich seufze schwermütig, während mir der süße Geruch der Kokostorte in meiner Hand in die Nase steigt und ich meine Augen die Straße entlangwandern lasse.

»Ich wohne gleich gegenüber«. Das waren McDoubles süffisante Worte, bevor sie kurz darauf davonhastete, als würde sie ein häss-

liches Teufelchen verfolgen, oder als wüsste sie ganz genau, dass sie mit diesen Worten zeitgleich einen unverzeihlichen Fluch aussprach, der mich direkt in ihre zwielichtigen Arme treiben sollte.

Es ist nicht schwer, Bettys Haus zu ausfindig zu machen: Denn in Harping Charms gibt es kein einziges Gebäude, das mehr unheilvolle Schwingungen aussendet. Meine Beine fühlen sich merkwürdig flau an, als ich die Straße überquere. Der Teller mit dem duftenden Stück Kokostorte zittert in meinen Händen. Ich halte kurz inne, weil ich nicht gerade wenig verwundert bin über die Reaktionen meines Körpers. Selbiger ahnt wohl schon, dass ich mich gerade auf feindliches Terrain begebe. In einem inneren Monolog versuche ich, mir weiszumachen, wie lächerlich mein Verhalten gerade ist, wie unbegründet die Ängste unter meiner Brust sind.

Es ist ja nicht so, dass mich Betty gleich in einen Käfig aus Menschenknochen sperren wird und mich solange mit Kokostorte füttert, bis ich reif bin, um gegrillt zu werden.

Ich schüttele energisch den Kopf, als könnte ich damit auch all meine Zweifel und Ängste loswerden, als würden sie von mir abfallen wie die Blätter eines Herbstbaumes im Wind. Mit einem wütenden »Reiß dich zusammen, Blueberry!« setze ich mich wieder in Bewegung, schlucke meine Angst hinunter und steuere zielgerichtet auf Bettys pompöses Anwesen zu.

Als ich vor der von einem gusseisernen Tor beschützten Einfahrt stehe, befällt mich das unangenehme Gefühl, dass sich vermutlich bis jetzt nur wenige Menschen auf die andere Seite gewagt haben. Tatsächlich bin ich mir fast sicher, dass es sich schon so mancher Besucher kurz vor dem Eintritt anders überlegt hat, nervös auf dem Absatz umgekehrt ist und dann so getan hat, als wolle er lediglich die Straße auf- und abflanieren.

Meine linke Hand legt sich unruhig auf die schwarze Klinke des gusseisernen Tores, und ich trete langsam hindurch. Natürlich hätte es mich keinesfalls verwundert, wäre die Tür ganz von allein und wie von Geisterhand vor mir aufgeschwungen, begleitet von einem metallischen Seufzen und Stöhnen, wie man das aus bekannten Horrorfilmen kennt.

McDoubles Haus ist groß, gebaut mit roten Ziegeln und mit hünenhaften Fenstern, vor denen schwere Vorhänge einem jede Sicht ins Innere verweigern. Ihr Garten und die Einfahrt sehen sehr gepflegt aus. Ein perfekter englischer Rasen, hübsche Blumen in gehegten Beeten, leise säuselnde Bäume, auf denen Raben und andere Vögel herumturnen. Und doch habe ich nur eines im Blick: Die schwere Eingangstür, deren nachtschwarzes Gewand ein goldener Löwe, der auf einem gleichfarbigen Ring kaut, ziert.

Ich versuche, nicht lange nachzudenken, strecke meine rechte Hand aus und drücke auf den kleinen kupferfarbenen Knopf links neben der Eingangstür, worauf ein durchdringendes, schrilles Geräusch ertönt, das mir durch Mark und Bein fährt und meinem Herz einen kleinen Klaps versetzt, sodass es aufgebracht davongaloppiert und ich den raschen Puls, der mir nun durch jede meiner Arterien rauscht, im Hals spüren kann.

Ich zucke erschrocken zusammen, als keine Sekunde später die Tür aufspringt und sich die massige Gestalt McDoubles aus der Dunkelheit des Korridors schält, als hätte sie dort die letzten Stunden darauf gewartet, dass ich endlich an ihrer Tür klingele.

Natürlich sieht Betty keineswegs überrascht aus. Es liegt viel mehr so etwas wie Neugierde auf ihrem dicken Gesicht. Graue Augen mustern mich aufmerksam, bevor die schwarzen Pupillen etwas weiter nach unten rutschen und das Stück Kuchen in meinen Händen fixieren.

Tatsächlich ist Bettys erstes Wort nicht »Hallo«, wie man das wohl von jedem andern Menschen erwartet hätte, sondern *»Kokostorte«*.

Sie sagt es sanft, fast liebevoll, als spräche sie zu einem kleinen Kind, dabei klebt ihr Blick immer noch hartnäckig auf dem Teller in meiner Hand.

Okay, das ist wohl *wirklich* ihr Lieblingskuchen.

Ich bin mir nicht sicher, ob ich mich angesprochen fühlen darf oder ob ihr verträumtes Gesäusel nicht doch einzig und allein der süßen Nascherei zwischen meinen Fingern galt.

Ihre Augen sind nun so groß wie Unterteller, es ist fast offensichtlich, dass sie schon länger keines jener saftigen Kuchenexemplare zu Gesicht bekam und nun alles tun würde, um eine Gabel in dem duftendem Backwunder zu versenken.

Ich räuspere mich, mache dann einen Schritt auf sie zu und reiche ihr, unterstrichen von einem überfreundlichen Lächeln auf den Lippen, meine Hand.

»Mrs. McDouble!«, zwitschere ich munter und höre mich dabei an wie der Protagonist in einer Haushaltsgerätewerbung. »Wie schön, dass Sie zu Hause sind!« Und nach einer kurzen Kunstpause: »Ich hatte mich vorhin nicht vorgestellt – nennen Sie mich doch einfach Jack! Und das hier«, ich zeige stolz auf die göttliche Kokostorte in meinen Händen, »habe ich Ihnen mitgebracht!«

Jack! Ich habe ihr nicht ohne Hintergedanken meinen Vornamen entgegengeschleudert. Tatsächlich bin ich davon ausgegangen, dass ich so schneller zu der dicken Dame in Grau vordringen könnte, dass wir uns schneller wie alte Vertraute fühlen, wenn wir den Part der Förmlichkeiten elegant überspringen und gleich zum Du übergehen …

Betty McDouble scheint nun wieder aus ihrer kurzweiligen Trance zurückgekehrt zu sein, wirft ihren Kopf in den Nacken und verengt ihre Augen dann zu zwei argwöhnischen Schlitzen. Unter den Achseln ihres grauen Kostüms, in dem sie leider immer noch aussieht wie ein wandelndes Flusspferd, haben sich tellergroße Schweißringe gebildet. Hinter ihren wässrigen Augen meine ich abzulesen, dass Madame hin- und hergerissen ist, wie sie am besten auf meine süße Gabe reagieren sollte.

»Jack!«, grunzt Betty schließlich und nach einer gefühlten Ewigkeit. »Was verschafft mir die Ehre?«

»Ich bin hier!«, beginne ich also und versuche, dabei möglichst standhaft zu klingen. »Weil ich mit Ihnen über eine alte Freundin sprechen möchte!«

Sie nickt, als hätte sie diese zweite Begegnung zwischen uns ohnehin vorhergesehen. »In Ordnung, Jack!«, meint sie und heftet ihren Blick dann wieder auf die Torte in meiner Hand. »Wenn dieses Stück Kuchen dort für mich ist, möchte ich dich aber dringendst darum bitten, mich Betty zu nennen!«

»Selbstverständlich«, murmle ich höflich.

»Ah!«, sie hebt korrigierend ihren Zeigefinger in die Luft und fuchtelt damit herum, als müsste sie einen kleinen Hund zurechtweisen »Selbstverständlich, *Betty*!«

Ich lächle freundlich und bin gleichzeitig überrascht und glücklich zugleich, dass es gar nicht so schwer war, Betty davon zu überzeugen, mich in ihr Haus zu lassen.

Mrs. McDouble tritt zur Seite, und ich betrete einen hübschen Korridor mit endlos hoch erscheinenden Decken und Tausenden in Gold gerahmten Bildern an den blattgrün tapezierten Wänden. Der dunkle Steinboden ist mit einem roten Perserteppich ausgelegt, über unseren Köpfen baumelt ein imposanter, alt erscheinender Kronleuchter. Direkt vor mir ist anstelle einer Wand eine Glasfassade zu sehen, in die eine ebenso unauffällige Tür eingelassen wurde. Unwillkürlich muss ich mich fragen, wie oft McDoubles Besucher wohl schon gegen diese tückische Glaswand gerannt sind – in der Annahme, zwischen dem Flur und dem dahinterliegenden Wohnbereich gäbe es keine Abtrennung.

Der einzige Grund, warum ich dieses hünenhafte Glasgebilde als Wand mit Tür entziffern kann, ist der, dass dahinter Bettys hässlicher Chihuahua sitzt, der mich mit seinen riesigen Knopfaugen angriffslustig anstarrt und immer wieder einen missbilligenden Kläffer loslässt, der mit Sicherheit nicht »Herzlich willkommen!« heißen soll. Vielleicht ahnt der hyperaktive Vierbeiner, dass ich gleich viel zu große Forderungen an sein Frauchchen stellen werde …

Als wir durch die hohe Glastür treten, komme ich aus dem Staunen gar nicht mehr heraus: Glänzende Mahagonimöbel, eine Ansammlung erlesenster Kunstdrucke und Porträts an den Wänden und eine gut bestückte Bücherwand aus edlen Regalen, die bis oben hin mit Literatur gefüllt sind … Ich bin mir nicht sicher, was ich in Bettys Haus erwartet habe. Vielleicht alte Ritterrüstungen, die plötzlich geisterhaft ihre Arme nach mir ausstrecken, oder wabernde Hexenkesseln und Möbelstücke, die aus Skeletten erbaut worden sind … Stattdessen beweist McDoubles Einrichtung einen durchaus guten Geschmack.

Und doch gibt es etwas, das beim Durchqueren von McDoubles Wohnbereich am meisten ins Auge sticht: Es sind die zahlreichen, wahrscheinlich selbst gemalten, Porträts, die mir unaufhörlich ihre Geschichte ins Ohr flüstern. Es ist ein Mann, dessen markante Züge auf die unterschiedlichste Art und Weise auf Leinwände in verschiedenen Größen und Formen gemalt wurden. Auch wenn ich es gern gelassen hätte, da ich genau weiß, dass mich die Bilder höchstwahrscheinlich gar nichts angehen, kann ich nicht anders, als sie anzustarren. Und der stumme Herr? Er glotzt natürlich zurück, durchdringt mich mit seinem eisblauen Blick. Kurz darauf entdecke ich ein altes Schwarz-Weiß-Foto, das die Inspirationsquelle für all diese Meisterwerke gewesen sein muss. Es steht auf einer hübschen Kommode und ist von einem filigranen goldenen Bilderrahmen umhüllt. Ein selbstbewusstes Lächeln ziert die wohlgeformten Lippen des Unbekannten, er wirkt erhaben, stolz, als stünde er mit beiden Beinen fest im Leben. Trotz des leicht gekräuselten Silberhaares wirkt er agil und voller Lebenskraft. Ein Fels in der Brandung. Ein Individuum, das nichts und niemand so schnell umwerfen kann.

Ein intuitives Gefühl unter meiner Brust verrät mir, dass er etwas ganz Besonderes für McDouble sein muss, jemand, dessen Gegenwart sie sich in jeder Sekunde ihres Lebens wünscht, sonst hätte sie gewiss nicht so viele Bilder von ihm aufgehängt, ihn auf so viele verschiedene Weisen mit Farbe und Pinselstrich festgehalten.

»Ist das dein Mann?« Ich kann es mir nicht verkneifen, es fließt einfach aus meinem Mund, ohne dass ich mich dagegen wehren kann. Da mir durchaus bewusst ist, dass das keine berechtigte Frage sein dürfte, schlage ich sofort die Augen zu Boden, als wäre mir soeben ein kostbares Schmuckstück aus den Händen geglitten, das ich wieder ausfindig machen muss.

Betty zuckt zusammen, als ihr bewusst wird, dass mir die farbenfrohen Männerporträts ein Rätsel aufgegeben haben, das ich gern gelöst hätte.

Dann schüttelt sie bestimmt den Kopf. »Donald? Um Gottes willen, nein! An diesen Mistkerl verschwend ich keinen Gedanken mehr«, erwidert sie in schneidendem Tonfall. »Wir leben bereits seit über sieben Jahren getrennt – und das aus gutem Grund. Nicht in tausend Jahren würde ich sein fürchterliches Gesicht weiterhin in meinen vier Wänden dulden!« Sie schüttelt missgelaunt den Kopf, als wäre es eine Schande, dass diese Tatsache für mich nicht offensichtlich ist.

Am liebsten hätte ich dieses Thema einfach fallen gelassen wie eine heiße Kartoffel, denn ich spüre ganz deutlich, wie sich die Luft elektrisch aufgeladen hat und die Münder der bunten Herren um uns ein unheilvolles Klagelied anstimmen, ein Klagelied der Erinnerung, das McDouble nun besonders schwer in den Ohren liegt. Natürlich wäre es klüger gewesen, nicht weiter nachzubohren und Salz in offene Wunden zu streuen, doch die Neugierde siegt, und dann ist auch schon ein wissbegieriges »Wer ist es dann?« meinen Lippen entschlüpft. »Und hast du das alles selbst gemalt?«

Sie nickt. »In der Tat – und zu deiner ersten Frage: Du denkst jetzt wahrscheinlich, das Motiv wäre ein alter Liebhaber, den ich nicht vergessen kann?« Unsere Blicke treffen sich. Ich bin überrascht, dass McDouble fast verletzlich wirkt in diesem Moment, als hätte ich eines der wenigen Themen angesprochen, die sie wirklich aus der Bahn werfen können.

»Ja!«, würge ich schließlich hervor, aber auch nur, weil ich nicht sagen kann, wer es sonst sein könnte.

»Nun, Jack!«, erwidert Betty und räuspert sich angestrengt, als wäre ihr Hals mit einem Mal ganz trocken. »Du hast dich getäuscht – es kann nicht immer nur um eine unerwiderte, tragische Liebe gehen!«

Da kann ich ihr natürlich nur zustimmen, schließlich bin ich, was die Liebe angeht, alles andere als ein Experte und hätte wahrscheinlich zu jedem Argument in diese Richtung Ja und Amen gesagt. »Nein, natürlich nicht!«, entgegne ich also und versuche, ihr ein warmes Lächeln zu schenken, doch sie weicht mit mindestens einem Dutzend Sorgenfalten auf der Stirn meinem Blick aus.

»Dort drüben!«, sagt sie schließlich und zeigt auf ein fast unscheinbares Porträt, das neben einem der hohen Bücherregale hängt, ein Porträt, das ich vollkommen übersehen habe. Umso überraschter bin ich, als ich feststellen muss, dass es sich bei dem Motiv um eine ganz andere Person handelt, die dort jedoch aus ebenso stahlblauen Augen seinem Betrachter entgegenlächelt und sofort eine gewisse Vertrautheit in mir aufsteigen lässt. Blondes, wirres Haar, ein roter Erdbeermund und dieser schelmische Ausdruck in den tiefblauen Augen ... Es hätte glatt mein Adoptivvater sein können.

»*Das* ist ein Verflossener!«, grunzt Betty, doch ihre Stimme klingt jetzt nicht mehr zerbrechlich und unsicher, sondern fast gleichgültig.

Ich nicke verlegen und versuche, die Aufmerksamkeit wieder auf den anderen Herren zu lenken. »Wenn das also kein Liebhaber ist ...«, fahre ich mein unbarmherziges Ratespiel fort und komme mir dabei vor wie der Journalist eines Sensationsblattes, »ist es dann vielleicht dein Bruder?«

Sie seufzt ungeduldig auf, als wünschte sie, diese Unterredung hätte schon jetzt ein Ende genommen. »Soweit es mir bekannt ist, habe ich nur zwei Schwestern!«, kräht sie giftig. »Das Bild zeigt meinen Vater, Roland Golding, du hartnäckiger Naseweis! Und jetzt sollten wir uns den wirklich wichtigen Dingen widmen, nicht wahr?« McDouble zeigt mit einem ihrer dicken Finger auf eine taubenblaue barocke Sofalandschaft, die aus zwei alten Sesseln, einem Drei- und einem Zweisitzer besteht. Daneben befindet sich außerdem ein offener Kamin ganz aus weißem Marmor, der aber schon lange nicht mehr benutzt worden scheint.

»Mach es dir bequem, Jack!«, sagt Betty auffordernd. »Den Kuchen kannst du auf dem Sofatisch abstellen! Ich muss kurz in die Küche und bin dann gleich bei dir, ja?«

Ich gehorche und warte dann mit klopfendem Herzen darauf,

dass McDouble mit einer Gabel zurückkommt, um sich mit der süßen Sünde, meiner Eintrittskarte in ihr Haus, den Bauch vollzuschlagen, während ich ihr von meinem großen Anliegen berichte.

In dem Moment, in dem ich allein bin, lehne ich mich zurück, betrachte Bettys Vater und denke dabei, dass McDouble eine tragische Kindheit gehabt haben muss. Vielleicht ist ihr Vater viel zu früh gestorben, und ihre einzige Möglichkeit, diese Tatsache zu verarbeiten, besteht darin, dass sie Nacht für Nacht vor dem Kamin sitzt und ein neues Bild von ihm ins Leben ruft, sodass der Raum um ein Weiteres durch die stumme Präsenz ihres Vaters ergänzt wird. In genau diesem Moment wird mir klar, dass ich McDouble gegenüber nicht mehr kühl sein kann, dass ich verstehen möchte, welche Farben ihre Seele hat, warum so viele großen Respekt oder sogar Angst vor ihr haben. Sie mag Furcht einflößend sein – aber niemand hat es verdient, aufgrund seines äußeren Erscheinungsbildes verurteilt oder schlecht gemacht zu werden. Denn jede Seele erzählt eine Geschichte, jede Seele hat so viel mehr zu sagen, als nur das, was aus ihrem Mund kommt. Denn manche Dinge spricht man nie, niemals aus – man versteckt sie lieber hinter einer vorgetäuschten Fassade Niedertracht.

Auch ich weiß, was es heißt, sich allein zu fühlen, ich weiß, wie schwierig es ist zu akzeptieren, wenn Mutter und Vater nicht da sein können … Nur habe ich einen anderen Weg gefunden, damit fertig zu werden.

»Dann fang mal an – warum bist du hier, Jack?«, seufzt es plötzlich neben mir, und ich erschrecke mich so heftig, dass ich atemlos nach Luft ringe, als sich McDouble mir gegenübersetzt, den Kuchen zu sich nimmt und damit anfängt, abwechselnd sich selbst und dann ihrem hässlichen kleinen Hündchen Torte in den Mund zu schieben. »Warum so schreckhaft?«, fragt sie dabei.

»Ich … war in Gedanken!«, flüstere ich, und dann fange ich an, das Gespräch ganz automatisch in eine Richtung zu lenken, die ich eigentlich niemals vorgesehen hatte. »Betty!«, beginne ich meine Rede, doch die Angesprochene ist nun so in die Kokostorte vertieft, dass sie mir kaum Beachtung schenkt. »Warum hat man dir den Zutritt zum *Little Birds* verweigert?«

McDouble stöhnt auf, sie hat sich an ihrem Lieblingskuchen verschluckt und prustet mir nun ein lautstarkes »Deshalb bist du hier?« entgegen. »*Das* ist der Grund deines Besuches, weil du wissen willst, warum ich mir meine Kokostorte nicht selbst holen kann? Ich dachte, es ginge um eine alte Freundin?«

Ich antworte nicht sofort, möchte mir die nächsten Worte bedacht zusammenlegen. Nach Kurzem Überlegen entscheide ich mich dafür, meine Frage einfach zu wiederholen und so viel Nachdruck wie möglich in meine Stimme zu legen. »Warum hat man dir den Zutritt zum *Little Birds* verweigert?«

Jetzt verdreht sie ihre Augen, betupft ihren Mund mit einer blauen Stoffserviette und nimmt dann ihr Hündchen wie zum Schutz auf ihren Arm, um ihm eifrig den zierlichen Kopf zu kraulen.

»Aus einer Ungerechtigkeit heraus, natürlich!«, sagt sie dann, und das Tier zwischen ihren Händen wimmert zustimmend auf.

»Als wir uns vorhin auf der Straße begegnet sind, meintest du, dass du dich mit der Besitzerin des *Little Birds* zerstritten hättest – warum?«

»Ich sagte es bereits: aus einer Ungerechtigkeit heraus. Weil ich lediglich versucht habe, verzweifelt etwas wiederzubekommen, was ich streng genommen nie besessen habe und was ich wahrscheinlich nie besitzen werde. Und doch war die Verlockung so groß!«

Ich meine, einen ebenso leidenden wie sehnsuchtsvollen Blick wahrzunehmen.

»Ich habe versucht, das Unmögliche wahr zu machen!«, sagt sie dabei. »Bin jedoch gescheitert. Und jetzt, jetzt habe ich mehr verloren, als ich gewonnen habe!« Sie schüttelt wehmütig den Kopf. »Aber sollten wir nicht alles versuchen, alles riskieren, immer hoffen, immer glauben und unsere Träume niemals aufgeben?« Sie hat ihre grauen Augen direkt auf mich gerichtet, doch ihr Blick dringt durch mich hindurch, zu jenen Orten ihres Geistes, zu denen sie niemandem den Zutritt gestattet.

»Ja!«, sage ich matt und verspüre eine unendliche Erleichterung, dass mir Bettys Worte erlauben, genau dort anzuknüpfen, wo ich eigentlich hinmöchte. »Betty!«, flüstere ich in die nachdenkliche Stille herein. »Deshalb bin ich hier! Weil ich auch nicht aufgeben möchte, weil ich nicht wahrhaben will, dass ich einem Menschen, den ich sehr liebe, eine furchtbare Nachricht überbringen muss!«

McDouble wendet ihren leeren Blick von mir ab und widmet sich dem Rest der Kokostorte vor sich.

»Mein Großvater war furchtbar verliebt in Mathilda Applepie!«, fahre ich leise fort.

McDouble hält in ihrer Bewegung inne und lässt die Kuchengabel auf den Tisch sinken. Ihre Augen haben sich zu zwei verärgerten Schlitzen verengt.

»Wirklich?«, krächzt sie daraufhin. »Was für ein Zufall! Du musst nämlich wissen: Alle haben sie heiß und innig geliebt! Mathilda wusste, die Männer um den Finger zu wickeln, das fing schon bei ihrem Vater an. Er hat sie abgöttisch geliebt und in den Himmel gehoben, seine kleine Prinzessin! Sie war ziemlich verwöhnt, konnte alle mit ihrer offenen Art in den Bann ziehen und, ja, die Männer standen immer Schlange! Dein Großvater gehört wohl zu den armen Teufeln, was?« Betty schnalzt aufgebracht mit der Zunge und drückt ihren Hund an sich, als würde sie das irgendwie beruhigen können.

»Ja, er …«, sage ich mit leicht brüchiger Stimme, weil ich überrascht bin über die offensichtliche Abneigung in McDoubles Stimme, »hat mich darum gebeten, sie aufzusuchen, sie zu finden – doch ich musste erfahren, dass es zu spät ist. Mathilda ist vor zwei Jahren ums Leben gekommen!«

»Das stimmt!«, erwidert McDouble kühl. »Ein Autounfall. Bitte erkläre mir, was *mein* Part bei dieser Geschichte sein soll!«

»Nun …«, entgegne ich unsicher, »eigentlich sagte man mir, dass ihr mal richtig gut befreundet gewesen seid, und da dachte ich …« Ich kann nicht weitersprechen, die Worte entgleiten mir.

»Vor sehr langer Zeit«, meint sie langsam, »ist das tatsächlich der Fall gewesen – aber die Dinge wurden … *kompliziert*! Und es lag einfach nicht mehr in meiner Macht, ihr in die Augen zu sehen, ohne dass es sich anfühlte, als würden sich tausend Messer in meinen Bauch bohren.« Jetzt huscht sogar ein trauriges Lächeln über ihre Lippen. »Ich stand immer in ihrem Schatten, musst du wissen. Und auch wenn sie einer der besten Menschen war, die ich einmal gekannt habe, gewisse Ereignisse ließen mich das vergessen … Gewisse Ereignisse machten aus mir einen anderen Menschen, und dieser Mensch, nun, er hasst Mathilda genauso sehr, wie er sie beneidet. Nicht um ihren Tod, sondern um die Geschichten, die sie zurückgelassen hat …, die Geschichten, die *meine* hätten sein können!«

Ich muss schlucken. Mein Wunsch scheint immer weiter in die Ferne zu rücken. Wenn Betty Mathilda hasst, werde ich sie wohl kaum dazu überreden können, sich mit meinem Großvater zu treffen.

»Warum schaust du denn plötzlich so betrübt drein, Jack?« McDouble mustert mich verwundert. »Hast du dir gewünscht, dass ich nun in laute Lobeshymnen ausbreche?«

»Das nicht«, meine ich vorsichtig, »ich bin nur hier, um dich um einen Gefallen zu bitten, der mir mehr als dreist erscheint, wenn ich mir überlege, was du mir gerade alles erzählt hast! Wahrscheinlich habe ich meine Zeit vergeudet!«

Ich bemerke ein beengendes Gefühl unter meiner Brust, ein Gefühl, von dem ich mir gewünscht hätte, es nicht empfinden zu müssen. Ich werde mit leeren Händen zu Alfie zurückkehren, ihn davon unterrichten, dass seine große Liebe in eine Dimension weitergezogen ist, zu der er noch keinen Zutritt hat.

»Um was für einen Gefallen handelt es sich?«, möchte McDouble freundlich wissen.

»Es wäre großartig gewesen, wenn du dich mit meinem Großvater hättest treffen können, Betty. Ich glaube, so hätte er leichter Abschied nehmen können. Du kannst dir ja vielleicht vorstellen, dass es einfacher ist, jemand ziehen zu lassen, wenn man sich davor noch einmal mit jemandem aus dessen unmittelbaren Vergangenheit unterhält … So war wenigstens mein Gedanke! Ich bin hier hergekommen, um Mathilda zu finden, dabei traf ich nur auf eine furchtbare Nachricht, eine Nachricht, die jede Hoffnung zunichtemachte, meinen Großvater nicht zu enttäuschen. Er bedeutet mir alles, Betty. Wenn sein Herz bricht, bricht auch meines, ich wollte nichts unversucht lassen, um ihm diesen Schmerz ein bisschen zu nehmen, ihn erträglicher zu machen!«

McDouble nickt verständnisvoll. »Der arme Mann«, sagt sie, »Mathilda muss viele dieser kummervollen Seelen zurückgelassen haben!« Sie steht auf und kommt mit nur wenigen Schritten an meine Seite. »Jack!«, sagt sie. »Ich weiß auch nicht – aber irgendwie bist du mir sympathisch! Wenn ich dir damit diese elendigen Tränen aus den Augenwinkeln vertreiben kann, werde ich mich mit deinem Großvater treffen! Das ist, denke ich, ein gerechter Ausgleich zu dem Stück Torte, das du mir gebracht hast! Aber ich warne dich! Nicht länger als eine Stunde.« Sie lächelt, und ich kann mir nicht helfen, als aufzuspringen und Mrs. McDouble in die Arme zu fallen.

»Danke!«, sage ich. »Danke, danke, danke!«

»Schon gut, Jack!«, entgegnet Mrs. McDouble und sieht etwas verschämt zu Boden, als sich unsere Umarmung gelöst hat. »Also – wann soll ich zu ihm kommen?«

»Ich hoffe, dass es nicht zu kurzfristig ist – aber mein Großvater ist morgen ohnehin zum Tee bei mir, und ich denke, das wäre der perfekte Augenblick!«

»Morgen passt mir!« Sie nickt freundlich.

»Fantastisch!«, antworte ich und lächle zufrieden. Ich kann mein Glück immer noch nicht fassen – und das, ohne einen einzigen Fairy Cupcake vertilgt zu haben! Hastig ziehe ich meinen Geldbeutel hervor und krame nach einer Visitenkarte, dabei fällt das Bild von Lola und mir heraus und Betty beugt sich nach unten, um es mir zu reichen.

»Du hast da etwas verloren!«, sagt sie. Der Ton in ihrer Stimme ist plötzlich ein bisschen angespannt, und als sich unsere Blicke begegnen, entweicht ein unergründliches »*So ist das!*« ihren Lippen.

»Was?«, antworte ich verwirrt.

»Ach …«, wehrt Betty ab. »Ich habe nur mit mir selbst geredet, nicht so wichtig!«

Ich nicke nur und gebe ihr zum Austausch gegen das Foto meine Visitenkarte.

»Dort steht meine Adresse, komm doch morgen um drei Uhr nachmittags einfach vorbei!«, sage ich und reiche ihr die Hand. »Danke für alles, Betty! Das bedeutet mir wirklich sehr viel!«

»Natürlich!« Das Lächeln auf ihren Lippen ist unvermindert, als sie mich zur Tür geleitet und mich dann mit einem »Bis morgen!« verabschiedet.

Sofort renne ich Bettys Auffahrt hinunter. Ich kann es kaum erwarten, Melissa die gute Nachricht zu überbringen.

Als ich durch das hohe Tor schlüpfe und zum *Little Birds* hinüberlaufe, erregt jedoch ein roter Wagen meine Aufmerksamkeit. Es ist eine feuerrote Ente, die nicht unweit meines eigenen Autos parkt und hinter deren Steuer eine nur schemenhaft erkennbare Gestalt sitzt. Trotzdem weiß ich genau, wer es ist. Überwältigt bleibe ich stehen und weiß nicht, ob es das Beste wäre, sich einfach abzuwenden und so zu tun, als hätte ich nichts bemerkt, oder auf sie zuzugehen und zu fragen, wie es kommt, dass wir uns *hier* über den Weg laufen.

Das Komische ist eigentlich, dass ich noch vor etwa einer Woche auf Emmas quietschroten Wagen zugaloppiert wäre wie ein Hund, der weiß, dass er gleich ein Leckerli bekommt. Doch meine Schwester und ich haben seit unserem Fairy-Cupcake-Gespräch, dem Gespräch, das alles zwischen uns änderte, nicht mehr miteinander geredet. Denn meine zahlreichen Textnachrichten und Anrufe hatte sie seither hartnäckig ignoriert.

Emma war stinksauer. Nach meinem Besuch im *Butter Bee's Cupcakes* habe ich ihr alles erzählt. Alles über die Fairy Cupcakes, das Elixier … jedes auch noch so kleine, unbedeutende Detail über meine magischen Machenschaften! Wie ich das schon befürchtet hatte, hat sie mir zunächst nicht geglaubt. Sie wollte natürlich selbst einen Cupcake ausprobieren, um sich von der Wahrheit meiner Worte zu überzeugen – allenfalls, so drohte sie, würde sie mich für immer als feigen Lügner abtun. Aber ein Fairy Cupcake war etwas, was ich ihr nicht gewähren konnte, allein schon, weil es mir Alfie strickt verboten hatte. Also brach es zusammen, das Kartenhaus des Respekts, das ich mir ihr gegenüber über all die Jahre aufgebaut hatte. Mein Erfolg – nichts weiter als eine magische Maskerade! Kein hartes Erarbeiten – ein zauberhafter Clou! Jack Blueberry – ein Betrüger!

Emmas Emotionen sind an jenem Tag vor einer Woche wie so oft mit ihr durchgegangen und sie ist wütend aus meinem blauen Haus in Notting Hill gestürmt – nicht ohne noch ein bühnenreifes »Du elendiger Verräter!« zum Besten zu geben. Manchmal kam es eben mehr als deutlich durch, dass sie Theater in London studierte. Für einige schmerzhafte Sekunden dachte ich in diesem Moment, dies wäre der letzte Tag gewesen, an dem sie mir unter die Augen treten wollte. Anscheinend habe ich mich gründlich getäuscht.

Kapitel 8

Es braucht weniger als eine Sekunde, bis ich mich zu der Entscheidung durchgerungen habe, über die Straße zu rennen, als hätte ich das Auto meiner einst so geliebte kleinen Schwester gar nicht wahrgenommen. Wie ein aufgescheuchtes Huhn haste ich durch das Tor zum *Little Birds* und komme mir dabei vor, als hätte ich vor fünf Minuten ein Juweliergeschäft ausgeraubt. Es mag merkwürdig erscheinen, Emmas strafende Blicke und Bemerkungen mit den Knüppeln und Pistolen wütender Polizisten gleichzusetzen, aber wenn ich noch einmal »Du elendiger Verräter!« aus ihrem Mund höre, kommt das tatsächlich einem brennenden Bauchschuss gleich. Es schmerzt zu sehr, ich kann ihr nicht gegenübertreten, nicht hier, nicht jetzt.

Das Schlimmste an der ganzen Sache ist, dass ich sie nicht einfach in den Arm nehmen kann, wie ich das vor einiger Zeit noch ganz selbstverständlich getan hätte. Natürlich wird mir in der Sekunde, da ich über die Schwelle des *Little Birds* stolpere und mit einem lauten *»Wumm«* in Miss Bottom krache, die dort gerade aus der Toilette gelaufen kommt, klar, dass mein infantiles Verhalten geradezu lächerlich ist, da ich meiner Schwester so oder so gegenübertreten muss.

Dafür spricht zum Beispiel die Tatsache, dass ich Emma wahrscheinlich hier im Café treffen werde? Warum sollte sie auch sonst hier sein? Gut, sie wusste, dass mich Grandpa Alfie als Liebesbote angeheuert hatte, das war es aber auch schon, denn ich hatte es nicht mehr geschafft, ihr genauere Details dazu zu geben. Vorher war unsere Unterhaltung in einem ohrenbetäubenden Streit um die Fairy Cupcakes kulminiert.

Gott steh mir bei, dass Emma ihre Launen heute im Griff hat und nicht wie vor einer Woche eine derart dramatische Szene hinlegt, die – hätte sie zu einem tragischen Hollywoodstreifen gehört – gewiss einen Oskar verdient hätte.

Miss Bottom rüttelt sachte an meiner Schulter und holt mich somit aus meinem wüsten Gedankenlabyrinth zurück in die Realität.

»Mr. Blueberry!«, keucht sie, und mir wird bewusst, dass ich vor einigen Sekunden noch mit voller Montur gegen die arme Miss Bottom gekracht bin. Diese Erkenntnis macht sich jetzt auch in einem pochendem Schmerz in meinem Oberschenkel bemerkbar. »Sind Sie okay?« Ihre Worte klingen sichtlich besorgt – dabei bin ich derjenige, der sie fast zu Boden warf.

»Ja … natürlich!«, erwidere ich und muss mir mit meinem Unterarm den Schweiß von der Stirn wischen, der sich dort vor Nervosität gebildet hat. Denn der Gedanke daran, Emma könnte jeden Moment mit einem röhrenden *Jack Nicolas Blueberry!* hier eindringen, lässt meinen Puls immer noch nach oben hüpfen und meine Zehen kribbeln. Ich muss hier weg, so schnell es geht. »Entschuldigung!«, presse ich zwischen meinen angespannten Lippen hervor. »Ich hoffe, Sie haben sich nichts getan!«

Miss Bottom lächelt freundlich, während mich ihre blauen Augen neugierig durchdringen und ich nicht zum ersten Mal feststellen muss, dass sie aussieht wie die gute Fee aus einem Märchen.

»Schon gut – ich bin ja nicht aus Glas!«, erwidert sie freundlich und fährt sich einmal über ihren blonden Dutt, als könnte das die zahlreichen feinen goldblonden Härchen zähmen, die dort ihr charmantes Eigenleben führen. »Hatten Sie denn Erfolg bei Betty?«, haucht Miss Bottom und klingt dabei ernsthaft interessiert.

Ich nicke. »Ich habe mir den Besuch wesentlich schlimmer vorgestellt!«, meine ich mit nachdenklich gerunzelter Stirn. »Tatsächlich durfte ich feststellen: McDouble ist auch nur ein Mensch.«

»Natürlich!«, seufzt mein Gegenüber. »Das ist sie – auch wenn sie ein einsamer Mensch ist, der wenige Freunde hat und der vielleicht manchmal mehr in seinem Schneckenhaus aus Unnahbarkeit wohnt, als er sich eingestehen möchte. Aber, Mr. Blueberry, tun wir das nicht alle von Zeit zu Zeit?« Sie schlägt schüchtern ihre Augen nieder, als gäbe es dort in diesem Augenblick ein Geheimnis zu lesen, das ich nicht erfahren darf.

»Sie scheinen Betty ja gut zu kennen!«, sage ich angespannt – weniger, weil ich nervös bin, sondern viel mehr, weil mir immer noch der Gedanke an Emma im Nacken sitzt und ich sie vor meinem inneren Auge bereits mit spitzen Messern, geformt aus unbarmherzig aufbrausenden Worten, ins *Little Birds* platzen sehe.

»Oh«, erwidert Miss Bottom in schicksalsschwangerem Ton. *»Wahrscheinlich besser, als sie sich selbst zu kennen glaubt!«* Sie sieht mich wieder direkt an, das Blau ihrer großen Augen gleitet durch mich hindurch, und ich bemerke ein flaues Gefühl in meinem Magen, das jetzt ausnahmsweise nichts mit meiner Schwester zu tun hat.

Ich möchte etwas darauf erwidern, Miss Bottom fragen, warum sie das gerade gesagt hat, doch noch ehe ich etwas entgegnen kann, schwingt die Tür zur Teestube auf, und Melissa marschiert hindurch. Sie packt mit einer theatralischen Geste den Ärmel meines Hemdes und schiebt mich, so sehr ich mich auch dagegen sträube, durch die Eingangstür des *Little Birds* zurück in den Vorgarten. Genau dorthin, wo ich gerade unter keinen Umständen sein möchte, weil ich mir mehr als sicher bin, dass mir meine Schwester bereits entgegenkommt.

Umso überraschter bin ich, dass der Vorgarten nur von ein paar herumhüpfenden Spatzen besetzt ist. Ich blinzle verstört. Ob sie immer noch im Auto sitzt? Oder habe ich mir ihre Erscheinung am Ende sogar nur eingebildet?

»Was soll das?« Ich schnappe empört nach Luft und befreie mich aus Melissas festem Griff, die eine verschwörerische Mimik aufgelegt hat und sich nun nach allen Seiten umsieht, als wäre sie kurz davor, mir eine streng geheime Schatzkarte in die Hand zu drücken.

»Wie ›Was soll das‹?«, blökt sie ungeduldig. »Ich habe deine Stimme im Flur gehört und dachte, dass es wohl mal an der Zeit ist, Nägel mit Köpfen zu machen!« Ein konspiratives Grinsen ziert ihre Lippen.

Mein Herz schlägt bei diesen Worten sofort ein paar Takte schneller. »Hast du die Briefe?«, frage ich erregt, wobei Melissa erneut ihren Kopf in alle Richtungen wirft, als hätte sie vor einigen Sekunden noch eine Bank ausgeraubt. »Hast du mit Rebecca gesprochen?«, wispere ich nachdrücklich, wobei ich spüre, wie mir mein strammer Pulsschlag im Hals auf- und abhüpft.

»Ja und ja!«, antwortet Missy und holt kurzerhand ein flaches Bündel Briefe und Postkarten aus der braunen Ledertasche hervor, die ihr über der Schulter hängt. »Allerdings«, fährt sie mit gedämpfter Stimme fort, »bin ich bei Rebecca auf taube Ohren gestoßen, was mich dazu gezwungen hat, die Briefe ohne ihr Wissen an mich zu nehmen.«

»Du hast sie *gestohlen*?«, rufe ich entsetzt und lauter, als es vernünftig gewesen wäre.

Melissa kommt ganz nah an mich heran und drückt sich eindringlich ihren linken Zeigefinger auf die Lippen. *»Shhhh!«,* macht sie und umfasst meine beiden Arme ganz fest und so, als wolle sie mich vom Wegrennen abhalten. Ihre dunklen Augen durchbohren mich vehement. »Halt mal die Luft an, Jack!«, flüstert sie gebieterisch. »Ja, ich habe sie ohne Erlaubnis entwendet, aber auch nur, weil es keine andere Wahl gab, okay? Rebecca wollte mich einfach nicht an sich heranlassen. Sie hat alles, was ich gesagt habe, natürlich als Unfug abgetan – was ja in gewisser Weise auch nachvollziehbar ist. Sie kann nicht wissen, dass Lola und ich uns wieder vertragen haben. Wie auch? Sogar Lola hat es ja dank der Nebenwirkungen der Fairy Cupcakes vergessen. Becky vertraut mir nicht, und auch das hat seine Gründe.« Melissa macht eine dramatische Pause, bevor sie fortfährt. »Aber Jack!«, seufzt sie dann melodramatisch. »Verstehst du nicht? Wir brauchen diese

Briefe, *du* brauchst diese Briefe – denn das ist die einzige Chance, Lola zu finden. Du musst ihr Herz zurückgewinnen, bevor sie sich auf ihrer Reise in einen anderen Kerl verknallt!«

Zurückgewinnen … das Wort klingt unwirklich in meinen Ohren. Auch wenn wir, also Lola und ich, uns schon geliebt haben müssen – nicht nur einmal –, kann ich mich doch an nichts erinnern! Da ist nur dieses vage Gefühl unter meiner Brust, das Gefühl, das mir sagt, dass sie die Frau meines Lebens ist.

Und trotzdem ist »Zurückgewinnen« gerade kein Wort, für das ich mich begeistern kann. Kennenlernen, ja, ich möchte Lola kennenlernen. Ich möchte sie finden, sie in den Arm nehmen und spüren, wie ihr rhythmischer Herzschlag an meiner Brust pulsiert, während ich mit meinen Lippen über ihre fahre und meine Hände in ihren blonden Engelshaaren vergrabe, während sie leise vor Begeisterung aufschluchzt und seufzt und …

»Jack?«, grunzt eine hitzige Stimme vor mir. »Kannst du mir bitte zuhören?«, schnaubt das Mädchen ungehalten.

»Natürlich!«, erwidere ich entschuldigend und laufe erdbeerrot an. »Hast du gerade was gesagt?«

Sie zuckt nur ungehalten mit einer ihrer Augenbrauen, als wäre das angesichts ihres Verhaltens doch offensichtlich.

»Okay – was hast du gesagt? Tut mir echt leid, ich war gerade in Gedanken!«, versuche ich, sie zu besänftigen, und bin mehr als erleichtert, als sich erneut ein Lächeln auf ihren Lippen niederlässt.

»Wir brauchen einen Plan!«, erwidert Missy und legt ihren Kopf schief, als könne sie dadurch besser nachdenken.

»Einen Plan!«, wiederhole ich. »Und wie soll der aussehen?« Ich bin merklich verwirrt.

Melissa schüttelt nur verständnislos den Kopf, löst den Knoten aus Armen und Briefen vor ihrer Brust und streckt diese dann zur Begutachtung in meine Richtung. »Wollen wir Lolas Post zusammen durchgehen und sie auswerten, oder möchtest du das in Ruhe allein tun? Du könntest mich ja anrufen, sobald du etwas herausgefunden hast? Wir haben auf jeden Fall schon mal in einer

Sache Glück: Lola ist erst zwei Wochen unterwegs, und ihr scheint entweder langweilig zu sein oder sie hat Heimweh – wenn sie es wirklich für nötig hält, jeden Tag eine neue kitschige Postkarte oder einen Brief in den Briefkasten zu werfen.«

Ich starre auf das Bündel Papier zwischen Melissas Fingern und habe das unbändige Verlangen, Lolas Zeilen an mich zu reißen, sie zu lesen, laut aufzusagen wie ein Liebesgedicht, sie in mich aufzusaugen, als stünde die Frau meiner Träume selbst direkt neben mir und würde mir ihre Worte mit süß-lieblicher Stimme ins Ohr flüstern.

»Ich meine, eine Sache wissen wir ja schon«, quakt Melissa mit der beißenden Stimme eines Insektes, das die rosaroten Blasen meiner kleinen Traumwelt nachdrücklich aufsticht und mich damit erneut erbarmungslos aus meinen Überlegungen reißt. »Lola befindet sich gerade in Paris, aber vielleicht spricht sie davon, wo sie als Nächstes hinmöchte. Wer weiß das schon!«, sie zwinkert mir vielsagend zu. »Jack«, meint sie dann plötzlich in sehr ernstem Tonfall und schnalzt leicht frustriert mit der Zunge. »Die Sache ist nämlich die: Diese Briefe sind unsere einzige Hoffnung, sie ausfindig zu machen! Wir können Lola nämlich auch nicht anrufen – laut Becky hat sie ihr Handy im *Little Birds* gelassen, bevor sie sich vom Acker gemacht hat! Ich habe das bereits überprüft – Rebecca hat nicht gelogen. Und ich glaube, weder du noch ich haben die Geduld zu warten, bis sie wieder hier auftaucht. Wer weiß schon, wann das sein wird. Also *Jacky Boy* – ihre Worte sind wirklich alles, was wir haben!«

Ich nicke zustimmend, binnen weniger Sekunden habe ich eine Entscheidung gefällt: »Okay, Missy – wir machen es so: Ich werde mir die Post allein ansehen. Irgendwie brauche ich das gerade. Ein bisschen Lola, meine ich. Ich möchte sie ganz für mich!«

»Dann sollst du sie bekommen!« Melissa grinst breit und reicht mir das Bündel Papier, wobei ein merkwürdiger Freudenschauer durch mich fährt, als meine Finger Lolas Briefe berühren und ich dabei das Gefühl habe, ihr einen Schritt näher gekommen zu sein. Ich bin plötzlich so beschwingt, dass ich ganz vergesse, dass meine

Schwester irgendwo um die Ecke lauert. Ich laufe mit Melissa zum Tor hinaus auf die Straße, wobei mir Missy noch einen Zettel mit ihrer Telefonnummer zusteckt, die ich dankend entgegennehme und gewissenhaft in meinem Handy speichere.

»Also dann«, sagt Missy und nickt mir freundlich zu. »Viel Erfolg – ich erwarte deinen Anruf heute Abend!« Sie beugt sich vor und schließt mich kurz, aber dafür umso fester in ihre Arme.

»Danke für alles!«, rufe ich ihr hinterher, und sie winkt mir mit einem »Gern geschehen!« ein letztes Mal zu, bevor sie fröhlich kichernd in ihrem Wagen verschwindet.

Missys Auto steht nicht unweit von Emmas feuerroter Ente. Der einzige Unterschied zu vorhin ist, dass der Wagen jetzt leer ist. Keine Emma. Verwirrt lasse ich meinen Kopf in alle Richtungen schnellen. Habe ich etwa ein Gespenst gesehen? Wo ist meine Schwester?

Nachdenklich laufe ich die Straße hinauf und muss mir eingestehen, dass es nichts bringt, mir weiterhin den Kopf über Emmas rätselhaftes Erscheinen – und Verschwinden – zu machen. Ich blicke auf die Briefe in meiner Hand hinab und entscheide mich dafür, dass alle Aufmerksamkeit in dieser Sekunde Lola gelten sollte, und dass Emma, so unwohl das Ziehen unter meiner Brust gerade auch sein mag, kein kleines Mädchen mehr ist und auf sich selbst aufpassen kann.

Wenn auch mit leichtem Unbehagen, das ich mit einem »Reiß dich zusammen, Jack – was kann ihr hier schon zugestoßen sein?« hinunterschlucke, bewege ich mich weiter den Weg entlang – auf ins Ungewisse.

Tatsächlich habe ich keinen blassen Schimmer, wohin ich gerade gehe. Ich marschiere einfach der Nase nach den Gehsteig hinauf, zwischen dessen Pflastersteinen kleine Grasbüschel hervorlugen, bis meine Füße irgendwann keinen Stein mehr, sondern körnigen Schotter unter sich haben, dann trockene Erde und zuletzt wiegende Gräser.

Ehe ich mich versehe, befinde ich mich inmitten wunderschöner englischer Hügellandschaft. Ich ziehe die milde Luft durch meine Lungen und klammere meine Hand fest um die Post zwischen meinen Fingern. Alles scheint plötzlich klein und unbedeutend neben den Karten und Briefen zwischen meinen Fingern, die meine Seele wärmen, wenn ich nur an ihren Inhalt denke. Ich schirme mein Gesicht mit den Händen ab, da mich die Sonne etwas blendet und stelle fest, dass ich mich geradewegs einer majestätischen Klippe entgegenbewege.

Dort angekommen ist es, als würde ich in einen kurzen Tagtraum hineintauchen ... vielleicht sogar in eine Erinnerung. Dort sehe ich ein Mädchen in einem weißen Kleid und einen hübschen Schimmel, der aufgeregt wiehert und seine weiße Mähne angeberisch im Wind wehen lässt.

Bin ich schon einmal hier gewesen? Unmöglich! Und ein weißes Pferd? Verrückt! Das klingt selbst in einer Realität, in der Fairy Cupcakes existieren, unbegreiflich. Mein Leben mag bestimmt sein von so einigen unglaublichen Zufällen und Ereignissen, aber eines ist trotzdem sicher: Ich lebe in keinem Märchenbuch. Ich bin davon überzeugt, dass jeder sein Glück selbst in der Hand hat, dass es kein übermächtiges Wesen gibt, das die Geschichte meines Lebens schreibt.

Merkwürdigerweise erscheint all das, meine bahnbrechender Erfolg und die Tatsache, dass ich mir mit magischem Gebäck im Grunde jeden auch noch so kleinen Wunsch erfüllen könnte, nicht mehr so schillernd gegenüber der Tatsache, dass es eine Möglichkeit gibt, nicht nur Lolas Briefe in den Händen zu halten, sondern vielleicht sogar bald ihr Herz. Freilich. Ich könnte einfach in einen Fairy Cupcake beißen und damit alles beschleunigen. Aber es ist so, wie es Alfie auch schon so treffend formulierte: Es muss *echt* sein dieses Mal. Keine Tricks. Keine Magie. Einfach nur *Liebe.*

Mit verträumtem Blick sehe ich aufs Meer hinunter, das Bündel Briefe bedächtig in den Armen haltend, bis ich mich endlich dazu überwinden kann, die erste Postkarte herauszuziehen.

Die Karte wurde am 17. Juni 2018 geschrieben, genau einen Tag nach Rebeccas Hochzeit. Also müssen diese Zeilen die ersten gewesen sein, die das *Little Birds* erreicht haben.

Ich muss zugeben, ein bisschen überrascht bin ich schon – denn ich hätte schwören können, dass Lolas Worte an Rebecca gerichtet sind und nicht an diese mir unbekannte Beatrice.

Liebe Beatrice,
ich habe dir ein Geständnis zu machen. Meine Eltern werden mich hassen, wirklich. Und deshalb musst du mir versprechen, dass du meine Worte für dich behältst. Seit Grannys Tod stehen wir uns sehr nah, und ich bin mir sicher, dass du mich verstehen wirst. Um anzufangen, solltest du vielleicht wissen, dass ich dir nicht von Harping Charms aus schreibe. Tatsächlich befinde ich mich in einer ganz anderen Stadt und in einem ganz anderen Land. In zwei, drei Wochen könnte ich dir bereits vom Mond aus eine Postkarte schicken.
Mach dir keine Sorgen. Mir geht es gut. Tatsächlich ging es mir nie besser. Alles, was du wissen musst, ist, dass meine letzte Anlaufstelle London sein wird. Du, um genau zu sein. Dann werde ich mich entscheiden. Dann werde ich endlich wissen, was zu tun ist. Ich weiß, für dich scheint es, als spräche ich in Hieroglyphen. Aber sobald ich bei dir bin, besprechen wir alles in Ruhe. Ich habe dich furchtbar lieb, Beatrice, und ich hoffe, dass wir uns bald sehen!
Du hörst bestimmt noch mal von mir!
In Liebe,
deine Lola
PS: Wirklich kein Wort zu Mum und Dad!

Für einen kurzen Moment wundere ich mich, warum Lola jene Zeilen an Beatrice nach Harping Charms geschickt hat, schiebe den Gedanken aber rasch beiseite.

Atemlos wende ich mich dem nächsten Brief zu und verstehe, wie es tatsächlich abgelaufen sein muss. Das zweite Dokument, dieses Mal ein richtiger Briefumschlag, in dem ein nicht mal kurzes Schreiben steckt, ist an Rebecca gerichtet. Er hat dasselbe Datum wie die Postkarte, sodass ich davon ausgehe, dass beide am selben Tag abgeschickt wurden – und vielleicht sogar im selben Umschlag steckten. Der Brief enthält sämtliche Instruktionen das *Little Birds* betreffend – darunter auch, dass McDouble jetzt ganz offiziell Hausverbot hat. Außerdem geht daraus hervor, dass Lola Rebecca am Morgen der Abreise völlig aufgelöst angerufen haben muss, bevor sie Großbritannien überstürzt Lebewohl gesagt hat. Genau wie Lolas erste Postkarte sind auch die nächsten Postkarten und Briefe wenig aufschlussreich und spiegeln viel mehr den Zustand von Lolas Seele wieder, als Landschaftsbeschreibungen oder die Namen von Cafés zu nennen. Trotzdem entfährt ein erleichterter Seufzer meinen Lippen, als ich Lolas jüngsten Brief in den Händen halte.

Liebste Becky,
ich bin heute in St. Germain spazieren gegangen und habe mich nicht zum ersten Mal in das Café de Flore verliebt. Natürlich ist es ganz anders als unser kleines Little Birds, und trotzdem versprüht es seinen ganz eigenen Charme – womöglich nicht zuletzt, da schon Berühmtheiten wie Sartre und Picasso hier das ein oder andere Käffchen schlürften und womöglich über unsere schöne große Welt philosophierten. Und nun sitze ich hier, die mehr als unspektakuläre Lola Applepie – wer hätte das gedacht? Ach, Becky, ich bin mir sicher, es würde dir hier sehr gefallen. Heute bin ich etwas melancholisch gestimmt, wahrscheinlich, weil mir nicht zum ersten Mal klar wird, dass es nicht immer schön ist, ganz allein auf Reisen zu sein – na ja, wenn man mal von meinem Mops Charles absieht. Aber der zählt nicht. Natürlich, ich leugne nicht, dass ich diese Auszeit gebraucht habe. Trotzdem denke ich ganz fest an dich, wenn ich täglich meinen Café au Lait im Café de Flore schlürfe, das Treiben von Paris unter Augenschein nehme und über mein Leben sinniere – und was ich am besten als Nächstes anstelle.
Ich weiß nicht, wie lange ich noch in der Stadt der Liebe bleiben werde – allein, dass man sie so nennt, macht mich irgendwie trübsinnig.
Hier gibt es lauter knutschende Pärchen, die lachend über Paris' zahlreiche Brücken marschieren und keine Gelegenheit auslassen,

in aller Öffentlichkeit übereinanderherzufallen. Grässlich. Aber ja – ich weiß, was du jetzt denkst: Die gibt es überall. Und ich fürchte, da hast du recht. Deswegen genieße ich noch ein paar sonnige Tage hier und lasse mich vom Pariser Charme benebeln. Ich grüße dich herzlich und mit einer Portion köstlicher Macarons im Mund.
Deine Lola

Ich muss schmunzeln – nicht zuletzt, weil ich Lolas Art zu schreiben einfach herzallerliebst und erfrischend finde, sondern vor allem, weil ich nun weiß, dass sie wohl täglich im *Café de Flore* auftaucht, um sich dort ein paar saftige Macarons und einen Café au Lait zu genehmigen. Einen besseren Hinweis hätte sie mir nicht geben können. Denn das heißt, dass meine eigene Wenigkeit mit der nächsten Maschine nach Paris fliegen wird, um Miss Applepie mit einem riesigen Grinsen im *Café de Flore* zu empfangen, bevor sie auch nur einmal Trübsal blasen kann angesichts der vielen Liebespaare, die dort ebenfalls füßelnd und schmachtend ihre Milchkaffees in sich hineinschütten.

Ich bleibe noch einige Minuten im Gras sitzen und genieße den salzigen Geruch des Meeres, der mir lieblich um die Nase weht und die verheißungsvolle Melodie des Triumphes mit sich trägt. Ich lehne den Kopf zurück und fühle dabei, wie mein Herz erregt und glücklich gegen den Stoff meines Hemdes klopft. Ich werde Lola finden, denke ich, während ein triumphierendes Lächeln meine Lippen ziert.

Dieses Grinsen sitzt mir auch noch im Gesicht, als ich zu meinem Auto zurückspaziere. Allein durch das feuerrote Schimmern von Emmas Ente werde ich von Wolke sieben wieder in die Realität zurückgezerrt, und ein gequältes Seufzen entfährt meinem Mund, bevor ich hastig zu meinem Wagen stolpere, um in Richtung London davonzubrausen.

Doch etwas lässt mich innehalten. Ich kann Emmas offensichtliche Anwesenheit nicht einfach ignorieren. Zumindest nicht, ohne wenigstens ein kleines Lebenszeichen von mir zu geben. Also schnappe ich mir einen leeren Notizzettel und verewige dort mit meiner krakeligen Schrift eine Nachricht für meine Schwester, die ich ihr dann mit einem flauen Gefühl im Magen zwischen Windschutzscheibe und Scheibenwischer klemme.

Ich hab dich lieb, Emma – ruf mich bitte an, okay?
Jack

Kapitel 9

Emma hat sich nicht gemeldet. Natürlich nicht. Bis spät in die Nacht lag ich noch wach und zerbrach mir den Kopf darüber, wie ich es sonst hätte anstellen können, ihr verschlossenes Herz zu erweichen. Doch dazu hätte ich wohl ein Streichquartett auf der Straße positionieren müssen und ihr Auto mit Tausenden ihrer Lieblingsblumen ausstatten.

Irgendwann, nachdem ich noch meinen Flug nach Paris gebucht und Melissa wie abgemacht Bescheid gegeben hatte, fiel ich endlich in einen traumlosen Schlaf, wohlwissend, dass ich am nächsten Tag all meine Kraft brauchen würde, denn es war der Tag, an dem ich Alfie die schlechten Neuigkeiten von Mathildas Tod überbringen musste.

Es ist bereits zwei Uhr nachmittags, als ich aufwache. *»Verdammt!«*, fluche ich nachdrücklich.

Im Bruchteil einer Sekunde stehe ich kerzengerade im Bett, und glitzernde Sternchen tanzen vor meinen Augen. Ich habe genau dreißig Minuten, bis Grandpa Alfie an meiner Tür klingelt und genau eine Stunde, bis sich auch Betty McDouble dazugesellt.

Aufgeregt springe ich unter die Dusche und binde mir danach ein weißes Frotteehandtuch um die Hüften, bevor ich zurück in mein Schlafzimmer stürze und mich in Rekordzeit anziehe. Mein Großvater könnte bereits in einer Viertelstunde vor der Tür stehen, und es wäre denkbar ungünstig, wenn ich vor McDoubles Besuch nicht mehr dazu kommen könnte, ihn mental auf das vorzubereiten, was nun einmal die traurige Wahrheit ist: *Mathilda Applepie ist nicht mehr am Leben, aber ich habe eine alte Freundin überredet vorbeizusehen, um Erinnerungen auszutauschen.*

Da ich es in der letzten Woche nicht fertiggebracht habe, den Rest der herumstehenden Kartons zu leeren, herrscht leider immer noch rege Unordnung. Innerhalb weniger Sekunden habe ich erkannt, dass ich jetzt nicht in fünf Minuten einen Kuchen zaubern kann und entschließe mich, anstelle von Kaffee und Kuchen, Kaffee und Gurkensandwiches anzubieten. Eine recht merkwürdige Mischung, aber das geht jetzt nicht anders.

Ich weiß nicht, ob ich jemals in meinem Leben schon einmal so schnell ein Tablett voller Gurkensandwiches hingekommen habe, die ich dann, verschwitzt aber erleichtert, in meinen kleinen Garten balanciere, bevor ich zurück in die Küche stürze und mich daran mache, Kaffee aufzubrühen, während mir meine Katzendame unruhig um die Füße streift.

Gerade als ich Miss Giggels mit ein wenig Trockenfutter ruhigstelle, klingelt es stürmisch an meiner Eingangstür.

Es ist zehn vor drei – doch ich bin mehr als dankbar für Grandpas Verspätung. So streiche ich mir noch einmal über mein immer noch feuchtes Haar und laufe gefasst auf meine Eingangstür zu.

»Tut mir leid, dass ich zu spät bin!«, murmelt Grandpa und klopft mir zur Begrüßung liebevoll auf die Schulter.

»Wollen wir in den Garten? Ich habe ein paar Gurkensandwiches und Kaffee vorbereitet!«

Alfie nickt überrascht. »Wozu all die Mühe? Ein klassischer Earl Grey Tea hätte deinem alten Großpapa durchaus gereicht!«

Ich übergehe seine Aussage und ziehe ihn stattdessen mit ins Haus, zur Hintertür hinaus und unter meinen Apfelbaum, wo sich – was auch sonst – Miss Giggels bereits unschuldig schnurrend auf den Kissen meiner Gartengarnitur eingerollt hat.

Ein Blick auf die Uhr verrät mir, dass es bereits kurz vor drei ist. Ein nervöses Ziehen unter meiner Brust trichtert mir ein, möglichst schnell auf den Punkt zu kommen, Grandpa Alfie aufzuklären, ihm zu sagen, was Sache ist, bevor McDouble neben uns sitzt und mithören kann, wie ich meinem Großvater vom Tod seiner großen Liebe erzähle.

»Mach es dir bequem!«, murmle ich nervös, während Alfie Miss Giggels verscheucht und sich erwartungsvoll auf der verschnörkelten Bank niederlässt.

»Besorgst du mir ein Bier?«, fragt er dabei gelassen.

Ein Bier? Soeben war es noch Earl Grey Tea … Ahnt Alfie etwas? Ich nicke hastig, stolpere ins Haus zurück und lasse mich mit einem eisgekühlten Bier für Grandpa Alfie und einem unruhigen Ziehen in der Magengegend gegenüber von ihm nieder. Alfie öffnet die Bierflasche, prostet mir zu und nimmt dann einen kräftigen, genussvollen Schluck.

Mir ist seltsam zum Weinen zumute.

»Ahh!«, seufzt Grandpa entspannt. »Es geht doch nichts über ein erfrischendes Bierchen!« Etwas Geheimnisvolles blitzt in seinen Augen auf, so als wüsste er, dass nun ein nicht gerade freudiges Gespräch ansteht.

Trotzdem sitzt er ganz tapfer da mit seiner wüsten, verwuschelten grauen Mähne, während ein wenig Bierschaum aus seinem Schnurrbart tropft. Allein das treibt die Produktion von Tränen in meinem Inneren gewaltig an. Ich kann nicht fassen, dass das nun schon das zweite Mal innerhalb kürzester Zeit ist, dass ich mit meinem lieben Grandpa Alfie nicht wie sonst über die Wunder der Welt fabulieren, sondern über den Ernst des Lebens sprechen muss. Ich vermisse unsere beflügelnden Gespräche, ich vermisse, wie wir beide den Kopf zum Himmel recken und in den Wolken, die dort vorbeiziehen, majestätische Schlösser und Paläste entdecken, die stumm an uns vorbeisegeln. Ich vermisse das Gefühl der Leichtigkeit, das sonst immer zwischen uns herrschte. Plötzlich gibt es nicht mehr nur Märchen und Burgen und Träume, die darauf warten, eingefangen zu werden, nein: Der Augenblick wurde entzaubert.

»Also!«, flüstert Grandpa Alfie unvermittelt, und ich schrecke aus meinen Gedanken hoch. »Ich bin neugierig – wie war es denn nun im *Little Birds*? Hast du etwas herausgefunden? Wie geht es Mathilda?«

Er blickt zu Boden, nicht in meine Richtung, und mir ist das eigentlich ganz recht so, weil dich nämlich nichts, rein gar nichts im Leben darauf vorbereitet, einem sehr kostbaren Menschen den Tod seiner großen Liebe zu gestehen.

»Ich habe Antworten!«, quetsche ich hervor.

»Das ist gut!«, pflichtet mir Alfie ruhig bei, und nun richten sich seine großen, scharfsinnigen Augen auf mich.

Ich bin mir nicht sicher, ob ich aufstehen soll, um Alfie in den Arm zu nehmen, damit der Schock nicht ganz so tief sitzt. Stattdessen starre ich jedoch ins Leere, kratze unruhig an meiner Kopfhaut und grummle dann mehr zu mir selbst: »Mathilda war nicht da!«

»Nun!«, murmelt Alfie und lächelt gutherzig. »Wo war sie denn? War sie unterwegs? Wann kommt sie wieder?«

Ich schlucke. Es ist ein Versuch, meine ausgedorrte Kehle zu befeuchten. »Gar nicht, Grandpa!«, würge ich schließlich hervor. »Sie ist nicht mehr am Leben!«

Stille. Ich wage es nicht, Alfie anzusehen, während die Sekunden wie Stunden zu verstreichen scheinen.

Selbst der Gesang der Vögel kommt mir nun wie ein Gemisch aus dissonanten Klagelauten vor, alles verwischt zu einer einzigen kläglichen Kakofonie aus Unsicherheit.

Als sich unsere Augenpaare treffen – es kommt mir wie eine halbe Ewigkeit vor, die in der Zwischenzeit verstrichen sein muss –, liegt tiefer Schmerz in Grandpas Blick, doch er sieht gefasster drein, als ich es erwartet hätte.

»Hast du noch ein Bier?«, krächzt er schließlich, und ich springe viel zu schnell auf, um dieser unangenehmen Situation für wenige Minuten entgleiten zu können.

Als ich zurückkomme, scheint sich Alfie auf wundersame Weise erholt zu haben: Er hat sich zu Miss Giggles heruntergebeugt und setzt die fuchsrote Katzendame auf seinen Schoß, um ihr dann eifrig den Kopf zu kraulen.

»Danke!«, sagt er, als ich ihm sein zweites Bier hinstelle.

»Und sonst – hast du sonst noch etwas in Harping Charms

erlebt?«, fährt Alfie verkrampft lächelnd fort, und ich bin ehrlich überrascht, dass er gar nicht wissen möchte, wie Mathilda aus dem Leben geschieden ist – geschweige denn, wie lange sie nicht mehr unter den Lebenden weilt.

»Oh ja …«, entgegne ich. »Aber soll ich dir nicht erst erzählen, warum Mathilda …« Weiter komme ich nicht, denn Grandpa Alfie schnalzt fast schon ungehalten mit der Zunge.

»Das wird sie wohl auch nicht mehr lebendig machen!«, ächzt er vehement. »Es wäre nett, wenn du mir nun von ein paar erfreulicheren Dingen erzählen könntest. Wie hat dir Harping Charms gefallen?«

»Ein kleines, verträumtes Dorf … ganz anders als die Großstadt natürlich!«, entgegne ich abgehakt und entscheide mich nach einem kurzen Blick auf die Uhr dafür, dass es ratsam wäre, so schnell wie möglich darauf hinzuweisen, dass wir noch einen Gast erwarten. »Bitte Alfie, können wir bei Mathilda bleiben?«

Er schließt kurz die Augen, als müsse er sich davon abhalten, unfreundlich zu werden. »Hast du mir denn sonst nichts zu erzählen?«, fragt er daraufhin, öffnet die Lider wieder und durchbohrt mich dann flehend mit seinen schwarzen Pupillen, als würde er jetzt von mir erwarten, dass ich mir einen spannenden Abenteuerroman aus den Rippen schneide. »Wie war es für dich – wie war es, auf die Suche nach der Liebe zu gehen?«, wispert er mit einem Hauch von Hoffnung in der Stimme.

Für einige Sekunden verschlägt es mir den Atem, und ich denke, dass Alfie genau weiß, dass ich dem Porträt von Lola Applepie begegnet bin.

»Verwirrend!«, antworte ich wahrheitsgemäß, entscheide mich dann aber dafür, die Geschichte von mir und Lola Applepie ein andermal oder wenigstens später anzubringen.

»Und?«, hakt Alfie nach, während sich ein wohlwollendes Lächeln um seine schmalen Lippen legt, da er tatsächlich eine interessante Geschichte zu wittern scheint. Als ich nichts erwidere, meint er: »Sag mal, Junge – ist der Film meiner Canon eigentlich schon voll?«

Ich blinzle verwirrt und beschließe dann, nicht darauf einzugehen. Was soll das denn bitte auch mit der ganzen Sache hier zu tun haben?

»Grandpa, wir erwarten noch jemand!«, sage ich und signalisiere ihm, dass ich ihm jetzt nicht meine verrückte Geschichte erzählen werde.

Mein Großvater zieht überrascht seine Augenbrauen zusammen und starrt mich verwirrt an. »Wie meinst du das?«, fragt er.

»Ich habe eine alte Freundin von Mathilda kennengelernt, die mir versprochen hat, heute vorbeizusehen! Ich dachte, es wäre vielleicht leichter für dich, von Mathilda Abschied zu nehmen, wenn du dich mit jemandem unterhalten kannst, der sie auch gekannt hat!«

»Eine alte Freundin?«, meint Alfie verdutzt. »Wer genau soll das sein?«

Ich bin etwas enttäuscht, dass sein Ton nicht unbedingt Begeisterung verrät, sondern eher so etwas wie … Bestürzung?

Etwas verunsichert lasse ich meinen Blick wieder über meine Uhr wandern. Es ist bereits kurz nach halb vier. Pünktlichkeit scheint nicht unbedingt McDoubles Stärke zu sein. Trotzdem kann ich das gerade nur zu meinem Vorteil nutzen: Denn so habe ich die Möglichkeit, meinen Großvater noch ein bisschen aufzuklären, bevor sich die exzentrische Alte in Begleitung ihres Hündchens durch die Tür zum Garten quetscht.

»Ihr Name ist Betty – und sie und Mathilda waren wohl mal beste Freundinnen!«, erkläre ich freundlich, während ein aufmunterndes Lächeln meine Lippen ziert. Umso überraschter bin ich, als Alfies Gesicht eine Farbe annimmt, als hätte er gerade Mathildas Geist durch den Garten spazieren sehen.

Keine Sekunde später ist er, wie von der Tarantel gestochen, aufgesprungen, sodass Miss Giggles mit einem entrüsteten Fauchen auf allen vieren im Gras landet und davonrennt.

»Betty McDouble kommt *hierher*? Du hast Betty McDouble zu dir eingeladen?«, ruft mein Großvater bestürzt, und ich packe ihn am Arm, bevor er ins Hausinnere flüchten kann. »Das kann nicht dein Ernst sein, Jack!«

Ich starre ihn verwirrt an, kann nicht verstehen, warum er sich plötzlich so auffällig benimmt. »Ihr kennt euch?«, schlussfolgere ich atemlos, und Alfie versucht, sich aus meinem Griff zu befreien.

»Kennen!«, schnaubt Grandpa aufgebracht. »Das wäre wohl untertrieben, mein Lieber! Sie ist es! *Sie* ist die Frau, von der ich dir erzählt habe!«

Ich begreife nun gar nichts mehr. »Welche Frau?«, stoße ich durch trockene Lippen hervor.

»Die Frau, mit der ich Mathilda betrogen habe, Jack!«

Ich bin wie vom Blitz getroffen. Mein Griff lockert sich, sodass Alfie sich seine Klamotten zurechtrücken kann und mich dann traurig ansieht.

»Ich wundere mich, dass sie dieser Aktion zugestimmt hat. Schließlich muss sie gewusst haben, worauf sie sich einlässt!«

Ich kann nichts darauf sagen, stehe immer noch sprachlos da. »Betty McDouble!«, murmle ich schließlich wie in Trance. »Du und *Betty McDouble*?«

Er nickt erhitzt. »Jetzt schau nicht so! Wir alle machen mal Fehler im Leben! Wann hat sie gesagt, dass sie hier sein wird?«

»Sie hätte bereits eintreffen müssen!«

Er stöhnt auf. »Ich muss hier weg! Wenn Betty und ich aufeinandertreffen, sind Mord und Totschlag vorprogrammiert, Jack! Das kann ich dir versprechen! Aber eines musst du mir erklären: Wie hast du sie dazu gebracht, was hast du gesagt? Ihr ist doch bewusst, wen sie heute treffen wird?«

»Ich weiß nicht!«, stammle ich unbeholfen und versuche, mein Gehirn nach einer Antwort zu durchforsten. »Eigentlich habe ich immer nur von meinem Großvater gesprochen und …«

»Aber dein Nachname – sie kannte doch deinen Nachnamen, oder? Blueberry ist nicht unbedingt sehr populär, sie muss es doch gewusst haben!«, unterbricht mich Alfie forsch.

»Eigentlich habe ich mich ihr nur als Jack vorgestellt!«, erwidere ich unruhig und begreife plötzlich, warum Betty noch nicht da ist.

Nicht etwa, weil sie eine jener Personen ist, die chronisch zu spät kommen, sondern vielmehr, weil der Moment, in dem sie sich meine Visitenkarte näher angesehen hat, auch ein Moment der Erleuchtung war und sie plötzlich begriff, auf wen sie sich da gerade eingelassen hatte. Wahrscheinlich lag es ihr genauso fern wie Alfie, einem Wiedersehen zuzustimmen.

»Ich gehe jetzt!«, bellt mein Großvater erregt und stürzt ins Haus, während ich ihm keuchend hinterherrenne.

»Warte doch – vielleicht kommt sie gar nicht mehr!«, sage ich beschwichtigend, und Schweißperlen des Entsetzens treten auf meine Stirn, weil mir nun immer mehr bewusst wird, was ich da angerichtet habe.

»Darauf würde ich nicht wetten!«, ächzt Alfie, dreht sich noch einmal kurz zu mir um und sieht mir dann fest in die Augen. »Ich danke dir für dein Bemühen, für alles, was du für mich getan hast, aber das einzig Vernünftige, was du in diesem Moment tun kannst, ist, mich jetzt gehen zu lassen. Betty und ich – wir haben eine durchwachsene Vergangenheit, die jetzt vor allem von Wut und Trauer geprägt ist, verstehst du?! Ich kann nicht hierbleiben! Ich kann ihr nicht gegenübertreten. *Nicht heute!*«

Und damit ist er aus meinem Haus gestürmt, und ich stehe zitternd und ungläubig in meinem Flur. Betty McDouble ist es, sie ist die Frau, mit der Grandpa geschlafen hat, sie ist die Frau, die es geschafft hat, einen Keil zwischen Mathilda und ihn zu stemmen. Ich hätte es wissen können. Denn es gab bereits ein Indiz, das ich jedoch nicht mit all meinen Sinnen wahrgenommen habe, einen Hinweis, der mir nicht prägnant genug erschien, um mich intensiver mit ihm auseinanderzusetzen. *Das ist ein Verflossener!*, hat sie zu dem Bild in ihrem Haus gesagt – frei heraus und ohne Hemmungen.

Ich weiß nicht, was mir mehr Bauchschmerzen bereiten soll: die Tatsache, dass Grandpa und Betty im Bett gelandet sind, oder die, dass Alfie immer noch an McDoubles Wohnzimmerwand hängt, weil Betty McDouble ihn einfach nicht vergessen kann?

Wen wundert es, dass mich das Bild gestern an Alfies Sohn, meinen Adoptivvater, erinnert hat.

Keine zwei Minuten später, nachdem ich diesen Gedanken zu Ende gedacht habe, klingelt das Telefon. Eine unbekannte Nummer wird auf dem Display angezeigt, und ich hebe wie in Trance ab und murmle ein stoisches »Jack Blueberry!« in den Hörer. Ich bin mir nicht sicher, ob dieser Tag noch schlimmer werden kann.

»Mr. Blueberry!«, grunzt eine schneidende Stimme am anderen Ende der Leitung. »Oder sollte ich doch lieber *Jack* sagen?«

Es ist Mrs. McDouble.

»Betty!«, rufe ich aus, während mein Herz ordentlich Blut durch meine Arterien pumpt und ich mir selbst nicht erklären kann, warum die Hand, die meinen Hörer hält, plötzlich unkontrolliert zu zittern anfängt.

»Na, vermisst du mich schon?«, schnarrt Betty. »Das war ja wirklich ein ganz netter Versuch, Jack!«, tönt sie in schneidendem Tonfall. »Wirklich, ein ganz netter Versuch! Wie schön, dass mir nach deinem Verschwinden gestern in so vielerlei Hinsicht die Augen geöffnet wurden! Ich hätte dich natürlich schon viel früher anrufen können – aber ich dachte mir: Lass ihn ein bisschen schmoren! Er soll sich ruhig wundern dürfen, warum Betty noch nicht an der Tür geklingelt hat. Soll Alfie doch die ganze Aufklärungsarbeit leisten. Denn so, wie ich dich einschätze, hattest du keine Ahnung, auf was du dich eingelassen hast! Und jetzt? Nun – deinem nervösen Ton zufolge hat dir dein Großvater bereits ein paar deiner Wissenslücken gestopft!«

Ich kann nichts erwidern, lausche nur mit dröhnendem Herzen der überheblichen Stimme am anderen Ende der Leitung. »Ist Alfie denn noch da?«, grunzt Betty.

»Nein!« Ich bin froh, dass ich nicht mehr darauf sagen muss und Betty sofort wieder das Wort ergreift, bedrohlich und eindringlich.

»Gut!«, keift sie. »Ich denke, wir beiden haben einiges zu besprechen!«, fährt McDouble fort, und ihre Worte durchströmen mich wie Gift. »Du wirst etwas für mich tun, Jack! Etwas, das mit Lola Applepie zu tun hat!« McDouble legt eine kurze Kunstpause ein, um ihren folgenden Worten mehr Nachdruck zu verleihen.

»Und wenn du das getan hast, Jack, wenn du das getan hast, dann werde ich dir das größte Geheimnis erzählen, das dein Großvater schon seit so vielen Jahren vor der ganzen Welt zu vertuschen versucht, dann werde ich dir von dem *Unfall* erzählen, der uns alle auseinandergerissen hat! Dann werde ich dir sagen, wer das Kind von Alfie Blueberry und Mathilda Applepie ist!«

Kapitel 10

Ich bin es, ich bin das geheime Kind von Mathilda und Alfie, denke ich, während mir der Klang von McDoubles Worten wie ein bösartiges Echo im Kopf nachhallt und sich meine Mundhöhlen mit einem mal anfühlen, als hätte ich seit Tagen keine Flüssigkeit mehr zu mir genommen.

Ich bin es. Es sind nur drei Worte, und doch ist dieser Refrain so simpel wie erschreckend, denn jede einzelne Silbe davon, jeder einzelne Buchstabe tanzt mir nun wild durch meinen gesamten Organismus, bringt das Blut in meinen Adern zum Kochen und verführt das Herz unter meiner Brust zu einem wilden Stepptanz. Auch wenn ich diesen Satz gern niedergelegt hätte, um ihn ganz tief an einem Ort in meiner Seele zu verscharren, erliege ich völlig und ganz seiner Bedeutung.

Ich bin es. Schuppen aus Naivität rieseln mir tonnenweise von den Augen, von meinem Herzen, von meiner Seele. Das, was sich nun vor meinem inneren Auge aufbaut, raubt mir den Atem, lässt mich ganz klein werden. Meine Gedärme krampfen sich unwohl zusammen, ich fühle mich wie betäubt und gleichzeitig entflammt davon, das mit einem Mal alles einen Sinn ergibt: Die Tatsache, dass ich Alfie immer näher gewesen bin als meinen eigentlichen Adoptiveltern – dass er mich immer bevorzugt hatte. Die Tatsache, dass es mein Großvater gewesen war, der mich in dem Waisenhaus in Hampshire aufgespürt hatte und dann alles in die Wege geleitet hatte, damit ich ein Teil der Familie Blueberry werden konnte. Niemand hatte es gestört, dass ich bereits zehn Jahre alt war, als ich zum ersten Mal das Haus meiner Adoptiveltern betrat.

An diesem Tag, der zu einem der glücklichsten meines Lebens gehört, wurde jedoch zeitgleich eine Frage in meinem Inneren geboren, die mich seitdem nie wirklich losgelassen hat: *Warum ich?* Und nie fand ich den Mut, sie durch eine ehrliche Antwort meiner Adoptiveltern zum Einsturz zu bringen – wahrscheinlich aus Angst davor, jene Abrissbirne der Wahrheit könnte auch noch andere Dinge dem Erdboden gleichmachen.

Warum ich?

In diesem Augenblick scheint es, als würde ich einer Antwort darauf näher sein, als jemals zuvor in meinem Leben.

Aber wenn das wirklich stimmt, wenn ich recht habe, wenn ich das Kind von Mathilda und Alfie bin, dann bedeutet das gleichzeitig … Ich möchte diesen Gedanken gar nicht zu Ende denken.

Es wird niemals eine Zukunft für mich und Lola geben!

Mein Magen zieht sich zusammen, ich schnappe nach Luft und lehne mich an die Flurwand, um nicht umzufallen, da ein plötzliches Unwohlsein in mir aufsteigt. Wenn Lolas Großmutter tatsächlich meine Mutter ist, dann sind wir blutsverwandt, und so sehr ich Lola auch liebe – in diesem Fall müsste ich für uns beide einen endgültigen Schlussstrich ziehen.

Ich fange an zu zittern, spüre, wie sich meine Finger und Zehen verkrampfen bei dem Gedanken daran, dass die Möglichkeit besteht, dass ich Lola schon einmal näher gewesen bin als nur lächelnd auf jenem Foto in meinem Geldbeutel, das mir gestern von Melissa überreicht worden ist. Was das bedeuten könnte, lässt einen Schwall Übelkeit in meiner Magengrube aufsteigen.

Ich weiß, jeder vernünftige Mensch hätte jetzt einfach aufgelegt, McDouble sich selbst überlassen und Alfie Blueberry sofort zur Rede gestellt. Einfach offen heraus, wie man das eben so macht, wenn man einem Menschen nahesteht und über alles mit ihm reden kann. Doch das … das geht wirklich über meine Kräfte hinaus … Ich würde nur vor ihm stehen, mit zittrigen Lippen, und gar nicht wissen, wie ich die Worte, die sich drängelnd, fast ungeduldig hinter meinem Mund angestaut haben, ausformulieren soll.

Aber dazu kommt es erst gar nicht, denn ich bin nicht mutig

genug. Zumindest nicht heute und höchstwahrscheinlich auch nicht morgen, zumal ich mich dann ohnehin in einem Flieger nach Paris befinden werde.

Wer kann es mir in Anbetracht der Umstände schon verübeln, dass ich McDoubles Anliegen, welches Ausmaß es auch haben wird, unter keinen Umständen entgehen kann? Kein Preis ist mir zu hoch, um die Wahrheit herauszufinden und das Loch unter meiner Brust, welches schon so lange mit *Warum ich?* ausgekleidet ist, endlich mit ein paar sinnvollen Antworten zu stopfen.

»Jack!«, schnarrt McDouble am anderen Ende der Leitung ungeduldig, mir ist gar nicht aufgefallen, dass ich wohl schon seit geraumer Zeit geschwiegen haben muss und Betty wahrscheinlich nicht zum ersten Mal versucht, gegen die Stille am anderen Ende der Leitung anzukämpfen.

»Betty?«, flüstere ich, mehr zu mir selbst – als müsste ich mir nochmals klarmachen, dass es tatsächlich sie ist, die den Schlüssel zur Lüftung jenes großen Geheimnisses bei sich trägt. Und damit nicht nur den Schlüssel dafür, sondern auch den zu meinem absoluten Gehorsam.

»Das ist mein Name!«, grunzt McDouble genervt, als hätte sie diesen Satz bereits zum zehnten Mal grummeln müssen. »Also was ist, Schlaftablette – bist du nun dabei? Steht der Deal?«, schiebt Betty nachdrücklich hinterher. »Ich meine, es ist ja nicht so, als ob du wirklich eine Wahl hättest. Niemand kann dir die Informationen geben, die ich habe! Denn es gibt nur drei Personen auf diesem Planeten, die Bescheid wissen – und eine davon ist sogar schon tot. Verstehst du? Und geh nicht davon aus, dass du etwas aus Alfie herausbekommst. Er wird sich stumm und taub stellen, so, wie ich ihn kenne!« Sie holt kurz Luft, als wäre sie im Begriff, mir noch weitere tausend Gründe aufzutischen, warum ich Teil ihres Teams werden sollte.

Dabei braucht sie das gar nicht. Ich habe mich längst entschieden. Denn mir ist durchaus bewusst, dass ich die Wahrheit nur von Betty McDouble erfahren kann. Allein die Vorstellung, Alfie Blueberry auf dieses geheime Kind anzusprechen, das Kind, das durchaus Jack Blueberry heißen könnte, lässt übermächtige Panik in mir aufsteigen.

»Außerdem«, möchte Betty weiterhin auf mich einreden, doch ich unterbreche sie mit einem leichten Hüsteln – zu mehr ist meine Stimme gerade gar nicht mehr imstande.

»Du möchtest etwas sagen?«, surrt McDouble siegessicher. Ihr ist durchaus bewusst, dass ich nur angebissen haben kann.

»Ich«, hauche ich kraftlos ins Telefon, »bin dabei!«

»Sehr schön!«, jauchzt Betty, und ich kann vor meinem inneren Auge bildlich sehen, wie die Fettringe unter ihrem Hals vor Entzückung beben. »Und dabei hast du noch nicht einmal gehört, was du für mich tun sollst!«

»Das ist egal, ich tue alles!«, entgegne ich mit fester Stimme.

»Sehr gut«, grunzt McDouble. »Mir ist nicht entgangen, dass Lola Applepie und du euch sehr nahestehen müssen. Immerhin trägst du sogar ein Bild von euch beiden in deinem Geldbeutel herum!«

Ich zucke zusammen, als ich mich an den Moment erinnere, in dem Melissas Geschenk in Bettys Haus wie ein Segelflugzeug zu Boden schwebte.

»Ja!«, presse ich hervor, und auch wenn das Wort es sicher nicht ist – meine Stimme klingt absolut nichtsagend, als wäre ich eine Art Roboter, der nun nach einem vorgegebenen Schema seine einstudierten Sätze hinableiert.

Ich weiß, eigentlich reicht »Ja« nicht aus. Es fehlen zu viele Details, um unsere magische Verbindung näher zu beleuchten und um das große Ganze zu verstehen.

Aber Betty gehört nicht unbedingt zu den Menschen, denen ich mehr erzähle als unbedingt notwendig, und ehrlich gesagt hoffe ich inständig, dass das auch so bleiben wird.

Ich höre McDoubles seltsames Kichern am anderen Ende der Leitung. »Dachte ich es mir doch!«, schnurrt sie selbstzufrieden. »Nun – dann wird sie dir gegenüber vielleicht etwas über unser kompliziertes Verhältnis erwähnt haben?« Als ich nichts erwidere, fährt Betty unbeirrt fort. »Aber das soll jetzt nicht Gegenstand unserer Unterhaltung sein. Viel wichtiger ist die Frage, die du bald für mich beantworten wirst! Es geht um ein Rezept, weißt du …«

Mit einem Mal bin ich wie aus meiner Lethargie gerissen. Mein Puls beschleunigt, und ich bin voll und ganz im Jetzt. Es bedarf keiner hellseherischen Fähigkeiten, um zu verstehen, was jetzt gleich aus McDoubles Mund kommen wird.

»Fairy Cupcakes – so heißen die köstlichen Gebäcke, auf die ich einfach nicht verzichten kann! Was soll ich sagen, ich bin einfach süchtig nach den Dingern …, sogar noch süchtiger als nach Kokostorte! Allerdings …, seitdem ich aus dem *Little Birds* verbannt worden bin, habe ich keine Möglichkeit mehr, an mein Lieblingsgebäck zu kommen! Es mag banal klingen – aber das macht mich wirklich sehr *unglücklich*!«

Ach ja, als wenn es sich bei den Fairy Cupcakes um ganz normale Vanillemuffins ohne magische Nebenwirkungen handelte. Für einige Sekunden überlege ich, ob ich sie darauf aufmerksam machen soll, dass ich Bescheid weiß … entscheide mich dann jedoch dagegen. Umso weniger McDouble über mich weiß, umso besser. So hat sie zu einem späteren Zeitpunkt auch kaum etwas in der Hand, um mich in den Ruin zu stürzen.

»Deine Aufgabe, lieber Jack«, säuselt Betty, »besteht lediglich darin, für mich herauszufinden, ob Lola das Rezept der Fairy Cupcakes – wie mir gegenüber behauptet – tatsächlich zerstört hat! Diese Information ist essenziell für mich, verstehst du?«

»Warum fragst du sie nicht einfach selbst?«, erwidere ich fast ungehalten. Ich finde ihr Anliegen lächerlich, so etwas kann in einem einfachen Telefonat geklärt werden. Warum muss sie ausgerechnet *mich* vorschicken? Oder weiß Betty etwa auch, dass Lola ihr Handy im *Little Birds* gelassen hat?

»Das geht nicht!«, sagt Betty mit fast traurigem Unterton. »Sie würde mir niemals die Wahrheit sagen – dir, Jack, *dir* schon!«

»In Ordnung!«, seufze ich. »Du hast Glück, Betty, ich fliege morgen tatsächlich nach Paris, um Lola zu treffen! Allerdings bin ich mir nicht sicher, ob das auf Anhieb funktionieren wird. Den einzigen Anhaltspunkt, den ich über Lolas Aufenthaltsort habe, ist nämlich das *Café de Flore* – dort werde ich versuchen, sie aufzuspüren!«

»Bestimmt!«, ruft McDouble, und die Freude in ihrer Stimme ist kaum zu überhören. »Jack – ich habe so etwas im Gefühl, und du bist ein richtiges Glückskind! Willkommen also im Team! Wann geht dein Flug?«

»Ich habe mir gestern Abend noch eine Maschine für Montag Morgen gebucht!«, antworte ich, und dann unterrichte ich Betty kurz ein wenig ausführlicher von meinem doch sehr abenteuerlichen Vorhaben, Lola im *Café de Flore* ausfindig zu machen.

»Wie ich das bereits sagte: Du bist ein absolutes Glückskind, und es wird schon gut gehen!«, sagt Betty mit derart sicherer Stimme, als hätte sie tatsächlich Einfluss darauf.

Es wundert mich schon ein wenig, dass sie nicht einmal im Ansatz wissen möchte, *warum* ich all diesen Aufwand betreibe.

»Sobald du herausgefunden hast, ob das Rezept noch existiert, lüfte ich Alfies Geheimnis.« Und mit einem letzten »Wir sprechen uns bald, Jack!« ist die Leitung plötzlich tot.

Als ich am nächsten Tag durch die Sicherheitskontrolle des Flughafens London Stanstead laufe, fühle mich wie nach einer durchtanzten Partynacht, nur dass ich weniger Spaß gehabt habe, als ich mich von einer Seite meiner Matratze zur anderen wälzte und mich stets in einer Art Wachzustand befand, der nur hin und wieder durch Albträume abgelöst wurde. Meine Beine zittern, als hätte ich die ganze Nacht ohne Unterbrechung Breakdance gemacht, und ich bin mir ziemlich sicher, das mein Gesicht seit dem letzten Mal, als ich in den Spiegel gesehen habe, immer noch die Farbe meines Bettlakens besitzt.

Zum einen ist da die Tatsache, dass sich Emma immer noch nicht bei mir gemeldet hat. Dazu kommt noch, dass ich seit Alfies furiosem Aufbruch gestern auch nichts mehr von ihm gehört habe. Es herrscht sozusagen Funkstille zwischen uns – ein Zustand, den ich eher selten mit ihm durchlebt habe.

Und dann ist da natürlich noch das Offensichtliche: Ich jage einem *Traum* hinterher. Einem Traum, der die verschwommenen Züge einer Frau trägt, die in meiner Erinnerung aus nichts weiter als aus wackligen Konturen und Licht besteht. Jeder vernünftig denkende Mensch hätte bei meinem Vorhaben wohl mit skeptischer Miene den Kopf geschüttelt und mich wahrscheinlich davon zu überzeugen versucht, dass ich keine Chance habe. Aber genau diese auch noch so klein erscheinende Chance ist gerade alles, an was ich mich klammern kann. Auch wenn das am Ende bedeuten könnte, dass Lola und ich niemals zusammen sein werden …, jedenfalls nicht so, wie ich mir das gerade inständig wünsche. Denn wenn wir wirklich verwandt sind.

Um meine Nervosität irgendwie hinunterzuschlucken, versuche ich, an die SMS von Melissa zu denken, die heute Morgen mein Handy erreichte: »Das Glück ist auf deiner Seite, Jack! Du und Lola – ihr seid füreinander bestimmt!«

Ich hatte kurz überlegt, ob ich sie anrufen und ihr von meinen jüngsten Bedenken berichten sollte …, davon, dass ich vielleicht Lolas Onkel bin und diese ganze Reise, zumindest in Liebesdingen, damit eigentlich völlig überflüssig ist.

Verdammt. Da ist er wieder: Dieser bohrende Gedanke, der all meine Glieder lähmt und mich noch panischer dreinblicken lässt, sodass mich der Sicherheitsbeamte vor mir sogar fragt, ob mit mir alles in Ordnung sei.

Paris empfängt mich mit einem leichten Sommerregen, als ich aus der U-Bahn in Saint Germain aussteige und meine Nase in den Himmel halte, um die französische Luft in mich aufzusaugen. Etwas enttäuscht bin ich, als mir klar wird, dass die Luft hier auch nicht besser ist als die in Londons Innenstadt. Und trotzdem bekräftigen die sanften Tropfen, die sich nun auf meine Wangen legen und durch meine Haare rinnen, das drängende Gefühl unter meiner Brust – das Gefühl, das mir verrät, dass ich genau dort bin, wo ich sein muss.

Wenn ich vor wenigen Stunden noch von Angst und Ärger zerfressen wurde, so ist das nun der Moment, in dem sich wieder so etwas wie Freude und Hoffnung in meiner Seele breitmacht.

Und plötzlich geht mein Herz ganz schnell. Es hüpft und springt aufgeregt gegen den weichen Stoff meines Hemdes, weil ich das Gefühl habe, dass mir jeden Moment eine überraschte Lola Applepie in die Arme laufen könnte. An jeder Straßenecke sehe ich nun ihr Gesicht. Wenn es auch nur der Geruch eines Frauenparfums ist, der mir verlockend lieblich in meine Nase steigt, sofort drehe ich meinen Kopf in alle Richtungen, wie ein Kind, das einen Süßigkeitenwarenladen wittert, während ein aufrichtiges Lächeln meine Lippen ziert. Als wäre sie schon hier, bei mir.

Mit einem Mal begreife ich, warum man Paris auch die Stadt der Liebe nennt, denn allein durch seine Straßen zu wandeln, macht einen trunken vor Glück.

Als ich meine Unterkunft erreicht habe, das Hotel Madison am Boulevard Saint-Germain, habe ich mich wieder einigermaßen unter Kontrolle. Ich bin nicht mehr so flatterhaft und habe nicht mehr das Bedürfnis, mit Pharrell Williams *Happy Song* auf den Lippen durch St. Germain zu steppen. Paris ist eine Großstadt. Der Zufall müsste mir schon sehr gewogen sein, wenn ich Lola vor die Füße stolperte.

Ich lade mein Gepäck aus, begutachte kurz meine hübsche Suite und bin dann ohne weitere unnötige Zeitverschwendung auf dem Weg zum *Café de Flore.* Nicht umsonst habe ich das Hotel Madison gewählt. Natürlich ist das Viersternehotel auch eine exquisite Adresse, die romantisch französischen Charme versprüht. Dennoch lockte mich bei der Buchung mehr die Aussicht darauf, dass mein eigentlicher Bestimmungsort in unmittelbarer Nähe ist.

Als ich mich also wieder auf dem Boulevard Saint-Germain befinde und dieses Mal ein großer schwarzer Regenschirm jene Tropfen des Himmel abfängt, die immer noch auf mich herniederplätschern, höre ich, wie das Blut in meinem Körper zu kochen beginnt. So nervös bin ich seit meinem ersten Auftritt vor Publikum nicht mehr gewesen. Ich versuche, mich ein wenig zu beruhigen, indem ich mir einrede, dass es schon sehr unwahrscheinlich ist, Lola sofort an einem der kreisrunden Tische vorzufinden, während sie vor lauter Schreck ihren Kaffee ausprustet, wenn ich mein Hundertpfundlächeln zum Besten gebe.

Als ich das *Café de Flore* betrete, ist da keine Miss Applepie, die verträumt in einem Roman von Hemingway vertieft ist und nebenher an einem lauwarm gewordenen Café au Lait nippt. Das Café ist gut besucht. Nur wenige Plätze sind noch frei. Als würden alle Anwesenden begierig auf das Erscheinen von Lola Applepie warten, sitzen sie ausgelassen an den Tischen aus dunklem Holz auf den von rotem Kunstleder bezogenen Stühlen und Bänken. Ich lasse meinen Blick nochmals angestrengt durch den Raum wandern: an den hohen Wänden vorbei und den zahlreichen Kellnern und Kellnerinnen, die hier in klassisch schwarz-weißer Garderobe ihre Kundschaft bewirten.

Ich seufze leise. Keine Lola. Trotzdem hält mich das nicht davon ab, geduldig Platz zu nehmen und mir einen Kaffee zu bestellen. Schwarz. Mit zwei Stück Zucker.

Und dann warte ich und hebe jedes Mal nervös den Kopf, wenn sich die Eingangstür des Cafés bewegt oder auch nur leise knarrt.

Am Dienstag geht das ganze Spiel von Neuem los. Nur bin ich heute fast noch nervöser, denn Paris glänzt unter dem Schein einer strahlenden Sonne, die mit ihren warmen Händen über alles unter sich streichelt, auch über mich, sodass ich in meinem hellblauen Hemd zu schwitzen anfange. Ich habe mir gestern pausenlos eingeredet, dass Lola allein deshalb nicht eingetroffen sein könnte, weil sie nicht in den Regen kommen wollte. Heute kann sie sich diese Ausrede nicht mehr einfallen lassen, denn das Wetter ist fantastisch.

Und so verbringe ich einen weiteren Tag einzig und allein damit, im Café de Flore an meinen Getränken zu nippen, mir Kuchen zu bestellen und ab und an in einer Tageszeitung zu blättern, um am Abend erschöpft in mein Bett zu fallen. Aber Morgen. Rede ich mir ein. Morgen habe ich mehr Glück.

Der Mittwoch beginnt mit einem Telefonat mit Melissa, die mich davon in Kenntnis setzt, dass kein neuer Brief im *Little Birds* eingetroffen ist und ich somit stark bleiben muss.

»Sie taucht schon noch auf!«, meint sie aufmunternd, und ehrlich gesagt habe ich keine andere Wahl, als ihren fröhlichen Worten Glauben zu schenken.

Also bin ich wieder dort, in diesem entzückenden Café großer Denker und Philosophen und bestelle mir ein Stück Schokotarte, als ich plötzlich das Gefühl habe, beobachtet zu werden. Ich lege meine Gabel zur Seite und sehe überrascht über meine Schulter.

Und tatsächlich: Rechts von mir sitzt ein vornehmer Herr, ganz in einen schwarzen Anzug gekleidet, und wirft mir immer wieder bohrende Blicke zu, als könne er sich nicht entscheiden, ob er mich kennt oder nicht. Ich schiebe dieses Phänomen jedoch auf das Elixier und seine magische Wirkung. Schließlich habe ich das Zeug fast literweise auf meine Reise mitgenommen. Wer weiß, vielleicht handelt es sich bei dem Mann um einen Engländer, der mich als Jack von den *The Lucky Ones* entlarvt hat.

Als mir der Kerl am Freitag immer noch im Nacken sitzt, werde ich langsam misstrauisch. Wahrscheinlich aber auch nur, weil ich mich sonst mit nichts beschäftigen kann. Lola ist immer noch nicht aufgetaucht, und mir geht langsam die Fantasie aus, mit was ich mich den ganzen Tag beschäftigen könnte, während ich auf das Wunder warte: nämlich darauf, dass Miss Applepies hinreißende Silhouette endlich die Straße hinaufläuft und meine Idee von ihr in meinem Kopf auch in der Realität Gestalt annimmt. Am Freitag habe ich die Hoffnung diesbezüglich jedoch schon fast aufgegeben.

Umso interessanter ist es da, dass der stierende Unbekannte mir nicht von den Fersen zu weichen scheint und ähnlich lange Tage im *de Flore* verbringt, während er immer wieder über den Rand seiner »le Monde« zu mir herüberlugt und mir damit eine unangenehme Gänsehaut über den Rücken jagt. Was will dieser Kerl von mir?

Umso geschockter bin ich, als er sich plötzlich erhebt und wie selbstverständlich in meine Richtung läuft, vor meinem Tisch stehen bleibt und mich dann durch seine großen haselnussbraunen Augen freundlich ansieht.

Wie ein Stalker kommt er mir nicht gerade vor – trotzdem bin ich mit einem Mal ziemlich nervös, als sich der Unbekannte, ohne zu fragen, mir gegenüber niederlässt und mir irgendwie das Gefühl gibt, er könnte mir jeden Moment Handschellen anlegen und mich abführen. Ich ertappe mich dabei, fieberhaft zu überlegen, ob ich mich irgendwie sittenwidrig verhalten habe.

»Ich beobachte Sie nun schon eine ganze Weile«, sagt der Anzugträger in perfektem Englisch.

Ich möchte *Ich weiß!* erwidern, komme jedoch nicht dazu, da der Fremde unbeirrt weiterredet, nachdem er sich eine Zigarette angezündet hat und mir den grauen Dunst wie selbstverständlich ins Gesicht bläst. »Und Sie sehen aus, als würden Sie irgendetwas aushecken!«, fährt mein Gegenüber fort und wirft mir dann einen durchdringenden Blick zu. Er hat ein gut aussehendes Gesicht mit ebenmäßigen Zügen.

Ich schätze ihn auf mein Alter, also Ende zwanzig, oder etwas älter. Und doch macht er gerade einen erschreckend autoritären Eindruck auf mich.

»Tun Sie das?«, hakt der junge Mann nach, fordernd, mit einem anklagenden Unterton, als wüsste er die Antwort sowieso schon.

Ich weiß nicht, was ich sagen soll. Denn in gewisser Weise verfolge ich ja tatsächlich einen Plan – nur, dass dieser keinem Menschen in meinem Umfeld irgendein Leid zufügt, außer mir selbst, wenn ich Pech habe.

Was möchte dieser komische Kauz also von mir? Habe ich irgendetwas falsch gemacht? Oder hat er einfach eine chronische Abneigung gegen pastellfarbene Hemden? Denn diese habe ich in den letzten Tagen immerzu getragen. Ich blinzle verwirrt, während meine Kehle wie ausgetrocknet ist, auch wenn ich heute bestimmt schon einen Liter Kaffee hinuntergeschüttet habe.

Langsam beschleicht mich das ungute Gefühl, dass sich soeben ein Geheimagent an meine Seite gesetzt hat. »Ich«, setze ich also mit wackliger Stimme an, doch mein Gegenüber unterbricht mich forsch.

»Sagen Sie nichts, ich erkenne eine verlorene Seele, wenn sie vor mir steht. Was Sie jetzt brauchen ist ein Anwalt oder ein Freund, ich könnte beides für Sie sein!« Er macht eine kurze Kunstpause und winkt einer Kellnerin zu, die mit einem breiten Lächeln an unseren Tisch tritt und uns beide mit einem unverkennbar schmachtenden Blick ansieht. Sie scheint wohl eine Schwäche für Engländer zu haben.

»Deux Café au Lait!«, verlangt der Unbekannte, und die kokettierende Französin huscht mit einem zuckersüßen »Oui, bien sur!« davon. Jetzt streckt mir der junge Mann auffordernd seine Hand entgegen. Sein Händedruck ist fest und selbstbewusst, und seine Augen dringen so tief in mich ein, als würde er dahinter die Wahrheit lesen können. »Es wird Zeit für eine kleine Plauderstunde, finden Sie nicht auch? Mein Name ist Prince, Patrick Prince!«

Kapitel 11

Die anfängliche Nervosität, welche sich in dem raschen Herzschlag unter meiner Brust und den zahlreichen Schweißperlen auf meiner Stirn bemerkbar machte, verfliegt schneller als erwartet. Vielleicht ist es der vertrauenswürdige Braunton von Patricks Augen, der meine zittrigen Gliedmaßen wieder zum Stillstand bringt, oder aber die verheißungsvolle Klangfarbe seiner Stimme, als er uns einen zweiten Café au Lait bestellt, nachdem wir uns bereits eine Stunde angeregt im Café de Flore unterhalten haben.

»Encore une fois deux Café au Lait, s'il vous plait!«, surrt Prince mit seiner tiefen, männlichen Stimme und klingt dabei mindestens so cool, als wäre er James Bond höchstpersönlich, der sich mal eben von seinen Abenteuern ausruhen möchte. Dabei huscht ein schiefes Lächeln über seine Lippen, und sein rechtes Auge zwinkert neckisch, was der Bedienung sichtlich weiche Knie beschert, denn sie läuft augenblicklich erdbeerrot an.

»Yes, of course – biensur Monsier!«

»Die steht auf dich!«, sagt er mit belustigtem Unterton in der Stimme, woraufhin ich gespielt gelangweilt mit den Augen rolle und ihm versichere, dass die Zuneigung der charmanten französischen Kellnerin wohl eher *ihm* galt.

»Wie du meinst, Jack!«, kichert Prince ausgelassen und zündet sich eine weitere Zigarette an, sodass er bald in einen wabernden, mysteriösen Rauch gehüllt wird.

Patrick wirkt wie der große Bruder, den ich niemals hatte. Ich lausche gern seinen Worten und Ratschlägen, die wie kleine Geschenke sind, die mir der Himmel überreicht.

Nach endlosem Warten und drückender Einsamkeit ist Patricks Gegenwart wie Balsam für mein banges Herz. Als hätte es nun endlich wieder etwas, worauf es sich stützen kann, und ich jemand, dem ich ganz ungezwungen von meinem Herzensleid erzählen kann, von den verrückten Umständen, die mich nach Paris schwemmten und von der Frau, die mein Herz stahl, ohne dass ich mich an genaue Details erinnern kann.

»Ich muss zugeben«, keucht Patrick zwischen halb erstickten Lachern hervor. »Am Anfang dachte ich wirklich, dass du Dreck am Stecken hast! Irgendwas ist doch mit dem, habe ich mir gesagt. Entweder hat er jemand umgebracht oder er ist hoffnungslos verliebt!«

Ich ziehe mit gespielter Empörung meine Augenbrauen nach oben. »Interessant, dass du bei beiden Dingen denselben Gesichtsausdruck sehen würdest!«

»Ich hätte dir einen Spiegel vorhalten müssen!«, meint Prince und hebt seinen Zeigefinger, als wäre er kurz davor, eine wichtige Rede zu halten. »Dieses leidende Gesicht, während dir die Sonne von Paris auf die Nase lacht! Komm schon, Junge, du bist in der Stadt der Liebe! Und dann so ein griesgrämiges Gesicht? Als hätte es sieben Tage Regenwetter gegeben! Aber ich nehme es dir nicht übel – schließlich waren wir alle schon einmal verliebt … oder sind es noch! Weißt du, ich habe auch ein Mädchen, das mir sehr viel bedeutet – und der ich einfach nur sagen möchte, wie leid es mir tut, dass ich mich ihr gegenüber wie ein Volltrottel benommen habe!«

»Wir alle machen Fehler!«, murmle ich und denke daran, wie unsagbar schlecht ich Frauen in der Vergangenheit behandelt habe. »Jedoch glaube ich, dass es mit Lola … Ich denke es ist anders mit ihr – verstehst du? Ich denke, dass sie die Liebe meines Lebens ist … Und für die lohnt es sich zu kämpfen!«

Patrick lächelt etwas traurig. »Lola Applepie – sie scheint eine wirklich außergewöhnliche Frau zu sein.«

»Prince!«, rufe ich aus und werfe beide Arme theatralisch in die Luft. »Verdammt! Ich habe noch nie jemandem gesagt, dass ich ihn liebe, und dann ist es ausgerechnet ein Bild, dem ich die drei magischen Worte als Erstes entgegenhauche! Einem Porträt! Ich will gar nicht wissen, was passiert, wenn sie direkt vor mir steht. Wahrscheinlich falle ich erst einmal dramatisch auf die Knie und frage sie, ob sie meine Frau werden möchte!«

Patrick grinst nur und nimmt einen Schluck von seinem Kaffee, den die junge Bedienung neckisch lächelnd gerade gebracht hat. »Nun«, meint er dann, »jedenfalls bist du jetzt nicht mehr allein auf deiner Suche! Wir werden Miss Applepie schon finden, Jack!«

In dieser Moment piept sein Telefon, er sieht hastig auf das Display, und ein trauriger Schatten huscht für nur wenige Sekunden über sein Gesicht. Etwas flackert in seinen Augen auf, etwas, was ich nicht einordnen kann, und doch bin ich mit einem mal ganz betrunken vor Glück und Euphorie, als wäre Prince mein persönlicher Talisman, der sich nun an meine Fersen geheftet hat und mit dem meine Mission einfach gut gehen muss.

»Aber musst du nicht arbeiten?«, frage ich etwas unsicher und schlürfe ebenfalls an meinem Café au Lait.

»Oh ja, natürlich muss ich arbeiten, als deine persönliche Glücksfee. Mehr habe ich jetzt nicht zu tun!« Patricks ernstem Gesicht ist ein breites Grinsen gewichen. »Und das muss natürlich auch streng geheim bleiben, weil ich sonst nämlich meinen Zauber verliere. Wäre also nicht verkehrt, wenn du dieser Melissa gegenüber nicht erwähnst, dass du mich getroffen hast!« Er zwinkert unbefangen, und ich bin für einen kurzen Moment verwirrt.

»Meinst du das ernst?«, frage ich.

»Ich habe eine Ex-Freundin, die so heißt. Und ich habe das Gefühl, dass in unser beider Leben ein Zufall in den nächsten greift. Ich würde ganz gern eine unangenehme Überraschung vermeiden! Am Ende ist sie nicht mehr gewillt, dir zu helfen. Deshalb bleib doch einfach bei Glücksfee – okay?«

»Wie du meinst – ist ja kein großer Umstand!«, entgegne ich und denke dabei, dass es schon sehr verrückt sein müsste, wenn es sich bei Melissa tatsächlich um Patricks Verflossene handelt.

Aber ich habe schon weitaus verrücktere Zufälle erlebt, deshalb fange ich jetzt keine Diskussion an. Zum Beispiel ist die Liebe meines Lebens die Enkelin der großen Liebe meines Großvaters, der zu allem Überfluss auch noch mein Vater sein könnte, was mich wiederum zu Lolas Onkel macht.

Diese Tatsachen sind an Absurdität kaum noch zu übertreffen.

Erneut piept Patricks Handy, dieses Mal versucht er, es wieder zu ignorieren, doch mir fällt erneut der traurige Schatten auf, der seinen Mund umspielt.

»Da will dich wohl jemand sprechen!«, gebe ich das Offensichtliche von mir, doch er zuckt nur mit den Schultern und antwortet mir mit einem »Das kann warten!«.

Ich habe Prince mein ganzes Leben ausgeschüttet. Nur die Sache mit Emma und den magischen Cupcakes habe ich natürlich nicht erwähnt, da es wenig Platz hat neben all den Fantastereien, die ich mir über Lola Applepie ausgemalt habe. Meine Glücksfee muss nicht mehr wissen als die Tatsache, dass ich ein hoffnungslos verliebter Künstler aus London bin, der sich Hals über Kopf in ein Mädchen verknallt hat, von dem er inständig hofft, dass es überhaupt existiert.

»Wenn du wirklich meine Glücksfee bist, Prince«, seufze ich nach ein paar Schweigeminuten. »Dann mach bitte, dass ich nicht Lolas Onkel bin, denn leider habe ich da so eine schlimme Vorahnung.«

Prince hebt interessiert seine Augenbrauen. »Und als ich dachte, es könnte nicht mehr verrückter werden, schießt Jack die Kanone ab!«, ruft er schließlich und schüttelt belustigt den Kopf.

»Patrick – du musst mir helfen! Wie soll ich mich Lola gegenüber denn verhalten, verdammt noch mal?« Ich atme hektisch ein und wieder aus, als wäre ich gerade dabei, den Mount Everest zu besteigen. »Ich will sie so sehr, aber ich kann doch nicht … ich kann doch nicht!«

Prince zuckt unschlüssig mit seinen Schultern. »Da bin selbst ich überfordert!«, meint er, während sich seine Stirn in nachdenkliche Falten legt.

Piep.

Patricks Handy möchte erneut seine Aufmerksamkeit. Jetzt lächelt er jedoch nur entschuldigend und entschließt sich dazu, es endlich auf Stumm zu schalten, sodass wir nicht mehr gestört werden.

»Oder was ist, wenn sie in der Zwischenzeit schon einen charmanten Franzosen auf ihrer Reise kennengelernt hat und die beiden mittlerweile bereits vor einem Traualtar in Vegas stehen?«, krakeele ich voller Verzweiflung, und Prince schüttelt nur verständnislos den Kopf.

»Jack«, meint er sanft. »Hör dir mal selbst zu – gerade warst du noch Feuer und Flamme für deine Mission, und jetzt machst du es dir selbst kaputt, indem du den Teufel an die Wand malst!«

Das war wieder einer jener Sätze, die perfekt zu einem großen Bruder gepasst hätten. Ich kann nichts weiter tun, als ihm recht zu geben und einen Schluck Kaffee zu nehmen.

»Und dann ist da noch dieser Deal mit Betty McDouble, von dem ich immer noch nicht weiß, was ich von ihm halten soll …«, murmle ich nach einer kurzen Sprechpause trostlos.

Patricks Blick hat sich nun auf einen undefinierbaren Punkt in der Ferne versteift, er sieht mich nicht an, doch seine Finger fangen nervös an, auf der Tischoberfläche zu trommeln.

Ich bin etwas verwirrt über sein beharrliches Schweigen, darüber, dass er nicht weiter nachfragt, dass er gar nicht wissen möchte, was es mit Betty McDouble auf sich hat. Fast erschrocken und ruckartig ziehe ich also die warme Pariser Luft ein, als er sich unvermittelt wieder mir zuwendet und mich mit einem merkwürdigen Ausdruck in den Augen festhält.

»Was habe ich gerade gesagt, Jack?«, schnauft er lauernd. »Bleib im Jetzt, egal, was dich bedrückt – sei dankbar dafür, dass du hier sein kannst, dass du überhaupt die Chance bekommst, das Mädchen zu finden, das du liebst!« Er sagt es seltsam kühl, fast vorwurfsvoll, doch nur wenige Sekunden danach beginne ich zu verstehen, warum. »Für mich gibt es auch eine Lola Applepie, weißt du. Aber ich werde niemals mit ihr zusammen sein können. Egal, wie sehr ich es will. Denn es gibt eine Person, die dem im

Weg steht. Dabei liebe ich sie wirklich über alles, jedenfalls weiß ich das jetzt. Jetzt, wo ich ihr wehgetan habe, jetzt, wo ich versagt habe. Also stell dich nicht so an, Jack! Du bist nur einen Katzensprung von deinem Glück entfernt, und dieser Katzensprung ist dein Glaube daran, dass alles gut werden wird!«

Ich schlucke betroffen. Patrick tut mir aufrichtig leid, und ich bin plötzlich so traurig, dass ich gar nicht weiß, was ich darauf sagen soll.

Prince hingegen scheint sich schlagartig erholt zu haben. Mit einem frechen Grinsen winkt er die kleine Französin mit dem Bob zu uns. »Die Rechnung, bitte!«, verlangt er freundlich und sagt dann zu mir: »Komm, Jack, lass uns Paris unsicher machen! Gerade können wir ohnehin nicht viel mehr tun, als zu warten. Nicht wahr?«

»Aber«, setze ich an und überlege fieberhaft, wie ich mir jetzt am besten eine Ausrede zurechtlegen könnte.

Doch Prince hebt energisch seinen Zeigefinger. »Na, na, na ... genug Trübsal geblasen! Da draußen wartet ein Abenteuer auf dich! Komm! Folgen wir dem Ruf der Sirene!«

Zögernd nicke ich und bin fast überrascht über diese mechanische Bewegung meines Nackens. »In Ordnung – aber versprich mir, dass wir morgen früh wieder ins *Café de Flore* kommen.«

»Natürlich, Jack. Ich bin deine Glücksfee. Ich folge dir überall hin!«

Keine Stunde später essen wir zusammen Abend im *Le Petit Zinc*, das sich gleich um die Ecke befindet. Danach streifen wir durch die Straßen von Paris, wo mir Prince ein wenig von seinem ebenfalls nicht ganz leichten Leben erzählt und von dieser süßen Unbekannten, der er offensichtlich das Herz gebrochen hat und bei der er sich irgendwie entschuldigen möchte ..., wenn da nicht diese familiären Schwierigkeiten wären. Seine Tante zum Beispiel muss ein richtiges Biest sein, das auf jeden und alles eifersüchtig ist, das sich auch nur in seine Nähe begibt. »Ich habe wirklich Mist gebaut! Ich hätte nie gedacht, dass ich einmal so tief sinken würde!«, grummelt Prince. Und auf die Frage, wie denn der Name der werten Dame sei antwortet er nur. »Das ist nicht wichtig!«

Ich habe das merkwürdige Gefühl, dass er diesen bewusst vor mir geheim halten möchte. Aber ich dränge mich natürlich nicht auf – so viel Anstand habe ich. Denn mir ist sehr wohl bewusst, wie heikel Herzensangelegenheiten sind.

»Eigentlich hast du großes Glück, Jack!«, seufzt Patrick. »Du hast großes Glück, dass du dich einfach so in ein Mädchen verlieben kannst, ohne dass du die bösartige Zunge deiner Verwandten im Nacken hast! Ich beneide dich dafür! Für deine aufrichtige Art zu lieben! Nicht viele Menschen besitzen diese Gabe … nein, das stimmt nicht. Alle besitzen sie, doch nur die wenigsten setzen sie ein!«

Ich lächle ihn von der Seite an. Die Liebe. Nicht immer ist sie leicht, um nicht zu sagen *niemals*. Auch mich haben meine Gefühle in den letzten Tagen an den Rand des Wahnsinns geführt … Doch hier bei Patrick fühle ich mich seltsam beflügelt … weniger schwer. Ich bin jetzt nicht mehr der Fisch, der hilflos am Strand nach Luft schnappt, ohne Aussicht darauf, wieder ins Wasser zu kommen. Ich schwimme wieder. Ich bin wieder optimistisch und deshalb nicht einmal überrascht, als plötzlich mein Handy klingelt und Melissas Name auf meinem Display erscheint.

»Warte mal!«, rufe ich Patrick zu, der mir mit seiner rechten Hand ein stummes Okay-Zeichen gibt und dann ein »Ich gehe auch mal telefonieren« hinterherwirft, als ich mich von ihm abwende und ein paar Schritte von ihm wegbewege, damit ich Missys Neuigkeiten in Ruhe aufnehmen kann.

»Jacky Boy!«, säuselt das Mädchen am anderen Ende der Leitung, und ich erwidere ihre fröhliche Begrüßung mit einem ausgelassenen »Melissa, schön dich zu hören«.

»Was ist passiert?«, lacht Melissa. »Du klingst ja wie ausgewechselt!«

»Ich habe Gesellschaft bekommen – von einem Freund!«, meine ich kurz angebunden. »Es ist schön, nicht mehr allein zu sein!«

»Verstehe«, entgegnet Missy. »Dann tut es mir ja fast leid zu sagen, dass du ihn morgen verlassen musst!«

Mein Herz schlägt ein paar Takte schneller. »Heißt das, du hast Post bekommen?«

»Nicht ich«, entgegnet Melissa, »aber Rebecca! Es war so was von schwer, an diese doofe Postkarte zu kommen! Es hat nicht unbedingt den besten Eindruck gemacht, dass ich Mrs. Stone bestohlen habe, weißt du … was ich nicht alles für Lola tue! Aber sie scheint etwas aufgeweicht zu sein, jetzt, wo du schon auf deiner Reise bist. Sie hat mich einen kurzen Blick auf Lolas neueste Grüße werfen lassen. Mehr brauchten wir gar nicht. Und ich glaube, dieses Mal kannst du sie gar nicht verfehlen!«

Meine Ohren glühen plötzlich vor Freude und Aufregung, während sich eine Gänsehaut des Glücks auf meinen Armen niederlässt.

»Ist das dein Ernst, Melissa?«, frage ich erregt.

»Und ob das mein Ernst ist!«, antwortet Missy, und ich höre ihrer Stimme an, dass gerade ein breites Lächeln auf ihren Lippen liegt.

»Wo ist sie?!«, kommt es impulsiv über meine Lippen, als wäre ich ein ungeduldiges Kind, das es nicht abwarten kann, endlich mit Schokolade beschenkt zu werden. »Wo ist Lola?«

»Immer mit der Ruhe, Jack.« Melissa unterbricht mich forsch und doch freundlich. »Ich bin auf deiner Seite, schon vergessen?«

»Ist sie noch in Frankreich?«, bohre ich weiter nach.

»Nein, sie ist nicht mehr dort! Sie ist weitergereist. Keine Ahnung, was sie antreibt, aber Miss Applepie hüpft durch Europa, als hätte sie Hummeln unterm Hintern, deshalb würde ich dir wirklich dringend ans Herz legen, dass du bereits morgen früh mit dem ersten Flieger nach Rom düst!«

»Italien! Sie ist in Italien!«, stoße ich begeistert aus. »Und zum ersten Mal möchte ich tatsächlich glauben, dass alle Wege nach Rom führen, wie es immer so schön heißt!«

»Oh!«, macht Melissa vorsichtig. »Nicht ganz – sie befindet sich etwas außerhalb! Rebecca hat eine Postkarte von einer gewissen *Villa Lante* bekommen! Sieht total idyllisch aus, echt! Altes Gemäuer, umgeben von einer tollen Parkanlage, antiken Skulpturen und akkurat zurechtgestutzten Zierbüschen. Ich habe das natürlich gleich gegoogelt und herausgefunden, dass sich diese *Villa Lante* im Städtchen Bagnaia befindet. Das ist wirklich ein winziger Ort, ihr könnt euch eigentlich gar nicht verfehlen. Vor allem wissen wir jetzt, bis wann sie dort ist, du musst dich also nicht mehr totwarten. Am Sonntag soll es zum Meer weitergehen – deshalb auch die Eile. Jetzt ist immerhin schon Freitag. Und in dem Park dort geht Lola immer mit ihrem Hund Charles spazieren. Ihren Worten nach zu urteilen, scheint er es dort zu lieben, kackt die ganzen hübschen Rasenflächen voll und pinkelt die antiken Skulpturen an. Na ja, ich konnte diese kleine Ratte nie besonders leiden. Jedes Mal wenn ich sein hässliches Gesicht sehe, erinnert mich das daran, dass ich den Müll rausbringen muss. Aber egal, verstehst du nicht, Jack? Das ist unsere, das ist *deine* Chance! Bagnaia ist nicht Rom oder Paris! Wenn Wikipedia recht behält, gibt es dort gerade mal 1500 Einwohner! Und diese *Villa Lante* soll auch ziemlich übersichtlich sein!«

»Ich bin schon unterwegs!«, sage ich, und die Worte, welche laut und vehement wie Feuerwerke aus meinem Mund donnern, überschlagen sich vor freudiger Erregung fast. »Ich werde versuchen, noch heute Nacht zu fliegen!«

»Fantastisch!«, quietscht Melissa am anderen Ende der Leitung. »Dann buch deinen Flug nach Rom. Von da geht dann ein Zug in Richtung Viterbo, und von dort kannst du dann den Bus nehmen. Ich hoffe, du findest so spontan noch eine passende Unterkunft!«

»Natürlich! Das Glück ist auf meiner Seite!«, gluckse ich, und nachdem wir aufgelegt haben, laufe ich aufgeregt zu Patrick zurück. »Hey, Glücksfee, du wirst nicht glauben, was gerade passiert ist!«

Patrick, wohl noch in ein Gespräch am Telefon vertieft, zuckt zusammen, stammelt ein hastiges »Ich melde mich später noch einmal!« in sein Smartphone und dreht sich dann mit einem ebenso breiten Grinsen zu mir um. »Du lachst wie ein Honigkuchenpferd, ich nehme an, du hast gerade herausgefunden, wo sich dein Apfelkuchen in diesem Moment herumtreibt!«

»Sie ist in Italien, Patrick! Ich versuche, noch heute Nacht zu fliegen!«

»Italien, wie?«, meint mein Gegenüber mit geheimnisvollem Unterton. »Ich denke, dass ist ein gutes Zeichen, schließlich ist in Italien auch die Stadt von Romeo und Julia!«

»Nun, es geht nicht nach Verona, sondern nach Bagnaia. Wahrscheinlich hast du noch nie etwas davon gehört! Was ist, trennen sich unsere Wege nun?«

Prince zieht irritiert die Augenbrauen zusammen und schüttelt vehement den Kopf. »Natürlich nicht, habe ich es dir nicht schon gesagt? Ich bleibe an deiner Seite. Ich bin deine Glücksfee. Möchtest du wirklich auf mich verzichten?«

Kameradschaftlich lege ich ihm meine rechte Hand auf die Schulter. »Nein, Prince, selbstverständlich nicht!«

Kapitel 12

Es ist, als hätte das Glück die Luft geschwängert. Es sind mindestens dreißig Grad im Schatten, doch ich habe mich selten so lebendig gefühlt, während andere mit schweißnassen Gesichtern und müden Mundwinkeln auf den schmalen Sitzen des blauen italienischen Transportbusses hocken.

Ich trage Shorts und ein weißes T-Shirt, das mir von der Hitze unangenehm am Rücken klebt. Doch das ist mir völlig egal. Ich spüre nur mein Herz und wie es polternd gegen den hellen Stoff meines Oberteils hüpft.

Lola, denke ich, während ich unser Foto in meinen zitternden Händen halte, von wo aus sie mich selig anlacht. Und dieses Lächeln, dieses wunderschöne Lächeln … Es lässt mich den Atem anhalten, meine Zehenspitzen kitzeln vor Erregung bei dem bloßen Gedanken daran, dass sie mir eben jenes in nur wenigen Minuten in Echtzeit schenken könnte.

»Meine süße Lola! Ich bin auf dem Weg zu dir!«, wispere ich vor mich hin. Verträumt seufzend verstaue ich das Bild wieder in meinem Geldbeutel. Auch wenn mir dieses Polaroid mehr bedeutet, als es Worte jemals beschreiben könnten, gleich werde ich es nicht mehr brauchen, denn ich werde in Lolas Armen liegen und ihre warmen Hände auf meinem Rücken spüren.

Ich habe kaum geschlafen, und doch ist mein Geist hellwach und saugt jedes Detail in seiner Umgebung auf. Sogar Alfies alte Kamera habe ich dabei. Sie hängt mir stumm in ihrem edlen Lederetui um die Brust, und allein die Tatsache, dass ich sie mit vor die Tür genommen habe, ist ein sehr gutes Zeichen. Es ist nämlich so: Ich trage sie nur bei mir, wenn mir eine innere Stimme zuflüstert, dass an diesem Tag etwas Außergewöhnliches geschehen könnte, etwas ganz Besonderes, etwas, das ich mithilfe der Technik einfangen muss

Fürsorglich streiche ich über die glatte, dunkelbraune Oberfläche des alten Lederetuis und sehe nachdenklich nach draußen, wo sich alte Häuser gegen den blauen Himmel recken. Ich lausche meinem pochenden Herzen, das mein Blut jetzt, kleinen Feuerwerken gleich, durch meine Adern schießen lässt, sodass mir etwas schwindelig wird.

Als der Bus endlich in Bagnaia hält, steige ich mutig aus und habe nach wenigen Minuten herausgefunden, in welcher Richtung sich jene *Villa Lante* befindet, die jeden Moment ein wahrer Ort des Glücks werden könnte.

Kurz darauf laufe ich eine schmale Gasse hinauf, die gesäumt ist von alten typisch italienischen Häuschen. Von manchen blättert schon der Putz, doch das verleiht ihnen noch mehr Charme.

Die kleine, verschlafene Stadt Bagnaia umgibt ein magischer Glanz. Die Sonne tanzt in gebündelten, goldenen Strahlen über seine Dächer hinweg, und es kommt mir vor, als sei die Zeit stehen geblieben. Nur wenige Menschen kommen mir entgegen – überhaupt scheint das Städtchen nur von sehr wenigen Touristen belagert zu sein. Und von vielen niedlichen Samptpfoten … was meine Gedanken für einen Moment zu Miss Giggles schweifen lässt.

In meiner Verzweiflung ist mir kurz vor meiner Abreise nach Paris noch eingefallen, dass mir Miss Bottom am ersten Tag unserer Begegnung ihre Visitenkarte mit den Worten in die Hand gedrückt hatte, ich solle sie unbedingt anrufen, wenn ich ihre Hilfe benötigen würde. Tatsächlich habe ich nie daran gezweifelt, dass dieser Tag einmal kommen würde und sie damit ihre rechtmäßige Rolle als gute Fee im Märchen meines Lebens einnehmen konnte. Also habe ich Miss Bottom angerufen, die sich keine Sekunde später in fröhlichem Ton am anderen Ende der Leitung meldete. Sie ist wahrhaftig eine überirdisch herzensgute Person.

Miss Bottom erklärte sich sofort bereit, meine kleine Tigerin zu versorgen. Sie freute sich sehr darüber, ihr altes Heim besuchen zu dürfen, und stellte keinerlei lästige Fragen.

Die Sonne über den Straßen von Bagnaia kitzelt mich aus meinen Gedanken in die Wirklichkeit zurück. Meine Beine tragen mich beharrlich einem imposanten Torbogen aus Stein entgegen. Ganz unmissverständlich muss das der Eingang zu meinem persönlichen Paradies sein. Allerdings hätte ich sogar an das Portal der Hölle geklopft …, hätte sich Lola Applepie dahinter aufgehalten!

»Signore!«, sagt es plötzlich links neben mir, als ich mit vor Bewunderung offenem Mund durch den Eingang der *Villa Lante* trete und den eindrucksvollen Brunnen bewundere, der vor mir in den sorglos blauen Himmel hebt. Graziöse Putten reihen sich dort um ein hübsches geflügeltes Pferd und besprühen es mit einem filigran gebogenen Wasserstrahl, der aus zierlichen Instrumenten rauscht.

Ich zucke zusammen und sehe eine grauhaarige Frau mit lilafarbener Hornbrille, die sich hinter der Glasscheibe eines versteckten Kartenhäuschens in meine Richtung beugt.

»Mi scusi Signore! Se vuole visitare i giardini della *Villa Lante* deve fare il biglietto qui da me.« Erst als die Dame bestimmt auf ein riesiges Schild neben sich zeigt, verstehe ich, was sie von mir möchte.

Der Zugang zur *Villa Lante* scheint nicht kostenlos zu sein, zumindest nicht der gesamte Bereich. Der Park, der die Villa umgibt, ist kostenfrei zu begehen, wobei der Besuch der Villa selbst vier Euro kostet.

»Okay!«, beginne ich in dem nicht gerade guten Versuch, einen vernünftigen Satz auf Italienisch zu formulieren. »Si … uno … per favore!« Und mit diesen gestammelten Worten zeige ich verzweifelt auf die Tafel neben uns und schiebe der Dame einen Fünfeuroschein zu.

Natürlich werde ich mich erst einmal im Park umsehen, aber sicher ist sicher. Die Frau lächelt gewinnend und gibt mir im

Gegenzug mein Ticket und einen Euro, den ich jedoch mit einem braven »Behalten Sie das Wechselgeld!« liegen lasse und wie von der Tarantel gestochen auf eine lange steinerne Treppe zu renne, die mich zum Park hinaufführen wird.

Als ich oben angekommen bin, habe ich das Gefühl, den Garten Eden betreten zu haben. Gepflegte Rasenflächen empfangen mich sowie hohe, herrschaftliche Bäume, die angenehm Schatten spenden. Zu meiner Linken befindet sich der Eingang zum Garten der alten Villa, deren helles Sandsteingemäuer sich majestätisch in den sonnendurchfluteten Himmel streckt. Brunnen und hübsch gestutzte, labyrinthartig angeordnete Hecken befinden sich hinter dem Rundbogen-Eingang, unter dem ein betagter Italiener gewissenhaft die Tickets der Besucher prüft. Bereits am Kassenhäuschen konnte ich einige Bilder bewundern, die dort verlockend an der Innenseite der Glasscheibe klebten, sodass ich jetzt ziemlich genau weiß, was mich erwarten wird, wenn ich dem lächelnden alten Mann mein Ticket in die ledrigen Hände drücke. Und doch hat das Zeit. Zu allererst werde ich mich im Park umsehen. Ich darf schließlich nichts auslassen.

Ich komme mir vor wie ein aufgeregter Spürhund, der nun seine Nase in Richtung der zahlreichen Baumwipfel hebt und hofft, der Wind könnte einen Hauch Frauenparfum hinübertragen.

Also schlage ich einen weißen Kieselweg ein, dessen Steine geräuschvoll unter mir knirschen, und laufe, alle Sinne geschärft, einen hügeligen Weg hinauf, bis dieser von hohen Bäumen gesäumt wird und ich für einen kurzen Moment denke, in einem richtigen Wald gelandet zu sein. Doch dann lichtet sich das Gestrüpp aus Ästen und Blättern. Ich höre Grillen zirpen und das fröhliches Gezwitscher der zahlreichen Vögel.

Gerade möchte ich mich in Ruhe umsehen und entscheiden, in welche Richtung ich mich nun weiter fortbewege, da zerreißt ein grummelnder Grunzton die friedliche Melodie der Natur, und ein dickes, kleines Geschöpf auf vier Beinen schießt um die Ecke. Als ich im letzten Moment noch zur Seite springen kann, wird mir klar, dass es sich dabei um einen Hund handeln muss, der soeben einer Art Eidechse hinterhergaloppiert, als wäre sie ein Stöckchen, das Beine bekommen hat.

Ich zögere nicht lange und renne dem aufgebrachten Vierbeiner hinterher, der immer wieder jaulende Laute gegen den Himmel schickt, als hätte ihm die Eidechse in die Pfote gebissen. Keine Ahnung, warum ich das tue, warum ich mindestens genauso dämlich wie der dumme Hund einen schmalen Laubweg hinabpresche und wagemutig versuche, das aufgescheuchte Krabbeltier vor seinem Tod zu bewahren.

Der sabbernde, jaulende und kläffende Vierbeiner möchte einfach nicht stehen bleiben. Und das, obwohl ich ihm in regelmäßigen Abständen ein aufgebrachtes »Hey, stopp!« hinterherkrakeele. Selbst als die Eidechse längst mit einem geräuschvollen Rascheln im Dickicht verschwindet, finden die kurzen Beine des Hundes keine Ruhe.

Ich bin mir ziemlich sicher, dass der einzige Grund, warum ich mir diese abstruse Verfolgungsjagd gerade antue, jener ist, dass mir Melissa gestern am Telefon noch mal ins Gedächtnis gerufen hat, dass Lola ebenfalls einen Hund besitzt. Und wer weiß, vielleicht ist er das ja. Vielleicht ist das ja Charles.

»Schluss jetzt, Charles, stopp!«, brülle ich in überraschend autoritärem Tonfall.

Der Hund winselt und bleibt ruckartig stehen, die riesigen dunklen Glupschaugen überrascht auf mich gerichtet, dann fängt er an, mit gemächlichen Schritten auf mich zuzutapsen.

Erst jetzt kann ich mit hundertprozentiger Sicherheit sagen, dass es sich bei dem sabbernden Kerlchen um einen Mops handelt. Ich knie mich zu dem Hund hinunter und strecke ihm freundlich meine Hand entgegen. »Bist du Charles?«, frage ich unsicher, während der kleine Mops wie zur Antwort eifrig anfängt, meine Hand abzuschlabbern. In diesem Moment höre ich ein anderes Geräusch, das meiner vollen Aufmerksamkeit bedarf: Es ist das Rascheln der Blätter auf dem Weg hinter mir und die Stimme einer Frau, die sich meiner gebückten Gestalt mit keuchender Stimme nähert.

»Entschuldigung!«, ruft diese schrill, während ihre unbeholfenen Schritte immer näher kommen.

»Ist das dein Frauchen, Charles?«, frage ich, während der Hund immer noch damit beschäftigt ist, an meinen Fingern zu lutschen, als hätte ich sie davor in Schokolade getunkt. Der Hund grunzt freundschaftlich und wirft sich hingebungsvoll auf den Boden, damit ich ihm den Bauch kraulen kann.

Das Rascheln hat aufgehört. Die Frau muss stehen geblieben sein – mein Herz klopft nun so schnell, dass ich Angst habe, ich könnte jeden Moment in Ohnmacht fallen, als sie sagt: »Woher wissen Sie, dass er Charles heißt?«

Kapitel 13

Es gibt Momente im Leben, die fühlen sich an, als hätte man sie einer Kinoleinwand entrissen. Irgendwie unwirklich, als würden Haare mit einem Mal in Zeitlupe wehen, als würde sich jede Sekunde plötzlich zu einer halben Ewigkeit aufbauschen, sodass man mannigfache magische Details zwischen den Sekunden des Lebens einfängt, die einem unter normalen Umständen entglitten wären. Auch wenn ich spätestens jetzt weiß: Die besten Drehbücher schreibt das Leben.

Noch bevor ich meinen Kopf in die Richtung jener Frau richte, deren Stimme wie goldener Glockenklang in meinen Ohren nachhallt, weiß ich, dass dies einer jener seltenen Momente sein wird – der Augenblick, in dem wir uns das erste Mal in die Augen sehen und beim jeweils anderen beobachten können, wie sich der Schimmer des Erkennens in seine Augen schleicht.

Lola Applepie. Ist sie es wirklich? Steht sie wirklich und leibhaftig hinter mir?

Die Luft scheint schon jetzt elektrostatisch aufgeladen zu sein. Der Wind trägt ihren Duft zu mir …, ein leichtes Sommerparfum, süß und lieblich wie reife Pfirsiche. Ich spüre, wie mir mein rascher Puls durch den Körper rauscht. Noch nie bin ich mehr vor Glück getaumelt, noch nie habe ich mich beschwingter, fast trunken gefühlt vor Freude!

Werde ich überhaupt ein vernünftiges Wort herausbringen, oder werde ich nur wie ein Geisteskranker vor mich hinlallen. Die Vorfreude, die jetzt meinen gesamten Organismus durchspült wie eine Art kostbares Heilmittel, verführt meinen Mund schon jetzt zu einem breiten Grinsen. Ich kann es kaum erwarten, mich umzudrehen und mit meinen Augen in Lolas zu tauchen, ganz echt und greifbar. Dann müsste ich nur noch einen Schritt auf sie zugehen, mein Gesicht in ihre Richtung recken und könnte dann auch schon ganz vorsichtig ihre vor Überraschung zitternden Lippen berühren, während meine Hände anfangen, durch ihre goldenen Haare zu gleiten und sich mein Mund zu einem erleichterten »Ich habe dich gefunden!« verformt.

Also wage ich es, richte mich erst vorsichtig vor Charles auf und fange dann an, mich ganz langsam in die Richtung der Frau zu drehen, die immer noch hinter mir stehen muss und sich wahrscheinlich schon wundert, warum ich mir so viel Zeit damit lasse, sie zu begrüßen. Bloß keine ruckartigen Bewegungen! Schließlich kann es durchaus sein, dass Lola gleich den Schock ihres Lebens bekommt, wenn sie erkennt, wer sie nun endlich, nach so vielen Tagen und Stunden des Bangens, wiedergefunden hat.

Und dann, nach einer gefühlten Ewigkeit, in der sich die Schmetterlinge in meinem Bauch zu Elefanten transformiert haben, richten sich meine blauen Augen auf die junge Frau vor mir.

Doch es ist nicht Lola.

Der Boden rutscht mir unter den Füßen weg, ich schreie innerlich auf, bin vollkommen verwirrt, weil ich mir doch so sicher gewesen bin … Ohne Zweifel hätte ich mein Leben darauf verwettet, dass es Lola Applepie sein muss, die jetzt lächelnd vor mir steht.

Ich schnappe erschrocken nach Luft, während sich ein dumpfes Gefühl in meine Magengrube gräbt.

In keinem Augenblick meiner nervenaufreibenden Reise bin ich mir mehr darüber im Klaren gewesen, dass ich einem Geist hinterhergejagt bin. Denn was wusste ich die ganze Zeit schon über Lola Applepie, als die verworrenen Details, die wie bunte Herbstblätter in meinem Gehirn herumgetobt waren … Alles, was ich von Lola hatte, war diese schwache Erinnerung in meinem Kopf, die doch mehr ein Gefühl war, das leuchtete, pulsierte, mich in der Nacht nicht schlafen ließ und mich von einer Seite des

Bettes zur nächsten schleuderte, weil mich allein der Gedanke, dieses zauberhafte Geschöpf niemals ausfindig zu machen, in den Wahnsinn trieb. Und wie sie aussieht? Nun, das konnte ich allein an zwei Bildern ausmachen: an dem, das ich noch vor etwa einer Stunde aufgeregt in meinen Fingern hin und her gedreht habe, und an dem Porträt in der Küche des *Little Birds*, das bereits ein aufrichtiges Liebesgeständnis bekommen hat.

Es waren nur zwei Momentaufnahmen, auf denen ich all meine Fantasien über Lolas Gesicht aufgebaut habe: wie sie lacht, wie ihre Haare fallen oder wie ihre Augen funkeln, wenn man ihr ein Kompliment macht. Doch anhand dieser beiden Bilder kann die Frau vor mir unmöglich Lola sein.

Sie ist durchaus hübsch, wie sie dort steht in ihrem leichten, gepunkteten Sommerkleid und ihren erdbeerfarbenen Mund zu einem verblüfften »Oh!« verzogen hat. Ihre Haare gehen ihr bis zum Rücken, sie sind kastanienbraun und leicht gewellt. Außerdem hat sie einen hübschen weißblauen Sommerhut auf dem Kopf und eine kreisrunde John-Lennon-Sonnenbrille auf der zierlichen Nase. Doch auch wenn die Person vor mir der Lola in meinem Kopf nicht im Geringsten ähnelt, hört mein Herz nicht auf, mir mit lautem Gepolter gegen den Brustkorb zu donnern. Denkbar überrascht bin ich natürlich, als diese junge Schönheit vor mir ihren Mund von einem »Oh« zu einem nicht weniger überraschten »Jack?« verzieht. Sie haucht es nur, sodass ich mir anfangs nicht ganz sicher bin, ob sie tatsächlich meinen Namen sagte. Doch dann sagt sie es wieder, nein, sie wispert es, ganz zart und vorsichtig, als könnte ich mich bei einem lauteren Ton plötzlich doch wieder in Luft auflösen – oder besser in eine funkelnde Prise Feenstaub, die sich dann auf den Wogen des Windes auf und davon macht.

»Jack?« Am Klang ihrer Stimme höre ich, dass ihr ein gewaltiger Kloß im Hals sitzt. Keine Minute später nimmt sie ihre Sonnenbrille ab und taucht mit ihren unfassbar blauen Augen in meine ein.

Und dann ist er da, der Moment, den ich mir bereits ausgemalt habe, der Augenblick, in dem ich sehe, dass dem Mädchen mit den unergründlich tiefen Meeresaugen eine Träne die Wange hinunterrinnt und es mich dabei fassungslos anstarrt, als wäre ich eine Halluzination, bevor sie mir ohne Weiteres um den Hals fällt und ihren zierlichen Körper an meine angespannten Muskeln schmiegt, während ihre braunen Locken über meine Schultern fließen und ihr süßer Duft dabei in alle Richtungen strömt.

Es ist Lola. Es ist Lola Applepie – auch wenn ich sie wegen ihrer neuen Haarfarbe und Frisur zunächst nicht erkannt habe. Der Augenblick, in dem sie sich ihrer Sonnenbrille entledigt hat, brachte Klarheit in mein Herz, sodass ich sie nun ebenso aufgelöst in die Arme nehme und sie so fest halte, als würde ich sie nie mehr loslassen wollen. Und wenn ich ehrlich bin, will ich das auch gar nicht, dazu genieße ich es viel zu sehr, wie sich ihre Arme um meinen Oberkörper klammern, als wäre sie kurz vor dem Ertrinken gewesen.

»Jack!«, schluchzt sie in mein Ohr, und ich bin zu verzaubert, um auch nur eine Silbe herauszubringen. Ich streiche mit meinen zittrigen Händen über ihre dunkle Mähne, der Hut ist ihr im Eifer des Gefechts auf den Boden gefallen, wo ihn Charles interessiert beschnüffelt. Sie presst ihren Kopf an meine Brust, und die Sekunden werden zu Stunden, bis die Zeit gänzlich einfriert, als sie schüchtern den Kopf hebt und mich fassungslos, aber glücklich ansieht.

Doch dann huscht unvermittelt ein Schatten über ihr Gesicht, sie befreit sich aus unserer innigen Umklammerung und sieht mich verstört an.

»Verdammt!«, keucht sie aufgewühlt. »Tut mir so leid!« Sie geht ein paar Schritte rückwärts, als wäre sie von der Tatsache, dass wir uns gerade umarmt haben, ziemlich angewidert, oder als würde sie davon ausgehen, sie hätte gerade etwas Verbotenes getan. Ich bin verwirrt. Ich möchte etwas sagen, bin jedoch immer noch zu gerührt, um irgendeinen vernünftigen Satz herauszubekommen.

»Tut mir echt unglaublich leid, Jack!«, schluchzt Lola aufgelöst. »Ich vergaß vollkommen, du kennst mich ja gar nicht!«

Ich versuche, mich zusammenzureißen, um nicht wie ein kompletter Volltrottel zu klingen, und sage dann mit ruhiger Stimme. »Du, Lola Applepie, bist der einzige Grund, warum ich hier bin. Es kommt mir vor, als wäre ich um die halbe Welt gereist, um diesen Moment zu erleben. Ich weiß, das klingt verrückt, aber glaube mir, wenn ich sage, dass ich sehr wohl weiß, wer du bist. Und selbst wenn ich es nicht wüsste, wäre dies der Augenblick, in dem ich dir unbedingt mitteilen muss, dass es nichts Schöneres für mich geben könnte, als es in den nächsten Minuten, Stunden, Tagen, Monaten und Jahren herauszufinden!«

Lola sieht mich mit großen Augen an, sie ist stehen geblieben und zu einer wunderschönen, jedoch ein wenig bebenden Skulptur erstarrt.

»Aber«, wispert sie. »Das ist doch verrückt! Wie ist das möglich? Du bist verschwunden ... an diesem Morgen ... Ich habe dich danach nie wiedergesehen!«

Ich lächle gequält. »Doch!«, flüstere ich. »Wir haben uns wiedergesehen – ein Mal. Nur Melissa weiß davon, da es ... nun ... ihr Wunsch war!«

»Ihr *Wunsch*?«, stammelt Lola betroffen. »Heißt das etwa, sie hat ...«

Weiter kommt sie nicht, also nehme ich das Wort wieder auf. »Wir haben uns auf Rebeccas Hochzeit getroffen, Lola. Glaub mir, dass ich davon erfahren habe, ist einer langen Reihe unglaublicher Zufälle zu verdanken ... Lass mich dir alles erklären. Aber nicht hier. Darf ich dich zum Essen einladen?«

Lolas Brust hebt und senkt sich rasch, die ganze Sache scheint sie ziemlich mitzunehmen, und ich bin so entzückt davon, wie ihre Wangen rosa aufglühen, dass ich sie am liebsten gleich wieder in die Arme geschlossen hätte.

»In Ordnung!«, erwidert sie schließlich leise. »Aber ich habe eine bessere Idee!«

»Was auch immer dich glücklich macht!«, entgegne ich, während sich meine Finger, einem starken Impuls folgend, daran machen, das Lederetui mit der Kamera aufzunesteln.

Ehe sich Lola versehen kann, schaut sie in das Objektiv von Alfies alter Kamera, und ich habe unseren ersten Moment, die echte Magie des Lebens ohne Hilfe der Fairy Cupcakes, mit einem melodischen *Klick* für immer eingefangen.

»Lola Applepie, du siehst wirklich zauberhaft aus!«, hauche ich.

Denn das tut sie wirklich. Wie ein kleiner Engel steht sie vor mir, in ihrem wunderbar luftigen Kleid und den kastanienbraunen Haaren, die das Strahlen ihrer blauen Augen noch mehr hervorbringen. Ich trete an ihre Seite, und meine rechte Hand legt sich ganz vorsichtig um ihre zitternden Finger.

»Alles ist gut, Lola. Du brauchst keine Angst haben. Ich habe dich gefunden, und solange du es nicht willst, werde ich auch nicht wieder gehen!«

Ihre Lippen beben, als wäre sie sich nicht ganz sicher, was die richtige Antwort darauf ist – ob sie mich besser wieder von sich schieben sollte, weil sie davon ausgeht, dass das alles hier zu verrückt ist, um wirklich wahr zu sein. Doch dann umklammern ihre Finger die meinen fest, und sie sieht mich mit einem Ausdruck an, den ich selbst als hoffnungsvoll bezeichnet hätte, als sie flüstert: »Ich bin so froh, dass du mich gefunden hast!«

Kapitel 14

Wenn ich jemals Zweifel an dieser ganzen Reise hatte – und ja, ich gebe es zu, ich hatte durchaus mehr als nur einen schwachen Moment –, so sind diese jetzt wie ausradiert.

Das Jetzt, worauf sich all meine Sinne konzentrieren, ist diese wahnsinnig tolle Frau vor mir: Lola Applepie, in ihrer so wunderbaren, vollkommen Art. Wie sie läuft, wie sie spricht, wie sie ihre Augenlider schüchtern zu Boden schlägt, wenn ich ihr ein Kompliment mache. Auch wenn es nur kleine Momente sind, diese lassen mich grinsen wie ein Honigkuchenpferd. Denn es ist doch tatsächlich so: Das große Glück gibt es nicht, weil das wahre Glück aus vielen kleinen Puzzelstücken besteht, die sich langsam zu einem perfekten, wunderbaren Ganzen zusammenfügen.

Lola Applepie hat eine Anziehungskraft auf mich wie die Sonne – ich möchte mich in ihrem warmen, zärtlichen Licht baden. Es fühlt sich für mich so an, als würde sie mit jedem strahlenden Lächeln, das sie mir schenkt, ebenso wichtig für mein Leben werden können. Und das allein, weil sie existiert, weil sie atmet und mich mit diesen hinreißenden Blicken aus ihren saphirblauen Augen bezaubert.

Es fällt mir schwer, nicht mit tausend Liebesbeteuerungen über Lola herzufallen. Als hätte sich über all die Jahre ohne Liebe ein gewaltiges Meer davon angestaut, das jetzt brodelnd und brausend vor Glück aus seinem Damm der Vernunft ausbrechen möchte. Doch ich weiß mich noch einigermaßen im Zaum zu halten, indem ich, wenn auch mit einigem Bedauern, ihre Finger loslasse und meine Hände tief in meine Hosentaschen vergrabe.

Wir spazieren zwischen den hübsch zurechtgestutzten Hecken, Skulpturen, Hortensien und Zitronenbäumchen der *Villa Lante* hindurch und genießen es einfach, endlich so nah beieinander zu sein. Die Luft ist durchtränkt vom Geruch des Sommers, und der Wind hüllt mich immer wieder in einen Nebel aus Pfirsichen und Rosenblüten … Der Duft der zweifelsohne an Lola haftet, sodass ich am liebsten meine Nase in ihren dunklen Haaren vergraben hätte.

Dann kommen wir endlich zu einer Steinbank und lassen uns mit einem leisen Seufzer auf ihr nieder, während es sich Charles in ihrem Schatten bequem macht. Lolas Finger suchen ganz unauffällig die meinen, und das Feuer, das bei unserer Berührung durch meinen gesamten Organismus brodelt, hilft mir dabei, einen Anfang zu finden und endlich von dem Abenteuer zu erzählen, in das ich vor gar nicht mal so langer Zeit gestürzt bin wie ein Bungee-Jumper von einer Brücke.

Und jetzt, in diesem Moment, befinde ich mich im freien Fall, während ordentlich Adrenalin durch meine Adern gepumpt wird und ich mich so lebendig fühle wie schon lange nicht mehr. Und das alles, weil sie neben mir sitzt und mich mit diesem wunderbar gerührten Blick ansieht – sie, Lola Applepie, die Frau, die ich liebe.

»Ich hätte dich fast nicht erkannt!«, sage ich leise, während Lola eine kastanienbraune Haarsträhne mit ihrem rechten Zeigefinger zwirbelt und ihren Kopf neugierig zur Seite legt, als wäre ich eine Art renommierter Geschichtenerzähler, der im Begriff ist, sie mit der schönsten aller Geschichten, die jemals erzählt wurde, zu begeistern.

»Jack!«, murmelt sie und ihre Lippen sehen dabei so einladend aus, dass ich mich am liebsten zu ihr hinabgebeugt hätte, um sie mit einem leidenschaftlichen, durchdringenden Kuss zu benetzen. »Bis jetzt bin ich davon ausgegangen, dass du keine Ahnung davon hast, wer ich überhaupt bin!«

»Nun«, sage ich also. »Vorhin haben mich nur deine dunklen Haare, der Hut und die Sonnenbrille von einer sofortigen Erkenntnis getrennt!«

Sie senkt den Blick. »Weißt du«, entgegnet sie. »Es ist verrückt, dass du mich auf dieser Reise gefunden hast, eine Reise, die vor allem dazu gedacht war, die Männerwelt aus dem Kopf zu bekommen. Meine neue Frisur ist in Paris entstanden, in einem kleinen charismatischen Laden mit dem Namen *Les Cheveux parfait*. So sind wir Frauen eben: Ich dachte, es würde zu meiner persönlichen Entwicklung beitragen, wenn ich erst einmal ein Vermögen dafür ausgegeben hätte, einen neuen Look zu bekommen. Ehrlich gesagt weiß ich gar nicht, was ich mir dabei gedacht habe, schließlich ist die Wahrscheinlichkeit auch nicht unbedingt kleiner, dass einem das Herz gebrochen wird, wenn man statt blonden braune Haare hat!«

Ich lache leise auf. »Mir ist egal, welche Haarfarbe du hast! Aber diese braunen Locken stehen dir wirklich sehr gut!« Ich hebe meine linke Hand und streiche damit eine widerspenstige Strähne zurück, die Lola immer wieder ins Gesicht hüpft. »Es ist so schön, endlich bei dir zu sein!«, entfährt es dabei seufzend meinem Mund, ohne dass ich es zurückhalten kann.

»Nun erzähl mir deine Geschichte!«, verlangt sie sanft, aber doch drängend.

»In Ordnung!«, antworte ich und grinse schief. »Bedenke dabei nur: Es ist nicht meine Geschichte – es ist *unsere*!« Damit beginne ich, von den unglaublichen Ereignissen zu erzählen, die sich in den letzten Tagen und Wochen zugetragen haben.

»Alles fing an mit einem Brief von meinem Großvater Alfie!«, wispere ich, während Lola näher an mich heranrückt und ihren zierlichen Kopf an meine Schulter schmiegt. »Und der schicksalhaften Tatsache, dass ich kurz darauf deiner Freundin Melissa in die Arme gelaufen bin!«

»Melissa?« Lola zieht irritiert die Augenbrauen zusammen. »Hat sie dir auch erzählt, dass wir gerade nicht besonders gut aufeinander zu sprechen sind?«

Ich nicke. »Lola, du hast ihr sehr viel zu verdanken. Und im Grunde habt ihr euch auch schon wieder vertragen – du kannst dich nur nicht mehr daran erinnern. Überhaupt ist dieser ganze

Abend, der Abend nach der Hochzeit von Rebecca, ein Rätsel, das ich auch nur bruchstückhaft und aus Erzählungen von Missy wiedergeben kann!«

»Du meintest vorhin, als wir noch oben im Park wahren, dass es *ihr* Wunsch war, dass wir uns nach der Hochzeit noch einmal wiedergesehen haben?«, stößt Lola heißer hervor. »Heißt das, dass du Bescheid weißt?«

»Über die Fairy Cupcakes?«, frage ich mit einem verschmitzten Grinsen. »Lola, es gibt so vieles, was wir gemeinsam haben …, dass die Fairy Cupcakes existieren, wusste ich schon, bevor *unsere* Geschichte ins Rollen gekommen ist, tatsächlich sind sie ein fester Bestandteil *meines* Lebens … Aber das ist etwas, was ich dir zu einem späteren Zeitpunkt näher erläutern möchte. Jetzt zählt nur das, was uns zueinanderführte – und auch wieder auseinanderriss! Keine Frage, wärest du nicht so überstürzt aus dem Land geflüchtet, hätte Melissa sicherlich eine Chance gehabt, dir noch die Augen zu öffnen, bevor du schon über alle Berge warst. Aber es war nicht deine Schuld. Das Spiel mit den Fairy Cupcakes lässt einem manchmal gar keine andere Wahl, es hat eben auch seine Schattenseiten!«

Lola sieht mich an, um ihre Lippen kräuselt sich ein kleines, trauriges Lächeln. »Ja!«, sagt sie. »Das stimmt!«

»Melissa wollte gutmachen, was sie verbockt hatte, aber vor allem wollte sie, dass du dein Glück findest, Lola. Deshalb hat sie sich mit ihrem letzten Fairy Cupcake gewünscht, dass wir uns auf der Hochzeit als Traumpaar begegnen würden. Ich weiß noch, dass *The Lucky Ones* für einen Auftritt engagiert wurde …, dass ich meine kleine Schwester bei mir hatte, weil sie sich wünschte, mal wieder einen Auftritt von mir zu sehen … Alles andere ist jedoch sehr verschwommen. Erst als mich mein Großvater in Richtung *Little Birds* schickte, fing es an, in mir zu arbeiten … Ich entdeckte dein Porträt in der Küche und ich …«, hier muss ich kurz innehalten, weil mir fast ein *Ich gestand ihm meine Liebe!* herausgerutscht wäre. »Ich stieß auf Melissa, die mich sofort zur Seite zog und ab diesem Tag meine Komplizin werden sollte auf der Mission, dich ausfindig zu machen. Alles, was wir dazu hatten, waren die Briefe und Postkarten, die du regelmäßig ins *Little Birds* geschickt hast. Ich wartete nicht lange und stieg keine zwei Tage später in den nächsten Flieger nach Paris!«

»Aber!«, rief Lola verwirrt. »Das kann doch nicht sein! Das ist doch total irrsinnig! Ich weiß, wie die Magie der Fairy Cupcakes funktioniert! Dass sie dich alles vergessen lässt … spätestens nach achtundvierzig Stunden! Hast du wirklich angefangen, dich an mich zu erinnern? Was hat Melissa gesagt? Wie konnte sie dich zu dieser wahnsinnigen Aktion überreden?«

Ich muss lachen. »Sie musste mich nicht zu irgendetwas überreden! Weißt du, sie selbst hat ja einen Plan gehabt in ihrem Kopf … Und meine Telefonnummer spielt eine nicht ganz unwesentliche Rolle darin!« Mit diesen Worten ziehe ich das Polaroid von Lola und mir aus meinem Geldbeutel hervor und reiche es ihr. »Hier!«, sage ich. »Kennst du die beiden? Ich denke, Melissa hätte es dir sofort überreicht, sobald du wieder nach Hause gekommen wärest. Auf der Rückseite habe ich meine Telefonnummer aufgeschrieben!«

Lola ist nun fuchsiarot angelaufen. »Die Telefonnummer!«, murmelt sie betroffen. »Ja, Melissa ist mir damit immer in den Ohren gelegen!« Und dann beugt sie sich mit einer Mischung aus Überraschung, Freude, aber auch ein bisschen Ungläubigkeit über das Foto in meiner Hand. »Das sind ja wirklich *wir*!«, presst sie hervor. »Aber meine Haare sind noch blond!«

Ich schmunzle. »Das stimmt!«, antworte ich. »Willst du wissen, wie es weitergeht?«

Sie sieht mich an, und der Ausdruck in ihren Augen sagt mir mehr als tausend Worte.

»Da war ich also: besessen von diesem Mädchen, das nichts weiter war als eine positive Emotion in meiner Erinnerung. In Paris angekommen, kam der erste Härtetest. Ich musste warten, viel warten, und ich hatte schon fast die Hoffnung aufgegeben, als ich plötzlich nicht mehr allein war und einem Freund begegnete, der mich seelisch unterstützte. Meine persönliche Glücksfee sozusagen! Denn nur wenige Stunden danach kam der alles entscheidende Anruf von Melissa, die mir berichtete, dass du eine Postkarte aus Bagnaia geschickt hättest!«

Lolas Augen leuchten. »Und jetzt hast du mich gefunden!«, sagt sie verträumt, ein wenig so, als käme diese Tatsache immer noch einem Wunder gleich, und wenn ich ganz ehrlich bin, ist es das ja auch. Nur wenige Sekunden später fällt jedoch ein Schatten über Lolas Gesicht, und ihre Stirn legt sich in nachdenkliche Falten. »Wenn ich ganz ehrlich bin, Jack …«, murmelt sie, und ihr Blick senkt sich, »bist du nicht der einzige Grund, warum ich abgehauen bin!«

»Alles ist gut, Lola – du brauchst dich nicht vor mir zu rechtfertigen!«

Sie schüttelt vehement den Kopf. »Nein, das tue ich nicht. Aber ich will trotzdem, dass du es weißt! Es kamen viele Dinge zueinander: du, der Streit mit Melissa, ein anderer Mann, der mich schonungslos ausgenutzt hat, und dann natürlich die Tatsache, dass ich plötzlich das bedrängende Gefühl hatte, ich würde mein ganzes Leben verpassen, weil ich schon seit gefühlten Hundert Jahren in Harping Charms festsitze und mich um das Café meiner Großmutter kümmere. Ich liebe das *Little Birds* über alles, und wie du vielleicht selbst schon in diversen Tageszeitungen und Magazinen gelesen haben könntest, gehört es zu den erfolgreichsten Cafés in ganz England – und trotzdem … Mein Traum ist wohl immer ein anderer gewesen. Ich wollte auf die Bühne, weißt du … Ich wollte singen … am Broadway oder auch in einem Theater in London. Ich erzähle dir das nicht zum ersten Mal – und das letzte Mal hast du mich deswegen gebeten, mit dir in einem kleinen französischen Restaurant namens *Petit Coeur* in Deltons Pide zu singen. Es war eine der schönsten Nächte meines Lebens … die Nacht, in der ich mir meinen Traumprinzen gewünscht hatte!« Ihr Blick hebt sich wieder, und sie dringt damit ganz tief in meine Pupillen ein. »Ich habe dich so sehr vermisst!«, sagt sie daraufhin sehr leise, dafür aber umso aufrichtiger. »Ich weiß, das klingt blöd. Schließlich kennen wir uns kaum. Allerdings ist mir so etwas noch nie passiert … Ich meine, das mit dir … Ich habe das Gefühl, dass es etwas anderes ist, dass es sehr wohl der Wahrheit entspricht, wenn ich dir sage, dass es sehr, sehr schwer war, über dich hinwegzukommen.«

Irritiert ziehe ich meine Augenbrauen zusammen. »Über mich hinwegzukommen? Heißt das jetzt, dass du mich nicht mehr … willst? Dass du mit mir abgeschlossen hast?«

Sie lächelt schief. »Das heißt, dass ich einen Weg gefunden habe, mit dem Verlust umzugehen – sonst nichts. Ich mache dir keine Vorwürfe, dass du damals einfach verschwunden bist … bei unserem ersten Treffen, meine ich. Ich war beim zweiten Mal ja auch nicht besser. Mit dem einzigen Unterscheid, dass du, im Gegensatz zu mir, Erfolg mit deiner Suche nach mir hattest. Ich hingegen ließ mich in eine andere sehr komplizierte Sache hineinziehen, die ebenfalls einige Wunden in meiner Seele aufgerissen hat … Aber, was soll's! Das alles gehört jetzt der Vergangenheit an. Ich bin bereit für alles, was noch kommen mag! Lass uns im Jetzt leben, das ist alles, was wir haben, nicht in der Vergangenheit, nicht in der Zukunft!«

Und wieder ziert dieses entzückende Lächeln ihren feinen, mit rotem Lippenstift betonten Mund, sodass ich sie erneut am liebsten ganz nah an mich gezogen hätte, um sie zu küssen.

»Komm«, haucht sie da auch schon, als könnte sie meine Gedanken lesen, »ich möchte dir mein Appartement zeigen. Dort kann ich mich ein wenig frisch machen.«

Mit diesen Worten schießt ein angenehmes Kribbeln durch meinen Bauch. Es ist eine Mischung aus Furcht und Erregung – denn ich bin mir nicht sicher, in wie weit ich mich zurückhalten kann, wenn ich mich mit Lola Applepie allein in einem Raum aufhalte.

Lola schiebt einen antiken Eisenschlüssel durch ein ebenso altes Schloss einer grün gestrichenen Haustür, bevor diese knarrend aufspringt und wir leisen Schrittes eine schmale Holztreppe hinauf zu einem kleinen Zweizimmerapartment laufen, das sie sich hier gemietet hat. Es befindet sich versteckt am Ende eines schmalen Gässchens, hinter dem die Straßen Bagnaias zu einer Hügellandschaft aufbrechen und über das sich allerhand frisch gewaschene Wäsche an bunten Leinen spannt, deren weiße Säume wie die Flaggen eines geheimnisumwogenen Schiffes im Wind tanzen.

Die Luft ist stickig, als wir den schmalen Flur betreten und sie mich mit einem wortlosen Fingerzeig darum bittet, auf dem Balkon Platz zu nehmen, während sie im Badezimmer damit beschäftigt ist, sich umzuziehen. Charles macht es sich unterdessen in der kleinen Küche unter einem antiken Holztisch bequem. Ich werfe ihm einen wohlwollenden Blick zu, als ich langsamen Schrittes an ihm vorbeilaufe und dann hinaus ins Licht trete, wo mich die Sonne mit Hunderten warmen, kitzelnden Küssen empfängt. Keine fünf Minuten später stößt Lola zu mir, in einem wunderbaren weißen Sommerkleid, welches sie wie eine Göttin aussehen lässt.

»Du kannst dich vielleicht nicht mehr daran erinnern!«, haucht Lola schließlich und sieht mich dann durch ihre blauen Augen unergründlich an. »Aber dieses Kleid habe ich an unserem ersten Abend getragen!«

»Du siehst wunderschön aus!«, entgegne ich aufrichtig.

Eine unaufhaltsame Hitze hat sich in meinem Körper ausgebreitet. Ich kann deutlich spüren, wie mich die Begierde packt und ich mich mit einem lustvollen Seufzen am liebsten auf Lolas zierlichen Körper geschmissen hätte. Es erfordert all die noch in mir wohnende Konzentration, das heiße Pochen zwischen meinen Schenkeln zu ignorieren.

Lola rückt ein wenig näher an mich heran, Schulter an Schulter stehen wir auf dem Balkon und starren stumm zu den blattgrünen Baumkronen und den Häusern vor uns. Es ist eine wirklich schöne Aussicht – auch wenn ich davon nicht viel mitbekomme. Die malerischen Hügel und Hänge, an denen immer wieder das ein oder andere Haus zu sehen ist, sind mir gerade herzlich egal.

Lola legt ihren Kopf an meine Schulter, und noch mehr Stromschläge der Lust durchfahren mich.

Nein, rede ich mir ein. *Es geht nicht.* Ich denke fieberhaft an Mrs. McDouble und die Aufgabe, die sie mir zugetragen hat. Eine Aufgabe, der ich unbedingt nachkommen muss, die ich erfüllen muss, wenn ich Klarheit haben will ... Klarheit darüber, ob Lola und ich überhaupt jemals ... Der Gedanke kann nicht zu Ende geführt werden, denn unsere Blicke haben sich – entgegen aller Bemühungen meinerseits – doch getroffen.

Und in diesem Augenblick legt sich ein Schalter in meinem Gehirn um, ein Schalter, der alle Lichter der Vernunft mit einem Mal auszulöschen versteht. Ich sehe nur noch ihre schwarzen Pupillen, umrahmt von diesem unverwechselbaren Meerblau, die mich liebevoll ins Visier nehmen. Zwar stehen wir immer noch seitlich zueinander, aber jetzt spüre ich, wie sich unsere Hände wieder finden, zaghaft und doch zielstrebig, bis meine Finger die ihren fest umschlingen, während unsere Blicke immer intensiver, immer brodelnder werden, als könnten sie jeden Moment in einem glühenden Feuer der Leidenschaft kulminieren.

Und das tun sie dann auch ..., doch auf eine Weise, wie ich das selten und schöner noch nie erlebt habe. Natürlich hat ein wilder Kuss auch etwas für sich, aber die wahre Kunst liegt wohl im Ertasten, im Sich-langsam-Nähern, bis ein Feuerwerk der Emotionen durch den gesamten Körper rauscht, sobald sich die Lippen endlich zärtlich aneinanderpressen.

Und genau so ist es auch bei Lola und mir ... Kein hektisches Übereinander-Herfallen. Nein, es ist wieder einer jener Zeitlupenmomente im Drehbuch meines Lebens. Und alles fängt an mit diesem kleinen magischen Detail, dass sich zwei Hände finden, die derart perfekt ineinandergreifen, als wären sie füreinander geschaffen.

Dann sehen wir uns nur ein paar Sekunden länger an, als es für diesen Moment normal gewesen wäre, als es vielleicht zwei Freunde getan hätten. Doch diese zwei Sekunden mehr sind entscheidend, sie machen aus Freunden Liebende, und sie signalisieren uns beiden, was in einem solchem Fall nur einen Herzschlag später passieren muss ... Dieses Mal bin ich derjenige, der langsam den Kopf in Lolas Richtung neigt, bis uns nur noch Millimeter voneinander trennen und ich hören kann, wie sich ihr Atem beschleunigt, der nun süß und warm meine Wangen kitzelt, bevor sich meine Lippen vorsichtig auf die ihren legen, als wäre ich gerade dabei, eine Porzellanpuppe zu küssen. Sie erwidert den Kuss, schmiegt sich sachte an mich, während ich beide Arme um sie schlinge und ihren schlanken Körper an mich presse.

Seit ich von der Magie der Fairy Cupcakes weiß, habe ich fast vergessen, dass es etwas viel Mächtigeres gibt als den Zauber jener Gebäcke, die mein Leben von Grund auf verändert haben. Was ist schon ein Biss in den pudrig warmen Vanilleteig im Vergleich zu einem Kuss von Lola Applepie?! Jenes Gebäck hat diesen ungleichen Kampf eigentlich schon lange verloren, wenn es darum geht zu entscheiden, welche Momente im Leben wahrhaft magisch sind. Etwas, was nicht weiter verwundert, denn schließlich kann nichts und niemand mit dem allumfassenden Zauber der wahren Liebe mithalten.

Lolas zierliche Hände streichen durch meine Haare, über mein Gesicht, und ich spüre, dass ihr eine Freudenträne die Wange hinunterrollt, die ich behutsam mit meinem Daumen zur Seite wische und kurz von ihr ablasse.

»Hey!«, sage ich zärtlich. »Alles gut!«

Sie nickt mit einem zittrigen Lächeln. »Ich weiß!«, erwidert sie leise. »Ich bin nur so glücklich!« Und dann haben sich unsere Lippen wieder gefunden, dieses Mal schneller, begieriger, sodass ich Lolas Körper schon wenige Minuten später gegen die Balkonwand presse und Tausende Küsse auf ihrem Nacken verteile.

Ich fühle, wie ihr Herz ebenso schnell wie mein eigenes gegen den weißen Stoff ihres Kleides tanzt, wie sie vor Lust aufjauchzt, als meine Hände langsam an ihren schlanken Beinen hinauffahren. Ich hebe Lola hoch und trage sie nach innen, durch die kleine Küche in Richtung Schlafzimmer, während wir uns ununterbrochen mit wilden Küssen beschenken. Als ich sie vorsichtig auf das knarzende Bett lege, haben sich ihre Lippen zu einem neckischen Grinsen verzogen. Ihre Glückstränen sind getrocknet, und ich beuge mich langsam über sie, während ihre Finger mein T-Shirt von meiner Brust ziehen und ich im selben Moment ihr weißes Kleid von ihrem erhitzen Körper streife. Unterdessen finden sich immer wieder unsere Münder, Lolas Finger gleiten durch meine Haare, und ich knabbere lustvoll an ihren Ohrläppchen, was ihrem Mund jedes Mal einen kleinen Seufzer des Entzückens entlockt.

Lolas Hände klammern sich an meinen Oberkörper, während sie sich, jetzt nur noch mit einem edlen weißen Spitzen-BH und dazu passendem Höschen bekleidet, unter mir vor Lust windet. Hastig finden ihre Finger meinen Gürtel, und ich sinke wieder auf sie zurück, warm und erregt, und begreife plötzlich: Wenn man jemanden liebt, wird aus einer reinen Körperlichkeit ein Gedicht, dann bekommt jede Berührung, jedes sanft gewisperte Wort eine ganz andere Bedeutung, und das Glück durchdringt dich mit voller Wucht, wenn du dann vollkommen erschöpft neben diesem wunderbaren Wesen in die Daunen zurücksinkst und in den nächsten Stunden nichts anderes machen kannst, als es verzaubert anzustarren.

»Das war …«, keucht Lola und blickt mich glückselig von der Seite her an, während ich sie fest in den Armen halte.

»Wunderschön!«, vervollständige ich ihren Satz und sehe dabei aus dem geöffneten Schlafzimmerfenster hinaus, wo die Welt immer noch von einem strahlenden Blau überzogen ist – als wäre sie nur für uns für ein paar Stunden einfach stehen geblieben.

Was ist das Leben ohne die Liebe? Ich kann nicht fassen, dass ich bis zu diesem Moment ohne sie ausgekommen bin. Und wenn ich jemals gedacht habe, mein Interesse an Lola würde verfliegen, sobald ich mit ihr geschlafen habe … Nun, dieser Fall ist nicht eingetroffen. Ich will sie mehr als jemals zu vor, nicht nur nackt über mir, sondern als das wunderbare Individuum, das sie ist, fest in meinem Leben. Ich weiß, wenn ich neben Lola Applepie aufwache, werde ich nie wieder fluchtartig das Haus verlassen. Nie mehr. Es ist, als hätte man mich ganz plötzlich von dieser unschönen Angewohnheit geheilt.

Ich spüre ihren ruhigen Herzschlag, der ganz sachte an meinem klopft. Sie pochen im selben Takt, als würden sie gemeinsam eine Melodie der Liebe anstimmen.

Meine Hände fahren durch Lolas braune Haare, ich hinterlasse einen liebevollen Kuss auf ihrer Stirn und kann mir nicht helfen. Ich muss aufstehen und meine Canon holen, um diesen Moment, der jetzt jede Ader meines Daseins mit Glück erfüllt, für immer festzuhalten.

Lola zieht sich schüchtern die Bettdecke vor die Brust, ein schiefes Lächeln auf ihren zauberhaften Lippen. »Ich erlebe gerade ein kleines Déjà-vu!«, murmelt sie sanft. »Mal abgesehen von deiner Aktion vorhin im Park – an unserem ersten gemeinsamen Abend hattest du diese Kamera auch schon dabei!«

Ich grinse. »Es sind noch acht Bilder übrig, erweist du mir die Ehre?«

Sie nickt nur mit einem hinreißenden Augenaufschlag, und ich mache das einzig Sinnvolle: Ich schenke dem Film auf der Kamera Lolas Lächeln. So lange, bis er voll ist und ich ihn, begleitet von einem surrenden Geräusch, zurückspulen lasse – wohlwissend, dass diese Kamera wahrscheinlich nie mehr in ihrem Leben ein schöneres Motiv bekommen wird als das Gesicht von Lola Applepie.

Gerade, als ich meine Nase wieder in Lolas duftenden Haaren vergraben möchte, fällt mein Blick auf den Wecker neben dem Bett, und ich fahre erschrocken hoch, da es bereits halb acht Uhr ist.

»Oh verdammt«, stöhne ich, denn über die wunderbare Zeit mit Lola habe ich ganz vergessen, dass ich mich mit Patrick Prince in einem Lokal namens *Il Gargolo* in Viterbo verabredet habe.

»Was ist denn?«, fragt Lola und zieht besorgt ihre Augenbrauen hoch.

»Erinnerst du dich an meinen Freund, meine Glücksfee, von der ich dir erzählt habe?«

Sie nickt. »Natürlich!«

»Ich habe ihn vollkommen vergessen – dabei sind wir in einer halben Stunde in Viterbo zum Abendessen verabredet! Meinst du, es ist zu kurzfristig, um abzusagen – denn ich würde jetzt viel lieber bei dir bleiben!«

Lola lächelt nur schief. »Sag deinem Freund nicht ab – ich habe riesigen Hunger!« Und damit ist sie flink wie ein Wiesel aus dem Bett gesprungen und fängt an, sich anzuziehen. Ich sehe ihr dabei zu und wüsche mir im selben Augenblick, dass sie wieder zurück zu mir ins Bett kommt – denn sie sieht verdammt verführerisch aus, wie sie sich ihre hübsche Spitzenunterwäsche über den wohlgeformten Po streift.

Gerade als ich protestieren möchte knurrt mein Magen eindrucksvoll. Also gebe ich mir einen Ruck und klaube meine Anziehsachen ebenfalls rasch vom Boden auf. Dann verabschieden wir uns auch schon von Charles, der erschöpft unter dem Küchentisch eingeschlafen ist, und beeilen uns, den nächsten Bus nach Viterbo zu erwischen.

Unsere Schritte hallen geräuschvoll auf dem Asphalt wider, als Lola und ich von unserem Stadtbus in Viterbo ausgespuckt werden und eine schmale, gepflasterte Straße hinaufflanieren – auf dem Weg zum *Il Gargolo*, wie mir mein Handy-Navi gerade treuherzig verrät.

Meine Hand gleitet fast schon automatisiert in Lolas, und wir halten uns, als hätten wir nie in unserem Leben etwas anderes getan.

Wir laufen über den hübschen *Piazza della Morte*, der von Bäumen umringt ist und in dessen Mitte ein altehrwürdiger Brunnen steht, und treten kurz darauf durch die geöffnete Tür des *Il Gargolo.*

Patrick ist schon da. Er sitzt nicht unweit des Eingangs und hebt ungeduldig den Kopf, als er bemerkt, dass zwei neue Gäste das Lokal betreten haben.

Und dann – wie ein Komet, der heiß und brodelnd in die Erde einschlägt – passiert alles plötzlich ganz schnell. Ich kann das Unheil nicht aufhalten, das nun unvermittelt und ungefragt ins Rollen kommt.

Lolas unbeschwertes Lächeln, das bis dato noch ihre Lippen zierte, ist komplett eingefroren, als sie seinen Blick einfängt und ein eisiges »Patrick Prince!« haucht.

Patrick ist aufgesprungen, sein Gesicht hat die Farbe eines Todgeweihten angenommen. Mit raschen Schritten geht er in unsere Richtung, doch merkwürdigerweise würdigt er weder mich noch Lola eines Blickes, sondern geht zielstrebig an uns vorbei, ein ungläubiges »Oh mein Gott, was machst *du* hier?« auf den bebenden Lippen.

Wir drehen uns um. Mein Atem setzt aus, und ich schwanke zwischen Unglauben, Panik und Freude hin und her. Emma Blueberry steht hinter uns. Ich breite schon zaghaft die Arme aus, denke, dass sie nur zu mir wollen kann, dass sie diese Reise nach Italien nur gemacht hat, um sich wieder mit mir, ihrem Bruder, zu vertragen. Doch Emma ignoriert mich.

Stattdessen verpasst sie Patrick Prince eine Ohrfeige, die sich gewaschen hat und fast so laut wie ein Pistolenschuss durch das *Il Gargolo* donnert. Alle Anwesenden richten ihre Blicke erschrocken in unsere Richtung.

Auch wenn es ganz langsam geschieht, beginne ich allmählich zu begreifen. Der Mann, in den sich meine Schwester Hals über Kopf verliebt hat, der Mann, von dem sie mir erzählt hat, bevor alles den Bach hinunterging und wir nicht mehr miteinander gesprochen haben, ist kein Geringerer als Patrick Prince, und dieser Abend ist der tragische Höhepunkt einer Liebesgeschichte. Und nicht ich bin der Protagonist.

Die Vorhänge sind gefallen, nur der Applaus bleibt aus.

Kapitel 15

Ich kann nicht sagen, wie viel Zeit seit unserem Zusammentreffen im *Il Gargolo* verstrichen ist. Es kommt mir vor wie ein schlimmer Albtraum, aus dem ich jetzt langsam erwache und mir damit nicht mehr sicher bin, ob all das, was hinter mir liegt, überhaupt stattgefunden hat. Da ist noch dieses beklemmende Gefühl unter meiner Brust, das sich weiterhin aufbäumt und sich immer tiefer und schmerzhaft in mein Herz frisst.

Ja, ich hätte mir niemals träumen lassen, dass ich jemals Teil einer solch verrückten Geschichte werde würde. Eine Geschichte, die nicht nur schräg ist, sondern auch traurig aber vor allem: unfassbar!

Es ist, als hätten sich alle Götter dieser Erde, alle universellen Manager, zusammengetan und einen perfiden Plan ausgeheckt, der ausgerechnet an mir und den Menschen, die mir am meisten bedeuten, ausprobiert werden musste. Jetzt sitzen sie irgendwo über uns in den Wolken, streicheln maliziös ihre langen grau melierten Bärte glatt und grinsen siegessicher in ihre illustre Runde.

Und jetzt? Denke ich schmerzverzerrt. Was wollt ihr mir damit sagen, *verdammt*? Warum konnte das Glück nicht dort bleiben, wo es war? So niedrig meine Chancen auch gestanden haben, ich bin einer inneren Stimme gefolgt und habe mich, ohne länger darüber nachzudenken, auf diese Reise begeben. Ich habe gelernt, was es heißt, einen Menschen zu lieben, mit Haut und Haaren, mit Herz und Seele. Ich, Jack Blueberry, für den die Liebe seit so vielen vergeudeten Jahren ein Fremdwort war. Zum ersten Mal in meinem Leben war ich verliebt, und zum ersten Mal in meinem Leben hat man mir das Herz gebrochen. Ich dachte immer, dass mir so etwas nicht passieren würde. Weder das eine noch das andere.

Doch was für eine Ironie des Schicksals – beides war innerhalb kürzester Zeit geschehen. Wie ein Sturm fegte die Liebe über mein Leben hinweg, erst als eine leichte Sommerbrise, warm und lieblich, doch dann wurde sie mit einem Mal sehr aufbrausend und kühl und zerstörte alles, was in mir noch an positiver Glut geflackert hatte.

Wenn ich jetzt an Lola denke und daran, wie ich mit Tränen in den Augen vor ihrem Appartement stand, gegen die Tür hämmerte und immer wieder ihren Namen wie ein Wahnsinniger brüllte, während ich Charles hörte, der aufgeregt jaulend in mein verzweifeltes *»Lola!«* mit einstimmte, dann möchte ich mich am liebsten in meinem Bett verkriechen und die Decke ganz weit über meinen Kopf ziehen.

»Ich hasse dich!«, schnieft Emma und holt mich damit aus meinen verzweifelten Gedanken zurück. Sie sitzt weinend in einer Ecke ihres Hotelzimmers und stiert boshaft in meine Richtung, während ich trostlos und mit zittrigen Fingern auf das Pergament in meinen Händen starre. »Du bist auch nicht viel besser als Betty McDouble!«

Es hat alles mit einem Brief angefangen, und es endet mit einem, denke ich voller Wehmut, während eine einzelne Träne über meine Wange rollt und sich die Worte unter mir in undefinierbare Tintenkleckse auflösen.

Aber was heißt schon *Brief*. Das, was ich in Händen halte, ist allenfalls eine Notiz oder besser das Messer, das sich nun nachdrücklich durch meinen Brustkorb bohrt, geschickt geführt durch die Hand jener Person, die ich über alles liebe. Lola, meine süße Lola … Selbst ihren Namen nur zu denken ist, als würde mir jemand seine geballte Faust ins Gesicht schnellen lassen, immer und immer wieder. Es tut einfach nur so verdammt weh.

Warum hast du mir nicht die Wahrheit gesagt? Ihr Männer seid wirklich alle gleich. Versuche nicht, mich noch einmal zu finden.
L

Ihre Worte sind jetzt nur noch ein undefinierbares Geschmiere aus Tränenflüssigkeit und blauer Farbe. Hätte sie mir diesen kleinen Zettel nicht nach einer halben Stunde gnadenlosen Schweigens unter der Tür durchgeschoben, wäre ich jetzt immer noch dort und würde ihren Namen durch die Nacht schreien, als hinge mein Leben davon ab. Und das tat es ja auch in gewisser Weise, denn Lola Applepie hielt mein ganzes Glück in den Händen. Und mit jedem einzelnen schonungslosen Buchstaben ihrer Nachricht warf sie es mir vor die Füße. Es blieb dort liegen, regungslos und gebrochen, ein undefinierbarer Haufen aus Verzweiflung.

Ihre wütenden Worte, waren sie auch nur auf diesen Zettel gekritzelt, entwaffneten mich gänzlich – ich begriff, dass sie es wirklich ernst meinte. Also ging ich, packte Emma am Arm – die ich seit dem *Il Gargolo* wie ein kleines Kind nicht mehr aus den Augen gelassen hatte, und schleifte sie zu meinem Hotel zurück, um meine Sachen zusammenzupacken.

Patrick war da. Er saß niedergeschlagen auf dem Bett und hob mit tränenverschmiertem Gesicht den Kopf, als ich wie ein Wirbelwind ins Zimmer rauschte und lautstark anfing, alle meine Sachen in meinen Koffer zu pfeffern, während Emma in der Hotellobby einen Kamillentee zur Beruhigung schlürfte.

»Wie geht es ihr?«, fragte er mit gebrochener Stimme.

»Das hat dich nicht mehr zu interessieren, Prince!«, entgegnete ich, begleitet von einem eindringlichen Zischen, dass jeder wütenden Schlange Konkurrenz gemacht hätte.

»Bitte!«, schluchzte Patrick. »Alles, was geschehen ist, hat doch nichts mit Emmi zu tun.«

»Nenn sie nie wieder *Emmi*!«, unterbrach ich ihn außer mir vor Wut und sprang vor ihn, während alle meine Muskeln zitterten und ich kurz davor war, ihm erneut eine reinzuschlagen – auch wenn ich mich beim ersten Versuch im *Il Gargolo* reichlich ungeschickt angestellt hatte. Denn nicht *er* war es, dem nun ein pochendes Veilchen über dem rechten Auge saß. Trotzdem – ich kochte vor Wut – nicht nur wegen Emma. Viel frischer war der unbändige Schmerz darüber, dass das Glück zwischen mir und Lola für immer verloren war … Und es war *allein* Patricks Schuld. Angesichts dieser Tatsache war ein zweites blaues Auge ein Risiko, das ich gern eingegangen wäre. Vielleicht stopfte der Schmerz das klaffende Loch, das in meine blutende Seele gerissen worden war.

»Jack!« Patricks Mund war nichts weiter als ein krummer, leidvoll nach unten gezogener Strich. »Ich liebe sie wirklich – woher hätte ich denn wissen sollen, dass sie deine Schwester ist?« Er konnte nicht mehr weiterreden, denn seine Lippen zitterten jetzt so stark, als müsste er sich mit aller Kraft davor zurückhalten, nicht sofort in verzweifelte Tränen auszubrechen.

Ich hatte noch nie einen derart traurigen Mann gesehen, aber das war mir in diesem Moment herzlich egal. Trotzdem lockerten sich meine Muskeln in diesem Augenblick wieder. Prince war mir gerade emotional eindeutig unterlegen, ich würde einen gebrochenen Mann nicht treten, wenn seine Seele bereits am Boden lag. Ich brodelte vielleicht vor Wut, doch er zerbrach vor Trauer.

»Lass deine Finger von meiner Schwester! Das ist mein letztes Wort!«, knurrte ich, und mit diesem Satz rauschte ich mit meinem Gepäck davon, nahm Emma in der Lobby wieder unter meine Fittiche und fuhr mit ihr zu ihrer Unterkunft.

»Wir fliegen nach Hause!«, fauchte ich ihr auf dem Weg immer wieder zu. »Schon morgen fliegen wir nach Hause, damit dieser ganze Albtraum endlich ein Ende findet!«

Jetzt sitzen wir auf ihrem Zimmer. Sie auf einem Sessel, ich am Rand ihres Bettes, während das einzige Geräusch zwischen uns ihre ungeduldig auf die Lehne hämmernden Finger sind und meine Fußsohlen, die ebenso hektisch auf den Boden trommeln.

Wer hätte gedacht, dass meine Geschichte so enden würde? Vielleicht wäre alles erst gar nicht so schlimm gekommen, wenn ich mich ein wenig besser unter Kontrolle gehabt hätte …, wenn ich nicht versucht hätte, Patrick in unserem Restaurant ein Veilchen zu verpassen.

Aber alles der Reihe nach!

Anstelle des geplanten Abendessens haben wir uns an einem Tisch im *Il Gargolo* zusammengesetzt und eine Flasche Wein nach der anderen getrunken. Vielleicht, weil wir nun endlich dazu bereit waren, allen reinen Wein einzuschenken?

Fangen wir also mit Prince und meiner Schwester an – einer Liebesgeschichte, die wohl mindestens genauso tragisch ist wie die, wie sie sich zwischen mir und Lola abgespielt hat.

Prince wusste bis zu diesem Abend nicht, dass Emma meine Schwester ist. Sie hatten sich wohl nie über Nachnamen unterhalten, sodass diese Angelegenheit für ihn angeblich erst heute Abend gelüftet wurde.

Und jetzt kommt das Beste: Sie haben sich am 16. Juni kennengelernt. Auf Rebeccas Hochzeit. Patrick hat meine Schwester wohl am Buffet aufgegabelt wie einen leckeren Schinkenspieß. Er war ganz allein auf der Hochzeit seines alten Schulfreundes, da seine Tante das Fest kurz zuvor verlassen hatte. So hatte er alle Zeit der Welt, meiner Schwester ganz ungestört den Kopf zu verdrehen, während Lola und ich bereits im *Little Birds* abgetaucht waren und es deshalb auch zu keinem Zusammenstoß auf der Hochzeit kommen konnte.

Dass mich Prince bei unserem ersten Zusammentreffen in Paris nicht als den Leadsänger von den *The Lucky Ones* erkannt hat, war der Tatsache zu verdanken, dass er sich am 16. Juni stets abseits der Bühne aufhielt. Dazu kommt noch, dass Prince nie Fan meiner Band gewesen ist, sodass er ihren Namen zwar schon einmal im Radio zu Ohren bekommen hatte, aber keine Gesichter zuordnen konnte.

Seit der Hochzeit sahen sich meine Schwester und Prince fast jeden Tag, ihre Zuwendung wuchs, und Patrick fasste sich schließlich ein Herz und fragte Emma, ob sie nicht seine Tante, Betty McDouble, kennenlernen wollte. Allerdings befürchtete er damals schon, dass seine Tante meine Schwester niemals akzeptieren würde. Und trotzdem: Er wollte und konnte nichts unversucht lassen!

Ich erinnerte mich daran, dass mir Patrick mit genau diesem Sachverhalt, also damit, dass seine Tante keine Sympathie für seine neue Flamme hegte, bereits in Paris in den Ohren gelegen war und immer wieder betont hatte, wie neidisch er war, dass ich mich einfach so in Lola verlieben konnte, ohne dass mir irgendjemand dazwischenfunkte.

Details gab es da natürlich keine – hätte es sie gegeben, wären wir wahrscheinlich ziemlich schnell darauf gekommen, dass wir beide mit verwandten – oder besser noch – *denselben* Menschen verkehrten, und ich hätte ihm nicht treudoof mit meinem Weinglas zugeprostet, sondern ihm im Namen meiner Schwester augenblicklich eine saftige Backpfeife verpasst, für das, was er ihr noch antun würde.

Patricks Bemühungen, McDouble von der besonderen Verbindung zwischen Emma und ihm zu überzeugen, scheiterten kläglich. Bettys brennende Eifersucht duldete keine andere Frau in Patricks Leben, sodass McDouble Emma auf Nimmerwiedersehen von ihrem Anwesen jagte und meine Schwester völlig aufgelöst zum Haus unserer Eltern zurückbrauste.

Betty wollte ihren *Patty* ganz für sich und ihre dunklen Intrigen haben, sodass sie noch am selben Tag den Entschluss fasste, die Flamme zwischen Patrick und Emma für immer im Keim zu ersticken, indem sie Prince ins Ausland schickte, um … mein Vertrauen zu gewinnen und mich bei meinem Auftrag zu beschatten, Informationen aus Lola herauszuquetschen. Zwei Fliegen mit einer Klappe also, denn es war durchaus *kein Zufall*, dass sich Patrick und ich in Paris getroffen haben. Auf McDoubles Auftrag hin lauerte er mir beim *Cafe de Flore* auf – der Ort, von dem McDouble genau wusste, dass ich ihn aufsuchen würde, da ich sie darüber ja selbst vor meiner Abreise in Kenntnis gesetzt hatte.

Und Prince? Er gehorchte natürlich, so, wie er das immer getan hatte.

Es brach Emma natürlich das Herz. Sie konnte nicht verstehen, warum all das, was sie füreinander gefühlt hatten, auf einmal keine Rolle mehr spielen sollte.

Patrick führte seinen Auftrag aus, konnte aber Emmas ständigen WhatsApps nicht lange entgehen – deren nervtötende Piepstöne auch mir schon in Paris aufgefallen waren. Auch wenn er es sich nicht eingestehen wollte, die Sache lag ihm schwer auf dem Herzen, und so ging er morgens, nachdem ich unser Hotel verlassen hatte, an sein Telefon. Er stand meiner Schwester endlich Rede und Antwort, warum er sich nach dem missglückten Besuch bei Betty nicht mehr gemeldet hatte.

»Wir werden uns nicht mehr sehen können!«, hat er meiner Schwester bedrückt gestanden. »Nicht, solange meine Tante mir damit droht, mir mein Erbe zu entreißen, wenn ich nicht pariere. Ich bin aktuell ohnehin nicht mehr in England, sondern in Italien in einer Kleinstadt namens Viterbo. Ich muss jemand für die Alte im Blick haben, und mit dem Typen werde ich heute Abend im Restaurant *Il Gargolo* essen gehen.«

Hätte er das letzte Detail zurückgehalten, wären wir in dieser Nacht sicher nicht alle vereint gewesen. Doch so liebeskrank wie Emma war, hat sie nach diesem Gespräch nicht einmal mit der Wimper gezuckt, ihre sieben Sachen gepackt – ganz die romantische Theaterstudentin eben – und ist heute Mittag mit dem Flieger in Richtung Rom gedüst, um Patrick persönlich gegenüberzutreten. Denn wenn etwas nicht im Sinne meiner Schwester ist, dann ist das aufgeben!

An unserem kleinen Tisch im *Il Gargolo* wehte also ein eisiger Wind. Es war, als hätte die Wahrheit Tag der offenen Tür, und ich fühlte, wie sich eine unbändige Wut in mir anstaute, die darauf wartete, hinausgelassen zu werden. Irgendwann hielt ich es dann nicht mehr aus, ich konnte nicht mehr still sitzen und so tun, als wäre das alles vollkommen okay für mich.

»Jack!«, schluchzt Emma, holt mich damit in die Realität zurück und starrt mich vorwurfsvoll an. »Ist das eigentlich dein Ernst? Werden wir morgen nach Hause fliegen? Einfach so?«

Meine Hände ballen sich zu Fäusten. »Ja!«, entgegne ich. »Und du wirst ihn nie wiedersehen!«

Patrick hat mir ein ordentliches Veilchen verpasst, als ich mich plötzlich aus der Sicherheit meines Stuhles erhoben und versucht habe, auf ihn loszugehen. Ich wollte nur Emma beschützen – welcher große Bruder möchte bitte, dass die kleine Schwester mit einem derartigen Betrüger zusammen ist? Selbst Lola warf immer wieder vorsichtig ein, dass man Prince nicht trauen konnte, dass sie auch schon seinen bösartigen Machenschaften zum Opfer gefallen war.

Prince fing den Schlag ab und schubste mich mit aller Wucht gegen die Wand des *Il Gargolo*, sodass unsere Weingläser klirrend zu Boden fielen. Tatsächlich wäre es mir lieber gewesen, er hätte mich windelweich geprügelt, als Lola vor lauter Ärger und Verzweiflung jene entscheidenden Worte zuzurufen, die alles zwischen mir und der Liebe meines Lebens ändern sollten.

»Du triffst auch immer die Richtigen, Lola!«, keifte Patrick boshaft. »Dir ist klar, dass *er auch* mit meiner Tante zusammenarbeitet, oder? Betty ist nämlich immer noch überaus scharf auf das Rezept der Fairy Cupcakes«

Als Lola nichts darauf erwiderte, sondern nur stumm und unendlich traurig zu mir hinüberschaute, fuhr Patrick unbarmherzig fort. »Ja, die beiden haben einen Deal am Laufen – kleines Déjà-vu, Miss Applepie?«

Lola schlug ihre Lider verzweifelt zu Boden, doch ich konnte trotzdem sehen, wie jetzt einige Tränen aus ihnen herausrannen.

»Und ich hoffe wirklich, dass du noch nicht mit ihm geschlafen hast!«, knurrte Prince unbarmherzig weiter. »Er könnte nämlich dein Onkel sein, weißt du? Aber lass mich raten – auch davon hat er dir nichts erzählt!«

In diesem Moment stürzte ich mich wieder auf ihn, doch er war wesentlich gelenkiger und geschickter als ich und schlug mir mitten ins Gesicht. Das war der Augenblick, in dem ich Begriff, dass es ohnehin schon zu spät war, denn Lola rannte davon, ließ alles stehen und liegen und stolperte aus dem Restaurant, als würde in seinem Inneren das Höllenfeuer brodeln. Keinen Augenblick später wurden auch wir vor die Tür des *Il Gargolo* gesetzt.

Ich hatte einen großen Fehler gemacht, ich hatte Lola nicht aufgeklärt, ich hatte ihr nicht von meinen Bedenken erzählt und natürlich auch nicht davon, dass es eine Frage gab, die ich unbedingt für McDouble beantworten musste. Und diese paar Minuten, die ich mir *nicht* Zeit genommen hatte, wurden mir jetzt zum Verhängnis.

Denn ich Trottel zog es vor, ihren Körper mit Tausenden von vielleicht *sehr, sehr verbotenen* Küssen zu übersehen.

Hätte ich doch nur auf ein Wort mit Lola beharrt. Hätte ich nur nicht gezögert, hätte ich ihr nur sofort gesagt, was mir so schmerzlich auf der Seele brannte. Vielleicht wäre es dann nicht so weit gekommen, und zwischen unseren Seelen würde jetzt nicht dieser erbarmungslose Abgrund klaffen, den das ganze Lügenkonstrukt um uns herum in unseren Herzen zurückgelassen hat.

Kapitel 16

London empfängt uns mit einem ohrenbetäubenden Gewitter. Es gab zweifellos schon mehrere Momente in meinem Leben, in denen ich das Gefühl hatte, dass Wetter würde mein derzeitiges Befinden kommentieren – aber noch nie bin ich mir so erniedrigt vorgekommen wie heute. Ja, vielleicht will mir das durchdringende Donnergrollen über uns sogar mitteilen, dass ich umkehren sollte, wieder hinein in den Flughafen London Heathrow, zurück zum Flugzeug, zurück in das sonnige Italien, um Lola hinterherzujagen.

Doch Lola ist bestimmt schon längst über alle Berge – schließlich wollte sie ihren eigenen Worten nach am Sonntag ohnehin zum Meer weiter …, und ich habe mir gestern bereits die Lunge aus dem Hals gebrüllt. Sie würde mir auch dann nicht die Tür aufmachen, wenn ich ein wolkiges *Ich liebe Dich* mit einem dröhnenden Düsenjet in den Himmel pinseln lassen würde.

Nein, Lola würde mich weiterhin mit ihrer schlimmsten Waffe bestrafen: eisigem Schweigen.

Ich habe so lange und erbittert gekämpft, wie ich es eben konnte. Jetzt sind alle meine Kräfte erschöpft und die, welche ich unter Aufbringung jeglicher Willenskraft doch noch irgendwie zusammenkratzen kann, brauche ich, um meine kleine Schwester sicher nach Hause zu bringen und dafür zu sorgen, dass sie keine Dummheiten anstellt.

Ich winke einem Taxi zu, das uns zu meinen Eltern nach Harpenden kutschieren soll, und bedeute Emma mit einem forschen Fingerzeig einzusteigen. Sie schenkt mir noch nicht einmal ein wütendes Augenrollen, knallt nur mit zusammengezogenen Augenbrauen die Autotür zu, als sie schweigend neben mir auf dem Rücksitz Platz nimmt.

Nachdem ich Emma wohlbehalten zu Hause abgeliefert habe, trete ich ein paar Minuten später durch die blaue Tür meines Häuschens, und Miss Giggles begrüßt mich mit einem überschwänglichen *»Miau!«*.

Ich breche zunächst einmal mitten im Flur zusammen. Mein Koffer gleitet mir aus den Händen, ich sinke auf meine Knie und lehne meinen Oberkörper an die Korridorwand. Ich zittere am ganzen Körper …, nicht nur, weil mir kalt ist, sondern weil der Moment, indem ich mein Zuhause betreten habe, auch der Augenblick ist, in dem mir bewusst wird, dass ich Lola wahrscheinlich nie mehr sehen werde. Und dieser Gedanke tut so weh, dass ich kaum noch Luft bekomme, meine Fingernägel in meine Oberarme kralle …, nur um noch irgendetwas anderes zu spüren als den seelischen Schmerz, der sich gerade bohrend und unbarmherzig über meinen gesamten Körper ergießt. Stumme Schreie entweichen meiner ausgetrockneten Kehle und immer wieder hämmere ich meine Fäuste vor mir auf den Boden, sodass sogar Miss Giggles schnell begreift, dass es gerade nicht klug ist, in meiner Nähe zu sein. Mit einem leisen, irritierten Fauchen schnellt sie in die Küche und lässt mich mit meinem Schmerz allein.

Ich bade mich in meinem Leid, wie ich das noch nie getan habe, bäume mich auf vor Unbehagen, sacke wieder in mir zusammen und bleibe dann reglos an der Wand im Flur sitzen. So sehr diese Erkenntnis auch schmerzt, aber jedes Gefühl gehört dazu. Das Leben ist kein schwarz-weiß Film, sondern ein Gemälde aus unzähligen Farben.

Ich habe nicht gewusst, was es bedeutet, die Liebe seines Lebens zu finden. Noch weniger vorbereitet war ich also auf den Moment, indem ich sie wieder verlor! Dieser Schmerz, tief und bohrend, bringt mich fast um den Verstand!

»Lola!«, stöhne ich herzzerreißend auf. Der Klang ihres Namens ist so voller Sehnsucht und Verzweiflung, dass er selbst Außenstehende wie ein brennender Pfeil ins Herz getroffen hätte, wenn sie nur meinen schmerzlichen Ruf gehört hätten. Ich habe versagt. Diese ganze Reise war ein einziger großer Witz, denn ich habe weder Lolas Herz gewinnen können noch die Antwort auf McDoubles Frage herausgefunden, sodass ich wenigstens in diese Richtung endlich auf Klarheit hoffen kann.

In meiner unbändigen Trauer greife ich zum Telefon und wähle Melissas Nummer – ich kann gar nicht sagen, warum ich nicht überrascht bin, als sich diese nicht wie sonst mit einem überschwänglichen *Hallo, Jacky Boy!* meldet, sondern lediglich ein müdes »Was ist los?« ins Telefon knurrt. Es ist offensichtlich, dass sie bereits mit Lola gesprochen hat.

»Melissa!«, sage ich und versuche dabei, das traurige Schluchzen in meiner Stimme zu unterdrücken. »Es tut mir so leid! Es tut mir so leid, dass ich Lola nicht glücklich machen konnte!«

»Sag mal, was fällt dir eigentlich ein, du perverses Schwein! Du gehst davon aus, dass du Lolas Onkel sein könntest, und dann schläfst du trotzdem noch mit ihr?« Melissa ist außer sich vor Wut. »Lola hat mich angerufen und mir alles erzählt! Und denk nicht, ich müsste dir dankbar sein, dass du sie über meine Leistungen der vergangenen Tage aufgeklärt hast und wir uns deshalb wieder versöhnt haben!«

Ich kann nichts darauf erwidern, lasse nur die zahlreichen Tränen über meine erhitzten Wangen rollen.

»Außerdem!«, fährt Melissa gnadenlos fort, »als ich dir sagte, du könntest mit McDouble über Mathilda sprechen, habe ich nicht gemeint, dass du gleich mit ihr einen Pakt schließen sollst, klar? Schämst du dich nicht, mit ihr unter einer Decke gesteckt zu haben? Halt dich in Zukunft aus unser aller Leben raus, Jack!«

Ihre Worte treffen mich wie Pistolenschüsse, ich presse meine Lippen zusammen, um sie nicht anzuschreien und ihr zu sagen, dass das nicht fair ist. Ich war mir nie sicher, dass ich tatsächlich mit Lola verwandt bin. Und das ändert auch nichts an der Tatsache, dass ich sie liebe. Doch selbst das habe ich nicht mehr geschafft … Ich habe ihr nicht gesagt, dass ich sie liebe, mit Haut und Haaren und Herz und Seele. Es gibt wohl keinen perfekten Moment für so etwas, wir sollten es dann tun, wenn wir es können.

Ich überlege kurz, ob ich Melissa darum bitten soll, es ihr zu sagen, Lola auszurichten, dass sie für mich die Welt bedeutet, doch ehe ich auch nur meine Stimme erheben kann, ist die Leitung tot, und mein Handy fällt klappernd zu Boden.

Ich sitze da, sinke in die Einsamkeit und Stille meines Hauses zurück und versuche, kontrolliert ein- und auszuatmen, während der Regen impulsiv an meine Fensterscheiben klopft, als wolle er hereintreten, um mir mit seiner ganzen kalten und nassen Wucht ins Gesicht zu schlagen.

»Lola!«, sage ich leise und mit wackliger Stimme, richte mich langsam und mit einem schwermütigen Seufzen auf, um Miss Giggles etwas zu essen zu geben. Danach tippe ich mit sichtlicher Mühe eine kurze Nachricht für Miss Bottom in mein Telefon.

Hallo, Miss Bottom. Ich bin wieder zurück. Danke für die liebe Pflege meiner Katze. Ich werde in den nächsten Tagen vorbeikommen, um Ihnen eine kleine Entlohnung vorbeizubringen.
Liebe Grüße,
Jack Blueberry

Dann schlurfe ich weiter ins Wohnzimmer – auch wenn das mit einigen Schwierigkeiten verbunden ist. Umzugskartons stehen mir im Weg, und es kommt mir vor, als würde ich durch einen dunklen Tunnel wandeln, bis ich schließlich vor meinem schwarzen Flügel niedersinke und meinen Kopf bestürzt auf seine glänzenden weißen Tasten sinken lasse. Ich verweile noch einige Minuten in dieser Stellung, höre dem krummen Klang zu, der jetzt schrill in Richtung Decke flüchtet und langsam verhallt, während das Donnergrollen in der Ferne seinen dunklen Bass dazusteuert. Dann fangen meine Finger langsam an, sich an die Klänge unter sich zu krallen, sie festzuhalten, als könne das irgendwie dabei helfen, Lola zurückzubringen. Natürlich erbringt Klavierspielen keine Wunder … Lola wird nicht plötzlich vor mir stehen und sich mit einem versöhnenden Lächeln an meinen Hals schmeißen, und doch ist es unheimlich befreiend, als die erste traurige Melodie meinen Flügel verlässt, durch den Raum tanzt wie schwarze Schmetterlinge, die zuvor ungestüm durch meine Seele schwirrten und nun endlich in die Freiheit entlassen werden.

Nach weniger als einer halben Stunde habe ich eine Melodie ins Leben gerufen, die Lolas Art zu küssen, ihr Lächeln und ihre Tränen perfekt wiederspiegelt. Es ist meine Art, von ihr Abschied zu nehmen, indem ich noch einmal dieser Erinnerung … ja, *lausche* … durch alle Tunnel der Emotionen renne …, sie in den Armen halte, loslasse, fest an mich drücke und sie dann wieder verliere … diesmal für immer.

Ich bin an meinem Flügel, bis der Regen sich beruhigt hat und der Mond groß und rund vor meinem Fenster prangt, sodass ich das Gefühl habe, ich würde ihm mit meinem Spiel jene Geschichte ins Ohr flüstern, die immer noch Tränen der Ungläubigkeit auf meinen Wangen glitzern lässt. Doch er scheint mich zu verstehen, wirft sein kühles weißes Licht auf meine bebende Silhouette, tröstet mich mit seiner stummen Zustimmung und seiner überwältigenden silbrigen Schönheit.

Gegen Ende der Woche bin ich dann endlich so weit. Ich kann meinen Kopf wieder heben, ohne dass mir sofort eine Träne aus meinen Augenwinkeln rollt … Selbst Patricks Veilchen hat sich verflüchtigt. In jenen Stunden der Einsamkeit, in denen ich mich völlig und ganz der Musik hingegeben habe, habe ich einen Entschluss gefasst.

Natürlich – ich habe versagt. Ich konnte weder Lolas Herz für immer gewinnen noch würde ich jemals herausfinden, was Betty mir sagen wollte. Doch nicht alles scheint verloren – denn eine Sache ist ganz und gar nicht aussichtslos. Also nehme ich ein Bad, schlüpfe in frische Klamotten, schnappe mir meine Tasche und mache mich dann auf den Weg zu Alfie, um meiner größten Angst ins Auge zu sehen.

Kapitel 17

Das Sonnenlicht brennt in meinen Augen, als wäre ich ein Vampir, der nach langem Schlummern in seinem Sarg endlich wieder zum Leben erwacht ist. Ich bin nicht wenig überrascht, dass sich das Regenwetter der letzten Tage verflüchtigt hat und London von einem freundlichen blauen Himmel wie von einem Teppich mit weißen Wolkenklecksen überdeckt wird. Ich kneife meine Lider zusammen, werfe mir meine Tasche um und setze schnell meine Sonnenbrille auf – zum einen, um nicht von herumstreunenden Fans erkannt zu werden, und zum anderen, um meine geröteten Augen zu verdecken. Tränen und wenig Schlaf haben ihr Übriges getan, um mein Gesicht wie das eines liebeskranken Untoten aussehen zu lassen. Wenigstens bin ich frisch gewaschen, rasiert und habe mich ordentlich angezogen, sodass der Gesamteindruck nicht ganz so Furcht einflößend ist. Mit mechanischen Bewegungen klammere ich mich an meine Umhängetasche, als könnte mir das irgendwie Halt geben, marschiere zu meinem Wagen, werfe den Motor an und bin dann auf dem Weg zu meinem Großvater oder Vater … was auch immer. Mein Ziel ist es, das herauszufinden, auch wenn mir fast schlecht ist vor Nervosität.

Der volle Klang seiner Türglocke fährt mir wie ein Donnerschlag durch Mark und Bein, doch ich halte den Kopf oben und schiebe meine Sonnenbrille gerade auf meine Nase zurück. Meine Beine sind so weich wie Wackelpudding, am liebsten hätte ich mich hingesetzt und meinen schummrigen Kopf irgendwo dagegengelehnt.

Nein, versuche ich mir einzubläuen, bleib standhaft! Das ist vielleicht die letzte Chance, die du hast!

Auch wenn das Herz unter meiner Brust einen wilden Tango vollführt und am liebsten davongerannt wäre, bleibe ich mit wackligen Knien stehen. Es kommt mir wie eine halbe Ewigkeit vor, bis mein Großvater schließlich zaghaft die Tür öffnet. Umso überraschter bin ich, als ein seltsam erleichtertes Leuchten seine blauen Augen erreicht, als er sieht, wer ihn da gerade aufgesucht hat.

Ich komme mir plötzlich zwanzig Jahre jünger vor, wie ich da vor meinem Großvater stehe und kein Wort herausbringe, bis er mich schließlich fest in die Arme nimmt und ich anfange, an seiner Schulter zu schluchzen wie ein hilfloser, kleiner Junge. Es fühlt sich gut an, seine warme, kräftige Umarmung und wie seine betagten, ledrigen Hände sanft über meinen bebenden Rücken fahren. Hätte ich auch nur etwas anderes als jenes leidvolle Wimmern herausgebracht, so hätte ich Alfie sofort und in diesem Moment mein Anliegen entgegengefeuert. Doch dazu sind meine bibbernden Lippen nicht imstande. Ich vergrabe meinen Kopf in Alfies schneeweißem wirrem Haar, das ein wenig nach Pfeifentabak riecht, und bin einfach nur froh, dass der Tag, an dem wir im Streit auseinandergegangen sind, nun keine Rolle mehr zu spielen scheint.

»Der verlorene Enkel kehrt zurück!«, brummt Alfie liebevoll neben meinem Ohr, und ich kann nicht verhindern, dass mir bei seinen Worten ein verbittertes *Sollte es nicht Sohn heißen?* gegen meine Schädeldecke drückt. Als ich mich wieder gefangen habe, nehme ich meine Sonnenbrille mit zitternden Fingern ab und starre Alfie dann sehr ernst an. Seine großen Augen sehen fragend zu mir empor, fast erschrocken, als ihm bewusst wird, dass mir etwas sehr, sehr großes auf dem Herzen liegen muss – dass ich nicht nur hergekommen bin, um unseren kleinen *Betty-Fauxpas* auf ewig zu begraben.

Doch mein Großvater scheint sich sehr schnell gefangen zu haben, denn keine Sekunde später legt sich dieses typische Alfie-Lächeln um seine alten Lippen, und mir wird ein wenig schwindelig, weil es mir umso schwerer fällt, ein ernstes Gespräch mit ihm anzufangen, während er mich angrinst, als hätte er vor fünf Minuten im Lotto gewonnen.

»Wir müssen reden!«, presse ich also quälend langsam hervor.

»In der Tat!«, entgegnet Alfie mit munterer Stimme. »Du siehst grauenhaft aus! Geht es dir schon besser? Emma war vorhin da und meinte, es hätte dich ganz übel erwischt?« Er spricht nicht weiter, denn ich unterbreche ihn mit einem einzigen eindringlichen Knurren. Allein, dass der Name meiner Schwester auch nur in den Raum geworfen wurde, macht mich unglaublich wütend.

»Emma, was hat denn Emma bitte mit der ganzen Sache hier zu tun?«

»Na ja«, entgegnet mein Großvater vorsichtig. »Jedenfalls meinte sie, dass …«

»Was interessiert mich Emma gerade!«, rufe ich ungehalten. »*Wir* müssen reden!«

»Komm, ich mache uns erst einmal Tee!«, sagt er lachend, und ich folge ihm mit den großen, lautstarken Schritten eines wütenden Dinosauriers.

»Geht es um deine Parisreise?«, kichert Alfie wohlwissend, und ich ziehe perplex meine Stirn in Falten, denn ich habe meinem Großvater nie etwas von meiner Odyssee ins Ungewisse erzählt. »Ja, was denkst du denn von mir?«, grunzt Alfie und schüttelt belustigt den Kopf. »Dass ich nach diesem Fast-McDouble-Nachmittag nur in Kensington herumgedümpelt bin?« Er macht eine kurze Kunstpause und stiert mich dabei mit seinen listigen schwarzen Pupillen aufmerksam an. »Ich bin natürlich bei deinem Haus gewesen, um mich bei dir für mein merkwürdiges Verhalten zu entschuldigen. Ja, Reue kommt auch bei deinem alten Grandpa mal vor! Allerdings war da nur diese hübsche Dame, diese Frau, die sich um deine Katze gekümmert hat …«

»Miss Bottom!«, knirsche ich wütend, denn ich habe das Gefühl, dass das Gespräch gerade wieder einmal in eine vollkommen verkehrte Richtung läuft.

»Genau, das ist ihr Name!«, sagt Alfie lächelnd, beugt sich zu einem der Küchenschränke hinunter, holt eine alte Teekanne hervor und setzt diese dann schließlich mit Wasser gefüllt auf seinen Gasherd, bis sie geräuschvoll zu Gluckern anfängt. »Sie verriet mir, dass du dich nach Frankreich aufgemacht hast!«

Wenn ich gedacht habe, mein Großvater hätte den Gipfel seiner guten Laune schon erreicht, so habe ich mich gründlich getäuscht, denn nun ist sein Grinsen so groß, dass es ihm wortwörtlich von einem Ohr zum anderen reicht.

»Paris – hm? Die Stadt der Liebe!«, murmelt er und lacht schicksalsschwanger auf. »Übrigens, deine Katzenlady – ein wirklich sehr freundliches Wesen!«

Ich nicke gleichgültig, mein Mund ist zu einem erzürnten Strich verzogen. »Alfie, wie oft muss ich noch sagen, dass wir reden *müssen*? Es geht um uns, verstehst du? *Um uns!* Nicht um Emma, nicht um Miss Bottom – *um uns*, verdammt!« Meine Stimme zittert, als ich das sage, und mein Großvater legt seine Stirn nun doch in besorgte Falten, als er mir einen kurzen, aber dafür umso gebieterischen Blick zuwirft.

»Jetzt beruhige dich doch erst mal!«, meint er, während er zwei gepunktete Tassen aus einem der dunklen Hängeschränke holt und diese jeweils mit einem Beutel Earl Gray Tea bestückt. »Was auch immer dir für eine Laus über die Leber gelaufen ist – du musst es ja nicht gleich an mir auslassen, oder?« Jetzt fällt sein Blick an mir vorbei zu meiner Tasche, die mir reglos über meiner rechten Schulter hängt.

»Oh!«, macht er daraufhin geheimnisvoll. »Hast du meine alte A-Shot dabei? Und ist der Film voll?«

Meine Fingerspitzen fangen an, vor Wut zu kribbeln. »Ja und ja – aber, Grandpa, ich …«, möchte ich unbehaglich aufschreien, doch der alte Mann ist schon an meiner Seite, um einen neugierigen Blick in meine Ledertasche zu werfen.

Als er die Canon in den Händen hält, pfeift er anerkennend durch seine schrumpeligen Lippen. »Sie ist tatsächlich voll! *Endlich!*«, jauchzt er in mysteriösem Ton, als würde das tatsächlich die Welt verändern.

»Ist das dein Ernst, Grandpa?«, knurre ich und verenge meine Augen genervt zu zwei Schlitzen.

»Und ob das mein Ernst ist, mein Lieber! Ich habe sehr, sehr lange auf diesen Moment gewartet!«

Ich habe das Gefühl, den Boden unter meinen Füßen zu verlieren.

Allen Mut musste ich zusammenkratzen, um hierherzukommen. Und dann das? Es hat fünf Tage gedauert, bis ich endlich aus meiner Höhle gekrochen bin, *und dann das*? Ich bin hier, bereit, mich einem Gespräch zu stellen, das Alfie schon zu erahnen scheint, denn warum sonst sollte er so sehr darauf versteift sein, immer wieder etwas anderes zu finden, worüber man sich unterhalten kann?

Die analoge Fotografie ist für Alfie immer schon eine Art Kind gewesen, das er offensichtlich mehr liebte als mich. Ich verstehe gar nicht, warum er mir seine Canon vermacht hat. Er wollte, dass ich besondere Momente einfange, Augenblicke, die mich bewegen, damit ich sie für die Ewigkeit einfange und nie wieder vergesse. Denn nur Bilder und die Erinnerungen, die darauf festgehalten wurden, so sagte er, lebten auf ewig weiter. Bei dem Gedanken daran, dass die letzten neun ausschließlich Lola zeigen, schnürt sich mir schmerzlich die Kehle zu.

»Willst du ein Glas Wasser?«, gurrt Alfie neben mir. »Du siehst aus, als müsstest du dich gleich übergeben!«

»Grandpa!«, stoße ich halb erstickt hervor. »Bitte sag mir, dass du das gerade nicht tust, um mir wehzutun! Warum fängst du jetzt mit dieser doofen Canon an! Wie oft soll ich denn noch sagen, dass ich mit dir reden muss? Merkst du denn nicht, dass mir etwas auf dem Herzen liegt?«

Mein Großvater sieht mich jetzt dermaßen entsetzt an, als hätte ich Mutter Teresa beleidigt.

»Dich verletzen?«, sagt er leise. »Mein lieber Junge – nichts könnte mir ferner liegen! Ganz im Gegenteil! Ich denke, es ist an der Zeit … ja … Es ist ganz gewiss an der Zeit!« Er lächelt mir zu, nicht mehr strahlend, sondern sehr traurig. »Lass uns in mein kleines Fotolabor gehen! Ich habe wirklich sehr lange darauf gewartet, dass dieser Film voll wird! Zwei Jahre schon!«

»Zwei Jahren schon!«, äffe ich ihn ungehalten nach. »Tut mir ja sehr leid, dass ich nicht schneller war mit dem Fotografieren!« Meine Stimme zittert wütend, und Grandpa tritt ganz nah an mich heran, um mit seinen unergründlich schwarzen Pupillen tief in meine einzudringen.

»Es ist alles in Ordnung, Jack!«, entgegnet er behutsam. »Ich mache dir keinen Vorwurf! Ganz im Gegenteil – ich bin unendlich erleichtert, dass dieser Augenblick endlich gekommen ist. Du willst reden? Wir werden reden, Jack! Wir werden reden, während wir diesen Film entwickeln!«, sagt er ruhig und standhaft, so, als wäre es jetzt tatsächlich von höchster Wichtigkeit, seinem Hobby nachzugehen. »Mein lieber Junge – die Wahrheit ist, ich bin nicht ganz ehrlich gewesen, als ich dir diese Kamera vermacht habe. Sie gehörte nicht mir … Es war die Kamera von Mathilda, Mathilda Applepie!«

Es riecht nach Essig und Fixierflüssigkeit, als wir Alfies Fotolabor im zweiten Stock betreten. Fotolabor, das klingt schon reichlich hochgestochen für diese winzige, fensterlose Abstellkammer. Ich kenne mich mit all dem Kram, der hier herumsteht, natürlich überhaupt nicht aus und rümpfe nur ein wenig leidvoll die Nase, als Alfie die Tür hinter uns zuzieht und ich das Gefühl habe, die Luft um uns würde mit einem Mal sehr dünn werden. Unvermittelt spüre ich einen pochenden Schmerz an der Schläfe und denke, dass ich es ohne eine Migräneattacke wahrscheinlich nicht lange in Grandpas improvisiertem Fotolabor aushalten werde.

Als Alfie dann die kleine, dunkle Spule aus der Canon holt, lächelt er mich selig an. Sein Gesicht sieht seltsam unwirklich aus, angesichts des rötlichen Flackerns der Lampe neben uns, als wäre er ein kleines verrücktes Teufelchen, das außerordentlichen Spaß daran findet, dass alle Welt nach seiner Pfeife tanzt.

»Oh, Jack!«, raunt er andächtig. »Ich bin so froh, dass du hier bist!«

Ich ziehe meine Stirn in ungläubige Falten, möchte etwas

darauf erwidern, doch dann bittet mich Grandpa auch schon, das Rotlicht wieder auszumachen.

»Ein Film ist extrem lichtempfindlich!«, erklärt er. »Wir müssen ihn unbeschadet auf eine der weißen Spulen im Tank bekommen, und diese Arbeit geschieht immer in völliger Dunkelheit. Es erfordert natürlich eine Menge Konzentration und Übung, den Film problemlos aufzurollen. Aber ich bin mir sicher, dass meinen alten Fingern das gelingen wird, solange du nur an meiner Seite bist! Es ist entscheidend, verstehst du! Es dürfen keine Fehler passieren! Nicht bei *diesem* Film!«

Als er seinen Satz vollendet hat, strecke ich meine bebende Hand nach dem kleinen Schalter der Lampe aus, und mit einem Mal umgibt uns komplette Schwärze.

»Jack!«, sagt Alfie melodisch. »Du dachtest bestimmt, A-Shot stünde für Alfie-Shot, nicht wahr?«

Ich erwidere nichts, sondern presse meine Lippen eisern aneinander – die Situation behagt mir ganz und gar nicht.

»Dabei ist es Applepie-Shot – Tilda und ich fanden diesen Namen nämlich besonders komisch! Es klingt doch irgendwie nach einem alkoholischen Getränk, nicht wahr? Wir haben früher sehr viel miteinander fotografiert, es war eine der vielen Leidenschaften, die wir geteilt haben!«

Auch wenn ich Alfie nicht sehen kann, höre ich, wie er gerade selig lächelt, und kann mir lebhaft vorstellen, wie er verträumt in die Dunkelheit vor sich starrt.

Ich komme mir reichlich fehl am Platz vor. Mein Kopf tut weh, und ich fühle mich eingeengt und sehr unbehaglich, wie wir da von allen Seiten von Finsternis umgeben sind und einzig und allein das knisternde, leicht knirschende Geräusch des Films auf der Spule an unsere Ohren dringt.

»Grandpa«, stoße ich schließlich zaghaft hervor. »Warum sind wir hier?«

Es dauert eine ganze Weile, bis er antwortet. »Weil ich endlich bereit bin, dir von dem *Unfall* zu erzählen Jack. Von *zwei* Unfällen, um genau zu sein!«

Mein Herz ist plötzlich so laut und schnell, dass ich denke, dass selbst Alfie den strammen, brüllenden Rhythmus unter meiner Brust nicht überhört haben kann. Ich kann mir immer noch nicht erklären, warum dieses Gespräch unbedingt hier, in einem Fotolabor, stattfinden muss, und trotzdem ist mir jetzt klar, dass *Unfall* genau das Wort ist, auf das ich gewartet habe, um die so sehnlich unter meiner Brust brüllende Frage in die fiktive Nacht der Dunkelkammer hinauszuwispern.

»Bin ich einer davon?«, sage ich also mit heiserer Stimme und bin gleichzeitig sehr erleichtert, dass wir uns gerade nicht in die Augen sehen müssen, dass die Finsternis den Schutz bietet, den ich vielleicht gebraucht habe, um endlich über meinen Schatten zu springen. »Alfie!«, hauche ich atemlos, nachdem er nach gefühlten Stunden immer noch nicht geantwortet hat. »Bitte sag etwas, Grandpa!« Meine Stimme kommt mir fremd vor, als käme sie von ganz weit weg.

»Entschuldige bitte!«, entgegnet mein Großvater in sichtlich bestürztem Tonfall. »Ich weiß einfach nicht, was ich auf deine Aussage erwidern soll! Ich meine – Unfall, Jack? Du, ein Unfall? Das bricht mir jetzt wirklich das Herz!«

Kapitel 18

Alfie sieht unglaublich müde aus, als er das Licht wieder anknipst. Seine buschigen weißen Augenbrauen haben sich verstört zusammengezogen, als er den geschlossenen Tank langsam zum Waschbecken führt und ihn rasch durchwässert, als bräuchte er diese Zeit, um sich einen passenden nächsten Satz in seinem Kopf zurechtzulegen. Als er fertig ist, sieht er mich mit seinen großen Augen sehr ernst an. Sein Blick durchbohrt mich, als würde er versuchen herauszufinden, was für absurde Fragen mir noch durch den Kopf schwirren.

»Kann es sein …«, beginnt er mit wackliger Stimme, »dass dir jemand einen Floh ins Ohr gesetzt hat? Betty vielleicht? Ich weiß nicht, was sie dir erzählt hat, aber …« Er bricht ab, während eine unverkennbare Blässe in sein Gesicht tritt. »Jack, es tut mir leid – ich hätte dir alles früher sagen müssen, aber was hätte das denn gebracht?«

»Also stimmt es – du bist mein Vater?«, stoße ich hervor, während ich das Gefühl habe, dass mir schwindelig wird und ich jeden Moment ohnmächtig zu Boden sinke. Der Geruch von Chemikalien und Essig tut sein Übriges – mein Bauch zieht sich unwohl zusammen, und ich muss mich atemlos gegen eine Seite der Wand lehnen, während der Kopfschmerz hinter meiner Schädeldecke derart lautstark aufjohlt, dass mit Sternchen vor den Augen tanzen. »Oh mein Gott!«, stöhne ich mit fassungsloser, zittriger Stimme. »Das kann doch nicht wahr sein! All die Jahre!« Meine Hände fahren ungläubig über mein angespanntes Gesicht, dann starre ich vorwurfsvoll zu Alfie hinüber.

Über seinem aschfahlen Antlitz liegt nun ein unwahrscheinlich trauriger Schleier, doch so schmerzlich dieser auch ist, ich sehe auch einen Hauch Irritation durch seine dunklen Pupillen zu mir hinüberstechen.

»*Wie bitte?«*, sagt Alfie ernsthaft überrascht. »Ist das dein Ernst, Junge?«

»Du und Mathilda – ihr habt doch ein Kind bekommen? Ein Kind, das ihr vor der ganzen Welt geheim zu halten versucht!«

»Jack!«, keucht Alfie derart atemlos, als hätte er gerade zehn Liegestützen gemacht. »Ja, sie ist schwanger geworden – ganz unverhofft ... Es war ein Unfall, ein Unfall, der sich in eine ganze Folge tragischer Ereignisse mit eingereiht hat! Kurz darauf haben wir uns getrennt, und alles, was ich noch erfahren habe, ist, dass unser Kind zur Adoption freigegeben wurde!«

»Du weißt also gar nicht, wer es ist – dieses Kind! *Dein Kind?«*, sage ich darauf kraftlos. Entweder Alfie versucht gerade, sich irgendwie herausrauszureden, wie das Betty bereits vorherzusehen glaubte, oder er ist sich tatsächlich über keine näheren Details im Klaren. Und wenn Letzteres stimmt, bin ich genau so schlau wie vorher, dann bin ich keinen Schritt weitergekommen und ... Meine verzweifelten Gedanken werden unterbrochen, da mein Gegenüber aufgebracht nach Luft schnappt, mit erhobenem Zeigefinger vor mich tritt und mir diesen dann wild fuchtelnd ins Gesicht hält.

»Aber ich weiß, dass *du* es nicht bist, Jack! Das ist doch vollkommen absurd! Das Kind muss bereits Ende fünfzig sein! Wir waren noch ganz jung, als es passierte! Das war alles noch weit vor Lily! Und weit, bevor wir Tom, deinen Adoptivvater, bekommen haben!« Erneut zieht er panisch die Luft ein, als wäre er eine ganze Weile ohne Sauerstoff unter Wasser gewesen. Dann schüttelt er vehement den Kopf, als könne er nicht glauben, was ich ihm da gerade vor die Füße geworfen habe. »Bitte lass mich dir alles erklären, ja?«, haucht er dann mit dünner Stimme, als würden die schweren Gerüche des Fotolabors nun auch ihm zu Schaffen machen. »Wir sind nicht umsonst hier und entwickeln Tildas Film!« Der Ausdruck in seinen Augen hat sich jetzt verändert.

Wenn er davor noch von tiefer Traurigkeit zeugte, schleicht sich jetzt etwas ein, was mir eine unangenehme Gänsehaut über den Rücken kriechen lässt, denn es ist der blanke Wahnsinn, der nun aus Alfies tiefen schwarzen Pupillen spricht.

Mein Großvater greift derart aufbrausend nach einer länglichen Plastikflasche mit der Aufschrift *Entwickler* und lässt ihren Inhalt in den Tank plätschern, dass ich das Gefühl habe, er würde nun eine Art giftigen Trunk zusammenpanschen, den er uns beiden gleich verabreichen möchte.

Mit bebenden Fingern schließt er das Gefäß in seinen Händen wieder und fängt dann an, es wild hin und her zu schütteln, als würde er damit jene absurde Melodie der Wahrheit einläuten, die nun jeden Moment aus ihm herausplatzen wird.

Ich habe eigentlich gedacht, dass ich mich sofort besser fühlen würde, wenn ich erst mal erfahren habe, dass Alfie nicht mein Vater ist. Dass ich voller Hoffnung an Lola denke und daran, dass ich vielleicht wieder alles gerade biegen kann. Umso überraschter bin ich, dass jenes so sehr erhoffte Gefühl der Erleichterung nicht einmal ansatzweise durch meinen Körper rauscht, ja noch nicht einmal die Oberfläche meiner Seele streift und ihr ein beruhigendes *Alles wird wieder gut!* entgegenhaucht.

Ganz im Gegenteil, meine Glieder haben sich versteift, es kommt mir vor, als wäre ich in Alfies kleinem Fotolabor festgefroren, während mein Herz immer noch wie wild gegen den Stoff meines Oberteiles donnert.

»Verflucht noch mal!«, schreit Alfie, während er das Gefäß in seinen Händen immer heftiger schüttelt. »Ich habe dich angelogen, Jack! Ja, ich habe dich angelogen! Das alles war ein raffinierter Plan von mir!«

Mein Großvater zittert am ganzen Leib. Plötzlich scheint er ganz klein zu sein, sodass ich nicht anders kann, als ihn schützend in die Arme zu schließen.

»Jack!«, flüstert Alfie mit schwacher Stimme. »Bitte verzeih mir! Aber du musst verstehen, ich habe das nur getan, um *uns beide* zu retten!«

Auch wenn ich nicht verstehe, was er damit meint, nicke ich langsam und gleichmäßig an seiner Schulter.

»Natürlich, Grandpa!«, sage ich leise. Dann löst sich unsere Umarmung, und ich sehe niedergeschlagen in das Gesicht meines Großvaters, auf dessen Wangen jetzt zahlreiche Tränen der Wut glitzern. »Jack!«, ächzt er entschuldigend. »Ich habe sehr wohl gewusst, dass Mathilda nicht mehr am Leben ist! Ich habe es gewusst, noch bevor ich dich auf deine Mission geschickt habe! Es ist ja immerhin auch meine verdammte Schuld!« Noch mehr Tränen fließen aus seinen Augenwinkeln. »Ich war es nicht, Jack! Ich war nicht derjenige, der Tilda vor zwei Jahren gesucht und gefunden hat! *Sie* war es! Sie hat *mich* gefunden! Plötzlich überbrachte mir unser Postbote dieses wunderbare Paket!« Er wischt sich mit einer Hand über seine nassen Augen. »Weißt du, was darin war?« Ich kann nur mit einem flauen Gefühl den Kopf schütteln, und Alfies Blick wandert zu der alten Kamera hinüber, die auf dem Tisch links neben uns liegt. »Es war Mathildas geliebte Applepie-Shot. Tilda hatte einen Brief beigelegt!«, raunt er, und als er Mathildas Namen sagt, liegt so viel Liebe darin. »Und in diesem Brief stand unter anderem, dass sie so unglaublich glücklich sei. So unglaublich glücklich und aufgeregt, denn vor wenigen Tagen sei unser gemeinsames Kind plötzlich vor ihrer Tür gestanden!« Er räuspert sich, um den Kloß in seiner Stimme zu verdrängen. »Auf dieser Kamera«, fährt er mit einem herzbewegenden Seufzen fort, »schrieb sie, seien Bilder von diesem Treffen.«

Er sagt es, als würde er ein Gedicht wiedergeben, als hätten sich die Worte in Mathildas Brief so sehr in sein Herz gebrannt, dass er sie jetzt im Schlaf aufsagen könnte. Mein Großvater lächelt bitter, und ich nicke ihm vorsichtig zu, als Zeichen dafür, dass er weitererzählen soll.

»Der Film sei jedoch noch nicht ganz voll, meinte Tilda weiter, aber sie wüsste ja, wie gern ich auch Momente einfangen würde, die ewig leben sollen! Also hatte sie all ihren Mut zusammengenommen und versucht, mich zu finden. Sie schrieb: ›Mir ist bewusst, das viele, viele Jahre ins Land gezogen sind. Wer weiß schon, ob du uns überhaupt wieder in deinem Leben haben möchtest. Ich habe noch niemandem davon erzählt, ich habe niemandem gesagt, dass ich deine Adresse, dass ich *dich* ausfindig gemacht habe. Denn für den Fall, dass du nichts mehr mit uns zu tun haben möchtest, wollte ich unserem Kind eventuellen Seelenschmerz ersparen. Aber weißt du, *ich* habe dich nie vergessen, Alf, nie! Es sind noch genau zwanzig Bilder auf meiner kleinen Applepie-Shot – wie wäre es, wenn wir zusammen auf die Jagd gehen – auf die Jagd nach magischen Sekunden?«

»Was ist dann passiert?«, frage ich mit belegter Stimme, denn mein Großvater hat wieder aufgehört zu sprechen, lässt von der kühlen Metalloberfläche der alten Canon ab und schließt die Augen, als würde das, was er als Nächstes sagen muss, einen brennenden Pfeil durch seine Brust bohren.

»Ihre Telefonnummer und Adresse waren beigelegt!«, knurrt Grandpa und schnappt sich jetzt wieder den Fototank, um diesen derart impulsiv hin und her zu schwenken, als könne das seine große Liebe wieder ins Leben zurückholen. »Und ich habe sie angerufen – ja, wenigsten, was das betrifft, habe ich dir die Wahrheit erzählt! Als wir miteinander sprachen, war es, als wäre überhaupt keine Zeit vergangen – wir waren wieder Tilda und Alf!«

Mein Großvater öffnet das Gefäß in seinen Händen und lässt die aufgeschäumte Flüssigkeit durch einen Trichter zurück in ihre Flasche fließen. »Und wir haben uns verabredet – auch *das* stimmt! Allerdings …« Er nimmt einen tiefen, schweren Atemzug und dreht sich zu dem kleinen Waschbecken um, wo er kurz darauf klares Wasser in den Fototank fließen lässt und ihn sorgfältig ausspült. Erst als das laute Plätschern verklungen ist, wirft er mir einen unendlich traurigen Blick zu – es bricht mir das Herz, als ich sehe, dass ihm nun erneut zahlreiche Tränen über die Wangen ringen. Sie strömen so schnell und unaufhaltsam über sein bärtiges Gesicht, dass ich versucht bin, ihn wieder in die Arme zu nehmen, doch dieses Mal bin ich vor Anspannung zu einer bewegungslosen Statue gefroren und kann nur mit Sorgenfalten auf der Stirn in seine schmerzverzerrten blauen Augen blicken.

»Allerdings, mein Junge, hat sie mich, wie ich das zunächst dachte, nicht versetzt. Mathilda hatte auf dem Weg zu unserer Verabredung einen Autounfall … Ich sollte das erst viel später herausfinden.« Er schluchzt leise auf. »Sie ist gestorben, Jack! Und ich – ich brachte es vor lauter Trauer nicht über mich, ihre Applepie-Shot noch länger zu behalten. Tildas Canon erinnerte mich viel zu sehr an diesen grauenhaften Unfall! Sie ist wegen *mir* gestorben, Jack! Weil sie *mich* sehen wollte!« Er lässt die Schultern hängen, wie ein vom Schicksal geschlagener Mann. »Also habe ich sie dir gegeben, Jack!«, schluchzt Alfie in seinen weißen Bart hinein. »In der Hoffnung, du würdest ein ebenso gutes Auge für Details entwickeln, wie sie es einmal gehabt hat! Ich hoffte, du würdest genauer hinsehen, ruhiger werden …, einen Sinn für die Wunder des Lebens bekommen. Und ich sagte mir: Wenn er so weit ist, erfährt er die ganze Geschichte und … die Wahrheit. Aber weißt du …, zwei Jahre habe ich vergeblich gewartet, und du hast dein Leben immer noch mit oberflächlichen Frauengeschichten vergeudet! Also fasste ich einen Entschluss, ich würde dich darum bitten, die Liebe meines Lebens zu finden. Ich hoffte, wenn ich dir diesen Begriff vor die Füße werfe, würdest du vielleicht langsam wach werden und begreifen, was er bedeutet … Ich wünschte mir wirklich von ganzem Herzen, dass du, wenn du dich erst einmal intensiver damit auseinandersetzen würdest, vielleicht ganz allmählich begreifen würdest, was es heißt, mit ganzer Seele, mit ganzem Herzen zu lieben. Ich weiß, es ist verrückt, ich habe dich auf eine unmögliche Mission geschickt, aber ich habe darauf vertraut, dass sie dich und deine davor so eingeschränkte Sicht auf die Welt verändern würde. Und ich habe recht gehabt, Jack!«

Ich starre zu ihm hinüber. »Warum?«, wispere ich schwächlich. »Warum denkst du das? Warum denkst du, dass deine Mission mich verändert hat? Warum das alles heute? Warum jetzt?«

»Nun, mein Junge!«, entgegnet dieser leise, und ein kleines Lächeln huscht über seine Lippen. »Sieh uns doch an, wie wir hier in meinem Fotolabor beieinanderstehen! Der Film ist voll!« Tränen glitzern in seinen Augenwinkeln – doch wenn ich es nicht besser wüsste, würde ich jetzt sagen, dass es sogar Freudentränen sind.

Irritiert verziehe ich meinen Mund zu einem kritischen Strich. »Das erklärt gar nichts!«, meine ich und schüttle skeptisch den Kopf. »Grandpa, was hast du im Schilde geführt?«

Er wischt sich besonnen seine Tränen aus dem Gesicht. »Weißt du, du bist hier ja nicht der Einzige, der von der Magie der Fairy Cupcakes profitiert!«

Verwirrt ziehe ich meine Augenbrauen nach oben, auch jetzt bin ich natürlich kein bisschen schlauer.

»Vor zwei Jahren, Jack, habe ich einen Fairy Cupcake gegessen und mir gewünscht, dass mein Indiz dafür, dass mein Enkel, Jack Blueberry, wissen würde, was es bedeutete, wahrhaftig und aufrichtig zu lieben, jenes ist, dass Tildas letztes Bild abgeknipst ist. Es hat etwas gedauert, bis ich mir diesen Wunsch zurechtgelegt hatte. Denn ich musste ihn so präzise ausformulieren, dass dein natürliches Handeln in keinem Fall dadurch beeinflusst werden würde. Sonst hätte die Gefahr bestanden, dass du deine große Liebe zwar gefunden, danach jedoch wieder vergessen hättest. Deshalb ging es mir in dem Wunsch einzig und allein um die Erkenntnis, welche das letzte Bild auf Tildas A-Shot mit sich bringen würde. Mir war klar, dass das auch bedeuten würde, dass der Wunsch wahrscheinlich nicht innerhalb von wenigen Stunden oder Tagen in Erfüllung gehen würde. Was denkst du, warum ich dir damit in den letzten Jahren immer wieder in den Ohren gelegen bin? So oft habe ich dich gefragt …, und es hat zwei Jahre gedauert, bis ich die richtige Antwort bekommen habe!« Er lächelt traurig. »Deshalb weiß ich es, Jack! Allein *deshalb*! Es hat zwar seine Zeit gebraucht, aber dieser Wunsch ist heute endlich in Erfüllung gegangen!«

Mit einem glücklichen Lächeln wendet er seine Aufmerksamkeit wieder dem Tank in seinen Händen zu und lässt vorsichtig Fixierflüssigkeit hineinplätschern. »Ich hoffe, es ist okay für dich«, brummt er im selben Atemzug, »wenn ich jetzt nicht damit anfange, allein deshalb ein neues magisches Elixier zu brauen, schließlich ist diese Information nicht so wichtig, dass man sich daran erinnern müsste – richtig? Wer will schon wissen, dass ich eigentlich – zumindest indirekt – Amor gespielt habe?«

Er sieht mich kurz fragend an, und ich nicke ihm stumm zu.

»So«, sagt er daraufhin feierlich. »Gleich haben wir es! Weißt du, Jack – ich habe mir gesagt, wenn mein Enkelsohn gelernt hat, richtig zu lieben, dann werde auch ich bereit dazu sein, Mathildas und mein Kind zu sehen!« Das Lächeln auf seinen Lippen ist jetzt wieder etwas schwacher. »Du hältst mich jetzt bestimmt für einen Rabenvater, oder? Aber nach Mathildas tragischem Tod war das die einzige Vereinbarung, die ich mit mir treffen konnte: *Wenn Jack seine Suche nach der wahren Liebe beendet hat, kann ich mit der Suche nach meinem dritten Kind beginnen!*«

Ich bin sprachlos und starre ihn nur an, sehe dabei zu, wie seine knotigen Hände den Fototank ein paar Mal hin und her wenden.

»Verrätst du mir ihren Namen?«, meint mein Großvater schließlich und durchdringt mich mit einem neugierigen Schimmer in den Augen.

»Lola!«, entgegne ich matt. »Lola Applepie! Sie ist Mathildas Enkelin!«

»Wirklich?«, ruft Alfie begeistert auf. »Das klingt wunderbar, mein Junge! Wenn du dich in jemand aus der Applepie-Familie verliebt hast, kommst du ganz nach deinem alten Grandpa Alfie!« Er schenkt mir sein erstes wirklich aufrichtiges Lächeln nach all den Tränen und der Trauer, und ich versuche zurückzulächeln, auch wenn ich mir immer noch nicht glücklich vorkomme.

Alfies trauriges Geständnis und die Tatsache, dass ich jetzt zwar weiß, dass ich nicht Lolas Onkel bin, sie jedoch trotzdem bis auf unbestimmte Zeit über alle Berge ist, führt dazu, dass ich jetzt eigentlich am liebsten nach Hause gegangen wäre, um mich wieder in meinem Wohnzimmer vor meinem Flügel zu verschanzen und abzutauchen in meine Welt Trost bringender Melodien.

Alfie schnappt sich einen Trichter und lässt den Fixierer zurück in seine Flasche laufen, danach spült er den Fototank ein letztes Mal ordentlich mit Wasser und einem Hauch Flüssigseife aus.

»Gleich ist es so weit!«, brummt er dabei versonnen. »Gleich können wir den Film zum Trocknen aufhängen! Ich fühle mich, als wäre ich im Begriff, die Ultraschallbilder meines erstgeborenen Kindes zu sehen! Ich bin schon richtig aufgeregt!«

Als er das sagt, schweifen seine Augen kurz in meine Richtung. »Das habe ich dir ja noch gar nicht gesagt, oder?«

»Was?«, frage ich matt – ich habe immer noch Kopfweh und brauche meine Zeit, um die jüngst ausgetauschten Details und Informationen zu verarbeiten.

»Na, dass es ein Mädchen ist – Mathilda und ich haben eine Tochter!«

»Glückwunsch!«, raune ich, die Gedanken eigentlich immer noch bei Lola und dabei, dass ich jetzt nicht einfach zu ihr rennen kann, um meine jüngsten Erkenntnisse mit ihr zu teilen. »Wie heißt sie denn?«, schiebe ich rasch hinterher, um die Welle der Melancholie aufzuhalten, die jetzt versucht, mit tobendem Rauschen über mir zusammenzubrechen.

»Weißt du, es ist schon zu komisch!«, erwidert Grandpa. »Ihr Name kommt aus dem Lateinischen und heißt übersetzt Reisende oder Glücksbringer – als wäre es ihre Bestimmung, diesen Namen zu tragen – angesichts der Umstände gibt es keinen, der besser zu ihr gepasst hätte, nicht war?«

Ich nicke schwächlich. »Und?«, brumme ich ungeduldig. »Ich war immer eine Niete in Latein, so komme ich echt nicht weiter!«

Über Alfies Lippen huscht ein verständnisvolles Lächeln. »Schon gut, Jack!«, brummt er. »Unsere Tochter heißt Beatrice!«

Beatrice? Der Name rüttelt mich auf wie eine Autohupe, die unversehens auf einer verkehrsberuhigten Landstraße aufgrölt. Und plötzlich sind all meine Sinne hellwach.

Kapitel 19

Beatrice. Ihr Name durchfährt mich. Ich sehe Hunderte kleine Lettern vor mir: B.E.A.T.R.I.C.E. Eine verworrene Buchstabensuppe, deren vertrauter Geruch mir jedoch bereits würzig süß in die Nase steigt … Würde ich nur das Rezept kennen, verdammt! Würde ich doch nur mehr sehen, als dieses ganze Durcheinander in meinem Kopf! Denn irgendwo, irgendwo habe ich diesen Namen schon einmal gelesen!

Natürlich! Lolas Briefe!

Dann ist da eine Stimme, eine Frauenstimme, und plötzlich bin ich mir sicher, dass ich diesen Namen nicht nur *gelesen*, sondern auch schon einmal *gehört* haben muss. Meine Schläfen pochen, während sich Dutzende verschiedene Gesichter in meinem Gehirn aufeinanderschieben wie bei einem Kaleidoskop, und alle haben sie ihre roten Lippen zu Beatrices Namen verzogen.

Beatrice … Ich blättere noch ein wenig weiter in meinem plötzlich sehr hell leuchtenden Buch der Erkenntnis. Und dann, ganz plötzlich ist es da: Ja, Rebecca, sie hat diesen Namen gesagt, als es um Lolas Briefe ging. Sie waren an Beatrice gerichtet und doch an das Little Birds adressiert. Lolas Bekannte könnte frisch umgezogen sein. Vielleicht dachte Lola, Beatrice hätte das neue Namensschild noch nicht am Briefkasten angebracht, und wollte auf Nummer sicher gehen. Oder Lola war die genaue Adresse entfallen …

Und ich … ich kenne jemanden, der erst vor Kurzem umgezogen ist, … und … dieser jemand tauchte kurz nach Rebeccas ungewollt schicksalsschwangerem »Sie wollte später vielleicht noch vorbeikommen!« im *Little Birds* auf …

Und dann, dann sehe ich das Gesicht vor mir, welches der Schlüssel zur Lösung sein könnte. Es fehlt nur noch eine kleine Sache, und dann weiß ich es mit Sicherheit, dann muss Alfie noch nicht einmal seine Negative an den Wäscheleinen über uns aufhängen, damit ich das Puzzlestück, welches mir gerade vom Schicksal in die Hand gedrückt wurde, auch einsetzen kann.

Mit einem Mal bin ich ganz aufgeregt, und ich spüre mein Herz, das mit strammem Schlag gegen mein Hemd klopft.

Alfie ist unterdessen damit beschäftigt, die Negative von der Spule zu ziehen. »Komm an meine Seite!«, wispert er aufgeregt und streckt seinen Arm nach mir aus. »Ich kann das nicht allein machen! Sie kommt bestimmt ganz nach Mathilda!«

Ich fühle, wie mich seine ledrigen Hände berühren, allerdings schüttle ich den Kopf. »Warte!«, krächze ich mit heiserer Stimme. Dann atme ich kurz tief ein, hole meinen Geldbeutel aus meiner Hosentasche und ziehe jene Visitenkarte hervor, die ich immer nur flüchtig und nie genau unter die Lupe genommen habe. Es ist die Karte vom *Butter Bee's Cupcakes*. Nur ein kurzer Blick darauf genügt ... Beatrice Bottoms Visitenkärtchen segelt geräuschlos aus meinem Händen und bleibt kurz darauf auf dem Boden des Fotolabors liegen.

»Oh mein Gott!«, stoße ich atemlos hervor. »Grandpa, du hast ihr bereits die Hand geschüttelt! Deine Tochter ist Miss Giggles Katzensitterin!«

Alfie sieht mehr als nervös aus, als er neben mir in meinem Auto Platz nimmt und sich seine blau gepunktete Fliege zurechtrückt. Er hat sich einen alten Nadelstreifenanzug angezogen und seine störrischen weißen Haare nach hinten gekämmt, sodass sie jetzt einigermaßen ruhig auf seinem Kopf sitzen und nur nach oben springen, wenn ein leichter Luftzug durch das halb geöffnete Fenster hereintanzt. Natürlich sieht er trotzdem noch aus wie ein verrückter Professor. Aber das ist eben Alfie, mein Alfie, Beatrice Bottoms Vater und die große Liebe von Mathilda Applepie. In seinen faltigen Händen, die vor Aufregung beben, hält er einen riesigen Blumenstrauß.

Ich habe ihn selten so nervös erlebt. Alfie, dem sonst immer ein kecker Spruch, eine Lebensweisheit auf den Lippen sitzt, hat wahrscheinlich noch nie in seinem Leben einen weniger eloquenten Tag erlebt. Allerdings macht ihn das irgendwie noch sympathischer und vor allem menschlich.

Wenn ich nicht gerade hinter dem Steuer sitzen würde, hätte ich diesen Moment dazu genutzt, um meinem alten Grandpa eine kräftige Umarmung zu schenken, einfach dafür, dass er existiert.

Jetzt tupft er sich mit einem geblümten Taschentuch den Schweiß von der Stirn und sieht mich mit einem unsicheren Grinsen schief von der Seite an. »Das ist verrückt!«, sagt er mit stockender Stimme.

»Das ist nicht verrückt!«, korrigiere ich ihn standhaft und erwidere sein fahriges Lächeln. »Das ist wunderbar! Beatrice ist wirklich ein ganz außergewöhnlich netter Mensch! Und es passt doch wie die Faust aufs Auge, dass die Tochter von dir und Mathilda ein zuckersüßes *Cupcake-Geschäft* betreibt!« Ich lache melodisch auf. »Alfie, das mit den Cupcakes hat sie wohl im Blut!« Ich grinse breit, und als ich sehe, dass nun auch in Alfies Augen ein aufrichtiges, wenngleich immer noch angespanntes Leuchten tritt, macht mich das sogar noch ein wenig glücklicher.

»Danke!«, murmelt Alfie hinter seinem exorbitanten Blumenstrauß und wirft mir dann einen sehr langen, nachdenklichen Blick zu. »Du bist etwas ganz Besonderes, Jack!«

Ich zucke abwehrend mit den Schultern. »Nicht doch! Da gibt es nichts zu danken!«, entgegne ich und nicke ihm aufmunternd zu. »Wir sind gleich da!«

Alfie befolgt meinen Ratschlag sofort, doch keine Sekunde danach haben sich seine großen schwarzen Pupillen wieder eindringlich auf mich gerichtet. Er sieht mich mit diesem Blick an, den ich nicht zu entziffern weiß.

Eine leichte Gänsehaut kriecht mir über meine Arme … Gibt es etwa noch etwas, was er mir zu sagen hat? Ich starre angestrengt auf die Straße, als könnte diese Tätigkeit dabei helfen, dass mein Großvater jetzt einfach mal den Mund hält und sich auf das Wiedersehen mit seiner Tochter konzentriert, seine Nerven im Griff hat und sich schon einmal eine Rede überlegt, die er gleich groß und breit vor ihr darlegen wird. Doch es bringt natürlich nichts. Ich höre ihn bereits bedeutungsvoll einatmen. Kurz darauf murmelt er in seinen grau melierten Bart hinein: »Jack – wirklich! Ich will, dass du das verstehst, dass du verstehst, wie unendlich dankbar ich dir für alles bin! Und wenn ich sage, dass du etwas ganz Besonderes bist, dann ist das auch so. Es ist die Wahrheit!«

Jetzt macht er eine kurze Kunstpause, und ich schiebe ein bescheidenes »Schon gut Alfie, danke!« hinterher und bin sehr erleichtert darüber, dass es bei einem Kompliment geblieben ist und mein Großvater keine weiteren Enthüllungsgeschichten vor mir ausbreitet.

Alfie lächelt freudig. »Was du zum Beispiel mit deiner Schwester gemacht hast! Ich bin wirklich schwer beeindruckt! Ich hätte nie gedacht, dass Emma die Sache mit den Fairy Cupcakes so gut auffassen würde!«

Wenn wir nicht gerade mitten auf der Straße gewesen wären, wäre ich jetzt ruckartig stehen geblieben.

»Wovon sprichst du?«, frage ich mit alarmiertem Unterton in der Stimme, während sich die Gänsehaut auf meinen Armen zurückmeldet.

Dass nun Emmas Name im Raum steht, gefällt mir überhaupt nicht. Erst recht nicht in Verbindung mit den Fairy Cupcakes, denn dieses Thema hat bekanntermaßen nur Ärger gebracht.

»Aber das weißt du doch sicherlich!«, antwortet mein Großvater ruhig und sieht unverblümt in meine Richtung. »Schließlich geht's dir jetzt wieder besser! Emma war heute da und hat das Rezept der Fairy Cupcakes mitgenommen. Sie sagte, du wärest krank und hättest heute Abend einen wichtigen Gig. Sie wollte dir ein paar Cupcakes backen, damit du wieder auf die Beine kommst – wenigstens für den Auftritt. Sie klang wirklich sehr besorgt und wollte gleich zu dir weiterfahren, um …!«

Er kann nicht weiterreden, denn ich unterbreche ihn mit einem lautstarken Räuspern und presse ein vehementes »Ja, danke, es hat alles geklappt!« hervor, bevor es wütende Schreie tun.

Eigentlich hätte ich jetzt liebend gern zu fluchen angefangen, auf mein Lenkrad geschlagen und jedem im Umkreis von zwei Metern den Vogel gezeigt, um irgendwie den Frust rauszulassen, der sich jetzt wild und ungestüm in mir aufbäumt.

Ich beiße mir verärgert auf meine Unterlippe, als wäre das eine Art Sicherheitsvorkehrung. Eigentlich hätte ich Alfie liebend gern die Wahrheit entgegengepfeffert: dass Emma gelogen hat, dass wir seit diesem Tag, als ich ihr alles beichtete, nicht gut aufeinander zu sprechen sind, und dass ich befürchte, dass sie das Rezept nur gestohlen hat, um die Gunst jener Person zurückzugewinnen, die ihrem Glück mit Patrick noch im Wege steht. Ja, ein nun sehr eindringlich pochendes Gefühl in meinem Inneren verrät mir ganz deutlich, dass sich meine Schwester zu niemand geringerem als Betty McDouble aufgemacht hat. Hätte Patrick bei unserem Treffen im *Il Gargolo* bloß kein »Betty ist nämlich immer noch überaus scharf auf das Rezept der Fairy Cupcakes!« in diesen grauenvollen Abend hinausgeblöckt! Denn diese Information könnte meine törichte Schwester als die Eintrittskarte in Bettys Herz sehen und damit in das Leben von Patrick Prince.

Betty ..., selbst ich konnte ihr nicht geben, was sie gebraucht hat ... Ich konnte ihr nicht sagen, ob Lolas Rezept der Fairy Cupcakes noch existiert. Aber Emma, Emma hat jetzt ein gewaltiges Ass im Ärmel. Ja, all das hätte ich meinem Großvater gern vor die Füße geschleudert.

Alfie ist im Begriff, gleich seiner über fünfzig Jahre verschollenen Tochter gegenüberzutreten, da ist der Name Betty McDouble und die Tatsache, dass sie wahrscheinlich Dank meiner Schwester bereits im Besitz des Fairy-Cupcake-Rezeptes ist, reichlich Fehl am Platz. Ich möchte Grandpa nicht unnötig beunruhigen, deshalb beiße ich mir nun zum wiederholten Male auf meine Unterlippe und schlucke die aufkeimende Wut hinunter, in der Annahme, dass dies jetzt und in diesem Moment das einzig Richtige, das einzig Vernünftige sein kann.

»Emma ist eine tolle Schwester, nicht wahr?«, seufzt Alfie mit verträumter Stimme, und bei diesem Satz zieht sich alles in mir zusammen, weil ich so unendlich enttäuscht von Emma bin – nicht nur, weil sie unseren Großvater belogen hat, sondern vor allem, weil meine Schwester immer noch wie besessen von dem Gedanken zu sein scheint, mit Patrick Prince zusammenzukommen.

Doch ich schlucke meinen Ärger erneut tapfer hinunter, nicke stoisch und versuche, meine wütend zusammengekniffenen Augen auf der Fahrbahn zu halten. Ich bin wirklich erleichtert, dass Alfie wegen des bevorstehenden Treffens zu nervös ist, um etwas von meiner langsam, aber beständig bröckelnden Fassade mitzubekommen.

Ich spüre einen stechenden Schmerz unter der Brust, weil ich mir gar nicht ausmalen möchte, welches Unheil McDouble mit dem Rezept der Fairy Cupcakes anrichten könnte. Denn wenn ich bis jetzt davon ausgegangen bin, meine aktuelle Situation wäre schlimm, so habe ich all die Katastrophen nicht bedacht, die McDouble auf einem bösartigen Rachefeldzug gegen alle Menschen, die ihr jemals wehgetan haben, anrichten könnte. Und das Schlimmste dabei ist: Alfie wäre gewiss unter ihnen, er wäre wohl sogar einer der Ersten, über denen sich eine gewaltige Portion Hass ergießen würde.

Trotzdem – jetzt muss ich mich zusammenreißen. Ich werde meinen Großvater abliefern, so unbekümmert, wie ich es mir möglich ist, aber dann kann mich nichts und niemand mehr davon abhalten, zu meinem Auto zurückzugaloppieren und mit bahnbrechender Geschwindigkeit in Richtung Harping Charms davonzudüsen, um zu retten, was noch zu retten ist.

»Du siehst großartig aus!«, sage ich, um Alfies Selbstvertrauen zu schmieren, denn er wirkt doch ein wenig unsicher, wie er nun den ganz in Blau gehaltenen Laden vor uns mit leicht geöffneten Mund und riesigen Augen anstarrt. Mit bebenden Knien hakt er sich bei mir unter, und ich geleite ihn sorgsam durch die Glastür, auf der mit kunstvollen Buchstaben *Butter Bee's Cupcakes* geschrieben steht.

Miss Bottom steht mit einem strahlenden Lächeln hinter der Theke.

»Mr. Blueberry!«, sagt sie angenehm überrascht. »Schön, Sie hier zu sehen! Wie war Paris?«

Ich lächle sie freundlich an. »Aufregend!«, entgegne ich wahrheitsgemäß. »Erinnern Sie sich noch an die Nachricht, die ich Ihnen vor ein paar Tagen geschickt habe?«

»Natürlich«, antwortet Miss Bottom, und es ist nicht zu übersehen, dass sie sich fragt, in welche Richtung ich gerade unser Gespräch zu lenken versuche.

»Ich schrieb ja von einer kleinen Entlohnung!« Ich schiebe den erstaunten Alfie nach vorn, der jetzt zu einer bewegungslosen Statue erstarrt ist, welche nur mit riesigen, wässrigen Augen in die Richtung seiner Tochter stiert, als wäre sie ein Engel, der vom Himmel gefallen ist. »Es ist wohl eine *große* Entlohnung geworden!«

Miss Bottom lacht herzlich, als sie den kleinen alten Mann vor sich wahrnimmt, der ohnehin halb von dem exorbitanten Strauß in seinen fiebrigen Fingern verdeckt wird.

»Oh, sind die Blumen für mich?«, fragt sie. »Die sind ja wirklich wunderschön! Mr. Blueberry, das wäre nun wirklich nicht nötig gewesen!«

»Oh«, erwidere ich wohlwollend, »hätte ich von den Blumen gesprochen, dann wäre es nur eine *kleine* Entlohnung gewesen!« Vorsichtig nehme ich meinem Großvater den Strauß aus seinen zittrigen Händen, sodass sich sein blasses Gesicht vor Beatrice offenbart. »Jetzt starr sie nicht an, als wäre sie eine wandelnde Untote, Grandpa, ring dir mal ein Lächeln ab!«, zische ich ihm dabei ins Ohr.

»Ist das nicht Ihr Großvater?«, ruft Miss Bottom erfreut. »Ich glaube, wir sind uns bereits begegnet, nicht wahr?« Sie streckt ihre rechte Hand über die Theke, und Alfie nimmt diese wie im Bann entgegen, um sie dann im Tempo einer Schildkröte zu schütteln. Das »Ja, Alfie Blueberry«, kommt so leise über seine Lippen, dass ich mir fast sicher bin, dass Beatrice es nicht gehört haben kann.

»Haben Sie eine Vase?«, meine ich, um die angespannte Stimmung etwas aufzulockern, und sehe mich suchend in Miss Bottoms Laden um.

Beatrice verschwindet kurz und kommt dann mit einem geeigneten Gefäß wieder.

»Bitte!«, meint sie und wendet sich dann erneut Alfie zu, der immer noch reglos im Raum steht, als wolle er einen Wettbewerb im Stillstehen gewinnen. Ich hätte ihm am liebsten einen Tritt in den Hintern verpasst, denn ich habe keine Zeit für so etwas. Wenn es nach mir ginge, wäre ich schon längst auf dem Weg nach Harping Charms.

»Schön, dass Sie hier sind!«, lächelt Miss Bottom aufrichtig.

»Ich freue mich auch!«, stößt Alfie endlich hervor, auch wenn seine Stimme immer noch nicht mehr als ein dünnes, aufgeregtes Krächzen ist. »Beatrice!«, fährt er im selben, fiebrigen Ton fort.

Ich sehe, wie Miss Bottom überrascht ihre Augenbrauen nach oben zieht, als wollte sie fragen: *Woher kennen Sie meinen Namen?*

Mein Großvater räuspert sich konzentriert. »Entschuldige, dass es so lange gedauert hat … Beatrice … Aber jetzt bin ich hier!« Er stockt wieder, schlägt kurz die Augen nieder, scheint nach etwas zu suchen, an das er sich klammern kann, das ihm Halt gibt, aber vor allem Mut. Also trete ich hinter ihn und lege ihm behutsam eine Hand auf die Schulter.

»Es ist okay!«, wispere ich. »Sag es ihr!«

Der kleine, alte Mann richtet sich wieder auf, die großen schwarzen Pupillen voller Wehmut auf seine verlorene Tochter gerichtet.

»Beatrice, ich weiß nicht, ob dir Mathilda jemals von mir erzählt hat, aber ich bin Alfie Blueberry, ich bin wohl …, so scheint es, … dein Vater!« Seine Worte sind ein einziges Gestammel, doch Beatrice scheint ihn trotzdem verstanden zu haben, denn das Lächeln in ihrem Gesicht verschwindet schlagartig und wird von ungläubig zitternden Lippen abgelöst, die leicht offen stehen, als würde sie etwas sagen wollen, allerdings nicht die richtigen Worte finden.

Es scheinen Stunden zu verstreichen, bis Beatrice schließlich doch ihre Stimme erhebt.

»Nein!«, flüstert sie. »Nein, Mum hat mir nichts von dir erzählt – wir sind nicht mehr dazu gekommen! Natürlich wollte ich mit ihr darüber sprechen, aber du musst wissen, dass sie gestorben ist – keine zwei Wochen, nachdem ich sie gefunden hatte. Ich dachte, wir hätten alle Zeit der Welt … Und dann stirbt sie plötzlich bei einem tragischen Autounfall!«

Alfie kann nicht anders, als seinen Kopf beschämt nach unten zu richten, als Beatrice ihre Worte mit vor Schmerz verzehrter Stimme beendet hat.

»Über all die Jahre nahm ich an, dass du sie, dass du *uns*, im Stich gelassen haben musst, jedenfalls schloss ich das aus der Tatsache, dass keinerlei Unterlagen über dich im Waisenhaus existierten. Ja, wahrscheinlich war Tilda auch während der Schwangerschaft ganz allein, und dass sie mich schließlich zur Adoption freigab, erfolgte sicherlich, da sie gar keine andere Möglichkeit mehr sah und sie keine Kraft bei dem Gedanken hatte, sich ganz *allein* um mich zu kümmern.« Es folgte wieder ein überaus vorwurfsvoller Blick in Richtung Alfie, der in dieser Sekunde immer kleiner zu werden schien. »Jedenfalls hatte ich mir das über all die Jahre meiner Suche nach ihr so in meinem Kopf zurechtgelegt. Wen wundert es bitte, dass ich meinen Fokus zunächst darauf richtete, mich ihr zu nähern, mit ihr eine Verbindung aufzubauen. Ich hätte sie zu einem späteren Zeitpunkt auf dich angesprochen.« Ihre Stimme ist kühl, vorwurfsvoll, als würde sie ahnen, welches Ziel Mathilda hatte, als sie in diesen tragischen Unfall verwickelt worden war. »Aufgrund der Annahme, dass du ohnehin weder von Tilda noch mir etwas wissen wolltest, habe ich auch nach ihrem Tod keinen Versuch mehr gestartet, dich ausfindig zu machen.«

Mein Magen zieht sich unwohl zusammen, als ich sehe, dass Tränen auf Beatrices Wangen glitzern. So war das natürlich nicht geplant … Ich hatte gehofft, dass sich Vater und Tochter freudig in die Arme fallen würden. Dabei hatte ich meine Rechnung wohl ohne die Vergangenheit gemacht und all die Wunden, die damals verursacht wurden. Eigentlich hätte ich es wissen müssen … Vielleicht würde ich genauso reagieren, wenn plötzlich meine leiblichen Eltern vor mir stehen würden.

»So war das nicht!«, stammelt Alfie mit schwacher, verzweifelter Stimme. »Bitte – es gibt noch so viel, was du wissen musst über die entsetzlichen Umstände, die zwischen mir und deiner Mutter standen.«

»Oh, ich weiß ganz genau, was passiert ist! Nichts, *gar nichts*!«, schnaubt Beatrice eisig. »Du hättest kämpfen können, Alfie! Für uns beide! Aber es ist nichts dergleichen passiert! Wir waren dir nicht wichtig genug!« Sie wischt sich umständlich über ihre geröteten Wangen und atmet tief ein und aus, als müsste sie ihre Stimme im Zaun halten. »Egal!«, zischt sie dann. »Zum Glück ist mir bewusst, dass ich nicht das einzige Kind auf dieser Welt bin, das einen Vater hat, der es niemals wollte! Das kommt heutzutage ja oft genug vor. Aber mach dir nichts draus – ich habe damit abgeschlossen an diesem Tag vor zwei Jahren, als ich erfahren habe, dass Mathilda gestorben ist. Ich habe mich ja trotzdem sehr gut mit der Familie Applepie angefreundet, weißt du? Ich bin auch *so* ein Teil ihrer Welt geworden! Tildas Enkelin zum Beispiel, Lola, ist ein wahrer Goldschatz – wir verstehen uns wahnsinnig gut!« Sie sieht den zitternden Alfie durch wütend zusammengekniffene Augen an, als wolle sie ihm mit ihren Worten eine kräftige Backpfeife verpassen. »Trotzdem – niemand weiß, dass ich Mathildas Tochter bin … Und das ist auch gut so, ich wollte meine Vergangenheit einfach nur vergessen und das Beste aus dem Leben herausholen, das mir ohne Mathilda noch geblieben war. Es gibt nur eine Person, die meine Fassade ziemlich schnell durchschaut hat …, die wusste, dass ich nur Tildas Tochter sein kann und mich dann auch damit konfrontiert hat. Aber Betty McDouble und ich haben eine Abmachung getroffen, die unser Geheimnis sicher verwahrt!«

Am liebsten hätte ich mir die Ohren zugehalten, hätte mich umgedreht und wäre mit einem störrischen *Lalalalala!* aus dem *Butter Bee's Cupcakes* gestürmt, nur, um nicht mehr zuhören zu müssen. Denn ich wusste: Betty war bereit, einfach alles zu riskieren, wenn sie dadurch das Rezept der Fairy Cupcakes in die Finger bekam. *Sie* hätte mir Beatrice Namen verraten, hätte ich ihr nur gewisse Informationen beschaffen können. Doch natürlich sind meine Lippen wie zugeklebt, und es tut mir unwahrscheinlich weh, mit anzusehen, dass selbst Alfie gerade sein Happy End aus den Händen zu gleiten scheint.

Beatrice Bottom, die eigentlich Beatrice Blueberry heißen müsste, steht hinter der Theke wie hinter einem gepanzerten Schutzschild, während sich ihre Brust hebt und senkt und Tränen der Wut aus ihren Augenwinkeln treten.

Ein kleines, verletztes Mädchen, das im Körper einer erwachsenen Frau verloren ist, deren seelische Wunden gerade mit einer brennenden Portion Salz bestreut worden sind. Und Grandpa? Er steht da wie festgefroren und weiß nicht, was er machen, was er sagen soll, um all das Leid wiedergutzumachen, das er heraufbeschworen hat, als er die Liebe seines Lebens verließ.

Doch dann tut mein Großvater etwas, was ich niemals von ihm erwartet hätte – etwas, was jeder vernünftige Vater in einem solchen Moment tun sollte.

Er löst sich von meiner immer noch behutsam auf seiner Schulter ruhenden Hand und läuft mit raschen Schritten hinter die Theke des *Butter Bee's*, durchbricht damit den Schutzwall aus duftendem Gebäck und schließt das kleine, verletzte Mädchen ganz fest in seine bebenden Arme.

Zu meiner großen Überraschung stößt sie ihn nicht weg, lässt es zu, dass er mit seinen faltigen Fingern durch ihre blonden Haare fährt, vergräbt sogar ihr schmerzverzerrtes Gesicht an seiner Schulter, wo sie ganz unverhofft Trost zu finden scheint.

»Ich liebe dich, Beatrice!«, flüstert er dabei sanft. »Aufrichtig. Glaube nicht, dass ein Vater je vergisst und nicht jeden Tag an das Kind denkt, dass er zu einem Zeitpunkt, als er noch jung und unerfahren war, in die Welt setzte. Ich kann die Jahre nicht zurückholen, die wir miteinander verpasst haben, und doch kann ich dir in diesem Moment alles schenken, alles geben, was ich für dich über all die Zeit aufbewahrt habe: mein Herz!«

Das kleine Mädchen antwortet nicht, doch er drängt es nicht, gibt ihm alle Zeit der Welt, die es braucht.

Ich schlage meine Hand vor meine Lippen, weil ich so gerührt von Alfies Worten bin, und ich muss in diesem Moment erneut an meine leiblichen Eltern denken, die mir vielleicht dasselbe sagen würden, wenn ich ihnen jemals unter die Augen treten würde. So, wie ich die kleine Träne fühle, die jetzt langsam über meine Wange, an meinem Hals hinabrinnt, spüre ich, dass es an der Zeit für mich ist zu gehen. Mein Großvater und Beatrice werden reden, lange reden … Sie haben viel aufzuholen.

Gerade möchte ich mich zum Gehen wenden, als ich doch noch kurz von etwas abgelenkt werde. Schon bei meinem ersten Besuch sind mir die zahlreichen Bilder an den Wänden aufgefallen – nur habe ich damals nicht genau hingesehen. Jetzt fällt mir auf, dass dort nicht nur Bilder von Mathilda, sondern auch von Lola hängen … Ich muss wirklich wie ein Volltrottel durch die Gegend gerannt sein, der nichts wahrgenommen hat. Mit diesen entscheidenden Details wäre mir die Lösung der Dinge vielleicht viel schneller in den Sinn gekommen, ich hätte wesentlich schneller Zusammenhänge erschließen können.

»Das ist wirklich eine sehr schöne Bildersammlung!«, sage ich vorsichtig, weil ich die innige Umarmung von Miss Bottom und Alfie eigentlich nicht stören möchte, allerdings trotzdem einen Weg suche einen möglichst charmanten Abgang hinzulegen.

Beatrice hebt zitternd den Kopf. »Das sind alles Bilder aus einem alten Familienalbum von Mathilda … Sie hat es mir geschenkt, als wir uns das erste Mal getroffen haben!«

Ich nicke ihr freundlich zu. »Wirklich sehr schön!«, meine ich aufrichtig. »Ich denke, ich werde euch beide jetzt allein lassen, ich habe noch etwas Wichtiges zu erledigen!«

»Ach ja, der Gig!«, brummt mein Großvater verständnisvoll,

und ich lasse ihn natürlich in diesem Glauben. »Ja, genau. Dauert aber nicht lange – maximal drei Stunden denke ich. Danach hole ich dich gern wieder ab. Jetzt habt ihr aber erst einmal ein wenig Zeit zum Reden! Solltest du vorher gehen wollen, kannst du ja ein Taxi nehmen und mir Bescheid geben, okay?«

Er bestätigt meine Worte mit einem hoffnungsvollen Lächeln. »So machen wir es, danke!«, sagt er. »Danke dir, mein Junge!«

Ich möchte mich schon umdrehen, als ein ganz besonderes Bild noch einmal meine Aufmerksamkeit erhascht und ich mit einem Mal das Gefühl habe, ein unsichtbares Männchen würde mir gerade vehement gegen meine Schädeldecke hämmern. Bei diesem Bild muss ich nicht lange überlegen, ich habe es bereits mehrfach studiert und weiß sofort, wen ich da vor mir sehe.

»Das darf nicht wahr sein!«, stoße ich irritiert hervor und sehe fragend zu Beatrice hinüber, die meine entsetzten Blicke bemerkt hat. »Warum befindet sich McDoubles Vater in der Familienbildersammlung der Applepies?«

»Nun«, erwidert diese, »das kann ich dir sagen!«

Und dann packt Beatrice aus, bricht auch ihren Teil der Abmachung mit Betty, erzählt mir alles, angefangen mit seinem Namen – Roland Golding.

Am Ende halte ich die letzten noch fehlenden Puzzleteile in der Hand, mit denen jetzt alles Sinn ergibt und mit denen sich ein fürchterlich trauriges Bild der Wahrheit vor meinem inneren Auge erschließt. Kein Wunder, dass McDouble zu der Person wurde, die sie geworden ist. Doch noch tiefer sitzt der Schock darüber, dass Betty und Mathilda … nun … Halbschwestern sind.

Kapitel 20

Wenn ich gedacht habe, die ganze Sache könnte nicht absonderlicher werden, dann habe ich mich gründlich getäuscht.

Einer inneren Stimme folgend bin ich in Richtung Harping Charms davongebrettert. Zahlreiche Schweißperlen waren mir dabei durch meine Haare geronnen, während ich fieberhaft jene neuen Informationen verarbeitete, auf die ich gerade so unverhofft gestoßen bin … als wäre es meine Bestimmung gewesen, sie zu finden.

Ich fühlte mich ein wenig, als wäre ich seit Viterbo in eine Art Strudel der Wahrheit geraten, der nun schadenfroh grölend über die Applepies und Blueberries hinwegtobt – zwei Familien, die in so vielen Dingen enger verwoben und verbunden sind, als sie es sich jemals gedacht hätten … oder überhaupt wahrhaben wollten. Selbst in die kleinsten, verstecktesten Ecken braust jener zischende Wirbelsturm der Erkenntnis und lässt dort ordentlich Staub auffliegen, sodass alle Beteiligten nur mit sprachlos geweiteten Augen dabei zusehen können, wie alles, was sie sich aufgebaut haben, all die Masken, die sie trugen, langsam, aber beständig in sich zusammenfallen.

Ich klammerte mich an mein Lenkrad, als würde das dabei helfen, mir einen Plan zurechtzulegen, der alles wieder ins Gleichgewicht bringen konnte, der alle miteinander versöhnen würde.

Ich war der Auserwählte, wie ich mich in einem Akt des Größenwahnes selbst betitelte – ich war der Auserwählte, der jene auf uns alle zurollende Katastrophe im letzten Moment aufhalten musste.

Tatsächlich war das Bedürfnis, McDouble zu helfen wieder entfacht.

Als ich in meinem Auto sämtliche Verkehrsegeln brach, brannte es in mir wie die Ehrenflamme der Olympischen Spiele: hell, durchdringend und unverwüstbar. Ich dachte, dass ich – *nur ich* – die Macht hatte, Betty aufzuhalten, was auch immer sie für einen Plan verfolgte. Ich war ein Jünger des Schicksals … gewillt, sie auf die andere Seite zu ziehen, dorthin, wo noch Happy Ends warteten und anstelle von beständigem Nieselregen der Trauer die Sonne ihre warmen Strahlen durch die Wolken brechen ließ.

Ich johlte einen dumpfen Schlachtruf durch meine angespannten Lippen, schlug ungeduldig auf meine Hupe und musste mir eingestehen, dass ich neben dem *Auserwählten* aber auch ein wütender Bruder war, der Prince am liebsten sofort an die Gurgel gesprungen wäre, um ihn von Emma wegzuzerren. Trotzdem – das stand nicht an erster Stelle, denn zuerst würde ich diese alte Frau aufhalten müssen, die vom Dämon ihrer Vergangenheit besessen war, der seine scharfen, spitzen Krallen ganz tief in ihr dickes Fleisch krallte und dort tiefe Wunden hinterließ, die bis jetzt kein Zauber dieser Welt zu flicken wusste.

Eine innere Stimme verriet mir auf meiner halsbrecherischen Fahrt ganz deutlich, dass Betty keine Sekunde zögern würde, das Rezept der Fairy Cupcakes anzuwenden, sobald sie es nur in ihre gierigen Finger bekäme.

Ich hatte keine Ahnung, wie viele Stunden mir Emma schon voraus war … Tatsächlich konnte ich überhaupt nur von einem beunruhigenden Bauchgefühl ausgehen, das mir nachdrücklich eintrichterte, dass meine Schwester das magische Rezept nur an McDouble geliefert haben konnte. Aber ich wusste nicht, was Betty vorhatte, ich wusste nicht, was sie mit den Fairy Cupcakes anstellen würde, also musste ich vom Schlimmsten ausgehen … Es ging also um Leben und Tod.

Da war immer noch die Möglichkeit, dass Emma das Rezept nicht an Betty weitergegeben hatte. Sie hätte sich immerhin vornehmen können, es für sich selbst zu verwenden … Aber was wollte sie schon damit? Ihre Ungläubigkeit und Abneigung gegenüber jenem magischen Gebäck hatte sie bereits groß und breit vor mir dargelegt.

Ich parke mit keuchendem Motor in einer viel zu kleinen Parklücke nahe dem *Little Birds* und springe ohne Umschweife auf die Straße. Ich bin nicht überrascht, als ich Emmas feuerrote Ente sehe, die nur ein paar Autos weiter vor mir steht. Nicht überrascht, aber durchaus erleichtert, denn diese Fahrt hätte auch mit der Erkenntnis enden können, dass ich ganz umsonst nach Harping Charms gestürzt bin, während Emma Blueberry sich bei unseren Eltern in Harpenden bereits mit schadenfroh verzogenem Mund und einem glorreichen Biss in einen Fairy Cupcake wünscht, ihr Bruder würde von der nächstgelegenen Klippe stürzen.

Mein Herz klopft mir bis zum Hals, während ich anfange, mit großen, festen Schritten Richtung McDouble zu marschieren, mit erhobenem Kopf und angespannten Muskeln, als wäre ich auf dem Weg zu einem Kreuzzug. Nur eine Sache lässt mich kurz innehalten: das *Little Birds*. Meine Brust zieht sich zusammen, und ich bleibe unvermittelt stehen, starre auf das hübsche, von Rosen umrankte Tor und denke daran, dass alles hier angefangen hat. Ein sehr unpassender Moment der Nostalgie, und trotzdem möchten sich meine Beine für einen kurzen Augenblick einfach nicht weiterbewegen.

Hier fing also alles an … Ich bin mir nicht ganz sicher, warum, aber mit einem Mal schwirren Worte und Bilder durch meinen Kopf wie Seifenblasen, die ich gar nicht aufhalten kann und die nun ganz allmählich zerplatzen: Da ist Beatrice – gerade bin ich völlig verstört in sie hineingerannt, da ich Emma vor dem *Little Birds* hatte parken sehen. Ich komme mit Beatrice kurz ins Gespräch und irgendwann fällt ein Satz, der bis zu diesem Augenblick ein kleines Fragezeichen in meinem Hinterkopf zurückgelassen hat: *Wahrscheinlich besser, als sie sich selbst zu kennen glaubt!* Dies ist die Antwort auf meine Frage, ob sie Betty McDouble denn eigentlich gut kennen würde.

Endlich verstehe ich, was mir Beatrice damit sagen wollte. Wäre Melissa in diesem Moment nicht in unser Gespräch geplatzt, die Geschichte meines Lebens hätte mit Sicherheit eine ganz andere Richtung eingeschlagen, und ich hätte sofort erkannt, dass hinter McDoubles bösartiger Fassade noch so viel mehr steckt … Ich hätte sofort erkannt, dass beide Frauen eine ganz entscheidende Sache gemeinsam hatten …

Und ich kann die Empathie verstehen, die Beatrice für Betty entwickelt haben muss: weil sie erkannte, dass McDouble auch nur ein kleines, verletztes Mädchen ist, gefangen im Körper einer erwachsenen Frau. Und auch ich kann ihre Wut, ihre Trauer gut nachvollziehen, und das ist auch der Grund, warum ich vielleicht, wenn sie mir nur die Chance gibt …, alles in Ordnung bringen kann.

Mein Körper taut aus seiner Erinnerungsstarre auf, und meine Füße setzen sich wieder in Bewegung. Meine Beine tragen mich so schnell zu McDoubles Eingangstor, dass ich in diesem Tempo sicherlich auch einen Marathon gewonnen hätte.

Als meine fiebrigen Hände das Tor berühren, mache ich mir zunächst Sorgen, dass es verschlossen sein könnte – doch dann springt es wie von Zauberhand vor mir auf. Ich zögere nicht, schlüpfe, begleitet von einer nervösen Gänsehaut, hindurch und befinde mich dann auf Bettys weitläufigem Grundstück. Ich hämmere wie wild an Bettys Eingangstür, während mir ein bereits sehr vertrauter Duft prägnant in die Nase steigt: Es ist der Geruch von süßem Teig, von Zimt, einem Hauch Vanille und Puderzucker … der Geruch der Fairy Cupcakes, und bei dieser Erkenntnis dreht sich mir fast der Magen um.

»Lieber Gott!«, denke ich flehend und richte meinen Kopf dem blauen Himmel entgegen. »Bitte, lass es noch nicht zu spät sein!«

Dann höre ich ein leises Rascheln hinter der Tür. Es ist einige Sekunden still, und ich habe das merkwürdige Gefühl, dass mich gerade jemand ziemlich genau durch den Türspion inspiziert.

»Hallo?«, rufe ich ungeduldig. »Betty? Bitte mach die Tür auf!«

Keine Antwort … nur wieder dieses Rascheln, und als dann

schließlich das aufgeregte Kläffen von McDoubles Schoßhündchen erklingt, weiß ich es ganz genau: Es ist auf jeden Fall jemand zu Hause, denn der Köter wird ja wohl in seiner Freizeit keine Cupcakes backen.

Verzweifelt klopfe ich erneut, drücke ein paar Mal auf die Klingel, deren schriller Ton kurz darauf penetrant durch mein Trommelfell dröhnt. »Betty!«, gelle ich dabei eindringlich. »Bitte, mach auf, ich weiß, dass du zu Hause bist! Ich muss dringend mit dir sprechen!«

Erst kehrt wieder Stille ein, selbst das Kläffen des Hundes ist verstummt, als würde Betty ihm gerade mit einer Hand die kleine Schnauze zudrücken. Doch dann, plötzlich, sodass ich fast erschrocken zusammenzucke, höre ich ihre kühle, schnippische Stimme.

»Sieh an!«, knurrt McDouble düster. »Wenn das nicht Lola Applepies kleiner Freund ist! Dreimal darfst du raten, Blueberry ... Du bist hier unerwünscht – also mach, dass du von meinem Grundstück verschwindest! Ich denke, du gehörst auf die andere Seite der Straße, Jack!«, bellt McDouble jetzt ungehalten. »Das *Little Birds* ist dein Terrain, hier ist *meines*! Ach halt, da war ja was!« Sie macht eine kurze Kunstpause. »Hab gehört, dass du dich ziemlich mit Lola verkracht hast. Tja, passiert! Willkommen im Klub der Ausgestoßenen – hier kannst du aber auch nicht bleiben! Ist schon ein hartes Schicksal, wenn man nirgendwo dazugehört, was? Guten Tag noch, Blueberry!«

Und damit höre ich ganz deutlich, wie sich ihre Gestalt von der Tür wegbewegt und ich allein gelassen werde mit dem süßlichen Geruch der Fairy Cupcakes in der Nase.

»Halt!«, versuche ich es vergeblich. »Betty, Bitte! Ist meine Schwester da?«

Doch ich bekomme keine Antwort mehr.

Ich stehe vor McDoubles Tür, bebend und außer mir vor Wut. Ich weiß nicht, was ich machen soll, wie ich sie dazu zwingen kann, mich in ihr Haus zu lassen ... Und dann plötzlich fasse ich einen Entschluss, auch wenn es der wohl dümmste und unvernünftigste Entschluss ist, den ich je in meinem Leben getroffen habe. Selbst Helden fällen eben mal Entscheidungen, über die man im Nachhinein nur noch den Kopf schütteln kann. Ich frage mich, was wohl aus dem halbwegs anständigen Jack Blueberry geworden ist, der sich niemals eines ernsthaften Verbrechens schuldig gemacht hat … Aber was soll ich sonst tun? Sturmklingeln, bis mir McDouble die Polizei auf den Hals jagt? Nein, eher nicht … Dieser Plan, der gerade in meinem Kopf aufflammt wie eine brennende Glühbirne, ist meine einzige und wahrscheinlich auch letzte Chance.

Mit gebückter Haltung fange ich also an, um McDoubles riesiges Haus zu schleichen. Was ich jetzt vorhabe, kann gewaltig schiefgehen. Allerdings hilft das nichts angesichts der Tatsache, dass mir der Duft der Fairy Cupcakes gerade alle Sinne betäubt und ich Angst habe, allein ihr süßlicher Geruch könnte schon die schlimmsten Wünsche wahr werden lassen.

»Ich kann sie retten, ich kann sie beide retten!«, flüstere ich bedeutungsvoll dem Himmel entgegen, als würde dort tatsächlich jemand sitzen, der mir zuhört. Dann greife ich nach einem großen Stein am Boden.

Ich bin bereit für das schrille Geräusch der Alarmanlage, das wahrscheinlich gleich allen um die Ohren dröhnen wird, ich bin bereit für den Schmerz, der jeden Moment meine rechte Hand durchzucken könnte. Also beiße ich meine Zähne fest aufeinander, atme noch einmal gefasst ein und lasse dann meine Faust mitsamt dem Stein durch das Glas vor mir schnellen. Ein lautes Klirren ertönt, und ich höre, wie die Alarmanlage ihren durchdringenden Ton zum Besten gibt.

Ich ignoriere den pochenden Schmerz in meiner Hand, lasse den Stein fallen, taste angestrengt nach der Klinke der Terrassentür und stoße dieselbe dann kurz darauf mit einem lauten Kampfschrei auf.

Ich platze in Bettys Wohnzimmer wie ein Clown auf eine Beerdigung: unerwartet und vor allem absolut unerwünscht. Ich höre überraschte Schreie und ordne diese sehr schnell den drei Personen zu, die dort gerade beieinandersitzen und verstört in meine Richtung blicken.

Da sind Emma und Patrick in inniger Umarmung und natürlich McDouble. Allein Bettys Schoßhund scheint es sich irgendwo im Hausflur bequem gemacht zu haben, denn ich sehe weder sein hässliches, spitzes Gesicht noch höre ich seine nerviges Gebelle. Aber all das geht an mir vorbei, denn ich sehe, wie sich McDouble gerade einen duftenden Fairy Cupcake in den Mund schieben möchte.

Es kommt mir vor, als würde es in Zeitlupe geschehen … diese dicken roten Lippen und wie sie sich entschieden auf das duftende Gebäck zubewegen … Nur ein Biss genügt, und es könnte bereits alles verloren sein.

Mein Gehirn arbeitet wie wild, ich muss mich entscheiden. Betty oder Emma? Betty oder Emma? Auch wenn mir bei den Liebkosungen von meiner Schwester und Prince speiübel wird, stürze ich mich wie ein tollwütiges Tier auf McDouble und reiße sie mit einem einzigen, gekonnten Sprung auf den roten Perserteppich zu unseren Füßen, bevor diese auch nur überrascht »Was zum Teufel?« brüllen kann.

Ehe ich mich versehe, ist Patrick über mir und zerrt mich von Betty herunter. »Bist du verrückt?«, schreit er dabei außer sich, und dann landet auch schon seine Faust in meinem überraschten Gesicht. Wenn ich mich heute Morgen darüber gefreut haben sollte, dass mein Veilchen endlich abgeklungen ist … Nun, jetzt habe ich ein neues.

Ich höre, wie Emma aufschreit und in verzweifelte Tränen ausbricht. »Patrick!«, kreischt sie. »Bitte hör auf!« So sehr sie mich auch zu hassen vorgibt …, ganz egal bin ich ihr wohl doch nicht.

Prince drückt mich immer noch zu Boden und lässt dabei immer wieder seine Faust auf meinen bebenden Körper schnellen. »Du Vollidiot!«, stößt er dabei immer wieder hervor. »Was ist nur dein verdammtes Problem?«

Dann ist Emma bei mir und zerrt an Patricks Schulter. »Lass ihn!«, schnieft sie. »Oh mein Gott! Lass ihn endlich!«

Betty hat sich aufgerappelt. Ich bekomme nur von weiter Ferne mit, wie sie die Alarmanlage hastig ausschaltet und Prince dann mit einem unwirschen »Es reicht!« darum bittet, endgültig mit meiner Gesichtspolitur aufzuhören. Ich komme mir vor, als hätte man meinen Kopf unter Wasser getaucht. Jeder Ton scheint nur von ganz weit weg meine Ohren zu erlangen ... undeutlich und verschwommen.

»Hatte ich dir nicht gesagt«, grunzt Betty wütend, »dass du verschwinden sollst? Du dummer, dummer Junge!« Sie hält kurz inne, und durch meine halb geöffneten Augen sehe ich, wie sie vorwurfsvoll auf das zersplitterte Glas der Terrassentür zeigt. »Sieh, was du angerichtet hast!«

»Nein!«, ächze ich, während ich vor Schmerz kaum meine Augen offen halten kann. Ich schmecke Blut, rot, bitter und rostig liegt es mir auf der Zunge und auf meiner aufgeplatzten Unterlippe. Dann spüre ich eine zierliche, warme Hand, die sich sorgenvoll auf meinen zitternden Körper legt. Es sind die Finger meiner Schwester, die mir nun zaghaft über die Wange streichen, und es sind ihre Lippen, die sich zu einem aufrichtig erschrockenen »Oh, mein Gott, Jack – ist alles in Ordnung?« verformen.

»Ja«, lüge ich, »ist schon gut, Emmi – das habe ich mir selbst eingebrockt!« Dann wende ich mich wieder der über mir thronenden McDouble zu, die ihre Augen zu zwei giftigen grauen Schlitzen verengt hat. Ihr Blick ist unergründlich – sie versucht, in meinem Gesicht zu lesen, zu verstehen, warum ich das gerade getan habe, warum ich gerade wie ein Irrer in ihr Haus eingebrochen bin und nun auf ihrem Boden vor mich hin zittere. Doch unsere Blicke halten sich nicht lange, denn ich wende meine Aufmerksamkeit bald etwas viel Wichtigerem zu: den zahlreichen Männerporträts um uns, die das Geschehen durch ihre stummen eisblauen Augen verfolgt haben. In verschiedenen Farben bilden sie doch eine Einheit ..., eine kleine Armee des Schmerzes ..., eine kleine Armee einer schrecklichen Erinnerung. Es ist mir ein Rätsel, wie sich McDouble jeden Tag dieser Schmach aussetzen kann. McDoubles Vater, Beatrice Großvater ... Ich kann es immer noch nicht fassen!

Trotzdem bin ich fast erleichtert, dass Betty die Porträts von Roland Golding nicht abgenommen hat, denn für mich bedeutet das, dass ich sie immer noch an ihrem wundesten Punkt treffen kann.

Schon als ich das erste Mal McDoubles Haus betreten habe, wunderte ich mich über Bettys abfällige Worte Mathilda gegenüber: *Mathilda wusste die Männer um den Finger zu wickeln, das fing schon bei ihrem Vater an. Er hat sie abgöttisch geliebt und in den Himmel gehoben, seine kleine Prinzessin … Sie war ziemlich verwöhnt!* Wären McDoubles abfällige Worte nur bei Tildas Liebhabern geblieben, hätte ich es ja eingesehen … Erst Beatrice konnte mir diesbezüglich Klarheit verschaffen, als sie mich über Bettys Vergangenheit aufklärte, kurz bevor ich das *Butter Bee's Cupcakes* verließ.

»Ich weiß es, Betty!«, keuche ich also.

»Du weißt, dass du hier nichts zu suchen hast?«, entgegnet McDouble süffisant.

»Nein!«, stoße ich so standhaft wie möglich hervor. »Ich weiß, dass du Mathildas Halbschwester bist! Alles, was du mir erzählt hast, ergibt jetzt einen Sinn! Tildas Vater hatte eine Affäre mit deiner Mutter, aber er hat dich nie als seine Tochter anerkannt, nicht wahr? Du hasst Mathilda so sehr, weil sie dir alles genommen hat, alles, was du liebtest, alles, was dir je wirklich etwas bedeutet hat! Und dabei wusste sie es noch nicht einmal … Du hast diese Information tief in deinem Inneren vergraben, wie einen Schatz hast du sie gehütet. Doch du konntest es nicht ewig für dich behalten, nicht alles in dich hineinfressen … Hattest niemand, dem du dein Leid anvertrauen konntest …, bis eine gute Fee auftauchte … Deine Nichte! Und du hast sie dir sofort gekrallt. Du hast Mathildas Tochter unter deine Fittiche genommen – oder es zumindest versucht. Du wolltest ihr Geheimnis waren, und im Gegenzug sollte sie das deine hüten, stimmt's? Du wolltest niemandem sagen, dass sie Tildas verschollene Tochter ist, und sie sollte im Gegenzug die Tatsache verheimlichen, dass ihr Großvater in Wahrheit niemand Geringeres ist als *dein* Vater. Nur für die

Fairy Cupcakes hättest du es nicht mehr gehalten, dieses Versprechen … Doch sie, liebe Betty, hat es dir gleichgetan – auch sie hat eure Abmachung gebrochen! Ich bin jetzt bestens informiert, denn Beatrice hat mich über alles aufgeklärt! Sie vertraute mir an, dass sie mit dir zwar nie über ihren verschollenen Vater, sondern nur über Mathilda gesprochen hätte, aber einer der Gründe, warum sie sich überhaupt erst auf dich eingelassen hat, jener ist, dass sie deinen Schmerz verstanden hat, da sie *genau wusste*, wie es sich anfühlt, einen Vater zu haben, der sich scheinbar nicht um einen kümmert. Denn sie nahm all die Jahre an, Alfie hätte nie Interesse an ihr gezeigt, weder an ihr noch an Mathilda. Sie hat mir einmal im *Little Birds* gesagt, dass sie denkt, dich besser zu kennen als du dich selbst, und sie hatte recht. Jetzt verstehe ich endlich, was sie damit meinte! Und du wusstest, wer ihr Vater ist, hast es ihr aber nie gesagt. Kein Wunder, denn: Beatrice durfte nie erfahren, dass *du* einer der Gründe warst, warum sich Mathilda und mein Großvater überhaupt erst getrennt haben!«

McDouble sieht mich mit offenem Mund an, ihre ausladende Gestalt, heute in ein schwarzes Kostüm gehüllt, ist zu einer bewegungslosen Statue erstarrt. Sie hat an diesem Tag wohl mit allem gerechnet – nur nicht mit diesen Worten.

Ich sehe, wie ihre Fassade langsam bröckelt, wie die Fettschichten unter ihrem Kinn entsetzt zu beben anfangen. Ihr Gesicht trägt die Farbe eines Leichentuches – es sieht so aus, als würde sie verzweifelt darüber nachdenken, wie sie sich da jetzt wieder herausreden könnte, doch sie findet keine Worte, keine weiteren Lügen, die sie allen in ihrem Umkreis auftischen kann. Denn auch Patrick Prince scheint das, was gerade über meine Lippen floss, heute zum ersten Mal gehört zu haben. Vollkommen entgeistert sieht er zu seiner Tante hinüber, die jetzt jedoch hartnäckig versucht, in keine andere als meine Richtung zu sehen. Ich sehe die Tränen in ihren Augen, und es bricht mir auf seltsame Art und Weise das Herz. Ich sehe, wie ihre Lippen zittern, als wolle sie mir ein letztes *Warum hast du mir das angetan?* entgegenschreien. Aber sie tut es nicht. Ihre Lippen sind nur leicht geöffnet, und ihr Körper wankt gefährlich. Prince eilt zu ihr, hilft ihr zu einem Sessel, wo sie sich keuchend niederlässt.

Allerdings hat mir das Schweigen zwischen uns bereits viel zu lange gedauert, also hole ich zum nächsten Schlag aus.

»Was«, fahre ich unbarmherzig fort, »was wolltest du mit diesem Fairy Cupcake anstellen?« Ich zeige abwertend auf das immer noch am Boden liegende Gebäck.

»Ich«, stößt Betty schwächlich hervor, »ich wollte mich an allen Menschen rächen, die mir einmal sehr wehgetan haben.« Sie wischt sich über die Stirn. Kleine Schweißperlen glitzern dort. »Und ich hätte mit dem *Little Birds* angefangen und es in den Ruin getrieben, Stück für Stück.«

Ich ziehe irritiert die Augenbrauen nach oben. »Das wäre höchstens für achtundvierzig Stunden gut gegangen«, sage ich wohlwissend.

»Ich weiß, wie die Magie der Fairy Cupcakes funktioniert – aber denkst du nicht, dass Lola trotzdem langsam, aber sicher verrückt geworden wäre? Ich meine – all die Gedächtnislücken, all die unerklärlichen Dinge und Gegebenheiten! Sie hätte sich verändert, langsam aber stetig! Und irgendwann wäre es ein Leichtes gewesen, Lola für immer aus Harping Charms zu verbannen, damit ich mir das kleine Café auf der anderen Straßenseite unter den Nagel reißen kann!« McDouble hat vor Anspannung rote Flecken an ihrem Hals bekommen. »Und dann – *endlich!* – hätte etwas von Mathilda nur mir gehört! *Mir ganz allein!*«

Wir halten alle den Atem an, als sie fortfährt: »Das mit Golding hat mich zerstört, und Alfie, der setzte dem Ganzen nur noch die Krone auf! Ich versuchte, meinen Schmerz mit Essen zu stillen, versuchte, meine gebrochene Seele und meine daraus resultierenden schweren Depressionen hinter Bösartigkeiten zu verstecken … und dabei … « Sie stockt. »Dabei habe ich doch eigentlich immer nur die Anerkennung meines leiblichen Vaters ersehnt. Was angesichts der Tatsache, dass er nun schon viele Jahre nicht mehr lebt, natürlich verschwendete Liebesmüh war.«

Ich nicke nur stumm, warte darauf, dass sie weiterredet.

»Meine Mutter wurde von meinem Stiefvater verlassen, da war ich noch ein junges Mädchen. Kurz darauf beichtete sie mir, dass ich das Kind war, das aus einer Affäre mit Golding hervorgegangen war. Diese Affäre war der Grund, warum mein Stiefvater meine Mutter überhaupt erst verlassen hatte. Ich wollte ihn kennenlernen, diesen Roland Golding, aber er wollte mich nicht, glaubte mir nicht, als ich ihm sagte, was meine Mutter mir erzählt hatte. Allerdings fand ich an jenem Tag auch eine Freundin, eine sehr gute Freundin …, meine Eintrittskarte in Roland Goldings Leben: Mathilda. Ich konnte meinem Vater irgendwie nahe sein, wenn auch nur durch Tilda, der ich nie etwas von meinem Geheimnis erzählt habe. Niemandem habe ich es erzählt. Niemandem außer euch jetzt und Beatrice. Denn als Letztere in unser Leben trat, hatte ich das Gefühl, plötzlich jemanden zum Reden zu haben, da wir beide ein großes Geheimnis teilten. Dazu kommt natürlich der nicht ganz unerhebliche Fakt, dass die gute Beatrice meine Nichte ist und damit einer meiner wenigen Verwandten, die ich wirklich leiden kann.« Sie macht eine kurze Pause und geht noch ein bisschen tiefer durch die Tür in ihre tragische Vergangenheit. »Ach ja – natürlich war die Freundschaft zu Mathilda ein Dorn in Goldings Augen, ein gewaltiger um genau zu sein! Aber ich erpresste ihn und sagte, wenn er versuchen würde, mich und Tilda auseinanderzureißen, dann würde als Erstes seine Frau und danach auch der Rest der Familie von seiner Affäre mit meiner Mutter erfahren! Er musste parieren.« Sie seufzt schwermütig. »Ihr müsst wissen, Tilda war wirklich eine außergewöhnliche Frau, Jack, nicht umsonst war sie meine beste Freundin. Die Dinge wurden erst richtig kompliziert, als wir uns in denselben Mann verliebten … Ich konnte es nicht ertragen, dass sie nun auch noch Alfie für sich in Beschlag nahm, das war zu viel. Und so wurden aus Freundinnen Feindinnen.« Sie hält inne und sieht zitternd zu mir hinüber. »Ich wünschte, ich hätte den Mut gehabt, ihr die Wahrheit zu sagen … Sie hätte es bestimmt verstanden!«

Ich nicke ihr langsam zu. »Vielleicht!«, entgegne ich traurig. »Ich kann deine Wut verstehen, Betty, auch deinen Schmerz.

Glaub mir, als Adoptivkind hat man auch mal seine schlechten Tage. Trotzdem … du musst begreifen, dass das alles bei *dir* liegt, das *du* diejenige bist, der diese sehr starke Emotion gehört. Die Fairy Cupcakes mögen für vieles gut sein – aber wenn du damit systematisch das Leben anderer zerstören willst, nur damit du dich in deinem besser fühlst, hört der Spaß auf! So sehr du es dir auch wünscht, manche Dinge musst du mit dir selbst klären.«

Und dann hole ich erst richtig aus, erzähle ihr von meinen Ängsten, von all dem, was *ich* durchstehen musste, welche Fragen mir als Adoptivkind tagtäglich durch den Kopf schwirrten …, manchmal im Sekundentakt. Ganz verschwunden sind sie nie.

Wir sitzen da, eine Runde aus vier blassen Gestalten, umnebelt vom Duft der Fairy Cupcakes, und ich spüre, dass uns mit jedem Wort, das wir wechseln, eine gewaltige Last von der Seele fällt.

»Eine Sache musst du mir aber noch erklären!«, meine ich schließlich und sehe McDouble freundlich an. »Woher wusstest du eigentlich, dass Beatrice Tildas Tochter ist? Sie hat mir selbst gesagt, dass sie sich diesbezüglich niemandem anvertraut hat!«

»Oh!«, entgegnet sie. »Das war einfach! Allein die Tatsache, dass sie wie aus dem Nichts auftauchte und sich die Freundschaft und das Vertrauen der Familie Applepie anlachte, war schon sehr verdächtigt. Außerdem ist Beatrice Mathilda und deinem Großvater wie aus dem Gesicht geschnitten! Das konnte natürlich nur ich sehen, da ich die Einzige war, die *beide* gut genug kannte. Ansonsten hatten die Applepies und Blueberries ja schon seit vielen Jahren keinen Kontakt mehr. Was mich darauf bringt … hast du denn Alfie gar nicht erkannt, als du das erste Mal hier warst?«

Ich ziehe fragend meine Augenbrauen hoch, während sie auf jenes kleine Bild zeigt, das sie mir bereits vor einiger Zeit mit den Worten »Das ist ein Verflossener!« vorgeführt hat.

»Das kam mir leider zu spät!«, antworte ich wahrheitsgemäß und erinnere mich an das Gespräch mit meinem Großvater, als ich ihm erzählte, McDouble würde zum Tee vorbeikommen. »Einmal genauer hingesehen, und ich hätte dich wahrscheinlich nicht zu mir nach Hause eingeladen!«

»Die Dinge sind gekommen, wie sie kommen mussten!«, entgegnet Betty. »Und ich bin dir sehr dankbar für das, was du für uns alle getan hast!« Als sie das sagt, wirkt sie so ganz anders. Nicht mehr so bösartig und erhaben, sondern vielmehr ein wenig müde, traurig und nachdenklich. »Ich sollte sie abhängen!«, murmelt Betty schließlich. »Die Bilder, meine ich. Rückblickend betrachtet kommt es mir so vor, als hätte ich mich jeden Tag selbst gefoltert, indem ich immer wieder in seine eisblauen Augen blicken musste. Ich dachte, ich könnte es verarbeiten und habe nicht gemerkt, wie ich dabei eigentlich nur immer tiefer in meine Höhle der Trauer gerutscht bin!«

Wir nicken stumm. Wir fühlen mit Betty, können ihre Trauer, ihre Wut …, können all das verstehen. Und trotzdem ist da ein leiser Hoffnungsschimmer: das Wissen, dass alles gut werden wird. Angefangen mit diesem schicksalsschwangeren Tag, an dem auch das letzte Geheimnis gelüftet wurde, das noch zwischen uns allen in der Luft gehangen ist.

Irgendwann geht es dann nicht mehr nur um Betty und mich. Ich muss mir erneut von Patrick anhören, wie viel ihm meine Schwester bedeutet, und natürlich brenne ich darauf zu erfahren, wie es den beiden nach Italien ergangen ist.

»Deine Schwester blieb hartnäckig«, erwidert Prince stockend. »Anrufe, WhatsApps … Und dann hat sie mir auch noch einen fantastischen Plan eröffnet, der tatsächlich Hoffnung in unser gemeinsames Schicksal brachte.«

Ich weiß schon, was jetzt kommt. »Das Rezept der Fairy Cupcakes, oder?«, frage ich, auch wenn diese Frage zu einem großen Teil eher wie eine Feststellung klingt. »Patrick, du hast im *Il Gargolo* ja laut und deutlich eröffnet, dass Betty immer noch scharf darauf war.«

Die beiden nicken mechanisch.

»Entschuldige, Jack!«, murmelt Emma schuldbewusst. »Das war meine einzige Möglichkeit, das Wohlwollen von Betty zu bekommen! Deshalb habe ich Alfie angelogen, ihm gesagt, dass ich das Rezept wegen dir und deiner angeblichen Krankheit brauche!«

Ich verdrehe nur meine Augen, habe keine Kraft mehr, gegen ihre Liebe zu Patrick anzukämpfen. »Ja, ich habe eins und eins zusammen gezählt«, erwidere ich matt.

Ich hätte es selbst niemals für möglich gehalten, aber als ich wieder in Richtung *Butter Bee's Cupcakes* davonfahre, haben Prince und Emma meinen Segen. Vielleicht, weil ich so glücklich darüber bin, dass ich mich nicht in der Annahme getäuscht habe, dass in McDouble doch etwas Menschliches steckt und dass ihr ganzes Verhalten auf einer Wunde basierte, die ihr das Leben mit einem Messer aus Gleichgültigkeit verpasst hatte.

Ich fühle mich müde und ausgelaugt, aber auch auf seltsame Weise befriedigt, als ich vor Beatrice Geschäft ankomme und sich der Himmel über mir bereits zu einem zarten Violett verfärbt.

Alle Gliedmaßen tun mir weh, und ich spüre ein nachdrückliches Pochen an meiner Schläfe, ganz zu Schweigen von meiner rechten Hand, die jetzt immer wieder vor Schmerz aufflammt … Aber was soll's? Ich habe heute vielleicht wirklich eine gute Tat vollbracht, da sind die Schmerzen in meiner Hand und mein neues blaues Auge ein willkommener Preis.

Als ich vor der Ladentür stehen bleibe, muss ich zu meinem Bedauern feststellen, dass das Licht bereits aus und der Laden geschlossen ist. Allein eine kleine Notiz empfängt mich, die dort an das Glas der Eingangstür geklebt wurde. Die beiden sind in Beatrices Wohnung und trinken Tee. Ich muss lächeln, weil ich das Gefühl habe, dass Grandpa und Beatrice zumindest auf dem richtigen Weg sind.

Ohne zu zögern, folge ich Alfies Anweisungen auf dem Zettel und bin in diesem Moment unglaublich erleichtert darüber, dass ich jetzt nicht mehr irgendwo einbrechen oder irgendein Unheil verhindern muss.

Ja, ich glaube, das ist der Augenblick, in dem sich *der Auserwählte* – meine Wenigkeit, Jack Blueberry – einmal bewusst machen darf, dass er gesiegt hat …, auch wenn dieser Sieg als Trophäe nicht die Liebe von Lola Applepie bereithält, sondern nur die glücklichen oder heilenden Seelen anderer Menschen …

Aber vielleicht braucht es das manchmal. Ich meine, dass wir den Blick von uns selbst und unserem leidigen Leben abwenden, um andere glücklich zu machen. Denn ehe man sich versieht, könnte man dadurch selbst wieder etwas Glück einfangen, wie einen Schmetterling das Licht an einem Frühlingstag.

Nachdenklich biege ich einmal um die nächste Ecke und halte meine Augen nach dem von Alfie angesprochenen Tor offen. Nicht lange, und ich habe es entdeckt: Es ist ganz aus Gusseisen, von einem hellen graugrünen Farbton. Es quietscht geräuschvoll, als ich mit einem leisen, melancholischen Seufzen hindurchgleite. Ich betrete einen quadratischen Hinterhof, in dem der Duft von allerhand Blumen die Luft schwängert. In seiner Mitte befindet sich ein majestätischer alter Kastanienbaum, der seine leise im Wind murmelnden Blätter gegen den Abendhimmel hebt.

Dort steht jemand. Es ist eine junge Frau, sie hält ein weißes Blatt Papier in der Hand und sieht sich suchend um, während der Hund zu ihren Füßen ein aufgeregtes »Wau!« in die Abendluft jault. Ich will schon an dem Mädchen vorbeigehen, doch dann trägt der Wind den Duft von Rosenblüten an meine Nase, und die Gestalt hebt verblüfft den Kopf, als sich die dumpfen Schritte meiner Schuhe zu dem fleißigen Gezwitscher der Vögel um uns gesellen.

Es ist Lola, die Liebe meines Lebens, und der überraschte Ausdruck in ihren großen blauen Augen trifft mich mitten ins Herz. Ich möchte glauben, dass es ein Traum ist, dass sie nicht hier sein kann … dass sie immer noch durch die Welt reist und unmöglich jetzt und in dieser Sekunde, in der mein Herz wie wild gegen den Stoff meines zerfetzten Hemdes donnert, vor mir steht. Ich möchte glauben, dass es ein Traum ist, damit ich nicht enttäuscht bin, falls sie sich jeden Moment doch in Luft auflöst und nur noch ihren lieblichen Pfingstrosenduft zurücklässt.

Doch dann begreife ich langsam, denn als ich noch einmal auf den Zettel in ihrer Hand starre, höre ich unvermittelt eine Stimme in meinem Kopf: Es ist meine eigene, die wie in Trance jene Worte ließt, welche all das hier erklären können. Es sind die Worte in ihrer ersten Postkarte an Beatrice Bottom, die Worte, die ich an der malerischen Klippe unweit des *Little Bird* in Harping Charms gierig in mich aufsog wie die Luft zum Atmen.

Alles was du wissen musst, ist, dass meine letzte Anlaufstelle London sein wird. Du, um genau zu sein.

Kapitel 21

Lola sieht aus, als könnte ihr jeden Moment der Boden unter ihren hübschen braunen Sandalen wegrutschen. Sie steht da, als hätte jemand die Zeit angehalten – starr und grazil wie eine wunderschöne Skulptur aus einem Museum. Das Einzige, was sich bewegt, ist der sabbernde Mops zu ihren Beinen, der immer wieder ein leises Winseln erklingen lässt, als wolle er eben mal anmerken, dass er gewaltigen Hunger habe und wir uns mit dem Vertragen gefälligst beeilen sollen … *Vertragen?* Wer weiß, ob es überhaupt dazu kommen wird?

Lola scheint nicht zu atmen … Jetzt, in der Stille des Augenblicks, in den Sekunden, in denen wir nur noch durch unsere vor Überraschung und Ungläubigkeit aufgerissenen Augen wahrnehmen, wird mir immer mehr bewusst, dass es kein Traum ist, in den ich da gerade gefallen bin … Denn wäre das ein Traum, so hätte sich Lola schon längst in einen Wirbelwind aus Pfingstrosen aufgelöst. Sie sieht so schön aus, dass es fast wehtut, sie anzusehen, ohne sofort in ihre Arme zu fallen und ihre Lippen mit sanften Küssen zu liebkosen.

Als dann endlich das erste Wort ihren leicht geöffneten Mund verlässt, fährt ein Kribbeln durch meinen Bauch.

»Jack!«, stößt Lola müde hervor, als wäre sie nicht gerade erfreut, dass wir uns hier über den Weg laufen. Dann mustert sie mich argwöhnisch, und mir fällt wieder ein, dass ich gerade ziemlich abenteuerlich aussehen muss mit meinem zerrissenen Hemd, der blutigen Lippe, meinem blauen Auge und der verletzten rechten Hand. Tatsächlich fühle ich mich auch ein wenig, als wäre ich durch die Hölle gegangen, nur um jetzt und in diesem Moment so vor ihr stehen zu können … ausgelaugt und kraftlos, aber doch unendlich glücklich, dass uns das Schicksal erneut zusammengeführt hat, als wollte es sagen: *Da, hier! Eure letzte Chance, und wehe, ihr verbockt es noch mal!*

Mein Herz macht mir mit jedem Schlag unmissverständlich klar, dass ich die Möglichkeit, die mir gerade gereicht wurde, nicht fallen lassen darf. Und doch muss ich vorsichtig sein, darf nicht einfach drauflosstammeln, muss mir genau überlegen, wie ich jene Worte formuliere, ohne dass das Mädchen mit den großen, scheuen Augen davongaloppiert wie ein aufgescheuchtes Reh.

Also presse ich meine Lippen aneinander, während mich Lola entsetzt anstarrt und schließlich ein grimmiges »Was machst du hier? Du siehst aus, als hättest du die letzten Tage auf der Straße geschlafen!« hervorstößt.

Wenn ich an unser letztes Treffen zurückdenke, kann ich ihr ihren vorwurfsvollen Ton nicht übel nehmen. »Das ist eine lange Geschichte!«, entgegne ich wahrheitsgemäß und in einfühlsamem, ruhigem Ton.

Sie verschränkt beide Arme vor der Brust und verengt ihre hübschen blauen Augen zu zwei Schlitzen, als wäre ich nur ein Zauberer, der ihr billige Tricks vor die Füße schleudert, um sie zu beeindrucken.

Ich bleibe stehen. Es ist vielleicht noch ein Meter, der mich von Lolas bebender Gestalt trennt, und ich spüre, dass mein Herz mit jedem Schritt noch einmal schneller geworden ist. Vorsichtig strecke ich ihr eine Hand entgegen, als wäre ich Willy Wonka, der im Begriff ist, sie in seine süße Welt aus Schokolade zu entführen. Auch wenn es bei mir wohl das Glück ist, denn auch wenn ich vollkommen aufgelöst bin und äußerlich einem stinkenden Obdachlosen ähnle, nichts anderes empfinde ich in diesem Augenblick, in dem ich Lola gegenüberstehen kann.

»Wenn du mir die Chance gibst, Lola«, flüstere ich vorsichtig, »dann erzähle ich sie dir. Jede Einzelheit, jeden Gedanken!« Mein Blick wandert zu der kleinen Holzbank, die unter dem Kastanienbaum steht. »Und diese Geschichte beginnt mit einem Brief… einem Brief von meinem Großvater, Alfie Blueberry…«

»Ah!«, macht Lola unbeeindruckt. »Diese Geschichte kenne ich schon!«, sagt sie dann unwirsch, während sie die Arme vor sich noch enger zusammenzieht, als wären sie ein Schutzschild. »Weißt du noch – unser Gespräch in der *Villa Lante*?«

Ich nicke langsam. »Natürlich. Aber du kennst das Ende nicht!« Jetzt berühren meine Finger vorsichtig ihre ineinander verknoteten Arme, und ich sehe, wie sich die Härchen darauf aufstellen, als ich mit meinen Fingerkuppen vorsichtig versuche, zu ihr durchzudringen. Auch mich durchzuckt ein kleines Freudenfeuer, als ich ihre erhitzte Haut berühre. Ich habe fast vergessen, wie unglaublich weich diese ist. Es ist schwer, mich zurückzuhalten und sie nicht augenblicklich mit meinen verlangenden Lippen zu benetzten.

»Das Ende?«, meint Lola ungläubig und sieht mich dabei bohrend an.

»Das Ende!«, entgegne ich liebevoll. »Willst du denn gar nicht wissen, wie ich es bis zu dir geschafft habe… warum wir uns in dieser Sekunde gegenüberstehen?«

»Oh, das weiß ich schon!«, giftet sie und schüttelt meine Hände ab, als wären sie die Fänge eines glitschigen Oktopus. »Du bist ein perverser Stalker! Das bist du! Geh mir aus den Augen!« Damit dreht sie sich auf dem Absatz um und will in Richtung der Tür davonstolzieren, die ich für den Eingang zu Beatrices Wohnung halte. Charles grunzt erleichtert, wahrscheinlich denkt er, dass wir jetzt alles geklärt haben und er nun endlich etwas zu fressen bekommt.

Ich reagiere reflexartig, packe Lola am Arm und wirble sie zu mir herum, sodass sie kurz darauf nur wenige Zentimeter vor meiner Brust zu stehen kommt.

»Nein!«, sage ich ruhig, aber bestimmt, während mein Griff fest um ihr rechtes Handgelenk liegt. »Das bin ich nicht! Ich bin vielleicht ein Narr… ja…, ich bin vielleicht jemand, der sich hoffnungslos in eine wunderschöne Frau verliebt und geglaubt hat, es würde einfach sein, auch ihr Herz für sich zu gewinnen…«

Lola beißt sich unsicher auf ihre volle Unterlippe und sieht mit ihren großen blauen Augen fragend zu mir empor, während Charles aufgeregt um unsere Beine streift und mich wütend ankläfft, weil er wohl denkt, ich hätte vor, sein Frauchen zu entführen, so impulsiv, wie ich es gerade an mich presse.

»Was willst du mir damit sagen, Jack?«, flüstert Lola.

»Dass ich dir das Ende jener Geschichte erzählen möchte, die ich in Italien angefangen habe!«, entgegne ich sanft und beginne damit, meinen Griff zu lockern.

Lolas Pupillen sind nun so groß, als wären sie schwarze Löcher, die mich jeden Moment aufsaugen können … doch ich kann sehr gut in ihrem Blick erkennen, wie es gerade in ihr arbeitet, wie sie das Pro und Contra abwägt und schließlich zu dem Entschluss kommt, dass sie ja eigentlich nichts zu verlieren hat. Und es stimmt … Es gibt nichts mehr zu verlieren, für niemanden von uns, denn gerade sind wir uns so fremd, wie wir es nur irgendwie sein könnten. Aber zu gewinnen gibt es eine ganze Menge, um nicht zu sagen, die Welt, denn nichts anderes ist Lolas Liebe für mich.

»Also schön!«, murrt sie trotzig und lässt es zu, dass ich sie mitsamt ihrem Koffer in Richtung der Bank unter dem alten Kastanienbaum schiebe, wo die letzten Strahlen der Abendsonne immer noch zaghaft durch das Blätterdach tanzen und uns bald darauf in ein übernatürlich schönes Licht tauchen. Ich sehe ihren Mund und wie er zu einem griesgrämigen Strich verzogen ist, als wäre sie ein störrisches Kind, das seinen Spinat nicht aufessen möchte. Und ich denke mir nur, wie gern ich meine Lippen darauflegen würde, während meine Hände durch ihre duftenden braunen Haare fahren.

Diese Gedanken erschweren natürlich erheblich den Einstieg in die Geschichte, die ich jetzt unbedingt erzählen muss …, auch wenn ich das Ende schon weiß: *Ich liebe dich, Lola Applepie.*

Während ich erzähle, hat Lola ihren Kopf schief gelegt, wie ein Hund, der dabei ist, etwas begreifen zu wollen.

»Das ist verrückt!«, meint sie schließlich, ihrer Stimme ist jede Kälte entglitten.

»Ich bin noch nicht fertig!«, entgegne ich, und ich spüre, wie mir vor Nervosität Schweißperlen auf die Stirn treten, weil ich weiß, dass sich mein letzter Satz, mein krönender Abschluss, noch nicht über meine Lippen getraut hat. Aber ich kann es nicht mehr für mich behalten … Egal, wie sie sich entscheiden wird, jetzt, wo sie weiß, dass wir nicht verwandt sind, jetzt, wo sie alle Einzelheiten kennt und selbst über Bettys und Beatrices Umstände aufgeklärt ist.

»Was kommt denn noch?«, ruft sie aufgeregt, während ein unsicheres Lächeln auf ihren schönen Lippen liegt und ich vor Glück wie trunken bin, weil ich sie jetzt wieder lächeln sehen kann und das auch noch in meine Richtung.

»Es ist nichts …« Ich halte kurz inne, kratze nervös an meinem Kinn und bin mir nicht sicher, wie ich den Satz weiterführen soll. »Es ist nichts Schlimmes …«

»Ich weiß nicht, ob ich noch eine Überraschung vertragen kann!«, entgegnet Lola, und ihre Wangen glühen rot auf, als sie sieht, dass sich mein Mund langsam auf ihr Gesicht zubewegt … Doch entgegen aller Annahmen steuere ich nicht ihre Lippen an, sondern ihre Ohren, weil ich das, was ich ihr sagen will, offensichtlich nur so leise tun kann, dass ich sie dabei ganz nah bei mir haben muss.

»Ich liebe dich!«, wispere ich also unbeholfen in ihre Ohrmuschel. »Ich liebe dich, Lola Applepie, ob du es glauben magst oder nicht, aber ich habe noch nie einen Menschen so sehr geliebt wie dich … Tatsächlich habe ich überhaupt noch nie einen Menschen geliebt. Aber hier bin ich nun und sage es dir, weil es wahr ist. Ich liebe dich seit dem Moment, in dem ich dein Bild im *Little Birds* entdeckt habe. Ich will uns eine Chance geben, denn wenn ich dies tue, könnte ich zum glücklichsten Mann dieses Planeten werden. Ach, was sage ich … dieses Universums. Das hängt jetzt ganz davon ab, was du mir darauf zu sagen hast!«

Lola sagt nichts. Sie sieht mich nur mit ihren unendlich großen

Augen an, von denen ich immer wieder über alle Maßen fasziniert bin.

»Wenn das das Ende deiner Geschichte war«, wispert sie mit zittriger Stimme, »dann ist es wohl … auch unser Happy End!«

Und damit küsst sie mich. Sie küsst mich so leidenschaftlich unter den raschelnden Blättern des Kastanienbaums, dass ich mir sicher bin, dass jetzt irgendwo über unseren Köpfen, weit oben im Himmel, neben den graubärtigen Schicksalsgöttern, welche uns auf diese verworrene Odyssee geschickt haben, eine Schar Putten einen begeisterten Applaus anstimmen müssen. Nach all dieser Zeit, all dem Bangen, den Lügen, den Intrigen, der Angst … ist dieser Kuss der Befreiungsschlag.

Nach ein paar Minuten lösen wir uns von der Bank unter dem Kastanienbaum – ich gebe zu, ich hätte ewig dort sitzen können – und gehen in Richtung von Beatrices Wohnung. Beim Hochlaufen hüpft mein Herz vor Glück, denn wir halten uns so selbstverständlich an den Händen, als hätten wir nie damit aufgehört. Unterdessen hat Charles jedoch merklich Mühe, mit uns Schritt zu halten, weshalb wir etwas langsamer laufen.

»Warum …?«, frage ich, während wir eine Stufe nach der nächsten in der Geschwindigkeit einer Schildkröte nehmen und es nur noch eine Frage gibt, die noch ungeklärt in meinem Kopf herumschwirrt. »Warum hast du Beatrices Briefe eigentlich an das Little Birds geschickt?«

Lola lacht auf. »Das ist mir etwas unangenehm!«, meint sie. »Zu meiner Verteidigung muss ich sagen, dass Beatrice erst kürzlich umgezogen ist!«

Ich lächle wohlwollend. »Ich weiß! Und wärest du nur einmal an Beatrices alter Adresse aufgetaucht und hättest an ihrer Tür geklingelt …«

»Wäre ich direkt vor deiner Nase gelandet! Du hast es mir vorhin unter dem Kastanienbaum schon erzählt – ich kann das alles immer noch nicht fassen! Wer da wohl die Fäden gezogen hat?«

»Würde ich es nicht besser wissen und dem Schicksal die Schuld geben, würde ich sagen: ein verrückter Schriftsteller!«

»Als ich mich auf Reisen begab, wollte ich absolut meine Ruhe haben und über meine Zukunft nachdenken, darüber, wie es mit mir und meiner Karriere weitergehen soll. Und weil es dabei nicht einfach mal eben nur darum geht, was man sich zum Frühstück einverleibt, habe ich beschlossen, mein Handy zu Hause zu lassen, um möglichst von der Außenwelt abgeschirmt zu sein.«

»Ja, ich weiß, übrigens sehr zum Leidwesen von mir und Melissa – so konnten wir dich nämlich nicht einfach anrufen und dir sagen, was passiert ist.«

Sie zuckt entschuldigend mit den Schultern. »Teilweise auch zu *meinem* Leidwesen, denn ich konnte nicht einfach mal eben schnell auf SMS, WhatsApp und Co. zugreifen, um mit meiner Außenwelt zu kommunizieren. Ich wollte nach meiner Reise unbedingt zu Beatrice – nur ich kann mir neben Namen auch Straßennamen und Nummern einfach unglaublich schlecht merken. Versteh mich nicht falsch, mit dem Auto würde ich ihre neue Wohnung jederzeit finden, schließlich ist sie ja direkt über ihrem charmanten *Butter Bee's* … aber für die genaue Adresse hat mein Wissen leider nicht ausgereicht. Also habe ich meine Briefe in dem Vertrauen an das *Little Birds* geschickt, dass Rebecca sie auf jeden Fall an Beatrice weiterleiten würde! Hat wohl nicht geklappt, wie mir Beatrice gesagt hat. Denn da habe ich dann an meiner Hotel-Lobby angefragt, ob ich mal eben das Haustelefon benutzen kann – damit ich Beatrice wenigstens vorwarnen kann, dass ich komme. Zum Glück habe ich immer einen Zettel mit den wichtigsten Telefonnummern in meinem Geldbeutel, also war das kein Problem.«

»Ich verstehe!«, entgegne ich und endlich sind wir an Beatrices Wohnungstür angekommen, die einen kleinen Spaltbreit offen steht, sodass wir einfach hindurchschlüpfen können.

Beatrice und Alfie machen große Augen, als wir schließlich Hand in Hand und mit Charles im Gepäck im Wohnzimmer stehen.

Mein Großvater und seine verlorene Tochter wirken bereits seltsam vertraut, der Ärger vom Nachmittag scheint sich schnell verflüchtigt zu haben. Das verrät mir die Art, wie er sie *Bea* nennt und sie ihm dann dieses sanfte Lächeln schenkt, als hätte sie seit sehr langer Zeit nicht mehr einen so schönen Klang ihres Namens vernommen.

Dann sitzen wir beisammen und lachen und erzählen von den Strapazen, Schicksalsschlägen und Zufallstreffern der letzten Tage und Wochen, während abwechselnd Shortbreads und Schokoladenplätzchen in unsere Münder wandern. Es tut gut, darüber zu sprechen …

»Ich brauchte diese Auszeit!«, erklärt Lola schließlich, nimmt einen kräftigen Schluck von ihrem Earl Grey und streicht Charles dann liebevoll über den Kopf. »Weil ich mir über einiges klar werden musste – du weißt ja, Beatrice, ich war nicht immer hundertprozentig glücklich!«

Eine wohlige Gänsehaut überkommt mich, als sie meine Hand nimmt.

»Auf meiner Europareise hatte ich viel Zeit zum Nachdenken, und ich habe mich jetzt endlich entschieden …«

»Was hast du entschieden, Spätzchen? Jetzt spann uns doch nicht so auf die Folter!«, sagt Beatrice ungeduldig.

»Nun!«, fährt Lola langsam fort. »Du weißt es ja selbst, Bea. Eigentlich wollte ich doch immer auf die Bühne, aber das *Little Birds* hat mich regelrecht an Harping Charms gefesselt. Es gab keine Möglichkeit für mich, dort rauszukommen. Und jetzt werde ich zumindest mal einen Gesangs-Workshop in London besuchen – das habe ich mir in meiner Woche am Meer endlich fest vorgenommen!«

Beatrice macht große Augen. »Das klingt fantastisch!«, sagt sie schließlich mit einem zustimmenden Nicken. »Und wer passt dann auf das *Little Birds* auf?«

»Melissa hat bereits angedeutet, dass sie sich das auf jeden Fall vorstellen könnte, und vielleicht greift ihr Rebecca auch noch unter die Arme.«

»Ich werde auf jeden Fall zusehen, dass ich auch ein wenig helfe! Ich könnte dir zum Beispiel Backwaren aus dem *Butter Bee's* schicken«, bietet Beatrice lächelnd an.

Lola nickt dankbar. »Oh ja, das wäre wundervoll!«

Dann sieht sie mich an. Ihre großen blauen Augen dringen ganz tief in meine ein.

»Du weißt das sowieso nicht mehr, aber …«, flüstert sie, sodass ich mir sicher bin, dass die folgenden Worte nur für mich bestimmt sind. »In unserer ersten gemeinsamen Nacht hast du mich auf die Bühne eines kleinen französischen Restaurants in Deltons Pride gezerrt.«

»Klingt nach dem *Petit Coeur*!«, entgegne ich schmunzelnd.

Lola nickt. »Ja stimmt. Und weißt du, genau *dieses* Erlebnis, mit dir auf der Bühne zu singen, hat diesen Wunsch in mir entfacht! Nicht nur den Wunsch dazu, mehr in Richtung Gesang zu machen, sondern auch den Mut, Ja zum Leben zu sagen, aber vor allem, Ja zu meinen Träumen! Meine Reise hat dann ihr Übriges getan. Ich weiß jetzt, wo ich hin möchte, ich weiß, wo ich mein Glück finden kann! Und am glücklichsten bin ich, wenn ich singe!«

Als sie ihren Satz vollendet hat, habe ich das Gefühl, dass sich ein riesengroßer Kreis schließt. Denn unsere Geschichte begann weder mit einem Brief noch mit meinem Besuch im *Little Birds* … Sie begann mit jenem geheimnisvollen Abend, als sich Lola Applepie ihren Traumprinzen wünschte. Warum sie da ausgerechnet mich bekam, ist mir immer noch ein Rätsel, aber ich kann nur dankbar sein. Denn jener entscheidende Fairy Cupcake hat damit nicht nur zwei Menschen zueinandergeführt, sondern einen Strudel unglaublicher Begebenheiten in Bewegung gesetzt, die ich jetzt nur noch unter einem Wort zusammen fassen kann: *Glück!*

Epilog

Etwa zwei Jahre später

Lolas Hand gleitet in meine. Sie ist warm und weich und gibt mir die Stabilität, die ich gerade brauche – Kraft zum Stehen, Kraft, um die Augen offen zu halten, und Kraft zum Hören, um die Worte nicht an mir vorbeigleiten zu lassen, die der Mann in Schwarz gerade so andachtsvoll von sich gibt. Ich fühle ihre Finger und wie sie sich fest um meine winden. Als wären unsere Hände füreinander geschaffen. Ihre freie Hand liegt auf der kleinen Wölbung ihres Bauches, dort, wo unsere Tochter Leonora Blueberry noch etwa drei Monate selig vor sich hinschlummern darf, bevor sie das Licht der Welt erblickt.

In meiner freien Hand halte ich eine Kopie jenes in Leder gebundenen Fotoalbums, das mir Grandpa Alfie zu meinem letzten Geburtstag geschenkt hat, auf seinen Seiten sind die Bilder von Tildas geliebter A-Shot zu sehen. Es sind die Momentaufnahmen jenes Filmes, den wir einmal zusammen entwickelt haben … zu einer Zeit, in der ich noch sehr verwirrt war … ein junger Kerl, der Angst vor dem Leben hatte und vor den Überraschungen, die dieses für jeden von uns bereithält. Dieser junge Kerl ist inzwischen erwachsen geworden. Manche Männer sind eben wie guter Wein. Sie brauchen Zeit, um zu reifen.

Wir alle stehen dicht gedrängt um das ausgehobene Grab, während zahlreiche Tränen auf unseren schmerzverzerrten Gesichtern glitzern.

Da sind die alte McDouble, meine Schwester und Patrick

Prince, meine und Lolas Eltern und natürlich Beatrice Bottom, deren Gesicht besonders mitgenommen wirkt. Immerhin waren es nur knappe zwei Jahre, die sie mit ihrem Vater verbringen konnte … auch wenn sie jeden Augenblick davon genutzt hat.

Neben Lola stehen außerdem noch Rebecca, Daniel und ihre kleine Tochter Penelope, Melissa und Charles, der sich jedoch wenig beeindruckt von dieser Zeremonie einfach ins Gras gelegt hat.

Rückblickend würde ich sagen, dass mein Großvater doch ein glückliches Leben hatte – dass er sicher nicht immer alles richtig machte, nicht immer die beste Entscheidung traf, aber doch Erinnerungen schuf, die uns noch lange mit Licht und Liebe erfüllen werden. Denn gerade in den letzten zwei Jahren hatte Alfie keine Lust mehr, nur noch Bücher mit Geschichten zu füllen, die er niemals selbst erleben würde … Unser verrückter Schriftsteller fing an, sie endlich zu leben! Gemeinsam mit Beatrice und uns, den Menschen, die ihn für immer über alles lieben werden.

Alfred Blueberry entschlummerte dem Leben an einem verregneten Herbsttag im Oktober. Er wachte einfach nicht mehr auf, als hätte sich Mathilda zu ihm ins Bett gelegt und er sich dazu entschieden, bei ihr zu bleiben und nicht mehr in die Realität zurückzukehren. Ich fand ihn dort: Er wirkte ganz friedlich, während sein sanftes Alfie-Lächeln selbst im Tod seine Lippen umspielte. In seinen Händen lag ein zerknitterter Brief, den ich sogleich an mich nahm. Und auch wenn sich dieser Moment für immer schmerzhaft in mein Gedächtnis bohrte, wusste ich im selben Moment: Er ist jetzt bei seiner großen Liebe und wacht über uns mit seinen großen gutmütigen Augen. Er ist sicher stolz auf das, was wir alle erreicht haben …, darauf, dass wir nie mehr auch nur einen Fairy Cupcake in die Hand nahmen oder zu dem Elixier griffen.

Er ist stolz darauf, dass Lola nach ihrem Gesangs-Workshop immer wieder kleine Auftritte als Sängerin hat und im *Little Birds* nicht selten zu einem lauschigen Musikabend einlädt, an dem ich am Klavier sitze und sie dabei ihre engelsgleiche Stimme zum Einsatz bringt. Damit erfreut sie nicht nur die Nachbarschaft von Harping Charms, sondern auch viele andere Gäste, die jetzt nicht mehr nur für den weltberühmten Kuchen des *Little Birds* anreisen. Bei der Organisation dieser *Appleberry Nights*, wie sie Lola liebevoll getauft hat, bekommt sie Unterstützung von ihren beiden besten Freundinnen Melissa und Rebecca. Denn ja, man sollte es nicht glauben, aber Lola, Rebecca und Melissa sind ein richtig harmonisches Dreiergespann geworden. Alle Unstimmigkeiten und Verletzungen der Vergangenheit wurden ad acta gelegt. Nicht ganz unschuldig daran ist Alfie, der den drei Damen folgende Worte ans Herz gelegt hat: *Wollt ihr lieber glücklich sein oder recht behalten? Entscheidet euch!*

Das *Little Birds* ist jetzt unser gemeinsames Zuhause, denn ich habe mein Stadthaus in London verkauft, und mit dem Geld haben wir bereits angefangen, die Räumlichkeiten des *Little Birds* fachgerecht auszubauen, sodass unser gemeinsames Glück noch ein bisschen mehr Platz hat. Es könnte also gut sein, dass wir es bald in *Big Birds* umbenennen müssen.

Und ich und meine Band? Nun, wir haben natürlich immer noch Auftritte, auch wenn uns jetzt niemand mehr als die gefeierten Stars erkennt, die wir einmal gewesen sind. Aber das ist nicht schlimm. Denn wenn wir dann doch mal Erfolge haben, so schmecken diese besonders gut!

Ja, wir leben das echte, das einfache Leben …, auch wenn das viel Arbeit und Fleiß bedeutet. Aber Alfie weiß, wir werden niemals aufgeben, bis wir das haben, was wir wollen. Wir werden immer an uns selbst glauben, denn das ist die eigentliche, die wahre magische Zutat, die uns alles im Leben erreichen lässt. Und sollten wir doch einmal fallen und uns unsere Knie an Missmut, Trauer und Hoffnungslosigkeit blutig schlagen … nun, dann haben wir Menschen in unserem Leben, die uns wieder hochziehen. Wenn ich diese Menschen suche, muss ich nur einmal um mich blicken, denn alle haben sich heute an Alfies Grab versammelt, um Lebewohl zu sagen.

Die Blueberries und Applepies nehmen Abschied von einem

großartigen Menschen …, der so viel bewegt hat in unserer aller Leben und ohne den diese Geschichte ein Loch hätte, das durch nichts gefüllt werden könnte.

Ich trete einen Schritt nach vorn und werfe das Fotoalbum auf den Deckel des schwarzen Sarges in der tiefen Grube vor uns. Mit einem dumpfen Geräusch bleibt es dort liegen, es breitet seine Blätter auf Grandpas Sarg aus, als würden ihm die Personen auf den Bildern eine letzte innige Umarmung geben. Es ist eine Umarmung für die Ewigkeit. Und plötzlich rutscht etwas heraus, flattert an der glatten Fassade des Sarges vorbei, hinunter in die dunkle braune Erde.

Es sind jene Zeilen, die ich am Tag seines Todes aus Grandpa Alfies ledrigen Fingern gezogen habe, kurz nachdem ich in sein Schlafzimmer gestolpert war. Ein Brief, den er bereits vor zwei Jahren verfasst haben musste – noch bevor er mich auf meine Odyssee schickte. Und mit einem Mal wird mir klar, warum unser Alfie selbst auf dem Totenbett noch ein Grinsen auf den Lippen hatte: Sein raffinierter Plan war aufgegangen.

Meine geliebte Tilda,
du wusstest ja immer schon, dass ich ein wenig verrückt bin – aber dass ich neuerdings Briefe an eine Tote schreibe, ist wohl der Gipfel aller Absurditäten, die sich immer wieder in meinem Leben zutragen. Dabei ist es mir doch so wichtig, gerade jetzt mit dir zu sprechen … denn du wirst es nicht glauben, aber ich habe nicht einmal vor fünf Minuten einen anderen Brief vollendet. In diesem Moment glühen meine Wangen rot auf vor Begeisterung, wenn ich nur an den Plan denke, der bereits seit geraumer Zeit tief in meinem Inneren vor sich hin brodelt. Du wirst wahrscheinlich gleich belustigt den Kopf schütteln und mir mit erhobenem Finger erklären, dass ich vielleicht für vieles auf diese Erde geschickt wurde, aber sicher nicht, um Liebesengel zu spielen. »Du bist Autor, nicht Amor …« Ja, ich glaube, so ungefähr wären deine Worte. Aber das, liebe Tilda, lass mal schön meine Sorge sein. Trotzdem – neugierig bist du schon, oder? Keine Sorge … mein anderer Brief richtete

sich nicht an eine neue Geliebte, denn du weißt ja – du wirst immer die erste Geige in meinem Herzen spielen.
Es war vielmehr eine Art Liebesauftrag, den ich an meinen Enkel Jack weitergab. Du musst wissen, mein Jack ist ein bildhübscher Junge, der aber leider keine Ahnung von der Liebe hat. Tragisch, nicht? Ich bin mir bis jetzt nicht sicher, ob es meine eigene Eingebung war oder ob du mir im Traum zugeflüstert hast, ich solle ihn doch auf eine kleine Odyssee des Herzens schicken … eine Odyssee nach dir … einer Toten. Auch wenn du nicht irgendeine Tote bist, du bist die Liebe meines Lebens – selbst über den Tod hinaus.
Was hältst du davon, Tilda? Kannst du jetzt nur ungläubig den Kopf schütteln? Nein! Bestimmt nicht! Ich kenne dich und deine Neigung, andere Menschen in die Richtung des Glücks zu schubsen. Denkst du, dass mein Vorhaben gelingen wird?
Uhhh … ich war ganz schön makaber … habe sogar angedeutet, dass es mit mir zu Ende geht, damit der Junge mal seinen Hintern hochbekommt … Aber was tut man nicht alles, nicht wahr?
Als Schriftsteller habe ich ja schon viel geschrieben, aber noch nie ist dabei ein Werk von so großer Bedeutung, von so exorbitantem Wert herausgekommen. Ja … Ich habe da so eine Vorahnung, dass dieser Brief alles verändern könnte. Natürlich, er wird sämtliche Nerven auf die Probe stellen, meine eingeschlossen, aber meine Worte werden nötig sein, um gewisse Steine ins Rollen zu bringen. Und ich werde genüsslich dabei zusehen, so, wie du das vom Himmel aus auch tun wirst.
Dein tragischer Unfall ist nicht umsonst gewesen, Mathilda, das verspreche ich dir … Vielleicht entwickeln sich sogar dadurch nun gewisse Ereignisse, die gerade noch eine Prise Glück benötigen, aber ich bin mir sicher, dass du diese Zutaten bereits über unserer aller Leben gestreut hast … Ach meine süße, meine wunderbare Tilda! Einer Sache jedenfalls kannst du dir jetzt schon sicher sein: Ich habe gerade angefangen, unsere Geschichte aufzuschreiben.
Ja … es gibt manche Leben, die sind einen genaueren Blick Wert, die sind auch für ein breiteres Publikum interessant. Ich glaube, unsere gehören dazu. Allerdings bin ich mir immer noch nicht

ganz sicher, ob ich das Ganze tatsächlich wie einen autobiografischen Roman aussehen lasse oder ob unsere Protagonisten völlig andere Namen tragen werden … das Schöne ist ja, dass jeder Autor in der Gestaltung seiner Romane vollkommen frei ist. Was ist Fiktion, was ist Realität? Ich liebe es ja, wenn meine Leser sich diese Frage stellen.
Du siehst, meiner Kreativität sind keine Grenzen gesetzt, und es gibt noch so viel, was ich klären muss, was erforscht und wohl überlegt sein möchte … der erste Satz, der letzte Satz? Und, und, und! Aber eines steht schon fest. Und du weißt ja, was man unter Schriftstellern sagt: Hast du den Titel, hast du das Buch! Dieser wurde mir, so möchte ich annehmen, vom Zauber des Glücks ins Ohr gewispert. Denn weißt du, meine wundervolle Tilda, ich werde dieses Buch dir widmen, und demnach kann es nur einen Namen tragen: Applepie Stories! Genial, oder?
Dein dich immer liebender
Alfie

Lexikoneintrag aus Alfies Archiv

Fairy Cupcakes

Magische Gebäcke, die bei Verzehr jeden Wunsch erfüllen, dabei jedoch einigen Regeln unterliegen.

1. Ein Cupcake = ein Wunsch
2. Jeder Wunsch darf nur einmal ausgesprochen werden. Wünscht man sich denselben Wunsch zweimal, passiert gar nichts.
3. Sobald der Wunsch in Erfüllung gegangen ist, hält seine Magie sechs bis achtundvierzig Stunden an. Dieser Zeitraum wird auch als Wunschzeitraum bezeichnet.
4. Nach Ablauf dieses Wunschzeitraums vergisst jedes aktiv in einen Wunsch involvierte Wesen das Geschehene. Mit einigen Ausnahmen: Diese sind der Wünschende selbst, Kinder (jeder unter 21 Jahren) und Tiere.
5. Sollte ein Tier einen Fairy Cupcake verzehren und sich etwas wünschen, gelten dieselben Regeln, bis auf die Ausnahme, dass es zu keinem Vergessen der in einen Wunsch involvierten Wesen kommt.

Das Elixier

Um nach dem Verzehr eines Fairy Cupcakes dessen Wunsch/Wirkung nach Ablauf des Wunschzeitraums nochmals erleben zu können, ist ein magisches Elixier vonnöten.

Dieses muss von seinen Inhaltsstoffen her auf jeden Wunsch individuell angepasst werden.

Nach Einnahme eines Elixiers wird die spezifische Magie des

Fairy Cupcakes reaktiviert, womit sich auch alle aktiv in einen Wunsch involvierten Wesen wieder erinnern.

Das Elixier kann die Magie jedes Wunsches reaktivieren. Egal, wie lange er zurückliegt.

Fairy-Cupcake-Rezept

Teig:

125 g Butter
125 g Zucker
1 Prise Salz
1 Pack. Vanillezucker oder Mark einer ½ Vanilleschote
1 TL Zimt
2 Eier
125 g Mehl
½ TL Backpulver
5 EL Milch

Frosting:

125 g Butter
125 g Puderzucker
Mark einer ½ Vanilleschote
125 g Mascarpone
2 EL Himbeerpüree oder Marmelade

Backofen auf 180° C (Umluft) vorheizen.

Zubereitung:

1. Butter, Zucker, Salz und Vanillezucker (oder das Vanillemark) und Zimt mit dem Handrührgerät cremig rühren. Eier nach und nach unterrühren.
2. Mehl und Backpulver und mischen und unterheben.
3. Teig in einer mit Papierförmchen ausgelegten Muffinform verteilen, maximal zu zwei Dritteln vollfüllen.
4. 20–25 Minuten backen, danach auskühlen lassen.

Währenddessen das Frosting zubereiten.

1. Die zimmerwarme Butter mindestens fünf Minuten locker mit dem Handrührgerät aufschlagen.
2. Puderzucker löffelweiße unterrühren. Das Mark der Vanilleschote hinzugeben, dann die zimmerwarme weiche Mascarponecreme und das Himbeerpüree dazugeben und kurz langsam aufschlagen.
3. Auf die Cupcakes spritzen, eventuell mit Zuckerherzen oder -sternen verzieren.

Danksagung

Als Erstes möchte ich jenen universellen Kräften einen außerordentlichen Dank aussprechen, die mich immerwährend und federleicht auf meinem Weg durch das Leben begleiten. Manche würden diese universellen Kräfte Gott nennen, wiederum andere positive Energie, Jack und Lola wohl Fairy Cupcakes, doch ich nenne sie: Liebe. Weil Liebe das ist, was mich trägt, was mich hält, was aus jeder Ader meines Seins pulsiert – und weil Liebe das ist, was uns alle verbindet.

Außerdem danke ich aus ganzem Herzen meiner zauberhaften Mum, der auch dieses Werk gewidmet ist. Ohne diese fantastische, mutige, großartige Frau wäre ich nie zu dem selbstbewussten, selbstbestimmten und fantasiereichen Wesen geworden, das ich heute bin! Hierbei gilt mein Dank auch allen Menschen, die mich in meiner Kindheit dabei unterstützt haben, meiner Kreativität stets freien Lauf zu lassen. Darunter die gesamte Familie Dörner und meine Klavierlehrer Cornelia Axmann und Sören Balendat. Ihr wusstet es vielleicht nicht, aber ihr habt maßgeblich zu meiner kreativen Entwicklung beigetragen und seid ein Teil der Liebe, die ich für multimediale Geschichten entwickelt habe!

Ein großer Dank gilt der Agentur Arrowsmith, insbesondere Nina Arrowsmith und meiner Lektorin Cathrin Justen, die Lolas Story mit viel Feingefühl den ersten Schliff verpasste! Danke, dass ihr an mein verrücktes Projekt geglaubt habt – ihr wart meine Fairy Cupcakes, die mich zu einem fantastischen Verlag – PIPER – geführt haben! Tausend Dank!

Hier möchte ich mich natürlich aus ganzem Herzen bei Christiane Bauer und Eliane Wurzer bedanken! Dafür, dass ihr die Applepie Stories in euer Programm genommen habt und sich diese Geschichte schnell in euer Herz zaubern durfte. Dafür, dass ich so viel mitreden durfte, dass ihr mir immer euer Vertrauen geschenkt habt und immer offen für meine Ideen gewesen seid! Ich weiß, dass wir noch viele Menschen mit den Applepie Stories begeistern werden, und wache jeden Tag auf, dankbar, so gesegnet zu sein und dabei nicht einmal ein magisches Elixier nehmen zu müssen, so wie Jack das mal tun musste!

An dieser Stelle natürlich auch ein riesiges Danke an meine zweite Lektorin Julia Feldbaum, die diesem Buch mit mir zusammen den letzten Schliff verpasst hat! Durch deine unglaublich wertvollen Fragen haben wir uns gemeinsam durch das Labyrinth meiner Worte bewegt. Du bist meine gute Fee, ohne die diese Geschichte wahrscheinlich einige Fragezeichen beim Leser zurückgelassen hätte.

Ein ganz besonderer Dank gilt außerdem meiner beste Freundin Laura Schramm, welche mich immer in meinem Tun bestärkt hat und sich, als mein größter Fan, stets darum bemüht hat, diese Geschichte in die Ohren so vieler anderer Zuhörer zu tragen! Danke, Danke, Danke, mein Herz!

Des Weiteren möchte ich Julian Cox und Sebastian Bindler danken. Dem einen, weil ich bis spät in die Nacht meine Hörbücher bei ihm einsprechen durfte (ohne ein genervtes Augenrollen zu kassieren), dem anderen, weil er fantastische Bilder für mein Exposé geschossen hat! Ihr beide wart unglaublich wertvoll auf meiner Reise, und ich werde euch auf ewig dankbar dafür sein!

Ein exorbitanter Dank gilt natürlich auch meinem Freund Nicolas Schlosser, dessen vielen Talenten ich es zu verdanken habe, jetzt wunderbare Autorenfotos in der Hand zu halten! Danke, dass wir so wunderbar miteinander wachsen und ich Jack vor vielen Jahren, ohne es zu wissen, deinen Namen als Zweitnamen gegeben habe. Vielleicht war das ein Zeichen. Danke auch für deinen unermüdlichen Einsatz, als wir die gesamte Geschichte noch mal gemeinsam durchgearbeitet haben und du so bereitwillig mit mir durch meine magische Welt gewandelt bist! Ich war das Kaninchen, das dich ins Wunderland schubste, und ich hoffe, du bleibst hier noch ein bisschen. Ich liebe dich und bin jeden Tag dankbar, so einen genialen Mann an meiner Seite zu haben!

Jetzt zu Dina – Christina Reymann! Meine ganz besonders gute Seele in diesem ganzen Prozess! Dina, die dieses wundervolle Cover gestaltet hat! Tausend Mal dankbar bin ich, dass sich unsere Wege gekreuzt haben und dieses Buch noch ein wenig mehr Magie dazubekommt, einfach dadurch, dass sich hiermit nicht nur ein Kindheitstraum, sondern zwei Kindheitsträume erfüllt haben. Du bist unglaublich talentiert, und ich hoffe, dass es jetzt massig kreative Aufträge für dich regnen wird! You rock, Darling!

Einen ebenso fabelhaften und großartigen Job hat Jennifer Hertel gemacht – diese hat den Titel gelettert und dem Cover damit eine besonders schöne Note verliehen! So schön, dass du Teil dieses wunderbaren Projektes geworden bist! Ich danke dir von ganzem Herzen für dein Talent und die Liebe, mit der du den Schriftzug *Applepie Stories* gestaltet hast!

Eine weitere gute Fee ist Daniela Schnabel, die das fabelhafte Rezept der Fairy Cupcakes beisteuerte und in ihrer wunderbaren *Cupcakery* in Ansbach bereits den Fairy Cupcake für mein erstes Presseshooting gebacken hat. Ja, ich habe ihn immer noch – er steht vor mir in einer schönen Glas-Etagere an meinem Schreibtisch, um mich jedes Mal daran zu erinnern, dass jeder Traum wahr werden kann, wenn wir nur den Mut haben, ihm zu folgen!

Andreas Stumpf, Melissa Hellebrandt, Andreas und Doris Ulich möchte ich von Herzen danken, dass sie sich meiner Leseprobe angenommen haben und mir damit eine extreme Hilfe waren, den Mut zu finden, endlich mit dieser Geschichte zu einer Literaturagentur zu gehen, um mein GLÜCK zu versuchen.

Danke auch an Sabine Bucke vom *Laden 1808*, die mich zu meinem eigenen kleinen *Little Birds* geführt hat, damit ich dort ungestört lektorieren konnte. Und natürlich von Herzen auch Sofia Roloff, die mich mitten im Nirgendwo in ihrem schönen Cottage liebevoll aufgenommen hat.

Außerdem gilt mein Dank Robert Gladitz und Laura Seiler – eure Arbeit ist meine Inspiration, um selbstbestimmt, authentisch und voller Liebe meinen Weg zu gehen.

Zu guter Letzt möchte ich all meinen fabelhaften GLÜCKSpilzen dort draußen danken! Ihr seid der Grund, warum diese Geschichte überhaupt existiert! Ich habe sie für euch ins Leben gerufen! Für eure Lachmuskeln, euer Staunen, euer Träumen! Ihr seid meine Musen, meine immer treuen Weggefährten, und auf ewig werde ich dankbar sein für all die Kommentare, das positive Feedback, die wunderbare Interaktion mit euch! Es ist großartig, dass es euch gibt und dass ihr sogar ein klein wenig Teil dieses Buches seit, weil wir gemeinsam das Anfangszitat bestimmt haben! Lewis könnte nicht passender für diese Geschichte sein! Danke aus ganzem Herzen! Lasst dieses Buch ein Anlass dazu sein, dass ihr niemals vergesst, die Farben eurer Träume zu leben, denn sie sind das, was am Ende das Gemälde eures Lebens besonders hübsch aussehen lassen wird. Einen dicken GLÜCKSkuss für jeden Einzelnen von euch!

In großer Liebe und Dankbarkeit, euer GLÜCKSpilz Naoma

Zum Schluss noch ein Fairy Cupcake für dich. Schneide ihn aus und schreibe deinen größten Herzenswunsch darauf. Danach klebst du ihn am besten irgendwohin, wo du ihn immer sehen kannst. Das Elixier ist dabei der feste Glaube an dich und daran, dass das Universum hinter dir steht. Vertraue mir. Es funktioniert. Immer. Und wie Alfie schon sehr weise sagte: *Erwarte immer ein Wunder!*

Über die Autorin

Naoma Clark ist studierte Journalistin, heute selbstständig als Multimedia Artist, und ein kreatives Phänomen. Bereits als Kind verliebte sie sich in den Zauber einer guten Geschichte und erzählt diese Geschichten heute als Autorin, Video- und Fotografin auf der ganzen Welt. Als *Carrie Bradshaw des Glücks* schrieb sie sich schon auf ihrem Blog GLÜCKSpilz in die Herzen ihrer Leser. All ihren Geschichten liegt ihr größtes Herzensthema zugrunde: Glück – mit einem Hauch von Wunder, Magie und Liebe.

Wer mehr über die Autorin wissen möchte, kann sich über Instagram@naomaclark.official gern mit ihr verbinden.